HELEN MACINNES

# AGENTENKRIEG

ROMAN

VERLEGT BEI
KAISER

Titel des Originals: „Agent in Place"
Einzig berechtigte Übersetzung aus dem Englischen
von Gisela Stege

Alle Rechte vorbehalten
Berechtigte Ausgabe für den Neuen Kaiser Verlag — Buch und Welt,
Hans Kaiser, Klagenfurt, mit Genehmigung der Blanvalet
Verlag GmbH, München
Gesamtdeutsche Rechte bei Blanvalet Verlag GmbH, München 1978
Copyright © 1976 by Helen MacInnes
Schutzumschlag: Volkmar Reiter unter Verwendung eines Fotos
von Hubertus Mall, Stuttgart, Reproduktion: Schlick KG, Graz
Druck: M. Theiss, Wolfsberg
Bindearbeit: Kaiser, Klagenfurt

*Für Ian Douglas Highet
und Eliot Chace Highet
in Liebe —
Helen MacInnes*

Wären Hoffnungen Leichtgläubige,
könnten Befürchtungen Lügner sein.

Arthur High Clough

*Erstes Kapitel*

Die Nachricht kam um acht Uhr morgens. Er trank gerade die erste Tasse schwarzen Kaffee, um überhaupt die Augen aufmachen zu können und seinen Kopf klar zu kriegen. Doch ehe er die paar Schritte zum Telefon zurückgelegt hatte, verstummte der Apparat schon wieder. Er machte kehrt, wollte in die Küche zurück, hatte jedoch kaum die Tür erreicht, als er unvermittelt stehenblieb. Das Telefon läutete abermals. Zweimal. Dann hörte es auf. Er warf einen Blick auf die Küchenuhr. Bis zum dritten Anruf hatte er genau eine Minute Zeit.
Mit einem Schlag hellwach geworden, zog er die Pfanne mit Eiern und Speck vom Herd, ohne erst die Kochplatte auszuschalten, hastete ins Wohnzimmer zurück zum Telefon, setzte sich mit einem Bleistift in der Hand und einem Zettel vor sich an den Schreibtisch und wartete. Die Nachricht würde verschlüsselt sein, daher mußte er sich jede Ziffer sofort notieren. Es war lange her, daß er einen solchen Anruf erhalten hatte. Ein Notfall? Er unterdrückte seine Erregung, schob alle Überlegungen beiseite. Pünktlich auf die Sekunde klingelte das Telefon wieder. Rasch nahm er den Hörer ab.
»Hallo?« meldete er sich – langsam, lässig, unbeteiligt.
»Hallo, hallo, hallo!« Zweimal Hüsteln, einmal Räuspern.
Er erkannte die Stimme sofort. Vor neun Jahren hatte er sie zum letztenmal gehört, aber ihr Klang war nicht zu verwechseln: tief und voll, ganz leicht heiser, die Art Stimme, von der man sich vorstellen konnte, daß sie unvermittelt in eine Arie aus ›Fürst Igor‹ oder ›Boris Godunow‹ ausbrechen konnte, jeder Laut beinah schon ein Akkord. Mischa? Ja, Mischa. Die Art, wie er sich meldete, war seine persönliche Visitenkarte. Neun Jahre, seit er zuletzt von ihm gehört hatte, aber immer noch ganz und gar Mischa, bis zu dem zweimaligen Hüsteln und dem Räuspern.
»Yorktown-Reinigung?« sagte Mischa. »Bitte liefern Sie meinen blauen Anzug bis sechs Uhr heute abend nach Nr. 10, Old Park Place. Die Nummer der Quittung lautet 69 105A. Und mein Name . . .« Er sprach langsamer. Das war das Zeichen zum Unterbrechen.
»Tut mir leid, Sie haben die falsche Nummer.«
»Die falsche Nummer?« Gekränkte Würde. »Ich habe die Quittung hier in der Hand. 69 105A.«
»Die falsche Telefonnummer.« Mühsam bewahrte Geduld.

»Was?« Jetzt wurde der Ton aggressiv, beinahe vorwurfsvoll. Mischa machte es sehr natürlich. »Sind Sie sicher?«
»Ja!« Dieses eine Wort war die Bestätigung für Mischa, daß sein Lieblings-Protegé Alexis die Nachricht verstanden hatte.
»Warten Sie, ich sehe nach . . .« Kurze Pause, während ein offenbar nicht zu Überzeugender vor dem Hintergrundgeräusch gedämpften Verkehrslärms im Telefonbuch blätterte. Dann meldete sich Mischa wieder aus der öffentlichen Telefonzelle, diesmal mit deutlich erkennbarem Zorn in der Stimme: »Okay, okay.« Wütend knallte er den Hörer auf die Gabel – eine zusätzliche humorvolle Ausschmückung der Szene. Er war schon immer stolz auf seine Gabe gewesen, die amerikanischen Verhaltensmuster zu kopieren.
Minutenlang herrschte völlige Stille in der kleinen Apartmentwohnung. Mischa, Mischa . . . Vor elf Jahren hat er angefangen, mich auszubilden, vor neun Jahren habe ich ihn zuletzt gesehen, dachte Alexis. Damals war er noch Major: Major Wladimir Konov. Und jetzt? Ausgewachsener Oberst im KGB? Oder noch höher? Zweifellos auch mit einem neuen Namen, möglicherweise sogar – in dieser langen, geheimen Laufbahn – mit mehreren neuen Namen. Und hier sitze ich, immer noch unter dem Decknamen, den Mischa mir verliehen, immer noch in der Rolle, die er mir in Washington zugeteilt hat. Aber, wie Mischa mit ironischem Lächeln frei zu zitieren pflegte: »Auch jene, die nur sitzen und warten, dienen dem Vaterland.«
Allmählich erholte sich Alexis von seinem verzögerten Schock. Durch die Lücke in der Reihe der schmalen Häuser gegenüber fielen Sonnenstrahlen herein. Der Morgen hatte auch in dieser engen Straße von Yorktown begonnen; ein schwerer Tag lag vor ihm. Rasch begann er, sich darauf vorzubereiten.
Aus der Bücherwand holte er sich den zweiten Band von Spenglers ›Untergang des Abendlandes‹; der deutsche Text schreckte Alexis' amerikanische Freunde ab: Sie bevorzugten die Übersetzung mit dem Titel ›The Decline of the West‹, auch wenn die englische Version nicht die volle Bedeutung der deutschen wiedergab. Eigentlich hätte es heißen müssen: ›The Decline and Fall of the West‹, dann hätten sie sich vielleicht tiefer in die Bedeutung des Buches hineingedacht. Mit dem Spengler in der einen und dem kostbaren Zettel in der anderen Hand verließ Alexis das sonnige Wohnzimmer und ging in die kleine, ein wenig trostlose Küche, die keine Morgensonne hatte. Er trug immer noch seinen Pyjama und einen Hausmantel aus Foulardseide, und ihm war von der steigenden Erregung heiß, obwohl sich draußen, vor dem hohen Fenster, ein klarer, kalter Novemberhimmel wölbte. Er schob Orangensaft und Kaffeetasse beiseite, warf die

›Washington Post‹ auf eine Arbeitsplatte, schaltete den Elektroherd aus und setzte sich an den kleinen Tisch in der Ecke, wo kein neugieriger Nachbar ihn durchs Fenster beobachten konnte, obwohl die anderen Küchen nahezu Spülstein an Spülstein mit seiner lagen.
Jetzt, dachte er, als er den Spengler aufschlug und ein loses Blatt Papier herausnahm, das im zweiten Kapitel steckte, jetzt erst mal zu Mischas Nachricht. Den größten Teil hatte er, sogar nach neun Jahren Unterbrechung, auf Anhieb verstanden, aber er mußte hundertprozentig sichergehen. Das mit seiner persönlichen Kurzschrift bedeckte Blatt aus dem Spengler enthielt den Codeschlüssel für das Gekritzel auf dem Zettel von seinem Schreibtisch. Er begann es zu dechiffrieren. Das war ganz einfach: Mischas Methode, der Neunmalgescheitheit der Amerikaner mit ihrer Abhängigkeit von Computern und Technik eine lange Nase zu drehen. (»Nichts«, pflegte Mischa früher zu sagen, und er war eindeutig heute noch dieser Ansicht, »nichts kann den gründlich ausgebildeten Agenten ersetzen, der richtig plaziert ist und gut geführt wird.« Von der Tatsache, daß dieser Mann klug und der Sache ergeben war, überzeugte sich Mischa stets, ehe er seine kostbare Zeit auf die Ausbildung verschwendete.)
Einfach, dachte Alexis abermals, während er die Nachricht studierte, in ihrer großartigen Naivität jedoch äußerst wirksam. ›Yorktown‹ war natürlich New York. Der ›blaue Anzug‹ war Alexis selbst. ›10‹ bedeutete nichts, war eine Zahl, die lediglich der Ausschmückung diente. ›Old Park Place‹ war offensichtlich ihr alter Treffpunkt im Park von New York − im Central Park, wie die Quittungsnummer ›69 105A‹ besagte: zog man die Zehn ab, blieb 69 für Sixty-Ninth Street, 5A für die Fifth Avenue.
Und die Lieferzeit für den blauen Anzug, ›sechs Uhr‹ heute abend, hieß sechs Uhr minus eine Stunde und zwanzig Minuten. Ich werde pünktlich sein, dachte Alexis, ich werde am Spätnachmittag um zwanzig Minuten vor fünf am alten Treffpunkt im Central Park sein.
Er verbrannte den Zettel, legte das Blatt Papier in sein Versteck zurück und stellte den Spengler wieder ins Regal. Anschließend erst machte er sich den Kaffee noch einmal heiß, trank gierig den Orangensaft, betrachtete angewidert das Stilleben aus kalt gewordenen Eiern mit Schinken und leerte das halbgare Zeug in den Mülleimer. Montag würde er gründlich aufräumen. Das Schlimmste an diesem Job war die Hausarbeit, die man eigenhändig erledigen mußte, da es zu gefährlich war, einem Außenstehenden, der zum Putzen kam, einen Zweitschlüssel auszuhändigen. Wenn ihm der Dreck in der kleinen Wohnung über den Kopf wuchs, rief er die wortkarge Beulah an, Plattfüße und Ar-

thritis, zu dumm, um sich zu fragen, warum er sie ausgerechnet an einem Tag kommen ließ, an dem er zu Hause arbeitete.
Jetzt mußte er sich aber schnell rasieren, duschen und anziehen. Und dann ein paar eigene Anrufe erledigen: bei Sandra hier in Washington, um seine Teilnahme an ihrer Party heute abend abzusagen; bei Katie in New York, um ihr mitzuteilen, daß er auch dieses Wochenende in ihrer Wohnung verbringen werde. Und dann nahm er am besten den ersten Metroliner nach New York. Oder eine Pendelmaschine? Wie dem auch sei, er mußte sicherstellen, daß er eine reichliche Zeitspanne vor seiner Verabredung mit Mischa in New York eintraf.
Als er aus der Dusche kam, grinste er breit über eine Erinnerung. Einfach unglaublich, dachte er, daß Mischa meine fixe Idee mit dem blauen Anzug immer noch nicht vergessen hat, meine Vorstellung bourgeoiser Ehrbarkeit für meinen großen Auftritt in der kapitalistischen Welt. Und ich hatte ihn dann bekommen: eine schlechtsitzende Jacke aus hartem Serge, purpurn schimmernd vor Altersschwäche, die Nähte ausgeblichen, der Hosenboden blank wie ein Spiegel, ein Riß hier, ein Schmutzfleck da – der Prototyp eines armen Flüchtlings, der es geschafft hat, endlich die Berliner Mauer zu überwinden. (Mischas Humor, ein seltener Zug in diesem Geschäft, war ebenso ausgeprägt wie seine eiskalte Einschätzung westlicher Gemüter: »Die Mitleidsmasche zieht immer«, hatte er damals gesagt.) Und jetzt habe ich zweiundzwanzigtausend Dollar pro Jahr, einen Job in Washington, eine Zweizimmerwohnung im ersten Stock eines Hauses in Georgetown und einen großen Schrank voller Kleider. Acht Anzüge, und kein einziger blauer darunter.
Er lachte kopfschüttelnd und begann, seinen Tag in New York zu planen.

Als er an der Pennsylvania Station eintraf, hatte er noch ungefähr drei Stunden Zeit – genug, um im großstädtischen Menschengewühl unterzutauchen, nachdem er seinen kleinen Koffer in Katies East-Side-Wohnung abgestellt hatte. Das war allerdings leicht getan; Katies Haus war ohne Portier, er besaß einen Schlüssel, der sowohl zur Haustür als auch zur Wohnungstür paßte. Es war ein für New Yorker Verhältnisse ziemlich altes Haus und überdies von bescheidener Größe: zehnstöckig, und nur je zwei Wohnungen in jeder Etage. Die Mieter kümmerten sich nicht umeinander, blieben Fremde, jeder mit seinen eigenen Freuden und Sorgen beschäftigt. Sie nahmen nicht einmal bei seinen häufigen Wochenendbesuchen Notiz von ihm, hielten ihn vermutlich ebenfalls für einen Mieter. Das beste an dem ganzen Haus aber war seine günstige Lage zwischen zwei belebten Ave-

nuen, jeweils Einbahnstraßen, die eine Richtung Nord, die andere Richtung Süd, mit dichtem Verkehr von Bussen und Taxis.
Katie selbst war ein Juwel. Wie für ihn gemacht, und das war kein Witz. Sie war jetzt, wie er es erwartet hatte, nicht zu Hause: ewig war sie unterwegs, ruhelos, immer im Einsatz für ›eine gute Sache‹ oder bei einer Demonstration. Sie hatte ihm einen Zettel mit ihrer krakeligen Mädchenhandschrift hinterlassen. ›Chuck hat versucht, Dich in Washington zu erreichen. Du kannst ihn ab fünf jederzeit anrufen. Denk an die Party heute abend bei Bo. Du bist wieder eingeladen. Sehen wir uns hier um sieben? Kate.‹
Bo Brownings Party . . . Nun, auf die verzichtete er wohl lieber. Dort lauerten Gefahren auf ihn, in all dem superklugen Gerede der übereifrigen Marxisten, die nicht einmal ›Das Kapital‹ ganz durchgelesen hatten. Es fiel ihm schwer, ihnen nicht sofort zu beweisen, wie wenig sie doch alle wußten und wieviel er ihnen beibringen konnte.
Aber Chuck – nun, das war wieder etwas anderes. Aus seiner Nachricht sprach Dringlichkeit. Ob Chuck tatsächlich liefern würde? Am vergangenen Wochenende hatte er immer noch geschwankt. Lieber nicht zu sehr damit rechnen, mahnte sich Alexis selbst und war bemüht, aufkeimende Hoffnung, sieghaftes Triumphgefühl zu unterdrücken. Trotzdem hatte ihn eine gewisse Euphorie noch nicht verlassen, als er sich aufmachte, um eine knappe Stunde im Metropolitan Museum of Art zu verbringen. Gegen vier begann er unruhig zu werden, verließ hastig die Abteilung der griechischen Götter, eilte die riesige Treppe vor dem Museum hinab und winkte einem wartenden Taxi. Das würde ihn nach Süden bringen, weit an der Sixty-Ninth Street vorbei bis hinunter zum Central Park Zoo. Dort wollte er etwa fünfzehn Minuten umherschlendern (es war wohl doch reichlich früh für das Treffen mit Mischa). Inzwischen konnte er nur noch an die vor ihm liegende Begegnung denken. Die anfängliche Erregung hatte sich gelegt, hatte einer gewissen Nervosität, ja sogar einem Anflug von Furcht Platz gemacht. Dies war ein außergewöhnliches Ereignis, daran konnte kein Zweifel bestehen: Hier ging es um etwas Wesentliches. Hatte er einen Fehler gemacht? Mißtraute man seinem Urteilsvermögen? Ließen seine regelmäßigen Berichte die Langeweile spüren, die ihm diese neun ruhigen Jahre gebracht hatten? Aber es waren gute Berichte, knapp, klar, präzise, Aufzeichnungen aller wunden Punkte und Schwächen von Hunderten von Freunden und Bekannten, die er in Regierungs- und Pressekreisen besaß. Als Angehöriger des persönlichen Stabes des Abgeordneten Pickering – neun Jahre lang immer wieder Beförderungen vom Büroassistenten bis zum Leiter eines auf siebenundvierzig Angestellte angewachsenen Büros

und nunmehr zum Spitzenjob des Kommunikationsdirektors – hatte er in jedem größeren Büro der Regierung Kontakte. Er wurde viel eingeladen, lauschte interessiert jedem kursierenden Gerücht, jedem unbedachten Gerede. Und davon gab es die Menge in Washington, zuweilen derart leichtsinnig, daß er es einfach nicht fassen konnte. Die Amerikaner sind schlau, sind ein nicht zu unterschätzender Feind, der eine ständige Gefahr darstellt – das war ihm während der langen Ausbildungsmonate eingehämmert worden. Nach neun Jahren in Washington waren ihm jedoch Zweifel gekommen. Wie kam es, daß die schlauen Amerikaner so verdammt dumm wurden, sobald sie eine Machtposition errungen hatten?

Die Viertelstunde war um; jetzt blieben ihm noch sieben Minuten für den Weg nordwärts durch den Park bis in die Nähe des Ausgangs zur Sixty-Ninth Street. Wurde die Zeit nun doch noch knapp? Er beschleunigte seine Schritte und verließ den trostlosen Zoo mit seinen leeren Käfigen – die Tiere wurden jetzt fast alle drinnen gehalten – und den kahlen, vom ersten Frost schwarzen Bäumen. Die samstägliche Menschenmenge verstreute sich, flüchtete vor den zunehmenden Schatten. Darum fiel er nicht weiter auf. Und ihm war auch niemand gefolgt. Wie immer. Doch der dunkler werdende Himmel schreckte ihn aus seinen Gedanken hoch. Das klare, strahlende Blau des Nachmittags war verblaßt. Bald würde es dämmern. Die Straßenlaternen brannten bereits; ebenfalls die Laternen an den Parkwegen, kleine Lichtteiche, umgeben von dunkelnden Wiesen, von Büschen und Bäumen, die wie schwarze Flecken über den gewellten Boden verteilt waren. Rechts hinter der Parkmauer lag die Fifth Avenue. Dort herrschte lebhafter Verkehr, der hörbar, aber von hier aus nicht zu sehen war, nur die Hochhäuser auf der anderen Straßenseite waren sichtbar. Ihre Fenster – die kostbaren Vorhänge offen, die Jalousien hochgezogen – erstrahlten in hellem Licht. War da nicht mal von Energiekrise die Rede gewesen? Seltsam, dachte er, als er durch eine kleine Unterführung kam, seltsam, wie einsam man sich in diesem Park fühlen kann; fast als ginge man auf einer abgelegenen Landstraße. Die übrigen Parkbesucher hatten sich in alle Richtungen zerstreut. Er war allein. Und näherte sich einer zweiten Unterführung, zu der sich der Weg, von der Fifth-Avenue-Mauer abschwenkend langsam hinabsenkte. Jetzt herrschte nahezu Dämmerung, der Himmel über den fernen schwarzen Silhouetten der Häuser am Central Park West hatte die Farbe verlaufender, orangegestreifter Tinte angenommen.

Die Unterführung wirkte bedrohlich wie ein Tunnel, aber zum Glück war sie sehr kurz. Nahe dem Eingang, auf einem kleinen

Hügel mit Büschen und Felsen rechter Hand, sah er eine Gruppe von vier Männern. Nein, es waren Jungen: zwei lehnten, lässig und schmal, an einem Felsbrocken; zwei hockten auf dem Grashang, die Knie schwer ans schwarze Kinn hochgezogen. Und alle vier beobachteten ihn. Er sah die Turnschuhe an ihren Füßen. Weitergehen, aber bereit zum Laufschritt, sagte er sich. Doch seine Angst verdoppelte sich, als er hinter sich leichte, schnelle Schritte hörte. Er fuhr herum, wollte dieser neuen Gefahr ins Gesicht sehen. Aber es waren nur zwei Trimmtraber in Trainingsanzügen bei ihrem abendlichen Lauf.
»Hallo!« grüßte er erleichtert, als sich die Läufer näherten.
»Hallo!« antwortete einer von ihnen stirnrunzelnd. Er warf einen Blick zum Hügel hinüber. Beide verlangsamten sie ihr Tempo, blieben aber nicht stehen. »Wollen Sie mitkommen?« fragte lächelnd der andere.
Ja, er wollte. Paßte sich ihrem Rhythmus an und knöpfte den Mantel auf. Gemeinsam trotteten sie dahin. Durch die Unterführung und dann, als der Weg zu einer langgezogenen Steigung ansetzte, wieder bergan.
»Wer zuerst oben ist«, sagte einer der beiden. Doch dort oben, wo der felsige Untergrund von Manhattan sichtbar wurde, mußte er fast in Sichtweite vom Parkeingang Sixty-Ninth Street sein. Er mußte sich von seinen Begleitern trennen, obwohl er ihnen ein gutes Rennen hätte liefern können.
Lächelnd tat er, als habe er keine Puste mehr, blieb auf halber Höhe der Steigung stehen und winkte ihnen dankend zu. Sie winkten zurück, liefen weiter und steigerten ihr Tempo zu einem gleichmäßigen Sprint. Verblüffend, wie leichtfüßig sie diesen langgestreckten Hügel bewältigten! Aber sie hatten sich diese Demonstration ihrer Überlegenheit verdient, und er war ihnen viel zu dankbar, um ihnen den kleinen Triumph nicht zu gönnen. Aber er hätte wetten können, daß sie ihren Schritt hinter der Kuppe sofort wieder zum gemächlichen Trimmtrab verlangsamten. Er fragte sich, was sie wohl waren: Anwalt und Steuerberater? Werbefachleute? So wirkten sie jedenfalls, wohnten vermutlich hier in der Nähe und trimmten sich allabendlich, ehe sie sich zu ihren doppelten Wodka-Martinis nach Hause begaben.
Er legte das letzte Stück der Steigung mit energisch ausholenden Schritten zurück. Weit hinter ihm waren die vier mageren, lässigen Gestalten durch die Unterführung gekommen und dort stehengeblieben, als müßten sie zugeben, daß sie ihn selbst mit ihren Turnschuhen jetzt nicht mehr einholen konnten. Vor sich sah er einen Mann, der mit zwei großen Hunden spazierenging: einen weiteren Trimmtraber; und die kleine Fahnenstange, die den Schnittpunkt von vier Wegen markierte: des Weges, auf dem

er sich befand, des Weges, der nach Norden weiterführte, des Weges, der westwärts über hügelige Wiesen lief, und des Weges, der vom Eingang Sixty-Ninth Street kam. Dank seiner Laufübung war er nun schließlich doch noch pünktlich, blieb ihm sogar noch eine Minute Zeit. Es war ihm ein bißchen zu warm geworden, außerdem war er wohl ziemlich zerzaust; äußerlich aber war er ganz ruhig, wohlvorbereitet auf das Treffen mit Mischa. Er rückte seine Krawatte zurecht, glättete sich das Haar und entschied sich dafür, den Mantel zu schließen, obwohl er darin fast erstickte.
Hätte er seine Anwalt-Steuerberater-Werbefachmann-Typen hören können, so wäre er nicht mehr so ruhig gewesen. Sobald sie an der Fahnenstange auf der kleinen Grasinsel vorüber waren, hatten sie sich hinter ein paar Büsche geworfen, um sich ein wenig auszuruhen. Der Sprint bergauf war anstrengend gewesen.
»Komischer Kerl. Was fällt dem bloß ein, um diese Tageszeit hier allein spazierenzugehen?« Das rote Gesicht hatte seine natürliche rosige Farbe zurückgewonnen.
»Wahrscheinlich fremd hier.«
»Und gut angezogen. Außerdem gut durchtrainiert. Besser, als er zugeben wollte.«
»Gegen die vier hätte er trotzdem keine Chance gehabt. Was machen wir jetzt, Jim? Laufen wir weiter Patrouille, oder kehren wir um und sehen nach, was diese Rowdies vorhaben?«
»Die warten sicher auf den nächsten Dummkopf«, antwortete Jim.
»Beschwer dich nicht. Überleg mal, was für einen schönen Job in der frischen Luft wir haben.«
Jim stand auf, schüttelte die Beine aus. »Hoch mit dir, Burt! Wir müssen unsere Runde beenden. Hier scheint alles ruhig zu sein.«
Sie sahen noch drei weitere Trimmtraber — echte diesmal —, die vom Westen her der Sixty-Ninth Street und dem häuslichen Herd zustrebten; einen Mann mit zwei dänischen Doggen; einen zerlumpten Säufer, der, die übliche braune Tüte in der Hand, auf dem kalten, harten Rasen lag; zwei gemächlich einherschlendernde Frauen mit wasserstoffsuperoxydblonden Locken, engen Mänteln über kurzen Röcken (kalte Arbeit, fand Jim, an einem frostigen Novemberabend), hohen Absätzen und kokett geschwungenen Handtäschchen.
»Lauter ehrbare Bürger«, sagte Jim grinsend. Die Rowdies waren verschwunden, lauerten wohl aussichtsreicheren Opfern auf.
»Da ist noch so ein Idiot«, sagte Burt verächtlich, als sie den Lauf nach Norden wiederaufnahmen. Ihnen entgegen, von der Seventy-Second Street her, kam eine einsame Gestalt — warm angezo-

gen, kräftig gebaut, aber mit federndem Schritt, den Spazierstock schwingend, den Hut flott aufs eine Ohr gerückt. Er beachtete sie nicht, sondern interessierte sich offenbar ausschließlich für die Skyline der Fifth Avenue, so daß der heruntergezogene Hutrand und der abgewandte Kopf sein Profil fast ganz verbargen. Er wirkte absolut selbstsicher.

»Der hat wenigstens einen dicken Stock. Und außerdem wird er den Park ja gleich verlassen.«

»Wenn er nicht weiterwandert bis zum Zoo«, widersprach Jim. Plötzlich runzelte er die Stirn, schwenkte nach links ab und blieb kurz bei einem Baum stehen, von wo er freien Blick auf die Fahnenstange hatte, an der sich die vier Wege trafen. Beinahe sofort kam er zurück, die Schritte auf dem Gras kaum hörbar, das Grau seines Trainingsanzugs mit den sich ausbreitenden Schatten verschmelzend. »Er ist nicht mehr allein«, berichtete er Burt. »Hat also wahrscheinlich nichts zu befürchten.« Zwei Dummköpfe waren weniger gefährdet als einer.

»Das hatten die beiden also im Sinn! Na, überlassen wir sie den Kameraden von der Sitte. Die werden ohnehin gleich eintreffen.« In einer halben Stunde würde es vollständig dunkel sein. Die beiden Männer trabten stumm weiter, im Gleichschritt, in stetigem Rhythmus, mit aufmerksamen, wachen Augen.

## Zweites Kapitel

Sie kamen gleichzeitig bei der Fahnenstange an.
»Gut abgepaßt«, sagte Mischa und nickte ihm grüßend zu. Es gab weder Händeschütteln noch sonst ein Zeichen der Wiedersehensfreude. »Gut siehst du aus. Das Bourgeois-Leben bekommt dir. Wollen wir ein Stückchen gehen?«
Sein Blick war bereits zu dem Betrunkenen auf dem Rasen nahe des Eingangs an der Sixty-Ninth Street hinübergewandert. Jetzt sah er noch einmal zu den beiden Frauen mit den viel zu stark geschminkten Gesichtern und dem lächerlichen Aufzug zurück, die inzwischen auf einer Bank unter der Laterne Platz genommen hatten. Die eine bemerkte ihn, erhob sich erwartungsvoll, schob sich die Frisur zurecht. Mischa wandte sich gleichgültig ab und konzentrierte sich auf eine Gruppe von fünf jungen Leuten – mager, langhaarig, zwei von ihnen möglicherweise Mädchen, alle in engen Jeans und verschossenen Army-Jacken –, die von der Fifth Avenue hereinkamen. Aber die sahen nichts und hörten nichts, sondern strebten zielbewußt einer nahegelegenen Ansammlung von Steinen und Felsbrocken zu, offenbar ihrem üblichen Aufenthaltsort. Jetzt richtete sich Mischas aufmerksamer Blick auf den menschenleeren Weg, der quer durch den Park zur Westseite führte. Mit dem Stock deutete er hinüber. »Da sind wir ungestört, nehme ich an. Und wenn sich niemand bei den Bäumen da vorn aufhält, haben wir einen hübschen Platz für ein Gespräch.«
Und einen, von dem aus man jeden sieht, der sich nähert, dachte Alexis, als sie die beiden Bäume gleich neben dem Weg erreichten. Die Büsche ringsherum waren gerodet worden, so daß sie auch einen Angriff von rückwärts rechtzeitig entdecken konnten.
Plötzlich jedoch wurde ihm klar, daß Mischa überhaupt nicht auf die Idee kam, um Viertel vor fünf Uhr nachmittags möglicherweise von Räubern überfallen zu werden; wahrscheinlich hielt er zehn oder zwölf Uhr abends für die Stunde der Verbrecher. Nein, Mischas Vorsicht richtete sich ausschließlich gegen seine alten Widersacher.
»Der Central Park hat sich ziemlich verändert, seit du das letztemal hier warst«, begann Alexis sehr behutsam. Dies war ein verdammt unsicherer Platz für ein Gespräch, aber wie sollte er Mischa das klarmachen? »Im Sommer ist es natürlich anders. Da

sind viel mehr normale Menschen hier. Es gibt Konzerte, Theatervorstellungen . . .«
»Es hat sich überall viel verändert«, unterbrach Mischa ihn. »Nur nicht bei unserer Arbeit.« Seine Miene verzog sich zu einem breiten Grinsen, das vollkommene Zähne sehen ließ. An seinen schlauen, grauen Augen zeigten sich Fältchen, als er den Jüngeren mit weit auf den Kopf zurückgeschobenem Hut, der eine breite Stirn und graues Borstenhaar freigab, durchdringend musterte. Mit seinem runden Kinn und der Knollennase hatte er neun Jahre zuvor − er war sich der Unmöglichkeit dieses Vergleichs mit einer »Unperson« bewußt − wie eine jüngere Ausgabe von Nikita Chruschtschow ausgesehen. Aber vor neun Jahren hatte Mischa auch noch kleine Lücken zwischen den Vorderzähnen gehabt. Das Grinsen verschwand. »Für den Geheimdienst gibt es keine Entspannung. Und vergiß das bitte nie.«
Nachdrücklich tippte er Alexis mit dem Zeigefinger auf die Brust. Dann kamen drei liebevolle Schläge einer kraftvollen Hand auf Alexis' Schulter, und die Stimme fuhr in normalem Gesprächston fort: »Du siehst aus wie ein Amerikaner, du redest wie ein Amerikaner, aber du darfst nie wie ein Amerikaner denken.« Jetzt war auch das Lächeln zurückgekehrt.
Mischa ging zu Russisch über, vielleicht, weil er so schneller sprechen und sich präziser ausdrücken konnte. »Du hast deine Sache sehr gut gemacht. Ich gratuliere. Deiner selbstsicheren Haltung, als du hier auf mich zugekommen bist, entnehme ich, daß du nicht beschattet wurdest?«
Der kleine Vorwurf war äußerst geschickt angebracht worden. Darin hatte sich Mischa überhaupt nicht verändert. In anderer Hinsicht aber sehr. Zum Beispiel Mischas früherer Humor. Heute abend war er ernst − auch, wenn er lachte. Er hat Sorgen, dachte Alexis.
»Nein, ich werde nicht beschattet.« Alexis preßte die Lippen zusammen. »Aber was ist mit dir?« Er nickte zu der einsamen Gestalt hinüber, die, stämmig und ziemlich hochgewachsen, hinter zwei Männern mit einem Dobermann den Weg entlanggekommen war und jetzt umkehrte. Wiederum schien sie der Mann nicht zu bemerken, sondern ging ruhigen Schrittes weiter.
»Du bist sehr nervös heute abend, Alexis. Warum? Das ist nur mein Fahrer. Dachtest du, ich würde mich an einem Samstagnachmittag selbst in den New Yorker Verkehr stürzen? Beruhige dich! Er wird unsere Umgebung sehr geschickt im Auge behalten.«
»Dann erwartest du also doch, daß . . .«, begann Alexis.
»Kaum. Ich bin nämlich noch gar nicht hier.«
Alexis starrte ihn verwundert an.

17

»Offiziell treffe ich erst kommenden Dienstag ein, und zwar mit einer Besucherdelegation, die sich mit landwirtschaftlichen Fragen befaßt. Wir werden zehn Tage in Washington bleiben. Du wirst wahrscheinlich von uns hören, uns möglicherweise auf einer von diesen Parties treffen, an denen du so eifrig teilnimmst. Selbstverständlich werde ich mehr Haare haben, und dunklere.«
»Ich werde nicht mit der Wimper zucken.« Wie ich es bestimmt getan hätte, gestand sich Alexis ehrlich ein: Man lebt nicht sechs Monate lang in Moskau in einer Wohnung, vollständig isoliert von anderen Menschen, nur mit Mischa als Besucher und Lehrer, und erkennt ihn dann nicht, wenn man ihm im Haus eines Senators unerwartet gegenübersteht. Aber Mischa war nicht heimlich vor seiner Delegation nach Amerika gekommen, hatte nicht dieses Treffen im Central Park organisiert, um Alexis von seinem bevorstehenden Besuch in Washington in Kenntnis zu setzen. Was also konnte so wichtig sein, daß es diese Zusammenkunft rechtfertigte? »Dann bist du also jetzt Experte für Futtermittel, wie?« tastete sich Alexis vor.
»Na, na!« spöttelte Mischa. »Du bist zwar einer meiner besten Schüler gewesen, aber auf meine eigenen Tricks falle ich nicht herein.« Er war belustigt. Aber nur flüchtig. »Ich habe deine Entwicklung verfolgt. Ich habe deine Berichte gelesen, wenigstens die wichtigsten. Du hast Thomas Kelso in den letzten drei Monaten kein einziges Mal erwähnt. Kommst du nicht weiter mit ihm? Und was ist mit Charles Kelso, seinem Bruder — bist du noch immer mit ihm befreundet?«
»Ja.«
»Also warum dann?«
»Weil Chuck Kelso nach New York umgezogen ist. Tom Kelso hält sich zumeist in Washington auf.«
»Aber Charles Kelso hat dich mit seinem Bruder bekannt gemacht?«
»Ja.«
»Vor vier Jahren?«
»Ja.«
»Und du bist noch nicht näher an Thomas Kelso herangekommen?«
»Ich habe ihn nach Chucks Umzug nach New York mehrmals zu besuchen versucht. Ich wurde sehr höflich empfangen. Und weiter nichts. Ich war lediglich ein Freund seines Bruders; Chuck ist zehn Jahre jünger als Tom, und das macht in Amerika einen sehr großen Unterschied.«
»Lächerlich! Die beiden sind Brüder und haben sich immer sehr nahegestanden. Deswegen wiesen wir dich ja auch an, deine Freundschaft mit Charles Kelso wiederaufzunehmen, nachdem

du ihn in Washington getroffen hast. Das war vor fünf Jahren, nicht wahr?«
»Vor fast fünf Jahren.«
»Und als uns vor zwei Jahren berichtet wurde, daß Thomas Kelso einen wissenschaftlichen Assistenten suchte, erhieltest du Anweisung, ihm – bei einem freundschaftlichen Besuch – nahezubringen, daß du dich für diese Position interessierst. Du hast diesen Befehl nicht befolgt. Warum?«
»Weil es ein unmöglicher Befehl war. Viel zu gefährlich. Ich verdiene gegenwärtig zweiundzwanzigtausend Dollar pro Jahr. Sollte ich freiwillig um vierzehntausend Dollar runtergehen und mich verdächtig machen?«
»Was? Er konnte nur achttausend im Jahr aufbringen?« Mischa war ungläubig. »Aber er muß doch mindestens . . .«
»Nicht alle Amerikaner sind Millionäre«, entgegnete Alexis. »Hast du mir das nicht immer gepredigt? Sicher, Kelso ist einer der besten – und bestbezahlten – Reporter auf dem Gebiet der internationalen Politik. Er verdient sich etwas nebenbei mit Artikeln und Vorträgen, außerdem bekommt er Spesen, wenn ihn ein Auftrag ins Ausland führt. Aber er lebt von seinem Einkommen. Deswegen ist er wohl auch so fleißig.«
»Und einflußreich«, ergänzte Mischa. »Was ist mit dem Buch, an dem er seit zwei Jahren schreibt?«
»Geopolitik. Handelt von dem Konflikt zwischen der Sowjetunion und China.«
»Das wissen wir auch.« Mischas Stimme klang eindeutig verärgert. »Mehr hast du nicht darüber erfahren?«
»Mehr hat niemand in Washington darüber erfahren. Glaubst du, er will sich seine Idee stehlen lassen?«
»Du solltest es noch mal mit Mr. Thomas Kelso versuchen.«
»Aber was hat das mit deiner Arbeit in der Abteilung S zu tun?« Das war jene Sektion der Ersten Hauptabteilung, die die Illegalen betreute, Agenten mit einer angenommenen Identität, die ins Ausland geschickt wurden, um dort zu leben.
Einen Augenblick herrschte Schweigen. Unmöglich, Mischas Ausdruck zu erkennen. Die Nacht war gekommen, schwarz und kalt. Alexis spürte den bösen Blick, mit dem sein Lehrmeister ihn durchbohrte, und bereute seine Unbesonnenheit. Er unterdrückte ein Frösteln und schlug den Mantelkragen hoch.
Dann sagte Mischa: »Der unbesonnene Amerikaner.« Und lachte dabei sogar. »Es hat tatsächlich sehr viel mit meiner gegenwärtigen Arbeit zu tun«, ergänzte er. Dann wurde er sogar noch freundlicher, und seine Stimme verriet Humor. »Sagen wir, ich bin daran interessiert, Menschen zu beeinflussen, die Menschen beeinflussen.«

Dann war Mischa also jetzt in der Sektion A der Ersten Hauptabteilung: Desinformation. Alexis war entsprechend beeindruckt, verhielt sich aber still. Er hatte schon viel zuviel gesagt. Wäre Mischa nicht sein Freund gewesen, er wäre möglicherweise aus Washington abgezogen und in die Kanalzone oder nach Alaska geschickt worden.

»Also«, fuhr Mischa jetzt fort, »du wirst Tom Kelso weiter bearbeiten. Er ist sehr wichtig für uns — wegen seiner Arbeit und der Freunde, die er dadurch gewinnt, in Paris, Rom, London und natürlich in der NATO. Dort hat man Vertrauen zu ihm. Es kommt ihm mehr zu Ohren als anderen.«

Alexis nickte.

»Übrigens, die NATO . . .« Mischa gab sich zu beiläufig, zu vergeßlich, hinsichtlich dessen, was er hatte sagen wollen. »Ach ja!« Er tat, als falle es ihm gerade wieder ein. »Du hast uns da vor ein paar Tagen eine Information über dieses streng geheime Memorandum geschickt, das die NATO ans Pentagon weitergegeben hat. Wie du mitteiltest, wird es im Augenblick im Shandon House geprüft.« Er spielte ganz normale Neugier, sein Ton blieb desinteressiert.

»Es wird dort analysiert und kritisch ausgewertet. Eine zusätzliche Prüfung neben der durch das Pentagon.«

»Was ist eigentlich die wirkliche Funktion dieses Shandon House? O ja, wir wissen, daß es sich um eine Gruppe hervorragender Wissenschaftler handelt, die mit Computern arbeitet. Aber ein streng geheimes Dokument? Kann man ihnen das anvertrauen?«

»Man kann. Alle Mitarbeiter unterliegen der höchsten Geheimhaltungsstufe. Die Sicherheitsmaßnahmen sind streng.«

»Aha, alle sind Patrioten! Und trotzdem meinst du, es sei möglich, diese Sicherheitsmaßnahmen zu umgehen? Wie? Wann?« Sein Ton war noch immer völlig normal.

»Bald. Vielleicht schon . . .« Alexis nahm sich zusammen. Lieber nicht zu selbstsicher sein. Lieber nicht zu genau festlegen. Sonst würde man ihm, falls der Plan schiefging, vorwerfen, er habe zuviel versprochen und zu wenig erreicht. »Ich kann nichts versprechen. Aber es gibt eine Möglichkeit«, sagte er ein wenig vorsichtiger.

»Wann wirst du mehr wissen?«

»Vielleicht noch heute abend.«

»Heute abend!« platzte Mischa heraus. »Ich *wußte* ja, daß du was hast, das habe ich an der Formulierung deiner Nachricht gesehen!«

Es war also seine Information über das NATO-Memorandum, die Mischa veranlaßt hatte, so schnell nach New York zu kommen. Er hatte Alexis' Nachricht vermutlich am vergangenen

Dienstag oder Mittwoch gelesen. Und war schon am Samstag hier. Höchstpersönlich. War das Memorandum so wichtig?
»Bist du aktionsbereit?« fragte Mischa. »Was hast du für einen Plan?«
»Ich habe drei mögliche Varianten. Je nachdem. Aber ich werde liefern.«
»Du benutzt natürlich Mikrofilm, wie? Das Memorandum besteht aus drei Teilen — über vierzig Seiten, wie ich hörte. Das kostet Zeit.«
Noch ein Risiko, dachte Alexis. »Ich werde mir die Zeit verschaffen.«
»Und wenn du lieferst, *auf gar keinen Fall* auf dem üblichen Weg.«
»Nicht?« Alexis verstand das nicht. Es war ein festgelegter Vorgang. Er gab die Fotos, die er geschossen hatte, genau wie seine verschlüsselten Berichte, allwöchentlich an seinen Kontaktmann in Washington weiter. Der Kontaktmann gab sie an die Kontrolle, und von dort gingen sie an den Residenten. Anschließend wurden sie an die Zentrale in Moskau weitergeleitet. Bis jetzt hatte es nie eine Panne gegeben. Sein Kontaktmann hatte ein besonderes Talent für die Auswahl möglichst unauffälliger und natürlicher Treffpunkte.
»Nein! Du wirst die Fotos Oleg übergeben. Er wird dich anrufen und sich mit dir an einem von ihm zu bestimmenden Platz treffen. Am Montag.«
»Aber bis Montag habe ich den Mikrofilm vielleicht noch gar nicht. Möglicherweise bekomme ich ihn erst am folgenden Wochenende und . . .«
»Dann übergibst du ihn Oleg eben am folgenden Wochenende«, antwortete Mischa ungeduldig. »Später wirst du nicht mehr an das NATO-Memorandum herankönnen. Wie wir hörten, wird es ans Pentagon zurückgegeben, um für die abschließende Empfehlung an den Nationalen Sicherheitsrat noch einmal geprüft zu werden. Wir müssen unbedingt vorher eine Kopie haben. Also beeil dich mit dem Shandon House. Du tust deine Arbeit, Oleg die seine.«
»Oleg — wie werde ich ihn erkennen?« Hoffentlich nicht durch eine Menge Brimborium, dachte Alexis mißmutig: Erkennungszeichen waren nur Zeitvergeudung, intensivierten seine Nervenspannung. Er hatte sich immer weitaus sicherer gefühlt, wenn er seinen Kontaktmann vom Sehen kannte, obwohl sein Interesse an diesem Punkt auch schon aufhörte und es ihn überhaupt nicht kümmerte, wer der Mann war. Der Kontaktmann befolgte dieselben Regeln. Für ihn war Alexis lediglich eine Telefonnummer und ein Gesicht.

Mit dem Stock deutete Mischa auf seinen Wachhund, der in diskreter Entfernung Aufstellung genommen hatte.
»Aber da gibt es überhaupt kein Licht«, protestierte Alexis.
»Du wirst sein Gesicht sehen können, wenn wir an ihm vorbeikommen. Gehen wir?« Mischa setzte den Hut wieder gerade auf.
»Wir werden uns trennen, bevor wir die Fahnenstange erreichen. Ich werde den Park über den Zoo verlassen. Du nimmst den Ausgang Seventy-Second Street. Oleg geht zur Sixty-Ninth Street, denn da steht sein Wagen. Er wird die Fifth Avenue entlangfahren und mich am Zoo abholen. Einfach und sicher. Niemand wird sich über etwas wundern. Einverstanden?« Mischa entfernte sich von den Bäumen.
Mit einem raschen Blick über die Schulter − er hatte geglaubt, im dunklen Hintergrund zwei lauernde Schatten zu bemerken − trat Alexis auf den Weg. Mischa hatte sein Zögern bemerkt.
»Angst im Dunkeln?« fragte er lachend. »Um halb sechs Uhr abends? Alexis, Alexis . . .« Er schüttelte den Kopf. Schweigend schritten sie auf den wartenden Oleg zu.
Als sie dicht an ihm vorbeikamen, steckte Oleg sich eine Zigarette an. Das Feuerzeug wollte nicht recht brennen. Aber es glühte hell genug, um Olegs Gesicht deutlich hervorzuheben. Unvermittelt erlosch das Glühen. Die Zigarette blieb kalt.
»Wirst du ihn wiedererkennen?« fragte Mischa.
»Ja. Aber hat er mich auch deutlich genug sehen können?«
»Er hat Fotos von deinem Gesicht studiert. Und ist großartig in schneller Identifikation. Das ist es doch, was du gern willst, nicht wahr? Und du hast recht. Keine Zweifel, keine Unsicherheit.« Oleg folgte ihnen diskret.
Ungefähr fünfzig Meter vor der Fahnenstange sagte Mischa: »Jetzt werden wir uns trennen, Alexis. Im Geist schüttele ich dir herzlich die Hand.« Diesmal war sein Lächeln aufrichtig. »Ich werde bald von dir hören?« Das war eigentlich keine Frage, sondern ein Befehl.
»Ja, bald.«
Eine andere Antwort war nicht möglich. Er hatte vergessen, wie unerbittlich und fordernd Mischa sein konnte.
Mischa nickte und ging davon. Bald hatte er eine beträchtliche Entfernung zwischen sich und Alexis gelegt. Alexis verlangsamte seinen Schritt, damit diese Entfernung sich möglichst vergrößerte. Oleg überholte ihn, dem in der Nähe geparkten Wagen zustrebend, der wahrscheinlich in der Sixty-Ninth Street stand. Und natürlich mit der Nase nach Westen: ein weiterer Beweis für die Vorsicht, die Mischa bei seinen Arrangements walten ließ.
Alexis sah Mischa nach, der sich an der Fahnenstange nach Süden wandte. Sekundenlang nahm ihn der warme Lichtkreis einer

nahen Laterne auf, hob seine kräftige Gestalt und den energischen Schritt gegen den Hintergrund der massiven Felsen ab, die es in diesem Teil des Parks überall gab. Dann war er verschwunden, den abschüssigen Weg zum Zoo hinab.
Oleg hatte die Fahnenstange bereits weit hinter sich gelassen und näherte sich der Fifth Avenue. Alexis prägte sich seine Bewegungen ein, seine Haltung, Größe, Statur; die Art, wie er den Kopf wandte, um den Betrunkenen zu mustern, der jetzt mit dem Kopf zwischen den Knien dasaß. Einen Mann mit Hunden, gefangen in einem Gewirr von Leinen, würdigte er nur eines flüchtigen Blickes. Die eine der beiden Prostituierten, die immer noch unter der Laterne saß, würdigte er keines Blickes: ein tugendhafter Bursche, dieser Oleg.
Und jetzt, dachte Alexis lächelnd, als er die Fahnenstange erreichte, muß ich abbiegen. Zwei Schritte, dann blieb er unvermittelt stehen, weil er einen Schrei gehört hatte. Einen einzigen, kurzen Aufschrei. Er drehte sich um, blickte den Weg zum Zoo entlang.
Jemand lief an ihm vorbei: die Prostituierte, die in ihrer Handtasche kramte, fluchend ihre hochhackigen Schuhe von den Füßen schleuderte, dadurch sofort schneller wurde und mit gezogener Pistole weiterlief. Ein Mann! stellte Alexis verwundert fest. Ein Polizist. Beinahe gleichzeitig war der Betrunkene aufgesprungen, jagte um die Felsbrocken herum und zog, während er auf den Weg zum Zoo zurannte, einen Revolver aus der braunen Tüte. Alexis stand wie angewurzelt. Sein Gehirn schien wie erstarrt, seine Beine gelähmt. Hilflos starrte er den Mann mit den Hunden an, doch der zerrte seine Schützlinge bereits auf die sichere Fifth Avenue zu.
Bloß der Polizei aus dem Weg gehen, warnte sich Alexis. Bloß in nichts hineinziehen lassen. Aber es war Mischas Stimme gewesen. Das hatte er genau gehört.
Er ging ebenfalls in die Richtung, die die beiden Zivilbeamten eingeschlagen hatten. Dann machte er jedoch wieder halt. Von seinem Platz aus konnte er sehen, daß ein Mann auf dem Boden lag, während drei oder vier schmale Schatten davonstürmten, als sich die Polizisten näherten. Der als Frau verkleidete Beamte kniete neben dem Liegenden nieder. War er tot, lag er im Sterben oder konnte er sich mit einiger Hilfe erheben? Der andere jagte dem letzten Jungen nach, die übrigen waren im Dunkeln untergetaucht. Dann entdeckte er den Hut und den Spazierstock: rührende, kleine persönliche Gegenstände, bei dem Angriff fallen gelassen.
Der Polizist neben Mischa sah zu Alexis herüber. »He, Sie da – packen Sie mal mit zu!«

Alexis machte kehrt und floh.
Er erreichte die Fifth Avenue und versuchte sich zusammenzureißen, während er dastand und auf das Rädergeräusch der vorbeirasenden Wagen lauschte. Dann wechselte die Ampel auf Grün, und er wurde lebendig. Rasch überquerte er die Straße und bog in die Sixty-Ninth Street ein. An den Bordsteinen standen geparkte Wagen, die Gehsteige waren menschenleer; nur hier und dort eilte ein Fußgänger vorbei. Wo war Oleg? Weit konnte er noch nicht sein; dazu war nicht genug Zeit verstrichen. Alexis' Verzweiflung wuchs, fast geriet er in Panik. Dann sah er direkt vor sich, ein Stück weiter den Block entlang, breite Schultern und einen dunklen Kopf. Der Mann trat auf die Fahrbahn hinaus, ging um den Kühler eines Wagens herum und begann die Tür aufzuschließen. Alexis setzte sich in Trab. Mißtrauisch hob Oleg den Kopf. Ein Ausdruck tiefsten Erstaunens breitete sich über sein Gesicht. Er setzte sich hinter das Steuer und öffnete Alexis die Beifahrertür.
»Was soll das?« begann Oleg ärgerlich.
»Mischa ist überfallen worden. Im Park. Nicht weit von der Fahnenstange. Die Polizei ist jetzt bei ihm – in Zivil. Die werden bestimmt weitere Polizisten holen und einen Krankenwagen. Sie müssen hin! Schnell! Sie müssen nachsehen, was passiert, was sie mit ihm machen, wohin sie ihn bringen. Stellen Sie fest, in welches Krankenhaus er kommt. Schnell!«
»Warum haben *Sie* denn nicht . . .«
»Weil sie mich mit ihm zusammen gesehen haben. Der Polizist, der als Frau verkleidet war, hat uns gesehen, als wir uns trafen.«
»Aber . . .«
»Da ist schon der erste Streifenwagen.« Östlich von ihnen heulte in einiger Entfernung die Sirene, aber sie kam immer näher.
»Schnell!« drängte Alexis zum drittenmal. Und stieg aus. Zu Fuß ging er zur Madison Avenue. Ohne sich noch einmal umzusehen. Jetzt kam es auf Oleg an. Und Oleg, dachte Alexis, weiß das. Er weiß offenbar sehr viel mehr, als er und Mischa mich vermuten lassen wollen. Da er zum Beispiel Fotos von mir gesehen und überdies weitere Informationen bekommen hat – bedeutet dies, daß er Zugang zu meinen Akten besitzt? Wenn ja, müßte er wissen, daß ich der Agent vor Ort bin, ein Maulwurf, der nur unterirdisch arbeitet. Mein Gott, und eben wäre ich beinahe aufgeflogen! Soll Oleg sich also um Mischa kümmern. Der hat bestimmt Kontakte in New York. Und weiß, wie man mit so etwas fertig wird. Und vor allem, sagte sich Alexis, muß ich ja meinen Auftrag erledigen. Mit oder ohne Mischa, ich muß meine Pflicht tun. Wenn Oleg sich in Washington nicht mit mir in Verbindung setzt, werde ich den Mikrofilm auf dem üblichen Weg absenden. Für

Verzögerungen ist keine Zeit mehr. Wenn ich die Informationen habe, hinter denen ich her bin, werde ich, verdammt noch mal, bestimmt nicht auf ihnen sitzenbleiben. So kommt man nie zu einer Beförderung.
Er winkte ein Taxi heran und ließ sich ein Stück die Madison Avenue hinauffahren. Von dort aus ging er einen Häuserblock weit zur Park Avenue, wo er abermals ein Taxi nahm. Es brachte ihn hinunter zur Fifty-Third Street. Dort schlenderte er mit den Samstagabend-Spaziergängern zwischen den hohen Bürogebäuden dahin, bis er nach einem weiteren Block mit einem dritten Taxi zur Second Avenue hinüber und bis zur Sixty-Sixth Street hinauffuhr. Eine Fahrt im Kreis, aber eine Sicherheitsmaßnahme. Er hatte von Agenten gehört, die zwei Stunden lang mit den verschiedensten Subwaylinien gefahren waren, um sicherzugehen.
Um Viertel nach sechs war er vor dem Haus, wo Katie wohnte. Er fuhr mit dem Lift hinauf, stieg aber nicht in ihrer Etage aus, sondern in dem Stockwerk darüber. Einen Moment lang blieb er nachdenklich im Flur stehen und gratulierte sich — wie jedesmal — zu diesem Geniestreich: daß er für Chuck Kelso ausgerechnet im selben Haus eine Wohnung gefunden hatte!
Dann klingelte er. Jetzt war er nicht mehr Alexis. Jetzt war er Nealey, Heinrich Nealey — für seine Freunde Rick. Eine sonderbare Namenszusammenstellung, aber echt. Ein richtiger, echter Amerikaner mit absolut legalen Papieren.

## *Drittes Kapitel*

Die Fahrt vom Shandon House in New Jersey bis zu Charles Kelsos Wohnung in New York dauerte ungefähr eine Stunde und zehn Minuten. Es war eine bequeme Fahrt: zuerst eine Landstraße durch gewellte Wiesen und Obstgärten zum schnellen Jersey Turnpike, der von Fabriken gesäumt war, und dann inmitten eines unablässigen Stromes dahinjagender Wagen unter dem Hudson hindurch geradewegs nach Manhattan hinein. Darum hatte sich Kelso auch dafür entscheiden können, zweimal täglich diese Tour zu machen, denn er wohnte lieber in der Großstadt, als ein Mitglied der Shandon-Enklave im bewaldeten Hügelland von Jersey zu werden. Wie alle jüngeren Angehörigen des Institutspersonals zog er es vor, abends den Freundeskreis zu wechseln: Von seinen Kollegen sah er tagsüber genug, so daß er sie nicht auch noch abends oder am Wochenende um sich haben mußte. Und was die langjährigen Bewohner der verschiedenen Landsitze rings um die zweitausend Morgen um Shandon betraf, so hielten sie sich immer noch so zurück, wie sie es in den vergangenen vierzig Jahren getan hatten. Falls sie jemals die Expertengruppe erwähnten, die sich in dieses Refugium eingedrängt hatte, so nannten sie sie stets nur »The Brains« – die Gehirne.
Ähnlich verhielt sich auch das Dorf Appleton, fünf Meilen von Shandon entfernt. Es bestand schon fast dreihundert Jahre und betrachtete jeden, der nach 1900 gekommen war, als Fremden, annehmbar nur, wenn er Jobs und dringend benötigtes Bargeld brachte (das Geschäft mit Apfelwein und handgedrechselten Stuhlbeinen lief schon nicht mehr, ehe die gegenwärtige Inflation eingesetzt hatte). In dieser Hinsicht ließen die Brains jedoch zu wünschen übrig. Sie hatten ein eigenes Team von Arbeitern und Wachmännern, die sich um das Shandon House kümmerten. Sogar in der Küche waren eigene Leute beschäftigt. Ein Areal von vier Morgen umgab die Villa und war von einer Mauer umschlossen. Oh, gewiß, es wirkte nicht allzu schlimm. Man hatte niedrige Sträucher angepflanzt, um den Eindruck abzuschwächen; aber der Haupteingang war jetzt mit hohen Eisentoren verschlossen, es gab scharfe Wachhunde und alle möglichen anderen Schutzvorrichtungen. Und jene Brains, die außerhalb der Mauer in ausgebauten Scheunen oder Farmhäusern wohnten, mochten zwar sehr freundlich und höflich sein, wenn sie in Appletons Gemischtwarenladen einkauften, aber auch sie brauchten

kaum Hausangestellte und gaben niemals große Parties, nicht mal für die hohen Tiere von der Regierung, die aus Washington zu Besuch kamen.
Das Dorf war sich mit den Grundbesitzern darin einig, daß der alte Simon Shandon völlig verrückt geworden sein mußte (das konnte er früher nicht gewesen sein: davon zeugte ein Vermögen von dreihundert Millionen Dollar), als er sein Anwesen in New Jersey zusammen mit einer beträchtlichen Stiftung dazu bestimmte, dieses Sammelsurium von geheimnisvollen Männern und Frauen aufzunehmen. Ein ›Institut für Analyse und Bewertung strategischer Studien‹: Das hatte Simon Shandon für sein vieles Geld bekommen. Das äußere Bild der Villa war zwar erhalten — ein weitläufiges Herrenhaus mit mehr als vierzig Zimmern, von denen einige Säle waren —, das Innere jedoch völlig neu aufgeteilt worden. Es hieß sogar, daß man im Ballsaal einen Computer aufgestellt habe.
Die Dörfler versuchten sich selbst ein wenig an den Kalkulationen der Kosten, schüttelten aber hilflos den Kopf und fanden alles genauso sinnlos wie den Namen des Instituts. Strategische Studien — was bedeutete das? Na ja, völlig unwichtig. Nach zwölf langen Jahren der Mutmaßungen wich ihre Neugier der Hinnahme.
Als daher Charles Kelso an einem strahlend schönen Samstagnachmittag, an dem vernünftige Menschen im Wald auf die Jagd gingen oder auf ihren Weiden ritten, auf dem kürzesten Weg nach New York durch das Dorf jagte, hatten sie höchstens einen flüchtigen Blick für seinen knallroten Mustang. Die Leute da oben im Shandon House kamen und gingen zu allen Tageszeiten: flexible Arbeitszeit, keine Gewerkschaft. Und hier kam dieser junge Mann, um, wie gewöhnlich, die gute Landluft gegen Smog und Sirenengeheul einzutauschen.
Doch für Kelso war es kein gewöhnlicher Samstagnachmittag. Gewiß, er mußte ein bißchen Arbeit aufholen; sicher, er hatte manchmal das Wochenende damit verbracht, eine dringende Arbeit fertigzustellen, so daß der Posten sich keineswegs wunderte, als er heute morgen am Tor erschienen war. Außerdem war er nicht der einzige. Auch die Computerexperten hatten zu tun, und es waren noch fünf weitere Forschungsfachleute anwesend, darunter Farkus und Thibault aus seiner eigenen Abteilung. Aber sie verbrachten nicht allzuviel Zeit miteinander, trafen sich nicht einmal zum Lunch im Speisesaal, denn sie hatten soviel in ihren eigenen Büros zu tun, daß sie sich höchstens ein Sandwich am Schreibtisch gönnten. Und nach getaner Arbeit liefen sie sich nicht einmal in der Registratur über den Weg: Sie war leer, als Kelso kam, um einen Aktenhefter in den Schrank zu legen, in

dem die in Arbeit befindlichen Vorgänge aufbewahrt wurden, sobald sie einigermaßen wichtig waren.
Maclehose, der diensthabende Sicherheitsbeamte, öffnete ihm die schwere Stahltür der Registratur. Charles hatte immer das Gefühl, einen riesigen Safe zu betreten, einen Banktresor mit Aktenschränken statt mit Schließfächern an den Wänden. Maclehose überreichte ihm den Schlüssel für den Schrank V und erzählte, während er wartend neben ihm stehenblieb, von seiner Familie — daß er hoffe, um vier Uhr Schluß machen zu können, sein Sohn habe Geburtstag, sieben Jahre werde er, ein Jammer, daß er heute nicht habe freinehmen können statt am Sonntag.
»Wer hat denn morgen Dienst?«
»Barney, wenn er seine Grippe überstanden hat.« Maclehose war nicht sehr optimistisch. »Er hat neununddreißig Grad Fieber, also muß ich möglicherweise für ihn einspringen. Zum Glück hat — bis jetzt — noch keiner was davon gesagt, daß er morgen hier arbeiten will.«
»Ich muß vielleicht noch mal herkommen und diese Sache hier beenden.«
»Schade, daß Sie die Papiere nicht oben in Ihrem Schreibtisch einschließen können.« Maclehose ahnte bereits, daß auch sein Sonntag ruiniert werden würde, und das alles nur wegen diesem einen übereifrigen jungen Burschen. Das war das Dumme an den Jüngeren: Sie hielten jede Kritzelei auf ihren Notizblocks für so wichtig, daß sie bewacht werden mußten wie in Fort Knox. »Dann hätten wir einfach zusperren können. Ist das Zeug denn wirklich so wichtig?« Er deutete auf den Aktenhefter in Kelsos Hand.
Kelso lachte und begann, Schrank V aufzuschließen. Seine Bewegungen waren langsam, zögernd. Wenn die Tür offen war, würde er zwei senkrechte Reihen von Schubladen vor sich haben, auf jeder Seite drei. Fünf trugen die Namen eines Mitglieds seiner Abteilung, die alle an bestimmten, mit der Verteidigung in Zusammenhang stehenden Problemen arbeiteten. Die sechste Schublade, ganz unten rechts, trug dagegen die Aufschrift ›Unerledigt‹. Und dort ruhte das NATO-Memorandum. In den vergangenen drei Wochen war es auseinandergenommen, computerisiert, studiert und analysiert worden. Und wartete jetzt, wieder ein erkennbares Dokument in einem ganz gewöhnlichen Aktenhefter, darauf, daß die Analysen ausgewertet und eine Gesamtbeurteilung angefertigt wurde. Ein endgültiges Gutachten in Form eines Shandon-Reports würde es dann nach Washington zurückbegleiten.
»Schwierigkeiten mit dem Schloß?« erkundigte sich Maclehose und machte Anstalten, ihm zu helfen.

»Nein. Ich habe nur den Schlüssel falsch rumgedreht.«
In diesem Moment schrillte das Telefon auf Maclehoses Schreibtisch im Vorraum draußen.
Es war fast, als wäre ihm dieser Augenblick geschenkt worden. Als Maclehose verschwunden war, machte Kelso die Schranktür ganz weit auf. Er zog die ›Unerledigt‹-Schublade heraus, vertauschte die NATO-Akte mit seiner eigenen, schloß die Schublade und drückte die Tür zu. Gerade wollte er das Memorandum in sein Jackett schieben, als Maclehose den kurzen Anruf beendete und schnellen Schrittes zurückkehrte. Er starrte den Aktenhefter in Kelsos Hand an. »Na, Sie lassen sich aber Zeit! Kommen Sie, wir müssen uns beeilen. Alle sind schon aus dem Haus. Eben habe ich die Meldung bekommen. Und keine weiteren Besucher heute.«
»Was ist mit Farkus und Thibault? Die hatten doch an einer ziemlich wichtigen Sache zu tun.«
»Die sind schon vor einer halben Stunde fort. Kommen Sie, schließen Sie endlich auf und . . .«
Kelso verschloß den Schrank und überreichte dem Mann grinsend die Schlüssel. »Sie haben mich überzeugt.«
»Hören Sie, ich wollte nicht . . .«
Natürlich wolltest du, dachte Kelso, klemmte sich aber schweigend den Aktenhefter unter den Arm. »Ist im Grunde doch nicht so wichtig. Ich werde ihn in meinem Schreibtisch einschließen. Baxter wird aufpassen, daß niemand mein Büro betritt.« Baxter war der Posten, der morgen in den Korridoren patrouillieren würde. »Ich wünsche Ihnen eine schöne Geburtstagsfeier. Wie viele Kinder kommen denn?«
»Fünfzehn«, antwortete Maclehose düster. Die Tür zur Registratur fiel ins Schloß und wurde fest und sicher versperrt. Der Schlüssel kam zusammen mit dem Schlüssel für den Aktenschrank V in die Schreibtischschublade, wo auch die Schlüssel für die anderen Abteilungen lagen: Meeresentwicklung, Wirtschaftspolitik, Raumforschung, Bevölkerung, Internationales Recht, Ernährung, Energie (Kern), Energie (Sonnen), Ökologie, Sozialstudien.
»Eine ganz hübsche Invasion.« Kelso sah zu, wie Maclehose die Schublade schloß und das Kombinationsschloß einstellte, und wandte sich ab, ehe Maclehose sein Interesse bemerken konnte. »Alle sieben Jahre alt?«
»Großer Gott!« sagte Maclehose unvermittelt. »Fast hätte ich es doch noch vergessen!« Stirnrunzelnd betrachtete er einen Notizzettel, der inmitten des Durcheinanders auf seinem Schreibtisch lag. »Dann hätte es aber was gegeben!«
Was ist denn jetzt los, dachte Kelso erschrocken und blieb ängst-

lich an der Tür stehen. Seine Hand umkrampfte den Aktenhefter, sein Mund wurde trocken. Eine neue Sicherheitsvorschrift? Maclehose las laut von dem Zettel ab: »Vergiß nicht, auf dem Heimweg vier Liter Schokoladeneis mitzubringen.«
»Na, dann bis Montag – falls Sie es überleben«, sagte Kelso munter und ging.
Kelso fuhr durch Appleton, beide Hände fest am Steuer, das Gesicht nervös gespannt. Neben ihm auf dem Sitz lag sein Aktenkoffer, den er aus seinem Büro geholt hatte, mit dem in der ›Times‹ vom Tage versteckten NATO-Memorandum. Er hatte den Aktenkoffer zwar bei dem obligatorischen Halt am Tor von Shandon öffnen müssen, aber der Posten hatte sich mit dem üblichen flüchtigen Blick durch das offene Wagenfenster begnügt. Nachdem Kelso seit vier Jahren beim Ein- und Ausfahren kontrolliert wurde, war diese Kontrolle nur noch Routine. Und Routine machte alles einfach.
Viel zu einfach, dachte Kelso jetzt und lenkte den Zorn, den er über sich selbst empfand, kurzerhand auf die Sicherheitsvorkehrungen von Shandon. Ich hätte nie damit durchkommen dürfen. Aber ich bin durchgekommen.
Ein Triumphgefühl hatte er nicht. Er war vielmehr immer noch fassungslos. Die Gelegenheit hatte sich ihm geboten, und er hatte sie ergriffen. Von da an hatte es kein Zurück mehr gegeben. Wie hatte er es nur tun können? Sein Zorn verwandelte sich in Abscheu. All diese Lügen in Wort und Tat – genau das Verhalten, das er so haßte. Und doch war es ihm ganz leichtgefallen. Das war es, was ihn vor allem erschreckte.
Kein Zurück? Er bremste, lenkte den Wagen an den Straßenrand und starrte den Aktenkoffer an. Falls überhaupt, war dies der Zeitpunkt der Umkehr. Er konnte sagen, er habe etwas in seinem Büro vergessen; dann konnte er in die Registratur hinunterschlüpfen – Maclehose würde inzwischen gegangen sein. Die Kombination für die Schlüsselschublade kannte er: 127 nach rechts, 35 nach links. Das übrige würde ganz einfach sein. *Einfach.* Da war es wieder, dieses verfluchte Wort.
Aber, dachte er, ich mußte es tun. Es war eine Verpflichtung, ein Bedürfnis. Ich habe es während der ganzen letzten drei Wochen gespürt, seit ich zusammen mit Farkus und Thibault den ersten Teil des Memorandums bearbeitet habe. Jawohl, wir waren alle drei der Meinung, daß man den ersten Teil veröffentlichen müßte. Jetzt. Nicht erst in zehn, zwanzig, ja sogar fünfzig Jahren, in denen es bei den streng geheimen Akten verstaubte, bis irgendein Bürokrat dazu kam, es herauszugeben.
Die übrigen zwei Teile des NATO-Memorandums fielen unter eine andere Kategorie. Nach allem, was er gehört hatte, waren

die wirklich streng geheim. Eindeutig nicht zur Veröffentlichung geeignet. Voll Unbehagen starrte er wieder den Koffer an. Er wünschte, Teil zwei und drei lägen wieder in der ›Unerledigt‹-Schublade. Aber er hatte nur einen Augenblick Zeit gehabt, nicht mal eine ganze Minute, keinesfalls ausreichend, um sie von Teil eins des Memorandums zu lösen und wieder zurückzulegen. Alles oder nichts. Also hatte er das ganze Memorandum mitgenommen. Die Öffentlichkeit hatte ein Recht auf Information – hieß so nicht augenblicklich die Parole, nach der Geheimnistuerei von Watergate? Jawohl, es stimmte. Die Öffentlichkeit hatte ein Recht auf Information, es bestand die moralische Verpflichtung, das Dokument zu veröffentlichen und das amerikanische Volk mit den Realitäten der Zeit bekannt zu machen.
Er fuhr weiter, immer noch in Sorge über das Problem des Zwecks und der Mittel. Sein Verhalten war falsch gewesen, sein Zweck richtig. Wäre er sich dessen nicht so absolut sicher . . . Aber er war sich sicher. Nach drei elenden Wochen des inneren Debattierens und Argumentierens wußte er es genau. Ganz genau.

Er war spät dran. Zunächst gab es eine Verzögerung auf dem New Jersey Turnpike, so daß die Dämmerung schon in die Nacht überging, während er in einem langen Stau wartete. Am Nachmittag war hier ein Lastwagen umgekippt und hatte seine ganze Ladung Orangen über die Straße verstreut, und nun fuhr man Stoßstange an Stoßstange vorsichtig über das Apfelsinenmus. Dann kam ein Engpaß für den Samstagsverkehr in der oberen East Side von Manhattan: Riesige Raupenfahrzeuge, zwei Kräne, Bulldozer, Schutt-Lkws und sogar ein Generator standen bis zum Arbeitsbeginn am Montagmorgen am Rand einer neuen Großbaustelle herum. Falls tatsächlich eine Depression vor der Tür stand – nun, diese Bauarbeiter wußten bestimmt nichts davon. Und dann mußte er, als es schon dunkel war, zu seinem größten Ärger noch feststellen, daß die Parkplätze in seiner Straße allesamt besetzt waren. Er mußte seinen Wagen drei Häuserblocks entfernt abstellen und, mit dem Aktenkoffer so fest in der Hand, als enthalte er den Schatz der Sierra Madre, zu Fuß zur Sixty-Sixth Street zurückmarschieren. Ja, er war spät dran. Rick hatte ihn vermutlich Punkt fünf angerufen; Rick schien, wie ein Schrittmacher, eine Uhr in der Brust eingebaut zu haben. Inzwischen war es zehn Minuten vor sechs.
»Ein verdammt anstrengender Tag«, sagte er laut zu seiner leeren Wohnung. Er machte Licht, legte den Aktenkoffer auf den Schreibtisch am Fenster und suchte nach Nachrichten, die Mattie, seine Putzhilfe, heute vormittag für ihn vielleicht entgegen-

genommen hatte. Es gab eine. Von seiner Schwägerin Dorothea. Voller Schrecken starrte er auf das Papier. Mattie hatte die Nachricht sorgfältig aufgeschrieben, nur der Name des Hotels hatte ihr Schwierigkeiten gemacht. ›Sind für das Wochenende im Algonekin abgestiegen. Kommst du um halb acht heute abend zum Dinner?‹ Großer Gott, dachte er wütend, ausgerechnet heute müssen Tom und Thea in New York sein! Dann fiel es ihm wieder ein: Tom war unterwegs nach Paris zu einem Auftrag, Thea wollte einen oder zwei Tage in New York bleiben. Aber sie konnten unmöglich *dieses* Wochenende gemeint haben. Oder hatte er es nur vergessen? Sein Schuldbewußtsein wuchs immer mehr.
Er verließ den Schreibtisch, an dem im rechten Winkel ein Schreibmaschinentischchen stand, umrundete eine Anbaucouch und zwei armlehnenlose Sessel in der Mitte des Zimmers, passierte die Eßnische, betrat die kleine Küche, in der er seinen Alkoholvorrat aufhob, und schenkte sich einen kräftigen Scotch ein. Ausgerechnet heute abend muß Tom hier sein, dachte er immer wieder. Er warf sich in einen Sessel, legte die Füße auf einen Polsterschemel und fahndete in Gedanken nach einer Ausrede. Er fand keine. Am besten rief er Tom einfach an und erklärte, daß er keine Zeit hätte. Diesmal leider nicht, mein Alter. Tut mir leid, wirklich. Wir sehen uns bei deiner Rückreise nach Washington. Nein, nein . . . Viel zu ablehnend und unhöflich.
Er seufzte, leerte sein Glas, machte aber keine Anstalten, an den Schreibtisch zurückzukehren. Er ging ins Badezimmer und wusch sich. Ging ins Schlafzimmer und legte Jackett und Krawatte ab. Legte ein paar Platten auf den Plattenspieler. Und als er schließlich doch an den Schreibtisch ging, öffnete er nur seinen Aktenkoffer. Es blieb noch eine Menge Zeit für den Anruf bei Tom; es war ja erst Viertel nach sechs. Ja, eine Menge Zeit, um sich eine Ausrede auszudenken, die wenigstens an die Wahrheit herankam (›Tut mir leid, Tom. Ich hatte es wirklich völlig vergessen.‹), ohne bei Dorothea ein verwundertes Heben der Brauen auszulösen.
Es klingelte. Rick?

## Viertes Kapitel

Es war Rick. »Tut mir leid, ich konnte nicht anrufen. Eine ganze Stunde hab' ich gebraucht, von La Guardia hierher. Der Verkehr war völlig zusammengebrochen.« Selbstsicher wie immer, ein gutaussehender Dreiunddreißigjähriger, blond, mit grauen Augen (Haar- und Augenfarbe hatte er von seiner deutschen Mutter); im Moment aber wirkte sein Gesicht eingefallen.
Es liegt an der harten Beleuchtung im Flur; ich werde die Birne auswechseln müssen, dachte Kelso. Dann sah er sich selbst im Spiegel und merkte, daß er noch schlimmer aussah als Rick. Alles verstärkt. Das dunkle Haar und die braunen Augen waren zu schwarz, die Haut zu bleich, Wangenknochen, Nase und Kinn zu scharf, das ganze Gesicht zu hager.
»Was wir beide jetzt dringend brauchen, das ist ein Drink«, sagte er, warf Ricks Mantel auf einen Stuhl und ging voraus ins Wohnzimmer.
»Nein, danke.« Ricks Blick wanderte durch den Raum, blieb kurz am Schreibtisch und dem offenen Aktenkoffer hängen. Aber er nahm sich rechtzeitig zusammen und machte nicht die geringste Bewegung darauf zu. Statt dessen sah er zu, wie Chuck sich etwas zu trinken einschenkte. »Du siehst abgespannt aus. Ein schwerer Tag?«
»Nervenaufreibend.«
»Was ist passiert?«
»Ich hab' das verdammte Ding mitgenommen.« Chuck stellte ›Daphnis und Cloe‹ leiser.
»Du hast es?«
»Ja. Im Aktenkoffer.«
»Alles?«
Chuck nickte. »Es ging nicht anders.«
»Du willst doch nicht das ganze Ding abtippen!«
»Nein, ganz bestimmt nicht. Wir brauchen lediglich Teil eins. Was ist aber mit einem Reporter, Rick? Du hast gesagt, es gäbe einige, die sich die Finger danach lecken würden. Hast du schon jemanden an der Hand?«
»Ja. Ein Reporter von der ›Times‹ ist interessiert.«
»Wieviel hast du ihm erzählt?«
»Nur daß ich möglicherweise in ein bis zwei Wochen etwas Wichtiges für ihn hätte. Streng geheimes Material, aber kein Verstoß gegen die nationale Sicherheit, falls es veröffentlicht würde. Er

wittert ein dickes Ding. Ermittelnde Berichterstattung, das ist jetzt die große Masche.«
»Aber warum ausgerechnet die ›Times‹?« wandte Chuck ein. »Das ist Toms Zeitung.«
»Na und? Er ist in Washington stationiert, hat nie auch nur in der Nähe von Shandon House zu tun gehabt. Außerdem nennst du ja nicht deinen Namen, wie?«
»Ich will nicht, daß mein Name erwähnt wird.« Das hatte sich Chuck ausbedungen.
»Eigentlich schade. Überleg doch mal, wie oft man dich um Vorträge bitten würde.« Rick lächelte breit. »In Collegekreisen würde man bestimmt . . .«
»Ich wünsche keine Publicity. Nichts. Es handelt sich nicht um einen Ego-Trip.«
»Ich weiß, ich weiß. War ja bloß Spaß.«
»Ist deinem Reporter bekannt, daß er meinen Namen nicht nennen darf?«
»Ich habe ihm deinen Namen gar nicht gesagt. Ich hab' nur vom Shandon House gesprochen.«
Chuck runzelte die Stirn. »Mußte das sein?«
»Ja. Er weiß, wer ich bin und was ich mache; er kennt mich sogar ziemlich gut. Aber das würde keinesfalls ausreichen, vom Chefredakteur grünes Licht für die Verwendung des Materials zu bekommen. Der Name Shandon House dagegen wirkt. Keine Angst, Chuck. Er spricht mit niemandem darüber, bis ich ihm eine Abschrift von Teil eins des NATO-Memorandums gegeben habe. Glaubst du, er will sich die Story vor der Nase wegschnappen lassen?«
»Name?«
»Holzheimer. Martin Holzheimer. Du hast seinen Namen bestimmt schon in der Zeitung gelesen, nicht wahr?«
Chuck versuchte sich zu erinnern, aber dann zuckte er die Achseln. Wenn Holzheimer als Verfasser genannt wurde, mußte er gut sein. Außerdem war Rick fast ein Experte: Bei seiner Arbeit als Kommunikationsdirektor für den publicity-wütigen Pickering kam er mit vielen jungen Journalisten zusammen. Kommunikationsdirektor. Was für Titel sich diese Abgeordneten für ihre Wasserkopfstäbe ausdachten!
»Wie alt ist er?«
»Alt genug. Neunundzwanzig. Und auf dem Weg nach oben. Außerdem wohnt er günstigerweise in Manhattan und ist jederzeit leicht zu erreichen.«
»Wann?«
»Warum nicht heute abend noch?« Rick ging zu den Fenstern hinüber und ließ die Jalousien herab. »Übrigens, könntest du

Katie bei Bo Browning abholen, wenn du mit Tippen fertig bist? Sie erwartet zwar mich, aber ich muß mich mit Holzheimer treffen.« Er rückte eine Jalousie zurecht. Ich brauche nur ein bißchen Zeit, dachte er, als er zum Schreibtisch zurückkehrte. »Also, sehen wir mal, wieviel zu tun ist. Wie viele Seiten sind's?«
»Einen Moment! Ich möchte vorher Tom anrufen.«
Rick starrte ihn an. »Bist du wahnsinnig, Chuck?«
»Er ist in New York und will, daß ich mit ihnen esse.«
»Ach so!« Kurze Pause. »Dann geh doch ruhig. Ich fange inzwischen mit dem Abschreiben an, und du machst es fertig, wenn du zurück bist.«
»Nein.«
Rick mühte sich ein Lächeln ab. »Darf ich dann wenigstens das Memorandum lesen? Damit ich eine Ahnung habe, auf was wir uns einlassen?«
»Natürlich. Ich wollte nur nicht, daß du etwas schreibst. Du bist schon tief genug hineingezogen worden.«
»Mach dir darüber nur keine Kopfschmerzen. Holzheimer wird weder meinen Namen verwenden, noch ihn irgend jemandem gegenüber erwähnen. Du und ich, wir sind vertrauliche Quellen. Nicht zum Weitergeben an andere.«
»Das ist Shandon House ebenfalls«, antwortete Chuck fest. »Auch dieser Name ist ausschließlich für seine Augen bestimmt. Und für die seines Chefredakteurs.«
»Aber hör mal, Chuck . . .«
»Nein! Dieser Name wird nicht gedruckt.«
»Ich weiß nicht, ob er damit einverstanden sein wird . . .«
»Er muß. Sonst kriegt er kein Memorandum von mir. Außerdem wird er ja berichten, daß es von der NATO stammt. Das genügt.«
Rick nickte. »Ich nehme an, er wird ein bißchen graben, rumfragen und möglicherweise eine undichte Stelle in Washington finden – im State Department oder im Pentagon –, die das NATO-Memorandum mit Shandon House in Verbindung bringt. Das müßte ihn überzeugen, daß er es mit authentischem Material zu tun hat.«
»Ich hoffe zu Gott, daß keine Stelle zu undicht wird.«
»Über die Information hinaus, daß das Memorandum gegenwärtig in Shandon ist? Aber mehr weiß doch keiner. Außer denen ganz oben.« Wenn nicht einmal einer von Mischas Agenten in Washington – er mußte einen oder zwei sowohl im Pentagon als auch im State Department haben – an das NATO-Memorandum herangekommen war, dann würde auch kein Washingtoner Informant in der Lage sein, irgend etwas von Wert auszuplaudern. »Es ist ein wohlgehütetes Geheimnis. Das wird Holzheimers Appetit anregen.«

35

»Wollte er denn gar nicht wissen, *warum* ich ihm diese Information überlasse?« Ich selbst wäre bestimmt neugierig gewesen, dachte Chuck.
»Doch. Und ich habe ihm reinen Wein eingeschenkt. Daß du ein Mann bist, der an die Entspannung glaubt und möchte, daß sie verwirklicht wird. Dieses NATO-Memorandum zeigt eindeutig, daß die Entspannung unter Beschuß steht. Und du findest, die amerikanische Öffentlichkeit müßte davon in Kenntnis gesetzt werden. Und gewarnt werden.«
Rick beobachtete Chucks Miene. »Richtig?«
Chuck nickte. Er stand jetzt am Schreibtisch und nahm das Memorandum aus seinem Versteck in der Zeitung. Dann begann er vorsichtig, Teil zwei und drei abzutrennen, indem er sorgfältig die Heftklammern löste, mit denen die Seiten zusammengefaßt worden waren. Das würde ziemlich mühsam sein.
»Hast du denn das Ganze schon gelesen?« erkundigte sich Rick.
»Den zweiten und dritten Teil habe ich mir nur flüchtig angesehen. Daran habe ich nicht gearbeitet.«
»Was ist denn eigentlich so wichtig daran? Teil eins – das hast du mir letzte Woche gesagt – ist eine Darlegung der Gefahren, die der Entspannung drohen. Aber die anderen Teile?«
»Teil zwei gibt Fakten und Zahlen über die Verteidigungsfähigkeit und -maßnahmen der NATO sowie Fakten und Zahlen über den Kräftezuwachs des Warschauer Paktes. Teil drei nennt die Quellen sämtlicher Informationen der vorangehenden Teile, um ihre Glaubwürdigkeit zu unterstreichen.«
»Die Quellen?« Damit konnten Geheimdienstagenten ebenso gemeint sein wie Berichte von Militärattachés. Geheimdienstagenten – war daran nicht Mischa interessiert gewesen? »Soll das heißen, daß sie *namentlich genannt* werden?« Rick machte ein entsetztes Gesicht.
»Aber natürlich nicht. Die Quellen sind anonym. Sie werden lediglich durch ihre Placierung identifiziert.«
Durch ihre Placierung. Aber wahrscheinlich an der Art ihrer Berichte zu erkennen. Jeder gute KGB-Analytiker würde sie aufgrund ihres Interessengebietes und ihrer gewählten Themen identifizieren können. Mischas Abteilung würde wissen, wo man nach ihnen suchen mußte, war möglicherweise in der Lage, den einen oder anderen Verdacht zu bestätigen und den Agenten zu enttarnen.
Kein Wunder, daß Mischa so sehr darauf aus war, das NATO-Memorandum zu bekommen.
»Vermutlich«, sagte Rick, »mußte man wenigstens das aufdecken, damit die Berichte auf dieser Seite des Atlantiks akzeptiert werden. Ich habe mich oft gefragt, wie ein Agent erreicht, daß

man ihm glaubt, wenn er vollkommen unbekannt bleibt. Ein merkwürdiges Leben. Hast du es je bereut, die Chance, die dir der Militärische Nachrichtendienst in Deutschland bot, abgelehnt zu haben?«
»Nicht mein Fall. Verschlüsselung und Chiffrierungen auch nicht. Ich hab' mich bald wieder abgesetzt – weißt du doch?«
Chuck hatte alle Heftklammern entfernt, ohne eine einzige zu zerbrechen. Jetzt legte er sie sorgfältig in einen Aschenbecher, damit er sie später wieder benutzen konnte. Er nahm die Teile zwei und drei, legte sie in die Schreibtischschublade und verschloß diese sorgfältig.
Rick griff nach Teil eins. »Stimmt, aus dem Dechiffrieren warst du bald wieder raus – und in einen Job im Pentagon hinein.« Er lachte, während er die losen Seiten durchblätterte.
»Los doch, sprich's aus! Vom Pentagon hab' ich mich auch wieder abgesetzt.«
»Nein, hast du nicht. Du bist die Leiter emporgeklettert und nach Shandon versetzt worden.« Rick blätterte die Seiten jetzt langsamer durch, runzelte hier und da die Stirn, weil er sich zu konzentrieren versuchte.
»Und da sitze ich nun. Festgefahren.« Der Chef seiner Abteilung war nur drei Jahre älter als Chuck, der zweiunddreißig Jahre alt war.
»Aber doch nicht du!« Rick winkte ab, wollte beim Lesen nicht gestört werden. Aber er brauchte kaum mehr als die ersten vier Seiten, um zu erkennen, daß dieser Bericht Dynamit war, und zwar keineswegs von der Art, die er erwartet hatte. Er hatte vermutet – und er verfluchte seine Naivität –, daß dieses NATO-Papier über die Entspannung einige scharfe Kritik am Westen übte. Und das tat es. Die Gefahr liege in der blinden Hinnahme der Entspannung sozusagen als Zauberformel. Außerdem liege aber auch die Gefahr in ihrer kompromißlosen Ablehnung durch voreingenommene kalte Krieger. Die NATO riet zu einem Mittelweg zwischen diesen beiden Extremen: Entspannung war gut, soweit sie klappte; sie verdiente Unterstützung – aber nur in klarer Erkenntnis ihrer Grenzen. Sonst drohte die öffentliche Meinung im Westen ausgebeutet und geteilt zu werden, wodurch die Verteidigungsbereitschaft der NATO geschwächt wurde, und zwar zu einem Zeitpunkt, da die Warschauer-Pakt-Staaten ihre Kampfkraft auf vielen Gebieten so weit gestärkt hatten, daß sie dem Westen überlegen waren. (Diese strenge Mahnung war eine perfekte Überleitung zu der Forderung, die Zahl der amerikanischen Truppen in Europa nicht zu verringern. Die wegen des Konflikts im Mittleren Osten abgezogenen Panzer und Flugzeuge müßten ersetzt werden. Jede Reduzierung der westlichen

Verteidigungskraft bedeute eine Schwächung der Verhandlungsbasis des Westens.)
Aber das war noch nicht alles, was die NATO an unangenehmen Wahrheiten zu bieten hatte. Um ihre These zu untermauern, hatte sie eine eingehende Studie über die sowjetische Auslegung des Begriffs Entspannung beigefügt: Militärische und wirtschaftliche Abkommen konnten durchaus unterzeichnet werden, aber das hinderte die Sowjets keineswegs daran, weiterhin die Schwächen des Westens zu erkunden und Salz in offene Wunden zu streuen. Die alten Methoden des kalten Krieges — offene oder angedrohte Konfrontation, brutale Maßnahmen wie die Berliner Blockade — waren inzwischen überholt. Die neue Entspannungstaktik war ›die Unterwanderung des Systems‹, eine von den deutschen Kommunisten häufig verwendete Formulierung. Damit war die Vernichtung der politischen Demokratie des Westens durch Diskreditierung grundlegender politischer und sozialer Ideale gemeint. Und im Zusammenhang mit diesem Ziel hatte die Desinformation (Abt. A der Ersten Hauptabteilung, Ausschuß für Staatssicherheit) in der Planung der Sowjets einen immer wichtigeren Plan eingenommen.
Desinformation. Mischas Abteilung. Was würde der zum Beispiel wohl zu den Einzelheiten über die jüngst erfolgte Übernahme der Freien Universität in West-Berlin sagen? Und zu der Tatsache, daß seine Agenten und ihre Methoden eindeutig beschrieben wurden? Rick holte tief Luft, um wieder ruhig zu werden, und führte dann das begonnene Gespräch weiter.
»In zehn Jahren bist du ganz oben: So alt wie Tom und schon Leiter des Instituts. Na, wie würde dir das gefallen? Besser, als einfacher Auslandskorrespondent zu sein, wie?« Er legte einige Blätter auf den Schreibtisch und ordnete sie sorgfältig. Er schürzte die Lippen.
»Na, was hast du bis jetzt für einen Eindruck?« fragte Chuck.
»Ein ziemlicher Hammer. Aber meinst du nicht, daß es ein absichtlicher Tiefschlag gegen Kissinger und Ford sein könnte?«
Chuck starrte ihn an. »Ich habe dir doch gesagt, um was es sich handelt — oder? Wieso machst du jetzt rechtsum kehrt?«
»Mache ich gar nicht. Ich finde immer noch, daß es veröffentlicht werden muß. Aber vielleicht ein bißchen später. Nicht unbedingt gerade jetzt, wo Ford in Wladiwostok ist.«
»Um so mehr Grund . . .«
»Warum wartest du nicht bis nach dem NATO-Treffen in Brüssel, an dem auch Kissinger teilnehmen wird. Bis zum 12. Dezember ist es doch wirklich nicht mehr so lange hin.« Außerdem, dachte Rick, hätte ich dann Zeit genug, Holzheimers Interesse abzukühlen.

»Und genau deswegen werden wir wie geplant vorgehen. Wir werden sicherstellen, daß die Versammlung in Brüssel sich die NATO-Beurteilung über die Entspannung anhört und offen darüber diskutiert. Nicht nur die amerikanische Öffentlichkeit braucht einen Anstoß. Es gibt viel zuviel Geheimniskrämerei mit Dingen, die offen bekanntgemacht werden müßten. Wie soll ein Volk wählen, wenn ihm keine Wahl bleibt? Die Menschen müssen über die Alternativen informiert werden . . .«
»Okay, okay. War nur ein Vorschlag. Ich glaube dir ja, daß es kein guter war.«
»Weißt du, was bei dir die Schwierigkeit ist, Rick? Du bist zu konservativ.«
»Und weißt du, was bei uns beiden die Schwierigkeit ist? Wir brauchen unbedingt was zu essen. Ich hab' seit dem Frühstück kaum mehr was zwischen die Zähne gekriegt. Und du? Ich wette, du hast auch nichts zum Lunch gegessen. Was hast du im Kühlschrank?«
»Du kannst uns ein Sandwich machen, während ich tippe.«
»Gut. Aber laß mich zuerst weiterlesen. Übrigens könnte ich jetzt den angebotenen Drink gebrauchen. Trockener Martini?«
»Kommt sofort.« Chuck verschwand in der Küche.
Rick handelte sofort. Er warf das Memorandum auf den Tisch, drehte sich zur Schreibmaschine um und nahm den Deckel ab. Dann suchte er die A-Taste heraus, hob den Hebel an und verbog ihn. Dasselbe machte er mit der S-Taste daneben. Das müßte reichen, dachte er und schob die Typenhebel zurück, so weit es noch ging. Er schloß den Deckel der Maschine und wischte sich die Schmierflecken von den Fingern, ehe er wieder nach dem Memorandum griff.
Als Chuck wiederkam, saß er am Schreibtisch, das Urbild angestrengter Konzentration. Er beendete die letzte Seite und legte sie behutsam auf die anderen.
»Na?« fragte Chuck.
»Es ist gut. Da hat jemand hart dran gearbeitet. NATO-Geheimdienst, vermute ich?«
»Es ist so etwas Ähnliches wie das, was wir in Shandon machen. Fakten analysieren und auswerten, und alles in einer abschließenden Beurteilung zusammenfassen. Die Prognose ist immer am schwersten, aber auch am notwendigsten. Hier, da hast du deinen Martini. Trocken genug? Leider hab' ich weder Zwiebeln noch Oliven. Möchtest du vielleicht Zitronenschale?«
»Nein, danke. Er ist großartig.«
Chuck warf einen Blick auf die Schreibtischuhr und kontrollierte die Zeit auf seiner Armbanduhr. »Am besten rufe ich Tom noch an, ehe ich mich an die Arbeit mache.« Unvermittelt war er

beunruhigt. »Hoffentlich habe ich genug Kohlepapier. Ich brauche einen Durchschlag für mich selbst — nur um sicherzugehen, daß die ›Times‹ auch alles druckt, was ich ihnen gebe.«
Er ging an den Schreibmaschinentisch und zog die Schublade heraus. »Ist noch genug da«, verkündete er, nachdem er den Kasten geöffnet hatte. »Aber ich habe kein Ersatzfarbband mehr.«
»Jetzt tust du aber wirklich wie ein Kleinigkeitskrämer.« Eine uralte Ausrede, um den Anruf bei Tom aufzuschieben, dachte Rick. Haben die Brüder sich gestritten?
Aber Chuck nahm den Deckel der Maschine ab und spannte einen Bogen ein. »Ich will nur schnell das Farbband ausprobieren. Wenn's verbraucht ist, mußt du mir eins von Katie ausborgen. An einem Samstag um diese Zeit ist nirgends ein Schreibwarenladen offen.«
»Tom wird auf dich warten . . .«
»Ach, das hat Zeit.« Chuck begann zu tippen, hielt wieder inne, versuchte es noch einmal. »Verdammt!«
»Stimmt was nicht?«
»Zwei Hebel sind verklemmt. Irgendwie verbogen.« Er versuchte sie geradezubiegen und blickte dann völlig niedergeschmettert zu Rick empor. »Geht nicht«, sagte er. »Was soll ich jetzt machen? Und wer . . .«
»Mattie? Sie hat eine ziemlich schwere Hand.«
»Warum sollte die an die Typenhebel gehen?«
»Vielleicht hat sie zufällig was drauffallen lassen.«
»Eine Wagenladung Steine?« gab Chuck bitter zurück.
»Oder sie ist mit ihren zweihundert Pfund gegen den Tisch gefallen und hat die Maschine runtergestoßen.«
»Was soll ich bloß machen?« jammerte Chuck abermals. »Frag doch bitte mal schnell bei Katie, ja? Die leiht uns bestimmt ihre Schreibmaschine.«
Katie besaß eine uralte Maschine, ein antikes Stück, das sie ebenso sehr liebte wie ihre alten Telefone und den Plattenspieler mit dem Trichter.
»Die ist kaputt. Die würde dir jedes Farbband zerreißen.«
Chuck rührte sich nicht. Dann leuchteten seine Augen auf und er langte nach dem Telefonbuch. »Algonquin, Algonquin . . . Da ist es.« Er ließ sich verbinden. »Tom? Ich bin gerade nach Hause gekommen und habe Dorotheas Nachricht gefunden. Hör mal — es tut mir wahnsinnig leid, aber ich habe heute Berge zu tun. Zum Dinner schaffe ich es einfach nicht. Aber könnte ich vielleicht jetzt mal schnell im Algonquin vorbeischauen? Auf einen ganz schnellen Drink mit euch? . . . Und hör mal, würdest du mir deine Kofferschreibmaschine leihen? . . . Ich bringe sie dir morgen bestimmt zurück . . . Ja, ich weiß, daß du sie brauchst.

Du hast sie bestimmt zurück, bevor du nach Paris abfliegst. Okay? Also dann bis in ungefähr zwanzig Minuten.«
Chuck legte den Hörer auf und lief ins Schlafzimmer, um Jackett und Krawatte wieder anzulegen. Wie ein Wirbelwind war er dann aus der Wohnungstür und rief nur kurz über die Schulter zurück:
»In einer Stunde bin ich wieder hier.«
Die Runde hätte ich also verloren, dachte Rick. Er wird eine Schreibmaschine bekommen und bis zehn oder elf Uhr heute abend eine vollständige Abschrift fertig haben. Aber mir bleibt wenigstens die Zeit und die Möglichkeit, die ich für meinen Zweck brauche. Besser sogar als geplant. Also werde ich sie nutzen.
Er räumte den Schreibtisch ab und schob den Teil des Memorandums, den er gelesen hatte, beiseite. Eine Stunde, vielleicht auch mehr. Um ganz sicherzugehen, würde er lieber nur vierzig Minuten ansetzen.
Er holte einen kleinen Schlüsselbund hervor und wählte den Dietrich. Mehr brauchte er nicht für dies einfache Schloß. Geschickt manipulierte er mit dem Werkzeug, zog die Schreibtischschublade auf und nahm die beiden streng geheimen Teile des NATO-Memorandums heraus.
Er blickte lediglich auf die Seitennummern, verschwendete keine Zeit darauf, alles zu lesen, obwohl er sehr stark versucht war, Teil drei zu studieren. Er stellte die starke Schreibtischlampe auf den richtigen Lichtwinkel ein. Nun holte er eine kleine Kamera in Streichholzschachtelgröße aus der Innentasche und schob die erste Seite unter die Lampe. Dann begann er zu fotografieren.
Innerhalb von fünfunddreißig Minuten war alles vorüber – die Blätter wieder hintereinander geordnet und genauso in die Schublade zurückgelegt, wie er sie gefunden hatte. Den kostbaren Film ließ er in der Kamera: Er würde ihn erst herausnehmen, wenn die Gefahr eines Versehens nicht mehr so groß war, denn jetzt waren seine Hände müde, seine Augen überanstrengt. In der Innentasche seines Jacketts, die mit einem Reißverschluß geschlossen war, ruhte der Film sicher genug.
Jetzt konnte er den Schreibtisch aufräumen. Die Blätter von Teil eins lagen sauber gestapelt da und warteten auf Chuck. Anschließend würde er ein paar Sandwiches machen, Kaffee aufsetzen und einige Beweise einer wohlgenutzten freien Stunde hinterlassen.
Eine Runde verlieren, die nächste gewinnen, sagte er sich, während er nach seinem Glas suchte: Er hatte es stillschweigend auf einem kleinen Tisch abgestellt, weil er mit Chucks starkem Martini kein Risiko eingehen wollte, solange er noch mit seinem Pro-

blem beschäftigt war. Jetzt war der Drink abgestanden. Er trug ihn in die Küche, leerte ihn in den Spülstein und schenkte sich einen doppelten Wodka ein. Den er sich redlich verdient hatte.

*Fünftes Kapitel*

Um zehn Minuten nach sechs war Tom Kelso wieder im Hotel — nach einem Tag, der mit mehreren Besprechungen ausgefüllt gewesen war: eine mit einem Redakteur der ›Times‹ wegen seiner bevorstehenden Reise nach Frankreich, die andere mit einem Fernsehreporter, der nach drei Jahren Aufenthalt soeben von dort heimgekehrt war, und eine dritte mit einem auf Urlaub befindlichen Attaché der amerikanischen Botschaft in Paris.
Als er das Schlafzimmer betrat, saß Dorothea, angetan mit einem schwarzen Chiffonnegligé und einem weißen Filzhut, vor dem Toilettenspiegel und studierte den Sitz des Hutes, den Schwung des breiten Randes im Profil. Sie drehte sich zu ihm um, als er an der Tür stehenblieb, und schenkte ihm ein Lächeln, das das Herz eines jeden müden Mannes zum Hüpfen gebracht hätte.
»Na, wie findest du ihn?« fragte sie ihren Mann.
»Großartig.« Er nahm ihr den Hut vom Kopf und warf ihn auf einen Sessel. Und ich habe gerade noch fünf Minuten Zeit, um mich zu duschen, umzuziehen und unten in der Bar Drinks zu bestellen, dachte er, plötzlich frustriert.
»Also er gefällt dir nicht.«
»Er stört.« Tom bückte sich und drückte ihr einen Kuß auf das weiche, glatte Haar. Sie hob ihm das von einem parfümierten heißen Bad noch erhitzte und gerötete Gesicht entgegen, um ihm ihre Lippen zu einem ungehinderten Kuß zu bieten. Verdammt, sie duftete so gut!
»Ich werde schnell zwei Minuten duschen. Würdest du mir das blaue Hemd und die rote Krawatte rauslegen, Liebling?« Er war bereits auf dem Weg ins Bad und legte dabei die Kleider ab.
»Und du solltest dich auch langsam anziehen, Thea.«
»Aber Chuck kommt doch erst um halb acht hierher. Bis dahin haben wir Zeit genug.«
»Nicht soviel, wie du glaubst, Liebling. Vorher kommt noch Tony Lawton auf einen Drink. Und Brad Gillon.«
»Wann?« rief sie ihm beunruhigt vom Toilettentisch aus nach und stürzte sich sogleich in Aktion. Zuerst das Hemd und die Krawatte. Tom war bereits unter der Brause, ihre Frage in einer Flut von Wasser untergegangen. Sie schlüpfte rasch in Strumpfhose und Büstenhalter. Brad Gillon kannte sie gut; er war ein alter Freund von Tom, früher mal im State Department, jetzt aber nicht mehr in Washington, sondern in New York, wo er sich ins

Verlagsgeschäft gestürzt hatte. Tony Lawton? Sie begann sich einzucremen und zu pudern. Ja, sie erinnerte sich, ihn schon einmal getroffen zu haben, bei einem kurzen Besuch in Washington. Er war Engländer, lebte in London, wenn er nicht in der Welt herumreiste. Auch einer von Toms vielen ausländischen Freunden. Augenbrauenstift, Lippenstift, Haare kämmen. Sie war fast fertig für das kleine Schwarze, das ebenso wieder in Mode war wie der Hut, den sie spontan am Ende eines anstrengenden Einkaufsbummels erstanden hatte. Sie hielt den Samstag nicht gerade für einen idealen Tag zum Aussuchen von Weihnachtsgeschenken, aber Toms Zeitplan ließ ihr keine andere Wahl. Sie zuckte die Achseln. Tom kam, sich das Haar frottierend, aus dem Bad.

»Wann werden sie hier sein?« fragte sie, das Kleid in der Hand.
»Um halb sieben – leider.«
»Himmel!« Sie stieg von oben in das Kleid.
»Ja, ja, so ist es . . .« Er hielt mitten im Haarbürsten inne. »Ich werde ziemlich grau an den Schläfen«, stellte er voll Sorge fest, als er aufmerksam in den Spiegel sah.
»Es steht dir gut, Liebling.« Sie unterbrach das Anziehen und betrachtete ihn eingehend. Mit seinen zweiundvierzig Jahren war er ein durch und durch gesunder Mann: feste Muskeln, schlanke Taille (das war ein Punkt steter Sorge für ihn, ständig versagte er sich die zweite Portion beim Essen und das Dessert, aber es war eine kleine Eitelkeit, die er mit Millionen Männern teilte), dunkles Haar, trotz des leichten Graus an den Seiten, sehr voll, dunkle Augen, die sie lächelnd beobachteten, während sie ihn musterte.
»Komm, Goldköpfchen«, sagte er, »mach dir das Kleid zu, so schade ist es auch um den hübschen Anblick. Freund Brad würde auch noch auf dem anderen Auge blind, wenn er dich so sehen könnte.«
»Ach, Tom!« Sie hatte die Brauen leicht gehoben, die schwarzen Wimpern flatterten, die roten Lippen öffneten sich zu vorwurfsvollem Protest.
»Ja, ja, so ist es«, wiederholte Tom und streifte seinen Anzug über. Er hatte sich sehr gefreut, als Tony Lawton ihn heute im Büro anrief und ihm vorschlug, am Abend etwas zusammen zu trinken. Und ob er wohl auch Brad Gillon einladen könnte.
»Warum habe ich bloß nicht sieben gesagt?«
»Weil Chuck um halb acht herkommen wird. Und du dann keine Zeit für eure üblichen Kumpelgespräche hättest.«
»Ich muß noch schnell die Drinks bestellen«, sagte Tom und ging zum Telefon. »Wie war's denn heute?«
»Ach, es geht.« Tom wartete, bis sich die Bar meldete, und über-

legte dabei abermals, warum Lawton soviel Wert darauf gelegt hatte, Brad Gillon heute abend hier zu treffen, statt direkt selbst zu Gillon zu gehen. Tonys Tricks belustigten Tom, aber sie lieferten ihm auch gute Artikel, obwohl sie nicht immer sofort zur Veröffentlichung geeignet waren. »Gar nicht so schlecht. Ich bin jetzt im Bilde. Ich weiß, wo ich in Paris ansetzen muß, um Informationen über den französischen Standpunkt hinsichtlich der Versammlung in Brüssel im nächsten Monat zu bekommen. Die haben eine Art . . .« Er brach ab, um dem Barkeeper zu sagen, daß er Scotch, Bourbon, Mineralwasser, Sodawasser und viel Eis brauche. Und zwar pronto.
»Eine Art — was?« erkundigte sich Dorothea, nachdem er den Hörer aufgelegt hatte.
»Eine Art ›Wir stehen euch bei, aber wir gehören nicht zu euch‹-Komplex. Schwer einzuschätzen. Es kann mehr bedeuten, als wir meinen, aber auch weniger, als wir hoffen.« Die Franzosen, seit de Gaulle an den militärischen Problemen der NATO nicht mehr beteiligt, würden nur die diplomatischen und wirtschaftlichen Sitzungen in Brüssel besuchen, hegten aber eine sehr entschiedene Meinung über das europäische Verteidigungssystem.
»Dann wirst du also über die NATO-Versammlung am 12. Dezember berichten müssen«, sagte sie langsam. Sie hoffte immer noch, daß er nicht so bald wieder nach Europa mußte. Wegen dieser Parisreise war er schon am Thanksgiving-Tag nicht zu Hause. Durch den Auftrag in Brüssel würde er vielleicht sogar noch Weihnachten verpassen. »Ist das endgültig?«
»Endgültig«, bestätigte er und hoffte, daß es keine weiteren Diskussionen darüber geben werde. »Aber ich bin vor Weihnachten wieder zurück. Bis dahin werden alle NATO-Besprechungen vorüber sein.«
Aber dein Teil der Arbeit — wird der dann auch vorüber sein, mein Liebster? dachte sie. Unvorhergesehene Ereignisse konnten einen Auftrag in die Länge ziehen, wie sie aus Erfahrung wußte. Sie mußte, fand sie, dankbar sein, daß Tom nicht ein paar Wochen länger in Paris blieb und dort den Beginn des Brüssel-Treffens abwartete. Viele andere Männer hätten es zweifellos so gemacht.
»Du siehst aus wie ein Mädchen, das mit dem Reißverschluß nicht allein fertig wird.« Tom half ihr, das Kleid zu schließen. »Perfekt«, stellte er fest und drehte sie um, weil er den Gesamteindruck genießen wollte. Und das war keine höfliche Lüge. Er küßte sie zart.
»Du aber auch. Ich mag diese dunkelrote Krawatte.«
»Paßt zu meinen Augen.« Er ließ sie los, weil sie hinüber in den Salon mußte, wo ein Kellner mit einem Tablett voll Drinks ein-

getroffen war. Er hörte sie lachen. Aber seine Augen waren sehr müde, das mußte er zugeben. Er hatte heute nicht nur angespannt zugehört, sondern auch sehr viel gelesen und sich eine Menge Notizen gemacht, und nun war sein Kopf angefüllt mit einem Sammelsurium einzelner Fakten, die sich wie ein Karussell drehten. Er sehnte sich nach einem ruhigen Abend, einem angenehmen Dinner, um anschließend mit seiner schönen, blonden Frau zeitig zu Bett gehen zu können. »Hast du Nachricht von Chuck?« rief er ihr zu.
»Bis jetzt noch nicht.« Dorothea wählte passende Ohrringe für das Kleid. Toms Ton war schärfer geworden. Sie ahnte, daß er eine finstere Miene zog. »Er wird schon kommen. Selbst wenn er meine Nachricht überhaupt nicht erhalten hat.«
Und da war es wieder, das alte Schuldgefühl, wie immer, wenn sie Chuck erwähnte: Sie war vermutlich der Anlaß dafür, daß Chuck sich in den letzten fünf Jahren von Tom entfernt hatte. Vor ihrer Zeit hatten sie in einem für Chuck durchaus bequemen Arrangement gelebt. Bis sie auf der Bildfläche erschien. Da hatte er Washington verlassen, um einen Job im Shandon House anzunehmen und in New York ein eigenes Leben zu beginnen.
Und das war an der Zeit gewesen, hatte sie damals gefunden. Denn bis auf seine College- und Militärzeit hatte Chuck, seit er acht und Tom achtzehn gewesen war, an Toms Rockzipfel gehangen. In diesem jugendlichen Alter hatte Tom damals Vater- und Mutterrolle zugleich bei Chuck übernommen und einen Job als Jungreporter angetreten, um die Rechnungen bezahlen zu können. (Die Lebensversicherung der Eltern deckte kaum die Miete der Wohnung in New York.) Sobald Chuck sicher im College untergebracht war, ergriff Tom die Gelegenheit, um als Kriegsberichterstatter nach Korea zu gehen. Anschließend spielte er wieder den pflichtgetreuen Bruder, half Chuck durch eine katastrophale Frühehe und blieb selbst Junggeselle – zum Teil, weil er sich mit internationaler Politik befaßte und von den vielen weiten Reisen fasziniert war, zum Teil, weil er nach Washington umzog; vor allem aber, weil das Junggesellendasein zu einer Gewohnheit geworden war, die er nur schwer ablegen konnte. (Da der Achtzehnjährige die ganze Last der Verantwortung für die Familie getragen hatte, wollte er als Erwachsener eine Weile wenigstens davon verschont bleiben.)
Und dann hatten sie sich kennengelernt.
In einem Fernsehstudio. Sie arrangierte Interviews für Bud Wells' ›Talk Talk Talk Show‹, und Tom gehörte zu den Opfern dieses Tages. Zehn Minuten, nicht mehr – zehn Minuten miteinander, und schon war's geschehen. Der eingefleischte siebenunddreißigjährige Junggeselle und die sechsundzwanzigjährige

Karrierefrau — ade, ihr Zukunftspläne und -ideen; willkommen du neues Leben samt allem, was nötig ist, um einen Erfolg aus dir zu machen!
Bei der Erinnerung lächelte sie, während sie sorgfältig ihre Ohrringe befestigte. Sie glitzerten und funkelten. Die Zuchtperlenkette legte sie wieder zurück. Was zuviel war, war zuviel. Während sie kritisch ihr Spiegelbild musterte, fragte sie sich, was für eine Frau Chuck wohl als Schwägerin akzeptiert hätte: rundlich und schweigsam, oder grauhaarig und mütterlich? Er mochte sie nicht; das spürte sie, obwohl er es geschickt verbarg. Genau wie sie es nicht mochte, daß Tom sich immer noch um ihn sorgte. Aber eins hatte sie sich von Anfang an zum Prinzip gemacht: niemals Kritik an Chuck, diesem reizenden, brillanten und vergeßlichen jungen Mann. Warum rief er nicht an? Tom hatte ihn seit beinahe zwei Monaten nicht mehr gesehen. Und das tat Tom weh — *mußte* ihm weh tun.
Dorothea ging in den Salon. »Weißt du, Liebling, vielleicht hat er meine Nachricht gar nicht gekriegt.«
»Chuck? Zerbrich dir nicht den Kopf, Kleines.« Toms Ton war bemüht beiläufig.
Tue ich das? dachte sie. Dann lächelte sie erleichtert, denn das Telefon läutete. Aber es war nicht Chuck. Es war der Portier, der Mr. Bradford Gillon ankündigte.
Brads Name veranlaßte sie zu einer anderen Frage. »Er wird doch hoffentlich dein Buch herausbringen, oder?«
»Bis jetzt hat er noch keinen Rückzieher gemacht.«
»Wenn du dir nur ein bißchen Zeit nehmen und es in Ruhe fertigschreiben könntest. Nur sechs Monate . . .«
»Wärst du vielleicht auch mit dreien zufrieden?« Er lachte über ihre verblüffte Miene. »Ich wollt's dir ja erst nach dem Dinner sagen, aber du kannst einem wirklich die Würmer aus der Nase ziehen. Du wärst eine gute Reporterin.«
»Ach Tom . . . Haben sie dir das heute bei der ›Times‹ gesagt? Haben sie dir wirklich versprochen . . .«
»Sie ziehen einen dreimonatigen bezahlten Urlaub in Betracht.« Er griff nach ihr und drückte sie an sich. »Aber das hängt selbstverständlich ganz davon ab, wie sich die Weltlage entwickelt«, fügte er sofort hinzu, um ihre Erregung zu dämpfen.
»Ach Tom . . .«, sagte sie abermals und schlang ihm die Arme um den Hals. »Weißt du, ich habe auch Pläne gemacht. Ich werde mir ein Jahr freinehmen. Ja, ich weiß, ich kriege meinen Job vielleicht nicht wieder, aber . . .«
»Ein ganzes Jahr?« Er warf ihr einen raschen Blick zu.
»Wenn nötig, sogar zwei. Das Leben hat mehr zu bieten als meinen Namen in Goldbuchstaben auf einer Bürotür. Außerdem

war ich heute morgen gleich bei Dr. Travis. Sie sagt, ich bin in
großartiger Verfassung. Überhaupt kein Risiko mehr. Sie war
ganz sicher. Alles bestens. Alles in Ordnung.«
»Thea . . .«
Ein kurzes Klopfen an der Tür. Tom ließ sie los und ging öffnen.
»Hallo, Brad! Kommt Tony nicht?«
»Aber sicher. Ich hab' ihn unten in der Halle rumschleichen sehen.« Brads sonst immer ernstes Gesicht verriet ganz eindeutig
Belustigung. »Er ist in spätestens einer Minute hier.«
»Kommt er über die Treppe?« fragte Tom grinsend. Er ließ die
Tür angelehnt.
Doch Brad hatte sich bereits ganz auf Dorothea konzentriert.
»Du siehst wunderbar aus!« Er umarmte sie brüderlich und gab
ihr einen herzlichen Kuß auf die Wange.
»Du aber auch.« Ein bißchen schwer vielleicht, da er jedoch ein
großer, kräftiger Mann war, sah man ihm sein Gewicht nicht sofort an. Ausgeprägte Züge, Adlernase, dichte Brauen, die in Ruhestellung beinahe finster wirkten. Das weiße, wellige Haar aus
der breiten Stirn zurückgestrichen: eine Menge Gehirn paßte in
diesen massigen Schädel. Sanfte Augen, blau und ruhig, aber
stets aufmerksam.
»Wie geht's Mona?« erkundigte sich Dorothea höflich.
»Erholt sich gerade von ihrem dritten Grippeanfall in diesem
Herbst.«
»Das ist ein Wink mit dem Zaunpfahl für dich, mindestens zehn
Tage mit ihr ins sonnige Florida zu fahren.«
»Ich wünschte, ich hätte die Zeit dazu. Seit dem vergangenen
Weihnachtsfest habe ich mir nicht mal eine Woche freinehmen
können.«
Er war, wie Dorothea sich erinnerte, erst kürzlich in Frankreich
und Deutschland gewesen, um ein paar neue Autoren und ein
oder zwei unbekannte Manuskripte zu entdecken. (Brad hatte zu
seinem früheren Interesse für französische und deutsche Literatur zurückgefunden — er hatte damals, Anfang der vierziger Jahre, in Harvard promoviert — und sich einen schönen Platz im
Verlagsgeschäft gesichert.) »Warum nimmst du Mona nicht mit,
wenn du nächstesmal ins Ausland fährst?«
»Wegen der Kinder«, antwortete Brad knapp. Als Mann von
zweiundfünfzig, der sehr früh geheiratet hatte, mußte er sich nun
mit den Problemen von zwei geschiedenen Töchtern und vier
Enkelkindern herumschlagen. »Warum können die Leute bloß
nicht verheiratet bleiben?« Er schüttelte den Kopf. Es war zweifellos ein bißchen viel verlangt, Mona, die zwei eigenwillige
Töchter großgezogen hatte, nun auch noch deren Sprößlinge
aufzuladen. »Schafft euch nur nie ein Haus mit fünf Schlafzim-

mern an«, warnte er. »Ich hätte meins schon vor Jahren abstoßen sollen.«
»Tja«, antwortete Tom, der Bourbon für Brad und Scotch für Thea und sich selbst einschenkte, »wenn es zu Hause für dich unerträglich wird, bleibt dir ja immer noch dein Büro.«
»Ist Brad schon wieder der stille Dulder?« erkundigte sich Tony Lawton, der gerade eingetreten war und nun die Tür hinter sich schloß. Seine Stimme und sein Lächeln wirkten freundlich, und sie alle reagierten mit einem Lachen, sogar Brad, der seine eigenen Schwächen besser kannte als die meisten anderen Männer.
»Glaubt ihm kein Wort. Er ist ein Arbeitsfanatiker. Erst wenn man ihm die Arbeit nimmt, leidet er wirklich.«
»Du hast dich noch nie über zuviel Arbeit zu beklagen gehabt«, erwiderte Brad. Aber das indirekte Kompliment schmeichelte ihm.
»Ich lasse es auch nie so weit kommen, daß die Arbeit mir das Vergnügen vergällt. Ja danke, Tom — Bourbon für mich. Und wie geht's dir, alter Freund? Mrs. Kelso« — Tony konzentrierte seinen ganzen, selbstverständlichen Charme auf sie, und der war beträchtlich —, »wie schön, Sie endlich einmal wiederzusehen. Oder erinnern Sie sich nicht mehr an mich?«
Er war kein Mensch, an den man sich leicht erinnerte: unauffälliges Gesicht, bräunliches Haar, graue Augen, von normaler Statur, nicht viel größer als sie. Alter? Ende Dreißig, Anfang Vierzig? Angenehme Stimme. Sein grauer Anzug war gut geschnitten, die Krawatte gedeckt, die Schuhe blank. In diesem Fall machten Kleider wirklich den Mann, fand Dorothea: Ohne den vorzüglichen Schnitt des Anzugs und die blankpolierten Schuhe hätte sie ihn bestimmt nicht so schnell wiedererkannt. Es sei denn, an diesem herzlichen Lächeln und dem freundlichen Humor, den er beim Gespräch an den Tag legte.
»Doch, ich erinnere mich an Sie«, gab sie zurück. »Der Weinhändler, der nur Bourbon mit Mineralwasser trinkt.«
»Gespaltene Persönlichkeit«, bestätigte Tony und zuckte nicht mal bei dem Wort ›Weinhändler‹ zusammen. Im Gegenteil, er liebte diese Bezeichnung für seine Weingroßhandlung mit Hauptsitz in London und Filialen in aller Welt.
»Heutzutage geht man sicherer, wenn man Bourbon trinkt, als bei Bordeaux«, erklärte Brad, und das veranlaßte Tony zu einer urkomischen Schilderung des ›Winegate‹-Skandals in Frankreich. Offenbar war er gerade von dort gekommen. Er kommt wirklich in der Welt herum, dachte Dorothea und beobachtete still die drei völlig ineinander vertieften Männer. Das Gespräch wechselte von französischem Wein zu französischer Politik, dann zu Algerien (abermals Wein als Überleitung zur Politik) und

schließlich zu Italien (Chianti-Probleme und – jawohl, wieder einmal – politische Probleme). Nicht daß die Männer sie vergessen hätten: Immer wieder einmal sahen sie sie lächelnd an, um den Kontakt aufrechtzuerhalten. Und sie war wirklich fasziniert. So ein frei fließendes Gespräch wie dieses hier schien den Charakter eines jeden der drei Männer ans Licht zu bringen. Tom war der Journalist, der auf einer Feststellung herumhämmerte, Fragen stellte. Brad hatte sich viel von seiner reservierten, nachdenklichen State-Department-Art erhalten: Alles wurde gewogen, vieles für zu leicht befunden. Und Tony, jetzt hellwachen, interessierten Blickes, mit seiner schnellen, scharfen Zuge, mußte ein überaus tüchtiger Geschäftsmann sein. Irgendwie ein seltsames Trio; aber Freunde, ganz zweifellos. Sie stellte sich vor, wie es wohl wäre, wenn sie alle drei zu einer Bud-Wells-Talkshow kämen: Sie würden die Zügel an sich reißen. Sie würden Buds Platitüden in verdutztes Schweigen verwandeln. Sie mußte plötzlich lachen. Die Männer unterbrachen ihre Diskussion über Jugoslawien nach Titos Tod und sahen sie verwundert an.
Das Telefon läutete. Vom Gong gerettet, dachte sie, während Tom den Hörer abnahm und sich die Aufmerksamkeit von ihr abwandte. Ein Gentleman belauscht niemals das Telefongespräch eines anderen Gentleman, mahnte sie sich, belustigt über Brad und Tony, die eine gedämpfte Unterhaltung zu zweit begonnen hatten. Aber ich bin kein Gentleman. Der Anrufer war Chuck. Das las sie von Toms Miene ab. Das Herz wurde ihr schwer.
Tom blieb neben ihrem Sessel stehen. »Er hat unsere Einladung heute abend vergessen«, berichtete er ruhig, aber mit gezwungenem Lächeln.
»Hat er tatsächlich gesagt . . .« Trotz ihrer Vorsätze verriet ihr Ton Empörung.
»Nein, nein. Zuviel zu tun. Er schaut auf einen kurzen Drink herein. Außerdem will er sich meine Schreibmaschine ausborgen.«
»Ich werde sie herrichten.« Der Schreibmaschinenkoffer stand im Schlafzimmerschrank bei Toms Gepäck. Sie überließ es Tom, den Besuch seines Bruder zu erklären, und als sie zurückkam, waren sie beim Thema Shandon House gelandet, dem Geistesprodukt des alten Simon, wie Tony es nannte. Simon Shandon hätte sich gewundert, wenn er hätte sehen können, wie groß es inzwischen geworden war.
»Nicht an Personal«, entgegnete Brad. »Die Mitarbeiterzahl haben sie knappgehalten. An Einfluß – ja. Dein Bruder muß ein helles Bürschchen sein, daß er das reingekommen ist.«
»Er hat eben den ganzen Grips der Familie geerbt.«

Stimmt nicht, stimmt nicht! dachte Dorothea verteidigend; aber sie ließ Tom seinen Triumph der Bescheidenheit. Verdammt, warum mußte er sich immer geringer hinstellen als Chuck? War das eine alte Gewohnheit, um den Jüngeren zu ermutigen und sein Selbstvertrauen zu stärken?
»Was wird Shandon denn mit dem neuen Besitz anfangen?« erkundigte sich Tony. »Eine Europafiliale einrichten?«
Ich komme schon wieder nicht mit, dachte Dorothea. Welcher neue Besitz?
Brad, der ihre Miene sah, begann es ihr zu erklären. Simon Shandons Witwe hatte New Jersey nicht gemocht, hatte nicht einmal gern in Amerika gelebt. Sie zog ihre Villa an der Riviera vor. Darum hatte der alte Simon sie ihr in seinem Testament vermacht: die Villa und eine jährliche Zuwendung bis zu ihrem Tod. Wenn sie starb — es gab weder Kinder noch Verwandte, die Simons Wünsche komplizierten —, sollte der Besitz an der Riviera Eigentum des Shandon House werden. Nun war sie vor drei Wochen mit zweiundneunzig Jahren gestorben, immer noch schäumend vor Zorn über das Testament ihres Mannes und den Reichtum, den er in New Jersey investiert hatte.
»Deswegen hat sie vermutlich auch so lange gelebt — aus schierem Trotz«, meinte Tony. »Und Shandon besitzt jetzt eine Villa bei Menton. Wie chic! Was soll daraus werden — ein Ruhe- und Erholungszentrum für abgeschlaffte Superhirne?«
»Sie könnten sie nutzen wie Harvard die Berenson-Villa bei Florenz«, schlug Brad vor.
»Als eine Art Shandon-sur-Mer?«
»Ohne Computer. Nur ein Treffpunkt für Superhirne aus Amerika und Europa, die sich um die Lösung von Problemen bemühen. Jeden Abend, nach einem Tag klausnerischer Meditation, gemeinsame Seminare.« Brads Grinsen wurde breiter.
Tony sagte: »Jeder mit einem eigenen Arbeitszimmer, wo er die Füße auf den Schreibtisch legen und sich großen Gedanken hingeben kann, während er aufs blaue Mittelmeer hinaussieht? Eine fabelhafte Einrichtung, so ein Institut. Alles schön luxuriös und außerdem steuerfrei.«
»Sie rechtfertigen ihre Existenz durchaus«, gab Tom zu bedenken.
»Hin und wieder. Aber« — Tony seufzte —, »es kann sich auch zu einer gefährlichen Situation entwickeln. Wenn das Institut unter politische Kontrolle gerät — wo stehen wir dann? Wir hören auf Ratschläge, die uns völlig verwirrt dastehen lassen.« Er lächelte Dorothea zu. »Ich lasse mich sehr leicht verwirren«, erklärte er ihr. Sie zweifelte an seinen Worten.
Das Telefon läutete: Der Portier meldete, daß Chuck da sei.

Dorothea packte die Schreibmaschine in den Koffer. Tom hatte bereits die Tür geöffnet und wartete im Korridor, vermutlich, um Chuck über die Gäste zu informieren.
Den Arm um Toms Schultern gelegt, kam Chuck herein. »Tut mir aufrichtig leid«, erklärte er, »aber ich muß einen Schnellschuß beenden. Du weißt ja, was es heißt, Termine einzuhalten, Tom.« Als er sah, daß alle, sogar Thea – oder vielmehr Dorothea; Thea durfte nur Tom sagen, darauf bestand sie unerbittlich –, seine Erklärung akzeptierten, legte sich seine Nervosität ein wenig. Er wirkte tatsächlich abgespannt. Und die anderen hier anzutreffen, war eine Erleichterung. Jetzt konnte er sich vor einer Plauderei drücken. In Gegenwart dieser Besucher würde er keine Gelegenheit zu einer längeren Aussprache mit Tom haben. Er drückte Dorothea einen kleinen Kuß auf die Wange und schenkte ihr sein schönstes Lächeln. Ein höfliches Nicken zu dem Engländer hinüber, ein oder zwei Worte mit Brad Gillon, den er aus seiner Washingtoner Zeit kannte, und schon hatte er den Schreibmaschinenkoffer in der Hand und eine Entschuldigung auf den Lippen.
»Nein, nein, ich setze mich lieber nicht, sonst stehe ich erst in einer Stunde wieder auf. Außerdem habe ich das Gefühl, daß ich eine schöne Party störe. Wann kommst du aus Paris zurück, Tom?« Er strebte bereits zur Tür.
»Am Sonntag. Morgen in einer Woche.«
»Dann werden wir uns ja sehen. Du kannst bei mir übernachten; meine Couch ist sehr bequem zum Schlafen.«
»Vielleicht nehme ich dich beim Wort.«
»Großartig!«
»Übrigens, Chuck«, sagte Dorothea, »du müßtest die Buchstaben reinigen. Ein paar sind völlig verschmiert und schmutzig. Ich wollte es schon gestern tun, aber . . .«
»Sie funktioniert doch, nicht wahr? Alles andere ist unwichtig. Danke, Tom. Tausend Dank. Und bis spätestens morgen früh hast du sie wieder. Okay? Ich bringe sie auf dem Weg nach Shandon vorbei.«
»Sonntagsarbeit?« fragte Tom. »Du bist wirklich eingespannt.«
»So was kommt hin und wieder vor.«
»Ja, nicht wahr?« stimmte Brad zu. »Wiedersehen, Chuck.«
Auch Tom und Dorothea sagten auf Wiedersehen. Tony Lawton nickte lächelnd. Die Tür schlug zu, und Chuck war fort.
Tony hatte während des kurzen Besuchs kein Wort gesagt. Er hatte sein Interesse an Chuck höflich kaschiert. Jetzt hörte er auf, seinen Drink zu studieren und sagte. »Das ist also einer von Shandons klugen jungen Männern.«
»Hast du noch nie einen gesehen?« erkundigte sich Brad. »Wenn

du möchtest, mache ich dich mit Paul Krantz, dem Leiter des Instituts, bekannt. Er ist ein alter Freund von . . .«
»Zeitverschwendung. Für ihn und für mich. Shandon will sich doch bestimmt keinen französischen Weinkeller zulegen, wie?«
»Kaum«, antwortete Tom. »Zum Lunch stärken sie sich, wie ich hörte, hauptsächlich mit Sandwiches und ganzen Litern Kaffee.«
»Dann halte ich mich an unsere Kunden in Washington. Und dahin«, wandte er sich an Dorothea, »werde ich mich jetzt begeben. Sie werden staunen, wie viele Botschaftskeller aufgefüllt werden müssen.«
»Ich verstehe den Wink und werde somit dein Glas auffüllen.« Tom griff nach den Gläsern. Und jetzt ein Wink für Tony, dachte er. »Anschließend werden Thea und ich dann zum Dinner gehen. Das Gerede von Sandwiches hat mich an meinen eigenen Lunch heute erinnert.«
»Geht nur los«, sagte Tony lässig. »Ich würde gern noch ein paar Minuten mit Brad hierbleiben und in seinem Gedächtnis rumstöbern. Schön, wenn man Freunde hat, die sich so weit zurückerinnern können.«
Tom starrte ihn verwundert an. »Komm, Thea«, sagte er dann, »wir lassen die beiden allein. Hol deine Stola. Wir essen unten, damit wir uns früh zurückziehen können.« Als Dorothea ins Schlafzimmer ging, um Schal und Handtasche zu holen, sah er Tony mit scharfem Blick an.
»Bis dahin sind wir lange fort«, versicherte Tony. »Wo steigst du in Brüssel ab? Im alten Quartier? Ich werde mich melden, wenn ich in der Gegend bin.«
Und das würde er. »Tu das«, antwortete Tom. »Und sieh zu, daß deine hübschen, kleinen Neuigkeiten nicht alle streng vertraulich sind. Gib mir was, worüber ich schreiben kann. Hier ist unser Zimmerschlüssel. Schließ gut zu, ja?«
»Das ist Brads Ressort.«
»Ach ja! Ich vergaß – er muß ihn ja beim Portier abliefern. Abgang muß immer gleich Auftritt sein.«
»Du mit deinen Witzen!« Tony lächelte.
Brad legte den Schlüssel neben sein Glas. »Wenn wir uns das nächstemal sehen, werden wir uns über dein Buch unterhalten«, versprach er schuldbewußt. »Wie geht's denn voran?« Sein Grundsatz lautete, Autoren niemals zu drängen.
»Ich brauche ein bißchen Zeit und Ruhe, aber ich denke, daß ich beides bekommen werde.«
»Ja?« fragte Brad vorsichtig.
»Wenn ich nach Brüssel fahre, werde ich in deinem Büro vorbeischauen. Dann werde ich dir alles erklären. Okay?«
»Absolut.«

Als Dorothea wiederkam, wuchs ihre Verwunderung, während Tom sie mit festem Griff hinausführte und ihre geplanten Abschiedsworte damit auf ein freundliches Lächeln reduzierte. Auf dem Korridor, in sicherer Entfernung, ließ sie ihren Gefühlen freien Lauf. »Verflixt, was wird hier eigentlich gespielt?«
»Gar nichts.«
»Gar nichts?«
Er beruhigte sie mit einem Kuß auf die Wange. »Die beiden brauchten einen Platz, wo sie sich unauffällig treffen konnten. Warum nicht in unserer Suite?«
Sie senkte ihre Stimme zu kaum hörbaren Flüstern. »Was planen sie?«
»Keine Verschwörung gegen die Vereinigten Staaten, falls du das fürchtest«, antwortete er grinsend. »Tony braucht nur ein paar Informationen von Brad.«
Im Lift war niemand. Dorothea fragte: »Aber Brad ist doch nicht beim Geheimdienst, oder?«
»Ganz bestimmt nicht.« Nicht mehr. Brad hatte diese Arbeit vor nahezu zwölf Jahren aufgegeben.
»Aber Tony ist dabei, nicht wahr?«
»Wie kommst du darauf?«
»Ach, weißt du, nur so ein Gefühl. Heute abend habe ich ihn erst an seinen Kleidern erkannt. Und da dachte ich, falls Tony sich als Schauermann verkleidet hätte und ich ihm im Hafen begegnet wäre . . .«
»Also, *das* ist ein bißchen weit hergeholt!« Tom war belustigt.
»Oder wenn er sich als Pilot verkleidet hätte und ich ihn an Bord einer Maschine nach Detroit sähe . . .«
»Wenn meine Tante einen Bart hätte, wäre sie mein Onkel.«
»Manche Frauen *haben* einen Bart«, erwiderte Dorothea kalt.
»Ich will nur sagen, daß Tony ein Mann ist, an den ich mich kaum erinnern würde, wenn seine Kleider nicht wären.«
»Nicht sehr schmeichelhaft für Tony, findest du nicht? Ich glaube kaum, daß es ihn freuen würde, so was zu hören. Aber« – Tom wurde unvermittelt ernst – »ich finde, wir sollten das Thema jetzt fallenlassen und uns lieber auf das Essen freuen.«
Er dirigierte sie durch die Halle in den Speisesaal. Allzu große Sorgen machte er sich nicht. In den fünf Jahren, die er mit Thea zusammenlebte, hatte sie niemals eine vertrauliche Information, die sie von ihm hatte, weitergegeben. Sie war diskret. Keine Klatschbase. Thea nicht. Trotzdem mißfiel ihm die kleine Falte, die zwischen ihren blauen Augen stand und sie überschattete.
»Wir unterhalten uns später darüber«, beteuerte er.
»Ich kann bloß das Wort Geheimdienst nicht mehr hören«, beschwerte sie sich.

»Später«, betonte er unnachgiebig. »Und jetzt lächle mal nett für den Oberkellner, damit wir einen guten Tisch kriegen.«
»Wirst du mir wirklich alle Fragen beantworten?«
»Ich werde mir Mühe geben. Ich bin kein Hellseher, Liebling. Nur ein Zeitungsmann, der sehr großen Hunger hat.«
Jetzt lächelte sie, aber ausschließlich für ihn. Trotzdem bekamen sie einen guten Tisch.

Im Salon hörte sich Brad Gillon aufmerksam an, was Tony Lawton zu sagen hatte. Kein Gedanke an Scherze mehr, keine Abschweifungen.
»Los, Brad, erinnere dich! Du mußt in deiner Zeit beim OSS (Office of Strategic Services) von Konov gehört haben. Damals, als du Seite an Seite mit dem sowjetischen Geheimdienst in den Ruinen von Hitlers Reichskanzlei rumgewühlt hast. Konov gehörte damals zum russischen Team.«
»War das der, der Hitlers sämtliche Privatpapiere durchgesehen hatte, weil er Beweise finden wollte, daß Churchill einen Angriff auf Rußland mit ihm geplant hatte?«
»Ja, die wollten das unbedingt glauben.« Tony schüttelte den Kopf.
»Der Traum eines sowjetischen Geheimdienstagenten vom Ruhm? *Ich allein hab's gefunden!*«
»Aber es gab eben nichts zu finden. Wäre Konov damals in der Abteilung Desinformation gewesen, hätte er auf der Stelle ein derartiges Dokument gefälscht. Zum Glück war er es nicht. Jetzt ist er dort.« Tony hielt inne. »Während der fünfziger und sechziger Jahre arbeitete Konov in der Abteilung für Illegale. Klingelt's jetzt? In dieser Zeit müssen eine Menge Geheimdienstberichte über deinen Schreibtisch gelaufen sein.«
»Ich habe das State Department 1962 verlassen«, gab Brad zu bedenken. »Aber genau damals . . . Ja, allmählich beginne ich mich an Konov zu erinnern.« Sein Ton wurde lebhafter. »Da war dieser Zwischenfall in Ottawa; er suchte das Weite, ehe die Kanadier ihn verhaften konnten. Wenn ich mich recht erinnere, war er auch in den Vereinigten Staaten. Emsig wie eine Biene.«
»Nordamerika war sein Spezialgebiet. Ist es noch.«
Gott sei Dank bin ich aus alldem heraus, dachte Brad; seine Erinnerungen konnte er jedoch nicht begraben.
Eine kurze Pause trat ein.
»Hör zu, Brad — ich habe dich nicht hergebeten, um dich zu deprimieren«, behauptete Tony energisch. Er stand auf und holte neue Drinks. »Ich brauche lediglich ein bißchen Hilfe von dir in dieser Sache mit Wladimir Konov.«
»Wie könnte ich dir helfen?« Brad war vorsichtig.

»Konov trifft am Dienstag hier ein. Er kommt mit einer Delegation zum Einkauf von Getreide, die sich in Washington mit euren Landwirtschaftsexperten treffen wird.«
Das war ein Schock. »So ein eiskalter Bursche, verdammt! Nach seiner Flucht aus Kanada . . . Was hat er hier vor? Hintergrundmaterial für zukünftige Desinformationen sammeln?«
»Er wird die Leute daraufhin abhorchen, ob sie schwach oder stark sind, und dann wird er zweifellos die Schwachen bearbeiten und demnächst seine Illegalen auf sie ansetzen – die waren während der sechziger Jahre sein Fachgebiet. Er hat sie mit amerikanischen Pässen und Lebensläufen ausgestattet, die manchmal echten Amerikanern gehörten. Erinnerst du dich?«
Brad nickte.
»Aber Konov hat noch einen anderen Grund, ausgerechnet zu diesem Zeitpunkt hierherzukommen. Einen Grund, den er versucht hat, für sich zu behalten. Das hörten wir jedenfalls von einem unserer Agenten in Moskau.«
»Der NATO-Geheimdienst hat einen Agenten vor Ort? So nahe bei Konov, daß er dessen Pläne kennt? Donnerwetter! Großartig!«
»Bis jetzt, ja. Er und Konov arbeiten beide in der Abteilung für Desinformation. Er ist sogar dienstälter als Konov, aber sie sind Rivalen im Kampf um die nächste große Beförderung. Heikel.«
»Das ist eines deiner besten Understatements.«
»Es sieht also so aus: Konov hegt Mißtrauen; das ist sein tägliches Brot. Konov hat Ehrgeiz. Konov ist hinter unserem Agenten her. Und wird ihn schnappen, wenn er ein NATO-Memorandum in die Finger kriegt, das nach Washington geschickt wurde. Er weiß, daß es existiert, hat aber bis jetzt keine Details. Und genau das braucht er, um zuschlagen zu können: einen Beweis, der unseren Agenten decouvriert. Mehrere andere außerdem, aber unser Mann in Moskau wäre der erste, der daran glauben muß.«
»Was für Beweise? In diesem NATO-Memorandum sind doch bestimmt keine Namen genannt.«
»Nein, nein. Die Beweise liegen in ganz speziellen Informationen, die der NATO zugegangen sind. Konov könnte die Quelle aufspüren. Das meint jedenfalls unser Agent. Er ist nervös. Das wissen wir. Wir haben erst gestern von ihm gehört.«
»Deswegen bist du also mit der Nachtmaschine von Brüssel hierhergekommen«, sinnierte Brad. »Nächste Station Washington?«
Tony nickte. »Ich habe Kurierdienst, muß dafür sorgen, daß das NATO-Memorandum heil und sicher nach Brüssel zurückkehrt, wenn das Pentagon es mir übergibt.«
»Wozu brauchst du dann meine Hilfe?« Brads Miene war aufrichtig verwundert.

»Um Alarm zu schlagen. Du solltest alle deine alten Freunde im State Department informieren, daß Konov da ist. Die werden sich dann mit dem Justizministerium in Verbindung setzen und dafür sorgen, daß die Nachricht an die zuständigen Ermittlungsstellen weitergeleitet wird.«
»Und was ist mit euren eigenen CIA-Kontakten in Washington?«
»Im Augenblick lahmgelegt. Du scheinst nicht viel Zeitung zu lesen, oder? Wie sollen die denn eingreifen – kühn, wirksam?« Tonys Miene war grimmig. »Dies ist überaus wichtig, Brad. Das Leben eines guten Mannes steht auf dem Spiel; zusammen mit dem von acht weiteren Männern. Und die NATO *ist* Amerikas Angelegenheit. Ohne sie würdet ihr in Westeuropa bald baden gehen.«
»Das FBI hat eine Menge über Konov – *muß* viel über ihn haben.«
»Na, hoffentlich«, gab Tony ein wenig bitter zurück.
»Habt ihr gar keine Freunde dort?«
»Das war einmal. Die haben sich zurückgezogen, als Hoover plötzlich päpstlicher als der Papst wurde. Alle Verbindungen zu europäischen Geheimdiensten abgebrochen. Kein Austausch von Informationen mehr. Warten wir, bis der Damm bricht, dann können wir alle zusammen loslegen. Wir reichen uns die Hände über das Meer. Tralala.«
Brad leerte sein Glas. »Ich werde sehen, was sich machen läßt.«

## Sechstes Kapitel

Chuck ratterte eine Reihe von Bindestrichen herunter, um den Schluß des Textes zu markieren. Die Schreibmaschine klang regelrecht triumphierend, aber er selbst empfand keinerlei Jubel. Keine Erregung, nicht einmal eine Erleichterung darüber, daß die Arbeit beendet war. Er zog die letzte Seite aus der Maschine und trennte sie von Kohlepapier und Durchschlag.
»Zwanzig Minuten nach zehn«, stellte Rick fest. »Gar nicht schlecht.« Er legte den Durchschlag auf den Stapel der anderen und sah die Seite nach Tippfehlern durch. »Perfekt. Bis auf diese verdammten Buchstaben.« Das M und das N waren farbverklebt, das T verdickt. »Schade, daß du keinen Typenreiniger hattest. Immerhin, lesbar ist es. Beinahe professionell. Dich würde ich jeden Tag als Sekretär nehmen.«
Chuck sagte gar nichts. Er sammelte Teil eins des NATO-Memorandums ein und öffnete die Schreibtischschublade. Vorsichtig packte er alle drei Teile aufeinander und klammerte sie zu einem einzigen Schriftstück zusammen.
Rick fragte: »Darf ich mir die beiden letzten Teile mal ansehen?«
Chuck fuhr mit seiner Arbeit fort, beendete sie und legte das Memorandum wieder in die Schublade. »Es wäre mir lieber, wenn wir die Blätter nicht öfter als unbedingt nötig anfassen.«
Und Rick, der sich zu der Zurschaustellung reinster Unschuld beglückwünscht hatte, die in dieser letzten Frage lag, erschrak. Ich habe keine Handschuhe getragen! dachte er. Seine Miene wurde starr.
»Du solltest jetzt Holzheimer anrufen.«
Rick versuchte sich zu erinnern, ob er die Seiten des Memorandums tatsächlich zwischen Daumen und Zeigefinger gehalten hatte. Er hatte sie behutsam mit den Fingerspitzen aufgenommen, aber er hatte unter Zeitdruck gestanden und sich beeilen müssen. Nein, entschied er, ich habe keine identifizierbaren Spuren meiner Arbeit hinterlassen. Aber ich hätte zu Katie hinuntergehen und mir die Handschuhe holen sollen, die ich dort habe; dann wäre ich ganz sicher, keine Spuren hinterlassen zu haben. Er war sich jetzt darüber klar, daß ihn im Grunde eigentlich nur beunruhigte, wie Mischa reagieren würde, falls dieser jemals von seiner Nachlässigkeit hören sollte. Mischa . . .
»Holzheimer!« wiederholte Chuck scharf. »Du hast gesagt, er werde bis halb elf warten. Und jetzt ist es gleich halb elf.«
Rick nickte und langte nach dem Telefon. Aus mit dieser schö-

nen Ausrede, dachte er und war bemüht, seinen Ärger zu verbergen. Halb elf war nur ein Zeitpunkt gewesen, den er einfach aus der Luft gegriffen hatte; nie wäre es ihm in den Sinn gekommen, daß Chuck mit dem Tippen früher als elf Uhr fertig sein würde. Zu spät, hätte er dann erklärt, um ihn heute abend noch zu erreichen; warten wir lieber bis morgen früh. Und morgen hätte dann zum nächsten ›morgen‹ geführt, zu irgendeinem Vorwand, das Gespräch hinauszuzögern. Aber jetzt spürte er Chucks Blick auf seinen Fingern, also wählte er lieber die richtige Nummer. Als er endlich durchkam, herrschte so viel Lärm im Nachrichtenraum, daß es für eine weitere Ausrede reichte.
»Hat keinen Zweck. Ich glaube nicht, daß er an seinem Schreibtisch ist. Wahrscheinlich schon nach Hause gefahren. Oder verreist. Da herrscht ein so verdammter Krach . . .«
»Aber es hat sich doch jemand gemeldet . . .«
»Sicher. Und den Hörer neben dem Apparat liegengelassen.«
»Versuch's weiter.«
»Es ist nicht die richtige Zeit für ein Telefongespräch. Eindeutig.« Chuck streckte die Hand aus und griff nach dem Hörer, den Rick soeben wieder auflegen wollte.
»Verdammt noch mal . . .«, begann Rick.
»Wir werden warten.« Gleichzeitig sprach eine Stimme aufgebracht in Chucks Ohr: »Wer ist denn da? Wollen Sie nun mit mir sprechen oder nicht?«
»Martin Holzheimer?«
»Am Apparat.«
»Hier ist Nealey. Einen Augenblick.« Chuck gab Rick den Hörer zurück. »Sag ihm, du willst dich mit ihm in Katies Wohnung treffen. Kurz nach elf.«
»Was?«
»Unten. Apartment 5 A.«
»Aber . . .«
»Los, sag's ihm!«
Rick gehorchte. Er beendete den Anruf und schluckte seinen Zorn hinunter, ehe er sich zu Chuck umdrehte. »Sag mal, was denkst du dir eigentlich? Dieser Teil unseres Geschäfts war meine Sache. Ich wollte mich mit ihm irgendwo treffen, wo wir sicher sind und in Ruhe alles besprechen können . . .«
»Katies Wohnung ist sicher. Sie ist bis zum Morgengrauen fort, nicht wahr?«
»Aber warum *ihre* Wohnung?«
»Weil sie bequem erreichbar ist. Ich werde nämlich auch dabeisein.«
Rick war gereizt. »Ich dachte, du wolltest dich fernhalten von . . .«

»Ich möchte mir diesen Mann ansehen, mir ein Bild von ihm machen«, erklärte Chuck.
»Dein Verhalten ist absolut unvernünftig.«
»Möglich. Ich folge eben meinem Instinkt. Ich werde sicherstellen, daß er den Namen Shandon House nicht veröffentlicht.«
»Und was ist mit dir?« wollte Rick wissen.
»Mich kannst du als den Mann vorstellen, der Zugang zum Shandon House hat. Mehr nicht. Der Name Kelso darf nicht erwähnt werden.«
Rick schüttelte den Kopf. »Ach so, darum willst du ihn in Katies Wohnung haben. Damit er ihren Namen auf dem Türschild sieht statt deinen. Und du kannst heimlich hinunterschlüpfen . . .«
»Okay, okay. Beeilen wir uns. Schließ gut ab. Kontrolliere auch die Fenster, ja?«
Während er das sagte, schob Chuck die Couch zur Seite und klappte den Teppich zurück, auf dem sie stand. Gleich darauf war er wieder am Schreibtisch, holte den Aktendeckel mit dem kostbaren Memorandum und legte ihn unter den Teppich, den er sorgfältig darüber glattzog. Dann schob er die Couch wieder an ihren Platz.
»So, das müßte genügen. Ich werde zwar nicht lange weg sein, aber ich traue diesem Schreibtischschloß nicht; jeder Dummkopf kann das aufbrechen. Fenster in Ordnung? Leg bitte vier Platten auf den Plattenspieler. Und laß ein paar Lichter an.«
Chuck griff nach der Kopie des ersten Teils und schob sie sich unters Jackett. Seine eigene Kopie hatte er in ein Journal geschoben und eine nachlässig gefaltete Zeitung obendrauf geworfen.
»Siehst du das?« fragte er Rick, als er die Wohnungstür öffnete.
»Das soll einbruchsicher sein.«
Rick starrte auf das neue Türschloß. »Wann hast du das denn anbringen lassen?«
»Vor zwei Tagen. Das alte war mir nicht sicher genug.«
Und ich, dachte Rick, wäre ausgesperrt gewesen, wenn ich nach unten gegangen wäre, um mir die Handschuhe zu holen. Mein Türschlüssel wäre unbrauchbar gewesen. Er lachte laut auf.
»Das ist nicht zum Lachen«, entgegnete Chuck. »Dieses verdammte Schloß hat sechsunddreißig Dollar gekostet.«
Es ist doch so, erklärte Rick in Gedanken Mischa (oder Oleg, falls es notwendig war): Wir haben den zweiten und dritten Teil. Dafür hat es sich doch gelohnt, den ersten Teil zu veröffentlichen, oder? Und Mischa (oder Oleg) würde ihm beipflichten müssen. Keiner von beiden würde ihn mit Lob überschütten, aber sie konnten ebensowenig behaupten, er habe seinen Auftrag verpatzt.

Sie waren an Katies Tür angekommen. Er sah Chuck an. »Du steckst voller Überraschungen«, sagte er kopfschüttelnd.
»Sobald du mich Holzheimer als seine Quelle vorgestellt hast . . .«
»Ich weiß immer noch nicht, warum du das Risiko eingehen willst, dich ihm zu zeigen.«
»Versicherung.«
»Wogegen?«
»Gegen eine Verzögerung bei der Veröffentlichung. Er wird seinen Chefredakteur leichter überzeugen können, wenn er sagen kann, daß er mich persönlich kennengelernt hat. Und außerdem . . .«, Chuck hielt inne.
Rick nahm sich zusammen. Er hatte Chuck heute abend unterschätzt. »Außerdem – was?«
»Werde ich ihn dann, falls nötig, wiedererkennen.«
»Bist du nicht ein bißchen zu mißtrauisch?« Rick schloß Katies Wohnungstür auf, und sie betraten den unordentlichen Flur.
»Ja«, gab Chuck freimütig zurück. »Das ist das Schlimmste bei dieser Art von Geschäft«, fügte er voll Abscheu hinzu. »Man muß sich jeden Schritt doppelt und dreifach überlegen, ihn von allen Seiten betrachten.« Abermals eine kleine Pause. »Ich wünschte, ich hätte niemals . . .« Er brach ab.
»Willst du dich drücken?« Rick spürte Hoffnung in sich aufsteigen.
»Nein.« Chuck blickte geradeaus; der Anblick deprimierte ihn. Das Wohnzimmer lag, bis auf eine Lichtquelle irgendwo hinter der Ecke, im Dunkeln, aber er spürte das Durcheinander, das hier herrschte, wie ein Gewicht. Ein einziges, unglaubliches Chaos, dachte er: Keine Ausgaben für Möbel und Bilder gescheut, und doch wirkte alles – genau wie Katies Kleider (der Stil variierte von Monat zu Monat je nach Laune) –, als stamme es irgendwo vom Dachboden oder vom Flohmarkt. »Wie kannst du das bloß aushalten?«
»Was denn?« ertönte Katies Stimme. Rick und Chuck blickten sich an, dann betraten sie das Wohnzimmer und hatten nun vollen Ausblick auf die Eßnische in der Ecke, wo das Licht brannte. Von dem runden Marmortisch erhoben sich vier tief erschrockene Personen: Katie, in Satinbluse, Türkisschmuck und indianischem Kopfband; ein untersetzter blonder Mann mit zottigem Haar und Vollbart, der die Eindringlinge wütend anfunkelte; ein hochgewachsener, magerer Schwarzer mit Afrokrause und großer, dunkler Sonnenbrille; eine Frau mit Alice-im-Wunderland-Frisur, deren lange Locken ein mittelalterliches Gesicht rahmten, und einem schönen, aber bereits hängenden nackten Busen unter einem engen Baumwollhemd über geflickten Jeans.

»Schweine«, sagte die Frau kurz und raffte eine Landkarte sowie einige Papiere vom Tisch, wobei sie mit dem Kopf gegen die Tiffany-Hängelampe stieß, die heftig zu schwingen begann. Die Mienen der Männer waren ausdruckslos, aber wachsam.
Katie stieß ein verlegenes Lachen aus. »Schon gut«, sagte sie immer wieder. »Es sind Freunde von mir.«
»Schmeiß sie raus!« verlangte die Frau. Die beiden Männer blieben schweigsam, verdrossen und starrten weiter vor sich hin.
Rick erholte sich als erster. »Verdammt noch mal, Katie – warum bist du nicht bei Bo Browning?«
»Was, zum Teufel, hast du hier zu suchen?« erwiderte Katie mit ihrem Philadelphia-Akzent.
»Wir wollten uns über deinen Kühlschrank hermachen«, antwortete Rick, der die Richtung zur Küche einschlug. »Anschließend wollte ich dich bei Bo abholen. So hatten wir's doch verabredet, nicht wahr?«
»Das hatten wir nicht!« fuhr Katie auf. Normalerweise war sie ein überaus hübsches Mädchen, dunkelhaarig, schlank, mit einem Gesicht, das ein sanftes Lächeln zeigen konnte. Jetzt aber war sie häßlich vor Angst. Mit ihren großen, blauen Augen musterte sie furchtsam die Mienen ihrer Gäste, ihr Mund war vor Nervosität verkniffen.
Der große, dünne Mann setzte sich als erster in Bewegung. Er schritt geradewegs auf den Flur hinaus und musterte Chuck, als er an ihm vorbeikam, mit bitterer Verachtung. Die Frau folgte ihm, stumm jetzt, und stopfte ärgerlich Karte und Papiere in ihre große Schultertasche. Als dritter kam der kleine Bärtige, mit abgewandtem Gesicht, die Hände tief in den Taschen einer alten Armyjacke vergraben. Katie machte nur kurz halt, um die Strickjacke der Frau und ihren eigenen Mantel zu holen.
»Ich erkläre ihnen, daß sie gehen müssen«, versprach sie flehend, während sie ihnen nachlief. »Bleibt doch hier!«
»Komm mit!« antwortete die Frau. »Oder bleib bei deinen geliebten Schweinen.« Für immer! schienen die flammenden Augen zu sagen. Katie zögerte keine Sekunde. Sie schloß die Wohnungstür hinter sich, und Chuck starrte auf das reich verzierte Holz.
Im Wohnzimmer wuchs sein Erstaunen noch. Rick sammelte ein paar Bücher und persönliche Gegenstände ein und warf sie auf die Kleider und das Rasierzeug in seinem Koffer. Er arbeitete mit knappen Bewegungen, überprüfte noch einmal das viel zu volle Bücherregal und die Regale im Badezimmer. »So, das wär's.« Er schloß den Koffer.
»Willst du fort?«
»Sobald ich dich Holzheimer vorgestellt habe.«

»Aber warum? Du solltest jetzt hierbleiben und Katie aus diesem allen herausholen . . .« Chuck betrachtete den Tisch, an dem die vier wie Verschwörer die Köpfe zusammengesteckt hatten. »Ich meine, sie steckt doch bis über die Ohren in irgendwas drin, das für sie eine Nummer zu groß ist.«
»Offensichtlich. Und für uns ist es ebenfalls eine Nummer zu groß.«
Rick erinnerte sich an eine frühere Warnung von Mischa: In Amerika wirst du alle möglichen Menschen kennenlernen, Konservative, Liberale, ja sogar Marxisten. Aber halt dich an die Theoretiker; meide die Anarchistengruppen, die Aktivisten. Denen kann man nicht vertrauen, selbst wenn sie ganz links stehen. Die brauchen eine feste Hand, eine Kontrolle, die du nicht ausüben kannst. Du kannst sie weder mit Geld noch mit Waffen oder einer Ausbildung versorgen. Du hast sie nicht in der Hand. Deswegen sind sie äußerst gefährlich – für dich und für deine Arbeit. Sie werden dich in Schwierigkeiten bringen, mit denen du nicht fertig wirst. Halt dich also fern von ihnen und errege möglichst kein Aufsehen.
Rick starrte auf seinen Koffer.
»Sie braucht jemanden«, drängte Chuck.
Rick trug den Koffer in den Flur und legte Mantel und Schal obendrauf.
Er macht alles bereit für einen schnellen Rückzug, dachte Chuck. »Warum rufst du nicht wenigstens ihren Vater an?«
Rick sah auf die Armbanduhr. »Gleich elf.« Er setzte sich, um auf Holzheimer zu warten. Mischa, dachte er schon wieder. Wo ist Mischa jetzt? Und wie geht es ihm? Hat es Sinn, das nächste Polizeirevier anzurufen, anonym, einfach eine Frage nach einem verschwundenen Freund?
»Warum rufst du nicht ihren Vater an? Oder sonst jemanden? Sie hat eine Schwester . . .«
»Die mit einem Mann vom State Department verheiratet ist. Und einen Bruder, der ein Wall-Street-Bankier ist, und einen Onkel, der eine Zeitungskette besitzt. Was glaubst du denn, was die tun können? Mit Katie reden? Hat Katie jemals darauf gehört?«
»Na ja, die haben ihr ihre Spielchen gegönnt. Haben sie nie ernstgenommen. Du auch nicht, wie? Du hast überhaupt nicht gewußt, daß sie so tief drinsteckt. Aber das kann noch nicht lange so sein. Meinst du nicht?« Chuck sah zu dem Marmortisch hinüber und dachte an die harten, finsteren Blicke der drei kalten Augenpaare.
»Rick, du kannst sie nicht in den Händen dieser Leute lassen. Sie wird . . .«

»Sie ist ein verwöhntes Balg . . .«
»Das war sie immer. Das hat dich vor zwei Jahren nicht gehindert, sich mir ihr zusammenzutun. Hör zu . . . Wenn du nicht bleibst, um sie aus dieser Situation rauszuholen, tue ich es.«
»Wirklich? Dann bist du ein verdammter Idiot!« Ein noch größerer, als ich geahnt habe, dachte Rick. »Wer sich sein eigenes Grab schaufeln will, liefert die Maße.«
»Ein altes ostdeutsches Sprichwort?« spottete Chuck wütend. Es war das erstemal, daß er auf Ricks Kindheit anspielte. Dann aber kamen ihm Gewissensbisse; es war nicht die Schuld des in Brooklyn geborenen Sechsjährigen gewesen, daß seine deutsche Mutter ihn nach Kriegsende mit nach Leipzig genommen hatte, um die Großeltern zu besuchen. Und es war auch nicht seine Schuld, daß die beiden dort festgehalten worden waren, bis Anna O'Nealey vor elf Jahren starb und Rick endlich in den Westen fliehen konnte.
»Nein.« Rick lächelte gelassen. Eine von Mischas kleinen Bauernweisheiten, wie er sich erinnerte. Er lächelte weiter, schwieg aber. Das Klingeln an der Wohnungstür beendete die verlegene Pause.
»Ich werde dich als Jerry vorstellen und dann machen, daß ich wegkomme. Hat keinen Sinn, daß ich länger bleibe«, erklärte er Chuck, als er aufstand, um den Besucher einzulassen. »Soll ich ein bißchen mehr Licht machen?«
»Nein.« Chuck verdrängte den Gedanken an Katie und ihre seltsamen Freunde. »Fertig«, sagte er dann.

Die Besprechung in dem halbdunklen Zimmer war kurz. Martin Holzheimer war ein hochgewachsener, hagerer Mann, der sich in seinem Sessel zusammenrollte wie ein Fragezeichen. Machen wir ein Ausrufezeichen daraus, beschloß Chuck, nachdem seine Neugier befriedigt war — Holzheimers Neugier dagegen würde frühestens nach einer dreitägigen Sitzung befriedigt sein —, und holte das Dokument aus der Jacke.
»Okay«, sagte er, »hier ist es.« Er legte Teil eins des NATO-Memorandums auf eine freie Ecke des überladenen Tischchens.
»Einfach so?« fragte Holzheimer verblüfft. »Ohne weitere Bedingungen?« Seine Beine streckten sich.
»Sie haben allen meinen Bedingungen zugestimmt.«
Holzheimer war aufgestanden, griff nach dem Dokument. »Von diesem Augenblick an laufen Sie unter ›streng vertraulich‹. Machen Sie Licht, damit ich mir das ansehen kann.«
»Lesen Sie's an Ihrem Schreibtisch.« Chuck war bereits draußen im Flur und öffnete die Wohnungstür. Dann kam er noch einmal zurück. »Ziehen Sie die Tür hinter sich zu«, bat er. »Gute Nacht,

Mr. Holzheimer.«
Holzheimer sah ihn mit einem angedeuteten Lächeln an. »Wo kann ich Sie erreichen, Jerry? Hier?«
»Nein.«
»Das dachte ich mir«, antwortete Holzheimer. Jerrys Kleidung paßte nicht zu dieser sonderbaren Umgebung. »Wo denn?«
»Ich werde mich bei Ihnen melden. Jeden zweiten Tag, bis das Dokument veröffentlicht worden ist. Okay?«
»Nicht gut, aber auch nicht schlecht.« Durch längeres Bleiben war nichts zu gewinnen. Im Gegenteil. Holzheimer hatte ein Gespür dafür, wann ein Mann unbeugsam war. Dieser hier war hart wie Granit. »Viel Glück«, sagte er und fragte sich, warum er diesen Gruß gebraucht hatte, statt ›gute Nacht‹.
»Ihnen auch.« Chuck wandte sich ab. Er hörte, wie Holzheimer die Tür ins Schloß zog. Er prüfte, ob sie wirklich zu war. Und wartete. Fünf Minuten darauf war er wieder oben in seiner eigenen kleinen Wohnung. Im Vergleich zu Katies Apartment wirkte sie ausgesprochen geräumig. Und sicher. Und auch der Aktenhefter unter der Couch und dem Teppich war sicher.
Er ließ sich in einen Sessel sinken und konnte sich zum erstenmal an diesem Tag richtig entspannen. Zum Schlafengehen war er zu müde. Er empfand weder Erregung noch Siegesbewußtsein. Er konnte nicht einmal mehr sagen, ob sich das Ganze überhaupt gelohnt hatte. Als sein Blick im Zimmer umherschweifte, kam ihm plötzlich ein seltsamer Gedanke: Ob er Rick hier jemals wiedersehen würde? Wahrscheinlich nicht. Rick hatte große Angst gehabt, heute abend; zweifellos machte er sich Sorgen darüber, was der Abgeordnete Pickering sagen würde, wenn er jemals herausfinden würde, daß sein tüchtiger Assistent in New York eine Liaison mit einer hübschen kleinen Anarchistin hatte. Deswegen hatte Rick die Verbindung zu Katie mit einem Karateschlag durchtrennt. Ob er das gleiche mit mir machen wird, falls es mal notwendig sein sollte? fragte sich Chuck. Das war ein beunruhigender Gedanke, den er schnell wieder beiseite schob. Morgen, sagte er sich statt dessen energisch, wird Rick über diesen Panikanfall lachen und vermutlich auch Katie anrufen. Gott, was für ein Chaos manche Leute aus ihrem Leben machen! Was sagt Bruder Tom doch immer? Das Leben jedes Menschen verläuft so, wie er es sich aussucht. Typisch Tom; der traut jedem die Fähigkeit zu, logisch zu denken und selbständig Entscheidungen zu treffen. Aber was ist mit solchen Menschen wie Katie, die nur aus Emotionen bestehen und niemals vorausdenken? Falls es irgendwo eine falsche Möglichkeit gab, die hübsche, ewig plappernde Katie würde mit Sicherheit immer sie ergreifen.
Unvermittelt erstarrte er. Und was ist mit mir? Habe ich heute

die richtige Wahl getroffen? Aber ja doch, sagte er sich sofort und gab sich einen Ruck. Er hatte wahrhaftig an andere Dinge zu denken: an die Schreibmaschine, die zurückgebracht werden mußte; an seine Fahrt am morgigen Sonntag zum Shandon House; an das Memorandum, das er in die Registratur schmuggeln mußte. Ja, früh aufstehen. Energisch erhob er sich und ging zu Bett, wo er unverzüglich und ohne von weiteren Zweifeln geplagt zu werden einschlief.

Rick dagegen hatte keine so ruhige Nacht. Es gab weder einen späten Zug noch einen späten Flug nach Washington. Also nahm er sich ein Zimmer im Statler Hilton, direkt gegenüber der Pennsylvania Station, damit er am nächsten Morgen gleich abreisen konnte. Je eher er aus New York verschwand, desto besser. Und was konnte er für Mischa tun? Gar nichts, sagte er sich beruhigend zum hundertstenmal. Das war Olegs Problem. Oder doch nicht ganz? Als Alexis mußte Rick am Montag seinen Wochenbericht abliefern. Sein Washingtoner Kontaktmann würde ihn mit Sicherheit anrufen. Und er mußte dann über sein Treffen mit Mischa berichten. Falls er nichts davon sagte, gab es bestimmt unwirsche Fragen von der Zentrale in Moskau. Etwas anderes wäre es, wenn Mischa noch heil und gesund wäre; dann brauchte das Treffen nicht erwähnt zu werden. Aber so? Wie würde Oleg die Sache handhaben? Wie würde seine Story lauten? Das konnte Rick jedoch erst erfahren, wenn er Oleg in Washington traf. Würde er ihn dort überhaupt sehen?
Nein, das beste würde sein, einfach den üblichen Bericht anzufertigen und zu melden, Mischa habe ihn nach New York bestellt. Sie hätten sich im Central Park getroffen, über das NATO-Memorandum gesprochen, und er habe das Dokument anschließend besorgt. Nachdem sie sich getrennt hätten, sei Mischa überfallen worden. Alexis habe Oleg verständigt. Weiter wisse er bisher nichts.
In einem derartigen Notfall müßte ich aber sofort Nachricht geben — nicht erst am Montag, dachte er beunruhigt. Ich werde morgen in Washington anrufen. Ich werde ihm eine Nachricht geben, die er anschließend gleich weiterreichen muß. Und der Mikrofilm, den ich gemacht habe, wird hoffentlich alle weiteren Fragen stoppen. Aber was wird Oleg dazu sagen? Er sollte den Film doch von mir bekommen; jedenfalls hat Mischa das angeordnet. Ach was, soll die Zentrale das übernehmen. Oleg ist derjenige, der bestraft werden müßte — und Mischa. Schließlich gilt meine Loyalität vor allem Moskau und nicht Mischa.
Aber es steckte doch noch genug Loyalität zu Mischa in ihm, um ihn zu veranlassen, sich nach unten in die Hotelhalle zu begeben.

(Er brauchte ohnehin Zigaretten.) Von einer Telefonzelle aus rief er das 19. Revier der städtischen Polizei von New York an. Das lag in der Sixty-Seventh Street — er war oft genug daran vorbeigekommen —, und es behandelte vermutlich alle Überfälle in der Gegend um die Sixty-Ninth Street. Es meldete sich eine Frau, die ihn mit einem Beamten verband.
Ricks Ton war höflich und besorgt. »Mein Vetter wollte heute abend einen Spaziergang auf der Fifth Avenue machen, ist aber bis jetzt noch nicht nach Hause gekommen. Ich mache mir Sorgen. Vielleicht ist er überfallen worden. Haben Sie Meldungen von einem Überfall? Irgendwo in der Nähe der Sixty-Ninth Street? Da wohnt er nämlich.«
»Nein, Sir. Bis jetzt ist noch keine Meldung von einem Überfall in dieser Gegend eingegangen.«
»Bis jetzt noch nicht? Aber das war schon gegen halb sechs!«
»Wo ist denn Ihr Vetter denn spazierengegangen, Sir?«
»Wahrscheinlich im Central Park.«
»Oh, dann versuchen Sie's doch mal beim Revier Central Park.«
»Ja, aber wissen Sie denn nicht, ob . . .«
»Alles, was *innerhalb* des Parks geschieht, wird vom Revier Central Park behandelt«, erklärte der Beamte geduldig. »Wir kümmern uns nur um die Zwischenfälle *außerhalb* des Parks. Sie könnten es aber auch bei der Vermißtenabtei . . .« Verblüfft starrte er den Hörer an, der plötzlich stumm geworden war. Zu seinem Sergeant sagte er mißlaunig: »Immer dasselbe. Jemand geht spazieren und kommt nicht pünktlich nach Hause, und die Familie nimmt sofort an, daß er überfallen worden ist. Was für eine Stadt!« Dann fügte er noch hinzu: »Aber woher wußte er so genau, *wann* sein Vetter überfallen worden sein kann?«
Diese Frage, halb belustigt, halb verwundert gestellt, veranlaßte ihn ungefähr zehn Minuten später, beim Revier Central Park anzurufen. »Habt ihr einen Anruf von dem Witzbold bekommen, der genau wußte, wann sein Vetter im Park überfallen worden ist? . . . Ja, halb sechs. Das sagte er . . . Eingang Sixty-Ninth Street? He, der wußte sogar, wo! Irgendwo in der Nähe der Sixty-Ninth Street, sagte er . . . Ja, klang ziemlich jung, der Bursche. Amerikaner? Sicher. Der war Amerikaner. Okay, okay. Dachte nur, das interessierte euch vielleicht.«
»Was ist denn los?« erkundigte sich der Sergeant.
»Das Revier Central Park hat Probleme mit einem Unbekannten. Unidentifiziertes Opfer eines Überfalls im Lenox Hill Hospital. Sobald dieser Vetter das hörte, legte er auf. Hat nicht mal gesagt, daß er kommen und den Mann identifizieren wird, hat auch seinen eigenen Namen nicht angegeben.«
»Vielleicht hatte er es eilig.«

»Viel zu eilig, finde ich.«
Die Beamten vom Revier 19 wandten sich anderen Problemen zu. Doch der Anruf hatte Folgen. Der Sergeant vom Revier Central Park machte sich eine Notiz darüber, denn jede kleinste Information über das unbekannte Opfer, das im Lenox Hill lag, wurde den vereinzelten Bruchstücken hinzugefügt, aus denen – vorerst – die Akte über diesen Fremden bestand.

Rick kehrte in sein Zimmer zurück. Doch, die Anrufe hatten sich gelohnt. Jetzt wußte er, wo Mischa war – im Lenox Hill, dem der Stelle des Überfalls nächstgelegenen Krankenhaus – und daß Mischa nicht zu identifizieren war. Das waren zwei Fakten, die sich in seinem Bericht morgen gut machen würden. Ein Beweis dafür, daß er alles getan hatte, was in seinen Kräften stand. Oleg hätte nicht mehr tun können.
Er ging zu Bett, lag aber wach und starrte zur Decke. Alles in allem bekam er drei Stunden Schlaf, bis er aufstehen mußte, um nach Washington zurückzufahren.

## *Siebentes Kapitel*

Oleg hatte im Kreis von anderen neugierigen Zuschauern gesehen, wie der Krankenwagen eintraf, und sich den Namen Lenox Hill Hospital gemerkt. Als nächstes mußte er die Adresse herausfinden. Das geschah mit Hilfe eines Fernsprechbuchs in einer Telefonzelle. Und was nun? Sein Englisch war gut; er konnte durchaus als der John Browning aus Montreal durchgehen, als den ihn Paß und Führerschein auswiesen. Welche Papiere — falls überhaupt — hatte Mischa bei sich gehabt? Kanadische oder amerikanische? Oder gar keine? (Das wäre unter den gegebenen Umständen am günstigsten.) Ein schöner Schlamassel, dachte Oleg, dessen Befürchtungen sich in Ärger verwandelten. Dieser Alexis, dieser Scheißkerl! Rennt einfach vor Angst davon und überläßt es anderen, hinter ihm aufzuräumen.

Oleg wälzte diese Gedanken, während er in einem Schnellimbiß an der Madison Avenue einen Hamburger kaute. Ihm blieben mehrere Möglichkeiten, aber die Sowjetdelegation bei den Vereinten Nationen anzurufen, gehörte nicht dazu. Diesmal hatte Mischa seine Zuständigkeit übertreten. Falls das Vorhaben, zu dem er heimlich nach New York gekommen war, nicht ausgeführt werden konnte — und das Resultat nicht das Risiko rechtfertigte —, saß Mischa in der Patsche. Und Oleg auch. Alles, um einen hochgestellten Verräter zu entlarven. Vorbildlich, falls der Plan klappte: Lobsprüche und Beförderung. So aber? Nun, es mußte eben trotzdem klappen, selbst nach diesem unvorhergesehenen Zwischenfall. Sonst . . .

Zuerst mußte er also Mischa aus dem Krankenhaus holen, bevor eine Identifizierung möglich war. Gewährleistung der Sicherheit (Olegs Spezialgebiet innerhalb der Gruppe Sondereinsatz der Abteilung Desinformation) war jetzt das Allerwichtigste.

Von dem Schnellimbiß an der Madison Avenue aus marschierte er zu Fuß in Richtung Lenox Hill. Angesichts der zahllosen Autos, die in den Querstraßen parkten, hatte er den Entschluß gefaßt, seinen Chevrolet stehenzulassen, wo er stand — in der Sixty-Ninth Street. Wenn er die Umgebung des Krankenhauses ausgekundschaftet hatte, würde er wissen, ob es bequemer war, ein Taxi zu benutzen, um Mischa abzuholen, oder seinen Mietwagen. Doch wie sollte er das anfangen? Offen und vollkommen legal, etwas als Freund der Familie, der einen Verletzten heimholen wollte? Oder (falls das unmöglich war) nach einer gründlichen Erkundung der Lage von Mischas Krankenzimmer mit Hil-

fe von außen als wohldurchdachte Entführung? Das jedoch brauchte Zeit, und jede Verzögerung bedeutete Gefahr, obwohl er eigentlich nicht befürchtete, daß Mischa plauderte. Falls es ihm nicht gelang, den Bewußtlosen zu spielen, würde Mischa Gedächtnisverlust vortäuschen.
Oleg, der sechs Blocks weit die Park Avenue entlangschlenderte, bewunderte die breite Prachtstraße und ihre riesigen Apartmenthäuser. Vor dem kühlen nächtlichen Schwarz wirkten die Lichter um so heller. Aber es waren viel zu viele: Fast alle Fenster waren erleuchtet, hohe Straßenlampen warfen keine Schatten, an jeder Kreuzung dieser Dreimeilenstrecke blinkten rote und grüne Verkehrsampeln. Und vor allem war es ihm zu still; es gab einige Fußgänger, einige Taxis und Privatwagen, aber nicht genug Verkehr, um eine Entführung aus dem Krankenhaus ganz und gar unbemerkt vornehmen zu können. (Außerdem lungerten zum Beispiel in jeder der hellbeleuchteten Eingangshallen, an denen er vorbeikam, Türsteher herum.) Nein, die Park Avenue kam nicht in Frage. Die Madison Avenue, westlich von hier, war wesentlich belebter gewesen, obwohl die kleinen, teuren Geschäfte dort, die ihn an den Faubourg St. Honoré erinnerten, alle geschlossen und mit schweren Eisengittern verbarrikadiert waren. Er ging zur Lexington Avenue hinüber, einen Häuserblock weit nach Osten, und fand, daß sie für seine Absicht am günstigsten war. Hier herrschte ein ganz anderes Leben: nichts Auffallendes, nur kleinere Läden des täglichen Bedarfs mit Wohnungen darüber, Cafés, Bars und kleine Restaurants. Und Taxis und Busse. Ausreichend Geschäftigkeit.
Dieser Bezirk der oberen East Side war ihm fremd. Bei seinem letzten Auftrag in New York hatte er die West Side von Manhattan kennengelernt, von der Ninetieth Street bis hinunter nach Chelsea. In Greenwich Village kannte er sich aus.
Außerhalb von Manhattan fand er sich in einigen Teilen Brooklyns zurecht, was gar keine leichte Aufgabe war. Und in Queens lag das konspirative Haus, in dem Mischa und er hatten übernachten wollen. Aufgrund dieser Erfahrungen galt er bei Mischa als Experte für New York City; einer der Gründe, warum man wegen dieses gegenwärtigen Auftrags an ihn herangetreten war. Abermals fluchte er auf Alexis, der (den Akten über seine Arbeit nach zu urteilen) so manches Wochenende in diesem Stadtteil verbrachte. Alexis hätte ihm wenigstens eine Telefonnummer geben können, wo er zu erreichen war. Er hätte neben diesem Telefon auf weitere Anweisungen warten können; er hätte Oleg in vielen kleinen Dingen helfen können, ohne seine eigene Sicherheit zu gefährden.
Oleg verließ die belebte Lexington Avenue und wandte sich zur

Park Avenue zurück, um sich dem Krankenhaus – logischerweise – von vorn zu nähern. Die Anlage des Komplexes war einfach. Das hohe Gebäude nahm einen ganzen Block an der Park Avenue ein und erstreckte sich an den beiden Querstraßen, der Seventy-Sixth und Seventy-Seventh Street, entlang bis zur Lexington Avenue. Doch die erste Schwierigkeit in seinem Fluchtplan drängte sich ihm schon sehr schnell auf: Ein gigantischer Anbau war begonnen worden, ein neuer Eckflügel sollte hinzugefügt, das Gebäude aufgestockt werden, und der Eingang an der Park Avenue war von einem hohen Bauzaun und schweren Baumaschinen versperrt, die sich um die Ecke bis zur Seventy-Sixth Street zogen. Und der Eingang dort war über Nacht verschlossen. Das beschränkte seine Bemühungen auf die Seventy-Seventh Street, eine ruhige Durchgangsstraße, deren Nordseite von ein paar Apartmenthäusern, zwei Wohnhäusern und einer Kirche der Christian Science eingenommen wurde – eine Herausforderung an die Ärzte direkt gegenüber.
Er ging am Hauptportal des Krankenhauses vorbei, dessen Glaswände und Fenster ihm einen ungestörten Blick in die hellerleuchtete Halle und einen großen Empfangsschalter boten. Die Halle war sehr belebt, sogar (und das löste bei ihm ein ironisches Lächeln aus) mit einem Geschenkladen gleich hinter der Tür. Draußen rauchte ein Polizist – nein, ein Krankenhauswächter in dunkelblauer Uniform – schnell und heimlich eine Zigarette. Amerika! dachte er verächtlich, und seine Zuversicht wuchs. Kurz dahinter lag ein anderer Eingang, kleiner und viel nüchterner. ›Notaufnahme‹ lautete das Schild über der Tür. Gleich daneben entdeckte er eine Garage für Krankenwagen.
Hier werde ich es versuchen, entschied er. Ging aber weiter, bis er wieder die Lexington Avenue erreichte. Zu früh. Außerdem wollte er diese Gegend erst noch etwas genauer erkunden.
Die Nacht war klar, der Himmel reflektierte den Lichterglanz der Großstadt. Das schöne Novemberwetter bedeutete, daß es ausreichend Taxis gab. Falls nötig, konnte er also ohne weiteres eines bekommen. Sie fuhren hier alle in Richtung Süden; die Lexington Avenue war Einbahnstraße. Und genügend Fußgänger, fast alle in dem Stil gekleidet, den Mischas und er sich ausgesucht hatten. Wohlhabende Bürger, nur hier und da ein paar Langhaarige in Jeans und Lederjacken sowie gelegentlich ein Außenseiter mit dicken Plateausohlen und anderen Verrücktheiten. Ein Sammelsurium von Gesichtern, viele davon aus Mitteleuropa, nach den kleinen ungarischen, tschechischen und deutschen Restaurants in der Straße zu urteilen. Aber auch chinesische, kubanische, griechische und italienische Lokale. Und irische Saloons natürlich. Das übliche New Yorker Gemisch,

dachte er. Kinderleicht, in diesem Durcheinander unterzutauchen. Er betrat ein Café, bestellte sich eine Tasse Kaffee und ein Sandwich und rauchte, während er sich einen Plan zurechtlegte, mehrere Zigaretten. Er mußte mit Fingerspitzengefühl vorgehen, möglicherweise improvisieren.
Um halb elf hatte er alles erkundet und kehrte zur Seventy-Seventh Street zurück. Aus der Garage kam ein Krankenwagen. Ein neuer Notfall, dachte er, und vielleicht eine Gelegenheit, mit meinen Nachforschungen in der Notaufnahme zu beginnen. Er holte tief Luft und betrat die hellerleuchtete Empfangshalle: klein, quadratisch, kahl. Die Wand zu seiner Linken wurde von einem glasumschlossenen Schalter eingenommen, hinter dem ein von mehreren Personen besetztes Büro lag. Gegenüber, zu seiner Rechten, befand sich ein breiter Eingang, der in einen Raum voller Plastikstühle führte, auf denen in feierlichem Schweigen wartende Verwandte saßen. Direkt gegenüber entdeckte er eine geschlossene Tür mit der eindeutigen Aufschrift, sie sei ausschließlich für Patienten. Das war alles: ein nüchterner Ort, wo er sich gefährlich exponiert fühlte. Falls Mischa nicht offiziell entlassen wurde, würde er ihn auf gar keinen Fall durch diese Schleuse bringen. Wieviel leichter wäre es doch in der großen Halle beim Haupteingang mit ihrem ständigen Strom von Menschen, dem frequentierten Empfangsschalter, dem Fehlen neugieriger Blicke gewesen!
Hier wurde er bereits jetzt beobachtet. Eine junge Schwarze stand hinter dem Schalter und schob eines der Fenster auf. Im Büro hinter ihr waren drei weitere Frauen und zwei Männer beschäftigt, die anscheinend viel zu tun hatten, sich aber trotzdem flüchtig für ihn interessierten. Er hatte sich eine Geschichte zurechtgelegt. Er war ein besorgter, verwirrter Ausländer aus Kanada auf der Suche nach einem alten Freund, der heute abend nicht zu einer Verabredung erschienen war. Doch welchen Namen sollte er für Mischa angeben — den aus seinem kanadischen oder den aus seinem amerikanischen Paß? Oder hatte Mischa überhaupt keine Papiere bei sich gehabt? Daher gab sich Oleg ein wenig nervös und vage.
»Die Polizei hat mich hergeschickt«, begann er. »Sie haben gesagt, es hat heute abend an der Sixty-Ninth Street im Central Park einen Überfall auf einen Mann gegeben. Das könnte mein Freund sein, nach dem ich suche.« Das junge Mädchen sah ihn ausdruckslos an. Sie zeigte keinerlei Reaktion.
»Die Polizei sagt, der Mann sei hierher gebracht worden. Gegen sechs«, fuhr Oleg fort. »Können Sie bitte mal nachsehen?«
Das junge Mädchen drehte sich zu einer anderen Angestellten um und rief: »Gegen sechs. Central Park. Überfall.«

Rasches Blättern in einigen Unterlagen. »Um siebzehn Uhr achtundfünfzig eingeliefert«, kam die kurze Antwort. Dann hob jemand anders den Kopf.
»He, war das nicht der Mann, der nicht identifiziert werden konnte?«
Olegs Hoffnung erwachte. Besser, als er gedacht hatte. Er zog eine betrübte Miene. »Sie haben gar nichts, womit Sie ihn identifizieren können? Woher soll ich dann wissen, ob es sich um meinen Freund handelt? Ich bin der einzige, der weiß, daß er verschwunden ist. Wir wollten uns heute abend um sechs Uhr treffen. Über eine Stunde habe ich auf ihn gewartet. Dann habe ich immer wieder angerufen und . . .«
»Sie haben seine Familie angerufen?«
Kluges Mädchen, dachte er, trotz ihres steinernen Gesichts.
»Nein. Er lebt allein. Seine Frau wohnt auf Long Island. Sie leben getrennt. Ich werde sie anrufen, sobald ich erfahren habe, was passiert ist.« Oleg hob hilflos beide Hände. »Wenn ich ihn nur einmal sehen könnte, diesen Mann . . .« Er hielt inne, wartete auf die gewünschte Reaktion. Und wurde nicht enttäuscht.
»Einen Moment«, sagte das junge Mädchen und ging zu einem anderen Teil des Empfangsschalters hinüber, der einem breiten Korridor zugewandt war. Sie sprach mit einer Schwester, die Nachtdienst hatte, und diese telefonierte mit einer anderen Abteilung. Eine kurze Erklärung: Wir haben hier einen Mann, der wissen will . . . Der Rest ging in einer plötzlichen Unruhe unter, als der Krankenwagen wiederkam. Aber die Schwester hatte erfahren, was sie wollte, und das junge Mädchen kam eilig zu Oleg zurück.
»Ja«, berichtete sie ihm hastig, »Sie sollen ihn identifizieren. Aber Sie müssen ein bißchen warten. Setzen Sie sich solange da hinein.« Sie nickte zu dem Wartezimmer hinüber. Hinter ihr war eifrige Aktivität ausgebrochen.
»Aber warum muß ich warten?«
»Weil Sie im Augenblick nicht zu ihm können.«
»Warum nicht?«
»Sie können nicht zu ihm.« Mehr wußte sie anscheinend selber nicht.
»Aber ich kann nicht warten.« Er trat ein paar Schritte zurück. »Ich muß es jetzt wissen. Wenn es sich bei diesem Mann nicht um meinen Freund handelt, muß ich sofort weitersuchen. Ich darf keine Zeit verschwenden. Die hier lassen mich womöglich eine ganze Stunde warten. Oder noch länger.« Er hatte sich halb abgewandt und sagte ärgerlich: »Ich komme lieber morgen wieder.«
»Warten Sie«, sagte sie abermals — offenbar eine gängige Phra-

se. Diesmal erledigte sie nach einem kurzen Blick auf die Geschäftigkeit ringsumher den Telefonanruf selber. »Sie können raufgehen«, erklärte sie Oleg. »Sie können zwar noch immer nicht zu ihm, aber Sie können der Polizei ein paar Auskünfte geben.«
Polizei? Er musterte sie scharf.
Sie gab jedoch keine Erklärung, sondern deutete auf die geschlossene Tür, die ins Haus führte. »Da hindurch, und geradeaus. Eine Treppe hoch. Der Lift ist rechts. Ganz am Ende des Korridors.«
»Polizei? Stimmt da etwas nicht?«
Das schien sie zu belustigen. »Die bleiben immer in der Nähe, bis die Identifizierung erfolgt ist.« Dann klingelte ihr Telefon, und sie mußte sich mit einer weiteren Anfrage befassen.
Geradeaus, hatte sie gesagt. Sein Schritt wurde schneller, als er das Ende des breiten Korridors erreichte, wo der Weg von einer Tür versperrt war, die anscheinend in andere Regionen dieses labyrinthartigen Gebäudes führte. Das könnte nützlich sein, dachte er, wagte es aber nicht, diese Möglichkeit jetzt zu erkunden. Nicht in diesem Augenblick. Eine Treppe hoch: Dort wurde er inzwischen erwartet. Polizei? überlegte er abermals, als er den Lift betrat.
Als er jedoch im ersten Stock ausstieg, einen Korridor entlangging und an den Empfangsschalter kam (die Anlage glich, wie er bemerkte, derjenigen im Erdgeschoß, nur daß hier oben Einzelzimmer zu liegen schienen), legte sich seine Besorgnis wegen der Polizei. Es war nur ein einziger Beamter zu sehen, und der war noch jung. Unerfahren, dachte Oleg erleichtert. Es gab also keinerlei Verdacht im Zusammenhang mit Mischa. Es war lediglich Routine, wie ihm das Mädchen unten gesagt hatte.
Von den beiden Schwestern am Empfang war die eine mittleren Alters und hatte ein angenehmes Gesicht, während die andere jung und hübsch war – jedenfalls schien das die Meinung des Polizeibeamten zu sein. Es war eine völlig entspannte Szene, obwohl die hellgestrichenen Wände, das grelle Licht und der Geruch nach Desinfektionsmitteln eindeutig erkennen ließen, daß es sich um ein Krankenhaus handelte.
Oleg wurde immer ruhiger. »Bin ich hier richtig, um einen Mann zu identifizieren?« fragte er und senkte, als er hinter dem Schalter das Schild ›Ruhe bitte‹ entdeckte, mitten im Satz die Stimme. »Oder bin ich im falschen Stockwerk? Dies ist doch die Notaufnahme, nicht wahr?«
»Hier ist die Intensivstation«, erklärte ihm die ältere Schwester. »Aber wir nehmen auch Notfälle auf, wenn die Unfallstation überbelegt ist. Sie sind hier richtig.«

Olegs Blick folgte dem ihren, der zu einer geschlossenen Tür wanderte.
»Liegt mein Freund da drin?«
»Er erholt sich gerade von der Anästhesie.«
»Was ist passiert?«
»Eine schwere Armverletzung. Aber es geht ihm gut.« Sie machte sich am Schreibtisch zu schaffen. Die jüngere Schwester, das glatte, dunkle Haar von einer kecken, weißen Haube gekrönt, die sich nur durch ein Wunder auf ihrem Kopf zu halten schien, half ihr beim Zusammenlegen eines Stapels von Kleidungsstükken. Mischas Sachen, wie Oleg feststellte.
»Gehören die da dem Mann in dem Zimmer?« erkundigte er sich. »Wenn es wirklich mein Freund sein sollte, wird er sie brauchen. Ich nehme ihn nämlich mit nach Hause.«
Die ältere Schwester tauschte einen Blick mit dem Polizisten.
»Die Wunde mußte mehrfach genäht werden. Der Arzt wird Ihnen sagen, wann er . . .«
»Aber mein Freund möchte bestimmt sofort heimfahren. Ich kenne ihn doch. Er hat Angst vorm Krankenhaus.«
»Er hat eine Menge Blut verloren. Er wäre gefährlich, ihn zu transportieren.«
»Ich könnte einen Krankenwagen mieten.«
»Er braucht Krankenhauspflege. Seine Wunde muß von Fachkräften verbunden werden. Wenn er sich im Krankenhaus nicht wohl fühlt, hat es doch keinen Sinn, ihn in ein anderes zu bringen. Oder?« Ihr Ton war energisch, wenn auch gedämpft, eine Diskussion kam nicht in Frage. Sie nahm ein Klemmbrett, studierte die Anweisungen darauf und eilte davon.
Und ich, dachte Oleg, habe dieses Scharmützel verloren. Immerhin jedoch müßte es leichter sein, in New York einen Mann aus einem Krankenhaus zu entführen, als es in Moskau ist. Dort passen sie wirklich auf wie die Schießhunde. Hier − ein einziger Polizist, freundlich und zurückhaltend, der erst jetzt mit Bleistift und Notizbuch ankommt. Er ist so unaufdringlich, als wolle er mir nur eben ein Strafmandat geben.
Der Beamte hatte sich inzwischen ein Bild von dem Fremden gemacht: knapp ein Meter achtzig groß, stämmig, kräftige Schultern, dunkelbraunes, kurzgeschnittenes Haar, blaue, tiefliegende Augen, markante Züge, etwas streitsüchtig veranlagt. Er sprach ihn jetzt mit gedämpfter Stimme an. Es tat ihm leid, daß er ihn hier befragen mußte. Aber wo sonst? Er durfte die Tür dort nicht aus den Augen lassen.
»Könnten Sie mir Näheres über Ihren Freund sagen: Größe, Gewicht, allgemeine Beschreibung?«
»Es ist zwei Jahre her, daß ich ihn zuletzt gesehen habe. In Mont-

real. Wissen Sie, ich bin nur zu einem ganz kurzen Besuch hier, erst heute morgen angekommen ...«
»Größe und Gewicht. Dann wissen wir, ob es sich für Sie lohnt, zu warten.«
Lieber korrekte Angaben machen, dachte Oleg, sonst werfen sie dich hier noch hinaus: »Er ist ungefähr ein Meter fünfundsechzig und wiegt ... zirka einhundertdreiundsechzig Pfund. Wenigstens, als ich ihn ...«
»Gut, Sir. Haare? Augen?«
»Graue Augen. Längere Haare, leicht grau werdend. Alter – einundfünfzig.«
»Wenn er sich die Haare hat schneiden lassen, seit Sie ihn zuletzt gesehen haben, könnte es der Richtige sein«, sagte der Beamte. »Warten Sie hier, bis Sie hinein können. Dann sehen Sie ihn sich an. Woher wußten Sie, daß er im Lenox Hill Hospital ist?«
Diese unerwartete Frage beunruhigte Oleg nur ein paar Sekunden. Dann stürzte er sich in eine etwas ausführlichere Schilderung derselben Geschichte, die er dem jungen Mädchen unten erzählt hatte. Sein Freund, lautete die Story nun, habe ihn um fünf Uhr angerufen, kurz bevor er zu seinem üblichen Abendspaziergang im Central Park aufbrach. Sie hätten verabredet, daß er ihn auf der Fifth Avenue Ecke Fifty-Ninth Street erwarten sollte, anschließend hätten sie dann zusammen essen wollen. Sein Freund sei jedoch nicht gekommen. »Also habe ich gewartet. Ungefähr eine Stunde lang. Dann habe ich in seinem Hotel angerufen. Der Portier sagte, er sei ausgegangen. Ich ging zum Abendessen. Dann telefonierte ich abermals. Und noch einmal. Er war immer noch nicht gekommen. Ich machte einen Spaziergang, um mir in Ruhe zu überlegen, was ich machen sollte.« Oleg hielt inne. Lieber nichts von einem Polizeirevier sagen; das wäre zu leicht nachzuprüfen. »Ich sah einen Streifenwagen und bat die Beamten, mir zu helfen.« Die junge Schwester war, wie er feststellte, von seiner Geschichte fasziniert. Sie war mit der Liste von Mischas Kleidungsstücken fertig und hörte ihm nun mit großen Augen zu.
Ermutigt fuhr er fort: »Die haben in einem Revier angerufen ...«
»Welches Revier war das?«
Oleg schüttelte den Kopf. »Das ist alles so verwirrend, für einen Fremden. Das Revier telefonierte mit einem anderen Revier, das wahrscheinlich Unterlagen hatte, über ... Ja, was für Unterlagen könnten die haben? Sie müssen das besser wissen als ich. Jedenfalls schickte mich der Streifenwagen zu diesem Krankenhaus – als eine eventuelle Möglichkeit.«
Inzwischen hatte er sich alle in Sichtweite befindlichen Türen

und Ausgänge eingeprägt. Vielleicht brauchte er sie gar nicht. Er würde noch einmal versuchen, die Krankenschwester zu überreden. Schließlich konnte sie ihm nicht verbieten, einen Krankenwagen zu mieten und seinen Freund in ein Krankenhaus in Long Island schaffen zu lassen. Ex-Ehefrau oder nicht, sie war die einzige Verwandte, die er in diesem Land besaß. Und so weiter und so fort.
Der Beamte hatte ihm geduldig zugehört. »Gut, Sir. Und jetzt hätte ich gern ein paar Namen.«
»Ich bin John Browning«, stellte sich Oleg eifrig vor, damit er einen Moment Zeit hatte, sich einen Namen für Mischa auszudenken. »Ich wohne im Hotel Toronto.«
Die ältere Schwester, die gerade an den Empfang zurückkehrte, runzelte die Stirn, als sie sah, daß sie immer noch dastanden und sprachen.
Der Polizist senkte seine Stimme noch mehr. »Der Name Ihres Freundes?«
»Robert Johnstone.«
»Johnson?«
»Nein.« Oleg buchstabierte den Namen, sah zu, wie der Bleistift des Beamten ihn bedächtig in das Notizbuch eintrug, und war auf die nächste Frage vorbereitet, als sie kam.
»Adresse?«
»Irgendwo in der East Seventy-second-Street. Dort wohnt er, seit er sich von seiner Frau getrennt hat. Mehr weiß ich nicht.«
»Aber Sie haben seine Telefonnummer«, mahnte ihn der Polizist.
»Ach ja, er gab sie mir, als er mich anrief, und ich habe sie mir aufgeschrieben. Warten Sie, ich habe sie hier . . .« Er begann in seinen Taschen zu wühlen, wurde nervös. »Ich muß sie in meinem Zimmer neben dem Telefon liegengelassen haben.«
»Wir können sie uns ja später holen.« Der Beamte schien über etwas ganz anderes belustigt zu sein. »Johnstone«, sagte er mit breitem Grinsen und sah die junge Schwester an. »Ein guter alter russischer Name.«
Ihre großen, braunen Augen sprühten verletzte Würde. »Aber dieser Mann *ist* ein Russe.« Ihr Ton war energisch, ihr Akzent spanisch. »Ich kenne Russisch, wenn ich es höre. Ich war 1963 in Havanna.« Sie warf Oleg einen Blick zu, der eine verblüffte Miene zog. Die ältere Schwester schüttelte den Kopf über soviel kubanisches Temperament. Der Polizist genoß es anscheinend.
Oleg mußte sichergehen. »Der Mann hat Russisch gesprochen? Mein Freund spricht natürlich Französisch. Aber Russisch?« Er starrte sie ungläubig an.
»Fragen Sie Dr. Bronsky«, antwortete sie ihm scharf und ein we-

nig trotzig. »Dr. Bronsky spricht sehr gut Russisch. Er war dabei, als der Mann in der Narkose lag. Wir haben es beide deutlich gehört.«
»Das stimmt, es steht alles in Dr. Bronskys Bericht«, bestätigte der Polizist, der den kleinen Sturm beruhigen wollte, den er ausgelöst hatte.
»Manche Patienten fluchen und schimpfen in der Narkose«, sagte jetzt die ältere Schwester. »Ich habe da schon einige seltsame Dinge mitangehört.« Kein Grund zur Beunruhigung, deutete ihr nüchterner Tonfall an.
Aber Oleg wollte es genau wissen.
»Vielleicht hat mein Freund in New York etwas Russisch gelernt – ein oder zwei Flüche und Schimpfworte. Das ist doch nicht weiter schlimm, oder?« wandte er sich an das junge Mädchen.
»Aber es war mehr als das. Er schrie auf, schlug um sich und rief seine Freunde zu Hilfe . . .«
»Wenn wir uns schon hier unterhalten müssen«, wurde sie von der älteren Schwester unterbrochen, »wollen wir doch wenigstens leise sprechen. Sind Sie denn immer noch nicht fertig?« fragte sie den Polizisten. Ich bin zu jeder Mitarbeit bereit, dachte sie, aber dies hier ist ein Krankenhaus und kein Polizeirevier – also wirklich!
»Gleich«, versicherte der Polizist. Er hatte Oleg genau beobachtet. »Alexis«, sagte er jetzt leise.
Oleg sah ihn verständnislos an.
»Alexis«, wiederholte der Polizist. »Sagt Ihnen das irgendwas, Mr. Browning?«
Oleg schüttelte den Kopf.
»Kann das der Name seiner Frau sein?«
Die kubanische Krankenschwester warf rasch ein: »Alexis könnte ein Männername sein. Alexis und Oleg – nach denen hat er immer wieder gerufen. Und er hat aufgeschrien . . .«
»Ja«, schnitt ihr der Polizist das Wort ab. Und fügte beruhigend hinzu: »Es ist alles notiert, jedes Wort.« Er sah wieder zu Oleg hinüber, spürte etwas, was er sich nicht erklären konnte. Aber die Miene des Mannes war ausdruckslos, fast leer. »Seine Frau?«
Oleg zwang sich zu einem Lächeln. »Seine Frau heißt Wilma.«
»Wilma Johnstone.« Der Name wurde sofort notiert. »Die Adresse?«
»Patchogue auf Long Island. Sie hat möglicherweise wieder ihren Mädchennamen angenommen. König, wenn ich mich recht erinnere.« Oleg fühlte, wie ihm der kalte Schweiß auf der Stirn ausbrach.
»Haben Sie ihre volle Adresse, damit wir sie benachrichtigen können, falls es notwendig sein sollte?«

In diesem Augenblick jedoch nahte die Rettung. Die Tür von Mischas Zimmer war aufgegangen, und alle Köpfe wandten sich in diese Richtung.
Zwei Männer kamen aus dem Zimmer, beide in gewöhnlicher Zivilkleidung. Einer trug eine Kamera, der andere einen kleinen Koffer. Hinter ihnen erschein ein hochgewachsener Mann in weißer Hose und weißem Kittel. Ein Arzt? Nein, ein Pfleger, entschied Oleg. Nach den beiden heftigen Schocks, die ihn beinahe so gelähmt hatten, daß er sich an dieses steife und törichte Lächeln klammern mußte, erwachte sein Verstand allmählich wieder zu voller Funktionsfähigkeit. Und die anderen beiden Männer? Kriminalbeamte? Der Polizist schien sie jedenfalls zu kennen. Einer von ihnen sagte jetzt: »Sie können dem Lieutenant ausrichten, daß wir hier fertig sind. Wir haben einen Satz guter Fingerabdrücke. Er wird sie morgen früh sofort bekommen.«
Fingerabdrücke?
»Ist er wieder bei Bewußtsein?« erkundigte sich die ältere Schwester.
»Selbstverständlich ist er bei Bewußtsein«, antwortete der Pfleger. »Aber völlig verwirrt. Als sie ihm die Fingerabdrücke abnehmen wollten, hat er . . .«
»Hat er gesagt, daß er Johnstone heißt?« platzte Oleg ungeduldig heraus und handelte sich damit einen tadelnden Blick der Schwester ein. »Verzeihung«, sagte er, seine Stimme wieder auf die einem Krankenhaus angemessene Lautstärke senkend.
»Er sagt überhaupt nichts«, antwortete der Pfleger im Davongehen. »Er kann sich an nichts erinnern.«
Oleg versuchte die Entfernung bis zu dem Zimmer mit der offenen Tür zu schätzen: zwanzig Schritte, vielleicht auch weniger. Dann fing er auf, was die Kubanerin zu einem der Kriminalbeamten sagte. »Was sollen wir mit diesen Sachen machen?« Er drehte sich wieder zum Empfangspult um, auf den sie einen Spazierstock, ein Paar Manschettenknöpfe und ein Feuerzeug gelegt hatte. »Man sagte uns, daß wir sie für Sie aufbewahren sollten.«
»Für uns nicht. Wahrscheinlich will sie der Lieutenant sich noch einmal näher ansehen. Er wird bald hier sein.«
Der Polizist konnte nicht widerstehen. »Probieren Sie mal das Feuerzeug, Ed«, sagte er.
Der Mann mit der Kamera nahm es vorsichtig vom Tisch. Es war das übliche Wegwerffeuerzeug von der Art, wie sie in den letzten Jahren populär geworden waren. Dieses hier war weiß, genau wie dasjenige, das er in der vergangenen Woche für seine Frau gekauft hatte. Er drehte das Rad, aber es kam keine Flamme, sondern innerhalb des weißen Plastikbehälters setzte ein kraft-

volles Glühen ein, das das Material durchsichtig machte. »Na, so was!« Er schüttelte lachend den Kopf, ließ den Hebel los, und das Glühen verlosch sofort. »Eine Taschenlampe.«
»Sehr nützlich für ein Schlüsselloch im Dunkeln«, stellte die ältere Schwester fest, die zu Mischas Zimmer hinüberging.
»Ziemlich starkes Licht dafür«, meinte der Polizist. »Das Ding hat überhaupt keine Firmenbezeichnung. Weder Patentnummer noch Markenzeichen. Das fiel mir auf. Und dann konnte ich innen kein Gas entdecken. Es war leer. Also versuchte ich es zum Brennen zu bringen.«
»Wirklich hübsch.«
Nicht halb so hübsch wie die Manschettenknöpfe, dachte Oleg, der die Gruppe am Empfangsschalter beobachtete. Aber um die zu öffnen, muß man klüger sein als dieser neugierige junge Mann. Sobald sie allerdings jemandem in die Hände fielen, der etwas mehr Erfahrung besaß, würden sie sehr schnell als Spionageinstrumente entlarvt werden.
Er zögerte nur einen Moment. Seine Pläne mußte er jetzt aufgeben. Die Situation war unmöglich geworden. Während er auf Mischas Zimmer zuschritt, suchte er mit der Hand tief in der Tasche.
Die Krankenschwester hatte die Schläuche kontrolliert, die in Mischas linken Arm führten. Jetzt prüfte sie die Flasche Glukose, die über ihm hing. »Kommen Sie nur herein«, sagte sie freundlich.
Das Zimmer lag in tiefem Schatten. »Ich kann nicht viel sehen«, sagte Oleg und zog, während er näher trat, die Hand aus der Tasche. Mischa lag ganz still da, die Augen vor der Welt geschlossen.
Die Schwester ging zur Tür, um die Deckenbeleuchtung einzuschalten. Ehe es jedoch hell wurde, hatte Oleg Mischas Handgelenk gepackt und drückte kurz zu. Das war alles. Sekundenlang öffnete Mischa die Augen und lächelte beinahe. Er weiß es, dachte Oleg und trat einen Schritt zurück.
»So ist es besser«, sagte die Schwester. »Jetzt können Sie ihn gut sehen.«
»Ja.« Oleg steckte die Hand in die Tasche und schob die kleine, leere Ampulle mit der zerbrochenen Nadel in ihr Versteck. Dann konnte er nicht weitersprechen. Er stand da und starrte auf Mischa hinab, als wäre er ein völlig Fremder.
»Sie kennen ihn nicht?«
Oleg schüttelte den Kopf. Unvermittelt wandte er sich ab und strebte zur Tür.
Dort wartete der Polizist. »Hat er ihn identifiziert?«
»Nein«, antwortete die Schwester.

Der Beamte klappte sein Notizbuch zu und schob es sich in die Brusttasche. Er sagte nichts.
Sie warf einen Blick zum Bett zurück. »Er schläft. Wurde auch Zeit.«
Sie machte das Licht aus und ließ nur die kleine Nachttischlampe brennen, die einen warmen Schein verbreitete. Die Tür ließ sie angelehnt. Sie warf einen Blick auf die flache Uhr, die an ihrer steif gestärkten Schürze steckte.
»Der Ansturm muß jeden Augenblick beginnen. Wir haben Samstagabend.«
Das war ein Wink für den Polizisten, auf seinem Stuhl Platz zu nehmen und sie nicht mehr bei der Arbeit zu stören. Die beiden anderen waren zum Glück schon fort. Wirklich, als hätte sie nicht auch ohne diese Behinderung genug zu tun. Und was hatten sie damit gewonnen? Eine Menge Notizen in dem kleinen schwarzen Buch, das der Polizist da hatte – Notizen, die völlig nutzlos waren.
Oleg zögerte am Empfang, als hätte er die Orientierung verloren.
»Was soll ich jetzt machen?« fragte er sie. Sein Blick galt jedoch den Manschettenknöpfen.
»Versuchen Sie's bei der Vermißtenabteilung. Die Polizei wird Ihnen helfen«, antwortete sie nicht unfreundlich. Dann wurde ihre Stimme schärfer. »Maria – räumen Sie die Sachen vom Tisch, bis der Lieutenant kommt. Sofort!« Sie schob die Manschettenknöpfe aus Olegs Reichweite. »Wissen Sie«, erklärte sie ihm, um ihn ein wenig aufzumuntern, weil er so deprimiert wirkte. »Sie können froh sein, daß dieser Mann da nicht Ihr Freund ist. Der hat einen schönen Ärger am Hals.« Sie tippte auf den Spazierstock. »Deswegen. Besitz einer versteckten Waffe.«
»Geholfen hat sie ihm aber nicht viel«, meinte der Polizist. »Das kann vorkommen, daß man mit der eigenen Waffe angegriffen wird.«
»Ja, das kann vorkommen.« Oleg ging zum Lift.
Der Polizist begleitete ihn. »Wir vermuten«, fuhr die jugendliche, selbstsichere Stimme fort, »daß die vier Täter den Mann angriffen und dieser den Degen zog, um sich abzuwehren. Aber es waren zu viele für ihn. Einer entriß ihm den Degen und brachte ihm, als er abwehrend den Arm hob, die Wunde bei. Zwei Polizisten, die in der Nähe waren, traten dazwischen, bevor die vier ihn umbringen konnten. Wirklich, man kann sagen, daß er Glück gehabt hat.«
»Wie ich feststellte, haben Sie den Degen aber zurückbekommen.« Olegs Schritte wurden immer langsamer, bis er beinahe stehenblieb.

»Der Täter hatte ihn fortgeworfen, um einer Verhaftung zu entgehen.«
»Und die Brieftasche?«
»Die haben wir. Sie wurde nicht gestohlen. Dazu war nicht Zeit genug.«
»Und sie enthielt nicht mal eine Kreditkarte?«
»Nein, nur Geld. Ziemlich viel«, antwortete der Beamte knapp.
Ja, dachte Oleg, nahezu tausend Dollar. Mischa hat sich immer auf Geld verlassen. Das sei, wie er sagte, besser als gefälschte Papiere.
Wieso interessiert er sich für diese Einzelheiten? überlegte der Polizist. Zuerst hatte er keine Zeit zu warten, und jetzt hängt er immer noch hier herum.
»Und kein Firmenschild in der Kleidung?« fragte Oleg.
»Nein. Aber wir haben die Kleidungsstücke. Im Notfall nimmt das Labor sie unter die Lupe. Es gibt immer eine Möglichkeit. Gute Nacht, Sir.«
»Gute Nacht.« Oleg betrat den Lift.
»Wir werden Sie benachrichtigen, wenn wir etwas von Mr. Johnstone hören. Vancouver Hotel, nicht wahr?«
Die Lifttür schloß sich. Oleg versank in Gedanken.

Langsam ging er zu seinem Wagen in die Sixty-Ninth Street zurück. Es war die einzige Lösung gewesen. Mischa hatte zu viele Informationen im Kopf. Die Gefahr, daß er von Experten verhört wurde, war zu groß. Es gab zu viele Fragezeichen um ihn, zu große Risiken für alle. ›Es gibt immer eine Möglichkeit‹, hatte der junge Polizist gesagt. Eine abgedroschene Phrase, von der Oleg aber gelernt hatte, daß sie zutraf. Mit den richtigen, entsprechend ausgebildeten Leuten konnte Mischa innerhalb weniger Tage eindeutig identifiziert werden. Nein, es stimmte: Es war wirklich die einzige Lösung gewesen. Seine Schritte wurden schneller.
Er erreichte den Wagen und dachte, als er hinter dem Lenkrad Platz nahm, an Alexis. Der Name Alexis war jetzt registriert. Ebenfalls der Name Oleg. Und Alexis mußte heute abend, als er sich mit Mischa traf, gesehen worden sein. *Zwei Polizisten waren in der Nähe . . .* Und wie viele noch? War er selber auch beobachtet worden? Bestimmt. Aber kein Grund zur Beunruhigung, fand er, während er den Wagen in Richtung Fifth Avenue lenkte. Er hatte Distanz gewahrt, sowohl von Mischa als auch von Alexis. Aber je eher er New York verließ, desto besser. Die Absicht, einige Zeit in Queens zu bleiben, gab er auf. Statt dessen wollte er nach Trenton fahren, wo er ein weiteres konspiratives Haus kannte. Auch von dort aus konnte er die Nachricht von dem

Überfall auf Oberst Wladimir Konov abschicken und Zeit, Ort und Krankenhaus nennen.
Außerdem würde er in seinem Bericht ganz einfach melden, er habe versucht, Oberst Konov zu retten, aber es sei ihm nicht gelungen. Konov sei gestorben, ehe er ihn erreicht habe. Unerkannt. Der Tote werde drei Tage lang im Leichenkeller des Krankenhauses bleiben; anschließend werde er eine Woche im Leichenschauhaus der Polizei liegen. (Das wußte er von einem früheren Zwischenfall bei seinem letzten Besuch in New York.) Daher solle man möglichst bald einen Plan entwerfen, wie man Anspruch auf den Leichnam erheben könne, obwohl er persönlich davon abrate. Fertig.

## Achtes Kapitel

Tom Kelso traf nach einem erfolgreichen Besuch in Paris mit nur einem Tag Verspätung wieder in New York ein. Und das war eine recht gute Leistung, wenn man bedachte, was er in die vorangegangene Woche alles hineingepackt hatte: Lunch mit einem Redakteur von ›Le Temps‹; zwei Interviews mit Experten für auswärtige Angelegenheiten (offiziell); zwei Sitzungen mit anderen Leuten vom Quai d'Orsay (inoffiziell); ein kurzes, aber wichtiges Treffen mit einem Kabinettsminister; vier bis nach Mitternacht erstreckende Zusammenkünfte mit Journalisten von ganz rechts bis ganz links; und ein entspannendes, ruhiges Dinner mit einem alten Freund (Maurice Michel, ehemals NATO, jetzt wieder an seinem Schreibtisch im Pariser Quai d'Orsay), ein ausschließlich privater Abend, der sehr angenehm verlief, ein willkommenes Zwischenspiel in einer von harten Geschäften ausgefüllten Woche.
Die vierundzwanzigstündige Verspätung bei seiner Rückkehr bedeutete für Tom Kelso jedoch nicht, daß er nicht auf Chucks Einladung zurückkommen konnte. Doch es war eine ganz unbestimmte Einladung gewesen. Chuck hatte wahrscheinlich geahnt, daß es Tom nach Washington und zu Dorothea zog.
Er hielt sich eben lange genug in New York auf, um bei der ›Times‹ hineinzuschauen und seinen letzten Artikel über Paris und die gegenwärtige Einstellung der Franzosen zur NATO abzuliefern.
»Seid mir nicht böse wegen der Schrift«, sagte er dem Redakteur. »Ich habe bis zwei Uhr nachts an dem Ding getippt.«
»Scheint doch alles in Ordnung zu sein.«
»Gegen Ende wird es unsauberer. Drei Buchstaben spielen ständig verrückt. Ich hab' sie gereinigt, aber sie verdrecken immer wieder. Sind anscheinend abgenutzt und müssen wohl mal ersetzt werden.«
»Was haben Sie gegen eine neue Maschine?« fragte der Redakteur. Die Anhänglichkeit der Reporter an ihre uralten Schreibmaschinen belustigte ihn immer wieder. Die Maschinen brächten ihnen Glück, glaubten sie, obwohl sie es niemals zugaben.
»Ich hänge an dieser. Schreibt sich leicht. Bringt ein ordentliches Schriftbild.«
»Sieht wirklich ganz sauber aus. Mir sind schon schlimmere untergekommen. Sie kennen sich wenigstens mit der Rechtschreibung aus.«

Tom sah auf die Uhr. In fünfundzwanzig Minuten ging der Metroliner nach Washington; er mußte sich beeilen. Er winkte flüchtig und eilte davon.
Der Redakteur begann Kelsos Bericht zu lesen. Als er zur dritten Seite kam, hielt er stirnrunzelnd inne. Ich hab' schon schlimmere gesehen, wiederholte er in Gedanken, und genauso eine Schrift wie diese hier habe ich gerade erst auch gesehen: dieses M und dieses N und dieses verdickte T . . . Völlig gleich. Verblüfft blickte er auf, aber Kelso war bereits verschwunden.
»Glaubt der etwa, er kann uns reinlegen?« fragte er laut. Er winkte dem jungen Mädchen am Nebenschreibtisch. »He, Melissa, holen Sie mir den Bericht, an dem wir gestern gearbeitet haben. Die Holzheimer-Story.«
»Nur die Story oder auch das beigefügte Memorandum?«
»Das Memorandum, verdammt noch mal!«
Als er es vor sich auf dem Schreibtisch hatte, wußte er nach dem ersten Blick Bescheid. »Na, so was!« sagte er leise. Er hätte Kelso nie für einen von diesen Neunmalgescheiten gehalten, nach dem hier aber rangierte er ganz oben auf der Liste. »Der Kerl steckt doch voller Überraschungen!«
»Welcher Kerl?« erkundigte sich Melissa.
Er antwortete nicht, sondern grinste nur, als ihm der Sinn von Kelsos Trick allmählich immer klarer wurde. Dann stand er auf, um nachzusehen, ob ein paar von seinen Freunden zehn Minuten Zeit für ihn hatten: Diesen Witz mußte er unbedingt weitererzählen. Er würde ein paar kleinere Erdbeben auslösen, aber Holzheimer würde das meiste abkriegen. Und das geschah ihm durchaus recht, der Junge war viel zu überheblich: Immer dieses verächtliche Abtun der ›Alten‹, diese ewigen Litaneien und Lobsprüche über die ›neue‹ ermittelnde Berichterstattung, Halleluja, Amen. Als wäre diese Auffassung von Journalismus eben erst erfunden und nicht schon seit hundert Jahren und mehr angewendet worden, bevor dieser letzte Wurf Wunderkinder die Presseszene betrat. Hatte ein guter Reporter jemals etwas anderes getan als ermittelt?

Tom hielt sich bei seiner Ankunft in Washington immer an ein Standardritual. Er wollte niemals vom Flughafen abgeholt werden. Er wollte nach Hause kommen und eine Frau vorfinden, die ihn mit ausgestreckten Armen begrüßte, während er den Koffer abstellte, die Wohnungstür schloß und die Welt aussperrte. Dorothea wiederum hatte ihr eigenes Ritual: Alles mußte bereit sein für den heimkehrenden Reisenden – Steak fertig zum Grillen, wann immer erwünscht, Blumen in den Vasen, Kerzen auf dem für zwei gedeckten Tisch, Eisbehälter gefüllt, leise Musik

von Ravel oder Debussy, Badezimmer aufgeräumt, nachdem sie sich selber hastig umgezogen hatte, ein Badetuch neben der Dusche; und sie selbst, vom sorgfältig gebürsteten Haar und dem geschickt aufgetragenen Make-up bis zum Kaminkleid und hübschen Hausschuhen, ohne eine Spur der wahnsinnigen Hast, mit der sie in der Wohnung herumgelaufen war, seit sie vor einer knappen Stunde aus dem Büro heimgekommen war.
Heute hatte sie sich noch mehr beeilen müssen als sonst. Gerade befestigte sie ihre Ohrringe und beglückwünschte sich, weil sie möglicherweise noch zehn Minuten Zeit hatte für eine letzte, kurze Kontrolle, da hörte sie schon den Schlüssel in der Tür und Toms Stimme. Eilig, mit rosigen Wangen, kam sie herbeigelaufen, die Augen glitzerten vor Vergnügen über ihre würdelose Hast, die sich unvermittelt in einen damenhaften Schritt verwandelte. Doch damit hatte sie nicht lange Glück. Tom riß sie in seine Arme, küßte sie und hob sie kurzerhand vom Boden auf. Eine Sandale flog in die Gegend, ein Ohrring löste sich, ihr Haar flatterte wild. Und: »Ach, Darling!« – mehr konnte sie nicht sagen, als er sie endlich wieder freigab und sie wieder Luft bekam.
Er sah sich im Zimmer um, dann betrachtete er wieder seine Frau. Nichts verändert, alles genauso, wie er es in Erinnerung hatte. Seltsam, dachte er, daß dies die einzige Angst ist, die mich auf allen Reisen begleitet: daß ich eines Tages heimkomme und alles verändert, alles verloren vorfinden werde. Dies ist das einzig Unveränderliche in einer veränderlichen Welt. Er küßte sie abermals, lange und zärtlich.

Er hatte auf dem Flug über den Atlantik eine Mütze voll Schlaf genommen, die gerade gereicht hatte, bis er zu Hause eintraf. Die vorangegangene Woche jedoch war eine ununterbrochene Kette von Arbeitsterminen gewesen, und nun war Tom offen gestanden müde. Es war schwer, die Tyrannei der Zeit abzuschütteln: In Paris war es halb acht gewesen, als er am Montagmorgen aufstand, und nun, nachdem er geduscht, sich umgezogen und gegessen hatte (aber heute abend kein Steak, sondern einfach ein Sandwich mit Huhn und ein paar Drinks), war es in Paris Viertel nach drei Dienstagmorgen. Das glanzvolle Leben eines reisenden Journalisten, dachte er ironisch. Da war Thea, strahlend, begehrenswert, leuchtend vor Leben und Liebe; und hier war er, der sie anbetete und sich dennoch, als er an das schöne, große Bett im Nebenzimmer dachte, nur noch nach dem Schlaf zwischen den kühlen, glatten Laken sehnte. Doch auch seine Willenskraft ließ nach: Er schien sich nicht von der Stelle, nicht von diesem stillen Glück lösen zu können. Er saß entspannt und zufrieden am Tisch, leerte langsam sein letztes Glas und lauschte

Dorotheas sanfter, leiser Stimme, die so interessiert klang, wenn sie ihn etwas fragte, beobachtete die feinen Veränderungen in ihrem Ausdruck, in ihrer Stimmung, während er antwortete.
Jetzt sprach sie von ihrer Woche in Washington. Ja, sie hatte alle Brücken hinter sich abgebrochen, hatte Bud Wells in seinem Büro aufgesucht. »Es gab natürlich alle möglichen Einwände und Gegenargumente, aber ich bin fest geblieben. Wirklich, Darling. Das ist eine Seite an mir, die du noch nicht kennst.«
»Wirklich nicht?«
»Na ja, jedenfalls bin ich ab ersten Januar frei wie ein Vogel«, entgegnete sie unbeschwert. »Hast du eigentlich noch was von deinem bezahlten Urlaub gehört?«
»Ich hatte keine Zeit, mich zu erkundigen.«
»Ob es klappt?« fragte sie besorgt.
»Ich hoffe es.« Dann grinste er jedoch und sagte: »Ja, Darling, es klappt.«
»Ach Tom – hör auf, mich auf den Arm zu nehmen! Wo werden wir den Urlaub verbringen? Hier bestimmt nicht. Hier hört das Telefon nicht auf zu klingeln, und dann holen sie dich doch noch ins Büro zurück.«
»Das kommt vor«, gab er zu.
»Ich habe mir eine Liste von Orten gemacht, wo wir uns ein kleines Haus mieten könnten. Sie wird immer kürzer, weil ich einen nach dem anderen durchstreiche. Ich möchte einen Ort, wo wir uns nicht aus dem Schnee ausgraben müssen, um die Morgenpost hereinzuholen. Und Kälte und Regen möchte ich auch nicht.«
Er schwieg, betrachtete sie nur mit wachsender Belustigung.
»Du willst doch nicht wirklich während der Wintermonate im tiefsten Vermont hocken, oder?«
Er schüttelte lächelnd den Kopf. Theas Besorgnis rührte ihn. Er wußte, was sie selbst gern wollte. »Du wünschst dir Sonnenschein und Sand«, sagte er.
»Ja, aber das Dumme an Florida und der Karibik ist, daß ich mir nicht vorstellen kann, wie du den Strandläufer spielst. Eine Woche lang ist das ja ganz schön, aber *drei* Monate?«
»Man schreibt kein Buch, indem man faul in den Himmel starrt«, stimmte er zu.
»Und außerdem«, fuhr sie fort, »brauchst du einen Platz, wo du mit allem, was in der Welt vorgeht, in Verbindung bleiben kannst, wo an jeder Ecke Zeitungen verkauft werden. Das ist doch deine Vorstellung von Glück, nicht wahr? Und Buchhandlungen. Ein Museum, Kunstgalerien, interessante, kleine Straßen, in denen du herumwandern kannst. Du willst schließlich nicht ständig an deinem Schreibtisch kleben, wie?«
Abermals schüttelte er den Kopf. Sein Lächeln verstärkte sich,

aber er ließ sie weiterplaudern, behielt seinen eigenen Vorschlag bis zuletzt.
»Und weil du immer wieder alles nachprüfen mußt, brauchst du auch eine Bibliothek in der Nähe, nicht wahr?«
»Oder ich muß mindestens drei Riesenkisten Bücher mitschleppen.«
»Dann gebe ich auf. Es gibt einfach keinen Ort, wo man sich wie im Urlaub fühlt und der trotzdem all das bietet. Wir müssen uns mit einer Universitätsstadt zufriedengeben – o Gott, die Universitätsstädte standen mir schon bis hier, als ich noch selbst aufs College ging! Aber wo sonst?«
Sie war untröstlich. Vielleicht sollten sie doch hier in Washington bleiben. Aber das wäre das Ende ihrer Träume von etwas ganz anderem, ganz Neuem. Die Urlaube in den letzten fünf Jahren waren selten gewesen und stets brutal unterbrochen worden: Einer von beiden, ihr Job oder der seine, hatte immer für eine Störung gesorgt.
»Alles, was ich mir wünsche, ist ein Platz, wo du die letzten beiden Kapitel deines Buches fertigschreiben kannst und wir zugleich . . .« Sie hielt inne. »Na ja, einfach zusammen sein können. Oder schließt eines das andere aus?«
»Nur, wenn ich abgelenkt werde.«
»Ich werde bestimmt nicht . . .«
»Es gelingt dir nur zu leicht, mich abzulenken.«
»Diesmal nicht, das verspreche ich dir. Ehrlich!«
»Ehrlich und wirklich im Ernst werde ich täglich sechs Stunden an meinem Schreibtisch verbringen müssen. Und zwei weitere brauche ich, um das abzuschreiben, was ich am Abend zuvor zu Papier gebracht habe.«
»Ich verspreche es dir, Darling«, wiederholte sie feierlich. »Ich werde selber ein Buch schreiben. ›Die redseligen Großen‹ – alles über gelockerte Zungen bei Fernsehinterviews. Oder vielleicht nenne ich es auch ›Striptease in Worten‹. Oder ›Der Tag des Exhibitionisten‹. Oder ›Undichte Stellen – tropf, tropf. tropf‹.«
»Du hast wenigstens eine reiche Titelauswahl«, neckte er sie.
»Daran wird es bestimmt nicht hapern.«
»Das einzige Problem, das wir haben, ist nicht die Frage, *wie* wir diese drei Monate verbringen werden, sondern *wo*.«
»Wie wär's mit Südfrankreich?«
Sie starrte ihn an. »Soll das ein Witz sein?«
»Ich meine es ernst«, antwortete er.
»Aber das ist doch unmöglich – weit außerhalb unserer Möglichkeiten, Darling.«
»Nicht, wie ich es mir vorstelle.«

»Ich habe mir letzte Woche unser Sparkonto angesehen«, berichtete sie. »Wir müssen einen dicken Brocken für die Einkommensteuer im April zurücklegen. Du weißt doch, der April ist immer der schlimmste Monat.«
»Bleiben uns ungefähr sechstausend Dollar.«
»Was gar nicht soviel ist, wenn man die Flugkosten über den Atlantik nimmt und . . .«
»Wir werden diese Wohnung vermieten. Ich habe jemanden, der sie übernehmen will.«
»Fremde Menschen — hier? Willst du denen deine Bücher und Schallplatten anvertrauen, und . . .«
»Keine Fremden, Darling, Maurice Michel.«
»Dein Freund aus Paris? Der Diplomat?«
»Er kommt im Februar mit seiner Frau für zwei Monate herüber, Also werden wir tauschen. Wir bekommen sein Haus für drei Monate, er bekommt unsere Wohnung für zwei Monate. Das ist fair.«
»Wir tauschen?« Sie konnte es immer noch nicht glauben.
»Warum denn nicht? Ich habe gestern mit ihm zu Abend gegessen. Es ist abgemacht. Er hat ein Sommerhaus an der Riviera, nichts Großartiges, sein Vater hat da früher gewohnt. Es gehört eine kleine Gärtnerei dazu. Alles sehr schlicht und rustikal.«
»Fließendes Wasser?« erkundigte sie sich.
»Ich kann mir nicht vorstellen, daß Michel sein Wasser aus dem Brunnen holt.«
Sie lachte laut auf, als sie an den untadeligen Franzosen dachte, der sie letztes Jahr in Washington besucht hatte. Und sie hatte alle möglichen Listen angelegt, von Orten, die in Frage kamen, und von Unkosten, während Tom alles bereits arrangiert hatte. Ohne Aufsehen, ohne Mühe. An einem einzigen Abend. Beim Dinner in Paris.
»Darling, du bist wunderbar!« Sie sprang auf, kam um den Tisch, umarmte ihn und küßte ihn heiß.
»Mit diesem Eindruck solltest du zu Bett gehen. Komm, Thea.« Er löschte die Kerzen, machte das Licht aus und kontrollierte die Wohnungstür. »Nein, laß das«, sagte er, als er zum Tisch zurückkam und sah, daß sie das Geschirr zusammenstellte. »Heute abend ruhen wir aus.«
»Ich bin viel zu aufgeregt zum Schlafen.« Es war kaum zehn Uhr. Und ihre Vorstellung von Schlafenszeit lag, obwohl sie jeden Morgen ins Büro mußte, eher gegen Mitternacht oder noch später. Die Tage waren immer irgendwie zu kurz.
»Ich werde dich in den Schlaf reden.« Dann musterte er sie aufmerksam. »Was ist los, Thea?« Sie stand ganz still und sah ihn mit großen Augen an. Sie war den Tränen nahe.

»Gar nichts. Alles ist wunderbar.« Ihre Stimme bebte, und sie versuchte, die plötzliche Gefühlswoge mit einem kleinen Lächeln zu überspielen. Es gelang ihr keineswegs, und er küßte ihr die Tränen kurzerhand fort. »Ich liebe dich, liebe dich, liebe dich.«
Er küßte sie abermals. Und sagte, sie an sich ziehend mit einer Stimme, die kaum hörbar war: »Verlaß mich nie, Darling! Verlaß mich nie!«

Thea hatte ihn eine Stunde länger schlafen lassen. Er erinnerte sich dunkel, daß sie ihm, fertig angezogen, einen Abschiedskuß auf die Wange gedrückt hatte, als sie zu einem Neun-Uhr-Termin in ihrem Büro aufbrach. Eine hundertprozentige Metamorphose, dachte er jetzt: Das liebende Mädchen von gestern abend, in fließendem Chiffon, mit sanften Schultern, zärtlichen Lippen und Händen, ganz und gar sehnsüchtige Verführung, hatte sich in die erfolgreiche Frau in nüchternem Pullover und gut geschnittenem Hosenanzug verwandelt, attraktiv und tüchtig, den Männern gleich, was den Verstand, sie übertreffend, was Aussehen und natürliche Herzlichkeit anging. Welcher von den armen Männern konnte dagegen konkurrieren? Women's Lib verlangte Chancengleichheit, und das mit absolutem Recht; aber vergaßen diese Damen nicht ihre natürlichen Vorzüge, die doch ziemlich schwer in die Waagschale fielen? Und dreimal hoch diese natürlichen Vorzüge, dachte er, als er das zerwühlte Bett verließ, weil ihm einfiel, daß auch er an diesem Vormittag in sein Büro mußte. Jetzt war es halb zehn, stellte er fest: Zeit, sich auf den Weg zu machen.
Die Reste des Abendessens waren weggeräumt worden, auf dem Tisch wartete ein Frühstückstablett auf ihn, mit einem Zettel, der ihn daran erinnerte, daß Martha um elf zum Putzen komme. Bis der Staubsauger — einer seiner geschworenen Feinde — den Frieden dieser Wohnung störte, würde er jedoch schon lange fort sein.
Er machte sich Rühreier und frühstückte in aller Ruhe in Gesellschaft von vier Zeitungen. Die Rezession verstärkte sich, die Inflation schwoll weiter an, im Mittleren Osten gärte es, wie erwartet, Vietnam hatte unglücklicherweise wieder den Weg in die Schlagzeilen gefunden, die CIA war nur noch ein Krüppel und würde vermutlich bald ganz bewegungsunfähig werden, Terrorismus in London, Überschwemmungen in Bangladesch, Dürre in Afrika; und überall Ölprobleme. Neben all diesen Schreckensbotschaften wirkte sein eigener Bericht über die gegenwärtige Einstellung Frankreichs zur NATO beinahe beruhigend, obwohl er gestern, als er ihn einreichte, gedacht hatte: Dieser Be-

richt wird wieder einmal vielen Leuten das Frühstück vergällen. Er hatte nur einen Druckfehler gefunden, über den er die Stirn runzeln konnte. Mein Glückstag, dachte er: weder verwechselte Zeilen noch unterbrochene Abschnitte.
Auf der seinem eigenen Bericht gegenüberliegenden Seite fand er eine Kolumne unter Holzheimers Namen. Der junge Holzheimer befaßte sich jetzt also auch mit der NATO, wie? Und mit beträchtlicher Hilfe von anderer Seite: Außer Holzheimers Analyse und Kommentar war der vollständige Text eines NATO-Memorandums abgedruckt, das ›zur Zeit in Washington einer intensiven Begutachtung unterzogen wird‹. Ein Hinweis auf die Quelle dieser Information war nicht zu finden, nur der übliche ›Insider, der anonym bleiben will, aber die Echtheit des Dokuments eingehend geprüft hat‹. Und dann natürlich: ›Das Pentagon hat die Existenz des Memorandums nicht abgestritten‹ und: ›Das State Department gab auch auf die wiederholten Fragen des Reporters keinen Kommentar dazu‹.
Es gibt also wieder mal eine undichte Stelle, dachte Tom Kelso; wir werden zu einem Volk von Klatschmäulern. Nicht nur in harmlosen Fernsehprogrammen kamen die (in Theas Formulierung) ›Undichten Stellen — tropf, tropf, tropf‹ zu Wort.
Er hatte von diesem Memorandum gehört; ein paar vage Gerüchte aus den oberen Kreisen waren während der letzten paar Wochen umgegangen, aber niemand wußte Genaueres. Maurice Michel hatte ihn erst gestern abend in Paris danach gefragt. Wenn die Franzosen keine Einzelheiten erfahren konnten, dann mußte es sich um streng geheimes Material handeln. Worum ging es überhaupt? Mit professionellem Interesse und persönlichen bösen Ahnungen begann er aufmerksam zu lesen.
Es ist ein Warnschuß, entschied er, als er die Lektüre beendet hatte, ein Versuch, die Amerikaner so zu schocken, daß sie die Entspannung und ihre Realitäten, die Stolperdrähte für unvorsichtige Füße, näher unter die Lupe nahmen. Es würde die NATO bei verschiedenen Kreisen der Öffentlichkeit nicht beliebter machen, aber wann war Kassandra jemals beliebt gewesen?
Er selbst stellte einige Angaben der NATO in Zweifel: Es wurden zum Beispiel für gewisse unheildrohende Trends keinerlei Beweise angeboten, es sei denn, eine Bezugnahme auf gewisse Fakten und Zahlen bedeutete, daß es noch einen Anhang gab, möglicherweise einen anderen Teil des Memorandums, der nicht in die heutige Veröffentlichung mit einbezogen worden war. Aber so, wie es da stand, war das Dokument nichts weiter als ein unangenehmer Schocker: soweit er sehen konnte, kein Bruch der Geheimhaltung, bis auf die Tatsache, daß irgendein Scheiß-

kerl es auf sich genommen hatte, das Ding zu veröffentlichen. Er machte Holzheimer keine Vorwürfe; nur wenige Journalisten konnten der Chance eines solchen Knüllers widerstehen. Der springende Punkt aber war ganz einfach der: Die Gegner der NATO würden es nutzen, um die westliche Allianz noch mehr zu schwächen. Er konnte sie jetzt schon hören. ›Einschüchterungstaktik‹, würden die Rechten sagen, ›um mehr Truppen und Geld aus dem alten Onkel Sam rauszuschlagen.‹ Und von der Linken: ›Schockierende Streitsucht ... kalte Krieger ... imperialistische Aggression.‹ Holzheimer selbst hatte sich vorsichtshalber jedes persönlichen Urteils enthalten. (Vielleicht hatte er sich noch nicht entschieden. Hauptsache, er bekam die Namenszeile, nicht wahr?) Er gab sich damit zufrieden, einen Stein ins Schaufenster zu werfen – immer wieder verlockend, mußte Tom zugeben, aber eine Verlockung, der man widerstehen konnte. Mit seiner ungenannten Quelle teilte Holzheimer jedoch eine gemeinsame Überzeugung – er hatte sie zweimal erwähnt, damit auch jeder seine edlen Motive verstand. Die Öffentlichkeit hat ein Recht auf Information, erklärte er. Und wer würde dem widersprechen, wo doch (anscheinend) keine Sicherheitsbestimmungen verletzt worden waren?

Nun, dachte Tom, als er die Wohnung verließ, im Büro werde ich mehr darüber erfahren. Der erste Tag nach einer Reise war immer anstrengend, mit einem Haufen Post und einer langen Liste möglicher Artikel, um die er sich kümmern mußte. Er hätte wetten können, daß er sofort mit der scherzhaften Bemerkung begrüßt werden würde: ›He, Tom – hast du gesehen, daß Holzheimer hinter deinem Job her ist?‹

Ist es das, was mir in Wirklichkeit Sorgen macht? fragte er sich. Nein, nicht ganz ... Aber warum, verdammt noch mal, kann ich dieses Unbehagen dann nicht abschütteln? Gestern abend, sogar heute morgen noch war ich ganz oben. Und jetzt ...

Nein, er konnte es sich nicht erklären. Aber die bösen Ahnungen legten sich auch nicht. Daher war sein Gesicht sehr ernst, als er das Büro betrat. Nach den ersten Begrüßungen fiel natürlich die erwartete scherzhafte Bemerkung, und er hatte die Wette mit sich selbst gewonnen. Aber es gab noch eine zusätzliche Bemerkung, eine Frage, auf die er nicht vorbereitet war. »Wieso haben Sie Holzheimer diese Chance gegeben? Wollten Sie vermeiden, daß Ihre eigenen Quellen austrocknen?«

Tom starrte den Frager verständnislos an. »Ich weiß nicht, was Sie ...«

»Ach, hören Sie auf! Die würden doch stumm werden wie 'ne Auster, wenn das Ding unter Ihrem Namen erschienen wäre!«

»Das ist aber ein ziemlich übler Witz.«

Ein ebenso verständnisloser Blick, ein Lachen, ein Achselzukken. »Okay, okay – wenn Sie's unbedingt so wollen.«
Der Sache werden wir auf den Grund gehen, dachte Kelso und rief seinen ältesten Freund bei der ›Times‹ in New York an. Die Antworten, die er auf seine Fragen bekam, sollten beruhigend wirken. Keine Sorge, nur ein Gerücht, ohne jede Basis, eigentlich, und die ›Times‹ sehe keinen Grund zur Beunruhigung.
»Was für ein Gerücht?« wollte Tom wissen. Alle schienen Bescheid zu wissen, nur er nicht.
»Die Abschrift des Memorandums.«
»Was ist damit—«
»Deine Maschine, Tom.« — »*Was?*«
»Ja. Aber selbst wenn du das Memorandum kopiert hast – was kann es schaden? Du hast keine Sicherheitsvorschriften verletzt . . .«
»Ich habe es nicht abgeschrieben. Ich habe es noch nie gesehen . . .«
»Und wir hätten es natürlich nicht veröffentlicht, wenn wir auch nur entfernt das Gefühl gehabt hätten, damit die Sicherheit der Vereinigten Staaten zu gefährden.«
»Aber ich habe nicht . . .«
»Tom, hör mir zu! Je weniger darüber gesagt wird, desto besser für dich. Wir bemühen uns, alles intern zu halten, wir wollen nicht, daß etwas nach außen dringt. Das könnte dir schaden, Tom, wenn deine NATO-Freunde annehmen müßten, du hättest das Ganze veranlaßt. Ich persönlich finde, du hattest recht, das Memorandum veröffentlichen zu lassen. Sonst hätten wir's auch bestimmt nicht getan. Also beruhige dich. Wir kritisieren dich nicht, selbst wenn deine Methode ein bißchen . . . na ja, seltsam war. Wir stehen dir bei – in jedem Fall. Das weißt du doch, Tom, nicht wahr?«
Tom sagte langsam: »Ich wiederhole, ich habe nicht . . .«
»Wir sehen uns noch, bevor du nach Brüssel fährst. Bis dahin haben wir alles unter Kontrolle.«
Die Telefonleitung war tot; Tom starrte grimmig auf den Hörer. Was hatte es nun noch für einen Sinn, nach Brüssel zu fahren, selbst wenn dieser Klatsch nicht nur unter Kontrolle, sondern hundertprozentig widerlegt worden war? Es hatte erlebt, daß Journalistenkarrieren durch weniger aufsehenerregende Dinge als diese beendet wurden. Er steckte ganz tief in der Tinte. Und der Mist daran war, daß er nicht einmal wußte, warum. Noch nicht, verbesserte er sich mit unvermittelt aufsteigender kalter Wut; aber er würde es herausfinden, das stand für ihn jetzt, verdammt noch mal, fest.

## Neuntes Kapitel

Die ›New York Times‹ hatte an diesem Morgen eine ganze Serie von Schocks ausgeteilt.
Zunächst einmal bei Tony Lawton, der zwei Minuten nach der Lektüre des Holzheimer-Artikels mit dem Pentagon telefonierte. Das Pentagon wiederum telefonierte mit dem Shandon House. Und dort hatte der Direktor hastig ein ruiniertes Frühstück im Stich gelassen, um sich zu einem Katastropheneinsatz in die Registratur zu begeben. Das gesamte NATO-Memorandum sei vorhanden, konnte er anschließend erleichtert melden. Heil und ganz. Kein Verstoß gegen die Sicherheitsvorschriften. Gewiß, er könne weitere Ermittlungen anstellen, sich genau erkundigen, wer in Shandon Zugang zu dem Memorandum hatte; gewiß, die Folgen für das Institut, sollte sich doch noch herausstellen, daß der Fehler hier lag, seien ihm klar. Aber, fügte er gereizt hinzu, das Pentagon möge doch auch seine eigenen Sicherheitsmaßnahmen überprüfen; es sei im Besitz des Memorandums gewesen, ehe dieses nach Shandon übersandt worden sei.
Dann hatte sich Washington unauffällig mit der New Yorker Redaktion der ›Times‹ in Verbindung gesetzt. Die den gestellten Fragen kühl und gelassen begegnete. Nein, eine Quelle könne nicht preisgegeben werden. Es verstehe sich heutzutage doch wohl von selbst, daß die in der Verfassung garantierte Redefreiheit voll ausgeübt werden dürfe. Die ›Times‹ stehe hinter ihrem Reporter Martin Holzheimer. Und außerdem stelle der Artikel in der heutigen Ausgabe keine Gefahr für die Sicherheit der Vereinigten Staaten dar.
Das Verteidigungsministerium wählte eine andere Taktik. Wiederum zwar ein längeres Telefongespräch mit der New Yorker Redaktion der ›Times‹, diesmal jedoch in versöhnlicherem Ton: Ja, ja, ja, man gehe hundertprozentig konform mit der Ansicht, daß die Veröffentlichung dieses Teils des Memorandums keinerlei Bruch der Sicherheitsvorschriften darstelle. Doch dann, als gerade alles wunderschön glatt lief, kam plötzlich doch noch ein bißchen Wildwasser: Ob Holzheimer gewußt habe, daß dieses Memorandum noch zwei weitere Teile habe? Ob er sie gesehen habe? Wenn ja, seien nicht nur die Sicherheitsvorschriften verletzt worden, sondern es sei eine höchst gefährliche Situation entstanden, die alle NATO-Mitgliedsstaaten berühren könne (und das, vergessen Sie das bitte nicht, schließe auch die Vereinigten Staaten ein).

Die ›Times‹ begann noch einmal von vorn. Der zweite und der dritte Teil des Memorandums, falls sie tatsächlich existierten, stünden nicht zur Debatte. Mr. Holzheimer habe sie weder gesehen noch je etwas von ihnen gehört. Er weigerte sich, die Quelle seiner Informationen über den ersten Teil des Memorandums zu nennen, und das sei sein verfassungsmäßiges Recht. Vor der Veröffentlichung habe man den Inhalt dieses Teils des NATO-Memorandums gründlich untersucht, ebenso den Ursprung. Man habe festgestellt, daß es (a) authentisch sei und (b) keinerlei militärische Informationen enthalte. Im Gegenteil, die Veröffentlichung sei ein Dienst am amerikanischen Volk, das über die wesentlichsten Meinungen gewisser einflußreicher Kreise Westeuropas informiert werden müsse, Meinungen, die möglicherweise die Zukunft der Vereinigten Staaten beeinflussen könnten. Die Situation schien ausweglos.
Doch nunmehr beschloß Tony Lawton, auf eigene Faust einzugreifen. Gewiß, die kleine Bombe von heute morgen mochte einigen Leuten in New York einen faszinierenden Gesprächsstoff bieten und bei anderen in Washington peinlichste Verlegenheit auslösen; für einen Geheimdienstagenten der NATO in Moskau jedoch (sowie für acht weitere in anderen osteuropäischen Staaten mit äußerst heiklen Aufgaben) konnte sie Verhaftung, Verhöre, Tod bedeuten.
Du darfst keine Zeit mehr verlieren, sagte sich Lawton. Neunzig Minuten hast du bereits mit gutgemeintem Gerede vertan. Setz dich mit Brad Gillon in Verbindung.
Um den Umweg über die Verlagszentrale zu vermeiden, wählte er gleich Brads persönliche Nummer. »Brad? Ich komme nach New York. Gegen zwei Uhr bin ich da. Sag deinen Drei-Martini-Lunch ab und erwarte mich in deinem Büro.«
»Hier?« Brad schien verblüfft.
»Ganz recht. Und falls du die ›Times‹ von heute morgen noch nicht gelesen haben solltest . . .« Rücksichtsvolle Pause.
Gillon überlegte einen Moment und kam dann zu dem richtigen Schluß. »Hab' ich. Aber wozu die Aufregung? Soweit ich sehen konnte, keinerlei Verletzung der Sicherheitsvorschriften.«
Das denkst *du,* alter Freund. »Nein?« gab Tony freundlich zurück.
»Okay«, sagte Gillon. »Du fährst zum einundzwanzigsten Stock hinauf. Ich werde im Empfang Bescheid sagen, daß Mr. Cook sein Manuskript abliefert. Man wird dich sofort bei mir melden.«
»Um zwei«, bestätigte Tony noch einmal. So blieb ihm noch Zeit genug, auf dem Weg nach New York einen kurzen Besuch im Shandon House zu machen. Gott segne die Cessna, die ihm in Notfällen zur Verfügung stand und diese Blitzreise ermöglichte.

Die große und belebte Eingangshalle des Gebäudes, in dem der Verlag Frankel, Merritt and Gillon drei Stockwerke einnahm, war wirklich imponierend – von den marmorverkleideten Wänden bis zu der Batterie von Expreßaufzügen. Tony Lawton war sowohl beeindruckt als auch ein wenig belustigt, als er der jungen Frau gegenüberstand, die im Empfangsbüro im einundzwanzigsten Stock hinter einem riesigen grau-metallenen Schreibtisch saß. Das Zimmer war klein und nüchtern; es hatte keine Fenster und war lediglich mit einem überdimensionalen abstrakten Wandgemälde dekoriert, das . . . Ja, was sollte es darstellen? Tony lagen mehrere Interpretationen auf der Zunge; als er das jungfräuliche Gesicht dieses modernen Cerberus sah, hielt er sich jedoch zurück.
»Mr. Cook«, wiederholte sie mit unverkennbarem Mittelwest-Akzent, obwohl ihr elegantes Kleid eindeutig von Madison Avenue sprach. Gelassen griff sie zum Telefon und meldete ihn an; aus ihren von dicken, schwarzen Wimpern umrahmten Augen musterte sie ihn jedoch mit einem Blick, der ebenso geübt war wie der der Wachtposten am großen Haupttor des Shandon House.
»Sie können eintreten, Mr. Cook. Die Tür da drüben.« Sie deutete auf eine von drei Türen. »Mr. Gillons Sekretärin ist leider noch beim Lunch, doch wenn Sie immer geradeaus gehen, können Sie sein Büro nicht verfehlen. Es ist das letzte, ganz hinten rechts.«
Tony gelangte in einen weiten, fensterlosen Raum, durch schulterhohe Trennwände in eine Unmenge bienenstockähnlicher Zellen geteilt. Grelles Licht, die Luft auf Alaskatemperatur gekühlt, Angestellte (zumeist junge Mädchen; nur zwei Männer waren zu sehen), die sich nach dem Lunch wieder an die Arbeit begaben, und Maschinen – überall Maschinen, ein ganzer Wald, die addierten und subtrahierten, schrieben und übertrugen, kopierten und womöglich sogar das Denken übernahmen.
Doch ›immer geradeaus‹ brachte ihn schließlich zu einer Reihe geschlossener Türen. Die letzte rechts trug Gillons Namen in sehr kleinen Lettern. Typisch Brad, dachte Tony angenehm berührt.
»Sehr gekonnt, einen Autor klein und häßlich zu machen«, sagte Tony, als er die Tür hinter sich schloß. »Bis er hier angelangt ist, geht er auf dem Zahnfleisch.«
»Oder verlangt zwanzig Prozent Tantiemen«, entgegnete Brad Gillon kopfschüttelnd.
Tony schüttelte ihm herzlich die Hand und sah sich eingehend im Zimmer um: schwerer Schreibtisch, auf dem sich Druckfahnen und Manuskripte türmten, Entwürfe für Buchumschläge, zur

Beurteilung auf einem abgewetzten Ledersessel aufgebaut, und überall dort, wo sich kein Fenster befand, Bücher, bis zur Decke hinauf.
»Jetzt weiß ich, daß ich mich tatsächlich in einem Verlag befinde«, sagte er, räumte eine Ecke vom Schreibtisch frei, öffnete seine Aktentasche und entnahm ihr eine Zeitung. »Ballast«, erklärte er Brad Gillon. »Wollte aussehen wie ein schwangergehender Schriftsteller. Wie findest du mich?«
»Gar nicht schlecht«, antwortete Brad mit einem Blick auf Tonys Tweedjacke, Rollkragenpullover, Mokassins und den wirren Haarschopf. Er selbst war in Hemdsärmeln und hatte den breiten Knoten seiner gedeckten Krawatte ein wenig gelockert. »Du stellst dich wirklich auf deine Rolle ein, Tony.«
»Vergiß nicht, daß ich früher mal Schriftsteller war, wenn auch nur ein kleiner Anfänger«, entgegnete Tony. Er setzte sich Brad gegenüber in einen Sessel, der vor dem Schreibtisch stand. Und dann veränderten sich auf einmal sowohl sein Ton als auch sein Verhalten. »Du bist doch immer noch mit einigen Leuten bei der ›Times‹ bekannt, nicht wahr?«
Brad mußte sich erst von dieser direkten Frage erholen und versuchte, Tonys Gedankengang zu erraten. »Falls du mich bitten willst, meine Freunde zu überreden, damit sie . . .«
»Holzheimers Quelle preiszugeben? Selbstverständlich nicht. Das wäre mir nie in den Sinn gekommen.«
»Wirklich nicht?« Brads ernste Miene verzog sich zu einem erleichterten Lächeln.
»Ich möchte lediglich, daß du einen klugen, verläßlichen Freund beiseite nimmst und ihm mitteilst, was er wissen muß.«
»Und das wäre?«
»Den eigentlichen Grund für Washingtons Aufregung über das Auftauchen des NATO-Memorandums.«
»Den wüßte ich selber gern.«
»Du wirst ihn erfahren. Aber zuerst möchte ich dir einige Hintergrundinformationen geben.«
»Inoffiziell?«
»Für dich und deinen klugen, verläßlichen Freund — nein. Für andere — ja.«
»Gut. Wenn du nämlich möchtest, daß ich jemanden wegen des NATO-Memorandums angehe, muß ich in der Lage sein, ihm . . .«
»Alle Fakten darzulegen«, sagte Tony zustimmend. »Und hier sind sie. Das Memorandum besteht aus drei zusammenhängenden Teilen. Der zweite und der dritte Teil gelten als so unerhört wichtig für die zukünftige amerikanische Politik, daß das gesamte Dokument unter strengste Geheimhaltung gestellt und von ei-

nem Kurier über den Atlantik nach Washington geschickt wurde. Nachdem man es dort studiert hatte, wurde es – wiederum durch Kurier – dem Shandon House zugestellt. Und auch hier wurden, genau wie im Pentagon, nur solche Personen drangesetzt, die offiziell Zugang zur höchsten Geheimhaltungsstufe haben dürfen.«
»Das Pentagon wollte also eine Gegenkontrolle seiner eigenen Langzeitprojekte?«
»Vielleicht zur Bekräftigung seines eigenen Abschlußberichts, der euren Politikern zur ernsthaften Erwägung vorgelegt werden sollte.« Tony zuckte die Achseln. »Der springende Punkt ist jedoch folgender: Von dem Memorandum wurden niemals Kopien gemacht; alle Arbeitsnotizen wanderten in den Reißwolf und wurden am Ende jedes Tages verbrannt. Es gab ständige Beaufsichtigung, ja Überwachung. Sobald Analyse und Auswertung der Studie fertiggestellt waren, wurden die drei Teile des Memorandums wieder mit festen Klammern zusammengeheftet, in einen Aktenordner gelegt und sicher eingeschlossen. Das war vor zehn Tagen.«
»Warum die Verzögerung? Warum wurde es nicht sofort nach Washington zurückgeschickt?«
»Weil es dort bleiben sollte, bis Shandons eigener, streng geheimer Bericht fertig war. Heute ist der Ablieferungstermin.«
»Und die Papiere gehen gemeinsam nach Washington zurück?« Tony nickte. »Das ist das Standardverfahren.« Und seine Verärgerung ohne Erfolg zu verbergen trachtend, fügte er hinzu: »Warum das Pentagon das Dokument überhaupt nach Shandon schicken mußte ...«
»Sie sind eben übervorsichtig. Das ist verständlich, wenn der Inhalt tatsächlich die amerikanische Politik beeinflussen könnte. Dann müssen die Fakten doppelt und dreifach überprüft werden, Tony.«
»Das sehe ich ein«, antwortete Tony, war aber immer noch verstimmt.
»Glaubst du, daß sich die undichte Stelle in Shandon befindet?«
»Es wäre möglich. Das möchten wir ja gerade feststellen. Ich war vor zwei Stunden erst in der Registratur von Shandon. Das ist der reinste Banktresor. Ohne Sprengstoff kommt da kein Außenstehender hinein. Und kein Insider ohne Beaufsichtigung. Heißt es.« Tony krauste die Stirn, nicht so sehr über das vorliegende Problem als darüber, daß er abgeschweift war. Brads Fragen hatten ihn dazu gebracht. »Was ich sagen will, ist folgendes: Das Memorandum liegt im Augenblick, vollkommen intakt, in seinem richtigen Aktenordner in Shandon. Wenn also jemand von Shandon es herausgenommen hat, muß er die drei Teile ge-

trennt, einen davon abgeschrieben und einem Reporter überreicht und anschließend alles zusammen wieder an seinen Platz gelegt haben. Die Hauptfrage dabei aber ist nun: Was ist mit dem zweiten und dem dritten Teil geschehen, während er den ersten Teil abtippte?«
»Vielleicht hat er nur Teil eins mitgenommen.«
Tony schüttelte den Kopf. »Er hätte niemals Zeit genug gehabt, die drei Teile zu trennen. Vergiß nicht, daß er *unter Aufsicht* in der Registratur gewesen sein muß. Er hat vielleicht Gelegenheit gehabt, die NATO-Akte herauszunehmen und unter seiner Jakke zu verstecken, aber mehr Zeit hat er auf gar keinen Fall gehabt – eine Minute oder noch weniger. Nein, er hat das ganze Ding mitgenommen.«
»Du glaubst, in Wirklichkeit hat er das gesamte Memorandum fotografiert und nach Moskau geschickt?«
»Der KGB wollte es haben. Soviel ist uns bekannt.«
»Ah . . .«, sagte Brad, der sich an seine letzte Besprechung mit Tony erinnerte. »Wladimir Konov? Jetzt verstehe ich, was dich wirklich beunruhigt. Konov ist letzten Dienstag in Washington eingetroffen, nicht wahr?«
»Ist er eben nicht«, gab Tony zurück. Es hatte einige beunruhigende Entwicklungen gegeben, die er in diesem Moment noch nicht erklären konnte. Konov war letzte Woche nicht mit den Agrarexperten in Washington eingetroffen. Statt dessen hatte Tony via Brüssel eine chiffrierte Nachricht vom Agenten der NATO im KGB bekommen: ›Achtung! Konov hat die Sowjetunion vier Tage zu früh verlassen, Abreise geheim, Bestimmungsort New York. Wahrscheinlich begleitet von Boris Gorsky, Oberst, KGB, Sondereinsatz (Abteilung V, Desinformation).‹
»Er war schon vor neun Tagen in New York.«
»Und wann hat der ›Times‹-Reporter sein Material zur Veröffentlichung vorgelegt?« erkundigte sich Brad.
»Vor einer Woche, hörten wir.«
Brad war jetzt sowohl beunruhigt als auch verärgert. »Und du glaubst, der Mann, der das NATO-Material stibitzt hat, könnte es Konov übergeben haben?«
»Indirekt, ja. Aber direkt? Nein, das glaube ich eigentlich nicht. Er ist verantwortlich dafür, daß es durch den Ring der Sicherheitsvorschriften gelangt und für andere erreichbar geworden ist. Mehr nicht. Der Idiot! Er ist ein Dieb, aber kein Verräter.«
»Wieso nicht?«
»Wäre er einer von Konovs Agenten, hätte er den ersten Teil des Memorandums niemals einem Reporter übergeben. Der enthält nämlich einige harte Fakten über Konovs Abteilung Desinfor-

mation und deren Einstellung zur Entspannung. ›Die Unterwanderung des Systems‹ — erinnerst du dich?«
»Das war aber nur ein kleiner Ausschnitt des veröffentlichten Dokuments. Die meisten Leser werden sich auf die unerwünschten Ratschläge der NATO konzentrieren. Ich möchte wetten, daß Konovs Propagandaboys genau diesen Aspekt hochspielen werden. Seht nur, wie die NATO versucht, die Vereinigten Staaten zu beeinflussen — ein neues Vietnam wird vorbereitet — die NATO befürwortet immer noch den kalten Krieg.«
»Et cetera, et cetera«, stimmte Tony zu. Er starrte schweigend auf die Umrisse der getarnten Wasserbehälter auf den Dächern der gegenüberliegenden Wolkenkratzer. Blauer, wolkenloser Himmel. Alle Linien scharf und klar. Er wünschte, seine Gedanken wären so klar wie das Bild hinter dem Fenster. Dann kehrte er zum Hauptproblem zurück.
»Es *muß* einen zweiten Beteiligten geben, mindestens einen, der den gewissenlosen Verräter gespielt hat. Und die einzige Möglichkeit, den zu enttarnen, wäre, den Idioten zu finden, der das Memorandum entwendet hat. Dann könnten wir ein paar wichtige Tatsachen erfahren: Wie hat er es vor unbefugten Augen geschützt, hat er irgend jemandem davon erzählt? Wenn ja, wem? Und das wäre dann der Mann, für den ich mich interessiere.«
»Aber wie wollen wir diesen Idioten finden? Einen Namen werden wir nicht bekommen, soviel steht fest. Holzheimer ließe sich lieber einsperren, als ihn zu verraten. Wir hatten da letztes Jahr einen Fall . . .«
»Ich weiß. Ich habe davon gelesen. Aber wir *fragen* ja nicht nach einem Namen, Brad. Wir werden ihn selbst herausfinden.« Tony erholte sich langsam von seiner Mutlosigkeit. Ja, irgendein belustigender Aspekt ließ seine Augen plötzlich funkeln.
»Und wie?«
»Du könntest mal kurz mit Holzheimer sprechen. Vielleicht hat ihn die ganze Aufregung, die er ausgelöst hat, so sehr erschüttert, daß er dir mitteilt, wo er sich mit seinem Informanten getroffen hat.«
»Also, das würde er bestimmt nicht . . .«
»Nicht mal, wenn seine Vorgesetzten es wissen wollten? Das wäre möglicherweise der Fall, sobald sie sich das Typoskript des Memorandums einmal ansehen — natürlich auf deine Veranlassung. Ich möchte, daß du es ganz genau untersuchst.«
Brad runzelte die Stirn; er konnte sich den Grund für diese Bitte nicht vorstellen. Gewiß, ein paar Einzelheiten über die Maschinenabschrift des Memorandums könnten durchaus nützlich sein.
»Du willst, daß ich die Papiermarke, den Zeilenabstand, die Randbreite prüfe . . .«

»Genau.«
»Und natürlich die Schrift selbst.«
»Das ist nicht nötig.«
»Aber all diese Dinge zu untersuchen kostet Zeit. Das ist ein Riesenumweg zur Entlarvung . . . He, was hast du da über die Schrift gesagt?«
»Die Schrift ist bereits identifiziert worden. Es gibt da jetzt so ein Gerücht — einer meiner Freunde in Washington hat es erst heute morgen gehört —, daß Tom Kelso derjenige welcher sei. Daß er das Memorandum von einem seiner hochgestellten Informanten habe, möglicherweise aus Paris.«
»Tom? Das glaube ich nicht.« Brad war entsetzt.
»Die Abschrift wurde auf seiner Maschine getippt.«
»Unmöglich!«
»Wenn das stimmt, dann hat er sie verliehen. Das ist die überaus einfache Erklärung. Die Klatschmäuler ziehen allerdings eine zynischere Auslegung vor.«
»Lächerlich!« erboste sich Brad. »Wenn Tom das Memorandum veröffentlicht sehen wollte, hätte er es unter seinem Namen getan.«
»Und das Vertrauen seiner Informanten in Paris aufs Spiel gesetzt? Nein, Tom wollte sich schützen. Lautet das Gerücht.«
Brad erhob sich unvermittelt und begann, auf und ab zu gehen. Einige Zeit lang waren nur ein paar ausdrucksstarke Flüche zu hören.
»Ganz deiner Meinung.« Tony wartete, bis sich der Sturm wieder gelegt hatte. »Warum hätte ich dich sonst gebeten, dir das Typoskript anzusehen?« Er hielt inne, um seinen Worten Nachdruck zu verleihen. Dann sagte er: »Wir haben doch alle bestimmte Gewohnheiten beim Einrichten einer Schreibmaschinenseite, nicht wahr?«
Brad nickte. Es gab immer kleine, aber eindeutige Unterschiede dabei, das war eine Sache des persönlichen Geschmacks, der Gewohnheit oder der Übung.
»Und damit kommen wir der Entdeckung von Holzheimers Quelle näher«, sagte er langsam. Es war ein Anfang — klein, aber vielleicht wichtig.
»Du entlastest Tom — das wäre der ›Times‹ doch sicher lieb, nicht wahr? Vielleicht sind sie dann eher geneigt, dich mit Holzheimer sprechen zu lassen.«
Beinahe hätte Brad gelächelt. Tonys altbewährte Taktik des ehrlichen *quid pro quo* amüsierte ihn immer wieder. Tony erwartete niemals, etwas umsonst zu bekommen.
»Also«, faßte Tony zusammen, »wird ein Name weder verlangt noch preisgegeben. Holzheimer bleibt glücklich und tugendsam.

Tom ist von jedem Verdacht befreit. Und ich bekomme eine Chance, dem zweiten Mann nachzuspüren.«

»Du hast dich wirklich in diese Idee vom zweiten Mann verbissen, nicht wahr?«

»Ich kann ihn wittern. Es *muß* jemanden im Hintergrund geben, eine direkte Verbindung zu unserem lieben Genossen Konov.«

»Falls«, entgegnete Brad betont, »Konov das Memorandum erhalten hat.«

»Ja, falls«, bestätigte Tony zustimmend. Dann fuhr er fort: »Aber ich möchte diesem Problem lieber sofort zu Leibe gehen und nicht erst warten, bis katastrophale Nachrichten aus Moskau eintreffen.«

Euer Agent dort? fragte sich Brad. Er kehrte an seinen Schreibtisch zurück und griff zum Telefon. »Ich werde das sofort in die Wege leiten.«

Tony nahm seine Aktentasche und seine Zeitung. Sekundenlang schien es, als wolle er gehen. Dann überlegte er es sich und trat ans Fenster. So tief unten, daß er sie kaum erkennen konnte, lag die Fifth Avenue. Und dort, gen Norden, war der Central Park. Dort war es geschehen, wie die Zeitung meldete, die er jetzt so gefaltet hatte, daß der Polizeibericht oben lag, kurz und knapp, aber mit dicker Balkenüberschrift.

Brad beendete seinen Anruf. »Okay. Die erste Hürde ist genommen. Ich werde jetzt gleich zur ›Times‹ fahren. In etwa zehn Minuten breche ich auf.«

Tony faßte einen Entschluß: Er beschloß, seiner Ahnung nachzugehen. »Kannst du mir noch zwei davon widmen?«

»Noch etwas für meinen . . .«

»Nein, nein. Nur deine Meinung über das hier.« Er reichte Brad die ›News‹ hinüber und tippte auf den kleinen Ausschnitt. »Was hältst du davon?«

Brad begann zu lesen. »Die ›News‹ hat immer eine Ecke mit Berichten über Verbrechen in New York. Das hier ist nichts weiter als wieder einmal ein Überfall im Central Park, dessen Opfer im Leichenschauhaus auf Identifizierung wartet.« Dann hob er überrascht den Kopf. »Er hatte einen Stockdegen bei sich und ein Feuerzeug, das als Taschenlampe benutzt werden konnte?«

»Ich weiß nicht . . .«, sagte Tony nachdenklich. »Letzten Monat beobachtete ich zwei Männer bei einem geheimen Treffen in West-Berlin. Sie benutzten ein derartiges Feuerzeug zur Identifizierung. Sie trafen sich wie zufällig an einer dunklen Straßenecke. Einer brauchte Feuer für seine Zigarette. Das Ding leuchtete nur ganz kurz auf. Darum sagte er, er werde sein eigenes Feuerzeug benutzen, und ließ es ebenfalls aufleuchten. Es handelt sich um ein neues Gerät. Einfach, aber schnell und sicher.«

Brad blickte wieder auf die Zeitung. »Dieser Mann wurde vor über einer Woche überfallen.«
»An dem Samstag, als wir uns im Algonquin trafen. Interessantes Datum, nicht wahr?«
»Hier gibt es nur eine unzulängliche Beschreibung: Ungefähr fünfzig Jahre alt, einsfünfundsechzig groß.« Brad hob den Kopf. »Nichts über die Augenfarbe. Nichts über die Haarfarbe.«
»Natürlich nicht. Glaubst du, die Polizei will es jedem, der ihn zu identifizieren versucht, möglichst leichtmachen?«
»Nein, das kann nicht sein!« Brad starrte auf die Druckzeilen. »Vielleicht hast du recht.«
»Ein Zufall — mehr nicht.«
»Vermutlich. Trotzdem möchte ich die Polizeiakten über den Fall sehen.«
»Also, hör mal, Tony — ich kenne niemanden im Polizeipräsidium«, protestierte Brad beunruhigt.
»Schon gut, schon gut!« Tom schob die ›News‹ wieder in seine Aktentasche. Er würde einfach eine weniger bequeme Lösung für das Problem suchen. Aber finden würde er eine.
»Das ist ein ziemlich weiter Schuß.«
»Das sind immer die interessantesten.«
Langsam, gegen seinen Willen fast überzeugt, sagte Brad: »Ich würde selbst gern Einblick in diese Polizeiakte nehmen.«
»Im Moment hast du was anderes zu tun.«
»Das stimmt. Aber der Mist an der ganzen Sache ist — wäre Tom, selbst wenn du und ich und meine Freunde bei der ›Times‹ genau wissen, daß dieser Klatsch jeglicher Grundlage entbehrt, wirklich von jedem Verdacht befreit? Gerüchte in Washington haben die üble Eigenschaft, durch alle Ritzen zu sickern.«
»Es bedarf einer Menge Publicity, um diesem Gerücht den Garaus zu machen. Aber vielleicht tut's ein offenes Geständnis des Mannes, der den ganzen Schaden angerichtet hat.«
»Publicity . . . Nein, ich glaube kaum, daß das meinen Freunden angenehm wäre.« Brad hielt inne. Dann fragte er: »Hast du eine Ahnung, wer dieser Mann sein könnte?«
»Vielleicht. Und du?«
Brad schwieg, er preßte die Lippen zusammen.
»Hoffentlich irren wir uns beide«, sagte Tony. Sie schüttelten sich die Hand. »Ich rufe dich an. Wann und wo?« Er zog den Reißverschluß seiner Aktentasche zu und klemmte sich den Hut unter den Arm.
»Ich müßte gegen halb fünf zurück sein. Und werde lange zu arbeiten haben. Vermutlich bis acht.« Brad warf einen Blick auf seine Uhr. »Großer Gott!« Hastig langte er nach seinem Jackett und schloß den Knoten seiner Krawatte.

Tony ging. Das Großraumbüro summte und vibrierte jetzt von Maschinen und Stimmen. Draußen im Empfang unterbrach die junge Dame ein Telefongespräch, lächelte ihm strahlend zu und wünschte ihm »einen schönen Tag« — für seinen Gang zum Leichenschauhaus.

Ins Leichenschauhaus der Polizei hineinzukommen, war nicht allzu kompliziert. Die Identifizierung des geheimnisvollen Toten hatte offenbar äußersten Vorrang. Es war Konov. Ganz eindeutig.
Tony stand da und blickte auf Konovs wachsbleiches Gesicht hinab.
»Kennen Sie ihn?«
»Mag sein.«
»Mag sein?« Wieder so ein Verrückter, dachte der Angestellte und musterte den Besucher aufmerksam: Äußere Erscheinung durchaus normal, englische Aussprache, gelassenes Auftreten, aber ganz entschieden verrückt.
»Ich möchte den für diesen Fall zuständigen Kriminalbeamten sprechen.«
Das ist aber mal ganz was Neues, dachte der Angestellte und überhörte die Forderung kurzerhand.
»Muß ich erst zum FBI gehen?« fragte Tony. Und bekam diesmal sofort eine Reaktion: von zwei Männern in Zivil, die hereingekommen waren, um Zeugen einer eventuellen Identifizierung zu sein.
»Ich verlange den zuständigen Kriminalbeamten«, wiederholte Tony, als sie ihn hinausbegleiteten. »Zu einem Austausch wichtiger Informationen.«
»Was Sie nicht sagen!«
»Allerdings sage ich das.«
Die beiden Männer warfen sich einen Blick zu und betrachteten dann den Engländer. Ihr gut entwickelter Instinkt gab schließlich den entscheidenden Anstoß. »Folgen Sie uns, Sir«, sagte der Ältere. »Wie war Ihr Name doch gleich?«
»Wollen wir uns nicht da unterhalten, wo wir ungestörter sind? Bringen Sie mich zu Ihrem Vorgesetzten.« Sein Grinsen wirkte ansteckend, sein Akzent umwerfend. Sie waren froh, eine Ausrede für das fröhliche Lächeln zu haben, das sie während der letzten Minute krampfhaft unterdrückt hatten. Unvermittelt verschwand dieses Lächeln jedoch, denn Tony hielt ihnen seinen Pentagon-Ausweis unter die Nase. »Und falls wir darüber diskutieren müssen, bringen Sie mich zuvor zu Ihrem höchsten Beamten. Der kann sich in Washington nach mir erkundigen«, setzte er sehr ruhig hinzu.

Die beiden musterten ihn aufmerksam, immer noch zögernd, aber nicht mehr ganz so zweifelnd. Nach einem kurzen Austausch von Blicken kamen sie stillschweigend zu einem Entschluß.
»Hier entlang, Sir«, sagte der Ältere. Auch die kleinste Information über den Toten da drin war ein gewisses Risiko wert.

Um fünf Minuten vor acht rief Tony Brad Gillon über seine persönliche Leitung an. »Hast du Lust, mich zum Lunch einzuladen?«
»Ja, hast du denn noch nicht gegessen?«
»Ich wollte dem Leichenschauhaus lieber mit leerem Magen einen Besuch abstatten.«
»Du hast wirklich . . .«
»Ich habe wirklich. Wo treffen wir uns?«
»Kannst du nicht jetzt reden?«
»Zuviel zu erzählen. Was für Neuigkeiten hast du?«
»Gute, glaube ich. Bist du jetzt hier in der Nähe?«
»Gleich um die Ecke.«
»Dann treffen wir uns bei Nino in der West Fourty-Ninth Street. Ein italienisches Restaurant. Zwei Sterne. Aber natürlich immer voll.«
»Wie stehen die Tische? Sehr eng?« erkundigte sich Tony zweifelnd.
»Das spielt keine Rolle. Der Geräuschpegel ist ziemlich hoch.«
»Gut. Solange wir die Köpfe zusammenstecken können . . . In zehn Minuten an der Bar?«

Vielleicht hatte die Rezession die Ausgehfreudigkeit der Menschen beeinträchtigt: Nino hatte vier freie Tische. Sie wählten den in der hintersten Ecke, von der Küchentür durch eine Reihe von Plastikgrünpflanzen getrennt. »Sehr gut«, sagte Tony anerkennend.
Er bestellte einen Teller Minestrone, ein bißchen Bel Paese mit italienischem Brot, ein Glas Wein und weiter nichts. Brad, auf seine *calamares* konzentriert, akzeptierte die Wahl. Tony hatte heute nicht viel fürs Essen übrig.
Ja, es sei tatsächlich Konov gewesen, der da wie ein Fisch auf Eis lag. »Und weißt du was? Er tat mir leid«, gestand Tony. »Kannst du dir das vorstellen? Er tat mir leid.« Er betrachtete die Malerei an der gegenüberliegenden Wand, ein Bild des Vesuvs, der seine glühende Asche über Pompeji ergießt. »Und dann fragte ich mich — warum wurde der Tote nicht abgeholt? Du weißt doch, wie gut der KGB für seine Leute sorgt. In jedem Fall.«
Brad spießte mit der Gabel ein Stück Weißbrot auf und stippte es

in die ausgezeichnete Sauce. »Ja, ich weiß. Zum Beispiel erfindet er für Oberst Abel eine Ehefrau und Tochter sowie ganz rührende Familienbriefe. Sie ließen ihn von dieser Frau – er hatte sie nie im Leben gesehen – sogar unter Tränen und Umarmungen am Austauschpunkt in Berlin abholen.«
»Ich erinnere mich an diese Briefe. Sie waren in jeder Zeitung abgedruckt, die ich in die Hand bekam.«
Brad nickte. »Weltweit. Jedermann liebt einen ausgekochten Spion mit einer heißgeliebten Frau. Abel muß davon jedoch fast übel geworden sein. Er war ein eiskalter Profi.«
Abel war gleich nach dem Krieg über Kanada ins Land gekommen und hatte sich in der Gegend von New York unter zwei verschiedenen Adressen, zwei verschiedenen Namen und zwei verschiedenen Identitäten als Leiter eines kommunistischen Spionagerings niedergelassen.
»Abel war GRU, nicht wahr? Immerhin, der KGB sorgt ebenfalls für seine Leute. Warum also nicht in Konovs Fall?«
»Interessante Frage.«
»Ich überlege.« Tony schenkte sich ein zweites Glas Valpolicella ein. »Der ist besser als der Montrachet, den ich gestern abend in Washington getrunken habe«, stellte er verwundert fest. Mit leicht indigniertem Ausdruck studierte er das Etikett.
»Wieder etwas, das untersucht werden muß?« erkundigte sich Brad lächelnd. Er hatte sich lange nicht mehr so wohl gefühlt. Er dachte an den Roman, die jüngste Neuerscheinung in Frankreich, der im Büro auf seinem Schreibtisch wartete. Alles ganz gut und schön, aber . . . Er seufzte, beobachtete Tony und dachte an die alten Zeiten.
»Wie sind deine Ermittlungen verlaufen?«
»Bei der ›Times‹? Ich hätte mir kein aufmerksameres Publikum wünschen können. Unangenehm schockiert, genau wie ich. Das Typoskript habe ich mir angesehen. Und außerdem ein paar Seiten von Tom Kelsos letztem Bericht. Tom benutzt immer einfaches, billiges Papier. Der Anonymus hat das teuerste Bondpapier genommen. Der linke Rand war bei beiden ungefähr gleich breit. Doch mir fiel auf, daß Tom möglichst viel in eine Zeile hineinquetscht, während bei diesem Typoskript jede Zeile ganz sauber endet. Kein Übergreifen in den rechten Rand. Und der Schluß war mit einer Reihe von Gedankenstrichen markiert, während Tom stets drei in gleicher Höhe liegende Sternchen macht. Du hattest recht, Tony. Es gab Unterschiede, wenn auch kleine und nicht ins Auge fallend, solange man nicht nach ihnen sucht.«
»Das hat die Leute hoffentlich beruhigt.«
»Sie haben nie wirklich an Tom gezweifelt.«

»Natürlich nicht. Aber ein kleiner Beweis ist immer recht tröstlich, sogar für Nicht-Zweifler. Hast du Holzheimer gesprochen?«
»War nicht nötig. Er hatte seinem Redakteur bereits gesagt, wo er diesen unbekannten Informanten getroffen hat.«
»Hoffentlich nicht in einem Subwaybahnhof oder an einer Straßenecke. Damit kämen wir nicht weiter. Wir wüßten höchstens, daß wir es mit einem Profi zu tun haben.«
»Wir haben es mit einem Amateur zu tun. Er hat sich mit Holzheimer in einer Wohnung getroffen.«
»Wo?«
»In New York. Die genaue Adresse hat Holzheimer nicht angegeben.«
»Und das ist alles? Eine Wohnung in New York?«
»Ich konnte die Leute nicht weiter drängen. Damit hätte ich nichts erreicht. Alles wird sehr heruntergespielt. Keine Publicity, wenn möglich. Den Gerüchten wird natürlich entgegengetreten, wann und wo immer sie auftauchen. Und sie werden schnell wieder verstummen. Weil sie keine Nahrung erhalten. Tom wird damit schon fertig werden.«
Tony schwieg. Wie sollte ein Reporter mit einem plötzlichen Verlust des Vertrauens in seine Diskretion fertig werden? Es gab keine empfindlicheren Informanten als die hochgestellten Regierungsbeamten. Alles, was die von sich gaben, war streng inoffiziell, es sei denn, sie wollten, daß es veröffentlicht wurde.
»Tja«, sagte Brad, auf das Anzünden einer Zigarre konzentriert, »ist das nun alles, was es an Neuem gibt?« Seine sanften, blauen Augen, die einen so starken Kontrast zu seiner Adlernase und dem kraftvollen Mund bildeten, musterten den Jüngeren aufmerksam. Er spürte, daß da noch etwas war, so gut es Tony auch hinter seiner ruhigen Beherrschtheit zu verstecken suchte. Ein nettes Gesicht, auf konventionelle Art gut aussehend, mit ebenmäßigen Zügen und freundlichem Ausdruck, von den meisten Menschen rasch akzeptiert, wenn Tony seinen Charme ausspielte, allzuoft unterschätzt, wenn er seine verständnislos-unschuldige Rolle mimte.
Tony lächelte. »Du hast den Instinkt immer noch nicht verloren, nicht wahr? Nein, das ist nicht alles. Ich habe die Polizeiakte gelesen.«
Brads Lippen hätten fast die Zigarre fallen lassen. »Und wie hast du das geschafft?«
»Durch ein sauberes ›eine Hand wäscht die andere‹. Ich sage euch, wer der Tote ist, wenn ihr mich dafür in eure Akte einsehen laßt.«
»Nein, nein, das hat bestimmt nicht ausgereicht.«

»Nun gut, einer von meinen Freunden im Pentagon hat für mich gebürgt. Danach gab es fast gar keine Schwierigkeiten mehr.«
»Der muß ja ganz schön Gewicht haben.«
»Schwergewicht, sage ich dir. Außerdem liegt die Polizei jetzt im Wettstreit mit dem FBI: Wer von beiden zuerst ins Schwarze trifft. Ich habe ihnen mit Freuden geholfen. Schließlich hat die Polizei die eigentliche Arbeit getan. Das FBI wurde erst hinzugezogen, als man in New York keine Registrierung von Konovs Fingerabdrücken fand. Aber in Washington gab es auch keine.«
»Was ist mit Konovs Kleidung – Material, Schnitt, Herkunft?«
»Damit sind die Experten noch beschäftigt.«
Aber das würde Zeit brauchen. Und die Ergebnisse waren möglicherweise auch nicht aufschlußreich. Konov hatte immer sehr vorsichtig gearbeitet.
»Was ist Konov eigentlich zugestoßen? Ist er erschossen worden oder erstochen?«
»Er hatte eine tiefe Schnittwunde.« Tom hielt inne. »Ein unschönes Thema für so eine Umgebung«, setzte er hinzu und sah sich in dem hellerleuchteten Restaurant um, in dem die Leute aßen, tranken und plauderten und die Kellner umherflitzten wie emsige Bienen. Niemand lungerte in der Nähe herum, niemand interessierte sich für sie, alle amüsierten sich großartig.
»Ja, das muß man der New Yorker Polizei lassen. Sie hatten wirklich eine Menge Material gesammelt, aber nichts davon ergab ein logisches Bild. Deshalb haben sie mir natürlich auch Einblick in die Akte gegeben. Sie brauchten eine Identifizierung, die sie in die richtige Richtung wies: weder organisiertes Verbrechen noch Rauschgift, sondern schlichte, altmodische Spionage. Sie hatten nur Bruchstücke von Informationen. Ziemlich frustrierend, wenn man nicht weiß, *was für ein* Puzzle man zusammensetzen soll.«
»Bruchstücke.« So etwas hatte Brad stets fasziniert. Puzzles waren früher seine Spezialität gewesen. »Zum Beispiel was?«
»Zum Beispiel zwei Polizei-Trimmtraber, die ihre Runden im Central Park drehten und von einem jungen Mann berichteten, den sie zu seiner eigenen Sicherheit bis zur Fahnenstange an der Sixty-Ninth Street begleiteten. Wo einer der beiden Undercover-Polizisten sah, wie sich der junge Mann mit dem Opfer des Überfalls traf. Eine Stunde später waren die beiden wieder an der Fahnenstange, diesmal aber getrennt. In ihrer Nähe befand sich ein dritter Mann, der zunächst nichts mit den beiden anderen zu tun zu haben schien, aber später bemerkt wurde, wie er das Abfahren des Krankenwagens beobachtete. Und noch eines: Der junge Mann, den die Trimmtraber retteten, war eindeutig Zeuge des Überfalls, hielt sich aber vom Schauplatz fern. Als ein

Polizeibeamter ihn aufforderte, mit zuzupacken, lief er davon. Doch, eure Polizisten sind tatsächlich auf Draht.«
»Das beruhigt mich als Steuerzahler ungemein«, sagte Brad.
»Und der Witz ist«, fuhr Tony fort, »der Mann, der im Krankenhaus auftauchte, um Konov zu identifizieren – er war übrigens der einzige, der dort erschien –, schien eine entschiedene Ähnlichkeit mit dem Mann zu haben, der die Abfahrt des Krankenwagens vom Central Park beobachtete. Die haben nämlich ein Phantombild angefertigt.«
»Aber warum?«
»Weil seine Angaben sich als unzutreffend erwiesen.«
»Er sah Konov und verleugnete ihn? Warum ist er dann überhaupt ins Krankenhaus gegangen und hat riskiert, daß er gesehen wurde?«
»Vielleicht eine Art Terrainsondierung.« Tonys Stimme wurde hart. »Ungefähr zwanzig Minuten nachdem er das Krankenhaus verlassen hatte, wurde Konov tot aufgefunden. Herzversagen.«
Sie schwiegen beide. Tony dachte jetzt an einen auf russisch ausgestoßenen Hilferuf. Alexis und Oleg. Die beiden Männer im Park? Jedenfalls zwei Namen, die man sich merken mußte. Und dieses Phantombild mochte auch von Nutzen sein. Alexis und Oleg ...
Brad sagte: »Hast du Konovs richtigen Namen genannt?«
»Einen davon.« Tony lächelte. »Keine Lügen, Brad. Ich habe ihnen nur nachprüfbare Informationen gegeben.«
»Gott sei Dank!«
»Nur Ruhe, alter Freund! Ich denke nicht daran, mir den Unwillen der Polizei zuzuziehen.«
»Hast du deine Tarnung gelüftet?«
»So wenig wie möglich. Schließlich hat das Pentagon für mich gebürgt. Hat mich vermutlich als streng geheim deklariert. Man bat mich jedenfalls nicht mehr, mich auszuweisen.«
»Äußerst gefährlich, dieser Besuch im Leichenschauhaus ...«
»Was ist nicht gefährlich?« entgegnete Tony leichthin.
»Du wurdest wahrscheinlich beobachtet.«
»Alle haben mich beobachtet. Vor allem große, starke Kriminalbeamte ...«
»Verdammt noch mal, Tony, du weißt, wie ich das meine!«
Ja, dachte Tony, du meinst, daß Alexis oder Oleg in der Nähe waren, um zu sehen, wer sich für Konov interessiert. »Ich weiß«, antwortete er kurz.
»Es war ein Risiko.« Brad machte sich wirklich Sorgen. Die Nachricht von Konovs plötzlichem Tod hatte eine Alarmglocke bei ihm ausgelöst.
»Ein kalkuliertes, versichere ich dir.«

»Wann fliegst du wieder nach Europa?«
»Willst du mich loswerden?«
»Du bist hier zu sehr auf dich allein gestellt.« Zu angreifbar, dachte Brad, ohne genügend Rückendeckung.
»Ich fliege Freitag.«
»Dann versuche nicht, bis dahin all deine Probleme zu lösen. Das wird dir in Europa möglicherweise viel leichter gelingen.«
Ja, dachte Tony, dort erhebt nunmehr das größte Problem sein drohendes Drachenhaupt. Warum waren keine Nachrichten mehr aus Moskau gekommen? Inzwischen mußte das NATO-Memorandum doch dort eingetroffen sein. Und inzwischen mußte auch Konovs Tod dorthin gemeldet worden sein. Warum also keine Nachricht aus Moskau? Keine Bitte um die Vorbereitung eines Fluchtweges?
»Komm, wir zahlen und dann gehen wir«, sagte er. Und fand das fröhliche Lachen im Raum auf einmal unerträglich.

## Zehntes Kapitel

Dreizehn Tage waren seit Rick Nealeys Treffen mit Mischa vergangen. Beinahe zwei Wochen des Schweigens. Jeden Morgen, wenn er aufstand und sich Frühstück machte, ja sogar während er unter der Dusche stand, lauschte er mit einem Ohr auf das Schrillen des Telefons, so lange, bis er seine Wohnung verließ. Abends dann, nachdem er alle Verabredungen abgesagt hatte, saß er wieder da und wartete. Aber das vereinbarte Zeichen kam nicht. Oleg machte keinen Versuch, sich mit ihm in Verbindung zu setzen. Nicht einmal der übliche Montagsanruf seines Kontaktmanns. Als er ihn (insgesamt fünfmal) zu erreichen versuchte, meldete sich niemand am Telefon. Alle Verbindungen waren abgeschnitten. Er war isoliert. Natürlich nur vorübergehend. Aber warum? Entweder, weil ein Alarm herausgegangen war und man vorsichtig sein mußte, oder aber er wurde bestraft. Aber wofür? Nein, bestraft sicherlich nicht. Dazu gab es keinen Grund. Er hatte große Risiken auf sich genommen und rasch gehandelt, um Mischa das NATO-Memorandum zu besorgen. Alle Abweichungen von seinen Instruktionen waren durch den Überfall im Central Park notwendig geworden: Er hatte den Mikrofilm am Sonntag abgeliefert, sobald er nach Washington zurückgekehrt war, anstatt bis Dienstag zu warten und ihn dann Oleg zu übergeben. Und es war wirklich gut so gewesen. Sonst säße er hier immer noch mit dem Mikrofilm des Memorandums und würde vor Unruhe keinen Schlaf finden. Es war eine zu große Verantwortung, zu gefährlich und viel zu dringend.

Aber wie lange soll diese Isolation noch dauern? dachte er, als er das Frühstücksgeschirr wegräumte und sich für den Weg ins Büro fertigmachte. Heute war Freitag, der 6. Dezember. Er konnte nicht länger den Einsiedler spielen, ohne bei seinen Freunden Verdacht zu erregen. Seine bis jetzt gebrauchten Ausreden von Überstunden und Grippe hatten ihre Grenzen. Wobei ihm einfiel, daß er Sandra anrufen und das Wochenende in Maryland absagen mußte. Was Katie in New York betraf – nein, dort würde er sich sehr lange nicht mehr sehen lassen. Die würde begreifen, auch ohne daß man es ihr direkt sagte. Und Chuck – je weniger er von Chuck sah, desto besser. Außerdem konnte Chuck ihm jetzt nichts mehr nützen.

Er wollte gerade den Hörer aufnehmen und Sandras Nummer wählen, da schrillte das Telefon direkt unter seiner Hand. Vor Schreck hätte er sich beinahe sofort gemeldet. Doch er nahm sich

noch rechtzeitig zusammen. Zweimal klingeln; dann Stille. Er wartete. Abermals zweimal klingeln und dann Stille. Jetzt nur noch eine Minute ... Als es wieder klingelte, saß er mit Bleistift und Papier für die chiffrierte Nachricht bereit, die über den Draht kommen würde.
Die Stimme war nicht die seines üblichen Kontaktmannes. Oleg? Er war fast sicher, aber er mußte sich auf die Worte konzentrieren. Zu seinem größten Erstaunen waren sie nicht chiffriert. Getarnt, natürlich, und für ein neugieriges Ohr immer noch unverfänglich genug. »Es tut mir leid, daß ich unsere Verabredung letzte Woche nicht einhalten konnte. Wir hatten Krankheit in der Familie und sehr viel zu tun.«
»Das tut mir leid.« Ja, dachte Alexis, das ist Olegs Stimme. »Wie wär's mit einem Lunch?«
»Heute leider völlig unmöglich. Ich habe eine wichtige Verabredung ...« Das offizielle Lunchtreffen im Statler, um genau zu sein.
»Ich weiß.«
Oleg war also vermutlich in Washington. Das Lunchtreffen war weithin bekanntgemacht worden. Vier Redner (darunter der Abgeordnete Walter Pickering, auf der Suche nach einem Thema, das ihm über die nächste Wahl hinweghelfen konnte) und achthundert Gäste. Thema: Die Verantwortung der Medien. Aber würde Oleg tatsächlich selbst anwesend sein? *Lunch,* hatte er vorgeschlagen. Was wollte er damit festlegen – die Zeit oder den Ort? Oder beides? Alexis räusperte sich, hustete einmal kurz, um anzudeuten, daß er jetzt den Code benutzen werde, und rechnete rasch. Gegen zehn Minuten nach drei konnte er sich wahrscheinlich freimachen. »Halb fünf«, sagte er. »Vorher habe ich keine Zeit.«
»Würden Sie mich anrufen, sobald Sie aufbrechen?«
»Ja, gern.«
»Wie geht's Ihrer Cousine Kay?«
»Danke, gut.«
»Wie ich hörte, hat sie gerade ihren sechzehnten Geburtstag gefeiert.«
»Ganz recht.«
»Nun, die Neuigkeiten aus der Familie können Sie mir mitteilen, wenn wir uns sehen. Vergessen Sie nicht anzurufen.« Oleg legte auf.
Der hat Nerven, dachte Alexis; hat nicht mal meine Anregung aufgenommen, zum Code überzugehen – bis auf ein paar getarnte Wörter: ›Telefonieren‹ bedeutete natürlich ›Kontaktaufnahme‹; Kay und ihr sechzehnter Geburtstag bezeichneten das Statler an der Ecke K Street und Sixteenth Street; und die

›Neuigkeiten aus der Familie‹ — falls er damit einen bestimmten Mikrofilm meinte, würde Oleg tief enttäuscht sein. Aber verdammt, es war schließlich seine eigene Schuld.
Jetzt sehen wir mal: Ich verdrücke mich gegen Schluß und nehme mit Oleg um zehn nach drei Kontakt auf. Wo? In der Halle? Unverschämt genug ist er dazu. Es wird natürlich ziemlich voll sein. Wie dem auch sei, die Kontaktaufnahme wird visuell geschehen. Er führt, und ich folge ihm in vorsichtigem Abstand. Oder vielleicht geht es auch anders herum: Möglicherweise fällt es mir schwer, ihn schnell inmitten einer Menschenmenge zu identifizieren — er hat vielleicht eine andere Haarfarbe oder trägt sogar einen Schnurrbart —, aber er wird *mich* leicht erkennen können. Ja, so werde ich es machen. Ich werde die Halle zuerst verlassen, aber langsam, damit er Gelegenheit hat, mich zu erkennen und mir zu folgen. Nur, ein Treffen am hellichten Tag? Und eine Verabredung unter solcher Vernachlässigung des Codes? Olegs Methode unterscheidet sich zweifellos grundlegend von Mischas. Er macht mir Angst, mußte Alexis zugeben.
Er wählte eine gedeckte blaue Krawatte, wie sie bei einem öffentlichen Auftritt für den Assistenten des Abgeordneten Pickering angebracht war. (Der Abgeordnete war der erste Redner, immer mit einem Auge zum Zifferblatt seiner Uhr schielend und dabei private Pläne für den Nachmittag schmiedend.) Rick versuchte den Gesamteindruck von sich selbst einzuschätzen — grauer Anzug, hellblaues Hemd, für den Fall, daß Fernsehaufnahmen gemacht wurden — und steckte noch ein dunkelblaues Seidentuch in die Brusttasche. Jawohl, Rick Nealey war eine Persönlichkeit: ruhig, verläßlich; und ein verdammt guter Verfasser von Reden. Was hätte der alte Pickering in den letzten neun Jahren wohl ohne ihn angefangen?

Das Hotel war groß, in der Halle herrschte reger Betrieb: Gäste, die an- oder abreisten, andere, die auf Freunde oder Zimmerbestellungen warteten, Besucher, die ins Restaurant oder ins Café kamen und gingen. Eine Stadt in der Stadt, dachte Tony Lawton, als er sich von der Anschlagtafel mit dem Nachweis der verschiedenen Lunchtreffen abwandte. Es gab den ganz offiziellen Lunchempfang mit so vielen Gästen, daß der Ballsaal benutzt werden mußte, da die vier Vorträge über die Verantwortung der Medien ein besonderer Anreiz waren; ein etwas kleinerer Empfang im Mezzanin betraf den Umweltschutz; ein dritter in einem von der ›Fife and Drum Historical Society‹ gebuchten Raum; und ein Treffen von Agrarexperten. Er fühlte sich von Informationen überflutet. Fakten und Zahlen, Feststellungen, Bitten, Warnungen und Mahnungen füllten dieses Gebäude auf allen

Wegen. Seine mit dicken Teppichen belegten Fußböden mußten knöcheltief mit Eloquenz und *good will* überschwemmt sein.
Er ging zum Zeitungsstand hinüber, einem richtigen kleinen Laden, und schritt langsam an den Reihen der Journale entlang. Er überlegte, welche er kaufen sollte, um sich den Flug über den Atlantik zu verkürzen. Es war erst kurz vor drei; er hatte noch eine ganze Stunde bis zur Abfahrt. Jetzt, da das NATO-Memorandum – mit einiger Bestürzung – nach Brüssel zurückgeschickt wurde, hielt ihn hier nichts mehr. So zögernd Shandon House sich verhalten hatte, so prompt hatte Washington reagiert. Und der Studie eingehendste Aufmerksamkeit gewidmet. Wenn nächste Woche die NATO-Sitzungen begannen, herrschte vielleicht etwas weniger Uneinigkeit hinsichtlich der Zukunftsplanung. Und so hätte diese Woche, so schlimm sie auch gewesen war, im Grunde noch schlimmer enden können.
Dennoch war er alles andere als frohgemut. Aus Brüssel hatte er gestern eine knappe, aber beunruhigende Nachricht erhalten: Palladin, der NATO-Agent, hatte Moskau verlassen, um sich für einen kurzen Urlaub nach Odessa zu begeben. Mehr nicht. Spielte er den Unbeteiligten? Hatte er alles fest in der Hand? Oder war dies der Anfang einer Flucht, der Beweis, daß die schlimmsten Befürchtungen hinsichtlich des NATO-Memorandums eingetroffen waren: daß es Moskau erreicht hatte?
Quälende Gedanken für eine von buntem Leben erfüllte Hotelhalle ... Tony schob sie energisch beiseite und konzentrierte sich auf die Journale, die er kaufen wollte: eines über Reisen (die Art von Reisen, für die er nie genug Zeit hatte), ein weiteres über Essen und Trinken, ein drittes über auswärtige Angelegenheiten (man muß über das, was die klugen Köpfe prognostizieren, auf dem laufenden bleiben, sagte er sich.) Zwei Taschenbücher ergänzten sein Arsenal zur Abwehr der zweifellos aufkommenden Langeweile. Und natürlich zwei Zeitungen. Eine Schlagzeile fiel ihm auf – ein paar junge Bombenleger waren von ihren eigenen Explosivkörpern zerrissen worden –, und er begann bereits zu lesen, während er langsam durch die Halle wanderte – scheinbar ziellos.
Unvermittelt verstärkte sich das Gedränge um ihn herum. Ein Strom ernster Männer hatte sich aus dem Lift ergossen. Die Agrarexperten, stellte Tony befriedigt fest, darunter einige Angehörige der Sowjetdelegation. Er kannte sie alle. Seit dem Tag, als man erfuhr, daß Konov mitsamt seinem nicht weniger geheimnisvollen Freund namens Boris Gorsky an den Sitzungen in Washington teilnehmen würde, hatte Tony es sich zur Aufgabe gemacht, sich zu jedem der angegebenen Namen das entsprechende Gesicht einzuprägen. Die meisten russischen Delegier-

ten waren echt — die üblichen sturen, zu Bürokraten gewordenen Bauern und Geschäftsleute. Konovs Fehlen war nicht erklärt worden, weder mit einer unerwarteten Krankheit noch durch Bekanntgabe seines Todes. Ja, sein Name erschien nicht einmal mehr auf der offiziellen Liste. Er war zur Unperson geworden. Und dieser Boris Gorsky konnte entweder einer der drei Sekretäre und Dolmetscher sein, oder sogar einer der beiden russischen Journalisten, die mit der Delegation den Mittelwesten bereist hatten. Morgen sollten sie wieder abfliegen. Der Empfang heute war ein freundschaftliches, wohlmeinendes Abschiedsessen.
Immer noch in seine Zeitung vertieft, nahm Tony Aufstellung hinter einer Familie — Mutter und zwei Kinder, auf Dad wartend, der die Rechnung beglich — und ließ seinen Blick über die Szene wandern. Einige der Agrarexperten diskutierten jetzt angeregt; sie bildeten in der Mitte der Halle eine eng zusammenstehende Gruppe. Ihre Stimmen klangen energisch, ihre Mienen jedoch waren freundlich. Der Dolmetscher hatte viel zu tun. Was war das für einer? Letzte Woche war er noch nicht dabei gewesen. Verstohlen musterte Tony den Fremden. Mächtige Schultern, ungefähr einsachtundsiebzig groß, dunkles, reichlich mit Grau durchsetztes Haar. Nun, dachte Tony, die Haarfarbe entspricht zwar nicht dem New Yorker Polizeibericht und dem Phantombild des Mannes, der im Lenox Hill Hospital aufgetaucht ist, Größe und Statur jedoch, sowie der schwere, dunkle Mantel, scheinen genau auf ihn zu passen. (Gott segne den jungen Polizisten, der sich so viele Einzelheiten über den Mann gemerkt hat, der bei Konov war!) Wenn ich nur sein Gesicht und seine Augen sehen könnte, dann wüßte ich, ob ich Boris Gorsky gefunden habe ... Ein Schuß ins Ungewisse, gewiß. Doch wer außer Gorsky wäre ins Krankenhaus gegangen und bis zu Konovs Zimmer vorgedrungen? Wer außer ihm? Die beiden waren heimlich in New York eingetroffen; soviel wissen wir. Beide wollten nach Washington kommen und anschließend mit den Agrarexperten eine Rundreise nach Chikago und durch den Mittelwesten machen. Konov fällt aus. Also muß Gorsky den Auftrag hier allein ausführen. Deswegen hält er sich vermutlich noch immer hier auf. Und was wäre einfacher, als im Troß einer Delegation nach Moskau heimzukehren? Kein Argwohn würde geweckt, das Risiko eines heimlichen und komplizierten Fluchtwegs via Kanada oder Mexiko unnötig.
Doch immer noch kehrte der breitschultrige Mann Tony den Rücken zu. Es wurde eine Menge geredet, da drüben. Ungeduldig sah Tony auf die Uhr. Sieben Minuten nach drei. Los doch, drängte er in Gedanken, dreh dich um, zeig mir dein Gesicht!

Aus Richtung des Ballsaals tauchten jetzt weitere Gäste auf, die sich zweifellos vor Ende der letzten Runde verdrücken wollten. Sie zeigten den leicht gehetzten Ausdruck von Leuten, die schnell in ihr Büro zurück müssen. Eine Dame fiel Tony auf — jung, elegant und selbst aus der Entfernung eindeutig hübsch. Dorothea Kelso? Tatsächlich, es war Dorothea. Sie machte an einer Garderobe halt und unterhielt sich mit einem Mann, der dort auf seinen Mantel wartete. Ein jüngerer Mann, stellte Tony automatisch fest. Helles Haar, angenehmes Gesicht, erstklassiger grauer Anzug und blaues Hemd. Erlesen gekleidet. Aber kurz angebunden. Er hatte sich sehr schnell von Dorothea verabschiedet und ging bereits wieder davon. Und das, fand Tony, war erstaunlich. Vor allem, da der junge Mann die Halle jetzt äußerst gemächlich durchquerte, auf halbem Weg sogar noch stehenblieb, um seinen Mantel anzuziehen und sich einen blauen Schal umzulegen. Er sah sich ununterbrochen um, versuchte aber so zu tun, als sei er völlig desinteressiert. Was zwar weniger erstaunlich war, als eine sehr hübsche Frau so unhöflich stehenzulassen, aber insgesamt gesehen — in Tonys sehr erfahrenen Augen — doch ein bißchen sonderbar. Er sucht jemanden, dachte Tony; dieser ein wenig starre Blick ist mir nicht unbekannt.
Dann wurde Tony plötzlich noch aufmerksamer. Der hellhaarige Mann kam gerade an der Gruppe der Agrarexperten vorbei, die endlich Anstalten zum Aufbruch machten. Tonys Interesse richtete sich nunmehr auf den Mann mit dem graumelierten Haar. Der sagte auf Wiedersehen, sagte es laut und deutlich auf englisch, und bedankte sich bei allen Anwesenden — eine hübsche, kleine Ansprache. Dorotheas Freund, immer noch damit beschäftigt, seinen Schal zu binden, blieb kurz stehen und warf dem Sprechenden einen flüchtigen Blick zu.
Hat er die Stimme erkannt? fragte sich Tony. Oder ist es ein ganz natürliches Zögern, ein bißchen Neugier wegen der vielen Ausländer, die ihm den Weg versperren?
In diesem Augenblick beendete der Russe seine Abschiedsworte und ging, ohne auf seine Freunde zu warten, mit schnellen, energischen Schritten zum Haupteingang. Er kam keine zwei Meter entfernt an Tony vorbei, der gerade noch durchdringende blaue Augen wahrnehmen konnte, ehe er sich hinter Moms toupiertem Haaraufbau duckte. Und auch die Züge des Mannes ließen keinen Zweifel zu. Sie waren kraftvoll: energisches Kinn, scharfe Nase, hohe Stirn. Es war das lebendig gewordene Phantombild.
Mit einem tiefen Atemzug verließ Tony den Schutz der Gruppe (die beiden Kinder wurden ungeduldig; die arme Mom verlor die Beherrschung), um dem angeblichen Dolmetscher zu folgen. Es war ein instinktiver Schritt, durch den er beinahe mit dem jun-

gen, hellhaarigen Mann zusammenstieß, der jetzt nicht mehr an seinem Schal herumhantierte, sondern es plötzlich sehr eilig zu haben schien.
»Verzeihung«, sagte Tony. Der junge Mann nickte kurz, wandte den Kopf ab und hastete weiter zum Haupteingang.
Tony blieb stehen und überlegte. Gewiß, es mochte interessant sein, diesem etwaigen Gorsky zu folgen. Aber wozu? Dies war nicht sein Territorium, er wollte ohnehin gleich abreisen, sein Auftrag hier war erledigt. Ein Anruf bei Brad Gillon müßte genügen. Brad würde wissen, wo und wie er diese Information anbringen mußte. Falls sie überhaupt etwas wert ist, ergänzte Tony. Vielleicht hatte ihn seine Neugier dazu verführt, die Bedeutung dieser kleinen Entdeckung zu übertreiben. Ja, wenn er sich auf heimatlichem Boden befände, mit reichlich Rückendeckung – das wäre etwas ganz anderes. Und dennoch . . . Spontan ging er zum Hauptportal. Dicht vor ihm beschleunigte der blonde Mann mit dem blauen Schal seine Schritte. Gorsky war bereits verschwunden.
Als Tony auf die breite, belebte Straße hinaustrat, mischte er sich unter eine kleine Gruppe Menschen, die vor dem Hoteleingang auf Taxis warteten. Er blickte nach links die K Street entlang, entdeckte dort aber keinen der beiden Männer, die ihn interessierten. Zu seiner Rechten lag die Kreuzung der K mit der Sixteenth Street. Und da war auch der junge Mann. Er wartete, um die Straße zu überqueren . . . nein, er war anscheinend noch unentschlossen. Vielleicht, dachte Tony ein wenig enttäuscht, folgt er diesem Gorsky gar nicht, aber er hatte verdammt genau gehört, daß in der Halle des Statler Stimmkontakt aufgenommen worden war. Gorsky sagte etwas, der junge Mann bemerkte ihn, und dann lief alles weiter wie verabredet. Bis jetzt. In diesem Moment überquerte der Mann mit dem blauen Schal nach einem letzten Blick zurück in schnellem Tempo die Sixteenth Street. Tony folgte ihm, bemüht, gelassen zu bleiben, und erreichte die andere Straßenseite, als sein Opfer den halben Block bis zur Seventeenth Street zurückgelegt hatte.
Vorsicht! mahnte sich Tony jetzt. Hier, auf dieser von schönen Gebäuden gesäumten Straße, waren nicht sehr viele Menschen zu sehen, und Läden, deren Schaufenster er angeblich betrachten konnte, gab es nicht. Aber er brauchte nicht weit zu gehen. Denn dort, in einiger Entfernung von ihm, stieg Gorsky in einen geparkten Wagen. Sein junger Freund hatte sich die Stelle gemerkt und hielt darauf zu. Als er den Wagen erreicht hatte, blickte er sich noch einmal um, doch Tony hatte bereits zwei vorüberkommende Mädchen angehalten, um sich nach dem Weg zum Lafayette Park zu erkundigen. Die beiden bildeten eine net-

te, unschuldige Deckung für ihn; sie informierten ihn liebenswürdig mit fröhlichem Lächeln und unterdrücktem Gekicher: Sie müssen die Sixteenth Street hinuntergehen, dann können Sie ihn gar nicht verfehlen. Nebenbei sah er, daß die Tür von Gorskys Wagen offenstand – eine Aufforderung an den blonden Mann, schnell einzusteigen. Sehr geschickt, dachte Tony.
Er bedankte sich bei den jungen Mädchen, kehrte um und nahm Richtung auf die Sixteenth Street, ließ den beiden aber einen reichlichen Vorsprung, damit sie nicht merkten, daß er sich offenbar schon wieder verlief, als er auf das Hotel zuging.

Daß Dorothea an dem Medientreffen teilnahm, war eine von Bud Wells' großartigen Ideen gewesen: Sie hatte zwischen zwei möglichen Kandidaten für seine Sonntagssendung gesessen – Tiefeninterviews nannte Wells so etwas gern –, damit sie sich, zwischen Shrimpscocktail, Tournedos und Himbeersorbet, anhören konnte, wie sie über wen und was redeten. Der Journalist zu ihrer Rechten gab sich lässig und erzählte mit trockenem Humor von seinem jüngsten Auftrag in Indonesien. Er würde ein interessanter Gast auf dem Bildschirm sein. Der Schriftsteller aber, der im Ausland lebte und sich gerade auf einer Publicitytour durch sein Heimatland befand (es ärgerte ihn offensichtlich, daß er ausgerechnet in dem Land, das er immer wieder kritisierte, am meisten Geld verdiente, obwohl er das mit seinen üblichen deftigen Sticheleien über die amerikanische Szene kaschierte), schien in einer geistigen Sackgasse zu sein. Abgesehen von ein paar anfänglichen Bemerkungen, die darauf abzielten, den Journalisten zu kränken, und einem nicht sehr überzeugenden Annäherungsversuch bei Dorothea, konzentrierte er sich nur noch auf Essen und Trinken. Ein schwieriger Gast, entschied Dorothea, den man mit Samthandschuhen anfassen mußte. Oder mit einer Hutnadel, fügte sie im stillen hinzu, während sie seinem Bein auswich, das sich, als die vierte Rede des Tages begann, zu ihr herüberschlich. Sie verabschiedete sich mit einem Lächeln und einer geflüsterten Entschuldigung zu dem Journalisten. Auch andere verließen den Ballsaal vorzeitig, daher war sie auf ihrem langen Weg zur Tür nicht allein. Direkt vor ihr ging Rick Nealey, der sich vorsichtig durch die Tischreihen schob. Sofort mußte sie an Chuck denken und fragte sich, ob Rick wohl etwas von ihm wußte.
Sie beschleunigte ihren Schritt und erreichte die Garderobe draußen nur wenige Meter hinter Rick. Sie zögerte, aber nur kurz. Ihr Zorn auf Chuck mischte sich mit Sorge: Sein Schweigen war ihr unverständlich. In dieser ganzen furchtbaren Woche hatte Tom kein einziges Wort von ihm gehört. – »Hallo, Rick!«

Erschrocken fuhr er zu ihr herum. Das Lächeln des Wiedererkennens kam nur langsam, wirkte beinahe nervös. »Oh, hallo! Ich muß schnell zum Büro zurück«, erklärte er hastig.
»Wie geht's Ihnen?« — »Danke, gut.«
»Und was macht Chuck?«
»Chuck? Den hab' ich seit Ewigkeiten nicht mehr gesehen.«
»Ach! Ich dachte, Sie führen zum Wochenende immer nach New York.«
»Dazu hatte ich seit mehreren Wochen keine Zeit.« Rick langte nach seinem Mantel und seinem Schal. »Hat mich gefreut, Sie mal wiederzusehen.« Dann nickte er ihr zu und eilte davon.
Dorothea hatte nicht einmal Zeit, ihm auf Wiedersehen zu sagen. Er ging in die Halle hinaus. Sonderbar, dachte sie, kaum wiederzuerkennen, dieser Mann, der uns seinerzeit immer wieder besucht hat und nie gehen wollte. Wie dumm, daß ich ihn überhaupt angesprochen habe. Das Gefühl, eine Abfuhr erhalten zu haben, wurde übermächtig. Wütend auf sich, auf Rick, auf Chuck, ging sie zum Waschraum, um sich zu kämmen, frischzumachen und Lippenstift aufzulegen. Im Spiegel entdeckte sie erleichtert, daß sie völlig normal aussah und keineswegs wie eine Aussätzige. Sie steckte sich eine Zigarette an und gönnte sich fünf Minuten, um ihrer Gefühle Herr zu werden. Und damit Rick Nealey möglichst weit entfernt war, bevor sie sich wieder in die Halle wagte. Sie versuchte, nicht daran zu denken, was Tom sagen würde, wenn sie ihm von ihrem Versuch erzählen würde, etwas über Chuck zu erfahren. (Sie hatte nicht vor, es ihm zu erzählen, aber es würde ihr bestimmt rausrutschen. So ging es immer.) Tom weigerte sich strikt, über Chuck zu sprechen. Er wartete darauf, daß Chuck ihn anrief. Davon war sie überzeugt. Schließlich war eine Erklärung hinsichtlich der ausgeliehenen Schreibmaschine mehr als fällig. Aber Tom wollte nicht den ersten Schritt tun. Und er hatte natürlich recht. Sollte er etwa zu seinem Bruder hingehen und sagen: ›Du hast die Sicherheitsvorschriften verletzt, und zwar mit meiner Schreibmaschine, du Schwein‹? Nein, er wartete darauf, daß sein Bruder kam und seine Schuld gestand. Mehr verlangte Tom ja gar nicht: ein ehrliches Geständnis. Anschließend konnten sie dann offen diskutieren. Und ich, dachte Dorothea, würde Chuck raten, im Shandon House zu kündigen und sich einen Job als Designer für Stühle und Tische zu suchen, irgendwas, wo er die Karriere anderer Menschen nicht mit seinen Idealen gefährden kann.
Sie rauchte eine zweite Zigarette. Dann ging sie hinaus, um vor dem großen Ansturm aus dem Ballsaal ihren Mantel zu holen. Immer noch tief in Gedanken über Chuck, in ihre Sorge um Tom versunken, achtete sie nicht auf die Menschen in der Halle.

»Dorothea!« sagte eine Stimme erfreut, und sie drehte sich neugierig um. Zuerst erkannte sie ihn kaum, mit dem windzerzausten Haar und der nachlässig geschlungenen Krawatte. Er trug Tweedjacke und Flanellhose und hatte sich einen Stoß Journale und Zeitungen unter den Arm geklemmt. Insgesamt wirkte er eher wie ein Collegeprofessor, nicht wie ein erfolgreicher Weinhändler.
»Mrs. Kelso!« sagte Tony Lawton etwas zurückhaltender. »Wie schön, daß ich Sie hier treffe!«
Ganz zweifellos meinte er das ehrlich. »Trinken Sie eine Tasse Kaffee mit mir?«
»Ich muß wirklich ins Büro zurück . . .«
»Zehn Minuten, zwanzig Minuten!« Sein Lächeln war einfach entwaffnend. »Ich reise gleich aus Washington ab, und es gibt nichts Deprimierenderes, als allein in einem Riesenhotel zu warten.«
»Vielleicht ist das Café geschlossen.«
»Dann versuchen wir's mit dem Drugstore.« Er nahm ihren Arm mit sanftem, aber festem Griff und steuerte sie zum Café. »Wie geht's Tom?«
»Tom ist heute in New York.«
Er bemerkte, daß sie auswich. »Es ist alles ziemlich schwer für ihn.« Und wird wohl noch schwerer werden, dachte er. »Ich war vor ein paar Tagen in Shandon.« Sie sah ihn fragend an. Jetzt waren ihre Schritte nicht mehr zögernd. Aber er schwieg, bis es ihm gelungen war, eine Kellnerin in dem leeren Café davon zu überzeugen, daß sie lediglich zwei Irish Coffee und ein stilles Eckchen zum Ausruhen wollten. Er wählte einen unauffälligen Tisch in der Ecke, half Dorothea aus dem Mantel, nahm sich den Stuhl ihr gegenüber und betrachtete das Bild, das sie mit ihrem blonden Haar und dem hellen Wollkleid bot.
»Champagnerfarben«, sagte er beifällig. »Sollten Sie immer tragen.«
Dorothea lachte — und staunte über sich selbst.
»So ist es schon viel besser«, lobte er sie. »Vermutlich hatten Sie einen schlimmen Tag, heute.«
»Und eine sehr schlimme Woche. Sieht man das?«
»Vorhin sah man es. Ich erblickte dieses schöne Wesen, wie es allein durch die Halle schritt, und sagte mir: ›Tony, wenn eine junge Dame jemals eine Tasse Kaffee mit einem Schuß irischen Whisky und einem Schlag Sahne obendrauf gebraucht hat, dann . . .‹ Und da ist er schon. Wie bestellt.« Er dankte der ältlichen Kellnerin mit einem herzlichen Lächeln. »Jetzt trinken Sie erst mal ein paar ordentliche Schlucke, dann erzähle ich Ihnen vom Shandon House.«

»Haben Sie Chuck gesehen?«
»Ganz kurz. Er steckt bis über die Ohren in Arbeit.« Ein leichtes Lächeln spielte um Tonys Lippen.
»Er ist der beste Ausredenerfinder, den ich kenne.«
Tony nickte. Sein Lächeln vertiefte sich, und er musterte sie mit einiger Überraschung.
»Das hätte ich nicht sagen sollen«, entschuldigte sie sich rasch.
»Warum nicht? Es stimmt doch.«
»Tom . . .« Sie hielt plötzlich inne und zuckte seufzend die Achseln.
Und das spricht Bände, dachte Tony. »Tom hat nichts von Chuck gehört? Nein, wahrscheinlich nicht. Aber das ist vielleicht gut so. Ich habe versucht, mit ihm zu sprechen. Ohne Erfolg.«
»Wirklich ganz ohne Erfolg?«
»Ich habe ihn nach dem NATO-Memorandum gefragt, dem Hauptthema augenblicklich in Shandon. Aber Chuck gibt gar nichts zu. Er antwortete mit Allgemeinplätzen. Der Täter müsse gute Gründe gehabt haben. Er habe es sicher nicht für Geld getan und gewiß nicht aus Mangel an Patriotismus. Es gebe keine Verräter in Shandon. Im Gegenteil, wenn dieser hypothetische Täter jetzt schweige, geschehe das vermutlich, um Shandon zu schützen und seinen guten Namen nicht der Publicity preiszugeben.«
»Wie bitte?«
»Ja. Es sei nicht bewiesen, daß sich die undichte Stelle in Shandon befinde. Warum solle also dieser hypothetische Täter den Beweis dafür liefern?«
»Und was ist mit der Schreibmaschine – oder haben Sie die nicht erwähnt?«
»Nur eine leichte Andeutung: Ob es nicht ein wenig seltsam sei, vielmehr sogar höchst befremdlich? Seine Antwort klang sehr überheblich. Ich solle nicht all den Klatsch glauben, der mir zu Ohren komme. Die ganze Sache sei aufgebauscht worden. Jeder könne sich eine Reiseschreibmaschine ausleihen – schnell in ein Hotelzimmer schlüpfen und sie benutzen, wenn der Besitzer mal nicht da sei. Etwa zwei Stunden, mehr brauche man nicht.« Und das, dachte Tony, war ein interessantes Eingeständnis.
»Aber, hören Sie . . .«, begann Dorothea.
»Außerdem, erklärte Chuck, werde niemand, der Tom kenne, diesen Gerüchten Glauben schenken. Man begegne derartigen Dingen am besten mit Verachtung. Und Schweigen.«
»Und was soll Tom inzwischen tun?«
»Tom werde mit allem fertig.«
Dorothea blickte durch die Fensterwand auf die breite Straße mit ihren stillen Häusern und dem gemäßigten Autoverkehr hin-

aus. »Und das wär's dann«, sagte sie, ohne ihren Zorn kaschieren zu können.
»In Wirklichkeit«, entgegnete Tony bedächtig, »ist Chuck jetzt ein sehr verängstigter junger Mann. Er steht plötzlich vor der unangenehmen Erkenntnis, daß seine ganze Laufbahn möglicherweise ruiniert ist. Also versucht er, seiner Tat ein moralisches Mäntelchen umzuhängen. Und sich einzureden, daß er recht hat.«
»Und das wird Tom endgültig kaputtmachen. Weit mehr, als es jeder Klatsch tun würde. Ach, Tony . . .«
»Ich weiß.«
Da sitze ich nun, dachte Dorothea, und bespreche Familienangelegenheiten mit einem Mann, den ich früher nicht mal gemocht habe. Nein, nicht eigentlich nicht gemocht; und auch nicht richtig mißtraut habe ich ihm eigentlich nie. Er war ein Mann, den ich nicht verstehen konnte, dessen Job mir vielleicht Angst eingeflößt hat. Zu geheimnisvoll, meiner eigenen Welt zu fremd. Und jetzt . . .
»Wie soll ich das Tom beibringen? Er muß es erfahren.« Sie wartete besorgt auf seinen Rat.
»Überlassen Sie das Brad Gillon«, meinte Tony. »Er kommt doch am Wochenende nach Washington, nicht wahr?«
Dorothea lächelte ein wenig. Tony merkte aber wirklich alles, dachte sie. »Ich kann mit Tom einfach nicht darüber reden«, gestand sie. »Ich habe zu wenig Geduld mit Chuck. Ich bin vermutlich voreingenommen. Deswegen enthalte ich mich jeder Kritik. Familienloyalität . . .« Sie schüttelte den Kopf. »Ich wünschte aber, sie wäre nicht ganz so einseitig. Ist Chuck sich denn gar nicht klar darüber, was er Tom mit seiner Handlungsweise angetan hat? Es *war* doch Chuck, der das NATO-Memorandum kopiert hat, nicht wahr? Sie und Brad waren dabei, als er sich Toms Schreibmaschine auslieh. Sie beide wissen es, und Tom weiß es, und ich weiß es. Und Chuck weiß, daß wir es wissen. Mein Gott, wieso kommt er nicht einfach zu Tom und gesteht ihm alles?«
»Weil der Versuch, in Deckung zu gehen, bei den meisten Menschen, die einen Fehler gemacht haben, die natürlichste Reaktion ist. Nur ein sehr aufrichtiger Mensch bekennt sich zu einer unangenehmen Wahrheit, und von diesen Typen gibt es verdammt wenige. Jedenfalls zunächst einmal.«
»Ich weigere mich, das zu glauben.«
»Warum?«
»Weil . . . weil ich will, daß die Menschen ehrlich sind.«
»Und alles herrlich und in Freuden verläuft?«
»Warum sind Sie so zynisch, Tony?« fragte sie leise. »Durch Ihren Job?«
Sein Lächeln verschwand. »Zynisch? Realistisch ist ein besserer

Ausdruck.« Dann fügte er sehr ruhig hinzu: »Welchen Job meinen Sie?« Sein Zorn war ihm deutlich anzumerken, wenn er ihn auch zu kaschieren suchte. »Hat Tom phantasiert?«
»Das tut er nie!«
»Normalerweise nicht.«
»Nein, ich bin diejenige, die gedacht hat, Sie wären vielleicht . . . na ja, im Dienst einer . . .« Sie zögerte und gab auf. »Tom hat es mir ausgeredet. Ich sollte aufhören, an anderen Menschen herumzurätseln, hat er gesagt. Das gehört zu meinen schlechten Gewohnheiten. Aber, Tony, Sie sind wirklich ein höchst geheimnisvoller Mann.«
»Ich?«
»Ja, Sie. Sie armes, unschuldiges, kleines Wesen.«
»Wie in aller Welt kommen Sie denn auf eine so verrückte Idee? Äußerst schmeichelhaft, gewiß. Ich möchte niemals für einen Durchschnittsmenschen gehalten werden.«
»Das könnten Sie gar nicht sein.« Das freute ihn wider Willen. Ermutigt fuhr Dorothea fort: »Und alles, was mir an Ihnen aufgefallen ist, bleibt mein Geheimnis. Ich plaudere nicht aus der Schule, Tony. Nicht, wenn es um ernste Dinge geht.«
»Und was ist Ihnen aufgefallen?« Er beschloß, es von der komischen Seite zu nehmen.
»Nun ja . . . Ihr Treffen mit Brad in unserer Suite im Algonquin.«
»Der alte Brad gibt sich gern ein bißchen geheimnisvoll. Das erinnert ihn an die besten Jahre seines Lebens.«
»Ja«, stimmte sie zu, und ihre Augen funkelten vor Belustigung, »darin liegt ein Körnchen Wahrheit.«
»Was noch?« erkundigte er sich leichthin. Wie hätte er ihr erklären sollen, daß er den ganzen Weg von Brüssel hierher beschattet, unter Beobachtung gehalten worden war, bis es ihm in New York endlich gelungen war, seine Verfolger abzuschütteln? Und selbst dann hatte er sich gezwungen gesehen, mit der größten Vorsicht vorzugehen. Es hatte keinen Sinn, Brad oder die Kelsos in Gefahr zu bringen. Darum mußte jede Kontaktaufnahme mit ihnen möglichst gut getarnt geschehen. Jetzt natürlich, in dieser letzten Woche, seit das Memorandum tatsächlich gestohlen worden war, hatte das Interesse an ihm nachgelassen. Es würde aber wiederaufleben, sobald man in ihm den Mann erkannte, der sich so eingehend für Konovs Leiche interessiert hatte. Bis jetzt war das allerdings noch nicht geschehen. Entweder war er beim Verlassen des Leichenschauhauses tatsächlich nicht fotografiert worden, oder der KGB war diesmal ungewohnt langsam — möglicherweise hatte Konovs Tod eine Menge Umstellungen in den obersten Rängen verursacht. Wie dem auch sei, diese letzten

Tage waren zum Glück ohne störende Neugier von anderer Seite verlaufen.
Dorothea sagte gar nichts. Das Lächeln in ihren Augen breitete sich über ihr ganzes Gesicht
Er wechselte das Thema, indem er auf die Armbanduhr sah. »Ich werde um vier hier von einem Freund abgeholt. Vorher möchte ich mich noch telefonisch von Brad verabschieden. Schade, daß ich nicht übers Wochenende hierbleiben kann, aber ich werde Tom nächsten Donnerstag sehen, wenn er Kissinger nach Brüssel begleitet. Er geht doch rüber, nicht wahr – oder?«
»Ja. Aber mit sehr wenig Begeisterung.«
»Eine heikle Situation«, bestätigte Tony. Er half ihr in den Mantel. »Übrigens, war das nicht Basil Meade, mit dem Sie vorhin gesprochen haben? Ich wußte nicht, daß er hier ist.«
»Basil Meade?« Sie sah ihn verständnislos an.
»Der Mann, mit dem Sie an der Garderobe . . .«
»Ach so! Das war Rick Nealey. Einer von Chucks Freunden.«
Tony hinterließ ein beträchtliches Trinkgeld und führte sie zur Kasse neben der Tür. »Vom Shandon House?«
»Nein. Er ist Kommunikationsassistent oder so was Ähnliches beim Abgeordneten Pickering.«
Tony bezahlte und begleitete sie in die Halle. »Trifft er sich noch mit Chuck?«
»An den Wochenenden.«
»Sie meinen, er fährt jede Woche nach New York?«
»Ja. Wenigstens glaubte ich das immer. Aber er hat Chuck seit Ewigkeiten nicht mehr gesehen – sagt er.«
»Wohnt er bei Chuck, wenn er in New York ist?« erkundigte sich Tony beiläufig.
»Er wohnt im selben Haus, aber in der Wohnung unter Chuck. Sie gehört wohl einer Freundin.« Dorothea krauste die Stirn. »Vielleicht hat er sich mit Chuck gestritten.« Das könnte der Grund dafür sein, daß Rick bei ihrem Anblick so in Verlegenheit geraten war. »Aber sie haben sich immer so gut verstanden. Es ist wirklich sonderbar. Oh, tut mir leid, Tony! Das interessiert Sie wahrscheinlich nicht. Ich suche nur nach einem Grund, warum Rick mich praktisch geschnitten hat. Haben Sie es gesehen?«
»Ja. Und ich habe gedacht, was für ein Idiot.« Das zauberte wieder ein Lächeln auf ihr Gesicht. »Seit wann sind die beiden denn befreundet?«
»Ach, schon lange. Seit Deutschland.«
»Alte Militärkameraden?«
»Rick ist eigentlich ein Flüchtling. Aus Ostdeutschland.«
»Mit einem Namen wie Nealey? Die Iren sind doch tatsächlich überall.«

»Rick ist in New York geboren. Seine Mutter war Deutsche. Die Nealeys stammen aus Brooklyn. Sein Vater ist im Pazifik gefallen, darum landete Rick in Dresden oder Leipzig oder so.«
»Ein schöner Lebenslauf. Klar wie Kloßbrühe.«
Dorothea lachte. »Aber absolut normal. Seine Mutter wollte gleich nach dem Krieg ihre Familie wiedersehen.«
»Und als sie drinnen waren, konnten sie nicht wieder raus?«
»Ja.« Sie musterte ihn nachdenklich. »Sie scheinen seine Geschichte zu kennen.«
»Nur das Schema. So was passiert oft genug. Wann ist Rick aus Ostdeutschland geflohen?« Tonys Stimme klang nicht weiter interessiert.
»Sobald seine Mutter gestorben war. Sie wurde krank, wissen Sie, und Rick konnte sie nicht allein lassen.«
»Rick – eine Abkürzung für Richard?« Die Frage kam ganz nebenbei.
»Für Heinrich.« Jetzt sah ihn Dorothea mit großen Augen an. »Aber das interessiert Sie ja wirklich!«
»Mir gefallen traurige, romantische Geschichten.« Er nahm ihre Hand und hielt sie fest. Seine Miene wurde plötzlich ernst. »Auf Wiedersehen, Dorothea.« Und das ist mein ewiges Pech, dachte er: Immer unerreichbar, die schönen Frauen.
»Auf Wiedersehen.«
Als sich dann ihre Hände lösten, fragte sie mit unverhohlener Belustigung:
»Wer ist eigentlich Basil Meade?«
Sie war davongegangen, ehe ihm eine Antwort auch nur einfallen wollte. Er sah ihr nach, bis sie verschwunden war. Auch er lächelte.

Sechs Minuten blieben ihm für den Anruf bei Brad Gillon. Er verschwendete keine Zeit auf lange Erklärungen. »Hör zu, Brad«, sagte er, sobald er ihn erreicht hatte. »Erinnerst du dich an den Mann von dem Phantombild, das ich am letzten Dienstag gesehen habe? Der ist hier. In Washington. Mit der Delegation, mit der unser verstorbener, aber unbeweinter Freund hätte kommen sollen. Verläßt die Vereinigten Staaten wahrscheinlich morgen. Heute hat er sich mit Rick Nealey getroffen, einem Freund von Chuck und einer Art Faktotum des Abgeordneten Pickering. Nealey verbringt seine Wochenenden in New York, in einer Wohnung im selben Haus wie Chuck. Hast du alles? Okay. Ich überlasse es dir. Du hast so interessante Freunde. Wiedersehen, alter Pfadfinder. Paß auf dich auf.«
Tony verließ die Telefonzelle, nahm seine Journale und Zeitungen (inzwischen reichlich zerknittert) und stand wartend vor der

Tür, als der kleine Militärwagen vorfuhr. Sein Gepäck war bereits am Flughafen, ebenso das schwerbewachte Memorandum. Jetzt ist der Brunnen fest verschlossen, dachte er.

»Hatten Sie einen angenehmen Lunch, Sir?« erkundigte sich der Fahrer, ein Sergeant, höflich.

»Danke, sehr angenehm.«

»Schönes Hotel. Es würde Ihnen sicher gefallen, einmal länger hier zu bleiben. Abends ist da immer viel los.«

Es ist jederzeit viel los, dachte Tony. Letztlich doch kein so übler Tag.

## Elftes Kapitel

Nichts war wie geplant gelaufen. Rick Nealeys Unmut steigerte sich. Zuerst diese unerwartete Begegnung mit Dorothea Kelso, die ihn aufhielt und kostbare Sekunden vergehen ließ, wo doch jede einzelne Minute sorgfältig kalkuliert war. Und dann hatte Oleg per Stimme Kontakt aufgenommen und vor ihm das Hotel verlassen. Seine eigenen Vorstellungen über die Taktik bei einem schwierigen Treffen, einem für seinen Geschmack viel zu gefährlichen Treffen, waren einfach hinweggefegt worden. Und jetzt lief er, als Alexis, diesem Wahnsinnigen am hellichten Nachmittag auf einer öffentlichen Durchgangsstraße nach, weder zur richtigen Zeit noch am richtigen Ort, und weit entfernt von allem, was er gewählt hätte. Wahnsinn, dachte er.
Zähneknirschend mußte er jedoch zugeben, daß es klappte. Bis jetzt. Die Hotelhalle lag hinter ihm, und niemand heftete sich an seine Fersen. Um jedoch ganz sicherzugehen, griff er, als er die K Street entlangschritt – nonchalant, nur nicht zu eilig, der Abstand zu Oleg mußte sich vergrößern –, zu seiner üblichen Vorsichtsmaßnahme: Er ließ ein Streichholzheftchen fallen und verschaffte sich damit Gelegenheit, beim Bücken einen kurzen Blick zurück auf den Eingang des Statler zu werfen. Er sah lediglich eine Gruppe von Leuten, die vor der Hoteltür auf Taxis warteten, keine Einzelperson, kein Kopf, der sich in seine Richtung wandte. An der Ecke der Sixteenth Street zögerte er, als kenne er sich nicht genau aus – abermals ein Vorwand, sich umzudrehen. Vor dem Statler stand immer noch die Menschengruppe, und immer noch wurde er nicht verfolgt. Rasch überquerte er die Sixteenth Street und ging weiter die K Street entlang. Ziemlich weit vor ihm blieb Oleg neben einem parkenden Auto stehen.
Unmut verwandelte sich in heißen Zorn. Am hellen Tag, verdammt noch mal: Oleg stieg tatsächlich ein, als wäre er ein alter Washingtoner Bürokrat; nicht ein einziges Mal sah er sich um. Das überläßt er mir, dachte Alexis. Und er blickte aus Trotz nicht mehr zurück, bis er den Wagen beinahe erreicht hatte. Nur zwei junge Mädchen, die vor der Fidschi-Gesandtschaft stehengeblieben waren und sich mit einem Mann unterhielten, von dem man lediglich die Beine sah. Außerdem, weiter hinten, eine Mutter mit Kleinkind, zwei Priester auf der anderen Straßenseite, ein paar schnell und gleichmäßig dahinrollende Autos.
Die Wagentür stand offen. Er brauchte nur noch einzusteigen.

Irgendwie reizte ihn diese so einfache Prozedur, die bewies, daß Oleg recht hatte und er selbst überängstlich und zu besorgt gewesen war.
»Ist Ihnen auch niemand gefolgt?« fragte Oleg, der den Wagen langsam in den Verkehrsstrom einfädelte.
»Vielleicht ja, vielleicht nein.«
»Was soll das heißen?« Oleg preßte die Lippen zusammen.
»Jeder könnte uns verfolgen. Sekretärinnen, Priester . . .«
»Und ihr eigener Schatten.«
Langes Schweigen. »Wohin fahren wir?« erkundigte sich Alexis schließlich.
»Wir fahren nur ein bißchen herum, wie gute Amerikaner.«
»Sie gehen dabei eine Menge Risiken ein. Dieser Anruf heute morgen . . .«
»Halten Sie den Mund, ich muß aufpassen. Das Risiko, einen Strafzettel zu kriegen, ist größer als das Risiko beim Verlassen eines Hotels.« Während Oleg sprach, beobachtete er ständig Rück- und Außenspiegel. »Nein, es ist Ihnen niemand gefolgt«, stellte er endlich fest. Er konzentrierte sich jetzt ganz auf die Einbahnstraße, mied stark belebte Plätze, Unterführungen und die großen Avenuen. Es war, als hätte er sich nur diesen Teil der Stadt genau eingeprägt und wage sich nicht auf unbekanntes Territorium. Wie dem auch sei, Alexis mußte zugeben, daß Oleg seine Sache für jemanden, der sich in Washington nicht allzugut auskannte, gar nicht so schlecht machte. Und wie charakteristisch für ihn, daß er selber das Steuer übernahm, statt ihn, Alexis, fahren zu lassen! Nach ungefähr sechs Minuten hatte Oleg, wiederum auf der K Street, aber diesmal weiter östlich, in der Nähe des Busbahnhofs für den Dulles Airport, einen guten Platz zum Parken gefunden. Hier herrschte lebhaftes Kommen und Gehen. Ihr Wagen, ein gemieteter Buick in mattem Braun, war nicht auffallend, ebensowenig wie sie selbst. Sie waren ganz einfach zwei Männer, die einen aus Washington eintreffenden Freund abholen wollten. Doch Alexis konnte es nicht lassen, er mußte seine Brauen hochziehen.
Das blieb natürlich nicht unbemerkt. Oleg schaltete die Zündung ab. »Und das Risiko ist geringer, wenn man nicht allzu weit hinausfährt«, sagte er. »Wozu auch?«
Das war richtig. Je weniger Zeit sie miteinander verbrachten, um so sicherer waren sie. Niemand war ihnen gefolgt. Kein anderer Wagen hielt in Sichtweite hinter ihnen. Alles andere war unwichtig. Trotzdem war Alexis nervös und unruhig. Er griff nach einer Zigarette.
»Ah ja, der Mikrofilm! Das war vernünftig von Ihnen, ihn gleich mitzubringen . . .«

»Ich habe ihn schon nach Moskau geschickt.« Alexis steckte sich die Zigarette an; erst dann fiel ihm ein, auch Oleg eine anzubieten. Das Päckchen wurde ungeduldig beiseite gestoßen.
»Ich habe keine Meldung von seiner Ankunft«, sagte Oleg mit wütendem Blick und gespanntem Gesicht. »Wann haben Sie ihn abgeschickt?«
»Sobald ich wieder in Washington war.«
»Sie hatten Anweisung . . .«
»Ich weiß. Mischa befahl mir, Ihnen den Film am Dienstag zu übergeben. Aber das war, bevor er verletzt wurde. Und das hat natürlich alles geändert.«
»Wer hat Ihnen gesagt, daß sich etwas geändert hat?«
»Sie haben sich nicht mit mir in Verbindung gesetzt. Soweit ich wußte, hätten Sie schon wieder in Moskau sein können.« Und wenn man Oleg nicht von der Ankunft des Mikrofilms in Kenntnis gesetzt hat, dachte Alexis, dann ist er ein weit weniger wichtiger Mann, als er glaubt.
Ermutigt sagte Alexis kühl und knapp: »Das NATO-Memorandum ist auf dem üblichen Weg abgegangen. Es muß inzwischen in Moskau sein, seit mindestens sieben oder acht Tagen.«
»Auf dem üblichen Weg?« Olegs Augen wurden schmal. »Das bedeutet, daß es auf dem Schreibtisch des falschen Mannes gelandet ist.«
»Des falschen Mannes? Es ist doch zweifellos an die übliche Stelle gelangt . . .«
»Wo ein bestimmter Mann es umgeleitet, falsch abgelegt oder versteckt gehalten hat, solange er es nur eben wagt.«
Olegs Stimme stieg, je mehr seine Wut anwuchs.
»Aber wieso?« Alexis war beunruhigt.
»Damit er fliehen kann. Er ist ein Verräter. Und Sie haben ihm eine ganze Woche Zeit zur Vorbereitung seiner Flucht gegeben. Inzwischen ist er weit von Moskau entfernt. Und lacht sich ins Fäustchen über Sie, Alexis. Sie waren zu clever. Sie haben ihm direkt in die Hände gespielt.«
»Das glaube ich nicht«, wehrte Alexis sich. »Ein Verräter? Auf einem so wichtigen Posten? Der wäre keine Stunde geblieben.«
»Er ist zwölf Jahre lang geblieben.«
Alexis starrte ihn entgeistert an. »Wenn ihr wußtet, daß er ein feindlicher Agent war, warum habt ihr dann nicht . . .«
»Mischa hatte einen Verdacht, mehr nicht. Der Beweis kann in dem dritten Teil des NATO-Memorandums enthalten sein.« Olegs Miene war anklagend. »Das Sie freundlicherweise direkt an ihn geschickt haben.«
»Aber meine Berichte sind immer an sein Büro gegangen. Mischa hat mich nie gewarnt, und Sie auch nicht. Ich habe nur

getan, was man mir . . .« Alexis brach ab, denn er sah plötzlich eine ganz neue und unmittelbare Gefahr. »Er hat die ganzen Jahre gewußt, wer ich bin!«
»Nein. So dumm sind wir nun auch wieder nicht. Er weiß nur, daß es in Washington einen Alexis gibt, der allwöchentlich einen Bericht schickt.«
»Wenn er ein so guter Feindagent ist, wie Sie sagen, kann er das Material, das ich ihm geschickt habe, analysieren und erkennen, was für einen Job ich hier habe, er kann sogar . . .«
»Vorläufig hat er genug damit zu tun, seine eigene Haut zu retten. Falls er durchkommt — *falls,* aber darum werden wir uns kümmern —, könnte es sein, daß er anfängt, Ihre Spur zu verfolgen.« Oleg sah aus, als gefalle ihm dieser Gedanke. »Auf lange Sicht haben Sie sich womöglich selber geschadet. Und anderen. Es sei denn, wir finden ihn.«
»Ist er von der CIA?«
»Nein. Er ist ein NATO-Agent.«
»Das ist doch dasselbe.«
»Nur unserer Propaganda zufolge.« Und das, dachte Oleg, ist wenigstens ein Erfolg für uns. Die Slogans und Parolen gegen die Kombination von NATO und CIA wurden mit jeder Woche in Europa härter. »Sogar Sie haben sich davon beeindrucken lassen«, setzte er verächtlich hinzu. »Sie sind wirklich ein Amerikaner geworden.«
Das höhnische Grinsen erinnerte Alexis an Mischa. Der hatte auch so was gesagt, aber im Scherz. Und dann fragte sich Alexis, warum Oleg ihm keine Nachricht von Mischa überbracht hatte. »Wie geht's . . .«, begann er, wurde jedoch von Olegs nächster Frage unterbrochen. Es ging um das Problem Chuck Kelso.
»Ich sehe da kein Problem«, antwortete Alexis. »Er ist zuverlässig.«
»Er kann Sie in Gefahr bringen.«
»Das glaube ich nicht.« Dennoch runzelte Alexis die Stirn.
»Wie sind Sie an das Memorandum herangekommen?«
Alexis erzählte es ihm mit knappen Sätzen und erwartete ein Wort des Lobes.
Statt dessen: »Kelso erzählt vielleicht seinem Bruder, daß Sie an jenem Abend bei ihm waren.«
»Und wenn schon — was kann das schaden?«
»Sein Bruder hat mehrere Freunde bei der NATO. Das könnte schaden.«
»Geheimdienstler?«
»Durchaus möglich. Die würden sich jedenfalls sehr dafür interessieren, wer den gesamten Text des NATO-Memorandums in der Hand gehabt hat.«

»Chuck weiß nicht, daß ich ihn angefaßt habe. Kann es gar nicht wissen.«
»Das sollten Sie lieber möglichst bald genau feststellen. Was empfindet er? Was denkt er? Wird er reden? Geben Sie nächste Woche Ihren Bericht durch.«
»Das geht nicht so schnell. Nach New York kann ich erst wieder, wenn . . .«
»Nächste Woche. Richten Sie ihn an mich persönlich in Moskau. Stellen Sie das sicher. Es wird vorläufig Ihr letzter Bericht sein. Tun Sie gar nichts. Verhalten Sie sich still. Ich werde Ihnen Bescheid geben, wann Sie wieder aktiv werden können.«
Dann gibt er also jetzt die Befehle, dachte Alexis. »Wo ist Mischa?« fragte er. War Mischa degradiert worden, gab man ihm etwa die Schuld an der Flucht des Verräters?
»Mischa ist tot.«
»Tot?« Ungläubiges Schweigen. »Aber wieso? Wo?«
»In New York.«
Mischa ist tot. Oleg hat das Kommando. Allmählich legte sich der Schock. »Aber wie?« wiederholte Alexis. Oleg schwieg. »Vermutlich infolge des Überfalls, wie?«
»Infolge des Überfalls.« Oleg zog etwas aus der Tasche. Drei kleine Fotos. »Haben Sie jemals diesen Mann bei Chuck Kelso gesehen? Den Mann da in der Tweedjacke?«
Alexis studierte die Schnappschüsse, auf denen drei Männer zu sehen waren. Das Gesicht über der Tweedjacke war fast nicht zu erkennen. Auf dem ersten Bild hustete der Mann offenbar hinter der vorgehaltenen Hand. Auf dem zweiten hielt er sich ein großes Taschentuch vor die Nase. Und auf dem dritten hatte er den Kopf gesenkt und blickte zu Boden.
»Nein«, antwortete Alexis langsam. »Aber diese Fotos sind keine große Hilfe. Wer ist es?«
»Ein Experte«, sagte Oleg.
»Und die anderen beiden?« Deren Gesichter waren deutlich zu sehen.
»Kriminalbeamte.«
»Die den Experten verhaften?« Es war genau der Scherz, über den Mischa gelacht hätte. Oleg schwieg. Alexis, derart getadelt, wurde wieder ernst. »Wo wurden diese Fotos gemacht? Das könnte ein Anhaltspunkt sein.«
Oleg wachte nur langsam aus seinen weit abschweifenden Gedanken auf. Verdacht, immer wieder ein Verdacht, der nicht bewiesen werden konnte . . . Anthony Lawton, Weinhändler . . . Oder Geheimagent der NATO? Auf den Tip eines Informanten hin hatte man ihn von Brüssel bis nach New York beschattet. (Enge Verbindung mit dem Memorandum wahrscheinlich, hatte

der Informant gesagt.) In New York war er verschwunden. Und in Washington wieder aufgetaucht. Wie es hieß, war er an diesem Dienstag, dem Tag, an dem der erste Teil des Memorandums in der Presse veröffentlicht worden war, im Shandon House gewesen. Was war der Grund für diesen Besuch – Chuck Kelso und die Sicherheit der NATO? Oder lediglich ein Weinverkauf? Das einzige Detail, das der Bericht enthielt, war die Tatsache, daß Lawton in Tweedjacke und Pullover bekleidet war. Tweedjacke . . . Aber in New York liefen so viele Männer lässig, ja sogar verrückt gekleidet herum. Oleg starrte auf die unbekannte Gestalt auf den Fotos. Jawohl, Lawton würde – falls er wirklich ein NATO-Agent war – sicherlich ein Interesse an Mischa haben. Aber wie hatte er erfahren, daß Mischa tot war? Oleg steckte den Schnappschuß wieder ein. »Im Leichenschauhaus«, antwortete er.
Alexis sah ihn verständnislos an. Aber es kam keine weitere Erklärung.
»Ich erwarte also Ihren Bericht über Kelso«, sagte Oleg und deutete auf die Tür. »Geben Sie mir fünf Minuten Vorsprung, ehe Sie sich ein Taxi nehmen.« Er ließ den Motor an. Alexis stieg aus. Der Buick bog in den Verkehrsstrom ein und war bald im Gewühl der Wagen verschwunden.
Alexis betrat den Busbahnhof. Fünf Minuten, hatte Oleg gesagt. Alexis überlegte, wo er etwas zu trinken bekommen konnte, einen schönen, steifen Scotch. Dann erinnerte er sich an Olegs Miene und suchte statt dessen ein Telefon. Er wollte Chuck jetzt gleich anrufen. Im Shandon House. Ihn abfangen, ehe er nach Hause fuhr, die Unterhaltung ganz allgemein und harmlos gestalten, möglichst eine Verabredung treffen, irgendwas. Irgendwas, was in seinem Bericht an Oleg hinreichend aussah. Hinreichend? Nein, das genügte nicht.
»Hier Rick«, begann Alexis behutsam.
Chucks Stimme klang erstaunt, dann ein wenig verlegen. Nein, er werde morgen nicht in New York sein. Er habe haufenweise Arbeit im Shandon. Und Sonntag sei auch völlig unmöglich. Wieso – sei denn vielleicht etwas passiert?
»Natürlich nicht. Ich dachte nur, daß ich dich gern mal wiedersehen würde, mit dir über alles reden. Wie fandest du die Veröffentlichung in der ›Times‹ letzten Dienstag? Hat ganz schön Aufsehen erregt.«
»Ja«, antwortete Chuck. Eindeutig ohne Begeisterung.
»Ich dachte, der Artikel hätte dir gefallen. Ich fand ihn großartig. Gut, daß wir wissen, was wirklich gespielt wird, nicht wahr?«
»Ja«, sagte Chuck abermals.
»Du scheinst . . . enttäuscht zu sein.«

»Ach nein, es ist nur . . .« Chuck zögerte. »Ich weiß nicht, ob es sich überhaupt gelohnt hat, so etwas zu drucken. Wer gibt denn schon was darauf?«
»Sehr viele Leute. Zum Beispiel diskutieren wir beide doch jetzt darüber. Es war wirklich ein richtiger Knüller.«
»In der falschen Richtung.«
»Wie meinst du das?«
»Die Leute interessieren sich weit mehr dafür, wie es kommt, daß es gedruckt wurde, als für den Inhalt. Die Botschaft ist verlorengegangen.«
»Weit gefehlt! Sie ist laut und deutlich angekommen. Hör mal, fühlst du dich vielleicht nicht wohl? Du klingst, als brütest du 'ne Grippe aus.«
»Das hätte mir noch gefehlt«, sagte Chuck. »Übrigens, Katie steckt ziemlich in der Tinte.«
»Katie?« Alexis mußte sich zusammennehmen.
»Sie ist gestern nacht verhaftet worden.«
Alexis schwieg.
»Rick – bist du noch da?«
»Ja. Verhaftet – weswegen? Hatte sie vielleicht Marihuana in der Tasche?«
»Sie wurde in einer Bombenwerkstatt unten in Greenwich Village verhaftet. Es hat eine Explosion gegeben. Zwei von ihren Freunden wurden verletzt. Katie fand man, als sie benommen in der Gegend rumwanderte.«
»Typisch Katie.«
»Das ist kein Witz, Rick.«
»Nein, kein Witz«, gab Alexis zu.
»Und, Rick, ich glaube, wir sollten beide nicht über . . . über den Samstagabend damals reden.«
»Ganz meine Meinung. Unsere Lippen sind versiegelt.«
»Wegen Katie, meine ich.«
»Wir werden überhaupt nichts sagen. Über gar nichts. Über *gar nichts*«, wiederholte Alexis betont. »Kapiert?«
»Ja, vermutlich hast du recht.«
»Bestimmt. Katie hat natürlich alles auf ihre eigene reizende Art kompliziert. Das verstehst du doch, nicht wahr?«
»Ja«, antwortete Chuck zögernd. »Ja, das hat sie wirklich«, fügte er dann energischer hinzu.
»Ich muß aufhören, Chuck. Habe kein Kleingeld mehr. Wir sehen uns bald mal, ja?«
»Ja. Wir sehen uns.«
Er will mich genauso wenig sehen wie ich ihn, dachte Alexis, als er sich ein Taxi suchte. Und jetzt macht er sich wirklich Sorgen, weil er diesem Reporter – wie hieß er noch? Holzheimer? – die

Abschrift des Memorandums in Katies Wohnung übergeben hat. Wenn er tatsächlich kurz davor war, dem großen Bruder Tom alles zu gestehen, haben Katie und ihre Freunde diese edle Geste wirksam verhindert. Mein Bericht nächste Woche über Chuck Kelso wird schlicht und ergreifend lauten: Chuck deprimiert und beunruhigt, hält aber dicht. (Das muß er jetzt, wenn er nicht will, daß Holzheimer ihm mit Fragen über seine Verbindung zu einer verrückten Bombenlegerin auf die Pelle rückt.)
Er fand ein Taxi, ließ sich aber nicht zu der Garage fahren, in der er an diesem Tag seinen Wagen stehen hatte, sondern zum Mayflower Hotel, wo er sich für einen dringend benötigten Drink an die Bar begab. Er glaubte nicht, daß er verfolgt wurde, aber es war immer besser, ein paar Haken zu schlagen.
Und was wird mit dir? fragte er sich nach dem zweiten Glas. Dein Bericht nächste Woche wird sich mit Chuck befassen. Er wird aber auch die letzten Neuigkeiten über Katie enthalten müssen. Wie wird sich das für dich auswirken? (Oleg weiß, daß du dich mit ihr zusammengetan hattest. Das steht in deinen Akten.) Zum Glück hast du ja schon gesagt, daß du dich von ihr fernhalten willst, weil sich eine gefährliche Situation entwickelt. Man kann dir also nicht vorwerfen, blind gewesen zu sein. Aber gefährlich ist es immer noch. Wenn die Polizei ihre Wohnung durchsucht, sich nach ihren Bekannten erkundigt . . . Ja, das ist wirklich ein Grund zur Besorgnis. Katie wird nicht reden. Nicht zu diesen Schweinen. Aber mit ihrem Anwalt? Ja. Doch der wird wohl kaum etwas weitersagen. Trotzdem, irgendwas kann immer rausrutschen, irgendein verdammter naseweiser Reporter kann anfangen, zu wühlen . . .
Er trank sein Glas leer. In seinem Bericht würde er bitten, aus Washington, nein, aus den Vereinigten Staaten abgezogen zu werden. Das würde Oleg nicht gefallen; Alexis' ganze teure Ausbildung war darauf ausgerichtet gewesen, ihn in die Lage zu versetzen, sich frei unter Amerikanern bewegen zu können. Okay. Das hatte er getan. Jetzt wurde es Zeit, weiterzuziehen; dieser um das Wohl des Volkes bemühte Pickering hing ihm ohnehin zum Hals heraus. Wie hatte er es mit diesem ewigen Schulterklopfer nur neun Jahre lang aushalten können? Es wurde Zeit, weiterzuziehen. Wohin? Es gab auch außerhalb der guten alten Vereinigten Staaten Plätze, eine Menge Plätze, wo er mit Amerikanern zusammenarbeiten konnte. Einer von ihnen sein konnte. Die Ausbildung war also nicht verschwendet. Ja, genau das war's: eine großartige Idee. Das würde er Oleg vorschlagen, und dann sollte Oleg den Einfall ruhig als auf seinem Mist gewachsen hinstellen. Ja, das war's. Alxis zahlte und ging. Eine großartige Idee.

Und jetzt stand er auf der Connecticut Avenue, und es war dunkel. Im Schutz der Nacht fühlte er sich sicherer. So hätten er und Oleg sich treffen sollen. Das hätte ihm mehr Selbstvertrauen verliehen, ihn weniger aus dem Gleichgewicht gebracht. Ob Oleg ihn hatte testen wollen? Es war wirklich ein unerfreuliches Treffen gewesen – mit einer gespannten, gereizten Atmosphäre. Warum? War Oleg etwa seiner nicht sicher?
Er verdrängte diese unangenehme Frage, winkte ein Taxi herbei und ließ sich zum Bahnhof fahren. Dort kaufte er in einer Buchhandlung eine Zeitung und sah nach, ob über Katie etwas Neues gebracht wurde, und wenn ja, wieviel. Es gab lediglich eine nüchterne Beschreibung der Explosion, keinerlei Einzelheiten über das junge Mädchen. Die würden später kommen. Es sei denn, ihre Familie konnte alle Meldungen über sie unterdrücken. Versuchen würden sie's bestimmt. Meine unfreiwilligen Verbündeten, dachte er, als er ein anderes Taxi nahm, diesmal zu einer Straßenecke in der Nähe seiner Garage. Er würde gegen sechs zu Hause sein, ein absolut normaler Zeitpunkt. Und jetzt brauchte er nicht mehr darauf zu warten, daß jemand per Telefon Kontakt aufnahm. Nichts tun, sich still verhalten, hatte Oleg verlangt. Dann konnte er also jetzt ein paar Freunde anrufen, Verabredungen treffen, sich amüsieren. Vielleicht konnte er sogar mit Sandra dieses Wochenende nach Maryland fahren. Warum nicht?
Seine Laune besserte sich. Weiße Gebäude, groß und majestätisch, reckten ihre beleuchteten Säulen in das Dunkel. Bäume, Rasen, prachtvolle Monumente, breite Avenuen und endlose Autoreihen. Wieder ein Arbeitstag vorüber. Reden waren gehalten, Sitzungen besucht, Briefe diktiert und geschrieben worden; Büros schlossen ihre Pforten; und nun die Hetze durch das riesige Mausoleum heim zu sauberen Häuschen in sauberen Gärten, wo der Mensch wieder normale Proportionen annahm. Ja, dachte er und versuchte sich selbst einzureden, ich werde froh sein, Washington zu verlassen, ich bin schon viel zu lange hier. Die Stadt badet die Menschen in glanzvollem Ruhm, lockt sie mit Macht und Geld, macht sie blind für die Realität außerhalb ihres magischen Strahlenkreises. Diese Menschen – er betrachtete die Scheinwerfer der Autos, die vor ihm dahinzogen – sind dem Untergang geweiht. Sekundenlang taten sie ihm leid, freundlich und tolpatschig wie sie waren. Doch schnell unterdrückte er diese Gefühlserregung. Mitleid war tückisch, selbstzerstörerisch. Er sei amerikanisiert, würde Oleg sagen. Wenn er es das nächstemal ausspräche, würde er eine Antwort für Oleg bereit haben: ›Das gehört zu meiner Aufgabe.‹ Oder würde er Oleg nie wiedersehen? Hoffentlich nicht, dachte er.

*Zwölftes Kapitel*

Da war sie, deutlich zu sehen, pünktlich auf die Minute: Sie saß an einem Tischchen am Fenster des Cafés, den glatten dunklen Kopf über die ›International Herald Tribune‹ gebeugt, in der einen Hand eine Zigarette, in der anderen die Kaffeetasse, die sie an ihre Lippen führte. Sie runzelte die Stirn — entweder, weil sie sich so sehr auf das Englisch der Zeitung konzentrieren mußte, oder aus Verwunderung über die eine oder andere Pressemeldung.
Tony Lawton trat aus der kühlen Brise, die am Strand von Menton blies, in das geschützte Café, sah sich nach einem leeren Tisch um und wählte einen in geringer Entfernung von dem jungen Mädchen. Sie blickte nicht auf. Sie hatten früher bereits so oft zusammengearbeitet, daß die alten Gewohnheiten sofort und ganz selbstverständlich zurückkehrten. Er schlüpfte aus seiner Lederjacke, bestellte sich einen Kaffee und setzte sich, wie die anderen Rivierabesucher, die hier saßen, zu einer geruhsamen halben Stunde zurecht. Natürlich blickte er sich um. Und natürlich bemerkte er auch das junge Mädchen. Er warf ihr einen nicht zu übersehenden zweiten Blick zu, dann erfolgte eine Art Spätzündung, und seine Miene drückte zugleich Erstaunen und Freude aus.
»Nicole!« rief er, während er aufstand und zu ihr hinüberging.
Nicole starrte mit dunkelbraunen Augen zu ihm empor, zuerst verständnislos, dann verblüfft. Die roten Lippen öffneten sich zu einem erfreuten Lächeln.
»Aber nein, so was! Was machst du denn hier?« Sie sprach englisch mit leichtem französischen Akzent und dem typischen harten Rachen-R.
Nun übertreib's nicht, Liebling, mahnte Tony sie stumm. »Ich habe Urlaub und sollte jetzt eigentlich mit zwei Freunden auf dem blauen Mittelmeer rumschippern.« Er winkte der Kellnerin, bat sie, seinen Kaffee an diesen Tisch zu bringen.
»Darf ich?« fragte er Nicole und nahm den Stuhl ihr gegenüber.
»Rumschippern? Und warum tust du's nicht?«
»Maschinenschaden. Der Motor begann zu husten, als wir gestern Cap Marin umrundeten, also nahmen wir Kurs auf den nächsten Hafen, und da sind wir nun.«
»Wo sind deine Freunde?«
»Noch immer im Hafen, sie versuchen, den Schaden zu reparie-

ren. Kennen sich mit Booten aus. Offengestanden, ich überhaupt nicht. Wir wollten heute eigentlich weiter, aber die Experten wissen nicht, ob das klappt. Ich glaube, wir können froh sein, wenn wir morgen aus Menton rauskommen.«
»Morgen ist Samstag«, entgegnete sie. »Das Wochenende wird hier sehr ernst genommen. Wenn deine Fachleute nicht schon am Werk sind, liegt ihr mindestens bis Montag hier fest. Warum benutzt ihr nicht die Segel? Ich nehme doch an, daß ihr welche habt.«
»Nein danke. Wir haben vor Cannes schon einen Vorgeschmack des Südwesters bekommen. Ist nicht so ganz mein Geschmack, das Segeln, wenn es so richtig bläst. Aber was ist mit dir, Nicole? Auch auf Urlaub?«
»Ich wohne hier.«
»Nein, wirklich? Hast du das schöne Paris verlassen?«
»Mir ist das Klima hier in Menton lieber. Außerdem habe ich einen Job. Als Sekretärin – oder vielmehr Assistentin – eines amerikanischen Schriftstellers. W. B. Marriot. Du hast sicher von ihm gehört.«
»Ach, weißt du, Nicole, du kennst mich doch. Das einzige Buch, das ich jemals aufschlage, ist das Scheckbuch.« Tony trank seine Tasse leer und griff nach den beiden Rechnungen, die man taktvoll unter eine Untertasse geschoben hatte. Wir werden gleich aufbrechen, bedeutete das. »Und woran arbeitet dein Mr. Marriot jetzt? Oder genießt er nur einfach das Leben, wie Tausende von anderen Schriftstellern und Künstlern hier an der französischen Riviera?«
»Côte d'Azur«, korrigierte ihn Nicole. »Nein, Mr. Marriot schreibt an einem Drehbuch zu einem Film über die Amerikaner, als sie hier in Menton landeten und sich mit der französischen Résistance vereinigten.«
»Damals, im Krieg?«
»Na ja, wenn Dünkirchen und die Normandie einen Film wert waren, dann ist es die Côte d'Azur zweifellos auch. Es war ein bewundernswertes Unternehmen.« Sie mußte über ihre eigene Begeisterung lachen.
»Dann bist du jetzt also Expertin für den Zweiten Weltkrieg«, neckte er sie. Als zusätzliche Mahnung studierte er eingehend die beiden Rechnungen: Jetzt hast du deine Tarnung gesichert, und das war notwendig, aber es wird Zeit, daß wir ernsthaft miteinander reden. Nicole verstand den Wink, faltete die ›Tribune‹ zusammen und steckte sie in ihre große Ledertasche.
»Hast du frei heute?« erkundigte er sich. »Dann habe ich vielleicht doch noch ein bißchen Glück. Wollen wir zusammen essen?«

»Leider habe ich heute nicht frei. Ich bin nur in den Ort gekommen, um die Post abzuholen und ein paar Farbbänder zu kaufen.«
»Das sehe ich.«
»Ich trinke hier immer eine Tasse Kaffee, wenn ich im Ort einkaufe«, wehrte sie sich. »Und heute bin ich viel zu lange geblieben. Deine Schuld, Tony. Ich muß gehen.«
»Wie wär's denn heute abend zum Dinner?«
Sie war aufgestanden, nahm ihre Strickjacke — ein wuchtiges Kleidungsstück aus riesigen Maschen, der letzte Schrei in diesem Frühjahr — und lächelte dem Ehepaar hinter der Theke zum Abschied zu. Sie wünschten ihr freundlich einen guten Tag. Die Kellnerin, die fünf Francs, die Tony auf die Untertasse gelegt hatte, taktvoll ignorierend, schloß sich ihren Wünschen an.
»Tut mir leid«, sagte Nicole. »Wenn ich gewußt hätte, daß du in Menton bist, hätte ich mich heute abend freigemacht.«
Sie ging zur Tür, gefolgt von den bewundernden Blicken einiger männlicher Cafégäste. Nicole war ein zierliches Mädchen, das sogar diese neueste Mode tragen konnte: sportliche Bluse mit dickem Pullover und einem überdimensionierten Cardigan über einem weiten Rock, dessen Saum um die Schäfte der langen, dunkelroten Lederstiefel flatterte. Ja, dachte Tony, als er mit einem Arm in seine Jacke fuhr und hinter ihr her eilte, sie ist in jeder Hinsicht ausgezeichnet: ein ganz natürlicher Teil dieser Szenerie. Und hatte mit ihren sorgfältig gewählten Worten allen eventuell neugierigen Ohren (vermutlich ganz harmlos, aber stets interessiert — Bestandteil eines echten Faulenzerurlaubs, jetzt, da das Wetter zwar sonnig und schön, zum Baden aber immer noch zu kühl war) lediglich das gesagt, was die Einwohner bereits wußten und, falls befragt, bestätigen konnten.
»Nun«, sagte er, als er die schwere Glastür erreichte und sie höflich für sie offenhielt, »vielleicht können wir uns dann wenigstens für morgen verabreden?«
»Wenn du dann noch hier bist«, antwortete Nicole über die Schulter.
Sie standen auf dem schmalen Bürgersteig, der vollgestellt war mit langen Reihen leerer Tische und Stühle, deren bunt gemusterte Tischdecken fröhlich im Wind flatterten und wie durch ein Wunder nicht davonflogen. Tony Lawton machte kurz halt, um den Reißverschluß seiner Jacke zuzuziehen, und sagte: »Ich begleite dich, wohin du willst.«
»Ich muß zum Markt. Mein Wagen steht nicht weit von hier. Ein kleiner, roter Opel, gebraucht gekauft. Genau das richtige für das Gehalt einer Sekretärin.«
»Wo entlang? Nach Osten?«

»Ja. Zum Hafen.«
Könnte gar nicht besser sein, dachte er. Die Straße, die am Meer entlangführte, war nur auf einer Seite bebaut: mit einer ununterbrochenen Reihe verlockend aussehender Cafés und Bars. Auf der anderen Straßenseite lief die Strandpromenade am Wasser entlang, wo jetzt nur wenige Spaziergänger die Salzluft und den Blick auf die weit geschwungene Westbucht von Menton genossen. Der Hafen und der Markt lagen in einiger Entfernung vor ihnen. Also würden Nicole und er reichlich Zeit zu einem Gespräch haben, ohne befürchten zu müssen, daß jemand sie belauschte. Und auf der Promenade waren sie durch den endlosen Strom der Autos auf der schmalen Straße vor allzu aufmerksamen Blicken drüben in einem der zahllosen Cafés geschützt.
»Komm, wir gehen am Wasser entlang«, schlug er vor, ergriff ihren Arm und wartete, bis er eine Lücke zwischen den Autos und Taxis entdeckte. Hand in Hand rannten sie los. Sie lachte, als hätte er einen Scherz gemacht, und auch er lächelte: zwei sorglose, glückliche junge Menschen, für die es keine Probleme gab. »Sehr gut arrangiert«, sagte er, als sie die Promenade erreichten. Ehe er ihre Hand losließ, drückte er sie voll Zuneigung. Ein paar Ehepaare, Frauen mit Kindern, Pensionäre auf ihrem üblichen Vormittagsspaziergang, Engländer, die trotz der Inflation ihren Lieblingsort an der Riviera nicht verlassen wollten, einige Touristen. Nicht allzu viele, in dieser Jahreszeit — man schrieb den letzten Tag im Februar —, aber genug. Im Sommer würde diese Uferpromenade zu einem von Menschen wimmelnden Alptraum werden. Aber welcher Urlaubsort war das heutzutage nicht? »Könnte gar nicht besser sein.«
Nicole, deren Haut selbst im Hochsommer bleich war, errötete ein wenig bei dem Kompliment. Er lobte nur selten.
»Ich hatte befürchtet«, gab sie zu, »daß meine Beschreibung des Cafés nicht klar genug war.« Jetzt war ihr Englisch fließend und perfekt, obwohl ein Londoner vielleicht über eine leichte Andeutung von amerikanischem Akzent gewitzelt hätte. Aber sie hatte vier Jahre in New York und zehn Jahre in England gelebt. Ihr Französisch war echt: Sie war in Paris geboren und hatte dort die ersten fünfzehn Jahre ihres Lebens verbracht. Ihr Russisch war mehr als adäquat: Ihre Großeltern waren aus Moskau gekommen, hatten sich als zaristische Emigranten im Jahre 1912 in Frankreich niedergelassen und im Jahre 1917 als echte Liberale Lenin als Alternative abgelehnt. Ihr Vater war Schweizer und international eingestellt. Sie glaubte fest an die Notwendigkeit, daß der Westen überlebte. Und sah mit ebenso tiefer Überzeugung in der NATO seine Hauptverteidigungswaffe.
»Kein Problem«, versicherte Tony. »Diese gelb gestreifte Mar-

kise über den rot-grün karierten Tischdecken konnte man einfach nicht übersehen.«
»Als du heute morgen anriefst, wollte mir einfach keine andere Möglichkeit für eine unauffällige Zusammenkunft einfallen. War das okay?«
»Das war doch deine übliche Vormittagspause, nicht wahr?«
»Ja.«
»Dann war es tatsächlich am besten, dabei zu bleiben und unnötige Fragen zu vermeiden.« Jetzt wurde sie ruhiger. Also konnte er endlich zur Sache kommen. »Und wie geht's unserem gemeinsamen Freund?«
Die plötzliche Veränderung in Tonys Stimme kam für sie völlig unerwartet. »Dem geht's gut.«
»Keine neuen Entwicklungen?«
»Keine. Er hat sich inzwischen ganz erholt. Er fühlt sich hier in Sicherheit.«
»Sind ihm noch weitere Einzelheiten eingefallen?«
»Nein. Ich kann mir eigentlich auch nicht vorstellen, daß es überhaupt noch etwas zu sagen gibt. Er ist in Genua gründlich vernommen worden.«
Tony nickte. Genua war die Endstation von Palladins Flucht gewesen. Er hatte darauf bestanden, daß die Vernehmungsexperten der NATO dorthin kamen. Er werde weder nach Paris noch nach Brüssel oder in die Schweiz kommen, das sei alles viel zu naheliegend, viel zu gefährlich. Er sei krank, erschöpft und habe auf sehr schwierigen Wegen eine weite Strecke zurückgelegt. Er habe genug vom Reisen und von der Nervenanspannung. Von Moskau nach Odessa und dann nach Istanbul, wo er mit einem NATO-Agenten Kontakt aufgenommen hatte. Von Istanbul war seine Reise dann Schritt für Schritt arrangiert worden: Zur Insel Lesbos per Fischerboot, anschließend mit einem Postdampfer nach Piräus und dann umsteigen auf einen heruntergekommenen Frachter mit Ziel Brindisi, nahe dem Stiefelabsatz von Italien. Von Italienern war er per Lastwagen westwärts nach Reggio und nordwärts nach Neapel geschmuggelt worden; wieder ein anderer Frachter, diesmal mit Bestimmungsort Genua, wo er beschlossen hatte, drei Wochen in einem konspirativen Haus zu bleiben. In dieser Hinsicht hatte er seinen Kopf durchgesetzt. Die Spezialisten hatten sich einer nach dem anderen nach Genua hineingestohlen, um sich möglichst schnell sämtlicher Informationen zu bemächtigen, die ihm noch so frisch im Gedächtnis waren. Und dann hatte er zum zweitenmal seinen Kopf durchgesetzt: Er wollte sein neues Leben in Menton beginnen, direkt hinter der italienisch-französischen Grenze.
»Und er ist hier wirklich sicher«, berichtete Nicole. »So sicher,

wie ein Mann seines Berufs nur sein kann.« Palladin war einer der wichtigsten NATO-Agenten in Moskau gewesen, ein KGB-Beamter von Spitzenrang. »Er hat sein Aussehen natürlich verändert. Du wirst dich wundern, wenn du ihn siehst.« Und als Tony schwieg, fügte sie hinzu: »Du willst ihn doch sehen – oder nicht?«
»Ich wünschte, das wäre möglich. Aber das glaube ich eigentlich nicht. Dein Bericht wird mir genügen müssen.«
»Aber . . .«
»Es ist wirklich nicht nötig, Nicole. Und es ist besser, wenn wir seine Besucher auf ein Minimum beschränken.« Besonders diejenigen, die irgendwann, irgendwie einmal mit dem NATO-Geheimdienst in Verbindung gebracht werden konnten. Nicole war für diesen Auftrag natürlich ausgewählt worden, weil ihre Tarnung ungefährdet und ihre Zusammenarbeit mit der NATO unvermutet war. Und W. B. Marriot (›Bill‹ für seine Freunde) war den Sowjetagenten ebenfalls unbekannt. Seine beiden Hausangestellten Bernard und Brigitte, ein zuverlässiges Ehepaar aus der Schweiz, wo Bill angeblich den Winter verbracht hatte, waren ebenfalls tüchtige Mitarbeiter des Teams. Palladin selbst vervollständigte den Haushalt W. B. Marriots als Chauffeur – seine eigene Berufswahl für die neue Identität als Franko-Italiener aus Nizza mit dem Namen Jean Parracini. (Bill hatte den Arm bis vor kurzem in einer Schlinge getragen und stützte sich beim Gehen immer noch auf einen Stock. Ein Skiunfall im letzten Winter, hieß es. Und es war einleuchtend, daß er einen Chauffeur brauchte.)
»Aber wir haben für besondere Besucher vorgesorgt. Sie werden als Bills Geschäftspartner vom Film auftreten, die zu Besprechungen über das neue Drehbuch kommen. Wenn du also die Villa aufsuchen willst, brauchst du wirklich nichts zu befürchten. Sieh mal . . .« Sie kramte in ihrer Tasche und holte einen dünnen Prospekt mit einem Stadtplan von Menton heraus. »Ich habe unser Haus ganz leicht markiert. Für Fremde ist es schwer zu finden.«
Er wußte, wo es lag: ziemlich weit oben im östlichen Teil der Stadt, an einem Steilhang, an dem vereinzelte Villen in ihren Gärten standen. Trotzdem nahm er den Prospekt schweigend entgegen und steckte ihn ein. »Hast du irgendein besonderes Interesse an dir oder Bill bemerkt?«
»Nur die ganz normale französische Neugier – weiter nichts. Und die hat sich nach etwa zwei Wochen gelegt.«
»Kein Interesse an Brigitte – oder an dem Chauffeur?«
Sie schüttelte den Kopf. »Man hat uns als zur Lokalszene gehörend akzeptiert.«

»Und Brigitte und Bernard sind nicht über Jean Parracinis wirkliche Identität informiert? Und seine Vergangenheit?«
»Sie wissen nichts. Darauf hat er von vornherein bestanden. Und dieses Arrangement klappt ausgezeichnet. Er ist sehr zufrieden damit.«
»Kann ich mir denken. Er hat den größten Teil des Szenarios ja selbst geschrieben, nicht wahr?« Darauf hatte Palladin ebenfalls bestanden. So wollte er seine ursprüngliche Rolle als Schriftsteller W. B. Marriot unbedingt mit Bills Rolle als Chauffeur Jean Parracini tauschen. Den Grund dafür begriff Tony sofort: Jegliches Interesse an dem Haushalt würde sich auf den Schriftsteller konzentrieren. Ein Chauffeur lieferte kaum Anlaß zu Spekulationen und Klatsch.
»Aber dir paßt es noch immer nicht, wie?« Ein wenig belustigt über Tonys übertriebene Sorge schüttelte sie den Kopf.
»Das Ganze bietet ihm nicht genug Schutz. Es ist alles zu offen, zu simpel. Und warum wählte er ausgerechnet Menton?«
»Er behauptet, das simpelste Arrangement biete immer noch den besten Schutz. Niemand würde von ihm erwarten, daß er sich in einem belebten Urlaubsort mit so viel Durchreisenden niedergelassen hätte.«
»Mit viel zu vielen. Unmöglich, sie alle zu überwachen.«
Tony betrachtete den kleinen Hafen, der mit seinen Molen, Anlegestegen und Ankerplätzen für Fischer- und Vergnügungsboote nicht weit entfernt vor ihnen lag. Und hinter diesem dichtbesetzten Hafen am östlichsten Ende von Menton, unmittelbar im Schatten jener hohen, roten Felswände, die die französisch-italienische Grenze bildeten, lag ein großer, neuer Sporthafen, angefüllt mit Jachten und Motorkreuzern. Aber die Landsitze waren ebenso beunruhigend. Da gab es zunächst diese Küstenstraße, die alle Orte der französischen Riviera miteinander verband. Dann gab es die alte Corniche und die neue Corniche ein Stück darüber, die sich oberhalb der Küste an den steilen Berghängen entlangschlängelten. Und schließlich gab es die Autobahn Marseille–Genua, die, vor drei Jahren fertiggestellt, auf riesigen Betonpfeilern hoch oben in direkter Linie über Schluchten und Täler hinwegführte; phantastisch wie ein römischer Aquädukt. Und sie alle hatten ihre eigenen Tunnels, die quer durch die roten Felsen, *les Rochers Rouges,* führten – weit bis nach Italien hinein. Sogar die verdammte Bahnstrecke hat ihre eigenen Tunnels, dachte Tony.
»Zu viele Wege hinein und hinaus«, sagte er und deutete auf Menton. »Und zu verdammt viele Fremde im Ort.« Finster blickte er zu zwei harmlosen Besuchern aus Westdeutschland hinüber.

»Aber für Palla . . .« Sie nahm sich noch rechtzeitig zusammen.
»Das könnte ihm auch nützen«, beendete sie ihren Satz.
»Wenn er einen raschen Ausbruch machen will – ja.«
»Das hat er bestimmt nicht geplant.«
»Er ist ein großer Plänemacher, nicht wahr?«
»Wärst du das nicht, wenn du die letzten zwölf Jahre damit verbracht hättest . . .«
»Doch«, entgegnete Tony rasch, um sie am Weitersprechen zu hindern. Zwölf Jahre lang hatte Palladin direkt unter den scharfen Augen von Männern wie Wladimir Konov gearbeitet. Jeden Tag, immer wieder, mußte er sich gefragt haben, ob er nicht doch entlarvt würde, mußte er sich auf die Katastrophe vorbereitet haben. Als sie dann kam, war er bereit. Er hatte Glück gehabt, mehr Glück als Konov, der im Leichenschauhaus von New York endete, aber er hatte sein Glück selbst geschmiedet. Mit einiger Hilfe von uns, dachte Tony. Aber keine noch so große Hilfe konnte den Wert dessen schmälern, was Palladin mit seinem Verstand und seinem Mut erreicht hatte.
»Mißtraust du seinem Urteilsvermögen?«
»Was mir Sorgen macht, ist Menton«, gestand Tony freimütig. »Ich wünschte, er hätte nicht so fest darauf bestanden. Weiter nichts.«
»Aber niemand – *niemand* – würde darauf kommen, daß er sich in einem so kleinen Urlaubsort niedergelassen hat, so offen und so scheinbar harmlos. Die andere Seite erwartet vermutlich, daß wir ihn in ein Land unserer Wahl schicken, in ein Land, wo er englisch sprechen kann. Das ist seine beste Fremdsprache. Er spricht es gut. Außerdem ein bißchen deutsch und italienisch.«
»Und was ist mit Französisch?« erkundigte sich Tony rasch.
»Französisch hat er hier gelernt. Und zwar schnell. Er verbringt jede freie Stunde damit. Schallplatten, Bücher, Zeitungen, Fernsehen und Gespräche mit mir.«
Tony starrte sie fassungslos an. »Er läßt sich also in Frankreich nieder, weil er kein Französisch kann? Ja, glaubt er denn, unsere Gegner werden deswegen überall suchen, nur nicht hier?« Und diese Gegner waren nicht nur der KGB, so mächtig dieser Geheimdienst auch sein mochte, sondern außer ihm die Geheimdienste sämtlicher Verbündeten der Sowjetunion. Sie alle würden sofort aktiv werden.
»Allerdings«, antwortete Nicole ruhig. »Er ist überzeugt, daß unsere Gegner ihn in den englischsprechenden Ländern suchen. Er meint, sie erwarten, daß er sich entweder in einer Großstadt wie London, Liverpool, Toronto oder Glasgow versteckt, an einem Ort, wo er in der Menge Sicherheit findet. Und wenn sie da keinen Erfolg haben, werden sie es mit dem anderen Extrem ver-

suchen und auf entlegenen Farmen in Kanada, einsamen Ranches in den Vereinigten Staaten nach ihm forschen.«
Tony verlangsamte seinen Schritt. Jetzt hatten sie bald das Ende der Strandpromenade erreicht. In der Nähe des Hafens waren ausgedehnte Bauarbeiten im Gang: Männer und Maschinen, die gruben und füllten und den Verkehr behinderten. Der allein schon durch die Menschen beeinträchtigt wurde, die wegen des Markes hier waren: Sie bevölkerten die Gehsteige, strömten durch die riesigen Tore hinein und hinaus und ähnelten, jedenfalls aus dieser Entfernung, einem Schwarm Bienen, der um seinen Stock herumsummte. Sogar bis auf die Promenade breiteten sie sich aus. Bald würde kein ernsthaftes Gespräch mehr möglich sein. Er blieb stehen und blickte bewundernd aufs Mittelmeer hinaus.
»Okay«, sagte er, als seien seine Zweifel im Zusammenhang mit Menton endgültig beseitigt. Jetzt schnitt er jedoch ein anderes Thema an. »Hat sich unser Freund über das Shandon House geäußert?«
Nicole war verblüfft über diesen Gedankensprung, wandte den Blick aber nicht vom blauen Meer ab. »Zunächst hat er sogar eine Menge gesagt. Jetzt sagt er nur noch sehr wenig.« Sie zog den Kragen ihrer Strickjacke enger um ihren Hals. »Er zeigt seinen Zorn nicht mehr. Und er war mit Recht verbittert über die verbrecherische Dummheit von Shandon House. Die lassen sich von jemandem das NATO-Memorandum direkt aus den streng geheimen Aktenschränken stehlen, und es gelangt nach Moskau. Aufgrund dieser Idiotie hat Jean zwei seiner Moskauer Kontaktleute verloren. Sie wurden im Dezember verhaftet und vor vier Wochen hingerichtet. Wußtest du das?«
»Ich hab's gehört.«
Sie blieben beide lang stumm.
Dann fragte sie: »Wir haben in unserer Lokalzeitung von einer Villa gelesen, die hier in Menton einem Shandon gehören soll. Ist das derselbe Shandon wie in New Jersey?«
»Es ist dasselbe Shandon House. Sie haben die Villa letztes Jahr geerbt.«
»Wieder so eine Denkfabrik?«
»Eigentlich eher ein Talk-Pool. Auf sehr profunder Basis natürlich.« Er hatte sein Lächeln wiedergefunden. Irgendwie erschien ihm die Vorstellung, daß Shandon eine Villa an der Riviera besitzen sollte, komisch. Obwohl es inzwischen viele andere Villen an der Côte d'Azur gab, stille Refugien in weiten Gärten, übernommen von Instituten für dies und das, sämtliche zur Verbesserung der Lebensqualität. Und Shandon, inmitten der wohlhabenden Enklave von Cap Martin gelegen, schloß sich diesem angeneh-

men Schema an. »Was berichten denn die Zeitungen sonst noch darüber?«
»Nicht viel. Es wird alles ziemlich runtergespielt. Bedeutet das, daß die Shandon-Villa ein Geheimprojekt ist?«
»Offiziell nicht. Ihr Zweck ist ›freie Diskussion von Delegierten verschiedener Länder über Themen allgemeinen Interesses‹. Heißt es. Aber«, Tony hielt kurz inne, »ich wäre nicht weiter erstaunt, wenn zwischen den Delegierten auch persönliche Gespräche stattfänden, die sich mit äußerst empfindlichem Material befassen. Hast du bemerkt, daß die Leute einfach nicht den Mund halten können, wenn sie sich verteidigen wollen? Oder einen Streit gewinnen? Oder wenn sie sich entspannt fühlen – Sonne, See, Blumen, Palmen und keine Journalisten in der Nähe, die inoffiziell Ausgesprochenes drucken?«
»Aber Shandon würde doch seine eigenen Gäste nicht durch Wanzen abhören lassen!«
»Shandon selbst nicht.«
Sie kam nicht ganz mit. »Die haben mit ihrer Gästeliste für das erste Seminar furchtbar geheimnisvoll getan. Selbst unsere Zeitungen haben die Namen nicht in Erfahrung bringen können. Wahrscheinlich eine Sicherheitsmaßnahme.«
»Gar keine Namen?«
»Nur die Namen der festen Angestellten im Rahmen eines Willkommensartikels. Der Leiter ist natürlich Amerikaner. Wie heißt er doch bloß?« Sie krauste die Stirn.
»Maclehose. Sicherheitsbeamter an dem Tag, als das NATO-Memorandum im Shandon House entwendet wurde.«
»Nein!«
»Doch.«
»Werden die denn niemals klug?«
»Niemand konnte Maclehose etwas vorwerfen. Unvorstellbar. Er ist ein treuer Patriot. Seine Frau und seine Kinder werden jubeln, daß sie in Menton leben dürfen.« Hier endete Tonys Ironie. »Insgeheim war er ihnen aber doch unbequem. Also war es die einfachste Lösung, ihn über den Atlantik zu schicken. Ein schöner, bequemer Job. Mit viel Prestige. Seine Gäste haben alle Kabinettsrang.«
Dann stellte Tony die Frage, die ihn am stärksten beunruhigte. »Wie hat Jean Parracini auf ›Shandon am Mittelmeer‹ reagiert?«
»Gar nicht.«
»Er liest aber doch die hiesigen Zeitungen; das müßte doch wohl zu seinen Französischlektionen gehören, oder? Hat er nicht mal zu Maclehose eine Bemerkung gemacht?«
»Maclehose war nichts weiter als ein Name für ihn. Jean hat ihn nicht erkannt.«

»Aber er muß ihn erkannt haben. Er hat meinen Bericht über Shandon gelesen.«
»Den hast du ihm gegeben?« Sie konnte es kaum glauben.
»Die Idee war nicht von mir. Irgend jemand in Genua meinte, er habe es verdient zu erfahren, auf welche Weise er entlarvt worden ist. Danach hat er sich immer wieder erkundigt. Und das ist ganz natürlich. Außerdem schulden wir ihm wirklich sehr viel.« Tony zuckte die Schultern.
»Aber nicht so viel, daß wir zusehen, wie er seinen Groll hegt und pflegt. In unserem Beruf ist kein Platz für eine persönliche Vendetta.«
»Aber er würde doch bestimmt nicht . . .«
»Du kennst ihn besser als ich.«
»Er ist kein Emotionsmensch. Er denkt kalt und distanziert. Er würde niemals etwas Unbedachtes tun und uns alle in Gefahr bringen.«
»Hoffentlich nicht.« Tony dachte an die Beschreibung von Palladins Wutanfall in Genua, als er den Bericht über Shandon gelesen hatte. Es mußte eine qualvolle, erschreckende Szene gewesen sein.
»Komm, gehen wir zum Markt«, sagte er unvermittelt.
Nicole erschauerte. »Ich bin durchgefroren«, klagte sie. Aber es war nicht nur der kalte Wind, der dieses vorübergehende Frösteln ausgelöst hatte. Sie schritt energisch aus, der weite Rock schwang um die roten Lederstiefel, das dunkle Haar flatterte lose im Wind.
»Übrigens«, sagte er beiläufig, als sie warteten, bis sie die Straße überqueren konnten, »ist dir der Name Rick Nealey geläufig?«
»Nealey . . .« Nachdenklich runzelte sie die Stirn. »Ich habe ihn schon mal irgendwo gelesen.« Das Stirnrunzeln wurde tiefer, dann verschwand es. »Ja, natürlich. Er gehört zum Personal der Shandon-Villa, nicht wahr?«
»Assistent von Maclehose.«
Sie starrte Tony an, dessen Miene ein wenig zu ausdruckslos war.
»Auch ein Name in deinem Bericht?« fragte sie mit fast unhörbarer Stimme.
»Du magst zu Eis erstarrt sein, dein Gehirn arbeitet aber noch immer auf Hochtouren«, sagte er und wurde mit einem kleinen, aber erfreuten Lächeln belohnt.
Das ebenso schnell wieder verschwand. Denn Jean, dachte sie, muß Nealeys Namen doch in den Zeitungen erkannt haben. Und trotzdem hatte er nichts davon erwähnt. Überhaupt nichts. Auch über Maclehose hatte er nichts gesagt. Kein Wort . . . Als interessierte er sich überhaupt nicht für diese Männer. Das ist kein natürliches Verhalten, sagte sie sich. Ein Warnsignal? Aber Tonys

Hand lag auf ihrem Arm, führte sie, schenkte ihr Trost. »Wann fährst du ab?« fragte sie ihn mitten auf der Straße.
»Bis das Boot repariert ist, wird es einige Zeit dauern.« Dafür hatte er mit einem geschickt geführten Hammer gesorgt. »George und Emile werden auch an Land kommen und sich in der Altstadt Quartier suchen. Ich werde ein bißchen umherwandern.«
»Kommst du in die Villa hinauf? Bill würde dich sicher gern sehen.«
»Georges wird mit ihm Verbindung halten«, konnte er gerade noch sagen, ehe sie den Gehsteig erreichten.
»Wir könnten ein bißchen Hilfe brauchen«, gestand sie. »Wir haben nämlich jetzt zwei Probleme.« Das erste war, Jean Parracini vor dem KGB zu schützen. Und das zweite, ihn vor sich selbst zu schützen.
»Mindestens zwei.« Tony dachte an Rick Nealey und blieb von einer Fülle von zum Verkauf gebotenen Blumen stehen. Zahllose, vor der Markthalle aufgebaute Tische verschwanden fast unter ihrer Pracht. »Kauf ein paar Nelken.« Das waren die einzigen Blumen, die er außer Rosen identifizieren konnte.
Er wartete, während Nicole wählte und mit einer der rotgesichtigen Frauen hinter den Blumentischen den Preis aushandelte. Doch in Gedanken war er noch immer bei Nealey: Plötzliche Aufgabe seines Jobs als Assistent des Abgeordneten W. C. Pikkering Ende Dezember (selbstverständlich sehr schön erklärt, nichts für ungut), Anfang Januar unvermittelte Abreise aus Washington; nichts Negatives über ihn in den FBI-Akten; den CIA-Informanten in Ostdeutschland unbekannt (aber sie würden weitersuchen); Geburtsschein aus dem Jahr 1941 (Brooklyn); uneingeschränkte Annahme durch die Großmutter Nealey, die einzige lebende Verwandte, inzwischen jedoch verstorben, bei seiner Rückkehr in die USA. (Ein Zeitungsbericht über dieses glückliche Wiedersehen schien es für absolut normal zu halten, daß eine Vierundachtzigjährige einen Enkel wiedererkannte, den sie siebenundzwanzig Jahre lang nicht mehr gesehen hatte.) Nealey, die leere Wand. Und Tony hatte nun scheußliche Kopfschmerzen, weil er mit dem Schädel dagegengerannt war. Du hattest keine Beweise, nicht den Schatten eines Beweises, sagte er sich. Was hattest du dir denn gedacht, wie die Amerikaner reagieren sollten, vor allem, da sie im Augenblick doch ständig wie auf Eiern gehen? Nealeys Wohnung *und* sein Büro hätten verwanzt werden müssen. Doch stell dir das mal als Schlagzeile vor.
»Sind sie nicht herrlich?« fragte Nicole und hielt ihm einen Strauß roter und rosa Nelken unter die Nase. »Sie wachsen hier überall an den Hängen, in plastiküberdachten Treibhäusern.

Stell dir vor, wieviel Arbeit das macht!« Sie senkte die Stimme. »Wollen wir uns jetzt trennen?«
»Nein. Zu auffallend«, gab er flüsternd zurück. »Suchen wir erst mal Deckung.«
Die Markthalle war ein riesiges, höhlenähnliches Gebäude, angefüllt mit zahllosen Reihen von Verkaufsständen, die alle möglichen landwirtschaftlichen Produkte feilboten. Und das Gedränge war auch schon dicht: In diesem Gewühl von Menschen, die kauften, verkauften oder einfach nur die schönen Dinge bestaunten, würde es nicht weiter auffallen, wenn er sich von Nicole verabschiedete.
»In diesem Teil Frankreichs wird bestimmt niemand verhungern«, sagte Tony. »Ich bin beinahe versucht, selbst kochen zu lernen.« Die Hälfte der Marktbesucher war, wie er feststellte, Männer. »Ein großartiger Platz.« Damit meinte er nicht nur die gastronomischen Köstlichkeiten. Er wurde ruhig, fühlte sich sicher.
Plötzlich berührte Nicole seinen Arm. Erschrocken sah er sie an, als sie ihn rasch hinter einen Geflügelstand zog, wo Enten, Gänse und Hühner an Haken hingen. Das ist auch noch nicht vorgekommen, daß ich gerupfte Hühner als Deckung benutzt habe, dachte er.
»Jean«, sagte Nicole leise. »Er ist da drüben, neben den Zwiebelsäcken.«
»Verdammt! Was bildet der sich ein, einfach hier so rumzulaufen?«
»Keine Ahnung.« Ihre Miene war besorgt. »Er macht natürlich auch Besorgungen. Ein Chauffeur kann unmöglich den ganzen Tag zu Hause sitzen.«
Vor dem bezeichneten Stand drängten sich mehrere Personen, eine bunt gemischte Gruppe. »Ich sehe ihn nicht«, sagte Tony. Nicole lachte. »Ich habe dir doch erklärt, daß er sich völlig verändert hat. Er ist der Mann im dunklen Anzug. Willst du nicht mitkommen und ihn kennenlernen? Und dir sein Französisch anhören?«
Tony musterte den Mann. Keinerlei Ähnlichkeit. Palladins Haar war blond gewesen, schütter und glatt, mit einem fröhlichen, runden Gesicht darunter und sehr blasser Haut. Er hatte ständig eine Brille getragen und war eindeutig dick gewesen. Jean Parracini dagegen hatte dunkelbraunes, dichtes und gewelltes Haar. Das gebräunte Gesicht war hager und faltendurchzogen, die Wangen eingefallen, die Augen (ohne Brille) tiefliegend und verschattet. Er hatte sich einen Schnurrbart wachsen lassen und ihn schwarz gefärbt. Außerdem mußte er über dreißig Pfund abgenommen haben. Selbst seine Größe, üblicherweise verräte-

risch, schien sich verändert zu haben: Die Art, wie er die Schultern jetzt hielt, ließ ihn ein wenig größer wirken. Neue Haltung und dicksohlige Schuhe, geschickte Anwendung eines kaum wahrnehmbaren Make-ups, ein teures Haarteil, das fest auf dem kahlgeschorenen Schädel saß, und − vor allem − eine Schnellhungerkur: Das waren drastische Veränderungsfaktoren. »Und Kontaktlinsen«, murmelte Tony. Er war fasziniert. Aber Jean schlenderte nicht umher und kaufte ein. Jean wartete. Selbst als er einige Schritte ging, scheinbar vertieft in die Zwiebeln und die benachbarten Kartoffeln, wartete er ganz eindeutig. »Vielleicht sucht er dich. Hast du ihm vielleicht gesagt, daß du Artischocken kaufen wolltest?«
»Nein. Ich bin sofort losgefahren, als du mich heute morgen über Bills Privatleitung anriefst.«
»Würde Bill ihm sagen, daß du in die Stadt gefahren bist?«
»Schon möglich. Aber nicht, daß ich mit dir verabredet bin.« Dessen war sie ganz sicher. »Vielleicht will er nur etwas einkaufen, das Brigitte vergessen hat.«
»Dafür riskiert er aber eine Menge.«
»Ich werde rübergehen und ihn hier fortbringen«, beschloß Nicole. Aber Jean ging bereits davon.
Tony starrte immer noch auf den dunklen Anzug, der sich allmählich auf einen anderen Ausgang zu entfernte.
»Da geht's in die Ortsmitte. Er hat Bills Wagen wahrscheinlich dort geparkt und . . .«
»Welche Marke?«
»Mercedes, schwarz, viertürig. Nummernschild von Nizza.«
Jean war jetzt fast hinter den Obstständen verschwunden.
»Ich glaube, den sehe ich mir mal näher an. Ich bin gespannt, ob die Maskierung aus der Nähe ebenso gut wirkt wie aus der Ferne.«
»Du willst ihn ansprechen? Ich dachte, du wolltest nicht, daß er . . .«
»Er wird mich nicht erkennen.« Dafür hatte ein Einwegspiegel in einem kleinen Zimmer in Genua gesorgt. »Hoffe ich«, fügte Tony mit verabschiedendem Lächeln hinzu. »Geh und kaufe deine Artischocken, Kleines. Und erzähl Bill, was ich dir gesagt habe. Alles.« Er ging davon, schlenderte scheinbar ziellos zwischen den Standreihen hindurch. Aber auch er nahm eindeutig Kurs auf den Ausgang der Markthalle zur Stadt.
Als er sich weit genug von Nicole entfernt hatte, die sich auf die Geflügelpreise konzentrierte, beschleunigte er seinen Schritt. Aber er hatte zu lange gezögert: Jean Parracini war nicht mehr zu sehen. Verloren zwischen Obst und Käse, dachte Tony leise fluchend.

Als er in den Sonnenschein hinaustrat, wußte er nicht recht, welche Richtung er einschlagen sollte. In der Nähe entdeckte er einen geparkten schwarzen Wagen. Aber es war ein Citroën, das letzte Modell, mit einem Schwung der Kühlerhaube, der ihm eine sportliche Note verleihen sollte. Der Mann, der seine Pakete auf dem Rücksitz ablud, ehe er sich ans Lenkrad setzte, war offenbar allein. Auch er war in Anzug und Krawatte gekleidet; aber es war nicht Jean Parracini. Es war Rick Nealey.
Bedächtig zündete sich Tony eine Zigarette an. Der Citroën reihte sich langsam in den Verkehrsstrom ein. Und in einigem Abstand hinter ihm verließ ein schwarzer Mercedes seinen Parkplatz. Er beschleunigte, soweit er es in dieser belebten Straße wagte, um dann sein Tempo – als er den Citroën eingeholt hatte – plötzlich wieder zu drosseln und ihm in gehörigem Abstand zu folgen.
Wir haben es mit einem Wahnsinnigen zu tun, dachte Tony und zertrat mit dem Absatz seine kaum angerauchte Zigarette. Ich muß sofort Nicole warnen, ihr gerade so viel über Rick Nealey erzählen, daß sie weiß, wie sehr sich Parracini gefährdet. Dies war kein gewöhnlicher Amerikaner, dem er folgte. Nealey konnte sogar einen Palladin austricksen, wenn dieser blind war vor Wut und Erbitterung. Und Nealey war bestimmt nicht allein hier. Er mußte jemanden als Rückendeckung haben, einen Kontaktmann ... »Verdammte Scheiße!« fluchte Tony leise und machte kehrt, um wieder in die Markthalle zurückzugehen.
Dabei wäre er fast mit einer Dame zusammengestoßen, die einen gefüllten Einkaufskorb trug.
»Tony!« sagte Dorothea Kelso.

*Dreizehntes Kapitel*

Getippt, neu getippt, zerrissen. Die weggeworfenen Seiten füllten den Papierkorb bis zum Rand. Das Resultat eines typischen Arbeitsmorgens, dachte Tom Kelso, als er seinen Sessel vom Schreibtisch wegschob. Von Maurice Michels Schreibtisch, um genau zu sein, in Maurice Michels Bibliothek, die keineswegs mehr dem sauberen, ordentlichen Studierzimmer eines Diplomaten glich. Überall lagen Toms Notizen und Kartenskizzen herum; selbst die Bezeichnung des kleinen Raumes (ein bißchen zu großartig für drei Meter im Quadrat, alle Wände mit Büchern bedeckt, die auch die Tür und das Fenster rahmten) hatte er geändert: ›Arbeitszimmer‹ paßte besser zu diesem ihm vorbehaltenen stillen Eckchen, weit entfernt von Wohnzimmer und Küche. Aber was hatte ihm diese Ruhe genützt? Thea und er waren seit Anfang Januar hier, und noch immer wollten die beiden letzten Kapitel seines Buches nicht so recht Form annehmen. Morgen war der erste März, der letzte Monat vor seiner Rückkehr nach Washington begann. Rückkehr – zu welchen Aufgaben?
Jeder einzelne Aspekt seiner Arbeit schien inzwischen ungewiß geworden zu sein. Wer, zum Teufel, wird dieses Buch überhaupt lesen wollen? fragte er sich ärgerlich. Wer in den Vereinigten Staaten kümmert sich um Langzeitpolitik und um die Frage, womit er in zehn Jahren konfrontiert wird? Kurzzeitpolitik, die machen wir, springen von einer Krise in die andere. ›Die Brücken werden wir überqueren, wenn wir sie erreichen‹ – und das werden wir tun, selbst wenn die Brücke unter unseren Füßen explodiert und wir hinüberschwimmen müssen.
Zutiefst ruhelos, erhob er sich und wanderte durch das stille Haus zur Anrichte, wo die Michels eine kleine Bar installiert hatten. Am besten, er trank schnell ein, zwei Drinks, ehe Thea vom Markt in Menton zurückkehrte.
Sie sagte nie etwas über diese Änderung seiner Gewohnheiten, aber sie hatte sie sicher bemerkt. Sie war ein zu kluges Mädchen, um so etwas zu übersehen, und zu sensibel, um nicht zu spüren, daß er seit damals im Dezember, nach seiner Rückkehr von der NATO-Sitzung in Brüssel, nicht mehr aus diesem Zustand der Besorgnis und Niedergeschlagenheit herausgekommen war.
Die NATO-Sitzung war zwar kein kompletter Mißerfolg für ihn gewesen; seine echten Freunde in Casteau hatten sich um ihn versammelt und mit ihm gesprochen, wie sie immer mit ihm spra-

chen, doch nur wenige von ihnen konnten ihm wesentliche Informationen geben. Und die anderen, früher äußerst wichtige Quellen für heikles Material, waren wortkarg, ja sogar abweisend geworden. Er hatte sich nie für einen besonders stolzen Menschen gehalten, doch diese Abfuhren hatten ihn tief gekränkt. Und das Ergebnis machte sich in seinen Berichten an die ›Times‹ deutlich bemerkbar – jedenfalls für ihn selbst. Als Journalist merkte man es stets selbst zuerst, daß man abrutschte; dann merkten es die Redakteure und dann erst das breite Leserpublikum. Aus mit der Karriere. Ein Journalist war immer nur so gut wie seine Informationsquellen. (»Genau wie ein Polizist?« hatte Thea gefragt, als er dieses Problem mit ihr besprach. »Die brauchen doch auch Informanten, nicht wahr?« Er hatte ihr lachend zugestimmt, sich aber gefragt, wie es die hochgestellten ›Quellen‹ der Journalisten wohl aufnehmen würden, wenn man sie als Informanten bezeichnete. »Sagen wir mal«, hatte er ihr geantwortet, »daß Watergate nie ans Licht gekommen wäre, hätte es niemanden gegeben, der Informationen durchsickern ließ.«)

Er schenkte sich ein zweitesmal ein, wieder einen Doppelten, und schlenderte ins Wohnzimmer zurück, einen Raum, den er gewöhnlich heiter und sehr angenehm fand. Solange Michel hatte sich mit Farben und Stoffen große Mühe gegeben. Und Maurice hatte dafür gesorgt, daß seine Frau in ihrer Begeisterung über den Ausbau des alten Hauses nicht auch den alten Kamin und die Balkendecke opferte. Die Michels hatten Zeit, Geld und Energie investiert, um dieses Haus in Roquebrune zu renovieren, aber Tom fragte sich, wie lange es dauern würde, bis sie es verkauften, wenn sie aus Amerika zurückkamen und die riesigen Eigentums-Apartmenthäuser sahen, die dahinter, weit oben am Hang, gebaut wurden. Nichts, dachte er, bleibt auf die Dauer perfekt. Zutiefst deprimiert trat er auf die Terrasse hinaus. Der Grund für seine bedrückte Stimmung – jedenfalls heute – war der Anruf heute morgen. Von Chuck. Vom Flughafen Nizza.

Das erstemal, daß ich von ihm höre, seit . . . Tom versuchte, nicht weiter seinen düsteren Gedanken über Chuck nachzuhängen, und starrte hinunter auf die Olivenbäume vor dem Haus. Bis jetzt hatten die Baulöwen diese weiten, den Hang hinuntergezogenen Terrassen noch nicht in die Hand bekommen, aber lange würde es zweifellos nicht mehr dauern. Und dann würden sie dieses wunderschöne Fleckchen Erde tief unterhalb der Olivenbäume anpeilen, eine Landzunge, die wie ein langer Finger ins Mittelmeer hineinragte, ein Kap mit streng abgeschlossenen Grundstücken, mit teuren Villen und breiten Gärten. Cap Martin würde kein Ohr haben für die großen Bauunternehmer, die so verlockend mit ihrem Geld klimperten. Die Leute dort konnten

die Firmen bar aus der Hosentasche kaufen und noch eine ganze Menge Geld übrigbehalten. Sie bemerkten diese wild wuchernden Gebäude aus Glas und Beton wahrscheinlich gar nicht, die sich über ihnen auf den Hügeln von Roquebrune breitmachten, denn sie waren durch dichten Baumbestand, ein üppig-grünes Blätterdach, vor ihnen geschützt und gut versteckt.
Dort wollte Chuck also die nächsten Tage verbringen. In der Shandon-Villa. Fahrgelegenheit von Nizza hierher? Dafür war bereits gesorgt; Nealey hatte ihn abgeholt. Nein, zum Lunch würde er es nicht mehr schaffen. Er müsse Schlaf nachholen, hatte er gesagt; er vertrage diese Nachtflüge nicht. Und anschließend habe er eine Menge zu tun. Erst gegen Abend werde er mal bei Tom und Dorothea hereinschauen. So um sechs. Okay?
Das erstemal seit November — und alles, was er für mich hatte, war das Versprechen, ›mal hereinzuschauen‹. Kein ›Tom, ich muß dich sprechen‹. Kein ›Tom, ich habe dir etwas zu sagen‹. Kein ›Tom, wir wollen uns ruhig zusammensetzen und einige Dinge klären‹. Nein, nur ›so um sechs mal reinschauen‹.
Tom kippte den Rest seines Drinks, erwog, sich noch einen zu holen, entschied sich dagegen. Mit seiner Karriere mochte es bergab gehen, sein Buch mochte eines langsamen Todes sterben, aber er hatte immer noch Thea. Und so — er betrachtete sein Glas — kann ich sie bestimmt nicht halten. Das war ihm klar, und dennoch handelte er nicht danach. Wie sonst konnte man dieses Gefühl des Versagens betäuben?
Er gab sich aufrichtig Mühe, nicht mehr über Chuck nachzudenken; und über Shandon; und über das Memorandum; und über diese verdammte Olivetti. (Er benutzte sie nicht mehr.) Nicht einmal mit Thea wollte er über diese Themen sprechen. Aber das Unterbewußtsein war ein Satan, es fraß immer weitere an ihm. Ganz gleich, wie entschlossen er Kränkungen und Enttäuschungen aus seinen Gedanken zu verscheuchen suchte, sie sanken lediglich unter die Oberfläche und blieben dort lauernd liegen.
Chuck war also jetzt hier und möglicherweise zu einem Gespräch bereit . . . Am Telefon hatte er sich ein bißchen zu munter gegeben. Sollte das etwas alles sein, was dabei herauskam — eine mit leerem Geschwätz und ausweichendem Gerede angefüllte Stunde? Verdammt! Fast wäre Tom ins Haus zurückgekehrt, um sich einen dritten Drink zu holen. Nun, er schien wenigstens wieder zu zählen: ein erster Schritt in die richtige Richtung. Aber dieses Wiedersehen mit Chuck . . .
Er ließ alle Spekulationen sein, suchte seine Emotionen zu überwinden und seine Gedanken im Zaum zu halten. Statt dessen konzentrierte er sich auf die weit geschwungene Küstenlinie. Sie bestand aus einer ununterbrochenen Folge von Klippen und

Buchten mit einem Hintergrund von Bergen, deren Felsspitzen bis weit ins Meer hineinragten und die zurückweichenden Strände in ihren Schutz nahmen. Im Westen sah er das gebirgige Monaco. Dann kam die Bucht, in deren einen Winkel sich Monte Carlo schmiegte, und die sich ostwärts bis zu der grünen Landzunge von Cap Martin weiterzog, die unmittelbar unter ihm lag. Und wieder verlief die Küstenlinie landeinwärts, um die weite Bucht zu bilden, in der Menton mit der hoch über den Hafen aufragenden Altstadt lag. Und dahinter kurvte die Bucht noch weiter nach innen, ehe sie auf die roten Klippen zulief, einer nackten Felswand, die eine nicht zu übersehende Grenze bildete. Dort begann Italien, die Riviera dei Fiori, und weit in der Ferne sah man Bordighera. Dahinter kam nichts mehr – nur noch der Horizont, an dem sich der blaue Himmel mit dem blauen Wasser traf. Florida, dachte er, muß noch einige Punkte aufholen, wenn es sich in den Kopf gesetzt hat, mit der Côte d'Azur zu konkurrieren.
Ruhiger geworden und nicht mehr so übernervös, wandte er sich langsam ab. Dieser Blick ist eine bessere Medizin als das leere Glas in meiner Hand. Daran muß ich immer denken, sagte er sich. Er stellte das Glas auf den Tisch, der in einem von Zitronenbäumen geschützten Winkel der Terrasse stand, und schritt die ungepflasterte Einfahrt hinunter, die an der Ostseite des Hauses vorbei zur Straße von Roquebrune hinabführte.
Thea verspätet sich. Roquebrune bei Menton (oder war es andersherum? Eben fuhr man noch durch Menton, der nächste Häuserblock gehörte schon zu Roquebrune) war höchstens ein paar Meilen vom Haus entfernt. Typisch Thea, zum Markt zu fahren, um nur das Notwendigste einzukaufen, und dann doch ein paar Leckerbissen zu erstehen, die ihre gespannte Finanzlage eigentlich nicht gestattete. (Geld gehörte ebenfalls zu seinen geheimen Sorgen: Es schmolz in dieser zunehmenden Inflation dahin wie Butter in der Sonne.) »Chuck wird vielleicht zum Essen bleiben«, hatte sie erklärt, als der Anruf von Nizza gekommen war. Taktvoll – und ebenfalls typisch für Thea – hatte sie nicht ausgesprochen, was sie wirklich beunruhigte – und mich auch, dachte Tom: Warum, zum Teufel, wohnt Chuck nicht hier bei uns? Wir haben, verdammt noch mal, zwei unbenutzte Schlafzimmer.
Also wieder mal bei Chuck gelandet, wie?
Er beschleunigte seinen Schritt, um ein bißchen Abstand von dem stillen Haus und dem Schreibtisch voller Schreibversuche zu gekommen. Ich bin zu kritisch geworden, zu unsicher meiner eigenen Arbeit gegenüber, dachte er jetzt. Ich bin für Thea im Moment kein guter Gesellschafter. Wirklich glücklich sind wir nur in

diesem großen, schönen Schlafzimmer oben, und auch das längst nicht oft genug. Solange hatte es – wie sie ihnen voll Stolz erklärte – im Stil des Hotels Byblos drüben in St. Tropez eingerichtet: überall weißer Teppich, weiße, sehr geschickt so gestrichene Wände, daß sie ebenfalls wie mit weißem Teppich bezogen wirkten, ein überdimensionales, beinahe ebenerdiges Bett, mit einem weißen Fell bedeckt. »Ein Liebesnest«, hatte Thea spontan gesagt und sie damit beide zum Lachen gebracht. Nun, solange wir immer gemeinsam lachen und lieben können, ist die Hoffnung noch nicht verloren. Ohne das hätten wir uns in diesen letzten Monaten auseinandergelebt. Es kann immer noch passieren, warnte ihn seine Vernunft. Wenn du dich nicht besser zusammennimmst . . . Ich werde diesen Zustand überwinden, sagte er sich. Ich *muß*. Ich brauche meine Probleme nicht auch noch mit einem schlechten Gewissen zu belasten.

Das letzte Stück Einfahrt führte durch die alte Gärtnerei, die immer noch in Betrieb war und jetzt in den Händen des treuen Auguste und seiner guten Albertine lag, die einmal in der Woche zum Putzen nach oben kam, und – bei besonderen Gelegenheiten – auch zum Kochen. Davon hatte es viel zu wenige gegeben. Das war unfair Thea gegenüber . . . Ich muß mir ein paar Tage frei nehmen, sie ein bißchen herumfahren, die Bergdörfer besichtigen, die Umgebung erkunden. Das werden wir nächste Woche tun. Zum Teufel mit meiner Arbeit, im Moment komme ich doch nicht weiter. Ich muß das letzte Kapitel umschreiben, den Inhalt besser ordnen und . . . Oder soll ich das ganze Ding einfach in den Papierkorb werfen und noch einmal von vorn anfangen? Neu und völlig anders schreiben.

Er schritt an den Reihen der Blumenbeete vorbei und machte unter dem Mimosenstrauch neben dem großen Tor halt. In dem endlosen Verkehrsstrom von und nach dem unteren Roquebrune war kein einziger kleiner Fiat zu sehen. (Sie hatten sich einen Mietwagen genommen.) Die Straße war schmal, wand sich in Kurven den Hang hinauf und stammte aus der Zeit, als die Menschen noch zu Fuß gingen oder Pferdewagen benutzten. Je länger er die Autos, Lastwagen und Busse beobachtete, desto unruhiger wurde er. Wo war Thea? Was hielt sie in Menton so lange auf? Normalerweise war sie bis zwölf Uhr immer zurück. Und jetzt war es mit Sicherheit zwölf: Die Gärtnerei lag verlassen, alle Hilfskräfte waren beim Mittagessen.

Und da war sie endlich, gesund und munter. Der Unfall, den er allmählich befürchtete, hatte nicht stattgefunden. Aber jetzt wäre es beinahe passiert, in diesem Moment, als Dorothea unvermittelt eine Chance wahrnahm und quer über die Straße nach links abbog.

»Mein Gott, Thea!« schrie er sie an, als sie in der Einfahrt anhielt, um auf ihn zu warten.
»Ich hab' nicht mal ein Schlußlicht angekratzt«, erklärte sie munter. »Komm, steig ein. Ich nehme dich mit bis zum Haus, falls du meinen Fahrkünsten traust. Und damit ist schon alles in Ordnung«, behauptete sie. Hatte er es denn nicht gesehen? Wenn sie angehalten und gewartet hätte, bis die ganze Straße frei war, wäre der Wagen hinter ihr in den Fiat hineingefahren. Er ist viel zu gereizt in letzter Zeit, dachte sie unglücklich. Und ihre freudige Erregung über die Begegnung mit Tony Lawton war wie weggeblasen. Stumm machte sie auf dem Nebensitz Platz für ihn.
»Du kommst spät.« Er nahm den Stapel Zeitungen und Journale auf, die sie in Menton gekauft hatte: Die ›Herald Tribune‹, ›Le Monde‹ aus Paris, ›Observer‹, ›Economist‹ und ›Guardian‹ aus London, die neueste Ausgabe von ›Time‹ und ›Newsweek‹.
»Wo ist denn die ›New York Times‹?«
»Die hat noch mehr Verspätung als ich.« Außerdem war sie, wenn sie kam, ohnehin immer vier Tage alt. Da würde ein weiterer Tag nicht viel ausmachen. »Die Schlagzeilen sind gräßlich, nicht?«
Er überflog sie. »Ja«, antwortete er kurz. Da müßte ich jetzt eigentlich sein, dachte er; dort, wo die Nachrichtenverbindungen die neuesten Alarmmeldungen bringen, das Material, von dem die Journalisten träumen.
»Auf dem Weg nach Menton habe ich unsere Post abgeholt. Sie ist in meiner Handtasche.«
»Wieder Rechnungen?«
»Ein Brief von Brad Gillon.« Sie hielt vor einer Reihe von Orangenbäumen neben der Hintertür.
Tom sah in ihrer Handtasche nach und fand den Brief. Der Umschlag war offen. Er blickte sie an.
»Er ist an uns beide gerichtet.« Dorothea preßte die Lippen zusammen. »Also wirklich, Tom – hast du je erlebt, daß ich deine Post öffne?«
»Was schreibt er denn? Bittet er dich, hinter mir her zu sein, daß ich mich mit dem Buch beeile?«
»Er drängt dich zu gar nichts. Er hat sich mit Chuck getroffen. Brad ist mit ihm ins Century zum Lunch gegangen. Die beiden hatten ein sehr ernstes Gespräch.«
Tom sagte gar nichts. Dieses sehr ernsthafte Gespräch hätte zwischen mir und Chuck stattfinden müssen, dachte er bitter. Er wollte den Brief ungelesen in die Tasche stecken – zunächst brauchte er einen Drink, dann war er eher in der Lage, Brads Mitteilungen zu verdauen –, als er plötzlich den Poststempel bemerkte. »Sieh dir das an! Vom 14. Februar! Zwei Wochen unter-

wegs«, sagte er verärgert. »Und das noch per Luftpost.«
»Das ist heutzutage normal.« Dorothea dachte an ihre eigenen Ansichtskarten nach Washington, die vier Wochen gebraucht hatten. »Du solltest den Brief lieber gleich lesen, Tom.« Er war sehr wichtig. Vor allem, da er so spät eingetroffen war.
Tom stopfte den Brief trotzdem in die Tasche. »Das ist jetzt doch alles nicht mehr aktuell.« Außerdem hatte er so eine Ahnung, daß er gar nicht erfahren wollte, was Brad schrieb.
»Es ist immer noch dringend genug.« Ein Blick auf seine Miene zeigte ihr, daß seine Besorgnis zunahm. Deswegen bemühte sie sich, ihre Stimme unbeschwert klingen zu lassen, sich heiter zu geben und ihrer Mitteilung die Schärfe zu nehmen. »Er hatte letzte Woche herkommen wollen, im Anschluß an eine Verlegertagung in Paris. Aber Mona war in Acapulco, und stell dir vor, was ihr da passiert ist! Sie hat sich eine Lungenentzündung geholt. In Acapulco — ausgerechnet! Darum mußte Brad Europa sausen lassen und sofort hinfliegen, um sie nach Hause zu holen.«
»Schleich nicht um den heißen Brei herum, Thea! Das hast du dir in letzter Zeit angewöhnt. Rück endlich raus mit den schlechten Nachrichten!«
Kann ich das? fragte sie sich. Wenn ich um den heißen Brei herumschleiche, dann gehst du ihm aus dem Weg. Sie atmete tief durch. »Er muß uns sprechen, schreibt Brad. Darum trifft er am 8. März in Nizza ein. Direkt von New York.«
»Aber das ist schon nächstes Wochenende!«
»Ja. Bevor er nach Paris weiterfliegt. Er will sich mit dir unterhalten.«
»Dann ist es wohl äußerst dringend.« Dieser Gedanke gefiel ihm auch nicht. »Was für ein Problem hat er denn? Das Buch? Oder«, er mußte sich dazu zwingen, »geht's um Chuck?«
»Es geht um Chuck.« Sie beugte sich zu ihm hinüber und küßte ihn auf die Wange. »Tut mir leid, daß ich mich verspätet habe, Darling. Aber ich habe . . .«
Er brachte sie mit einem Kuß auf den Mund zum Schweigen. »Und mir tut es leid, daß ich so heftig war. Das kommt einfach davon, daß . . .« Er zögerte. Schwieg.
»Du machst dir einfach zuviel Sorgen«, sagte sie sanft. »Ich habe mich nicht mal eine halbe Stunde verspätet. Und zwanzig Minuten davon gehen auf Tonys Konto. Wir sind uns draußen vor der Markthalle in die Arme gelaufen.«
»Tony? Tony Lawton ist in Menton?«
»Komm, Darling. Wir bringen erst mal die Sachen in die Küche. Sonst läuft der Brie noch über die Lammkoteletts.«
»Was macht er hier?«

»Urlaub. Eine Kreuzfahrt. Das Boot hatte einen Maschinenschaden, deswegen liegen sie heute unten im Hafen fest. Ich hatte ihn zum Lunch hier bei uns eingeladen, aber er mußte dringende Telefongespräche führen. Also habe ich ihn gebeten, heute abend auf einen Drink zu kommen.« Sie ging mit den kleineren Paketen im Arm bereits auf die Hintertür zu. Tom griff nach Zeitungen und Marktkorb und folgte ihr.
»Wann?« Sein Ton war scharf.
»Ach, so um fünf.«
»Aber dann ist Chuck . . .«
»Chuck kommt garantiert zu spät.« Es war eine schlechte Angewohnheit von ihm, sich immer dann, wenn etwas Unangenehmes drohte, zu verspäten, und diese Unterredung mit Tom würde für keinen von beiden angenehm sein. »Und Tony möchte mit dir sprechen, ehe du mit Chuck zusammenkommst. So was Ähnliches wie Hintergrundinformation, nehme ich an. Unumgänglich, sagt Tony. Sonst würdest du . . .«
»Ich brauche keine guten Ratschläge, wie ich meinen eigenen Bruder behandeln soll.«
»Ach, Tom! Tony will doch nur . . .«
»Was denkt der sich eigentlich dabei, seine Nase in . . .«
»Lies Brads Brief!« Unvermittelt wandte sie sich ab und begann den Korb auszupacken: Käse und Fleisch in den Kühlschrank, Obst und Gemüse beiseite legen, um alles später zu waschen. Tom machte auf dem Absatz kehrt und ging in die Anrichte, den Brief aber hatte er in der Hand. Sie merkte, daß sie gespannt wartete, ob seine Schritte an der Bar haltmachen würden, und schalt sich selbst dafür, daß sie lauschte. Aber es wurde weder eine Flasche auf der gefliesten Theke abgestellt, noch wurden Eisstückchen in ein Glas geworfen. Anscheinend las er, ohne sich einen Drink zu holen. Wenigstens jetzt noch nicht. Sie wandte sich zum Fenster um und starrte mit tränenblinden Augen auf die fünf kleinen Orangenbäume, die sich bemühten, den zerrissenen Boden weiter oben am Hang zu verdecken.
Dann stand Tom wieder neben ihr, eine Hand um ihre Taille gelegt, in der anderen Brads Brief. »Er ist so verdammt diplomatisch. Soweit ich feststellen kann, hat er Chuck bei diesem Lunch etwas Wichtiges mitgeteilt. Und Chuck war alles andere als erfreut darüber.« Stirnrunzelnd betrachtete er das eng beschriebene Papier, versuchte zwischen den Zeilen zu lesen. »Ich wünschte, er hätte sich etwas klarer ausgedrückt. Aber das konnte er vermutlich nicht — Brad nicht.«
»Er hat Chuck ein paar inoffizielle Informationen gegeben. Schreibt er.«
Tom gefiel das Ganze immer weniger. »Brad würde so was weder

einem Brief noch der Telefonleitung anvertrauen«, bestätigte er. Und las noch einmal den Abschnitt, der sich mit Chuck befaßte. Brads Stil war ebenso diskret wie Brad selbst.

›... Also habe ich versucht, offen mit Deinem Bruder zu reden. Er glaubte mir nicht, noch nicht. Aber ich habe ihm wenigstens einen Schock versetzt, der ihn veranlaßt, ein bißchen über die Folgen seines Handelns im letzten November nachzudenken. Einiges davon kann jetzt inoffiziell ausgesprochen werden. (Ich mußte dieses Risiko mit Chuck eingehen; und er wird sicher der letzte sein, der diese Dinge veröffentlicht sehen möchte. Sie gehen weit über persönliche Angelegenheiten hinaus.) Wir trennten uns kühl, aber ich hoffe immer noch, daß meine Mitteilungen bei ihm eine Wirkung zeitigen. Außerdem hat er noch andere Sorgen; es gibt neue Entwicklungen, die ihn vermutlich sehr beunruhigen: Kate Collier ist verschwunden und hat ihre Kaution verfallen lassen, ihre Familie ist einhunderttausend Dollar los; und Martin Holzheimer ist auf eine Story gestoßen, die ihn scheinbar veranlaßt hat, sich mit der Polizei in Verbindung zu setzen. Daher vermute ich, daß Chuck zutiefst beunruhigt und über die Richtung, in die sich alles entwickelt hat, mehr als nur ein bißchen verängstigt ist, obwohl er sich bis jetzt noch sagt, daß er schon damit fertig wird. Ich habe ihm übrigens Eure Adresse und Telefonnummer gegeben; und ich wäre nicht überrascht, wenn Ihr, zum Zeichen, daß meine Worte doch etwas bewirkt haben, demnächst einen Brief von ihm bekommt. Unsere Freundschaft hat mich ermutigt, mich in diese heikle Situation einzumischen, und ich hoffe, daß ich nicht zu weit gegangen bin. Aber ich kenne die Fakten, und ich war an Ort und Stelle. Und das müßte mein Vorgehen entschuldigen.‹

Tom schob den Brief wieder in die Tasche und lockerte den Griff um Theas Taille. »Am besten telegrafiere ich Brad sofort und teile ihm mit, daß wir seinen Brief bekommen haben. Wahrscheinlich fragte er sich seit einer Woche, warum er keine Antwort von uns bekommt.« Tom dachte darüber nach, und wieder wurde er ungeduldig. »Warum, zum Teufel, hat er nicht angerufen und uns gefragt, ob sein Brief angekommen ist? Das wäre kein Bruch der Sicherheitsbestimmungen gewesen.«
»Soll er sich für seine Einmischung Vorwürfe machen lassen?« Sehr viel nervöser, als sie es sich anmerken ließ, sah sie Tom an. »Ich befolge jetzt nur deinen Rat, Darling. Ich schleiche nicht mehr um den heißen Brei herum.«
»Hält Brad mich wirklich für so empfindlich? Und du solltest

mich besser kennen, als zu glauben, ich würde . . .« Er unterdrückte seine aufkeimende Wut. »Tut mir leid, Thea. Verzeih.« Er nahm sie in die Arme und spürte, wie ihr steifer Rücken allmählich nachgab. »Ich weiß, ich weiß. Ich bin in letzter Zeit ziemlich launisch gewesen. Aber das ist jetzt vorbei. Ehrlich. Ich kann mir keine Launen mehr leisten.« Er küßte sie, drückte sie an sich, küßte sie abermals. Jetzt schmiegte sich ihr Körper weich und warm an den seinen.
»Ich bin auch ziemlich schwierig gewesen«, sagte sie. »Ich . . .« Er brachte sie mit einem weiteren Kuß zum Schweigen. Dann ließ er sie los. »Ich muß jetzt das Telegramm aufgeben. Oder vielleicht rufe ich ihn sogar an.«
»In New York ist es jetzt sieben Uhr morgens.«
»Um so besser. Dann erwische ich ihn, ehe er ins Büro fährt.«
Auf halbem Weg hinaus machte Tom noch einmal halt. »Wer ist Katie Collier?«
»Das Mädchen, das beim Bombenbauen beinahe mit ihren Freunden in die Luft geflogen ist.«
Die Schlagzeilen vom Dezember, fiel ihm ein. »Aber was hat das mit Chuck zu tun?«
Dorothea schüttelte den Kopf.
»Und was soll diese Bemerkung über Holzheimer? Weshalb soll er sich nicht mit der Polizei in Verbindung setzen – er ist schließlich Reporter. Und zwar ein guter.«
Dorothea war weniger großzügig. Der Mann, der an all unseren Sorgen schuld ist, dachte sie. Laut sagte sie: »Er hätte dir wenigstens sagen können, woher er die Kopie des Memorandums hatte. Schließlich bist du auch von der Presse.«
»Ich habe ihn nicht danach gefragt. Weil ich es wußte. Weil ich es nicht hören wollte.« Er ging weiter, zur Anrichtetür, blieb noch einmal stehen und sagte: »Er hat das Memorandum von Chuck.« Endlich, dachte sie, endlich hat er es ausgesprochen. Sie hörte seine Schritte, die energisch an der Bar vorbei zum Telefon hinübergingen. Erleichterung überkam sie. Seine Stimmung hatte sich tatsächlich verändert. Endgültig? Nun, mit Sicherheit für diesen Nachmittag, um Tony willkommen zu heißen – wie in alten Zeiten. Gott sei Dank!
Sie begann, für einen Salade Niçoise Kopfsalatblätter zu zerpflücken. Dann mußten Radieschen in Scheiben geschnitten werden; etwas von diesem roten Zeug, das aussah wie in Blut getauchter Wirsing, gehackt werden (sie aß das nie, konnte sich deswegen den Namen nicht merken); Anchovis; kleine, schwarze Oliven, Thunfisch; knoblauchgewürzte Croutons; hartgekochte Eier . . . »Verdammt noch mal!« schimpfte sie laut. Die Eier hatte sie heute morgen völlig vergessen. Okay, okay. Beina-

he Salade Niçoise, aber eben nicht ganz. Schuld daran war der Anruf von Chuck.
Aber wenigstens hatte er angerufen. Diese erste Geste mußte man ihm positiv ankreiden. Und er hatte ganz normal geklungen. Vielleicht hatte Brad die Schwierigkeiten, in denen er steckte, übertrieben. Aber trotzdem – wenn die Situation nicht ganz so schwarz war, wie Brad sie sah, warum hatte Tony dann seine eigenen Pläne so plötzlich geändert, als sie Chucks Anruf aus Nizza erwähnte? Ja, Tony hatte unvermittelt jegliches Interesse an der belebten Straße vor der Markthalle verloren, sogar das Interesse an dem hübschen jungen Mädchen (es hatte tatsächlich die bewundernden Blicke verdient, fand Dorothea), das mit langem, weit schwingenden Rock über den dunkelroten Stiefeln vorbeikam, und hatte seine ganze Aufmerksamkeit auf Dorothea konzentriert.
»Chuck?« hatte Tony verblüfft gefragt. »In Nizza?«
»Er müßte jetzt in Menton sein. Rick Nealey hat ihn am Flughafen abgeholt.«
Tony stieß einen leisen Pfiff aus, seine Brauen stiegen in die Höhe.
»Ganz Ihrer Meinung«, sagte sie. »Ziemlich unerwartet, finden Sie nicht?«
»Offen gestanden, ja. Ich hätte auf einen Brief getippt. Schreiben ist immer leichter als eine direkte Konfrontation. Wird er lange bleiben?«
»Ich glaube kaum. Er ist in der Shandon-Villa, und dort haben sie nicht viel Platz, wenn die Gäste nächste Woche kommen.«
»Warum will er denn überhaupt dort wohnen?«
»Ach, er hat geschäftlich da zu tun, hat er gesagt. Aber er möchte mit Tom sprechen. Jedenfalls hat er sich für heute abend auf einen Drink bei uns angesagt.«
»Shandon . . . Ich habe gedacht, Brad hätte ihm davon abgeraten.«
»Aber wieso?«
Aufrichtig erstaunt sah Tony sie an. »Kommen Sie, gehen wir ein Stück. Zu Ihrem Wagen vielleicht? Sie zeigen mir den Weg, und ich trage das hier.« Er hängte sich den Marktkorb an den Arm und dirigierte sie durch die mittägliche Menschenmenge. »Und jetzt erzählen Sie mir, was Brad am letzten Wochenende gesagt hat. Hat Tom ihm denn nicht geglaubt?«
»Brad ist überhaupt nicht hier gewesen. Mona wurde plötzlich krank. Er will uns nächstes Wochenende besuchen.«
Tony preßte die Lippen zusammen. Ein paar Schritte weit blieb er stumm. Dann: »Wann erwarten Sie Chuck zu diesem Drink?«
»Um sechs.«

»Ich würde vorher gern mit Tom sprechen.«
»Kommen Sie doch mit zum Lunch.«
»Leider habe ich keine Zeit; ich muß einige wichtige Telefonate erledigen.« Und er stürzte sich in eine längere Erklärung über das Boot, den Maschinenschaden und die beiden Sportfreunde, die sich unten im Hafen mit der Reparatur befaßten und darauf warteten, daß er einige Ersatzteile mitbrachte.
»Dann haben Sie ja heute noch viel vor. Kommen Sie doch morgen zum Lunch zu uns. Und bringen Sie Ihre Freunde mit.«
»Wie wär's denn heute nachmittag um fünf?« fragte Tony.
»Wäre Ihnen das recht?«
»Wenn Sie es ohne Schwierigkeiten schaffen.«
»Ich schaffe es ganz bestimmt.«
»Werden Sie auch zum Essen bleiben?«
»Lieber nicht. Ich möchte fort sein, wenn Chuck kommt. Keine Fremden als Zuhörer. Würde Tom sich nicht in etwa so ausdrükken? Wie geht's ihm übrigens, was macht das Buch, und wie geht's *Ihnen?*«
»Ich mache mir Sorgen«, gestand sie offen. »Ihre Nachricht für Tom — die ist ziemlich unangenehm, nicht wahr?«
»Aber notwendig. Glauben Sie mir. Irgend jemand muß ihm die Einzelheiten mitteilen, ihm eine Diskussionsgrundlage für sein Gespräch mit Chuck geben.« Er bemerkte den Unglauben in ihrem Blick. »Tom«, sagte er leise, »ist es gewohnt, mit Tatsachen zu arbeiten. Er wird bestimmt über die Lage informiert sein wollen. Meinen Sie nicht?«
»Früher — ja.« Ihre Stimme war unsicher. »Aber jetzt . . .«
»Früher und immer«, widersprach Tony. »Er verkraftet's.«
Und dann hatte Tony unvermittelt das Thema gewechselt und von dem Charme südfranzösischer Ortschaften gesprochen, von den hübschen roten Dächern, den weißen Häusern mit den leuchtend bunten Fensterläden, den vielen Blumen und Palmen, der Atmosphäre, in der sich das neunzehnte Jahrhundert mit dem zwanzigsten mischte, und wie schön es doch wäre, könnte man das Geld der Touristen ohne die Touristen selbst haben. Aber warum diese gutbürgerliche Straße hier, die sie entlanggingen, nach dem nichtsnutzigen Präsidenten Félix Faure benannt worden sei, das werde er wohl nie begreifen.
Als sie Dorotheas Wagen erreichten, hatte er sie tatsächlich zum Lächeln gebracht. Er verstaute den Einkaufskorb und warf, als er ihr den Wagenschlag öffnete, einen Blick über den Fahrersitz hinweg auf den Stapel Zeitungen und Journale. Dem entgeht auch gar nichts, dachte sie, nicht einmal meine Miene, als er über Tom sprach.
Als sie dann in den Wagen steigen wollte, drehte sie sich plötzlich

um, umarmte ihn fest und drückte ihm einen Kuß auf die Wange.
»Vielen Dank. Tony.«
»Aber bitte. Ich trage hübschen Mädchen jederzeit gern den Marktkorb.«
»Ich hätte auch gern dunkelrote Stiefel.«
Das hatte ihn tatsächlich verblüfft, aber nur kurz. »Vor Ihnen muß man sich ganz schön in acht nehmen. Dann bis fünf, liebe Dorothea.«

## *Vierzehntes Kapitel*

Dringende Telefongespräche, hatte Tony gesagt, als er Dorotheas Einladung zum Lunch ausschlug. Eine ehrliche Entschuldigung, aber jetzt mußte er vor allen Dingen nachdenken. Und zwar rasch.
Er sah dem grauen Fiat nach, bis er verschwunden war, und kehrte dann in die Nähe der Markthalle zurück. Mit langsamen Schritten, aber jagenden Gedanken. Sie hatten es jetzt mit zwei Problemen zu tun: mit Jean Parracinis Sicherheit – dieser verdammte Dummkopf mußte irgendwie in Schranken gehalten werden; und mir Chuck Kelso in der Shandon-Villa. Warum konnte dieser eingebildete Idiot nicht bei seinem Bruder wohnen? Er sei geschäftlich hier, behauptete er. Was waren das für Geschäfte? Chuck ist ein junger Mann, der sich mit lauter Fragezeichen umgibt, dachte Tony, als er ein kleines Café entdeckte, wo er ein Schinkensandwich zu sich nehmen wollte – eine schwierige Angelegenheit in einem Land, in dem man an Menüs gewöhnt war.
Zwanzig Minuten später kam er wieder heraus; seine Pläne standen fest, und er suchte nach einem abgelegenen Telefon. (Das Telefon in dem Café war so angebracht gewesen, daß jeder, der wollte, mithören konnte.) Die Straßen waren beinahe leer, die Läden geschlossen, die Restaurants überfüllt: Das Ritual des Mittagessens hatte begonnen. Wahrscheinlich bot die Hauptpost die beste Möglichkeit. Sie war groß, geräumig und normalerweise sehr belebt, um diese Tageszeit jedoch vermutlich menschenleer. Die Telefonzellen, schön abgelegen in einem Winkel des Erdgeschosses, hatten Türen, die eine gewisse Abgeschlossenheit garantierten. Und er selbst hatte eine ausreichende Menge der notwendigen *jetons* in der Tasche. Das hatte er sich hier in Frankreich, wo man im öffentlichen Fernsprechverkehr kein Vertrauen zu Geldmünzen hatte, zum Prinzip gemacht.
Sein erster Anruf galt Bill und Nicole oben in ihrem Haus am Hang in Garavan. (Ein Glück, dachte er, daß Jean Parracinis Versteck, auf der anderen Seite von Cap Martin, so weit von der Shandon-Villa entfernt liegt.)
»Ihr müßt besser auf Jean aufpassen«, begann er sofort und ohne Umschweife.
»Aber er ist heil und sicher zurückgekommen. Er ißt jetzt gerade«, gab Bill zurück.

»Wo?«
»Wie immer – in der Küche mit Bernard. Keine Sorge, alles normal.«
»Wann ist er zurückgekommen?«
Bill erkundigte sich bei Nicole, die ihm den Hörer aus der Hand nahm. »Höchstens acht Minuten nach mir«, berichtete Nicole.
»Und ich war um Viertel nach zwölf hier.«
»Das ist merkwürdig.« Nein, es war sogar unmöglich.
»Wieso?«
»Als ich ihn zuletzt sah, beschattete er von der Markthalle aus Rick Nealey. Und da war es fünf Minuten vor zwölf.«
»Dann kann er ihm nicht lange gefolgt sein. Vielleicht war es auch reiner Zufall . . .«
»Er hat ihn beschattet.« Daraufhin verstummte Nicole. »Was bildet sich Parracini eigentlich ein? Daß er unsichtbar ist? Er riskiert einfach zuviel.« Seltsam, dachte Tony. Er hatte gar keine Zeit, Nealey den ganzen Weg bis nach Cap Martin zu folgen – warum ist er ihm also überhaupt gefolgt? Oder ist Nealey nicht in die Shandon-Villa zurückgefahren? Sondern hat ein paar Häuserblocks von der Markthalle entfernt gehalten? Und Jean ist, da seine Neugier oder sein Ego befriedigt war, nach Hause gefahren? Ein Rätsel . . . »Aber laßt nur. Haltet ihn heute nachmittag unter Aufsicht. Laßt ihn bitte nicht aus den Augen.«
»Selbst wenn er sich in seiner eigenen Wohnung ausruht?«
»Wo wohnt er denn?«
»Über der Garage natürlich.«
»Liegt die getrennt von der Villa?« — »Ja.«
»Gib mir bitte Bill noch mal. – Bill, sorg dafür, daß Jean ins Haupthaus umzieht; quartiert ihn in einem von euren Gästezimmern ein. Zu seiner eigenen Sicherheit.«
»Er wird sich weigern. Er liebt seine Privatsphäre. Und das einzige verfügbare Zimmer liegt direkt neben Brigitte und Bernard.«
»Wer hat hier die Befehlsgewalt! Du und Nicole, ihr solltet euch lieber ebensoviel Gedanken machen wie ich. Aber hör' zu, es gibt noch etwas anderes. Ich möchte, daß du in der Shandon-Villa anrufst und dich erkundigst, ob Chuck Kelso in der Gegend ist. Leg dir eine gute Story zurecht, für den Fall, daß er dort ist, wenn du anrufst: Du hast gerade erst erfahren, daß sein Bruder, ein alter Freund von dir, in Menton ist – ob Chuck dir seine Adresse geben kann. Und dann möchte ich, daß Nicole in Shandon anruft – jawohl, sie soll ebenfalls anrufen. Sie soll nach Rick Nealey fragen und herausfinden, ob er dort ist. Sie kann sich als Reporterin aus Nizza ausgeben, die ihn um ein Interview bittet. Ich werde in zwanzig Minuten wieder anrufen und hören, was ihr mir zu berichten habt.«

»Willst du vielleicht Shandon einen Besuch abstatten?«
Er ist zu verdammt clever, dachte Tony gereizt. Statt die Frage zu beantworten, sagte er: »Und jetzt folgendes. Ich lasse Verstärkung kommen. Und ich möchte, daß du und Jean die Einladung annehmt, morgen zum Segeln zu gehen.«
»Und wenn er nicht will?« fragte Bill.
»Es werden höhere Beamte da sein, die etwas zu sagen haben. Außerdem geht es um seine Sicherheit. Er wird schon zustimmen. Erkläre ihm, daß die Leute einige Fragen hinsichtlich seiner vorangegangenen Informationen klären wollen. Und welcher Platz wäre geeigneter dazu als ein Boot?«
»Nehmen wir die ›Sea Breeze‹? Ich dachte, ihr hättet Maschinenschaden.«
»So schlimm ist es nun auch wieder nicht. Wenn die Verstärkung morgen früh auf dem Flughafen von Nizza eintrifft, werden wir fertig sein.«
»Ernste Probleme?« Bill war jetzt wirklich interessiert.
»Wann waren unsere Probleme mal nicht ernst?«
»Klingt wie Alarm«, sinnierte Bill.
Tony legte auf, verglich seine Armbanduhr mit der Wanduhr des Postamtes. Er hatte mehrere *jetons* verbraucht, und sein nächster Anruf ging nach Paris. Aber dort brauchte er sich, sobald er die Verbindung hatte, lediglich mit seinem Codenamen zu melden (Onkel Arthur) und eine aus bestimmten Formulierungen bestehende Nachricht zum Weitergeben zu hinterlassen. »Wetter verschlechtert sich, starke Winde möglich. Empfehle Doppelreparatur, bestmöglich, morgen elf Uhr vormittags, Hafen.« Man wußte, wo die ›Sea Breeze‹ ankerte, kannte ihren genauen Standort im Hafen: Er hatte sämtliche Angaben gestern abend bei der Ankunft durchgegeben.
Hoffen wir nur, dachte er, nachdem er das kurze Gespräch mit Paris erledigt war, daß die bestmöglichen Männer für diese Reparaturarbeiten zwei erfahrene Beamte in einem Dienstrang sind, der ausreicht, Jean Paracini an seinen Platz zu verweisen. Wirklich zu ärgerlich: Einen Verbündeten zu schützen, konnte tatsächlich weit schwieriger und weniger lohnend sein, als einen verborgenen Feind aufzustöbern.
Sein dritter Anruf galt Georges in dem Zimmer, das er sich in der Altstadt oberhalb des Hafens gemietet hatte. (Ausgezeichnete Lage, ungehinderter Blick auf den Hafen, wo die ›Sea Breeze‹ in einer langen Reihe kleinerer Boote, größerer Boote, alter und neuer Boote lag, mit kurzen Masten, langen Masten oder gar keinem Mast.)
»Deinen Besuch bei Bill kannst du streichen«, erklärte er Georges. »Arbeitet Emile immer noch an der Maschine? Gut. Setz

dich mit ihm in Verbindung. Bis morgen vormittag um elf muß alles fertig sein. Außerdem soll er Vorräte für fünf Personen stauen, am besten für drei Tage, möglicherweise auch mehr. Hast du den Citroën gemietet? Ach so, einen Renault, crèmefarben, zweitürig. Okay. Hol mich um halb drei bei meinem Hotel ab. Und zwar bitte mit Schlips und Kragen – und Jackett. Wir werden solide.«
Nun wieder zu Bill auf seinem Berg. Vier Minuten später als verabredet, verdammt! Ob Bill was merkte? Selbstverständlich.
»Vier Minuten zu spät«, sagte Bill spöttisch-erstaunt. »Gab's etwa Schwierigkeiten?«
»Ich habe geschlafen. Und vergessen, den Wecker zu stellen.«
Bill lachte. »Na schön, ich glaube dir. Paß auf: Charles Kelso hat mit dem Direktor und seiner Familie in der Villa zu Mittag gegessen, ist aber dann offenbar ausgegangen. Wohin, wußte das Mädchen am Telefon nicht. Und es war ihr auch egal, wenn du mich fragst. Im Hintergrund war ständig lautes Geklopfe zu hören. Ich machte einen Witz darüber. Anscheinend haben sie immer noch zahlreiche Handwerker im Haus. Sie wollen bis zur großen Einweihung nächste Woche möglichst alles fertig haben. Und hier ist Nicole, die ihr Verschen aufsagen will.«
»Rick Nealey hat sich nicht mehr blicken lassen, seit er Chuck heute morgen in der Villa abgeliefert hat«, berichtete Nicole. »Er mußte nach Eze und La Turbie, Vorbereitungen für die Gäste der nächsten Woche treffen. Er wird zwischen fünf und sechs Uhr heute nachmittag zurückerwartet.«
»Gut. Und wie geht's Jean, unserem eigensinnigen Freund? Schmollt er in seinem Zelt, wie weiland Achilles?«
»Er weigerte sich zunächst, aber jetzt packt er gerade seine Sachen, um ins Haupthaus umzuziehen. Trauert dem schönen Fernseher in der Chauffeurswohnung nach. In seinem neuen Zimmer gibt's keinen Anschluß.«
»Hat er dort Telefon?«
»Nein.«
»Aber in seiner alten Wohnung hatte er Telefon, nicht wahr?« Es mußte ja eine Verbindung zwischen Haupthaus und Garage geben.
»Natürlich.« Nicole klang verwirrt. »Sogar zwei.«
»Eine Amtsleitung auch?« Irgendwie war dieser Gedanke beunruhigend.
»Die war schon da, als wir einzogen.«
»Und niemand hat daran gedacht, sie stillzulegen?«
»Warum sollten wir? Er hat sie doch bestimmt nicht benutzt. Er legt mehr Wert auf Sicherheit als . . .«
Sie unterbrach sich, weil sie merkte, wie taktlos sie war.

167

»Als ich?« beendete Tony ihren Satz. »Okay, okay. Freut mich, daß bei euch alles klar ist. Eines könntest du aber noch für mich tun, Nicole: Treib dich heute nachmittag mal ein bißchen am *Petit Port* herum. Nicht in dem neuen Jachthafen in Garavan, sondern im alten. Und merk dir, wo die ›Sea Breeze‹ liegt. Direkt an der großen Mole; die kannst du entlanggehen, das tun viele. Verstanden? Ungefähr in der Mitte der Boote dort. Sie ist ein Kajütboot, einmastig; Delphinbug, Innenborder.« Aber so langsam sie auch aussehen mochte, sie schaffte immerhin zehn Knoten und hatte Platz genug für sechs Personen, wenn die auch ein bißchen zusammenrücken mußten.
*»D'accord.«*
»Gib mir Bill noch mal.«
Bill meldete sich: »Hier.«
»Bring Parracini morgen vormittag um elf zur ›Sea Breeze‹. Punkt elf, verstanden? Wirst du das schaffen?«
»Ja. Ich habe ihm schon gesagt, daß wir Besuch von zwei NATO-Leuten bekommen werden.«
»Und wie hat er reagiert?«
»Wie zu erwarten war. Er meint, dieser Besuch könnte uns alle in Gefahr bringen.«
»Sag ihm, daß du aus diesem Grund, als Sicherheitsmaßnahme, beschlossen hast, es so einzurichten, daß er sich anderswo mit den Besuchern trifft.«
»Wird gemacht. Aber machen wir uns da nicht außergewöhnlich viel Umstände . . .«
»Allerdings.« Ja, das tun wir, dachte Tony. »Aber es geht um die Sicherheit. Und sieh zu, daß du ihn für heute ausschließlich im Haus beschäftigst.«
»Er hat sich bereits mit Bernard und Brigitte für heute abend ins Kino verabredet. Es läuft ein Film, den sie alle drei sehen wollen.«
»Wo?«
»Im Casino.«
*»Wo?«*
»Das Kino ist im Casinogebäude.«
Tiefes Schweigen.
»Ich werde ihm sagen, daß das nicht in Frage kommt«, erklärte Bill.
»Aber das macht es für morgen bestimmt nicht leichter.«
»Welche Vorstellung wollen sie besuchen?«
»Es gibt nur eine. Wir haben jetzt keine Saison. Acht Uhr dreißig, denke ich.«
Tony rechnete. »Dann soll er seine Verabredung heute abend einhalten. Mir ist es lieber, er hat morgen gute Laune. Wie

kommt es überhaupt, daß ihr ihn einfach so ins Kino gehen laßt?«
»Er behauptet, es sehe nicht normal aus, wenn er die ganze Zeit hier wie ein Gefangener im Haus eingeschlossen bleibt. Die Leute könnten sich darüber wundern.«
»Aha. Er ist also wieder recht selbstsicher, wie?«
»Na ja, aber er hat doch recht. Wenn ein Fisch nicht auffallen will, muß er lernen, mit dem Schwarm zu schwimmen.«
Mir scheint, dachte Tony, dieses Sprichwort habe ich schon mal gehört. »Seine Formulierung oder deine?«
»Seine. Und zwar eine gute. Findest du nicht?«
»Ja.« Aber wo habe ich das nur gehört? fragte sich Tony. Er sah auf die Uhr. Es war dreizehn Uhr fünfundfünfzig. »Bis morgen dann also, unten am Hafen. Deine Krücke kannst du wegwerfen. Nimm einen Stock und humpel ein bißchen.«
»Soll ich auch mit?«
»Du kennst dich mit Booten aus. Außerdem wirkt es besser: Der Chauffeur kommt mit, um dir an Bord zu helfen. Klar?«
»Und du?«
»Ich halte mich im Hintergrund. Falls du mich vorher noch erreichen willst, hinterlaß eine Nachricht bei Georges. Er hat einen Anrufbeantworter an sein Telefon angeschlossen. Hast du seine Nummer? Übrigens, er kommt heute nachmittag nicht zu euch. Er wird anderswo gebraucht.« Tony legte auf.
Er nahm ein Taxi zum Hotel, eines von den neuen am Quai Laurenti, der sich von der Altstadt und dem Hafen am Meer entlang nach Osten erstreckt. Er war am Morgen dort abgestiegen und hatte seinen Koffer deponiert. Jetzt mußte er sich etwas anziehen, das für einen Besuch in der Shandon-Villa angebrachter war: Tweedjacke und Flanellhose. Eine Begegnung mit Chuck Kelso konnte er ungeniert riskieren; die Hauptsache war, Rick Nealey aus dem Weg zu gehen. Vorerst.
Und sein Grund für den Besuch?
Er hatte schon einen guten gefunden, noch ehe er das Hotel verließ und auf den wartenden Georges mit dem Renault zuschlenderte. Wie erhofft, hatte sich Maclehose am Telefon so beeindruckt gezeigt, daß er ihn zu einem kurzen Rundgang durch die Shandon-Villa eingeladen hatte. Er konnte doch einen Besucher, der ihm Grüße vom Direktor des Shandon-Instituts in New Jersey überbrachte, nicht gut vor den Kopf stoßen. Der Name Paul Krantz tat sogar noch auf diese Entfernung seine Wirkung. Hatte Krantz Tony an jenem unangenehmen Tag im November, als die Memorandum-Krise auf Hochtouren lief, nicht auch durch das Shandon House geführt? »Selbstverständlich«, hatte Maclehose gesagt, »selbstverständlich erinnere ich mich an Sie.

Kommen Sie, wann immer Sie wollen. Heute nachmittag? Wenn Sie zeitig kommen, könnte ich Sie selbst herumführen. Und wie geht's Paul?«
»Könnte ihm nicht besser gehen. Ich werde vor drei Uhr bei Ihnen sein.«
»Sehr gut.«
»Ach, eines noch: Wie kommt man am schnellsten nach Cap Martin und Shandon?«
Maclehose beschrieb ihm den Weg — eine überaus notwendige Information, erklärte er Tony lachend —, und der Anruf endete mit einer freundschaftlichen Note.
Jetzt, als Tony den Renault bestieg, konnte er daher sagen: »Alles vorbereitet. Wir fahren nach Cap Martin. Und unterwegs machen wir am Casino halt. Ich möchte es mir mal kurz ansehen.«
Und Georges, hochgewachsen, dünn, dunkelhaarig, ein dreißigjähriger Franzose, sorgfältig für diesen Auftrag in Menton ausgesucht, sagte in seiner üblichen, beiläufigen Art: »Glaub' ja nicht, daß da vor heute abend etwas los ist. Um diese Jahreszeit ist das Casino vermutlich sogar am Nachmittag geschlossen.«
»Um so besser. Dann kann ich mir die Anlage gut einprägen.«
»Hast du vor, heute abend bummeln zu gehen?« Georges' aufmerksame braune Augen blickten interessiert und amüsiert.
»Wie du zweifellos feststellen wirst, pulsiert das Leben hier keineswegs so wie im Casino von Monte Carlo.«
»Wo die Busladungen schon morgens anrollen?« Tony grinste, seine Laune hob sich. Alle Vorbereitungen getroffen, nichts vergessen.
Georges lächelte ebenfalls. »Und ich dachte, dieser Ausflug würde langweilig.« Ihm gefiel die veränderte Atmosphäre. Nach außen hin gab er sich täuschend gelassen, in Wirklichkeit war er leicht zu begeistern. Genau wie Tony, Emile, Bill und Nicole, übte er diesen Beruf nicht des Geldes wegen aus. Er besaß einen wachen Verstand, scheute keine Gefahr und war von seiner Weltanschauung fest überzeugt. Seine Neugier war leicht zu erwecken. Jetzt kam sie auch wieder zum Vorschein. »Irgendwas Aufregendes passiert, heute vormittag?« fragte er.
Und Tony setzte ihn mit kurzen Worten ins Bild. Jedenfalls soweit, daß er wußte, was wichtig war und warum. (Später würde Georges Emile informieren, der im Moment die Reparaturarbeiten an der Maschine der ›Sea Breeze‹ beaufsichtigte.) Tony fand, es gebe Situationen, da Wissensdurst die beste Garantie für eine konzentrierte Aktion war. Er liebte Teamarbeit (so seltsam das einigen Personen erscheinen mochte, die ihn für einen Einzelgänger hielten) und gründete sie auf seine alte *quid-pro-quo*-Ma-

xime. Gute Zusammenarbeit bekam man nur, wenn man sie selber ebenfalls lieferte. Und Georges, mit dem er seit sieben Jahren zusammenarbeitete, war hundertprozentig zuverlässig. Bis hin zu der Art, wie er jetzt den Wagen abstellte: in einiger Entfernung vom Casino-Eingang, nicht zu weit zum Gehen, nicht so nahe, daß es auffiel.

Die Vortreppe lag an einem Platz mit Blumen, Palmen und einem kleinen Taxistand. (Tony merkte sich das für die Zukunft. Es gab nicht viele Taxistände in der Stadt.) Drinnen ein kleines Vestibül, eine weitere Treppe und kein Mensch, der ihn aufgehalten hätte. Er stand in einem völlig verlassenen Saal, weiträumig, hell – die Wand gegenüber der Treppe bestand aus Glas –, mit einem Blick auf eine Terrasse, einen großen Swimming-pool und dahinter auf die Straße, an der entlang Nicole und er über die Strandpromenade gewandert waren. An den Saal schlossen sich zwei Flügel an. Im linken lag die *Salle privée,* deutlich gekennzeichnet, vor neugierigen Blicken abgeschirmt. Trotzdem erschien ein magerer junger Mann im dunklen Anzug und mit bleichem Gesicht beim Klang von Tonys Schritten von irgendwoher und hinderte ihn äußerst höflich daran, die Tür dieses Privatsalons zu öffnen. Gleich daneben lag ein großer, aber unbesetzter Speisesaal, der auf die entsprechende Seite der Pool-Terrasse hinausging; und ganz vorn, direkt neben der Vestibültreppe, eine hübsche (und ebenfalls menschenleere) Bar. Der große Saal selbst enthielt zwei grün bezogene Tische, an denen das Spiel weniger privat und ganz sicher weniger das Budget belastend verlief. Gegenüber, im rechten Flügel des Gebäudes, gab es tatsächlich ein richtiges Kino.

Mehr brauchte er nicht zu sehen. Er kehrte ins Vestibül zurück, nickte dem jungen Mann im dunklen Anzug, der immer noch das andere Ende des Saales bewachte, dankend zu und trat auf die belebte Straße hinaus. Automatisch dachte er, es müsse doch noch andere Ein- und Ausgänge in diesem Gebäude geben. Das Kino mußte mindestens einen Notausgang haben, möglicherweise sogar zwei.

Der Swimming-pool, mit seinem Garten und den Kolonnaden zur Wasserseite hin, hatte sicherlich auch einen eigenen Eingang. Der Speisesaal? Nun, schließlich handelte es sich bei diesem städtischen Casino um ein öffentliches Gebäude – das hieß, öffentlich bis auf die *Salle privée,* in der um extrem hohe Einsätze gespielt wurde.

»Still wie ein Grab«, berichtete er Georges. Und ungefähr ebenso kalt. Diese hoch gewölbte Halle brauchte ein bißchen Sonnenwärme. »Nur ein junger Mann tauchte auf, der mit den Eingang zur *Salle privée* versperrte. Was dachte der wohl, was ich dort

wollte? Das Rouletterad manipulieren? Gezinkte Karten in den Schlitten praktizieren?«
»Du spielst nicht, wie?«
»Was meinst du, was wir jetzt tun?« Und der Einsatz dabei war weit höher.

Während Georges an den baumbestandenen Gärten vorbeifuhr, an Häusern, die hinter vornehmen Toren unter blühenden Bäumen standen, sagte er: »Ich glaube, die Adresse, die du mir genannt hast, liegt an einer der Privatstraßen. Wenn das stimmt, werden wir zweifellos angehalten werden. Dort dürfen nur die Wagen der Anwohner, die Wagen von deren Freunden und Taxis durchfahren. Für alle anderen gilt: Wenn ihr unbedingt hier durchfahren müßt, nehmt eine andere Straße!«
»Taxis sind also erlaubt?«
»Das ist üblich hier. Außerdem ist es, glaube ich, logisch. Die Leute, die mit dem Taxi kommen, haben meistens ein festes Ziel.«
»Das haben wir auch.«
»Ich hoffe nur, dein Mr. Maclehose hat den Wachen gesagt, daß er uns erwartet.«
»Wachen? Wir besuchen doch nicht den Elysée-Palast!«
»Nein, nicht eigentlich Wachen. Eher Wächter.«
Wie sich herausstellte, handelte es sich um eine Frau mit frischem Gesicht, die in ein Baumwollkleid und eine Strickjacke gekleidet war, und ihren älteren Ehemann, mit einer Tuchmütze, die fast ebenso alt zu sein schien wie er selbst. Sie sahen aus wie die kleinen Standbesitzer unten in der Markthalle, nur darauf aus, Tony ein Dutzend Orangen zu verkaufen. Aber sie nahmen ihre Aufgabe ernst, suchten den Namen Lawton auf ihrer Liste (Maclehose hatte tatsächlich daran gedacht) und ließen den Wagen mit einem Nicken von seiten des Ehemanns und einem Lächeln von seiten der Frau passieren.
Georges fuhr langsam, denn die Straße war schmal und gewunden. »Ich weiß, was du jetzt denkst«, sagte er zu Tony. »Die beiden könnten höchstens noch ihre eigenen Schatten abwehren. Nun gut, sie können vermutlich keinen Juwelendieb aufhalten, aber sie könnten ihn zweifellos der Polizei beschreiben.«
»Das ungewöhnlichste ›Betreten verboten‹-Schild, das ich jemals gesehen habe.« Aber Georges hatte recht: Hier kam kein Fremder ohne ausdrückliche Erlaubnis hinein. Auch Jean Parracini würde, falls er versucht wäre, sich für den Schaden, den Shandon House ihm und seinen Freunden zugefügt hatte, zu rächen (Gerechtigkeit üben, würde er es nennen), keine Möglichkeit finden, hier einzudringen.

»Ich möchte wissen, ob die Shandon-Villa einen Strand hat, einen Landeplatz für kleinere Boote.«
Georges starrte ihn an, wandte sich dann aber wieder dem Abzählen der Häuser zu. »Dies hier ist das zweite links. Shandon soll, wie du sagst, das fünfte sein?«
Tony nickte. Die Villen standen weit auseinander, deutlich getrennt durch Mauern und Hecken, kaum sichtbar hinter den Sträuchern und Bäumen, die die gepflegten Rasenflächen zierten. »Und da sind wir auch schon. Das Tor steht weit offen. Wie ich sehe, hält man in Shandon nicht viel vom Türenabschließen.«
»Aber da drüben bei der Einfahrt arbeiten zwei kräftige Gärtner«, entgegnete Georges amüsiert.
Sie betrachteten die Villa, die vor ihnen lag. Sie war die massive Verwirklichung eines Architektentraums, in dem sich Erinnerungen an Italien und Spanien mischten. Der Garten wirkte selbst von hier aus, wo der Blick zumeist von rosafarbenen Stuckmauern versperrt war, üppig und sehr weitläufig.
»Beinahe ein Paradies. Suchen wir nach der Schlange.«
Die Haustür der Villa war höchst eindrucksvoll: zwei hohe Bronzeflügel, einer angelehnt, beide mit Szenen aus der Mythologie verziert. »Erinnerungen an Florenz?« murmelte der respektlose Tony, nicht ganz sicher, ob er den schweren Türklopfer auf das Hinterteil der Aphrodite niederfallen lassen sollte, die gerade den Apfel von Paris entgegennahm, oder ob es besser war, die Tür vollends aufzudrücken und einfach einzutreten.
»Nachdem die Herzogin von Shandon Ghiberti selber nicht haben konnte, hat sie sich wohl seines Urururenkels bedient.«
Er schloß einen Kompromiß, indem er sowohl klopfte als auch die Tür aufdrückte. »Betrug«, sagte er enttäuscht, als der Flügel mühelos aufschwang. Die Tür war aus mit dünnem Kupfer beschlagenem Holz. »Und jetzt?« Vor ihnen erstreckte sich eine weite Halle, die auf der anderen Seite von einer Glaswand abgeschlossen wurde. Dahinter lag eine sonnenbeschienene Terrasse, die von der dunklen Türschwelle einen einladenden Anblick bot.
Neben ihnen öffnete sich eine Tür, aus der ihnen Maclehose mit ausgestreckten Händen entgegenkam, um ihnen ein leider verspätetes, etwas zu überschwengliches Willkommen zu entbieten.
»Kommen Sie herein, meine Herren; ich habe gerade ein paar Briefe diktiert.« Sein Gesicht war sonnengebräunt und gesund, der große, plumpe Körper hatte um mehrere Pfunde zugenommen, sein Lächeln war strahlend, der Blick argwöhnisch, aber er wurde heller, als Tony herzliche Grüße von Paul Krantz ausrichtete. Sehr erfreut, Tony wiederzusehen, sehr erfreut, seinen Freund kennenzulernen.

»Georges Despinard«, stellte Tony ihn vor, »Journalist aus Paris. Er schreibt für ›La Vie Nouvelle‹ eine Artikelserie über die sozialen Veränderungen an der Côte d'Azur. Und interessiert sich natürlich sehr für die Shandon-Villa. Wir haben zusammen zu Mittag gegessen, und als er hörte, daß ich hierherfuhr . . .«
»Selbstverständlich, selbstverständlich! Sehr erfreut«, beteuerte Maclehose zum drittenmal. »Ja, wir verändern hier eine ganze Menge«, wandte er sich an Georges. »Aber positiv, wie ich hoffe.«
Er ist nervös, dachte Tony; unter all dem Überschwang liegt eine Unsicherheit verborgen. Er fragt sich, ob ich jenen unangenehmen Tag im Shandon-Institut erwähnen werde, als ihnen dort die schweren Geschütze um die Ohren flogen und der unglückselige Maclehose in Deckung ging. Aber ich werde ihm einen echten Gefallen tun: Ich werde nicht einmal andeutungsweise von dem NATO-Memorandum sprechen.
»Ich werde Ihnen alles zeigen«, versicherte Maclehose und führte sie an der offenen Tür seines Büros – eigentlich ein neben der Haustür liegendes Vorzimmer – vorbei, wo seine Sekretärin so tat, als bemerke sie die beiden Besucher nicht. Ein ansehnlicher Rotschopf, stellte Tony fest: enger Pullover, schlanke Beine, hübsches, aber ausdrucksloses Gesicht.
Maclehose winkte ihr zu. »Suchen Sie doch bitte die Gästeliste für das erste Seminar heraus, Anne-Marie. Und bringen Sie sie mir auf die Terrasse.« Er ging weiter, eilte mit langen Schritten durch die Halle, deutete rechts und links auf die jeweiligen Zimmer. »Das ist die Bibliothek – ich muß leider in zwanzig Minuten fort – das Eßzimmer ist dort drüben – aber, wie ich Ihnen ja am Telefon erklärte, habe ich heute nachmittag Dringendes zu erledigen – und hier ist der große Aufenthaltsraum, unsere Gäste müssen ja einen Platz haben, wo sie sich von den anstrengenden Sitzungen erholen können – dieses Haus ist heute ein Irrenhaus, letzte Überprüfungen der elektrischen Anlagen . . .«, er nickte zwei Männern zu, die mit ihren Werkzeugkästen eine breite Treppe herabkamen. »Da oben sind natürlich die Schlafzimmer – zehn im ganzen, ohne die Räume meines Assistenten. Er hat sein Büro und sein Schlafzimmer in der Ecksuite, ist ständig im Dienst, ich sage ihm immer, er schläft sogar mit seinen Problemen – und daneben gibt es zwei ziemlich große Räume, die wir für Gruppendiskussionen eingerichtet haben. Also, hier unten haben wir das Hauptseminarzimmer – das war früher mal ein großer Salon, und gegenüber – das Terrassenzimmer, direkt neben dieser Tür natürlich.« Er trat mit ihnen durch die großen Glastüren, die auseinanderglitten, als sie sich näherten, und führte sie auf die Terrasse hinaus, von der der Blick auf eine Rei-

he stufenförmig gestalteter Gartenanlagen fiel, die sich bis zum Meer hinabzogen.
»Bemerkenswert«, sagte Tony, der an die Suite des Assistenten dachte. »Und wo sind Sie untergebracht?«
»Ach, wir hielten es für besser, wenn die Familie in einiger Entfernung von unseren distinguierten Gästen wohnt. Deswegen haben Mattie und ich uns in dem Häuschen da drüben eingerichtet; Sie können es wegen der Akazien nicht sehen. Äußerst bequem – sieben Zimmer –, Simon Shandon hat dort gewohnt, wenn seine Frau Logiergäste hatte.«
Maclehose sah in die Runde. »Schön, nicht?«
»Bemerkenswert«, wiederholte Tony. Der Direktor hat also nur ein kleines Büro im Haupthaus, und zwar direkt neben der Tür, als wäre er der Pförtner. Merkt er denn nicht, daß er damit eine Machtbasis aufgibt? Die distinguierten Gäste würden seinen Assistenten weitaus häufiger sehen als den Direktor. Die gemütlichen Plauderstündchen und die spätabendlichen Gespräche würden ohne Maclehose stattfinden. Und wer würde beim Essen den Gastgeber spielen? Maclehose bestimmt nur selten: Er kann doch Mattie und die Kinder nicht jeden Abend allein lassen, wie? Das ist nicht seine Art. Ein guter, weichherziger Familienvater, so tugendhaft und wohlmeinend wie selten einer.
»Ein idealer Besitz. Findest du nicht auch, Georges?«
Georges reagierte aus einem gewissen Schock heraus. Alles, was man mit Geld bauen konnte, wenn man es sich in den Kopf setzte, nahm ihm zunächst für einige Sekunden den Atem. »Überwältigend!« Georges verfiel in sein heimatliches Französisch und ratterte mehrere Sätze herunter.
Maclehose war verlegen, überspielte sein Nichtverstehen mit einem breiten Grinsen.
»Mein Freund sagt, daß Ihnen das alles hier hervorragend gelungen ist«, dolmetschte Tony. »Er ist zutiefst beeindruckt. Genau wie ich.« Tonys Blick wanderte über den Garten, die grünen Terrassen mit den leuchtend bunten Beeten, eingefaßt von Sträuchern und Baumgruppen. »Georges würde gern ein bißchen zwischen Ihren Blumen spazierengehen; er interessiert sich sehr für Gärten. Ehe er Schriftsteller wurde, war er Gartenarchitekt.«
»Aber gern. Sagen Sie Monsieur –« Maclehose hatte den Namen vergessen, »sagen Sie ihrem Freund, er soll zum Pool hintergehen – er liegt unmittelbar über dem Strand – ein paar Handwerker schließen dort gerade die Scheinwerfer an – Unterwasserbeleuchtung.« Er blickte demonstrativ auf seine Uhr. »Und Ihnen möchte ich jetzt die Gästeliste für unser erstes Seminar zeigen.« Er sah sich suchend nach Anne-Marie um, die aber noch nicht aufgetaucht war.

»Wir treffen uns hier in fünf Minuten«, rief Tony Georges nach. Und hoffentlich vergißt du nicht, dich am Strand umzusehen.
»Ich beneide Sie um Ihr Französisch«, gestand Maclehose. »Die Leute hier sprechen so schnell; das ist zu schwierig für mich. Schade, daß mein Assistent nicht hier ist. Der ist unser Sprachenexperte. Aber er mußte ein paar Arrangements für unsere Gäste machen, oben in Eze – die werden das Essen da oben sicher genießen –, ein ausgezeichnetes Restaurant.«
»Das ist wirklich eine hübsche Idee: Entspannung für überanstrengte Geister.«
Maclehose lachte. »Fällt alles unter Public Relations. Das ist das Ressort meines Assistenten, aber er nimmt tatsächlich alles in die Hand, ich wüßte nicht, was ich ohne ihn täte. Er hat sich um den Umbau gekümmert, hat einen zuverlässigen Bauunternehmer mit einem Team erstklassiger Männer gefunden – Tischler, Maler, Elektriker –, und gestern wurde dann alles fertig – bis auf ein paar Kleinigkeiten natürlich. Und alles in nur knapp acht Wochen. Stellen Sie sich das vor!«
»Und wer ist das? Der Bauunternehmer persönlich?« erkundigte sich Tony, als ein unauffällig gekleideter Mann mit einem Handwerker von einer der unteren Terrassen heraufkam.
»Nein. Ich glaube, das ist der Inspektor, der unsere elektrischen Anlagen überprüft. Damit hatten wir ziemlich viel Schwierigkeiten.«
»Sieht aus, als wäre er jetzt zufrieden«, meinte Tony. »Anscheinend ist alles in Ordnung. Ihr Assistent wird erleichtert sein.«
»Nealey? Ja, bestimmt. Er mußte noch zwei weitere Elektriker holen, damit die letzten Arbeiten rechtzeitig fertig wurden.«
»Und der Bauunternehmer ist nicht an die Decke gegangen?« Noch zusätzliche Leute zu seinem Team erstklassiger Handwerker?
»Ach, Nealey hat eine Extragratifikation zugelegt – die Arbeiten waren termingemäß fertig, bis auf ein paar Veränderungen, die wir noch anbringen lassen wollten. Der Bauunternehmer hat keinen Grund zur Klage.«
Die *wir* anbringen lassen wollten? Tony ließ das durchgehen, obwohl es ihn reizte, darauf hinzuweisen, daß eine Extragratifikation als Bestechung ausgelegt werden konnte. Aber er widerstand der Versuchung, Maclehose wenigstens diesen einen Warnfloh ins allzu vertrauensselige Ohr zu setzen. Statt dessen konzentrierte er seine Aufmerksamkeit auf den Mann, der sich als Inspektor bezeichnete.
Der Mann kam näher, den Handwerker direkt hinter sich. Und plötzlich war Tony wie elektrisiert, eine Erinnerung tauchte auf, eine andere Szene erschien vor seinem inneren Auge. Washing-

ton. Das Statler Hotel. Eine Gruppe sowjetischer Agrarexperten. Ein Dolmetscher, der hinausging, und dem jemand folgte . . . Rick Nealey, der zu dem Mann in den wartenden Wagen schlüpfte. Ein Mann Anfang vierzig: ein Meter fünfundsiebzig bis achtzig; breitschultrig, kräftiger Körperbau. Das dunkle Haar nicht mehr von Grau durchzogen; das ruhige Gesicht jetzt sonnenverbrannt. Die Augen waren noch immer dieselben: blau, kalt und selbstsicher. Boris Gorsky.
Er kam so dicht an Tony vorbei (der die Blumenpracht auf dem Beet nebenan bewunderte), daß diesem der kalte Schweiß im Nacken ausbrach. Boris Gorsky, großer Gott! . . . Jawohl, Gorsky persönlich, und ebenso gelassen wie damals, als er ins Lenox Hill Hospital gekommen war und seinen alten Genossen Wladimir Konov nicht identifizieren konnte. »Diese rosa und purpurroten Blumen – wie heißen die?« erkundigte sich Tony.
»Das sind Alpenveilchen«, erklärte Maclehose. »Gewiß«, antwortete er dann dem Inspektor auf eine Frage, »gehen Sie nur hinauf. Sie werden sehen, daß alles in Ordnung ist.«
Als die beiden Männer das Haus erreichten, kam der Rotschopf auf die Terrasse heraus.
»Alpenveilchen? In solchen Mengen?« Tony schüttelte verwundert den Kopf und sah, daß die Sekretärin, eine Frage auf ihrem hübschen Gesicht, ein leichtes Lächeln auf den roten Lippen, ganz kurz zögerte, als sie Boris Gorsky begegnete. Dann kam sie, ein Blatt Papier in der Hand, die Miene wieder ausdruckslos, auf Maclehose zu. Die ist nicht so dumm, wie sie aussieht, dachte Tony; sie kennt Gorsky. Er musterte Maclehose, der voll Stolz auf seiner schönen Terrasse, vor seiner schönen Villa, inmitten seines schönen Gartens stand, und verstummte.
Maclehose nahm die Liste mit einem freundlichen, verabschiedenden Lächeln von Anne-Marie entgegen und begann Tony auseinanderzusetzen, wie wichtig die Namen waren, die sie enthielt. Das zur Diskussion stehende Thema sei von allergrößter Bedeutung für die Verbündeten der Vereinigten Staaten: Die Schwächen der Supermächte. »Ein guter Titel, finden Sie nicht?«
»Nur auf die Vereinigten Staaten gemünzt?«
»Für dieses Seminar – ja. Später werden wir Rußlands Reaktion auf die Herausforderung untersuchen.«
»Reaktionen«, korrigierte Tony liebenswürdig. »Und wann wird das sein?«
»Ach, irgendwann im Sommer, hoffe ich. Man muß die richtigen Spezialisten zusammenholen.«
»Und es gibt mehr Spezialisten für Amerikas als für Rußlands Schwächen?« fragte Tony höflich. Dann sagte er mit einem Blick

auf die Uhr: »Oh, unsere Zeit ist beinahe um. Schade. Ich hätte gern noch einiges über Ihre anderen Mitarbeiter gehört. Sie können doch ein so wichtiges Institut nicht nur mit diesem Nealey allein führen.«
»Er wird einen Assistenten bekommen. Außerdem gibt es noch zwei Seminarhelfer, drei Dolmetscher und vier Sekretärinnen.«
»Schön gestaffelt.«
Maclehose lachte. Seine Besorgnis über diesen Besuch von Paul Krantz' Freund war verschwunden. Der Bericht nach New Jersey würde positiv ausfallen.
»Werden die auch auf dem Grundstück wohnen?« erkundigte sich Tony. »Bißchen eng, meinen Sie nicht?«
»Sie haben vollkommen recht. Wir haben keinen Platz mehr. Im ersten Stock sind die Hausangestellten und die Lagerräume untergebracht. Nein, die werden wohl im Ort wohnen müssen.«
»Und dürfen dann früh nach Hause gehen?« Tony lächelte. »Eine angenehme Arbeit.«
»Nein, nein! Sie werden den ganzen Tag arbeiten müssen. Am Montag fangen sie an — hatte ja keinen Zweck, sie hier sitzen zu haben, bevor dieses Hämmern und Sägen aufgehört hat.« Maclehose sah auf die Uhr und gab sich Mühe, nicht die Stirn zu runzeln.
»Ich fürchte, wir halten Sie auf«, sagte Tony. »Wollen Sie sich nicht jetzt gleich verabschieden, und ich gehe Georges allein suchen?«
»Würden Sie das tun?« Maclehose streckte die Hand aus.
»Da ist er ja endlich!« Tony blickte in den Garten hinab. Georges war gelaufen, blieb aber jetzt, als er sie oben auf der Terrasse stehen sah, unvermittelt stehen und machte Tony dringende Zeichen. Er rief etwas Unverständliches, das mit einem aufgeregten »*Vite! Vite!*« endete.
Beim ersten Zeichen hatte sich Tony in Trab gesetzt und war dem verblüfften Maclehose zehn Schritte voraus. Georges, der auf dem Absatz kehrtmachte, lief den Weg zurück, den er gekommen war. Ein Gärtner, der auf einer unteren Terrasse Begonien pflanzte, hob den Kopf, erhob sich, als er die laufenden Männer sah, von den Knien und folgte Georges, den Stechspaten noch in der Hand. Ein anderer Mann — ein Handwerker im Arbeitszeug — tauchte aus einer Baumgruppe auf und stand starr, verwundert über diese Hektik. Er ließ Tony und Maclehose vorbei, ehe auch er sich bergabwärts in Bewegung setzte. Der Gärtner, jetzt auf der untersten Terrasse, hinter einer Hecke aus gestutzten Sträuchern verborgen, rief etwas. Dann stieß er einen Schrei aus — eine Warnung? Georges antwortete ebenfalls mit einem lauten Ruf.

Hinter Tony keuchte Maclehose: »Sie sind am Swimming-pool! Mein Gott – die Kinder . . .« Er setzte zu einem verzweifelten Endspurt an, rutschte eher, als er lief, den steilen Grashang hinab und landete krachend in der Hecke. Er versuchte, über die gestutzten Eiben hinwegzusehen, aber die Hecke war kinnhoch und dicht. »O mein Gott!« sagte er abermals, während Tony die Stufen zur untersten Terrasse hinab folgte. Als endlich der Swimming-pool in Sicht kam, beruhigte er sich.
Der Pool war nur zur Hälfte voll Wasser; wahrscheinlich war er am Morgen wegen der Arbeiten an der Unterwasserbeleuchtung geleert worden: Noch jetzt schlängelten sich, zum Zeichen, daß die Elektriker am Werk gewesen waren, möglicherweise immer noch waren, dicke Leitungen über den Boden. Am seichten Ende trieb, mit dem Gesicht im Wasser und steif ausgebreiteten Armen, ein Mann. Er war vollständig bekleidet, sogar mit einer Tweedjacke. Nur die Schuhe hatte er nicht an. Sie lagen unten, auf dem hellblauen Kachelboden des Pools.
Der Gärtner rief etwas in einer Mischung aus Provençalisch und Französisch. Georges übersetzte, so gut es ging. »Er sagt, das Wasser sei gefährlich – man habe ihn gewarnt, nicht auf diese Terrasse zu kommen.«
Tony starrte in den Pool. Von dem Toten war nur der Hinterkopf mit dem schwarzen Haar zu sehen. Prüfend blickte er zu Maclehose hinüber, der sprachlos dastand, die Augen in dem zu fahlem Gelb erblaßten Gesicht weit aufgerissen. Erst als am anderen Ende der Terrasse eine Frau auftauchte, erwachte Maclehose wieder zum Leben.
»Zurück, Mattie! Zurück! Tritt um Gottes willen nicht auf die Leitungen! Runter von den nassen Steinen! Zurück!«
Mattie blieb fassungslos stehen. »Chuck Kelso«, sagte sie langsam. »Das ist Chuck!«
»Ich weiß, ich weiß!« rief Maclehose wütend. »Geh wieder ins Haus, Mattie! Halt die Kinder von hier fern!«
»Die Kinder . . . aber die sind doch in der Garage. Wir haben auf dich gewartet, und ich wollte nachsehen, warum du nicht . . .«
»Laß dich von jemand anders in die Stadt fahren.«
Unglaublich, dachte Tony. Hier stehen wir alle wie festgenagelt auf der Stelle, als wäre die Terrasse ein Minenfeld, ein Mann sagt seiner Frau, daß er sie nicht in die Stadt fahren kann, und da im Wasser schwimmt ein Toter. Und vor diesem Hintergrund spulte sich eine dreiseitige Diskussion zwischen dem Gärtner, Georges und dem Handwerker ab. Der Gärtner sagte, überall lägen unter Strom stehende Kabel; der Elektriker behauptete, der Strom sei abgestellt – niemand, aber auch wirklich niemand würde am

Pool arbeiten, solange der Strom nicht abgestellt sei; und Georges versuchte eine Antwort auf eine sehr vernünftige Frage zu bekommen. »Wo ist der Hauptschalter?« fragte er immer wieder. »Wo?«
Tony ging zu dem Gärtner hinüber, nahm ihm den Stechspaten aus der Hand und schleuderte ihn ins Wasser. Er traf ohne jegliches Zischen auf und versank.
»Holen wir den Toten raus«, befahl Tony und sah sich suchend nach einem Rechen um.

*Fünfzehntes Kapitel*

»Komm, wir halten hier einen Moment an«, sagte Tony, als sie die Straße nach Roquebrune erreichten. Georges nickte, fand einen Parkplatz vor ein paar kleineren Geschäften und schaltete den Motor des Renault ab.
Keiner von beiden hatte ein Wort gesagt, seit sie von Shandon abgefahren waren. Dort war immer noch die Polizei und vernahm den Elektriker, denn das Interesse konzentrierte sich nunmehr darauf, welche Stromkreise in der Umgebung des Pools an- und welche abgeschaltet worden waren, sowie wann und warum. Der Pool selbst war nicht mehr gefährlich, die Arbeiten dort abgeschlossen. Nur ein einziger Teil mit den Scheinwerfern, die die Bäume an jener Poolseite beleuchteten, wurde noch repariert. Der Schalter für diesen kleinen Stromkreis stand auf ›ein‹. Sehr bedauerlich, dieses Versehen. Menschliches Versagen. Ein Urteil, gegen das der unglückselige Elektriker lautstarken Protest erhoben hatte. (Der Strom rings um den Pool sei den ganzen Tag abgeschaltet gewesen. Nein, er habe nicht selbst gesehen, wie er abgeschaltet wurde, er habe es lediglich vermutet. Die anderen Elektriker würden morgen wiederkommen, um das Durcheinander, das sie angerichtet hatten, zu beseitigen; seine Aufgabe sei lediglich, die Lampen auf den oberen Terrassen zu kontrollieren, und dort habe er auch gearbeitet, er habe weder etwas gesehen noch etwas gehört.)
Ja, jedermann war absolut ratlos gewesen. Und Maclehose hatte das Urteil gefällt, bei dem es vermutlich bleiben würde. »Ein Unfall, ein schrecklicher Unfall«, hatte er immer wieder gesagt. Das schien eine durchaus plausible Erklärung. Die Bäume an dieser gefährlichen Ecke der Terrasse beschirmten den Pavillon, in dem Maclehose seinen Besucher untergebracht hatte. »Offizielle Gäste werden in der Villa, unsere persönlichen Freunde im Pavillon am Pool untergebracht – Mattie hat ihnen das obere Stockwerk eingerichtet, drüben in unserem Haus war einfach kein Platz mehr für sie. Armer Kelso, er war der erste, der unser Gästehaus benutzte. Er war erst heute morgen angekommen und wollte nur über Nacht bleiben. Morgen wollte er nach Gstaad weiterfahren – er nimmt immer im Winter Urlaub –, zwei Wochen, hat er uns gesagt. Selbstmord? Lächerlich. Er war nicht deprimiert. Nachdenklich, vielleicht. Gewiß, beim Lunch war er sehr ernst, wirkte zehn Jahre älter, als ich ihn in Erinne-

rung hatte. Wollte nicht zulassen, daß wir heute nachmittag etwas für ihn planten. Er wollte auf Rick Nealey warten, erklärte er. Und anschließend wollte er seinen Bruder besuchen. Sein Bruder – großer Gott, Lawton, was machen wir nur mit seinem Bruder?«
»Sie werden es ihm mitteilen müssen«, sagte Tony.
»Ja, ja. Am besten rufe ich ihn sofort an. Gehen Sie schon?«
»Die Polizei hat unsere Namen und Adressen. Sie weiß, wo wir zu erreichen sind.« Das stimmte. Und wenn die Polizei über Tonys Hotel oder die ›Sea Breeze‹ hinaus Ermittlungen anstellte, würde sie bei einem Weingroßhandel in London und einem Journalistenschreibtisch in Paris landen.
»Ich glaube nicht, daß man Sie noch belästigen wird«, meinte Maclehose. Und ich hoffe, flehten seine angstvollen Augen, man wird die Shandon-Villa auch in Ruhe lassen. »Keine Publicity«, ergänzte er mit einem Blick auf Georges. »Je weniger, desto besser. Finden Sie nicht auch?« — »Das finde ich auch.«
»Unfälle kann es immer geben«, sagte Maclehose bedrückt. Mit einem tiefen Seufzer schüttelte er ihnen die Hände und starrte dann wieder auf die Gestalt, die man inzwischen mit einer Decke verhüllt hatte, als könne er die Krankenträger einzig durch schiere Willenskraft dazu bewegen, den Toten aus seinem Blickfeld, aus seinem Leben zu tragen.
Tony wandte sich ab, ohne ein weiteres Wort zu sagen. Zusammen mit Georges stieg er durch den Garten zum Haus hinauf.
»Unfall?« fragte Georges nachdenklich. »Ja, vielleicht war es wirklich ein Unfall. Als ich auf dem Weg zum Strand über diese Terrasse kam, war nichts zu sehen. Niemand und nichts. Nur der Pool, halb voll Wasser. Und fünf Minuten später war er dann dort – Kelso.«
»Und wenige Minuten zuvor sind zwei Männer von jener Terrasse heraufgekommen.«
»Zwei Männer? Aber ich habe niemanden gesehen . . . Oder waren sie im Pavillon?« — »Wo sonst?«
Dann erinnerte sich Georges an Tonys kurzen Besuch im obersten Stock des Pavillons, wo er nach einer Decke für den Toten gesucht hatte. »Was hast du da oben gefunden?«
»Ein Bett, auf dem ein Mann gelegen hat. Auf einem stummen Diener Krawatte und Pullover. Auf der Kommode Schlüssel und Brieftasche. Jacke zweifellos abgelegt – wer schläft schon im Jackett? Schuhe vermutlich ebenfalls. Sie haben es gerade noch geschafft, ihm die Jacke anzuziehen, für die Schuhe hatten sie keine Zeit mehr. Du hast ihnen einen Schreck eingejagt, als du zum Strand gingst, also warfen sie ihn den Pool und die Schuhe hinterher. Dann schalteten sie den Strom ein, damit es aussah,

als wäre er über ein unter Strom stehendes Kabel gestolpert und vor Schreck ins Wasser gefallen.«
»Woran ist er dann gestorben? Ich habe nichts von einer Wunde gesehen.«
»Wahrscheinlich an einer Injektion, durch die er besinnungslos wurde. Der Pool hat dann den Rest erledigt.«
»Experten.« — »Kann gut sein. Einen von ihnen habe ich erkannt. Boris Gorsky.«
»Gorsky ist hier?« Georges war sprachlos. Mein Gott, dachte er, Nealey hat wirklich erstklassige Unterstützung; er muß ein äußerst wichtiger Agent sein. Georges blickte zurück auf den stillen Garten. Hier oben war von der Aufregung und dem Wirbel unten am Pool weder etwas zu sehen noch etwas zu hören. Im Schutz der Hecke und der Bäume lag alles ruhig und sehr friedlich da. Schweigend betraten sie das Haus und durchquerten die Halle. Ein Polizist nahm die Aussagen zweier Elektriker auf. Aber von Gorsky war nichts zu sehen.
»Experten«, murmelte Georges abermals. Tonys einzige Reaktion bestand aus einem Zusammenpressen der Lippen.
Und nun, auf der Straße nach Roquebrune, als Georges den Motor abstellte und sich, mit einem Auge den Verkehr beobachtend, zurücklehnte, um weitere Instruktionen entgegenzunehmen, in Gedanken aber noch immer bei Boris Gorsky war, schreckte ihn Tony plötzlich hoch, indem er heftigen Tones sagte: »Jean Parracini — das ist unsere beste Möglichkeit. Und jetzt unsere einzige.«
Georges, dessen Gedanken immer noch um den Pool, den Toten und den Gästepavillon kreisten, starrte Tony verständnislos an.
»Er muß irgendwo in einem Winkel seines Gedächtnisses eine Information versteckt haben, die uns helfen könnte. Einen ganz kleinen Hinweis, mehr brauchen wir nicht, um Rick Nealeys wahre Identität festzustellen. Verdammt noch mal, Parracini muß doch versucht haben, diese Information auszugraben! Seine Hauptquelle in Washington — er *muß* einfach versucht haben, in Erfahrung zu bringen, wer das war!«
»Als seine Hauptquelle in Washington hat er Alexis bezeichnet«, sagte Georges.
Tony wischte das beiseite. »Uninteressant. Das hatten wir uns gedacht. Aber wer *ist* Alexis? — Rick Nealey?« Tony hielt inne, um seinen Worten Nachdruck zu verleihen. »Und wer ist der Mann, der sich Nealey nennt?«
»Und was ist dem richtigen Heinrich Nealey in Ostdeutschland zugestoßen?« fragte Georges leise. War er zum Schweigen gebracht worden wie Chuck Kelso?
Aber Tony folgte seinem eigenen Gedankengang. »Du hast mit

Gerard zusammengearbeitet, als er Parracinis Vernehmungen in Genua leitete. Hast du mit Parracini selbst gesprochen?«
»Nein. Ich habe ihn nie gesehen. Meine Aufgabe war die Zusammenstellung von Hintergrundinformationen aus allen Berichten, die Parracini uns als Palladin aus Moskau geschickt hatte. Man meinte, ich würde darin vielleicht Dinge finden, die eingehender erklärt oder vervollständigt werden müßten. Gerard hat ihn befragt. Die Ergebnisse waren zufriedenstellend.«
»Aber mit einigen Gedächtnislücken?«
»Was hattest du denn erwartet? Palladin hat uns zwölf Jahre lang Berichte aus Moskau geschickt.«
»Wie viele insgesamt?«
»Etwas über hundert — höchstens zirka neun bis zehn pro Jahr. Er war sehr vorsichtig. Hat die Berichte nicht regelmäßig geschickt und auch nie zweimal hintereinander vom selben Ort aus. Ein so willkürliches Schema erschwert die Erinnerung an kleine Einzelheiten aus zwölf Jahren.«
»Ich weiß, ich weiß.« Tony war gereizt. Nicht über Georges ärgerte er sich, sondern über Gerard. »Er hat Parracini nicht eingehend genug befragt.«
»Gerard? Er hat die Namen auf ihn losgelassen, die du ihm gegeben hast. Alexis. Oleg. Heinrich Nealey.«
»Und keinerlei Wirkung bei Parracini?«
»Keine. Außer einer fundierten Vermutung über Alexis: Er müsse jemand sein, der wichtige Verbindungen und Freunde in Washington habe; ein Mann, der alle möglichen Informationen beschaffen könne, von harten Fakten und Zahlen bis zu albernem Klatsch und Gerüchten. Er könne also ein politischer Journalist bei einer großen Zeitung sein, ein Fernsehreporter oder ein Kolumnist. Kein junger Mann — zu vernünftig, zu erfahren —, wahrscheinlich zwischen vierzig und fünfzig, nach der Altersgruppe zu urteilen, mit der er verkehre.«
»Eine fundierte Vermutung«, wiederholte Tony verächtlich. »Mehr hat Gerard nicht aus Parracini herausholen können?«
»Das klingt nicht allzu sehr nach Rick Nealey«, gab Georges zu.
»Wäre es möglich, daß es noch einen anderen Agenten . . .«
»Im Central Park waren nur zwei bei Wladimir Konov, als er überfallen wurde.«
Er hat sich wirklich in die Theorie verbissen, daß Alexis Nealeys Deckname ist, dachte Georges; und Parracinis Analyse bestätigte diese Theorie nicht. »Immer langsam, Tony.«
»Zwei waren es. Alexis und Oleg«, behauptete Tony, an allem verzweifelnd, sich selber eingeschlossen. »Einer hat die Sicherung übernommen, der andere war Konovs Agent in Washington. Welche Bezeichnung paßt auf Nealey?«

»Bist du sicher, daß er an jenem besagten Abend im Central Park war?«
»Die New Yorker Polizei hat eine Beschreibung, die auf ihn paßt. Haargenau. Außerdem hat sie ein Phantombild des dritten Mannes. Und das ist mit Sicherheit Gorsky.«
»Ach so«, antwortete Georges. »Das wußte ich nicht.«
Du hättest dir denken können, daß ich es wußte, dachte Tony. Oder hast du wirklich angenommen, daß ich blind drauflos rätsele? Er sah auf die Uhr. Inzwischen hatte Maclehose bestimmt bei Tom Kelso angerufen.
»Na schön, Georges, fahren wir weiter. Bergauf, bis du links eine Gärtnerei ›Michel‹ liegen siehst. Früher standen da gelbe Mimosen. Du kannst mich gleich innerhalb der Einfahrt absetzen.«
Georges schaltete die Zündung ein, löste die Bremse, beobachtete den Verkehr und wartete auf die erste gefahrlose Gelegenheit zum Einfädeln in die endlose Wagenkolonne.
»Vielleicht bringen wir Parracini morgen soweit, daß er sich an weitere Einzelheiten erinnert. Er hatte jetzt Zeit zum Ausruhen und Nachdenken. Und sein Gedächtnis aufzufrischen.«
»Hoffentlich.«
»Er hat eine schlimme Reise hinter sich. In der Ägäis wäre er fast bei einem Nordoststurm ertrunken; das Fischerboot, das ihn von Istanbul nach Lesbos brachte, wäre beinahe gekentert. Fast die ganze Ladung ist über Bord gegangen, und außerdem zwei Mann von der Besatzung.«
»Ich weiß, ich weiß.« Tony nahm sich zusammen, versuchte zu lächeln. »Ich bin heute sehr ungeduldig. Aber wir haben auch nicht viel Zeit. Die Shandon-Villa ist eine perfekte Szenerie für Nealeys Arbeit.« Nealey konnte an alle möglichen Informationen herankommen, echte Geheimsachen, persönliche Schwächen, leichtsinnige Bemerkungen von prominenten Männern. Ein gefundenes Fressen für die Leute von der Moskauer Desinformationsabteilung. Sie würden die Tatsachen verdrehen, aufbauschen und einem willigen Journalisten für sein nächstes Exposé über die Schikanen des Westens in den Schoß werfen. Es war heutzutage viel zu einfach, einen Keil zwischen demokratische Freunde und Verbündete zu treiben: Sie litten alle an einem Selbstzerstörungssyndrom, waren stets bereit, das Schlimmste von sich selbst und das Beste von ihren Feinden zu glauben. »Ja«, sagte er, als Georges endlich in den Verkehrsstrom einbog, »es ist eine perfekte Szenerie.«
»Und Nealey arbeitet bestimmt nicht allein. Wir werden ein ganzes Nest von Agenten finden . . .«
»Ganz zweifellos.«
»Aber wer führt sie — Gorsky?«

»Kann sein. Erfahren genug ist er.« Vielleicht aber spielte er nur den Oberbeschützer.
»Der schreckt vor gar nichts zurück, wenn er die Sicherheit für bedroht hält, nicht wahr? Kann denn Chuck Kelso wirklich ein so großes Risiko gewesen sein?«
»Du hast gesehen, was für Maßnahmen sie ergriffen haben.« Was nur bewies, daß Rick Nealey ein Agent von allergrößter Wichtigkeit war. »Noch eines: Präge dir bitte diese New Yorker Telefonnummer ein.« Langsam wiederholte Tony Brad Gillons persönliche Nummer. »Ruf ihn bitte sofort an. Sprich aber nur mit Bradford Gillon und sag ihm, daß die Nachricht von mir kommt. Berichte ihm von Chuck Kelso. Sag ihm, er soll Martin Holzheimer vergattern, daß er den Mund hält und sich einen Auftrag in Alaska verschafft.«
»In Alaska?«
»Nimm mich doch nicht immer so wörtlich, Georges. Irgendwo weit ab vom Schuß, wo er nicht auffällt. Wir müssen wenigstens diesen einen Zeugen am Leben erhalten. Ich möchte keine weiteren dieser so gelegen kommenden Unfälle riskieren.«
Die gelben Mimosen leuchteten im Sonnenlicht wie gesponnenes Gold. Georges zeigte mit dem Blinker an, daß er nach links in die Einfahrt abbiegen wollte, und Tony hatte die Hand bereits am Türgriff. Der hält nicht viel von einem langen Abschied, dachte Georges belustigt.
Aber Tony war noch etwas eingefallen. Als der Wagen unter den pudrigen Blüten der Mimosen hielt, blieb er still sitzen. »Wie sehen Parracinis Pläne aus?«
»Welche Pläne?«
»Für seine Zukunft. Er muß doch was darüber gesagt haben.«
»Ach, er will während der nächsten paar Monate ganz ruhig in Menton bleiben. Sobald es dann gefahrlos möglich ist, will er einen neuen Job annehmen. Bei uns.«
»Beim NATO-Geheimdienst? In welcher Abteilung?«
»Gerard könnte ihn wahrscheinlich gebrauchen.«
»War das Gerards Idee oder Parracinis?«
»Spielt das eine Rolle? Wer immer auch darauf gekommen ist – es war einfach ganz natürlich. Seine Tarnung als Chauffeur wird Parracini selbstverständlich beibehalten.« Georges sah Tonys Stirnrunzeln und machte einen kleinen Scherz. »Bill und Nicole werden ihm ausgezeichnete Referenzen geben.«
Aber Tony war nicht in der Stimmung für Scherze. Er ist erschöpft, dachte Georges. Dieser Besuch bei Tom Kelso ist zuviel für ihn. Er braucht ein paar Stunden Ruhe; einen Abend, an dem er sich entspannen, erholen kann. Morgen wird es ein schwerer Tag.

»Hast du Lust, heute abend in der Bar des Casinos etwas mir mir zu trinken?«
»Soll ich dich diesmal beim Wort nehmen?« Die Zurechtweisung tat noch immer weh. »Oder behalten wir einander nur im Auge?«
»Sehr aufmerksam sogar. Und im Ohr. Um acht. Okay?«
Tony stieg aus und ging auf das Haus hoch über den Olivenbäumen zu.
Georges sah die langsamen Schritte, den leicht gesenkten Kopf. Er hätte da nicht hingehen müssen, dachte Georges, als er zurücksetzte und den Renault wendete, um wieder nach Menton hinunterzufahren. Verdammt, ich hätte an seiner Stelle angerufen, kondoliert und damit basta.

Von den Olivenbäumen drang ein gleichmäßiges Geräusch herüber, ein leichtes, anhaltendes Klopfen von Holz auf Holz. Tony blieb stehen und spähte hinüber. Das Haus war nur noch fünfzig Meter entfernt, und er suchte seine erste Begegnung mit Tom und Dorothea noch hinauszuzögern. Hätte ich es ihr nicht versprochen, dachte er, ich hätte mich dieser nächsten halben Stunde bestimmt nicht gestellt. Was soll dieses Gespräch denn auch nützen? Ich kann ihnen nicht mitteilen, was ich weiß oder befürchte, kann sie nicht in diese verdammte Sache hineinziehen. Es ist sicherer für sie, für alle, wenn sie sich heraushalten und dieser Tod, der als tragischer Unfall gemeldet werden wird, einfach hinnehmen. Tom ist zu intelligent, um keine Fragen zu stellen: Darin wird mein schwerstes Problem bestehen. Und Dorothea – o Gott, ich wünschte, sie besäße keine so ausgeprägte Intuition. Wenigstens jetzt nicht.
Das unaufhörliche Geräusch der kleinen, aber festen Schläge erfuhr nicht die geringste Unterbrechung. Weit unterhalb der Einfahrt sah er ein weißes, unter einem Baum ausgebreitetes Tuch und oben, in den knorrigen Ästen, zwei mit langen Stöcken bewaffnete Männer. Was, zum Teufel, trieben die da?
»Tony!« rief Dorothea und kam ihm trotz ihrer hochhackigen Sandalen praktisch entgegengeflogen. Sie hatte sich für diesen Nachmittag schön gemacht: weißes Kleid, dessen Faltenrock beim Laufen um ihre Beine flatterte, aus einem dünnen, weichen Material, das so fließend wirkte wie der Schwung eines *chiton* auf einer alten griechischen Vase.
»Tony, wir freuen uns so, Sie wiederzusehen!« rief sie glücklich und atemlos mit strahlendem Lächeln. »Sie kommen früh, aber das ist wunderbar. Kommen Sie, kommen Sie!« Sie ergriff seine Hand und zog ihn weiter.
*Sie wissen noch nichts.* Tony blieb stehen, mied ihren Blick. Sie

wissen noch nichts. Er starrte zu den Olivenbäumen hinunter. Was nun? Sofort alles loswerden, oder warten, bis ich sie beide zusammen vor mir habe? Das war das Schlimme am Überbringen von Nachrichten: Waren es gute, erzählte man sie bereitwillig einmal und noch einmal und noch einmal; waren sie schlecht, sprach man sie lieber nur einmal aus, ganz kurz, und wünschte dann, man hätte auch das nicht tun müssen. »Was ist denn da unten los?«
»Die Männer schlagen Oliven. Sie sitzen oben in einem Baum, schlagen leicht auf die Äste, und die reifen Oliven fallen zu Boden.« Neugierig sah sie ihn an. »Stört Sie das Geräusch? Tom sagt, es geht ihm auf die Nerven. Deswegen werden wir vermutlich nicht auf der Terrasse sitzen, sondern im Haus – wirklich schade, an einem so himmlischen Tag. Kommen Sie, Sie Bummelant!« Sie zog sanft an seinem Arm und setzte ihn in Marsch zum Haus.
»Wo ist Tom?«
»Der telefoniert. Wir wollten Ihnen gerade entgegengehen, da klingelte das Telefon. Er mußte umkehren und den Anruf entgegennehmen.« Er sah auf die Uhr. Zehn Minuten vor fünf.
»Sie sind zu früh dran, und Chuck kommt zu spät. Um so besser. Tom hat nämlich ein paar Fragen an Sie, bevor er mit Chuck spricht.«
»Dorothea...«
»Typisch Chuck«, plauderte sie weiter. »Er fand auf einmal, er könne doch nicht bis sechs Uhr warten, darum rief er bei uns an und...«
»Wann?«
»Nach dem Lunch. Gegen zwei, würde ich sagen.«
»Was wollte er?« Dieser Narr, schimpfte Tony innerlich, hat doch tatsächlich von der Shandon-Villa aus angerufen; und ihnen gesagt – ja, wieviel?
Dorotheas Lächeln erlosch. »Er sagte, er werde Rick Nealey genau bis vier Uhr Zeit geben. Falls Nealey ihm bis dahin immer noch aus dem Weg gehe, werde er hierherkommen. Spätestens um halb fünf. Er sagte, er habe ein schweres Problem, ob Tom ihm dabei helfen würde. Tom habe Freunde im Geheimdienst – oder sogar Brad Gillon –, Leute, die Schritte ergreifen, die richtigen Maßnahmen treffen würden. Was für Maßnahmen, Tony?«
Sie hatten die Terrasse erreicht. Tony blieb schweigend stehen, das Gesicht abgewandt, sein ganzes Interesse scheinbar auf die Küste konzentriert, die sich unter ihnen dahinzog.
»Tony – was ist los? Ja, ich weiß. Chuck muß sich mit Rick gestritten haben. Aber weswegen?«

»Hat er Ihnen das nicht gesagt?« Hoffentlich nicht, dachte Tony. Um Nealey müssen sich die Profis kümmern, ganz gewiß nicht die Amateure.
»Er hat nur ein paar Andeutungen gemacht, aber die genügten.«
»Was für Andeutungen?«
»Über Rick Nealey. Chuck war richtig wütend auf ihn. Was kann zwischen ihnen nur vorgefallen sein? Sie haben sich immer so nahegestanden.« Sie atmete tief durch. »Aber auch schlechte Nachrichten können Gutes bewirken. Chuck brach seinen Anruf plötzlich ab; er benutzte das Telefon im Büro von Maclehose, weil sein eigener Apparat nicht funktionierte. Aber als er auflegte, klang er weniger beunruhigt, sogar erleichtert. Als Tom ihm versprach, ihm in jeder Hinsicht zu helfen, antwortete Chuck: ›Ich war ein gottverdammter Idiot. Das ist mir jetzt klar. Und es tut mir leid, Tom. Aufrichtig leid.‹ Und das, wissen Sie, war ein sehr beachtliches Eingeständnis. Ich habe noch nie gehört, daß Chuck auf diese Art gesagt hat, daß es ihm leid tut — so echt, so aus ganzem Herzen. Zum erstenmal kam er uns nicht mit seiner üblichen Routine — nur Charme und wenig Substanz. Zum erstenmal bereute er wirklich.« Sie musterte Tonys ausdruckslose Miene. »Aber das *ist* eine gute Nachricht«, behauptete sie. »Tom brauchte das. Oh, natürlich, er macht sich Sorgen um Chuck. Aber endlich ist der Kontakt zwischen ihnen wiederhergestellt. Und das ist wichtig, wissen Sie. Tom . . .« Sie unterbrach sich, wollte nicht zugeben, wie schwer diese letzten Monate gewesen waren. Und dann, immer noch ohne den Blick von Tonys Gesicht zu lassen, fragte sie leise: »Ist Chucks Nachricht denn wirklich so schlecht?« Ihre Augen wurden groß, bettelten um die Wahrheit.
Diesem direkten Blick konnte Tony nicht ausweichen. »Sie war schlimm genug, aber jetzt ist sie noch schlimmer. Es ist die schlechteste Nachricht, die es für Sie und Tom gibt. Ich wollte es Ihnen nicht sagen, nicht Ihnen allein. Aber vielleicht kennt er sie schon — falls dieser Anruf aus der Shandon-Villa kam. Chuck hat einen Unfall gehabt. Einen tödlichen Unfall.«
Sekundenlang schien Dorothea erstarrt. Dann wandte sie sich um und lief ins Haus. Die Stille drinnen lähmte Tony. Das Telefongespräch mit Shandon mußte längst beendet sein. Und Tom? Tony warf sich in einen Sessel, steckte sich eine Zigarette an und lauschte dem unablässigen Klopfen in den Olivenbäumen unten. Das war nicht sehr geschickt, dachte er. Aber wie konnte man den Angehörigen die Nachricht von einem tödlichen Unfall geschickt beibringen? Und gleich würde Tom herauskommen und, nach dem ersten Schock, Fragen stellen. (Worin er als ausgefuchster Reporter äußerst erfahren war.) Ich werde ihm, soweit

es möglich ist, alles erzählen. Von Palladins Flucht werde ich allerdings nichts erwähnen, auch nicht davon, daß er als Jean Parracini hier lebt. Es genügt, wenn Tom erfährt, daß das NATO-Memorandum aus der New Yorker Wohnung seines Bruders gestohlen wurde und in die Hände des Moskauer KGB gelangt ist; daß Nealey der einzige Mensch zu sein scheint, der an jenem Samstagabend Zugang zu Chucks Wohnung hatte. Jawohl, über Nealey werden wir sprechen müssen; dafür hat Chuck gesorgt. Doch über Mischa, Alexis und Oleg werde ich kein Wort verlieren, und zwar nicht nur aus Sicherheitsgründen. Sondern um Tom und Dorothea zu schützen.

Chuck war sich bis zuletzt treu geblieben: vergraben in seiner egozentrischen Welt, voll selbstgerechten Zorns darüber, hereingelegt worden zu sein, mit unvorsichtigen Andeutungen über den Schuldigen an seinen Problemen. Er hatte Hilfe gesucht, weil er nicht mehr weiter wußte. Und andere mit hineingezogen, sie gefährdet. – Nein, daran hatte Chuck nicht gedacht. Sonst hätte er seine Sorgen nicht bei einem Telefongespräch abgeladen. Und ausgerechnet von Macleshoses Büro aus. Wo eine rothaarige Sekretärin jedes Wort mitgehört hatte. Warum nur, warum war Chuck nicht in New York geblieben und hatte noch einmal mit Brad Kontakt aufgenommen, als ihm die Wahrheit zu dämmern begann? Vielleicht wollte er einfach nicht glauben, daß er hereingelegt worden war, bis er Gelegenheit gehabt hatte, Nealey zu stellen und eine Erklärung von ihm zu verlangen. Jedenfalls das, was Nealey ihm heute morgen auf der Fahrt vom Flughafen zur Shandon-Villa erzählt hatte, war offenbar bei Chuck nicht angekommen. Und das hatte Nealey gewußt.

Tony steckte sich eine zweite Zigarette an, die er aber wieder fortwarf. Wenn Brad Chuck nicht mit der Nase auf ein paar unangenehme Wahrheiten gestoßen hätte – und das geschah auf meine Veranlassung. Ich habe Brad vorgeschlagen, mit Chuck zu sprechen, die Fakten auf den Tisch zu legen (zwei Männer hingerichtet, andere immer noch in strengen Verhören, wieder andere versprengt, verjagt) –, ja, wenn ich Brad nicht gedrängt hätte, offen zu sprechen, Chucks Verdrängungstendenzen mit ein paar Realitäten zu überwinden, dann wäre Chuck jetzt wahrscheinlich noch am Leben. Würde in Gstaad fröhlich Ski laufen, ohne einen Gedanken an Nealey oder die Shandon-Villa zu verschwenden.

Wen kümmerte es schon, was anderen Menschen an anderen Orten zustieß? Vor allem, wenn es sich um Spionagefreaks handelte, um Irre, die sich in einem Gewirr von Drohungen und Gefahren bewegten – ihre eigene Wahl, nicht wahr? Die machten das aus Abenteuerlust oder wegen des Geldes, das wußte doch jeder.

(Man brauchte bloß die Lokalzeitung zu lesen.) Den Westen retten? Unter anderem mich selbst? Einfach lachhaft! Auswüchse krankhafter Phantasie. Wer will mich denn wohl bedrohen – kleine Männer in schwarzen Pyjamas? Hört mal zu, seht zu, daß ihr diese Angeber, diese Paranoiker loswerdet. Dann können wir alle einen schönen Profit machen, befördert werden und unser Skilaufen (oder Kegeln oder Golfspielen oder Angeln) und das Sonnenbaden (oder Dinieren oder Weintrinken oder die Frauen) genießen und bis in alle Ewigkeit in einer besseren und immer besseren Welt leben. Amen.
Tony steckte sich die dritte Zigarette an. Sie schmeckten ihm immer weniger gut.
Jawohl, Chuck könnte noch leben, wenn ich ihm nicht die Augen für die Wahrheit geöffnet hätte. (Er hat sie erkannt. Und das ist wenigstens etwas. Millionen hätten es nicht getan.) Er wäre jetzt weit von hier entfernt in der schönen Schweiz. Und heute, bei meinem Besuch in der Shandon-Villa, wäre Nealey zur Stelle gewesen, um mich überall herumzuführen, ganz Lächeln und lauter Unschuld, nicht wahr? Doch Boris Gorsky wäre nicht dort gewesen. Jedenfalls nicht in Sichtweite.
Und ich hätte nichts erfahren und noch weniger gewußt.
Nicht, als ob ich jetzt allzu viel wüßte. Doch jetzt werde ich dieses Wissen verwenden. Das bin ich Chuck Kelso schuldig.
Hinter sich hörte er Toms Schritte auf der Terrasse. Er stand auf und wandte sich ihm zu.

## *Sechzehntes Kapitel*

Der Sonnenuntergang hatte eingesetzt, mit leuchtendem Zinnoberrot und Gold vor einem amethystfarbenen Himmel. Die Olivenbäume, knorrige Gespenster, die sich aus dem tiefer werdenden Schatten emporreckten, wirkten friedlich. Unten auf Cap Martin war das dichte Laubdach zu einem massiven Block tiefer Schwärze vor einem helleren Meer geworden. Die Luft war inzwischen frisch und kühl, aber die beiden Männer schritten immer noch ins Gespräch vertieft auf der Terrasse auf und ab. Dorothea, die nicht nur von der Abendbrise, sondern ebensosehr wohl auch von Tonys Nachricht fröstelte, hatte sich längst in den warmen Wohnraum der Michels zurückgezogen.
Tom war ruhig, gefährlich ruhig. Vom ersten Moment an, da er auf die Terrasse herausgekommen war, hatte er sich eisern in der Hand gehabt. Seine ersten Worte an Tony waren kalt, völlig emotionslos. »Wie hast du von Chucks Tod erfahren?«
»Ich war gerade in der Shandon-Villa.«
»Hast du gesehen, wie es passiert ist?«
»Das hat niemand gesehen.«
»Erzähl mit alles, was du weißt. Genau.«
Und das tat Tony.
Dann kamen die Fragen. Und Antworten. Und lange Pausen. Und weitere Fragen. Und nun, als die Sonne bereits gesunken, Farbe und Wärme verschwunden waren, hielt Tom in seiner Wanderung inne und starrte auf das düstere Bild hinab.
»Und wer«, fragte er schließlich, »wird nun mit Nealey abrechnen?«
»Wir.«
»Aber wie? Ihr habt in diesen letzten Monaten nicht gerade viel Erfolg gehabt.«
»Wir hatten nicht genügend stichhaltige Beweise, um ein offizielles Eingreifen zu rechtfertigen. Keine Zeugen, die wenigstens einige meiner Behauptungen in den Bericht über Nealey bekräftigten.«
Grimmig entgegnete Tom: »Und deinen besten Zeugen hast du jetzt verloren. Holzheimer – falls du ihn dazu bringen kannst, zu sagen, was er weiß – könnte höchstens angeben, daß Nealey an ihn herangetreten ist, ihn mit meinem Bruder zusammengebracht hat und zugegen war, als der erste Teil des Memorandums übergeben wurde . . . Wo ist das überhaupt geschehen?«

»Holzheimer hat seinem Redakteur die Adresse genannt: die Wohnung direkt unter Chuck. Nealey verbrachte dort seine Wochenenden. Aber das reicht immer noch nicht als Beweis.«
Und als Tom, von Gefühlen übermannt, das Gesicht verzog, sagte Tony: »Wir haben möglicherweise eine Spur.« Und Parracini *muß* ganz einfach damit rausrücken, dachte er. »Mehr kann ich dir im Augenblick nicht sagen, Tom. Es ist auch nicht nötig. Eher besser.«
»Ich werde morgen zur Shandon-Villa fahren, mich dort umsehen und Maclehose ausfragen.«
»Du wirst keine Informationen bekommen . . .«
»Aber vielleicht ein paar Einzelheiten. Das ist mein Job, Tony. Von Maclehose erwarte ich mir nicht viel. Er hat mich ja heute nicht mal angerufen. Hat sich gedrückt.«
»Ja, aber wer . . .«
»Rick Nealey. Das Mädchen für alles. Jawohl, dieser Schweinehund rief mich tatsächlich persönlich an, um mir zu sagen, daß mein Bruder tot ist.«
»Großer Gott!«
»Ich hab' ihn reden lassen. Weißt du, was ich glaube? Er wollte herausfinden, wieviel ich von Chuck erfahren habe. Er hat sogar von dem Streit gesprochen, den sie heute vormittag hatten. Wegen eines Mädchens – Katie nannte er sie –, alles nur ein Mißverständnis. Er mache sich Vorwürfe, weil er seine Termine heute nicht abgesagt habe und bei Chuck geblieben sei, ihm alles erklärt, ihm die Wahrheit klargemacht habe.« Mit der Faust schlug Tom sich in die Innenfläche der anderen Hand, so übermächtig wurde auf einmal seine Wut. »*Seine* Formulierung. Die Wahrheit klargemacht.«
»Und was hast du gesagt?«
»Spielt das eine Rolle?« fragte Tom bitter.
»Möglicherweise.«
»Ich habe gesagt: ›Sie Schwein!‹ Und habe aufgelegt.«
Tony schwieg. Nealey hatte Tom in einem Moment erwischt, da er völlig wehrlos war.
»Du meinst, das war nicht besonders klug von mir«, sagte Tom, auf einmal widerborstig. »Aber das ist Nealey wirklich. Er ist ein . . .«
»Ich weiß, ich weiß. Ich bin ganz deiner Meinung. Ich hätte wahrscheinlich eine noch schlimmere Bezeichnung für ihn gehabt.«
»Du nicht, Tony. Du hättest ihm keinen Haken gegeben, an dem er seinen Verdacht aufhängen kann. Natürlich wird er jetzt vermuten, daß ich zuviel weiß. Also wollen wir mal sehen, wie weit er sich damit vorwagt.«

»Reize ihn nicht, Tom.«
»Wie soll ich ihn sonst zu einem falschen Schritt bewegen?«
»Das wirst du nicht tun!«
»So ist's richtig«, entgegnete Tom. »Überlaßt nur alles den lieben Profis. Und was haben die bisher erreicht?«
Unvermittelt machte sich Tonys Erschöpfung bemerkbar. Sein Ton wurde scharf. »Diese Frage solltest du deinen lieben Kollegen stellen. Wer hat denn die öffentliche Meinung gegen eure Profis aufgehetzt? Nichts als Denunziationen, Anschuldigungen, Enthüllungen, Vorwürfe – wie sollen sie dabei arbeiten können?« Er wandte sich ab. »Ich muß in die Stadt zurück. Am besten bestelle ich mir ein Taxi.« Er ging ins Wohnzimmer. An der Terrassentür blieb er stehen. »Es tut mir leid, Tom. Vergiß, was ich gesagt habe.«
Tom antwortete nicht, drehte sich nicht einmal um. Er stand da, starrte auf die Lichter der Bucht hinab, hörte nichts, sah nichts.

Das Telefon fand Tony ohne Mühe. Es stand noch immer auf dem alten, gebrechlichen Tisch aus dem achtzehnten Jahrhundert, den er von damals kannte, als er eine Woche als Gast hier gewesen war. Solange hatte ihn sofort zur Arbeit herangezogen; sie fand, Gäste müsse man beschäftigen. Die Täfelung an der gegenüberliegenden Wand zeugte davon. Er hatte das Holz gestrichen, und Michel hatte ihm den letzten Schliff verliehen, indem er es mit einem schmutzigen Lappen einrieb. Antiquieren, hatte Solange die Prozedur genannt.
»Weißt du«, sagte Dorothea, als sie leise neben ihm Platz nahm und sein Interesse an der Täfelung bemerkte, »das hat Solange selbst gemacht. Sie ist wirklich geschickt in diesen Dingen.«
»Das ist sie wirklich.« Er schlug das Telefonbuch auf und mußte tatsächlich lächeln. Außerdem war es eine Erleichterung, daß Dorothea offensichtlich eine tränenreiche Szene vermeiden wollte. »Das ist vernünftig«, lobte er sie, weil sie das dünne Kleid mit einem dicken Pullover und einer warmen Tweedhose vertauscht hatte.
»Ich bin fast erfroren.« Sie musterte seine Miene. »Ich habe eben Kaffee gemacht. Richtig schön heiß. Und Sandwiches. Ich glaube, Sie könnten beides gut gebrauchen.«
Es war zwanzig nach sieben, wie er zu seinem Schrecken feststellte. Die halbe Stunde, die er für seinen Besuch angesetzt hatte, war bei weitem überschritten. »Ja, vielen Dank. Ich werde einen Kaffee trinken, während ich auf mein Taxi warte.«
»Sie brauchen kein Taxi. Wir fahren Sie nach Menton runter.«
»Kommt gar nicht in Frage.« Er warf einen Blick auf die Terrasse hinaus.

»Tom bleibt oft allein da draußen. Keine Sorge. Bitte. Und, Tony, ärgern Sie sich nicht über das, was er gesagt hat. Er hat es nicht so gemeint. Er . . . er hat oft diese Stimmungen.«
Tony konzentrierte sich auf das Wählen der Telefonnummer.
»Tom hat einen viel zu schweren Tag hinter sich, um jetzt noch Auto zu fahren.«
»Er muß ohnehin nach Menton hinein.«
»Warum?«
»Zur Polizei. Man hat ihn gleich nach dem Gespräch mit Rick Nealey angerufen.«
»Es reicht doch, wenn er morgen mit der Polizei spricht. Bis dahin wissen sie auch mehr über . . .« Er brach ab, als sich der Taxistand vor dem Casino meldete. (Einen Wagen für halb acht, zuverlässig, am Tor der Gärtnerei Michel in Roquebrune. Nachttarif, selbstverständlich, und überdies bei Pünktlichkeit ein gutes Trinkgeld.)
»Das meinte die Polizei auch. Aber Tom will nicht warten. Er war schon immer ein Mann der Tat.« Sie seufzte. »Diese letzten Monate waren schwer für ihn.«
Und für dich? dachte Tony. Er dachte an ihre erste Begegnung heute, unten bei der Markthalle. Eine unglückliche Frau, hatte er sich gesagt. »Kommen Sie, trinken wir den Kaffee.« Und ich esse vielleicht auch ein Sandwich, ihr zuliebe. Außerdem hatte sie recht: Er konnte es brauchen.
»Rick Nealey . . .«, begann sie, als sie am Küchentisch Platz nahmen, und schwieg dann wieder.
Tony wappnete sich. Wieder Fragen, wieder Antworten. Die einzige Möglichkeit, damit fertig zu werden, war wohl, sich mitten hineinzustürzen, alles kurz und vorsichtig und – vor allem – allgemein zu formulieren. »Er hat während der letzten neun Jahre in Washington gearbeitet.«
»Als feindlicher Agent?«
Sie hatte also entweder Gesprächsfetzen von der Terrasse mitbekommen oder ihre eigenen Beobachtungen zusammengezählt. Er zuckte die Achseln.
»Und er ist nie entlarvt worden?« Das schockierte sie zutiefst.
»Er ist sehr gut in seinem Job.«
»Gut? Wie können Sie das sagen? Er ist ein Ungeheuer!«
»Für uns – ja, da gehört er zu den bösen Buben. Für unsere Gegner ist er ein Held, und wir sind die Verbrecher. Es kommt immer drauf an, auf welcher Seite man steht.«
»Aber Sie können das, was er getan hat, doch nicht billigen!«
»Nein. Wenn ich das täte, wäre ich nicht an ihm interessiert.«
»An dem Tag, als wir uns in der Halle des Statler trafen – waren Sie ihm da gefolgt?«

»Offen gestanden, bis ich ihn dort entdeckte, habe ich ihn überhaupt nicht gekannt. Sie selbst haben mir erst gesagt, wer er ist. Erinnern Sie sich?«
»Ja, aber Sie *waren* an ihm interessiert. Sofort.« Sie sah ihn ärgerlich an. »Warum haben Sie der CIA nichts gesagt?«
»Damit die noch einmal vor einem Untersuchungsausschuß erscheinen müssen, weil sie in innenpolitische Angelegenheiten eingegriffen haben?«
»Dann wenigstens das FBI . . .«
»Von dem Tag im Statler an, bis er Washington verließ, hat Nealey keinen Mucks mehr von sich gegeben. Keine verdächtigen Telefongespräche, kein Kontakt mit zweifelhaften Personen. Ein anständiger Staatsbürger, der seiner Beschäftigung nachgeht.«
Ihr Ärger verrauchte, hinterließ Verwirrung. »Aber wie können solche Dinge passieren? Der kalte Krieg ist doch vorüber.«
»Eine Frage der Terminologie. Man kann einen Kohlkopf als Rosenstrauß bezeichnen, aber er riecht und schmeckt immer noch nach Kohl. Heutzutage gibt es zuviel Theorie und zuwenig Praxis. Unsere eigene Schuld: Wir akzeptieren immer wieder Worte und ignorieren Aktionen.«
»Sie tun das nicht.«
»Darum bin ich auch ein besonders böser Bube. Und – es tut weh, das auszusprechen – nicht nur für die andere Seite.«
»Ja«, gab sie zu. »Früher hielt ich Sie für einen . . . einen . . .«
»Anachronismus? Eine Art Fälschung? Wie diese auf antik gequälte Täfelung, billiges Fichtenholz auf alte Eiche getrimmt?«
»Nein, nicht für eine Fälschung«, widersprach sie rasch. »Das bestimmt nicht. Ich dachte nur, Sie hätten unrecht, absolut unrecht . . . Eine Vergeudung geistiger Qualitäten.«
»Ich bin ein ziemlich guter Weinkenner. Rechtfertigt das meine Existenz?«
»Ach, Tony!« Beinahe hätte sie gelächelt, unterdrückte das Lächeln aber und runzelte die Stirn. Die Tränen waren nicht allzu weit entfernt.
Beunruhigt sagte Tony: »Ich wollte nicht . . .«
»Sie haben auch nicht. Es ist nur, ich . . . ich komme mir so mies vor. Wegen Chuck. Ich habe immer an ihm herumkritisiert . . . Nein, nicht offen. Aber ich habe so oft Negatives von ihm gedacht, vor allem, wenn Tom immer wieder eine Entschuldigung für ihn . . .« Sie schüttelte den Kopf. »Chuck mochte mich aber auch nicht sehr. Jetzt wünschte ich, es wäre anders gewesen. Und ich werde immer glauben, ich hätte . . .«
»Nein, das werden Sie nicht immer glauben!« entgegnete er. »Jeder Mensch fühlt sich schuldig, wenn jemand, der ihm nahe-

stand, unerwartet stirbt. Mit der Trauer kommt stets die Reue. Der letzte Tribut. Aber bitte keine finsteren Gedanken, Dorothea: Sie sind keine morbide Natur. Außerdem, würden Sie damit Tom helfen? Was meinen Sie, wie schuldig er sich jetzt wohl fühlt?« Er stand auf. »Halten Sie Tom bitte zurück, Dorothea. Verhindern Sie, daß er etwas Unbedachtes tut. So etwas endet gewöhnlich katastrophal.« Er hob ihre Hand an die Lippen. Dann ging er hinaus.
Er verließ das Haus durch die Fenstertür des Wohnzimmers. Die Terrasse lag im Dunkeln. Tom rief ihm zu: »He, warte, Tony! Ich fahre dich nach Menton runter.« Stimme normal, freundlich. Erleichtert blieb Tony stehen. Tom legte ihm den Arm um die Schultern. »Warum bleibst du nicht zum Abendessen?«
»Geht leider nicht. Ich muß eine Verabredung einhalten. Außerdem platze ich fast vor Sandwiches und Kaffee. Du könntest auch etwas zu essen gebrauchen.«
»Dann laß mich dich schnell fahren.«
»Vielen Dank, Tom. Aber das Taxi muß jeden Moment kommen. Es wird unten am Tor auf mich warten.« Tony ging mit Tom zusammen gelassen und freundschaftlich zur Einfahrt hinüber.
»Aha, keine direkte Verbindung mit diesem Haus, wie?« Damit zog Tom die richtige Schlußfolgerung.
Er hat sich erholt, dachte Tony; er benutzt jetzt seinen Verstand, statt Spielball seiner Emotionen zu sein. »Ist doch besser, meinst du nicht?«
»Ist dir etwa jemand gefolgt?«
»Hoffentlich nicht.«
»Ich möchte wissen, wie viele es sind.«
Er hat sich viel zu gut erholt, dachte Tony.
»Wer hat den Unfall arrangiert?« fuhr Tom fort. »Rick Nealey nicht. Er muß Helfershelfer gehabt haben.«
»Die treiben sich hier irgendwo in der Gegend herum. Ein Grund mehr zur Vorsicht für dich, alter Freund. Paß auf, daß Dorothea nichts passiert, ja?« Er nahm Toms Hand. »Seid vorsichtig — alle beide!«
»Ich bringe dich ans Tor.«
»Nicht mal das«, antwortete Tony. Ein letzter Händedruck, der beide endgültig beruhigte, und Tony ging.
Wohin? überlegte Tom, als er zum Haus zurückkehrte. *Eine Verabredung einhalten.* Geschäftlich oder zum Vergnügen? Nein, bestimmt nicht zum Vergnügen, nicht heute abend. Etwas Geschäftliches, das mit Nealey zu tun hatte? Der beschäftigte Tony heute besonders stark. *Wir haben möglicherweise eine Spur.* Tonys Worte. War es das, was er ausfindig machen wollte? Möglicher-

weise eine Spur . . . Tom ging eilig in die Küche. »Hör zu, Thea«, sagte er, »ich glaube, ich fahre doch jetzt sofort nach Menton runter. Dann hab' ich's wenigstens hinter mir.«
»Aber . . .«
»Ich mag nichts essen. Am besten, ich höre mir gleich an, was die Polizei zu sagen hat.« Er nahm sie in die Arme und küßte ihr besorgtes Gesicht. »Schließ aber bitte hinter mir ab. Alles. Und geh nach oben. Da ist es gemütlicher. Du wirst doch allein zurechtkommen, nicht wahr?«
»Selbstverständlich«, antwortete sie erstaunt.
»Ich mache so schnell, wie es nur eben geht.«
»Mußt du überhaupt fahren? Heute abend?«
»Ja.« Er ging ebenso eilig, wie er gekommen war.
Gehorsam verschloß sie die Küchentür, die Haustür und die Terrassentür. Im Arbeitszimmer suchte sie nach einem Buch zur Bettlektüre. Kein einziges auf englisch, alles französisch. Das Fernsehprogramm war schwarz-weiß, eine Diskussion feierlicher Romanciers, die des langen und breiten ihre Meinung darlegten. Französische Intellektuelle redeten in Abschnitten, nicht in Sätzen. Sie nahm ›Time‹ und ›Newsweek‹, machte fast alle Lichter aus und ließ nur ein paar für Toms Rückkehr brennen.
Und dann brach sie, mit einem letzten Blick auf die einsamen Zimmer, die leere Terrasse, in Tränen aus. Ich will nach Hause, ich will nach Hause.

Unten beim Tor schwangen Scheinwerfer in die Einfahrt herein, hielten an und ließen, als das Taxi wendete, ihre weißen Lichtbalken einen weiten Halbkreis über die Blumenbeete beschreiben. Gleich darauf setzte der Wagen sich in Richtung Stadt in Bewegung. Tom saß bereits in seinem Fiat, der Motor lief. Langsam rollte er den Hang hinab. Er wußte, was Tony sagen würde. Oder vielleicht wurde er auch so wütend, daß ihm die Worte in der Kehle steckenblieben. Doch jetzt, dachte Tom, muß ich selbst die Initiative ergreifen. Ich will nicht da oben auf der Terrasse sitzen, von nichts wissen und noch weniger tun.
Nachdem er das Tor hinter sich hatte, ließ er alle Vorsicht beiseite, bis er die Rücklichter des Taxis wiedersah. Von nun an hielt er sich in sicherer Entfernung. Von der Küstenstraße an der Westbucht von Menton aus bog das Taxi nach links ins Stadtzentrum ein. Jedoch nicht weit. Es setzte Tony kurz vor der englischen Kirche ab, an der Ecke des Platzes, falls man ihn so bezeichnen konnte. Denn in Wirklichkeit handelte es sich lediglich um einen freien Raum zwischen zwei Avenuen, der mit seinen Blumenbeeten eine reizvolle Umrahmung für den Eingang zum Casino bot.

Tom fand einen Parkplatz und stellte den Wagen ab. Was nun? Sein erster Impuls war verflogen; er kam sich töricht vor, war unsicher. Dennoch stieg er aus dem Wagen – bis zum *Commissariat de Police* konnte es von hier nicht allzu weit sein – und schlenderte langsam auf die Kirche zu.

Jetzt, außerhalb der Saison, war Menton bei Dunkelheit menschenleer. Um zehn Minuten vor acht befanden sich kaum Passanten auf der Straße. Tony war auf der gut beleuchteten Straße deutlich zu sehen. Und das heißt, daß man mich ebenso deutlich sehen kann, ermahnte sich Tom. Als kleine Schutzmaßnahme schlug er seinen Kragen hoch – das war übrigens nötig, bei dem kalten Wind, der vom Meer herüberblies – und starrte in ein Ladenfenster. Als er einen weiteren Blick riskierte, sah er, daß Tony die Straße überquerte, ein paar Stufen emporstieg und verschwand.

Das Casino? Unmöglich! Tom ging ihm ungläubig nach. Aber ja, es *war* das Casino! Zunächst war er von schockierter Fassungslosigkeit beherrscht, dann von einem Gefühl der Frustration. Verdammt noch mal, da gehe ich nicht hinein, sagte er sich mit grimmiger Miene, während er um die Ecke der Kirche bog und an dem Taxistand, den Blumenbeeten und den Palmen vorbeischritt. Er war also hinter Tony her nach Menton hineingejagt und hatte überhaupt nichts erreicht. Im letzten Moment hatte er gekniffen. Ein absolut irrationales Verhalten. Aber er war nicht in der Stimmung für eine Welt voll Spaß und Spiel. Seine Gefühle waren noch zu schmerzlich, zu unberechenbar. Er mußte sie unbedingt unter Kontrolle bringen, seinen Verstand wieder in Gang setzen; so, wie ihm jetzt zumute war, konnte er kein Polizeirevier betreten.

Als er ein Stück die Avenue entlanggegangen war, blieb er stehen und blickte zum Casino zurück. Selbst wenn er seine Gefühle unterdrückt hätte und dort hineingegangen wäre – was hätte er damit erreicht? Was hätte er dort getan? Er wäre viel zu sehr aufgefallen; der Spielbetrieb hatte noch nicht begonnen. Dies war nicht Monte Carlo mit seinen Spielautomaten, wo, wie in Las Vegas, vom frühen Nachmittag bis zum Morgengrauen ganze Busladungen von Menschen eintrafen. Nein, sagte er sich jetzt, ich hätte überhaupt nichts erreicht, nur unnötige Komplikationen heraufbeschworen.

Tony war nicht zum Vergnügen dort; Tony war heute abend rein geschäftlich unterwegs. Und er hatte keinen Teil daran. Doch selbst jetzt erwachte in Tom vorübergehend ein wenig von dem alten Bedürfnis, zu wissen, zu helfen, zu handeln. Er zögerte. Verfluchte dieses Gefühl der Nutzlosigkeit. Wandte sich ab. Ging weiter.

Das *Commissariat* lag ein Stück weiter zu seiner Rechten, irgendwo in der Umgebung dieser Avenuen. Hier gab es nur wenig Menschen; alle aßen ihre *bonne petite soupe*. Bei dem Gedanken an essen wurde ihm noch immer übel; etwas ganz anderes als Hunger nagte an ihm. Nun, wenigstens Richtung und Entfernung hatte er richtig eingeschätzt: Das Polizeirevier lag genau dort, wo es liegen mußte. Und es war offen: Gerade kam ein Besucher heraus. Die Gestalt, im hellen Licht der Straßenlaternen deutlich zu sehen, kam ihm vertraut vor. Automatisch duckte sich Tom hinter eine Reihe geparkter Autos, die modernen Barrikaden der Wildweststädte. Er hoffte, ein durchaus normales Bild zu bieten: Ein Mann, der sich ein wenig bückt, um seinen Wagen aufzuschließen. Denn die Gestalt, jung, gut gekleidet, blond, die jetzt eilig die breite Straße überquerte, war Rick Nealey.
Tom verharrte so regungslos, daß er keinen nervösen Blick auslöste. Nealey hatte einen schwarzen Citroën neuester Bauart erreicht und wartete auf einen Mann, der aus einem wenige Meter weiter geparkten Auto stieg. Die Begegnung verlief kurz. Nur ein paar Sätze wurden gewechselt. Mehr nicht. Schon nach drei bis vier Minuten kehrte der Unbekannte zu seinem Wagen zurück, und Nealey bestieg den Citroën.
Tom, der an seinen mehrere Blocks entfernt geparkten Fiat dachte, schalt sich einen Dummkopf: Er konnte keinem von beiden folgen, konnte nur beobachten. Dennoch fühlte er sich exponiert, probierte die Wagentür, an der er stand, und fand sie unverschlossen. Er glitt, den Kopf immer tief gebeugt haltend, auf den Fahrersitz.
Nealeys Citroën kam vorbei, fuhr Richtung Westen. Nach Cap Martin? Der andere Wagen – ein grüner Opel – kam vorbei und bog nach links in die Avenue ab, die in die Gegend des Casinos führte. Wenigstens kann ich den Unbekannten in dem grünen Opel mit dem Nummernschild aus Nizza beschreiben: Aus der Ferne war er ungefähr von meiner Größe, aber schwerer und mit sehr breiten Schultern; aus der Nähe waren seine Gesichtszüge kraftvoll, sein Haar dunkel. Wer, zum Teufel, mag das sein?
Nachdenklich überquerte Tom die Straße und betrat das *Commissariat*.
Er wurde überaus höflich empfangen, mit genau dem richtigen Quantum offizieller Anteilnahme. Morgen werde man mehr über den tragischen Tod seines Bruders wissen. Ja, es habe den Anschein, als handele es sich möglicherweise um einen höchst bedauerlichen Unfall, einen tragischen Irrtum von irgend jemandem, dessen schuldhaftes Verhalten noch festgestellt werden

müßte. Inzwischen möge Monsieur Kelso doch bitte erwägen, welche Arrangements er getroffen sehen wolle: Einäscherung oder Beerdigung hier, oder vielleicht lieber Überführung in die Vereinigten Staaten und Beisetzung dort? Es gebe ortsansässige *agences,* die derartige Dinge auf das Perfekteste zu regeln verstünden. *De rien, monsieur.* Doch eines noch: Er könne nunmehr den Koffer mit den Sachen seines Bruders übernehmen, darunter Brieftasche, Manschettenknöpfe, Terminkalender, Armbanduhr, Reiseschecks, Schlüssel mit Schlüsselring, Flugreservation für morgen in die Schweiz, Zimmerreservation Hotel Post in Gstaad — alles intakt, alles sorgfältig in dreifacher Ausfertigung auf dieser offiziellen Polizei-Inventarliste aufgeführt. Bitte, Monsieur Kelso möge alles prüfen und dann hier unterschreiben. *Merci, monsieur. A demain.*
»Bis morgen«, antwortete Tom ebenfalls. Seine Stimme klang tonlos, unnatürlich, seine Bewegungen waren langsam und unsicher. Er stand an der Tür, Chucks Koffer in der Hand, und zögerte. Da ist noch was, sagte er sich, da ist noch was . . . »War Mr. Nealey vielleicht hier? Aus der Shandon-Villa?«
»Aber gewiß, der Assistent des Direktors. Er wollte sich natürlich nach den Ergebnissen unserer Ermittlungen erkundigen. Er fürchtete, der Tod Ihres Bruders könne Selbstmord gewesen sein. Doch bei den Reiseplänen Ihres Bruders für morgen . . .«
Ein typisch französisches Achselzucken deutete an, daß diese Selbstmordtheorie nicht sehr wahrscheinlich war. Anschließend ein tolerantes Lächeln, das die nächste Bemerkung mildern sollte: »Vielleicht fürchtet Monsieur Nealey aber auch die negative Publicity, unter der die Shandon-Villa möglicherweise zu leiden haben wird. Doch er darf auf unsere Diskretion rechnen. Heute waren zwei Beamte in der Villa, er machte sich Sorgen darüber, was sie wohl weitererzählen würden. Wir konnten ihm jedoch die Namen und Adressen der Herren geben. Er beabsichtigt, sie aufzusuchen und ihnen freundlich die Notwendigkeit absoluten Schweigens darzulegen. Schließlich beginnen in der Shandon-Villa nächste Woche die Sitzungen.«
Tom fragte bitter: »Wollte er nicht auch noch die Leiche sehen?«
Schockiertes Schweigen. Dann milder Vorwurf. »Monsieur Nealey wollte nur auf jede mögliche Art und Weise helfen. Er erbot sich sogar, Ihnen den Koffer Ihres Bruders zu bringen, um Ihnen diese Mühe zu ersparen.«
»Aber das«, entgegnete Tom mühsam auf französisch, »war natürlich ausgeschlossen. Denn Sie brauchen ja meine Unterschrift.«
»Und Sie selbst hatten zugesagt, hierherzukommen. Also ist Monsieur Nealey gegangen.«

Kann ich mir denken, dachte Tom. Er wollte mir hier auf keinen Fall begegnen. Doch dies bewies wenigstens, daß die Polizei tüchtig war: Sie hatten Chucks Habseligkeiten aus Shandon entfernt, bevor Nealey sie durchsuchen und feststellen konnte, ob sie etwas enthielten, das für ihn gefährlich war. Was, zum Teufel, hatte er zu finden erwartet? Oder gehörte es zu seiner Ausbildung, daß er sich stets vergewissern mußte?
»Recht vielen Dank«, sagte er zu dem Polizei-Sergeant, einem Mann mittleren Alters mit rundem Gesicht, Hängeschnauzbart und freundlichen braunen Augen. »Sie haben mir sehr geholfen. Vielen Dank.«
»*De rien, monsieur*. Und es tut uns sehr leid . . .«
»Ja«, sagte Tom und ging.

Er verschloß Chucks Koffer im Gepäckraum des Fiat, ehe er auf den Fahrersitz stieg. Dann schaltete er die Zündung ein, schaltete sie aber sogleich wieder aus. Volle zehn Minuten blieb er so sitzen, im dunklen Wagen – den Kopf gesenkt, in tiefe Trauer verloren. Als er schließlich den Kopf wieder hob und die erleuchtete Straße entlangblickte, sah er, daß jetzt Menschen das Casino betraten. Wenige, aber genug. Er würde nicht mehr auffallen.
Er steckte die Autoschlüssel ein, stieg aus und ging los. Die Begegnung Nealeys mit seinem Kontaktmann, deren Zeuge er vorhin gewesen war, löste in Tom ein Gefühl der Dringlichkeit aus. Nealeys Schritte waren zu schnell, zu unmittelbar gekommen, um nicht ein Warnsignal zu sein. Okay, dachte Tom, ich höre auf diese Warnung. Er betrat das Casino.

## Siebzehntes Kapitel

Es war kurz vor acht Uhr. Der Hauptsaal des Casinos war hell erleuchtet und so gut wie leer. Sieben Personen insgesamt, alle Angestellte des Casinos: eine Frau in einer Glaskabine am anderen Ende der Halle neben dem Kino; eine junge Platzanweiserin, die gerade erst zum Dienst kam; vier Croupiers, jung, hochgewachsen, schlank, im dunklen Anzug, zu je zweien an den beiden nebeneinanderliegenden Spieltischen; ein fünfter Mann, ähnlich gekleidet, ähnlich im Auftreten, verantwortlich für die *Salle privée*. Der Speisesaal, direkt gegenüber — Tony war stehengeblieben, ein natürlich wirkendes Innehalten nach der Treppe, die vom Foyer in den Saal hinaufführte —, lag ebenso still: nur drei Tische waren besetzt. Und die Bar direkt zur Linken? Tonys Besorgnis wuchs, als er sie betrat. Ebenfalls leer — das heißt, bis auf den Barkeeper, der Gläser polierte, und zwei Männer, einer davon an der Bar, der andere an einem Ecktisch. Zwei: nicht schwer zu zählen. Fast hätte Tony laut aufgelacht.
Er blieb gleich am Eingang stehen und wartete, bis seine Augen sich nach der hellen Beleuchtung in der Halle an diesen kleinen Raum mit der schummrigen Mondscheinatmosphäre gewöhnt hatten. *Très chic, très moderne,* aber im Grunde beunruhigend. Er brauchte mindestens eine halbe Minute, bis er in dem Mann, der an der Bar hockte, Georges erkannte.
Sollen wir wirklich, nur für den einen Fremden sowie den Barkeeper, so tun, als ob wir uns nicht kennen, und uns, wie versprochen, nicht aus den Augen lassen?
Die dämmrige Beleuchtung war gleichmäßig verteilt und machte es daher möglich, daß man schon bald die Sehfähigkeit wiedererlangte. So erkannte Tony dann auch gleich den Mann, der an dem Ecktisch, mit Blick auf den ganzen Raum, saß. Er trug zwar einen grauen Straßenanzug statt, wie am Nachmittag, Arbeitskleidung, besaß aber immer noch dasselbe helle Haar, dieselben scharfen Gesichtszüge und den etwas froschäugigen Blick des Elektrikers, der mit Boris Gorsky von den unteren Terrassen des Shandon-Gartens heraufgekommen war. Und, dachte Tony, er hat mich erkannt. Nicht nur mich, sondern sicherlich auch Georges.
»Ja, hallo!« sagte er laut und trat zu dem jungen Franzosen an die Bar. »Tut mir leid, daß du warten mußtest. Ich konnte keinen Parkplatz finden.«
Georges wandte sich um und starrte ihn verblüfft an.

Gelassen bestellte Tony einen Tio Pepe. »Willst du lieber an der Bar hockenbleiben, oder wollen wir es uns bequem machen? Da drüben ist es viel gemütlicher.« Er ging voran zu einem der niedrigen, von vier weichen Sesseln flankierten Tischen. Von hier aus hatte man, wie er gehofft hatte, einen ausgezeichneten Blick sowohl auf den Eingang zur Bar als auch, darüber hinaus, auf einen Teil des Hauptsaals — den für Tony wichtigsten Teil, direkt an der Treppe, die vom Foyer heraufführte. Man sah jeden, der kam oder ging.

»Viel besser!« erklärte Tony, der sich in den Sessel warf, der dem Eingang zur Bar zugewandt war, und deutete mit einem fast unmerklichen Nicken auf den Sessel unmittelbar zu seiner Linken. Von dort aus konnte Georges nicht nur den Mann hinten in der Ecke beobachten, sondern außerdem, wenn er den Kopf wandte, den Bareingang. Und, was ebenso wichtig war, sie konnten sich gedämpft unterhalten, ohne daß es unnatürlich wirkte, denn sie hatten keinen Tisch zwischen sich.

»Dann woll'n wir es uns mal gemütlich machen und was Schönes trinken, bevor wir zum Dinner rübergehen. So ein Stadtbummel macht einen doch wirklich müde. Hast du schon Pläne für morgen? Aber bitte irgendwohin, wo ich nicht zu Fuß laufen oder klettern muß!« So redete er weiter, bis sein Sherry kam, doch nach und nach wurde sein Ton immer leiser, bis er eine Lautstärke erreichte, bei der weder der Barkeeper noch Froschauge mithören konnten.

Georges hatte Tonys Taktik sehr schnell erfaßt. Aber er hatte sich immer noch nicht von seinem anfänglichen Schock erholt.

»Du mußt verrückt sein, Tony«, lautete seine erste Bemerkung. »Wir sitzen hier doch wie zwei entzündete Daumen, die so rot leuchten, daß man sie fast im Dunkeln sieht.«

»Wir würden mehr auffallen, wenn wir nicht beieinander säßen. Siehst du den Mann da in der Ecke? Der hat dich vermutlich gesehen, als du beim Swimming-pool von Shandon warst.«

»Wie — war der etwa mit Gorsky zusammen?« fragte Georges leise.

»Und wie!«

Georges' Miene war ernst, die Lippen hatte er fest aufeinandergepreßt. Gorsky war ein Name, der ihm nur allzu gut bekannt war. Den Mann selbst hatte er jedoch nur einmal gesehen. In der Gorsky-Akte gab es jedoch genug, um das Gesicht unvergeßlich zu machen.

»Lachen wir lieber ein bißchen, wie? Hast du neue Witze auf Lager?« So ist es besser, dachte Tony, als Georges ein äußerst überzeugendes Lächeln auf sein Gesicht zauberte. »Was hast du unten am Strand entdeckt? Kann ein Boot dort anlegen?«

»Ein Ruderboot. Höchstens. Es gibt nur eine ganz kleine Anlegestelle. Und am Ufer ist das Wasser sehr flach.« Während er sprach, war Georges mit den Blicken einem Pärchen gefolgt, das die Bar betrat – eine willkommene Gelegenheit, den Mann in der Ecke zu betrachten. Es war eine kurze, aber gründliche Musterung. »Felsen zu beiden Seiten des Strandes. Vermutlich Besitzabgrenzungen. Der Strand selbst steinig, ein romantischer, aber unbequemer Badeplatz. Der Anlegesteg liegt in seichtem Wasser – keineswegs einladend zum Tauchen.«
Dann muß also alles, was größer ist als ein Ruderboot, weiter draußen ankern, dachte Tony; und wer zum Strand will, muß – falls Shandon sein Ziel ist – ein Dingi benutzen. Aber würde Parracini sich wirklich so große Mühe machen? Und ein guter Seemann war er auf keinen Fall; er war zeit seines Lebens eine Landratte gewesen. Außerdem hatte er nicht genug Geld, um sich ein Motorboot und die dazugehörige Besatzung zu mieten. Und, dachte Tony, ich kann mir einfach nicht vorstellen, daß Parracini ganz um Cap Martin herumrudert, um sein Ziel zu erreichen. Deshalb wird er mit dem Wagen zur Shandon-Villa fahren müssen, und das dürfte ihm auch nicht so leichtfallen. Vielleicht gibt er seine Absicht wieder auf; oder vielleicht habe ich mich überhaupt geirrt, vielleicht hat er nie diese Absicht gehabt. Und ich habe mir unnötige Gedanken gemacht. Immerhin muß sein Haß auf Shandon ziemlich groß sein: Er hat eine hohe Rechnung mit Nealey zu begleichen.
»Hast du Brad Gillon in New York erreicht?«
»Alles erledigt. Ich habe mich sogar über Lyon mit Brüssel in Verbindung gesetzt.«
»Wirklich?« Tony war beeindruckt. »Dann bist du also voll einsatzfähig? Rasche Arbeit.«
Georges nickte. Am Vormittag hatte er seine gesamte Spezialausrüstung von der ›Sea Breeze‹ in sein neues Zimmer in der Altstadt gebracht, denn eine gute, sichere Verbindung mit Brüssel war von allergrößter Bedeutung. Er musterte zwei weitere Paare, die die Bar betraten. »Die da ist 'ne Wucht«, behauptete er von einer der Damen.
»Es wird tatsächlich langsam besser. Die beiden entzündeten Daumen wirken allmählich normal. Die Schwellung ist zurückgegangen.«
»Hoffentlich findet das der Kerl in der Ecke auch. Einen komischen Platz hat er sich ausgesucht. Sehen kann er da bestimmt nicht viel.«
»Ich vermute, daß Froschauge gar nicht die Halle beobachten will.« Gott sei Dank, denn Parracini kann jeden Moment eintreffen. Ein paar Leute gingen schon zum Kino hinüber.

»Wartet er, bis jemand mit ihm Kontakt aufnimmt?«
»Und verhält sich still, bis er das Zeichen bekommt. Weißt du was? Er sollte sich wirklich die Schilddrüse operieren lassen, bevor ihm die Augen ganz aus dem Kopf fallen.«
Georges lachte spontan laut auf. Interessant, dachte er, daß Tonys Aufmerksamkeit nie weit von dem großen Saal draußen abschweift. »Erwartest du jemand?«
»Ja, jeden Moment. Unser Freund Jean geht heute abend ins Kino.«
Jean Parracini? Georges wandte den Kopf wie zufällig der Halle zu, als er sich eine Zigarette anzündete. »Das gefällt mir nicht«, sagte er leise. Ein viel zu großes Risiko, dachte er und wandte sich wieder von der Halle ab. Direktes Starren war nicht erlaubt.
»Oh, er wird nicht allein kommen. Er bringt Bernard und Brigitte mit, Bills treue Köchin und den Butler.« Und sie waren wirklich treu. Loyal und vertrauenswürdig. Ihre Schwäche war jedoch, daß sie zu wenig wußten. Lediglich, daß Bills Haushalt und Bills Gäste, so welche kamen, geschützt werden mußten. Parracini war ein Mann, der Russisch sprach und Französisch lernte: soviel war klar. Parracini war ein wichtiger Mann: soviel hatte man ihnen gesagt. Palladin dagegen war ein Name, den sie nie gehört hatten. Aber das hatten wenige.
»Bitte recht freundlich, Georges. Die Kameras sind auf uns gerichtet.« Inzwischen waren einige weitere Personen in die Bar gekommen. Bis jetzt war noch keiner der Tische am Eingang besetzt, doch bald schon konnten Tony und Georges regelrecht umzingelt sein, und das würde einen weiteren Informationsaustausch einigermaßen schwierig gestalten.
»Es gefällt mir immer noch nicht«, beharrte Georges. »Warum kann dieser verdammte Narr nicht zu Hause bleiben? Dort ist er weitaus sicherer.«
»Und langweilt sich zu Tode. Würdest du auch, nicht wahr? Außerdem ist er überzeugt, daß er jeden täuschen kann. Er hat sich äußerlich völlig verändert. Erstaunlich.«
»Ach so, und jetzt will er seine Verwandlung an den Kinobesuchern ausprobieren. Aber ich wünschte . . .« Georges brach ab.
»Ich ebenfalls. Vielleicht können wir ihm morgen ein bißchen Vernunft beibringen. Ist das Boot fertig?«
»Alles in Ordnung. Emile schläft an Bord.«
»Hast du Funkkontakt mit ihm?«
»Selbstverständlich. Der Wetterbericht für morgen ist nicht besonders, aber es soll besser werden . . .«
»Da sind sie.«
Tonys Blick verließ die drei Neuankömmlinge in der Halle sofort wieder, und er musterte kritisch seinen Sherry.

Georges prägte sie sich alle drei ein: ein hellhaariger Mann mit beginnender Glatze; mittelgroß; eine Frau mit kurzem rotem Haar, gemustertem Kleid und Strickjacke; ein ebenfalls mittelgroßer Mann, gebräunt, dichtes, dunkelbraunes Haar, schwarzer Schnauzbart. Beide Männer trugen blaue Anzüge, weiße Hemden, schwarze Krawatten. Georges schüttelte den Kopf und leerte sein Glas. »Ich gebe auf.«
»Der Dunkelhaarige.«
Völlig anders als auf dem Foto, dachte Georges. Völlig anders. In Genua war Parracini blond gewesen, mit schütterem Haar, rundem, fleischigem Gesicht und schwerer, ja korpulenter Figur.
»Nicht einmal eine Brille trägt er mehr.« Georges flüsterte jetzt nur noch. »Kontaktlinsen?«
»Die Wunder der modernen Wissenschaft«, antwortete Tony. »Du solltest hinausgehen und ihn dir näher ansehen. Aufpassen, daß er heil und sicher ins Kino gelangt.«
»Ganz bis hinein?« fragte Georges.
»Wäre vielleicht ganz gut, wenn wir wissen, wo sie sitzen. Möglicherweise gesellen wir uns später zu ihnen.« Und als Georges ihm einen kurzen Blick zuwarf, fuhr Tony fort: »Warum nicht? Bis der Film aus ist, haben wir anderthalb Stunden Zeit. Und die verbringen wir wahrscheinlich besser dort als hier.« Und, sehr schnell: »Paß auf, ob sie beschattet werden.«
Das ist es also, dachte Georges, der bereits aufgestanden war, sich nun entschuldigte und in die Halle hinausging. Wir dienen als zusätzlicher Schutz für Parracini. Und diesmal fand Georges ausnahmsweise nicht, daß sich der alte Tony (neun Jahre älter als Georges mit seinen dreißig) allzu viele Sorgen machte. Georges war immer noch ein wenig erschüttert über Parracinis Selbstsicherheit, obwohl ein Kinobesuch der Angestellten des Garavan House eigentlich ganz normal wirken mußte: Köchin, Butler und Chauffeur gehen an ihrem freien Abend aus.
Er holte sie ein, als sie gerade an den Roulette- und Baccarattischen vorbeikamen. (Bisher waren noch keine Kunden dort.) Brigitte klagte bereits über die Kälte, während die beiden Männer in ihren schönen, warmen Jacken über die Deckenbeleuchtung diskutierten. Parracini wirkte vollkommen normal und schien den Menschen, die an ihm vorübergingen, überhaupt keine Beachtung zu schenken. Er spielte seine Rolle hervorragend, mußte Georges zugeben. In der Tasche nach Kleingeld suchend, schob er sich so dicht an Parracini heran, daß er das neue Gesicht deutlich sehen konnte. Nicht wiederzuerkennen. Beruhigt ging Georges ihnen voraus in den Kinoraum, spürte die kalte Luft in seinem Nacken und fragte sich, wie lange es Brigitte in ihrem Kleid und der leichten Strickjacke wohl aushalten würde.

Die Bar war jetzt sehr gut besucht, am Tisch neben Tony saßen zwei Männer. Das mußte ja irgendwann kommen, dachte er; wenn Georges wieder da ist (vier Minuten fort, geben wir ihm zehn, bis Parracini & Co. es sich bequem gemacht haben), werden wir nur noch über Onkel Joes Gallenoperation oder das Wetter, diesen ewigen Nothelfer, sprechen können. Wobei mir einfällt, daß der Wetterbericht für morgen laut Georges nicht allzu vielversprechend ist. Hoffen wir, daß eine bewegte See Parracini nicht völlig von unseren Fragen ablenkt — oder *uns* von der Auswahl der richtigen Fragen, die seine Erinnerung auffrischen könnten.
Er muß mehr über Alexis wissen, als ihm bis jetzt eingefallen ist. Man muß nur alle Tiefen und Winkel seines Gedächtnisses erforschen; das müssen wir alle dann und wann. Jawohl, ich bin überzeugt, daß er mehr weiß, als ihm selber klar ist. Oder habe ich mich zu sehr in die Überzeugung verbissen, daß er uns über Alexis zu Rick Nealey führen kann? Nein. Ich glaube nicht. Warum?
Nun, was hätte ich zum Beispiel getan, wenn ich Palladin gewesen wäre? An jenem Tag in Moskau, als die Katastrophe auf mich zukam? Als ich wußte, daß mir nur noch die Flucht blieb? Meine Pläne wären seit langem ausgearbeitet, ich wäre auf einen derartigen Notfall vorbereitet. Was hätte ich in der Zeit getan, die mir noch blieb, ehe ich diese Pläne ungefährdet in die Tat umsetzen konnte? (Durch die Verzögerung, mit der Palladins Alarmsignal uns erreichte, *wissen* wir, daß mehrere Tage vergangen waren, bis er sich ungefährdet nach Odessa absetzen konnte. Es war nicht so, daß er das NATO-Memorandum zusammen mit Alexis' Bericht erhalten und einfach umgehend das KGB-Amt verlassen hätte. Er hatte Ruhe bewahrt, den Bericht vermutlich umgeleitet, um sich ein paar Tage Luft zu verschaffen; keinerlei Anzeichen von Panik, die Argwohn auslösen konnten, keine überstürzte Flucht.)
Wie hätte ich also diese letzten drei bis vier Tage in Moskau genutzt?
Es ist natürlich leicht, zu sagen, wie ich reagiert hätte. Ich sitze hier in einer ruhigen Bar und nicht in einem KGB-Büro, wo ich ringsum von wachsamen Augen belauert werde. Immerhin, als Palladin hätte ich einige Dinge ganz automatisch getan. Schließlich wäre ich ein Spitzenagent mit einem unfehlbaren Gefühl für lebenswichtige Informationen, und mächtig genug, um es wenigstens zu versuchen. Ich hätte ganz zweifellos jede nur mögliche Einzelheit über diesen Alexis in Washington in Erfahrung gebracht, den Mann, der meiner Karriere ein Ende gesetzt und alles zerstört hat, was ich in zwölf Jahren aufgebaut habe. Diese

Details hätte ich mitgebracht. Nicht nur eine ›fundierte Vermutung‹, sondern knallharte Informationen, selbst wenn es sich um Bruchstücke gehandelt hätte. Alles ist wichtig. Das ist der erste Leitsatz für einen guten Ermittler. Und das warst du, Palladin. Eine fundierte Vermutung ... Diese Formulierung ging Tony nicht aus dem Sinn. Alexis war ein Mann mittleren Alters, wie? Ein Washingtoner Reporter oder Kolumnist? Aber hör mal, Palladin, du warst einer der besten Agenten vor Ort, die wir jemals gehabt haben. Als Parracini jedoch machst du mich noch ...
Tony wurde aus seinen Gedanken gerissen. Der Mann, der jetzt die Bar betrat und direkt zu dem Ecktisch hinüberblickte, ohne zu warten, bis seine Augen sich an das schummrige Licht gewöhnt hatten, war Boris Gorsky.
Während Froschauge sich gehorsam erhob — das Geld für seinen Drink plus die obligatorischen fünfzehn Prozent Trinkgeld lag bereits abgezählt auf dem Tisch —, machte Gorsky langsam kehrt und ließ dabei den Blick über die anderen Tische wandern. Tony saß regungslos, ganz und gar uninteressiert, ein Bild der Langeweile. Seinen ersten Impuls, die Zigarette unter den Tisch fallen zu lassen und sich danach zu bücken, hatte er unterdrückt. Das war ein allzu offensichtliches Manöver, das Gorskys Argwohn ihm gegenüber nur neue Nahrung geben würde. Was hat er bisher gegen mich in der Hand? überlegte Tony. Daß ich ständig dort auftauche, wo ich unerwünscht bin? Ich hoffe sehr, daß das alles ist. Ich hoffe zu Gott, daß das alles ist ...
Gorsky war, Froschauge in einiger Entfernung hinter sich, wieder hinausgegangen. Sie schlenderten, weiterhin getrennt, dem anderen Ende des Saales zu und waren bald von Tonys Platz aus nicht mehr zu sehen. Eine neue Sorge bewegte Tony, machte ihn nervös: Irgendwie hatten sie das Unmögliche geschafft. Gorsky wußte, wer Parracini wirklich war. Er hatte Palladin gefunden. Aber wie?
Haben wir einen Verräter unter uns?
Nein, das konnte nicht sein ... Bill, Nicole — beide absolut undenkbar. Bills treue Bedienstete? Unwahrscheinlich. Irgend jemand näher am Ball, wie Georges oder Emile? Ausgeschlossen. Gerard, der im fernen Brüssel die Berichte über das Unternehmen Parracini bekam? Oder einer seiner Untergebenen, ein Assistent seines Vertrauens? Verdammt noch mal, dieser Gorsky macht mich zu einem Paranoiker, der mit Verdächtigungen um sich wirft wie mit Luftschlangen bei der Silvesterfeier.
Tony winkte dem Barkeeper und bat um die Rechnung. Sinnlos, länger hier herumzusitzen. Er mußte es selbst sehen. Vielleicht waren seine Sorgen unbegründet; vielleicht war Gorsky gar nicht wegen Parracini hier.

»Sie haben Ihren Sherry ja gar nicht getrunken«, sagte der Barkeeper. »War er vielleicht zu trocken für Sie, Sir?« Nur ein Connaisseur weiß trockenen Sherry zu schätzen, deutete sein Verhalten an.
»Ich habe einen Schluck probiert.« Und das war genug gewesen.
»Von beiden«, fügte Tony lächelnd hinzu.
Der Mann verstand die Ironie nicht, zählte schweigend das Wechselgeld hin.
Keine Beschwerde, mahnte sich Tony. Er würde mir doch nicht glauben, daß jemand versehentlich zwei verschiedene Sherrys miteinander gemischt hat, einen Amontillado mit einem Tio Pepe, und vermutlich dachte, das spiele weiter keine Rolle, schließlich seien beide trocken und beide hell. Wer würde so was schon bemerken?
Viel wichtiger ist jetzt, dachte Tony, als er in die Halle hinaustrat, daß ich Georges auftreibe, ihn informiere und dann Gorsky unter Beobachtung halte. Jetzt kann ich froh sein, daß es ein ruhiger Abend hier im Casino ist. Kein Gedränge, das uns diese Aufgabe nur erschweren würde.
Gorsky mußte sich ein paar *jetons* gekauft haben: Er befand sich in einer kleinen Gruppe, die sich um den geöffneten Roulettetisch scharte. Und Georges wollte, ebenfalls völlig gelassen, gerade wieder zur Bar zurückkehren.
Tony blieb stehen, um sich eine Zigarette anzustecken, und überließ es Georges, zu ihm herüberzukommen. »Gorsky ist hier.«
Georges erstarrte. »Dann gibt es Ärger.«
»Noch ärgerlicher wäre es, wenn er und Froschauge ins Kino gegangen wären. Wo ist Parracini?«
»Am Mittelgang, dritte Reihe von hinten. Rechts, wenn man hineinkommt.«
»Laß Gorsky nicht aus den Augen. Am Roulettetisch. Erkennst du ihn? Er trägt . . .«
»Ich kenne ihn. Ich identifiziere nicht alle Gegner nur nach Fotos«, antwortete Georges. Vielleicht veranlaßte ihn die plötzliche Verschärfung der Situation zu dieser leicht gereizten Entgegnung.
»Dann kennt er dich auch.« Tonys Stimme klang besonders sanft.
»Nicht unbedingt. Bei dieser Pressekonferenz in Paris über die Vietnam-Friedensgespräche war Kissinger von mindestens hundert Journalisten umgeben. Gorsky nannte sich damals Zunin und war angeblich ein Vertreter von TASS. Er hatte keinen Grund, sich für mich zu interessieren.«
»Aber du hattest Grund, dich für ihn zu interessieren.«

»Er hat diese Entführung in West-Berlin organisiert . . .« Georges vergaß Berlin. Er sah an Tony vorbei. »Da ist gerade jemand gekommen. Sehr unsicher. Beobachtet dich. Beinahe einsachtzig, dunkles, an den Schläfen graues Haar, zerfurchtes Gesicht, helles Tweedjackett.«
Kelso? Tony sah sich vorsichtig um und begegnete Tom Kelsos Blick. »Halt du die Stellung«, wandte er sich an Georges. »Achte genau auf Gorsky. Ich komme so schnell wie möglich zurück; es dauert höchstens ein paar Minuten.«
»Ist was passiert?«
»Hoffentlich nicht. Aber es muß was Wichtiges sein.« Sonst wäre Tom Kelso nicht hier. Nicht heute abend. Und er war nur eben so lange geblieben, bis Tony ihn bemerkt hatte. Inzwischen war er, während Tony die Stufen in das kleine Foyer hinunterschritt (nur keine Hast, nicht laufen), bereits zur Haupttür hinaus und auf die Straße. Die Avenuen und Straßen rings um das Casino waren ruhig; es gab kaum Autoverkehr und noch weniger Menschen; helle Straßenlaternen über leergefegten Trottoirs, eine Kleinstadt, die früh schlafen ging. Tom hielt seinen Vorsprung ein. Er war auf die Seite der englischen Kirche hinübergewechselt und ging weiter, ohne sich umzudrehen und nachzusehen, ob Tony noch immer hinter ihm war. Und Tony hielt sich auf dieser Straßenseite; er wollte Tom nicht einholen, ehe er nicht ziemlich sicher war, daß sich niemand für sie beide interessierte. Doch anscheinend tat das niemand. Weder ein später Bummler noch ein Verfolger in Sicht. In einiger Entfernung hinter der Kirche blieb Tom an seinem Wagen stehen und stieg ein. Innerhalb von Sekunden schlüpfte Tony auf den Beifahrersitz.
»Sauber«, lobte Tony. »Aber ich kann nicht mit dir herumfahren und reden. Ich muß zurück . . .«
»Es dauert nicht lange. Vielleicht ist es auch gar nicht so wichtig, wie ich meine. Aber ich muß es dir mitteilen.« Und ohne ein weiteres Wort zu verschwenden, gab Tom ihm ein kurzes Resümee von allem, was er an diesem Abend bei seinem Besuch auf dem *Commissariat de Police* gehört und gesehen hatte. »Die Art, wie Nealey hinter eurer Adresse her war, kam mir nun doch ein bißchen zu zielsicher vor.«
»Wir werden ihnen eine Enttäuschung bereiten. Vielen Dank für die Warnung, Tom. Und für die anderen Informationen.« Boris Gorsky fuhr also einen grünen Opel mit Nizza-Zulassung? »Sie sind äußerst nützlich.«
»Was wollten die bloß mit Chucks Koffer? Soweit ich sehen konnte, enthält er nichts Interessantes. Weder Briefe noch Dokumente. Nicht mal ein Tagebuch – nur eine Art Terminkalender.«

»Sieh dir den bitte ganz genau an«, sagte Tony.
»Nach was, meinst du, soll ich suchen?«
»Nach allem, was dir irgendwie auffällt. Du hast einen guten Blick dafür, Tom. Ich rufe dich später an, gegen Mitternacht. Wenn irgend möglich.«
»Du kannst mich anrufen, wann du willst. Ich bleibe auf.«
»Noch eines. Wenn Brad Gillon dich von New York aus anruft, und das kann jetzt jeden Moment sein – ja, wir haben ihn über Chuck unterrichtet –, dann bitte ihn, sich eingehend mit Katie Collier zu beschäftigen. Das FBI muß ihre Telefonrechnung überprüft haben. Brad soll feststellen, welche Gespräche *an den Wochenenden* von ihrer Wohnung aus geführt wurden.«
»Von Nealey?« erkundigte sich Tom rasch.
»Eine Möglichkeit wär's. Tut mir leid, dich heute damit zu belasten, Tom. Aufrichtig leid.«
»Laß nur. Ich brauche eine Beschäftigung. Sei vorsichtig, Tony.«
Tony lächelte. »Du kennst mich doch, alter Freund«, sagte er, stieg aus und machte sich auf den Rückweg zum Casino. Die leeren Straßen wirkten unverdächtig, deswegen machte er keinen Umweg, sondern beeilte sich. Sechzehn Minuten war er jetzt fort; Georges schwitzte wahrscheinlich schon vor Nervosität.

Georges kam ihm entgegen, als er die Casinohalle betrat. »Gott sei Dank!« stöhnte er erleichtert. »Es geht los. Ich habe gar nicht Augen genug, um alle gleichzeitig zu beobachten. Sie haben das Kino bereits verlassen.«
»Parracini und die anderen?«
»Brigitte wollte unbedingt raus. Sie äußerte ihre Beschwerden über eine beginnende Lungenentzündung laut und deutlich. Jetzt wandert sie im Saal umher, um sich ein bißchen aufzuwärmen, während Bernard den Wagen holt, um sie dann alle nach Hause zu fahren.«
»Und Parracini?«
»Der wandert ebenfalls umher. Zum Teufel mit ihm!«
»Gorsky?«
»Eifrig ins Roulette vertieft. Sein Freund spielt am anderen Tisch.«
»Dann gehen wir mal dort hinüber. Übrigens, Gorsky hat mein Hotel entdeckt. Und die ›Sea Breeze‹. Laß dich also dort heute nacht lieber nicht blicken. Hast du irgendeinen von deinen niedlichen Tricks an Bord gelassen?«
»Nichts, außer Emiles Sender-Empfänger, den Kontakt mit meinem Quartier. Wenn ich zu Hause bin, werde ich ihn sofort warnen.«
»Tu das. Wo ist Parracini?« Tony konnte ihn nirgends entdek-

ken. Die rothaarige Brigitte stand jetzt allein, zog die Strickjacke enger um sich und machte ein so ängstliches Gesicht wie ein verlassenes Waisenkind.
»Er war da drüben, bei den großen Fenstern – vor einer Minute erst. Mit Brigitte.« Georges' Miene war ebenso nervös wie seine Stimme.
»Wir hätten es gesehen, wenn er hinausgegangen wäre«, entgegnete Tony beruhigend, aber auch sein Magen zog sich nervös zusammen. Dann entspannte er sich ein wenig. »Ich sehe ihn.« Und der Verzweiflung nahe fügte er noch hinzu: »Ich könnte ihm den Hals umdrehen!«
Georges folgte der Richtung von Tonys Blick und entdeckte voll Schrecken Jean Parracini, wie er sorglos um die Tische strich. Roulette schien ihn zu faszinieren. Er blieb stehen, fand einen Platz in der kleinen Gruppe der Zuschauer, lauschte den Rufen der Croupiers und beobachtete interessiert den Lauf der Kugel.
»Komm, kiebitzen wir auch ein bißchen«, meinte Tony. Aber nicht zu dicht bei Gorsky, und immer schön hinter ihm, damit wir nicht auffallen. Und als Tony sich eben gratulierte, weil er einen Platz gefunden hatte, wo er sehen konnte, ohne gesehen zu werden, trat Parracini in Aktion.
Er erreichte Gorsky. Machte halt. Stand neben ihm. War scheinbar vertieft in Gorskys Spiel. Beugte sich zu ihm hinunter, um ihm ein paar freundliche Ratschläge ins Ohr zu flüstern. Es folgte ein kurzer, aber liebenswürdiger Wortwechsel. Alles scheinbar ganz beiläufig, alles absolut natürlich, sogar das beiderseitige höfliche Lächeln. Gorsky spielte weiter, konzentrierte sich auf seinen Gewinn. Und Parracini wandte sich mit einer letzten Bemerkung ab, ließ den Blick über die Zuschauer wandern. Sowohl Georges als auch Tony, die wie die anderen Neugierigen, die sich um den Tisch drängten, anscheinend ganz und gar in das Spiel vertieft waren, bestanden die Prüfung. Parracini musterte sie weder näher, noch schenkte er ihnen einen zweiten Blick. Sondern schlenderte davon, um Brigitte zu suchen.
Zwischen Tony und Georges entstand ein sehr langes Schweigen.
Georges beendete es schließlich. »Ich glaube, jetzt ist der Himmel eingestürzt«, sagte er.
Tony konnte nichts erwidern. Er war sprachlos. Zusammen schlenderten sie zum anderen Ende des Saales hinüber.
»Einen Drink?« schlug Georges vor, als sie zur Bar kamen.
Tony schüttelte den Kopf. »Wir gehen.«
»Sofort?«
»Sofort.« Tony stieg als erster die Treppe hinab.

## *Achtzehntes Kapitel*

Sie kamen aus dem Casino in die kühle Nachtluft hinaus. Die Straßen wirkten verlassener denn je, obwohl es eben erst halb zehn geworden war. Tony blieb einen Moment stehen und atmete tief durch, um sein inneres Gleichgewicht wiederzufinden.
»O Gott«, sagte er, »was für ein Dummkopf war ich doch!«
»Wir alle«, gab Georges zurück. »Und du«, fügte er reuig, aber offen hinzu, »warst es noch am wenigsten von uns.« Da habe ich nun, dachte er, heute nachmittag Gerard von Tonys eindeutigen Zweifeln berichtet; und Gerard war überzeugt, daß Tony voreilige Schlüsse über Parracinis Vernehmungen in Genua zieht. Gerards letzte Bemerkung hatte sehr bitter geklungen: *Lawton ist nicht ganz zufrieden? Ach nein! Oder ist er vielleicht zu sehr darauf aus, möglichst schnell eine Lösung für sein Nealey-Problem zu finden?*
Aber Tony war nicht in der Stimmung für Manöverkritik. Nach jener kurzen Pause auf der Treppe des Casinos hatte er einen energischen Schritt angeschlagen, war links die Avenue entlanggegangen und in die erste Straße eingebogen, die zum Meer hinunterführte.
Sie überquerten die Küstenstraße und gingen auf der Promenade weiter. Sollen sich unsere Gemüter hier abkühlen? fragte sich Georges. Doch nach einer kurzen Strecke in der Salzluft am menschenleeren Strand kehrte Tony wieder in die Stadt zurück. Er will feststellen, ob uns jemand folgt, dachte Georges; soviel war klar. Aber davon abgesehen? Sie hatten sich nicht weit vom Casino entfernt, hatten es im Grunde nur umkreist. Falls niemand sich für sie interessierte – und Georges war sicher, daß das niemand tat –, war dies der beste Zeitpunkt, dort Posten zu beziehen, wo sie den Casino-Eingang im Auge hatten.
»Wir können Gorsky beobachten«, meinte Georges, das lange Schweigen brechend. »Wir könnten uns in den Wagen setzen. Ich habe ihn nicht weit von hier geparkt . . .«
Tony wehrte sofort ab. »Heute nicht.« Seine aufgewühlten Gefühle hatten sich wieder beruhigt, die wirren Gedanken ordneten sich. Wenigstens wissen wir jetzt, daß das Schlimmste eingetroffen ist, dachte er. Immerhin ein Ausgangspunkt.
»Soll er glauben, daß er gewonnen hat?« Das war Georges gar nicht recht, auch wenn es Gorsky ein falsches Sicherheitsgefühl verleihen würde.

»Warum nicht?« Wir müssen erst Bestandsaufnahme machen, beschloß Tony. Feststellen, wo wir stehen. Dann erst handeln.
»Damit lassen wir uns eine erstklassige Chance entgehen. Eine zweite Gelegenheit, herauszufinden, wo er sich verkrochen hat, ergibt sich bestimmt nicht so bald.«
»Sollen wir das Risiko eingehen, seinen Verdacht zu verstärken?«
Aber Georges ließ nicht nach, fand gute Gründe, seinen Vorschlag zu verteidigen. »Heute abend haben wir bestimmt nicht dazu beigetragen. Im Casino haben wir nicht das geringste Interesse an ihm gezeigt. Warum sollten wir auch nicht dort sein? Wir sind Touristen. Und unser Besuch in der Shandon-Villa war ebenso begreiflich. Wir haben Gorsky keinerlei Verdachtsgründe geliefert ...«
»Dann wollen wir auch dafür sorgen, daß er möglichst lange ahnungslos bleibt.« Das wird zwar nicht mehr sehr lange so sein, dachte Tony. Wieviel hat er über meine Aktionen im Dezember in New York tatsächlich in Erfahrung gebracht? Oder im Shandon House in New Jersey, oder in Washington selbst? Sein Ton wurde schärfer. »Verdammt noch mal, Georges, du bist wirklich schwer zu überzeugen.«
»Dann sind wir zwei.«
»Ich sage dir, vergiß Gorsky. Vorerst jedenfalls.«
»Wie können wir das? Er hat die Leitung des Unternehmens.«
»Nein. Denk mal an die Szene am Spieltisch.«
»Ach so«, antwortete Georges mit einer Andeutung von Ironie. Die aber doch zunahm. »Und warum hat Parracini dann den Kontakt aufgenommen? Hier bin ich, Sir. Melde mich zum Dienst. Haben Sie neue Anweisungen für mich?«
Eine Protokollfrage? Tony unterdrückte ein Lächeln. »Er hatte keine andere Wahl. Wo ist dein Wagen?«
»Steht in der nächsten Straße«, sagte Georges steif und ging voran. Aber er dachte weiter über die Szene nach. Doch, es stimmte, Parracini war gar nichts anderes übriggeblieben, als den ersten Schritt zu tun: Er war eher aus dem Kino gekommen, als alle erwartet hatten; er hatte nur sehr wenig Zeit – fünf bis sechs Minuten höchstens –, bis Brigitte ihn wiederfand.
»Er ist gut«, mußte Georges zugeben. »Er ist flexibel. Entschlossen. Läßt sich von unvorhergesehenen Veränderungen eines Planes nicht verwirren. Aber das beweist immer noch nicht, daß er ranghöher ist als Gorsky.«
»Wer von den beiden hatte das letzte Wort?« Tony wartete die Antwort nicht ab, sondern bestieg den Wagen, als wolle er damit der Diskussion ein Ende machen.
Parracini – jawohl, Parracini. War es ein letzter Ratschlag gewe-

215

sen? Ein Befehl? »Wenn das zutrifft . . .«, begann Georges und hielt wieder inne. Die Vorstellung, daß Parracini so wichtig sein sollte, war immer noch zu erschreckend, um glaubhaft zu sein. Wen haben wir da nur alle beschützt – Bill, Nicole, die anderen? Wen haben wir aufgemuntert, umsorgt, verwöhnt, über wessen Sicherheit haben wir uns den Kopf zerbrochen? Jawohl, dieser Witz geht auf unsere Kosten, ein äußerst bitterer Witz . . . Georges setzte sich hinter das Lenkrad und rührte sich nicht. Er starrte ins Leere. Wer den Schaden hat, braucht für den Spott nicht zu sorgen: Alle werden uns auslachen, wenn das bekannt wird. Und Gerard wird vielleicht plötzlich feststellen, daß seine Karriere – eine gute Karriere – unvermittelt beendet ist.
»Wenn das zutrifft«, wiederholte Georges, jetzt aber weniger zweifelnd, »dann leitet Nealey hier nur das Unternehmen Shandon-Villa. Und Parracini ist – unter anderem – hier, um Nealey zu beaufsichtigen. Und Gorsky, von der Abteilung Sondereinsatz, sorgt für die notwendige Sicherheit.« Und das bedeutete, daß die Shandon-Villa von weit größerer Bedeutung für die zukünftigen KGB-Pläne war, als er oder Tony jemals geahnt hatten. »Weißt du«, gab er freimütig zu, »wenn du dich nicht so in Nealey verbissen hättest, wären wir niemals auf dies alles gestoßen. Eine verteufelte Situation.«
Tony hatte aufmerksam die Straße vor und hinter ihnen beobachtet. Sie schien so sicher zu sein wie jede andere, durch die sie in den letzten zehn Minuten gewandert waren: höchstens zwanzig Personen waren sie begegnet, einigen vereinzelten Pärchen, die nach Hause strebten, einem gelegentlichen, in sich selbst vertieften Einzelgänger. Aber niemand, der sich hastig in einen Hauseingang drückte, niemand, der ihren Schritten folgte. Er entspannte sich, steckte sich eine Zigarette an und hielt auch Georges die Schachtel hin.
»Es könnte schlimmer sein.«
»Das erschreckt mich ja gerade so sehr.« Georges dachte an das Gespräch über Parracinis Zukunft im Sinne einer gesicherten Karriere bei der NATO, das er am Nachmittag mit Tony geführt hatte. »Großer Gott«, stöhnte er, »wovor sind wir bewahrt worden!«
Vor einem KGB-Agenten vor Ort – an einer Stelle, wie man sie besser nicht hätte finden können, dachte Tony. »Komm, fahren wir. Nimm den Tunnel, rüber zum anderen Teil der Stadt.« Von diesem hier habe ich die Nase voll. »Kannst du mich über Nacht bei dir unterbringen?«
»Natürlich.« Georges lenkte den Wagen aus der Parklücke heraus. »Wir können ja eine Münze werfen, um zu sehen, wer auf dem Fußboden schläft.« Der Gedanke an aktives Handeln hob

seine Laune wesentlich. Es würde noch eine Menge zu tun geben, ehe sie sich aufs Ohr legen konnten. Es würde eine Atmosphäre der Tatkraft herrschen, das schöne Gefühl, im Mittelpunkt des Geschehens zu stehen. Heute hatte er Glück gehabt, und Emile, der an Bord der ›Sea Breeze‹ festsaß, Pech. So ging es immer: lange Zeiten der Langeweile, der geduldigen Pflichterfüllung. Und dann plötzlich – wie heute abend – die große Chance. »Wir müssen schnell handeln, Tony. Und Gerard könnte für uns zum Problem werden – vor Schreck so gelähmt, daß wir unter Umständen zwei gute Stunden verlieren. Vergiß nicht, daß Parracini sein Lieblingsprojekt ist. Wie willst du ihm das bloß beibringen?«
»Darüber«, gab Tony zurück, »versuche ich ja gerade nachzudenken.«
Das war eine freundliche Mahnung, endlich mit dem Gerede aufzuhören und Tony in Ruhe zu lassen. Georges grinste, sagte: »Yes, Sir!« und konzentrierte sich auf den Rückspiegel. Niemand folgte ihnen.
Das Casino, das Geschäftsviertel, die öffentlichen Gebäude und die Privathäuser – alles verschwand hinter ihnen, als sie in den Tunnel kamen und durch den Berg fuhren, auf dem die Altstadt lag. Die Unterführung, die den westlichen und den östlichen Stadtteil Mentons miteinander verband, bedeutete eine Abkürzung für sie. Seltsam, wie diese Stadt gewachsen ist, dachte Georges. Zuerst ein Haufen mittelalterlicher Häuser und Kirchen, dicht gedrängt auf einem steilen Felsen. Und dann, Jahrhunderte später, diese Ansiedlung zu ebener Erde – Häuser, Markthallen und Kirchen zu beiden Seiten am Fuß des Hügels. Eigentlich drei einzelne Städte, deren älteste aber noch immer lebte – kein historisches Relikt, sondern ein Ort voll Menschen und Betriebsamkeit. Heute hatte er sich hier niedergelassen und sich vorgestellt, daß er mindestens eine angenehme Woche in dieser Altstadt verbringen würde. Nun aber sah es wieder so aus, als würde er morgen schon nicht mehr da sein. Parracini hatte alle Pläne über den Haufen geworfen.
Sie verließen den Tunnel und fuhren weiter auf der breiten Avenue, die an der Bucht von Garavan entlangführte. Hinter ihnen ragte, den Hafen beherrschend, die Altstadt auf. »Der kürzeste Weg zu meiner Wohnung.« Georges deutete nach hinten.
Tony drehte sich um, sah aber nur ein modernes Hochhaus neben dem anderen.
»Die Straße – oder vielmehr die Treppe – liegt ungefähr in der Mitte dieser Läden und italienischen Restaurants.«
»Ich werd's schon finden.«
»Bist du sicher? Vielleicht sollten wir lieber zusammen gehen.«

»Nein. Wir werden uns an das übliche Verfahren halten. Ich werde dir nur ein bißchen dichter auf den Fersen bleiben als sonst.«
»Wir brauchen nicht weit zu gehen. Mein Zimmer liegt im untersten Teil der Altstadt – Gott sei Dank nicht ganz oben – und blickt direkt aufs Mittelmeer. Ich habe einen Logensitz für all das hier.« Mit der rechten deutete er auf das von den Lichterketten der Promenade und Avenue gesäumte Wasser.
An jedem anderen Abend könnte ich den Blick genießen, dachte Tony. Aber heute . . . Sein Blick folgte der Linie der Küste vor ihnen und blieb an dem neuen Hafen für Jachten und Kabinenkreuzern hängen. »Dieser Jachthafen da am Ostende der Bucht – ich möchte wissen, ob da Boote vermietet werden. Schöne, große Boote mit starken Maschinen.«
»Wir haben ein Boot. Mit einer starken Maschine.«
Aber nicht stark genug für den Zweck, an den ich denke. »Laß uns jetzt zu dir fahren.« Tonys Stimme verriet einen gewissen Zeitdruck. »An der nächsten Verkehrsampel kannst du wenden. Ich muß noch Bill anrufen, bevor wir mit dem Durchgehen der Berichte anfangen.«
»Schon gut, schon gut.« Georges wendete und fuhr zur Altstadt zurück, vorbei an den Apartmenthäusern und Hotels, die auf dieser Seite der Straße in letzter Zeit aus dem Boden geschossen waren. »Entschuldige bitte die Verzögerung«, sagte er viel zu höflich. Soviel war es nun wirklich nicht, dachte er; insgesamt höchstens sechs bis sieben Minuten.
»Ich habe deine Vorsicht bewundert.«
»Ich sehe mich immer vor, wenn ich mich meinen Quartier nähere. Es ist unsere einzige Operationsbasis.«
»Ich bewundere deine Vorsicht immer noch.«
Georges' Trotz wich einem Lachen. Er hielt den Wagen ein Stückchen vor der Altstadt an, so daß sie noch ungefähr zweihundert Meter zu Fuß zurücklegen mußten. Der Platz, den er sich zum Parken ausgesucht hatte, war sorgfältig kalkuliert: Der Renault fiel überhaupt nicht auf zwischen den zirka zwölf Wagen, die neben der Straße an der Gartenmauer eines der großen Apartmenthotels standen. »Und jetzt auf zu diesem verdammten Fußmarsch«, sagte Georges mißmutig.
»Ich gebe dir drei Minuten Vorsprung, dann komme ich nach.«
»Vergiß nicht: die erste Straße rechts. Zwischen der Pizzeria und dem Friseursalon mit den gelben Vorhängen. Siebenundvierzig Stufen hinauf, dann rechts abbiegen. Ich werde auf dich warten.«
»Gut.«
Georges blickte sich noch einmal um, ehe er ausstieg. »Ich wünschte bloß, es wäre hier nicht so einsam bei Nacht. Ein schönes Gedränge, und mir wäre wesentlich wohler.«

»Das nächstemal werde ich unseren Auftrag so einrichten, daß er in den Juli fällt.«
Georges lächelte und setzte sich auf dem leeren Gehsteig in Marsch.
Mir ist auch nicht ausgesprochen wohl dabei, dachte Tony. Aber wir haben jede nur mögliche Vorsichtsmaßnahme ergriffen. Es herrschte sehr wenig Verkehr – ein paar Privatwagen, hier und da ein Taxi –, und sie alle fuhren schnell. Kein Wagen hielt an. Und niemand trat plötzlich aus einem Hauseingang, um hinter Georges herzugehen. Tony warf einen Blick auf die Armbanduhr. Die drei Minuten waren fast um. Jetzt war es an ihm, auf den leeren Gehsteig hinauszutreten und seine Unruhe zu unterdrücken.
Während er sich der Altstadt näherte, konnte er in Ruhe den Hafen betrachten. Die Mole, ein gekrümmter Arm, der sich um die Ankerplätze legte, war hell erleuchtet. Zwei, drei Personen gingen da draußen spazieren, stellte er fest; und ein, zwei Personen auf der Promenade. Die Boote lagen zu tief, aber die Masten konnte er sehen, endlose Reihen, lang und kurz, schlank und dick, darunter die der ruhig daliegenden ›Sea Breeze‹. Ja, dachte er, die ›Sea Breeze‹ ist auch etwas, worüber mir nicht ganz wohl ist. Gorsky wird sie nicht nur beobachten lassen, sondern auch feststellen, daß wir zu dritt angekommen sind und nun nur noch ein Mann an Bord ist. Daß ich im Hotel Alexander wohne, weiß er. Aber Georges. Er wird nicht ruhen, bis er Georges' richtige Adresse erfahren hat. Er ahnt, daß das sehr wichtig ist: Warum hätte Georges sie dann sonst der Polizei nicht mitgeteilt? Und er kann mühelos in Erfahrung bringen, daß die ›Sea Breeze‹ Vorräte an Bord nimmt – mehr, als für drei Personen, die an der Küste entlangsegeln, notwendig wäre. Und vielleicht tut er genau das, was ich dort am Jachthafen am anderen Ende der Bucht ebenfalls fast getan hätte. Mietet einen Kajütkreuzer. Keine schöne Aussicht für die ›Sea Breeze‹, wenn sie morgen früh in See sticht.
Sollen wir unseren Plan streichen? Tony stieß einen bedauernden Seufzer aus. Es wäre alles so einfach gewesen, ein sauberes, ordentliches Unternehmen: Parracini an Bord der ›Sea Breeze‹ zu bringen, dann aber, statt auf Kreuzfahrt zu gehen – die ursprüngliche Idee –, direkt nach Nizza fahren und ihn in eine Maschine nach Brüssel locken. Unter welchem Vorwand? Eine Besprechung wegen des Jobs im NATO-Geheimdienst? Ja, dieser Aufforderung würde er Folge leisten. So einfach! Wie alle schönen ›hätte‹ und ›wäre‹.
Welche Alternativen gab es? Parracini im Wagen nach Nizza bringen? Dagegen würde er sich zweifellos wehren. Ein Geheimtreffen mit zwei hohen NATO-Beamten an Bord der ›Sea

219

Breeze‹ bei einer Kreuzfahrt – das hätte durchaus logisch geklungen: Sicherheit kombiniert mit ungestörter Gesprächsmöglichkeit. Doch ein plötzlicher Wechsel vom Boot zum Auto? Da würde er eine Falle wittern. Und würde niemals freiwillig mitkommen. Sehr problematisch. Und um einen Mann, den man mit Drogen betäubt, an Bord eines Flugzeugs zu bringen, braucht man eine Tragbahre und zwei Träger. Ich bin kein Kidnapper, dachte Tony kopfschüttelnd.
Selbst ein Hubschrauber – es gab einen Landeplatz beim Jachthafen am anderen Ende der Bucht – wäre für unsere Zwecke ungeeignet. Wir müßten die Genehmigung der Ortsbehörde einholen, und wie sollten wir die vor elf Uhr morgen vormittag bekommen? Und auch dabei gäbe es das unangenehme Problem des Bewußtlosen, der getragen werden muß ... Nein, dachte Tony energisch, so arbeite ich nicht. Denk ein bißchen nach, Lawton, ja?
Pizzareklamen, riesengroß gedruckt, ein ganzes Restaurantfenster damit beklebt, forderten seine Aufmerksamkeit. Dahiner ein kleines Geschäft, in dessen Fenstern man Trockenhauben sah, mit Vorhängen, die bei Tag möglicherweise gelb wirkten, in diesem elektrischen Licht jedoch die Farbe von Haferschleim besaßen. Und zwischen Pizza und Haferschleim die Straße – eine Treppe –, die in die Altstadt hinaufführte.
Er begann zu klettern.
Es war ein steiler Weg, die Steinstufen ausgetreten von Jahrhunderten eiliger Füße. Auf jeder Seite, knapp zwei Armlängen voneinander entfernt, ragten die Häusergiebel auf, ließen nur einen schmalen Streifen Nachthimmel sehen. Aber die Lampen waren in regelmäßigen Abständen an den Mauern angebracht und hell genug, um zu verhindern, daß man sich ein Bein brach. Tony brauchte sich nicht voranzutasten. Er konnte sich darauf konzentrieren, so schnell und lautlos wie möglich weiterzukommen. Es gab zahlreiche Fenster um ihn herum; gedämpfte Stimmen, hinter geschlossenen Fensterläden Radiomusik. Und immer die kühle Nachtbrise auf seinem Rücken, die vom Meer her die schmale Straße heraufwehte.
Siebenundvierzig Stufen, dann konnte er, schnaufend, mit verkrampften Muskeln, in eine etwas breitere Straße einbiegen. Drei Jungen, die Fangen spielten, schreckten einen jungen Mann und sein Mädchen aus einer innigen Umarmung auf. Ein älterer Mann, wahrscheinlich ein Fischer, ging mit schwerfälligen Schritten dahin.
Tony tat, als wäre er ebenfalls auf dem Heimweg. Er kam an Georges vorbei, der an der Mauer lehnte, und hörte ihn flüstern: »Zweiter Eingang rechts, ganz oben.«

Als Tony den obersten Treppenabatz erreicht hatte, setzte er sich auf die Stufen und wartete auf Georges. Hätte es nicht so viele Nachbarn hinter den geschlossenen Türen gegeben, er hätte laut aufgelacht.

*Neunzehntes Kapitel*

Georges zog erst die Vorhänge vor das Fenster und ließ das Rouleau an der Glastür herunter, die auf den winzigen Balkon führte, ehe er Licht machte und Tony hereinließ.
Das Zimmer war mittelgroß und karg möbliert: ein schwerer Holztisch mit zwei Stühlen, ein schmales Bett, daneben eine Kommode, auf der ein Radio stand, ein kleiner Schrank, ein Fetzen von einem Teppich. Türen und Fenster waren orange gestrichen, die getünchten Wände mit dem Meisterwerk eines Vormieters bedeckt: abstrakte Wandmalerei in Scharlach und Purpur.
»Hübsch«, sagte Tony, der die schmale Tür öffnete und dahinter ein enges Kabinett mit Toilette und Waschbecken fand. »Sogar mit fließendem Wasser.« Es tropfte unüberhörbar aus dem kleinen Wasserbehälter oben.
»Ist vielleicht nicht gerade das Ritz, aber die Aussicht ist besser.« Georges legte die Jacke ab und hängte sie auf einen Haken an der Tür.
»Und Köstlichkeiten, die den Gaumen reizen.« Tony untersuchte den Inhalt des Schrankes, den Georges zur Speisekammer umfunktioniert hatte.
»Ich glaube, ein bißchen davon täte dir jetzt sehr gut«, sagte Georges – seine einzige Anspielung auf den unerklärlichen Lachanfall, mit dem Tony ihn, der vorsichtig die Treppe heraufkam, begrüßt hatte. Gott sei Dank hatte Tony ihn unterdrückt. Außerdem war wirklich nichts Komisches an dem Ganzen hier – überhaupt nichts.
»Zuerst die Arbeit. Wo sind deine Wunderwaffen?«
Georges deutete auf das Radio neben dem Bett. »Das ist eine. Hast du denn nicht zu Abend gegessen, bevor wir uns getroffen haben?« Und zu Mittag hat er auch kaum etwas gegessen, dachte Georges besorgt. Hunger macht wohl jeden benommen.
»Nicht richtig.«
»Es ist fünf Minuten nach zehn . . .«
»Und Zeit für den Kontakt mit Emile.«
Dieser Ton verriet auch nicht die Spur von Benommenheit.
Georges zog eine Schublade auf, nahm den Sender-Empfänger heraus und rief Emile.
Dann übernahm Tony. »Emile – es ist sehr ernst. Heute nacht schleichen möglicherweise ein paar verdächtige Fremde in der Nähe der ›Sea Breeze‹ herum. Wie ist die Situation jetzt?«

»Normal«, kam Emiles gelassene Stimme zurück. »Ein paar Leute auf der Mole, ein oder zwei auf dem Kai. Und praktisch nebenan drei Fischer, die ihr Boot reparieren. Sie arbeiten offenbar sehr schwer daran.«
»Seit wann?« erkundigte sich Tony ruhig.
»Seit heute nachmittag.«
»Dann sind sie okay. Alle, die du vor acht Uhr heute abend gesehen hast, sind vermutlich okay.«
»Aha, da hat's also eingeschlagen?«
»Ungefähr. Und hör zu – wenn jemand versucht, an Bord zu kommen, keine falsche Scham, ja? Ruf sofort deine drei Fischer zu Hilfe.«
»Wenn sie dann noch da sind.«
»Die trinken doch sicher gern einen Schluck Bier nach der Arbeit, wie?«
»Ich soll sie an Bord holen?«
»Warum nicht? Ruf ihnen auf jeden Fall einen freundlichen Gruß hinüber. Zeig ihnen, daß es dich gibt. Wir sehen uns morgen.«
»Nach einer schlaflosen Nacht«, antwortete Emile lachend.
»Wer hätte die nicht?« Tony unterbrach die Verbindung und betrachtete nachdenklich den Sender-Empfänger, wog ihn sorgfältig auf der Hand, ehe er ihn auf den Tisch legte. Er war kaum größer als ein Päckchen Zigaretten.
»Schon gut, Tony«, sagte Georges. »Ich weiß, was du sagen willst. Ich werde ihn von nun an auf dem Herzen tragen. Um ehrlich zu sein, ich hatte bei diesem Auftrag eigentlich keine Aufregungen erwartet.« Nichts weiter als eine ganz gewöhnliche Inspektionsreise – war das nicht unsere Vorstellung, als wir heute morgen in den Hafen von Menton einliefen? Nur nachsehen, ob mit Parracini alles in Ordnung ist? »*Quel con*«, lautete Georges' abschließender Kommentar zu diesem Thema, während er einen als tragbaren Plattenspieler getarnten Gegenstand sowie einen ebenfalls tragbaren, wie eine Reiseschreibmaschine aussehenden Apparat unter dem Bett hervorzog. Er stellte alles auf den Tisch, wo er bereits das vielseitige Radio, ein paar Tonbänder, einen Block und mehrere Bleistifte aufgebaut hatte.
»Fertig«, sagte er zu Tony, nachdem er Schreibmaschine und Plattenspieler für ihren eigentlichen Zweck hergerichtet hatte. Die ganze Ausrüstung beanspruchte weniger als eine Hälfte des Tisches.
»Kompakt«, sagte Tony. »Die Wunder der modernen Technik.«
Georges arbeitete schweigend weiter. Er war nervös und ärgerlich und viel zu ernst. »Keine Fensterantennen mehr?«
»Die Dinger laufen auf Batterie.« Georges war auf die letzten

Handgriffe konzentriert. »So, ich bin fertig, wenn du willst . . .«
»Kein Sendeschlüssel? Du hast ja nicht mal Kopfhörer aufgesetzt!«
»Das ist alles längst überholt. Heutzutage haben wir . . .« Georges unterbrach sich eben noch rechtzeitig, ehe er ins Fettnäpfchen trat. Er lächelte mit Tony zusammen. Sein Ton wurde ruhiger. »An wen geht die erste Nachricht? Wahrscheinlich an Gerard, nicht wahr?« Er sah auf die Uhr und nickte zufrieden, als er sah, wie wenig Zeit er für seine Manipulationen gebraucht hatte. »Zuerst schreibst du alles auf, was du sagen willst, und dann kann ich das entweder aufzeichnen oder verzerren und . . .«
»Zuerst«, wurde er von Tony unterbrochen, »müssen wir uns mit Bill in Verbindung setzen. Mit Hilfe eines etwas weniger ausgefallenen Geräts.« Er griff zum Telefon und wählte Bills persönliche Nummer. Er mußte warten; mit jedem nutzlosen Läuten wuchs seine Ungeduld. »Dieser Anruf ist unbedingt notwendig«, beruhigte er Georges, der ihn besorgt beobachtete. »Wir müssen wissen, wo wir stehen, bevor wir . . .« Bills Stimme unterbrach seine Erklärung.
»Schon im Bett?« erkundigte sich Tony.
»Nein, nein. Ich war im Nebenzimmer, fernsehen mit Nicole. Tut mir leid, daß du warten mußtest. Gibt's was Neues?«
»Nein, nichts. Ich wollte nur wissen, ob sie alle nach dem Kino gut heimgekommen sind.«
»Zu früh«, antwortete Bill. »Für Brigitte war die Klimaanlage zu kalt.«
»Was ist mit Bernard? Ist er noch auf?«
»Der spielt unten Schach mit Parracini.«
»Es ist wohl nicht möglich . . . Nein, nein, das geht nicht.«
»Was denn?«
»Daß du Bernard bittest, unauffällig zum Hafen runterzulaufen. Aber das ist jetzt tatsächlich unmöglich.«
»Ach, ich weiß nicht . . .«
»Ich sagte *unauffällig,* Bill. Wir wollen Parracini nicht beunruhigen — und die anderen ebenfalls nicht. Außerdem ist es gar nicht so wichtig. Nur so eine Ahnung, wegen der ›Sea Breeze‹. Es gefällt mir nicht, daß heute nacht nur ein Mann an Bord ist.«
»Wieso?«
»Heute nachmittag«, nur nichts vom Casino und von Gorsky erwähnen, »habe ich Beweise von der Anwesenheit der Konkurrenz erhalten.«
Bill schreckte hoch. »Haben sie uns entdeckt? Haben sie tatsächlich Parracinis Spur gefunden?«
»Nein. Ich wiederhole — nein!« Ganz im Gegenteil, hätte Tony am liebsten gesagt. Statt dessen kam er zu der Frage, die ihn ver-

anlaßt hatte, Bill anzurufen. »Und treib Parracini deswegen bitte nicht in Panik. Das Aktionszentrum ist in der Shandon-Villa. Am besten sagst du ihm überhaupt nichts. Laß ihn in Ruhe; er hat morgen einen schweren Tag. Wann wirst du ihm mitteilen, daß wir beschlossen haben, die Zusammenkunft an Bord der ›Sea Breeze‹ zu verlegen, statt sie in deinem Haus stattfinden zu lassen?«
»Oh, das ist bereits geschehen. Ich hielt es für besser, es ihm heute abend noch zu sagen, statt ihn im letzten Moment damit zu konfrontieren.«
»Heute abend?«
»Kurz vor dem Essen. Wir hatten uns einen Drink gemacht und . . .«
»Hoffentlich war er nicht allzu unglücklich darüber.«
»Überhaupt nicht. Er brauchte höchstens zwei Minuten, um einzusehen, daß es so besser ist. Ich habe natürlich die zusätzliche Sicherheit betont.«
Aha, dachte Tony, Parracini brauchte also nur ein paar Minuten für seinen Entschluß. Keinerlei Konsultationen mit anderen Leuten. Er ist der Befehlshaber. Daran besteht jetzt kein Zweifel mehr.
»Habe ich was falsch gemacht?« erkundigte sich Bill, verwirrt über Tonys Schweigen.
»Nein, nein, beruhige dich! Ich mache mir nur Sorgen über die ›Sea Breeze‹. Da wäre tatsächlich eine Kostprobe von deiner Zusatzversicherung angebracht. Falls irgend etwas heute nacht schiefläuft mit ihr . . .« Tony ließ den Satz unvollständig.
»Wenn du meinst, daß zusätzliche Unterstützung notwendig ist – ich könnte ein paar zuverlässige Männer erreichen«, sagte Bill langsam.
Ich wußte es doch: Bill würde sich hier niemals ohne Rückendeckung, ohne eine Art Versicherung aufhalten, dachte Tony. »Wie lange dauert das?«
»Sie sind heute in Alarmbereitschaft. Aber ich möchte sie nicht holen, falls es nicht unbedingt notwendig ist. Ist es das?«
»Wo die Konkurrenz auf dem Plan ist?«
»Aber nicht im Zusammenhang mit uns, hast du gesagt«, entgegnete Bill scharf. »Weißt du, was die hier überhaupt wollen?«
»Es ging um Chuck Kelso.«
»Aber das hat nichts mit uns zu tun.«
»Ich weiß, ich weiß. Aber ich würde mich trotzdem wohler fühlen, wenn noch ein paar Mann mehr in der Nähe wären.«
»Ich werde sie anrufen.« Bill war nicht sehr begeistert. Es war ihm lieber, wenn seine ›Versicherung‹ in Deckung blieb. »Wo willst du sie haben?«

»Sie brauchen nicht an Bord zu gehen — es sei denn, natürlich, es tut sich was. Sag ihnen, sie sollen die ›Sea Breeze‹ im Auge behalten. Das ist alles.«
»Okay.« Bill war beruhigt. »Wir werden kühlen Kopf bewahren.«
»Wir alle«, betonte Tony. Und stör Parracini um Gottes willen nicht aus seinen süßen Träumen auf, dachte er noch, während er sich mit einem fröhlichen »bis morgen früh« verabschiedete.
Das war erledigt.
Georges, der die Füße auf den Tisch gelegt hatte, sah mit unverhohlener Ungeduld auf die Uhr.
»Du hast recht. Es hat viel zu lange gedauert«, gab Tony zu. »Es war wie beim Zähneziehen. Aber wir haben etwas sehr Wichtiges erfahren. Parracini wußte von unserem ›Sea Breeze‹-Projekt, ehe er ins Casino kam.«
»Dann weiß Gorsky auch Bescheid!«
»Richtig.« Entweder wird es hier im Zimmer wärmer, oder mein Blutdruck steigt, dachte Tony. Er zog die Jacke aus und warf sie aufs Bett.
Georges fluchte leise vor sich hin. »Das ändert alles.« Bedauernd schüttelte er den Kopf. »Schade, Tony. Es war ein perfekter Plan.«
»Ist es immer noch. Wir werden direkt nach Nizza fahren, und von da aus geht's per Flugzeug nach Brüssel. Könnte gar nicht leichter sein. Sogar der Flughafen von Nizza liegt für unsere Zwecke ideal. Direkt am Wasser«, ergänzte Tony leise. »Wir können eine solche Chance doch nicht ungenutzt verstreichen lassen, wie?«
»Laß es, Tony! Es ist unmöglich. Wir kommen damit nicht durch. Nicht jetzt.«
Tony schwieg.
»Gorsky wird einen Kajütkreuzer mieten und sich ständig in Sichtweite der ›Sea Breeze‹ halten. Sobald er merkt, daß wir nicht auf eine gemütliche Kreuzfahrt gehen, wird er Großalarm schlagen. Wir werden Parracini niemals nach Brüssel bringen. Wir werden nicht mal Nizza erreichen, wenn Gorsky ein Boot bekommt, das schneller ist als die ›Sea Breeze‹, und unser Motor macht nur zehn Knoten. Außerdem werden seine Männer schwer bewaffnet sein. Gorsky macht keine halben Sachen. Während wir höchstens ein paar Handwaffen haben.« Georges sah Tony mit starrem Blick an; seine Gedanken waren ausschließlich bei der Gorsky-Akte. »Du weißt genau, wenn die bei uns nicht an Bord können, wird Gorsky uns lieber in die Luft jagen, auch wenn er damit Parracini umbringt. Das wäre ihm immer noch lieber, als zu wissen, daß Parracini unser Gefangener

ist. Er würde nicht zum erstenmal einen Mann aus seinem eigenen Lager umbringen – um die Sicherheit nicht zu gefährden.«
Beide Hände in der Tasche, studierte Tony die Apparate auf dem Tisch. »Fangen wir an.« Er nahm Georges gegenüber auf dem zweiten Stuhl Platz. »Aber ich möchte vorher wissen, wie das alles hier funktioniert. Zuerst nimmst du meine Nachricht auf Tonband auf, und dann . . .«
»Überflüssig«, entgegnete Georges. »Du hast nicht zugehört. Der Plan ist geplatzt, Tony. Wir brauchen . . .«
»Ich habe zugehört. Und du hast mir zu einer ganz neuen Idee verholfen. Es ist doch immer wieder schön, mit dir zusammenzuarbeiten, Georges, mein Junge. Also, wo waren wir stehengeblieben? – Ach ja. Zuerst nimmst du die Nachricht auf Tonband auf; dann beschleunigst du den Text bei der Übertragung, verwandelst ihn in ein kreischendes Hintergrundgeräusch für eine harmlose Unterhaltung. Und am anderen Ende nimmt ein Tonbandgerät das Kreischen auf. Stimmt's?«
Georges nickte. Tony weiß doch immer mehr, als er zu wissen vorgibt, dachte er überrascht.
»Und wenn das auf Band aufgenommene Kreischen beim Abspielen auf die ursprüngliche Aufnahmegeschwindigkeit reduziert wird, ist es wieder klar verständlich. Werden wir das auch so machen?«
»Das ist eine Möglichkeit. Es gibt aber jetzt eine neue, schnellere Variante.«
»Ebenso sicher?«
»Noch sicherer. Die jüngste Entwicklung auf dem Gebiet der Verzerrer. Produziert Kreischgeräusche, die unmittelbar bei der Ankunft am anderen Ende von der normalen Konversation getrennt werden.«
»Einfach und sicher. Das gefällt mir.«
»Genial und sicher.«
Tonys Lächeln wurde breiter, als er den Notizblock zu sich heranzog. »Stell die Verbindung mit Brüssel her.« Er notierte sich, was er sagen wollte.
»Du meinst, mit Genf. Gerard verbringt dort sein Wochenende. Er bleibt länger im Büro, für den Fall, daß wir noch etwas zu melden haben. Du hast ihn diesmal wirklich beunruhigt, mit deinem . . .«
»Brüssel«, wiederholte Tony bestimmt. »Wir wenden uns direkt an die Spitze. Was meinst du, wo wir eine sofortige Reaktion auf unsere Nachricht bekommen werden? In der Abteilung für Sondereinsätze? Commander Hartwell?«
»Wenn er zu erreichen ist.«
»Er ist. Glaubst du, ich hätte seinen Namen einfach so aus der

Luft gegriffen? Er hat diese Woche Nachtdienst. Schläft im Büro, der Gute. Er ist Amerikaner, also werden wir ihm eine Freude machen und mit einer Einleitung beginnen, die er bestimmt wiedererkennt: *Agent braucht Hilfe*. Als nächstes kommt: *Dringende Bitte um sofortige Hilfe, höchste Priorität*. Und dann gibst du folgendes durch . . .« Tony schob den Notizblock über den Tisch. »Das komprimierst du zur Übertragung, aber laß auf gar keinen Fall Wörter oder Formulierungen aus, wie etwa *lebenswichtig – dringend erforderlich – Angriffsgefahr – Leben der Agenten aufs Äußerste gefährdet.*« Und der letzte Satz, dachte Tony, ist wahrscheinlich nicht einmal übertrieben.
Mit dem Bleistift in der Hand war Georges bereits damit beschäftigt, Tonys Notizen abzukürzen, und las sie ihm anschließend noch einmal vor. Sie waren jetzt kompakt genug, für Georges' Geschmack aber immer noch ein bißchen zu dramatisch. »Ranghoher Feindagent, verhaftet, von vier NATO-Beamten begleitet, wird morgen, Samstag, mit ›Sea Breeze‹ auslaufen – maximale Geschwindigkeit fünfzehn Knoten, Auslaufen Hafen Menton elf Uhr, Ankunft Nizza gegen dreizehn Uhr, je nach Wetter. Erbitte sofortigen Lufttransport nach Brüssel. Warnung: Unternehmen ernsthaft gefährdet durch Sowjetagenten (Abteilung V – Sondereinsatz) im Besitz der Reiseinformationen. ›Sea Breeze‹ wird verfolgt, gestoppt werden. Höchste Angriffsgefahr. Leben der Agenten aufs Äußerste gefährdet. Erbitte lebenswichtige Unterstützung. Sofortiges Eingreifen dringend erforderlich. Erbitte dringendst . . .«
Georges blickte auf, den Bleistift mitten in der Luft. »Ein Kriegsschiff?«
»Ein sehr kleines.«
»Aber . . .«
»Wie viele Flotten hat die NATO?«
Georges lachte, beendete das Verkürzen des Textes und begann mit dem Codieren. »Aber warum überhaupt ein Kriegsschiff?« fragte er, während er den Text zur Übertragung vorbereitete. »Die NATO könnte uns einen mittelgroßen Kajütkreuzer mieten. Davon gibt es hier an der Küste doch Hunderte.«
»Wenn Hartwell das arrangieren kann, gebe ich mich damit zufrieden. Aber eigentlich« – Tony hatte schon wieder eine Idee; er lächelte – »hätte ich gern beides. Einen Kajütkreuzer, nicht zu groß, damit er im Hafen von Menton neben der ›Sea Breeze‹ anlegen kann; und draußen in der Bucht einen Marinekutter, der auf uns wartet und uns eskortiert. Sag Hartwell das ebenfalls. Mit einem schönen Gruß von mir.«
»Du kennst ihn?«
»Er ist ein guter, alter Freund.«

»Trotzdem — ich finde, du verlangst zuviel.«
»Und stelle dadurch sicher, daß wir mindestens die Hälfte von dem bekommen, was wir brauchen.« Tony schob seinen Stuhl zurück, streckte sich und stand auf. »Und zum Abschied versetzt du ihm dann noch einen kleinen Stoß: Wir werden hier die ganze Nacht sitzen und auf Anweisungen und endgültige Arrangements warten.«
»So zuversichtlich bist du?« erkundigte sich Georges. Aber in seinem eigenen Ton lag ebenfalls neue Zuversicht, neu erwachter Eifer, als er nun den Kontakt herstellte und den Text zu übertragen begann.
Zuversichtlich? dachte Tony, der ruhelos im Zimmer umherwanderte. Wären Hoffnungen Leichtgläubige, könnten Befürchtungen Lügner sein. Gewiß, mit Zweifeln gewinnt man keine Auseinandersetzungen, und davon wird es für uns mehr als genug geben. Aber ich werde verdammt noch mal dafür sorgen, daß Gorsky uns nicht auf dem Meer in die Luft sprengt und dann meldet, die Maschine der ›Sea Breeze‹ müsse explodiert sein. Explosion? Auch eine Möglichkeit, die man einkalkulieren muß ... Aber später, entschied Tony, damit werden wir uns später befassen. Vorerst mußte eine Nachricht für Gerard aufgesetzt werden.
Das war schwierig. Gerard hatte in seinem kleinen Zimmer in Genf bestimmt keine supermodernen Apparate, nichts, was annähernd so kostspielig war wie das, was in Brüssel zur Verfügung stand. Aber nicht nur die Sicherheitsmaßnahmen bildeten hier das Problem. Gerard selbst war ebenfalls ein Problem. Zunächst würde er mit Schock, mit Unglauben reagieren. Sobald er aber überzeugt war, würde er anfangen, Nachrichten zu senden, um die beiden Beamten vorzubereiten, die morgen früh in Nizza eintreffen sollten. Der Name Parracini würde im Äther umherschwirren, von jedem Abhörgerät aufgefangen werden können. Oder sogar von KGB-hörigen Ohren; es bedurfte lediglich einer pflichtbewußten Sekretärin oder eines verwanzten Telefons in Gerards Büro, um alles sofort ans Licht zu bringen. Gorsky würde Parracini warnen, und Parracini würde morgen früh schon in Italien sein, noch ehe Bill sich die erste Tasse Kaffee eingeschenkt hatte.
Also, dachte Tony, als er sich aufs Bett setzte, werden wir mit Gerard reden, ihm klarmachen, daß wir vor einem größeren Problem stehen, aber kein Wort von Parracini sagen. Nicht einmal eine Umschreibung wie *ranghoher Feindagent* werden wir verwenden. Nichts. Trotzdem können wir Gerard nicht ganz aus dieser Sache heraushalten. Ist zwar verlockend, aber nicht möglich. Wie also werden wir ihn warnen?

Mit gelockerter Krawatte und gelöstem Gürtel streckte sich Tony auf der dünnen Matratze aus. Wie? fragte er die Zimmerdecke.

Als er spürte, daß ihn jemand am Arm zupfte, war er sofort hellwach.
»Es wird Zeit für den Kontakt mit Genf«, sagte Georges. »Tut mir leid, daß ich dich wecken muß; du hast so fest geschlafen, daß ich . . .«
»Nur ein bißchen eingenickt.« Tony schwang die Füße vom Bett. Seine Müdigkeit war wie weggeblasen; er fühlte sich so frisch und munter, als hätte er mehrere Stunden geschlafen, doch seine Armbanduhr sagte ihm, daß er kaum zwanzig Minuten auf dem Bett gelegen hatte. »Was ist mit Brüssel?«
»Alles fertig. Keine Sorge, sie haben die Nachricht erhalten. Jetzt müssen wir warten.«
»Und was werden wir bekommen? Eine Ladung Dreck ins Gesicht?«
Nein, es wird uns schlimmer ergehen, wenn wir Gorskys Reaktionen falsch eingeschätzt haben, dachte Georges. Was, wenn die Fahrt nach Nizza nun ganz glatt und ohne jede Störung verläuft? Hastig verdrängte er diesen Gedanken.
»Übrigens, ich habe diese Bezugnahme auf die Abteilung V Sondereinsatz noch erweitert. Nur ein wenig. Ich hielt es für besser. Hoffentlich hast du nichts dagegen.«
»Wäre ohnehin zu spät. Was hast du hinzugefügt?«
»Gorskys Aktennummer. Okay?«
»Wünschte, ich hätte selbst dran gedacht«, gestand Tony. Er ging zum Tisch, betrachtete die Funkausrüstung und überlegte, ob nicht ein Telefonanruf mit Textcode die schnellste Möglichkeit für einen Kontakt mit Gerard wäre. Er stellte fest, daß Georges nicht nur mit der Vervollständigung von Bezugnahmen beschäftigt gewesen war, sondern auch Zeit gefunden hatte, ein schönes Stück gekochten Schinken, Brie- und Chèvre-Käse sowie eine Stange Brot und eine Flasche Wein auf der freien Hälfte des Tisches aufzubauen. »Ist Gerard genauso von Gorsky besessen wie du?«
»Noch mehr. Und zwar mit gutem Grund.«
»Wieso?«
Georges zögerte.
»Komm, raus mit der Sprache! So eine Information kann uns jetzt sehr helfen.«
»Gerard hatte vor drei Jahren einen Sowjetüberläufer aus der Abteilung Desinformation, hatte ihn in einem sicheren Haus untergebracht, mit Bewachung rund um die Uhr. Trotzdem hat

Gorsky ihn erwischt – durch einen Angehörigen des Küchenpersonals. Der Überläufer starb, und mit ihm zwei von unseren Leuten. Lebensmittelvergiftung.«
»Wie lautete sein Deckname in Gerards Akten?«
»Der ist Gerards Privateigentum. Er wurde nicht einmal angeführt . . .«
»Um so besser. Eine Chance weniger, daß er von unbefugten Ohren erkannt wird. Unser Gespräch mit Gerard könnte nämlich abgehört werden, wenn wir das Telefon benutzen. Das weißt du doch.«
Georges nickte. Seit mindestens einem Jahr war der sowjetische Geheimdienst in der Lage, Telefongespräche in allen Ländern, nicht nur zwischen Regierungsbeamten, sondern auch zwischen Privatpersonen, abzuhören und aufzuzeichnen. Computergesteuerte Abtaster fingen die Mikrowellenfrequenzen auf und isolierten sie. Antennen auf den Dächern der Sowjetbotschaften fingen Funksprüche zwischen ausländischen Relaisstationen auf, sogar Funksprüche, die zu amerikanischen Nachrichtensatelliten hinaufgestrahlt wurden.
»Sie verwenden unsere Technologie«, platzte Georges wütend heraus, jetzt auf einmal ebenso sehr Amerikaner wie Franzose. »So könnte unser Telefongespräch mit Genf abgehört werden – über Telstar! Ist das nicht reine Ironie?«
Tony sagte nachdenklich: »Aber wäre es denn nicht großartig, diesen eifrigen kleinen Sowjetcomputern einen hübschen Schluckauf zu verpassen?« Er hielt inne. »Wie lautet der Deckname, den Gerard seinem ermordeten Überläufer gegeben hat?«
»Hektor.«
Der trojanische Held, den Achilles mit den Füßen an seinen Streitwagen band und ihn um die Stadt schleifte . . . »Also«, sagte Tony dann, »telefonieren wir nun? Oder hast du eine bessere Idee, wie wir mit Gerard Kontakt aufnehmen können?«
»Ja. Aber er wird mir dir sprechen wollen. Und das könnte unser Funkgerät für die ganze nächste Stunde blockieren.« Nähere Erklärungen würden verlangt, Gegenvorschläge gemacht werden . . . »Nein«, sagte Georges, »wir müssen unsere Verbindung mit Brüssel offenhalten.«
»Dann bleibt uns keine andere Wahl, wie?«
»Wir könnten immer noch den altmodischen Verzerrer für Telefongespräche verwenden. Ein bißchen würde der schon helfen.«
»Was gibt es heute schon, das absolut sicher wäre?« entgegnete Tony. »Na schön«, sagte er dann, »ruf Gerard an. Sprich du aber zuerst mit ihm, mach ihn ein bißchen weich mit freundlichen Worten. Dich mag er.« Und die nüchterne Wahrheit ist, daß Ge-

rard und ich uns noch nie richtig gemocht haben. Wir sind zwei Engländer mit gegensätzlichen Persönlichkeiten, die beim Zusammenprall kein sehr schönes Geräusch verursachen. Merk dir eines, warnte Tony sich selbst, als Georges ihm schließlich den Hörer reichte, laß dich durch Gerards verdammte Dickköpfigkeit nicht auf die Palme bringen. Sei liebenswürdig, positiv, aber fest. Und fasse dich kurz.
Das Gespräch verlief tatsächlich kurz, vier Minuten nur, und Tony behielt fast immer die Oberhand. Zum erstenmal brach Gerard keinen Streit vom Zaun: Vielleicht war der anfängliche Schock so groß, daß seine Erschütterung während des ganzen Gesprächs nicht nachließ.
Tony stürzte sich kopfüber hinein. »Schlechte Nachrichten hinsichtlich des Bauprojektes, das Sie hier planen; eine echte Krise. Ihre persönliche Anwesenheit ist erforderlich. Ich weiß, daß Sie zwei Architekten schicken, die die Bauunternehmer beraten sollen, aber Sie müßten wirklich selbst herkommen. Fliegen Sie doch mit derselben Maschine her. Wir werden Sie alle drei abholen, dann können wir sofort mit der Überprüfung der Baupläne beginnen. Ich würde vorschlagen, daß Sie eine Stunde früher als verabredet kommen; wir haben sehr viel wegen der Bauvorschriften zu besprechen. Sie müssen unbedingt befolgt werden, und deswegen sollten Sie die notwendigen Änderungen der Pläne veranlassen. Sie brauchen nicht lange hierzubleiben, aber Ihre Anwesenheit ist notwendig. Wir brauchen Ihre Anleitung, einfach um sicherzustellen, daß Ihr spezielles Projekt glatt und ohne Störung verläuft.«
»Die Baupläne waren erstklassig. Es wurden alle Bauvorschriften berücksichtigt. Wer hat denn jetzt noch Einwände?«
»Einer Ihrer Konkurrenten im Immobiliengeschäft. Er hat ein Auge auf Ihr Eigentum geworfen. Ein äußerst aggressiver Mensch. Sozusagen mit einem Achilles-Komplex. Erinnern Sie sich an Achilles? Das war der Mann, der den armen, alten Hektor umgebracht und seinen Leichnam um die Mauern von Troja geschleift hat.«
»Ich habe meinen Homer gelesen«, lautete Gerards eisige Entgegnung.
»Aber sicher haben Sie das. Dumm von mir, daß ich das vergessen hatte. Vor drei Jahren war das, nicht wahr? Ja, vor drei Jahren hatten Sie ein ganz besonderes Interesse an den trojanischen Helden.«
Es folgte ein kurzes, aber gequältes Schweigen. »Achilles ist tatsächlich in . . .«
». . . interessant«, unterbrach ihn Tony, um zu verhindern, daß der Name Menton fiel. »Das finde ich auch. Ein Mensch, den

man nicht so leicht vergißt. Drängt sich immer wieder in die Gedanken, nicht wahr?«
»Ja«, antwortete Gerard. Allmählich schien er sich zu erholen. »Ich werde kommen.«
»Gut. Und werden Sie die anderen wegen der neuen Ankunftszeit benachrichtigen?«
»Das wird ihnen gar nicht gefallen. Es bedeutet, daß sie sehr früh abreisen müssen.«
»Leider, leider«, bestätigte Tony bedauernd und zwinkerte Georges, der an einem Nebenhörer mithörte, langsam und feierlich zu. Dann legte er unvermittelt auf, bevor noch eine weitere unvorsichtige Frage über Achilles gestellt werden konnte.
»Okay?« fragte er Georges.
»Für mich nicht.« Georges lächelte. »Gerard wird es mir sicher übelnehmen, daß ich den Decknamen Hektor genannt habe – und diese ›drei ›Jahre‹.«
»Wie hätten wir ihm sonst beibringen sollen, daß Gorsky hier ist?«
»Schön, aber kein einziges Wort über Parracinis wahre Identität? Du hättest die Information tarnen, sie in deine Anspielung auf Gerards spezielles Projekt einflechten können.«
»Sicher, ich hätte sagen können, sein Lieblingsprojekt habe die Form verändert, sei verzerrt worden, habe ein häßliches Gesicht bekommen, sich in ein Ungeheuer verwandelt, das ihn im Traum verfolgen werde.«
»Ja, traust du Gerard denn nicht?« fragte Georges ihn rundheraus.
»Das ist nicht der springende Punkt. Wenn ich ihm die Wahrheit über Parracini gesagt hätte, was glaubst du wohl, was er getan hätte? Sich still verhalten? Bestimmt nicht. Er wäre jetzt eifrig damit beschäftigt, Informationen hinauszusenden, Alarm zu schlagen, seine ganze Abteilung in Alarmbereitschaft zu versetzen – und andere Abteilungen ebenfalls. Er hätte sofort irgendwelche Aktionen gestartet. Und unsere vermasselt. Hör zu, Georges, ich habe Hunger.« Tony setzte sich an den Tisch, prüfte das St.-Emilion-Etikett. »Guter Jahrgang«, lobte er und begann, das Brot zu brechen.

Sie aßen ausgiebig zu Abend. »Das hilft uns wach zu bleiben«, meinte Tony und nahm sich eine zweite Portion Brie sowie eine große Scheibe Chèvre. Vom Schinken war nur noch der Knochen, vom St. Emilion ein letztes Glas geblieben. Gesprochen hatten beide nicht viel beim Essen. Doch als sie fertig waren und Georges sich eine Zigarette anzündete, schwieg er weiter.
»Mein redseliger französischer Freund«, fragte Tony, der sich

entspannt und angeregt fühlte, »was hast du jetzt für Kopfschmerzen?«
»Gerard. Soll ich ihn morgen in Nizza am Flughafen abholen?«
»Du wirst sie alle drei abholen und ihnen während der Fahrt zum Hafen von Menton Bericht erstatten. Du kennst ja sämtliche Fakten. Ich brauche also nicht dabeizusein. Außerdem möchte ich in der Nähe des Hafens bleiben.«
»Ich wünschte, du hättest mehr Vertrauen zu Gerard. Er ist nicht dumm.«
»Nein, nicht immer.«
Georges sagte scharf: »Es *waren* gute Vernehmungen in Genua! Gerard ist sehr gut mit Parracini fertig geworden. Es war alles andere als oberflächlich.«
»Ich glaube dir.«
Georges versuchte es mit Diplomatie. »Ohne dich, Tony, hätten wir Parracini nicht demaskiert. Das weiß ich. Er wäre sogar jetzt auf dem Weg zu einem Job in Gerards Abteilung. Aber . . .«
»Gar nichts – aber! Wie konnte er in Genua nur akzeptiert werden? *Das* ist die erste Frage, die man sich stellen muß.«
»Er hatte doch alle Kontrollen durchlaufen. Den ersten Kontakt hat er mit uns in Istanbul aufgenommen. Er kannte die Adresse unseres Agenten dort, gab sämtliche Erkennungszeichen richtig. Derjenige, der in der Türkei ankam, *war* Palladin.«
Wirklich? fragte sich Tony zweifelnd. Laut sagte er: »Wie lange war er in Istanbul?«
»Mehrere Tage. Er brauchte einen Paß, Papiere, Kleidung, Geld – alles.«
Und in Istanbul hatte er auch die Erkennungszeichen für seinen nächsten Kontaktmann auf Lesbos bekommen, war von einem Agenten zum anderen weitergereicht worden, die ihm jeweils den nächsten Kontaktmann, das nächste Erkennungszeichen genannt hatten. Alle Kontrollen durchlaufen – angefangen bei unserem Agenten in Istanbul, der ihn als authentisch akzeptiert hat.
»War denn niemand in Genua, der ihn persönlich kannte?« erkundigte sich Tony langsam. »Gab es keinen, der in Moskau war und ihn identifizieren konnte?«
»Palladin war ein vorsichtiger Mensch. Er kam niemals mit Ausländern zusammen und vermied jeden Kontakt mit dem Westen. Was glaubst du, wie er es sonst geschafft hätte, zwölf Jahre lang unentdeckt zu bleiben?«
»Es muß beim NATO-Geheimdienst doch jemanden geben, der ihn in Moskau gesehen hat, der ihn als Palladin kannte.«
»Palladin war nicht sein richtiger Name. Ich sagte doch, er war ein vorsichtiger Mensch.«

»Trotzdem – es muß jemanden geben, der ihn hätte identifizieren können. Was ist mit unseren Agenten, die ihn damals angeworben haben?«
»Er hat sich von selbst angeboten – aus persönlichem Protest gegen die neue Kampagne gegen die russischen Intellektuellen. Über einen polnischen Journalisten nahm er Kontakt mit einem NATO-Agenten auf, der sich vorübergehend in Moskau aufhielt. Zuerst wurde er nicht ernstgenommen, aber die Informationen, die er uns lieferte – er hatte seine eigenen Methoden, sie uns zu übermitteln –, waren von ganz ausgezeichneter Qualität.«
»Wo ist dieser polnische Journalist jetzt?«
»Tot.«
»Und der NATO-Agent?«
»Im Ruhestand. In London. Über Weihnachten lag er im Krankenhaus – schwer verletzt durch einen Verkehrsunfall. Deshalb konnte er an den Vernehmungen in Genua auch nicht teilnehmen.«
»Ein sehr bequemer und außerdem termingerechter Unfall«, murmelte Tony. »Womit haben sie ihn überfahren – mit einem Lastwagen?«
Georges überging das. »Damals sah es einfach aus wie Pech«, lautete sein einziger Kommentar. »Und jetzt wäre natürlich, selbst wenn der alte Knabe auf Krücken hier ankäme . . . Na ja, wir haben ja gesehen, wie Parracini sein Äußeres verändert hat. Und das direkt unter unseren Augen. Ist das eine Ironie?«
Tony war aufgestanden und ging zur Balkontür. »Ich wünschte, die Ironie würde sich in letzter Zeit nicht immer gegen uns kehren. Es wird Zeit, daß wir auch mal ein bißchen davon austeilen. Mach das Licht aus, Georges – ja?« Als das Zimmer dunkel war, öffnete Tony die Balkontür. »Kommst du?« fragte er.
»Ich bleibe lieber hier und passe auf das Funkgerät auf. Was beunruhigt dich? Wieder die ›Sea Breeze‹?«
Leise zog Tony die Tür hinter sich zu. Ja, die ›Sea Breeze‹. Und Palladins Ankunft in Istanbul. Aber war Palladin denn tatsächlich dort angekommen? Er konnte bis nach Odessa verfolgt, verhaftet und unter Folterungen verhört worden sein. Ein Ersatz wäre nicht allzu schwer zu finden gewesen: ein KGB-Beamter aus Palladins Abteilung, der sich in denselben Akten auskannte. Er brauchte nur ungefähr so alt zu sein wie Palladin und möglichst ebenso groß wie er – falls jemand aus dem Westen sich daran erinnerte, daß Palladin mittelgroß gewesen war. (Haar- und Augenfarbe konnten vorgetäuscht oder verändert werden. Nur die Größe war immer verräterisch.) Unterschiede in den Gesichtszügen spielten keine Rolle: in den neuen Reisepapieren

würden das Foto und die Personenbeschreibung des Ersatzmannes aufscheinen. Odessa ... Ja, da konnte es geschehen sein. Dort hatte es vor dem nächsten Reiseabschnitt nach Istanbul eine Verzögerung gegeben. Und der Ersatzmann hätte diese Verzögerung noch verlängern können. Denn er brauchte ja nicht die anstrengende Reise von Odessa nach Istanbul zu machen; er konnte im letzten Moment direkt in die Türkei geflogen worden sein und sich so die zusätzliche Zeit gesichert haben, die er brauchte, um Palladin auszuhorchen. Und Palladin selbst? Wenn er nicht bereits damals tot war, dann jedoch mit Sicherheit heute.

Tony blickte auf den Hafen und seine Schutzanlagen hinab. Alles lag still, alles lag friedlich. In diesem riesigen Hufeisen aus schwarzem Wasser schwoiten Seite an Seite weiße Schiffsrümpfe, wiegten sich sanft in den Wogen. In regelmäßigen Abständen gesetzte Lampen kennzeichneten die Küste wie hell glänzende Nieten, schützten sie vor der dunklen Bucht. Die See ging sacht; kleine Wellen blitzten unter dem aufgehenden Mond, erstreckten sich bis zum dunklen Rand des Horizonts. Die Sterne strahlten, kaum verschleiert von den dünnen Wolken, die am Nachthimmel dahinzogen. Still und friedlich, dachte Tony abermals. Er sah noch einmal lange zur ›Sea Breeze‹ hinab, ehe er ins warme Zimmer zurücktrat.

»Alles ruhig draußen?« erkundigte sich Georges, als er wieder Licht machte. »Mein Funkgerät hat sich bisher noch nicht gemeldet.«

»Wenn wir morgen die ›Sea Breeze‹ nehmen müssen ...«

»Wir sollten die Antwort aus Brüssel abwarten, bevor du dir darüber Gedanken machst.«

»Morgen«, wiederholte Tony, »wird Emile das Boot unter der Wasserlinie kontrollieren.«

»Was?«

Tony sah wieder die schweigende Reihe der Boote vor sich, alle sicher vertäut, während dunkle Wellen an ihre Flanken klatschten. Wir sind nicht das einzige Team hier, das einen erfahrenen Froschmann hat, dachte er. Dann sagte er mit entschuldigendem Lächeln: »Ich denke ständig an eine durch Fernzündung ausgelöste Explosion. Sieh mich nicht so an, Georges; du hast mich selbst auf diese Idee gebracht. Wann, meinst du, werden wir von Brüssel hören?«

»Es ist noch nicht mal Mitternacht. Und je länger wir auf die Antwort warten müssen, um so besser. Ein kategorisches Nein hätten wir umgehend bekommen.«

»Mitternacht?« Plötzlich fiel Tony Tom Kelso ein. »Verdammt!« Er griff nach dem Telefon, wählte die Nummer aus dem Ge-

dächtnis. Keine Antwort. »Georges, sieh doch mal im Telefonbuch nach – unter Maurice Michel. Ich muß die Nummer vergessen haben.« Im Telefonbuch war jedoch dieselbe Nummer verzeichnet, die er gewählt hatte. Er versuchte es abermals, diesmal langsamer. Aber immer noch meldete sich niemand. Er wartete, bis es zwanzigmal geläutet hatte, dann legte er den Hörer auf.
»Das gefällt mir nicht«, sagte er.
»Sie schlafen. Oder sie haben das Telefon abgestellt.«
»Tom hat gesagt, daß er aufbleibt, bis ich anrufe – egal, wie spät es würde.«
»Vielleicht machen sie einen Mitternachtsspaziergang.«
»Es gefällt mir nicht«, wiederholte Tony. Er streckte die Hand aus. »Die Autoschlüssel, Georges.« Während er schon zur Tür ging, warf er sich noch schnell die Jacke über.
»Aber nicht allein«, warnte ihn Georges.
»Wie denn sonst?« Tony deutete auf die Apparate auf dem Tisch. »Du mußt dich um das da kümmern.«
»Und wenn Fragen gestellt werden?«
»Wir weichen nicht von unserer Forderung ab. Ich werde mit dir in Verbindung bleiben. Hast du noch einen Sender-Empfänger?«
Georges holte einen aus der Schublade – zusammen mit einer kleinen Automatic. »Für alle Fälle«, sagte er grinsend, denn er kannte Tonys Einwände gegen Schußwaffen.
Tony protestierte jedoch nicht, sondern schob sich die Pistole in den Gürtel. Mit einem Nicken zum Abschied zog er sorgfältig die Tür hinter sich ins Schloß.

## Zwanzigstes Kapitel

Das Haus lag dunkel. Tom Kelso hielt neben dem tiefen Schatten der Orangenbäume, stieg aus dem Fiat und öffnete den Kofferraum, um Chucks Koffer herauszuholen. Seine anfänglichen Gefühle, eine lähmende Mischung aus Trauer und Wut, hatte sich gelegt. Der Besuch im Casino und das kurze Gespräch mit Tony Lawton hatten ihm tatsächlich gutgetan. Der Schmerz war ausgebrannt, der Verstand wieder klar. Er konnte die Tatsachen betrachten und erkennen, was getan werden mußte.
Thea hatte seine letzten Anweisungen fast zu gründlich befolgt. Sie hatte nicht nur die Vorhänge zugezogen, die Läden vorgelegt und Vorder- sowie Hintertür abgeschlossen, sondern die Türen auch noch verriegelt, so daß ihm der Schlüssel nicht viel nützte. Er kehrte zum Kücheneingang zurück – den sie im allgemeinen benutzten, weil er direkt neben dem Abstellplatz für den Wagen lag – und klopfte laut. Vielleicht war sie schon oben und schlief; dann würde er ums Haus herumgehen und Steinchen an ihr Schlafzimmerfenster werfen müssen. Er klopfte abermals, rief ihren Namen, erlebte einen Moment echter Angst – seine Gefühle waren also doch noch nicht ganz tot, mußte er zugeben –, doch dann hörte er ihre Stimme. So schnell die Angst gekommen war, so schnell verflog sie nun auch wieder. Während er darauf wartete, daß sie ihm aufmachte, sah er sich an dem schlafenden Berghang um. Unten neben der Gärtnerei schimmerten fröhliche Lichter in einer Gruppe von drei Häuschen, in denen Auguste und seine beiden verheirateten Söhne wohnten. Andere Lichter brannten in den Häusern an der Straße nach Roquebrune. Am hellsten aber war der aufsteigende Mond, der, beinahe voll, das offene Gelände silbern färbte und die Schatten der Büsche und Bäume schwärzte. Nichts rührte sich. Ruhig, friedlich, tröstlich. Die Tür ging auf. Endlich konnte er Thea in die Arme nehmen und sie festhalten.
»Ah, Gardenia«, sagte er, als er sie auf den Hals küßte. »Du hast also ein Bad genommen. Ich dachte schon, ich müßte mir mit einem Rammbock Einlaß verschaffen.« Er hob Chucks Koffer über die Schwelle, machte die Tür zu und verschloß sie wieder. Erleichterung zeichnete sich auf Dorotheas Miene ab, als sie hörte, daß er wieder ganz normal sprach. Sie paßte sich seiner Stimmung an. »Ich habe den Wagen gehört, aber ich mußte mich erst noch abtrocknen und schnell was überziehen . . .«
»Und das ist keineswegs warm genug«, unterbrach er sie. Denn

sie trug lediglich einen Seidenpyjama und einen leichten Wollmorgenrock mit Gürtel darüber.
»Ich friere nicht.« Außerdem war ihr Anzug, trotz aller Eile, nach unten zu kommen, äußerst praktisch gewählt, denn sie mußte ja Tom noch etwas zu essen machen. Und wo doch alle Türen und Fenster geschlossen waren . . .
»Es ist nicht warm genug«, wiederholte er. »Wenn die Hitze nach dem Bad abkühlt, wirst du frieren.« Ihr Gesicht war von der Wärme rosig, aus dem hochgesteckten Haar hatten sich feuchte Löckchen gelöst, die sich auf der Stirn und im Nacken kräuselten. Sie lächelte erfreut über seine Besorgnis, wollte ihm aber kein Wort glauben. Jetzt band sie sich eine karierte Schürze um und holte Eier und Petersilie aus dem Kühlschrank.
»Ich habe wirklich keinen Hunger, Thea«, protestierte er liebevoll. »Außerdem habe ich noch zu tun.«
»Es macht keine Mühe; ich bin gleich fertig.« Sie warf einen Blick auf den Koffer in seiner Hand. War es das, was er noch zu tun hatte? »In fünf Minuten bekommst du dein Omelett. Wasch dich doch schnell und hol dir vorher einen Drink.«
Er nickte und stellte den Koffer auf einen Küchenstuhl; dann ging er in die Anrichte und schenkte sich einen einfachen Scotch ein. Das war eine echte Geste des Vertrauens, dachte er; Thea hat zum erstenmal in den letzten fünf oder sechs Wochen vorgeschlagen, ich soll mir etwas zu trinken holen. Er wusch sich in dem kleinen Bad neben dem Arbeitszimmer, zog Jackett und Krawatte aus, nahm statt dessen einen Pullover und lauschte dem Klappern der Pfanne auf dem Herd und dem Geräusch des Eieraufschlagens. Der Duft eines in Butter backenden Omeletts und von aufgebrühtem Kaffee verbreitete sich durchs Haus. Köstlich, mußte er zugeben, als er in die Küche zurückkehrte. Und eine ganz normale Szene, wie Thea am Herd stand, behutsam die schwere Pfanne schwenkend und mit gespannter Miene das Festwerden des Omeletts überwachte. Jetzt schnitt sie mit geschickten Bewegungen die Petersilie in die Mitte. Tom legte Platzdeckchen auf den Küchentisch, Servietten und Gabeln, und er widerstand dem Wunsch nach einem weiteren Drink.
»Ich habe doch mehr Hunger, als ich gedacht habe, «erklärte er, als sie das Omelett zusammenklappte und auf einen Teller gleiten ließ. Wir sind in unser eigenes Leben zurückgekehrt, dachte er; bis auf die fest verschlossenen Fenster und Türen, bis auf den Koffer dort auf dem Stuhl. Thea hatte seine Gedanken erraten.
»Müssen wir alles so fest verschließen?« erkundigte sie sich, als sie sich zu ihm an den Tisch setzte und ihm ein perfektes Omelett servierte: oval, golden, grün gesprenkelt mit Petersilie, außen fest, innen noch ein wenig *bavant*.

»Es ist gemütlicher.« Tom unterschlug den wahren Grund. »Komm, Darling, iß etwas mit. Du mußt doch auch Hunger haben.« — »Das ist vermutlich Tonys Idee«, sagte sie nachdenklich. Sie sprach noch immer von den verschlossenen Fenstern und Türen. »Aber ist er nicht ein bißchen überängstlich? Armer Tony — ich glaube, er kann nicht anders. Sein ganzes Leben ist auf Gefahr eingestellt.«
Ein wenig belustigt schüttelte sie den Kopf; auf ihrer Stirn löste sich ein weiteres Löckchen. »Brad Gillon hat übrigens aus New York angerufen; er hat es gerade gehört.« Als Tom jedoch die Gabel hinlegte und aufstehen wollte, fügte sie rasch hinzu: »Er wird noch einmal anrufen, sobald er aus dem Büro nach Hause kommt. Das müßte gegen elf Uhr unserer Zeit sein. Ich habe gesagt, daß du bis dahin sicherlich aus Menton zurück wärst. Jetzt ist es erst halb zehn. Wir können also in aller Ruhe essen. Wie wär's denn mit einem milden Camembert hinterher — und einen Châteauneuf du Pape? Anschließend ein bißchen Obst und Kaffee, und dann kannst du mir erzählen, was unten in Menton passiert ist.«
»Fütterung des Raubtiers?« fragte Tony, lächelte aber dabei freundlich. Er fühlte sich sehr viel wohler. Seine Nerven beruhigten sich. »Ich werde es dir jetzt gleich erzählen.« Und er begann einen ausführlichen Bericht über seine Fahrt in die Stadt.
Dorothea lauschte schweigend. Als sie aufstand, um den Tisch abzuräumen, fragte sie: »Mußt du unbedingt heute abend noch Chucks Koffer durchsuchen? Also wirklich...« Ärgerlich räumte sie das Geschirr in die Spülmaschine. »Tony ist absolut unmöglich, Tom!« Hatte er denn kein Gefühl, kein winziges bißchen Einfühlungsvermögen? »Warum die Eile? Konnte er uns nicht jetzt in Ruhe lassen...«
»Ich möchte selber wissen, warum Rick Nealey unbedingt an diesen Koffer heranwollte«, beschwichtigte Tom seine aufgebrachte Frau. »Ich muß ihn durchsuchen. Daran führt kein Weg vorbei, Thea.«
»Dann helfe ich dir«, erklärte sie mit einem besorgten Blick auf Tom. Seine Stimme klang, als hätte er sich ganz unter Kontrolle, aber sogar jetzt, wo er vom Essen und vom Wein entspannt war, wirkte sein Gesicht eingefallen und abgespannt.
Er hob den schweren Koffer auf den Tisch, öffnete ihn, betrachtete den sauber gepackten Inhalt und zögerte. Langsam nahm er ein kleines Buch und zwei größere Umschläge heraus.
»Wenn du willst, werde ich mir die Kleider vornehmen. Das Tagebuch...«
»Das ist kein Tagebuch. Nur Adressen und Termine.« Aber ganz hinten gab es ein paar Seiten mit der Überschrift *Notizen,* die zum

größten Teil von Chucks winzig kleiner Handschrift mit eng gedrängten, größtenteils abgekürzten Worten bedeckt waren. »Ausgaben«, war Toms erster Eindruck. »Chuck hat immer genau Buch geführt über das, was er in Restaurants und für Theater und Kino ausgab und . . .« Er hielt inne. Hier waren auch noch andere Dinge vermerkt, unter anderem ein paar persönliche Aufzeichnungen. »Ich werde einige Zeit brauchen, bis ich alles entziffert habe. Komm, gehen wir ins Wohnzimmer.«
»Entziffern? Ist es denn irgendwie verschlüsselt?« fragte Dorothea, als sie das Küchenlicht ausmachte und prüfte, ob die Hintertür fest verschlossen und verriegelt war. Tom trug den Koffer bereits hinüber. Er öffnete ihn wieder und stellte ihn auf eine Couch, damit sie den Inhalt bequemer erreichen konnte.
»Nein«, antwortete er, als sie zu ihm trat, und ging mit dem Adressenbuch und den Umschlägen zum Schreibtisch in der Ecke. »Nicht verschlüsselt. Nur Abkürzungen — eine alte Gewohnheit von Chuck. Er hat immer genau soviel auf eine Postkarte geschrieben wie andere Leute auf mehrere Seiten.« Er nahm Platz, knipste die kleine Schreibtischlampe an und begann zu lesen.
Dorothea betrachtete den geöffneten Koffer. Sie fröstelte, dann zwang sie sich, die Kleidungsstücke des Toten auszupacken. Entfalten, schütteln, alle Taschen durchsuchen, mahnte sie sich. Es würde eine herzerreißende Arbeit werden. Chuck hatte sehr viel in diesen Koffer hineingezwängt, alles, was er für seinen Winterurlaub brauchte: Skihosen und Jacken, Rollkragenpullover. Die einzigen Zugeständnisse an offizielle Gelegenheiten waren ein marineblauer Blazer, eine graue Flanellhose, teure Mokassins, ein weißes Hemd und drei Krawatten — wahrscheinlich für festliche Abende. Oder vielleicht auch für Menton, falls er ein ganzes Wochenende hiergeblieben wäre.
Die Polizei, dachte sie, als sie den Blazer entfaltete, ist aber im Packen ebenso erfahren wie Chuck. Alles wirkte, als sei es, seit er den Koffer in New York randvoll gepackt hatte, nicht mehr berührt worden. Vielleicht hat die Polizei den Koffer aber auch nur oberflächlich durchsucht, wie die Zollbeamten, wenn sie nicht gerade mißtrauisch waren. Warum sollten die Polizisten sich auch mit Wäschestücken abgeben? Sie waren genau das, wonach sie aussahen: das übliche, was ein junger Mann einpackt, der einen Urlaub plant und keinen Selbstmord.
Hier ist nichts, entschied sie schließlich, nachdem sie in einer Außentasche des Blazers lediglich ein gefaltetes Taschentuch gefunden hatte. Drinnen gab es eine Schlitztasche, die im Seidenfutter auch keine Wölbung verursachte. Nein, nichts, dachte sie wieder, untersuchte die Tasche aber dennoch. Ihre Finger stie-

ßen auf etwas Dünnes, Leichtes. Sie zog ein gefaltetes Blatt Luftpostpapier hervor.
Als sie es öffnete, sah sie, daß die eine Seite zur Hälfte mit Maschinenschrift bedeckt war: Ein Brief vom 26. Februar an Paul Krantz, Shandon House, Appleton, N. J. Oben links standen die Worte: *Kopie für Tom.* Und unten auf der Seite ein hastig mit Bleistift hingeworfenes Postscriptum unter dem heutigen Datum, dem 28. Februar: *Tom, ich werde Dir dies übergeben, wenn ich heute abend abfahre. Ich wollte nicht darüber sprechen, bis Du Zeit gehabt hast, es zu lesen, zu verarbeiten und darüber nachzudenken. Der Originalbrief ist unterschrieben, verschlossen und bereit zum Absenden — falls Nealey meine erste Alternative nicht akzeptiert. Er hat heute morgen zunächst alles geleugnet und dann, nachdem ich eine heftige Diskussion gewonnen hatte, zögernd seine Schuld gestanden, behauptete aber, er brauche Zeit zum Überlegen, etc., etc. Ich habe ihm vierundzwanzig Stunden Zeit gegeben; bis dahin muß er von seinem Posten in der Shandon-Villa zurückgetreten sein. Tut er das, brauche ich den Brief nicht an Krantz zu schicken, und Du kannst Deine Kopie vernichten. Tut er es nicht, werde ich dich aufsuchen, ehe ich nach Gstaad weiterreise. Irgendwelche Verbesserungsvorschläge für das, was ich geschrieben habe? Immer Dein Chuck.*
»Tom!« rief Dorothea quer durchs Zimmer. »Ich habe etwas gefunden. In der Blazertasche. Ein Brief ans Shandon House, in dem er alles über das NATO . . .«
»Erwähnt er darin auch Rick Nealey?« Tom war, das Adressenbuch und einen Zeitungsausschnitt in der Hand, sofort aufgestanden. Rasch kam er herüber, nahm ihr das Blatt aus der Hand und überflog den Inhalt. Ja, da war es, sauber und deutlich in zwei entscheidenden Sätzen zusammengefaßt: Heinrich Nealey war der einzige, der wußte, daß Chuck im Besitz des gesamten NATO-Memorandums war; Heinrich Nealey war der einzige, der am Abend des 23. November Zugang zum zweiten und dritten Teil der Studie hatte. Der Rest des Briefes, ebenso knapp gefaßt, begann mit dem Geständnis, daß Chuck das Memorandum aus dem Shandon House entfernt hatte. Er schloß mit Chucks Rücktritt aus dem Institut und der Erklärung, er habe aus Gewissensgründen gehandelt und in der Überzeugung — die er noch immer hege —, daß die amerikanische Öffentlichkeit ein Recht darauf hatte, den vollen Inhalt des ersten Teils des NATO-Memorandums kennenzulernen.
Tom las das Postscriptum noch einmal. Und noch einmal. Schließlich sagte er: »Chuck hatte nicht die geringste Chance, nicht wahr? Es war ihm überhaupt nicht klar, daß Nealey ein ausgebildeter feindlicher Agent war; vermutlich hielt er ihn für einen Amerikaner, den man zum Landesverrat überredet hatte.

Warum hätte er ihm sonst« — Tom sah Thea herausfordernd an — »vierundzwanzig Stunden Zeit gegeben, warum hätte er sonst den Brief nicht gleich abgeschickt, als er ihn am Mittwoch schrieb?«
Weil Chuck hoffte, dachte sie unglücklich, er könne es noch vermeiden, den Brief abzuschicken. »Vielleicht«, sagte sie laut, »konnte er immer noch nicht daran glauben, daß ihn Rick Nealey« — sie unterdrückte das Wort ›reingelegt‹ und fand einen etwas weniger bösartigen Ersatz — »betrogen hat. So lange nicht, bis er Nealey persönlich gegenüberstand.«
»Aber Chuck *wußte,* daß er hintergangen worden ist — längst ehe er mit Nealey sprach.« Tom reichte ihr den Zeitungsausschnitt. »Das stammt aus der ›Washington Post‹ vom letzten Dienstag. Eine von diesen ›Jetzt kann offen berichtet werden‹-Meldungen.«
Es war ein kurzer Bericht von einem der sensationsträchtigen, aber zuverlässigen Kolumnisten. Das NATO-Memorandum, am 3. Dezember 1974 als Dienst an der Öffentlichkeit von einer prominenten Zeitung teilweise veröffentlicht, sei in die Hände der Sowjetbehörden gelangt. Eine zuverlässige Quelle im Pentagon gebe zu, der den alliierten Geheimdiensten zugefügte Schaden sei schwer und ›in mehreren Fällen für die Agenten vor Ort katastrophal‹.
»Ja«, wiederholte Tom, »er wußte, daß er überlistet worden ist. Brad Gillon hat es ihm gesagt, aber da hat er es noch nicht glauben wollen. Und dann, am Dienstag, erschien dies.« Tom schob den Zeitungsausschnitt wieder in Chucks Adressenbuch. »Am Mittwoch mußte Chuck dann einsehen, daß er reingelegt worden ist. Reingelegt. Eine andere Bezeichnung dafür gibt es nicht. Also schrieb er diesen Brief an Paul Krantz, änderte seine Reisepläne, kam nach Menton, um Rick Nealey zu stellen . . .« Tom schüttelte den Kopf. »Großer Gott, was hat der arme, alte Chuck da bloß angerichtet! Und er war immer so fest überzeugt, daß er recht hatte. So sicher, daß er fertig wurde, mit . . .« Erbrach ab, mußte sich abwenden, sagte: »Chuck hat sich überschätzt.«
Dorothea packte die letzten Kleidungsstücke wieder ein. »Erste Alternative‹«, sagte sie nachdenklich. »Was hat er wohl damit gemeint? Das erwähnt er doch in dem Postcriptum, nicht wahr?«
Als ob ich dieses Postscriptum jemals vergessen würde, dachte Tom. Chuck, immer noch schwankend, entschlossen, zu zeigen, wir hart er sein konnte. Und hätte er mir diesen Brief an Krantz gegeben, wenn Nealey heute nachmittag zu ihm gekommen wäre, seine Bedingungen akzeptiert hätte? Nein, wahrscheinlich nicht. Chuck hätte den Brief aus der Blazertasche geholt, ihn vernichtet und sich eingeredet, es sei nicht mehr nötig, mich da-

mit zu belästigen. Und unser Gespräch hätte lediglich aus Ausweichmanövern und Versprechungen bestanden.
»Tom . . .« sagte Dorothea, die mit großen, angstvollen Augen zu ihm emporblickte.
»›Wenn Nealey meine erste Alternative nicht akzeptiert‹«, zitierte Tom wörtlich. »Das bezieht sich auf ein paar Notizen, die er sich in seinem Terminkalender gemacht hat. Bedingungen, die er Nealey stellen wollte, vermutlich. Er war nervös . . .« Das Telefon schrillte. »Hier, nimm.« Tom reichte ihr das kleine Buch, deutete auf die Seite und eilte hinaus, um das Gespräch in seinem Arbeitszimmer entgegenzunehmen.
Dorothea las die wenigen in winziger Handschrift abgefaßten Zeilen: *Alternativen: Entweder N. tritt zurück, gibt Shandon-Villa und jeden anderen Regierungs- oder offiziellen Posten auf, oder ich schicke den Brief an Krantz ins Shandon House, zusammen mit Erklärungen für die entsprechenden Behörden.*
Chuck hat nie aufgehört zu hoffen, daß sein ehemaliger Freund Nealey die Tatsachen akzeptieren, anstandslos verschwinden und niemandem weiter Ärger bereiten würde, dachte Dorothea. Und ihm, Chuck, die Notwendigkeit ersparen würde, selber zurückzutreten, öffentlich zuzugeben . . . Ach, Chuck, dachte sie verzweifelt, warum bist du nicht sofort zu Paul Krantz gegangen, als Brad Gillon mit dir gesprochen hatte? Warum hast du einem Journalisten bereitwilliger geglaubt als einem Freund deines Bruders? Dann wäre jetzt alles vorüber: die Sache Nealey wäre erledigt, und du . . . jawohl, ich weiß, du hättest deinen Job verloren, aber du wärst wenigstens am Leben!
Tom kam zurück. »Das war Brad. Wollte herkommen und helfen. Aber ich sagte ihm, er solle in New York bleiben. Er hat da genug zu tun – Tonys Idee; er soll sich auf Nealeys New Yorker Freundin und die Telefongespräche konzentrieren, die von ihrer Wohnung aus geführt wurden. Möglicherweise ist Nealey dort der eine oder andere Ausrutscher passiert. Aber ich glaube kaum. Er ist zu vorsichtig. Trotzdem, auch die Vorsichtigsten machen zuweilen einen Fehler. Und jedes bißchen . . .«
»Aber haben wir denn nicht genug gegen Rick Nealey in der Hand?«
Tom nahm ihr Chucks Terminkalender ab, faltete den Brief an Krantz um das Buch herum und steckte beides hinter die Uhr auf dem Kaminsims. »Deine Hände sind eiskalt«, stellte er beunruhigt fest. »Geh lieber rauf und zieh dir was Warmes an. Oder willst du nicht doch zu Bett gehen? Ich komme nach, sobald Tony angerufen hat.«
»Ich könnte ja doch nicht schlafen.«
»Dann hol dir einen Pullover, und ich mache inzwischen Feuer.«

Dorothea ging auf die Flurtür zu. Ich brauche mehr als ein Feuer und einen warmen Pullover, um die Kälte aus meinem Herzen zu vertreiben, dachte sie. »Aber wir *haben* doch jetzt Beweise, nicht wahr?«
»Gegen Nealey?« Tom beobachtete, wie die ersten Flammen um das Papier züngelten, die Holzstückchen anfraßen. »Wir haben nichts, was Tony und Brad nicht bereits wüßten. Es gibt nicht den geringsten Beweis dafür, daß Nealey KGB-Agent ist. Nicht den geringsten.« Er dachte an Tonys Enttäuschung am Nachmittag. Jetzt schluckte er selbst die bittere Pille.
»Soll das heißen«, fragte Dorothea, entsetzt, wütend, »daß er ungestraft davonkommt?«
»Darling, geh hinauf und pack deine eiskalten Glieder in irgendwas Warmes.«
»Aber das ist nicht richtig, ist nicht gerecht . . .«
»So was ist nur selten gerecht«, antwortete Tom. »Und nun, marsch, hinauf, Thea!«
Als sie, in Wollhose und dickem Pullover, wieder herunterkam, brannte das Feuer, waren zwei Gläser Cognac eingeschenkt und bis auf eine kleine Tischlampe sämtliche Lichter gelöscht.
»Wo ist der Koffer?« fragte sie.
»Im Flurschrank. Und jetzt wollen wir nicht mehr davon reden, deutete Toms entschiedener Ton an. Er zog sie neben sich auf die Couch und reichte ihr einen Cognac. »Bald haben wir dich wieder schön warm, mein Mädchen. Ich dachte schon, du wärst doch lieber zu Bett gegangen.« Er legte den Arm um sie, zog sie an sich, versuchte sich zu entspannen und in dem ruhigen Frieden dieses grün-goldenen Zimmers alle Sorgen und Probleme zu vergessen. Aber er dachte immer wieder an das, was Brad Gillon gesagt hatte und was er an Tony weitergeben sollte, wenn dieser anrief. Eine Kleinigkeit, kaum der Mühe wert, Thea davon in Kenntnis zu setzen, Hoffnungen zu nähren, die dann doch nur wieder in Enttäuschung endeten. Doch diese Kleinigkeit war so interessant, daß er in Gedanken immer wieder Brads Stimme hörte: »Und sag Tony, die mühselige Untersuchung aller Seiten des Memorandums ist beinahe vollendet. Es gab eine Menge Fingerabdrücke, aber es ist den Experten gelungen, ein paar Abdrücke zu isolieren. Zwei haben sie, Daumen und Zeigefinger an der oberen Ecke von zwei Seiten im dritten Teil des Memorandums, die noch nicht identifiziert werden konnten.« Bis jetzt noch nicht . . . Aber die Abdrücke können von Chuck stammen, und dann stehen wir wieder ganz am Anfang. »Was hast du so lange oben gemacht?« Zwanzig vor zwölf auf der Kaminsimsuhr. Tonys Anruf mußte jeden Moment kommen.
»Ich mußte noch das Badezimmer aufräumen. Ich hatte einfach

alles liegen- und stehengelassen, als ich den Wagen kommen hörte.«
»Du hast doch wohl nicht dieses verdammte Fenster zum Lüften aufgemacht – oder?«
Fast hätte sie es wirklich getan, aber dann waren ihr Toms Warnungen eingefallen, und sie hatte es nicht geöffnet. Das Badezimmerfenster war einer von Solange Michels glänzenden Einfällen. Es befand sich hinter der Badewanne und gestattete bei Tag, von Glyzinien umrankt, die bis zu dem überhängenden Dach hinaufkletterten, den Blick auf den Hang neben dem Haus. Aus Anstandsgründen konnte man jedoch bei Dunkelheit, wenn im Bad Licht brannte, rings um die Wanne herum schwere Seidenvorhänge zuziehen, so daß man wie in einem Himmelbett lag.
»Viel zu mühsam«, gab sie zu. Um das Fenster zu erreichen, hätte sie in die Wanne steigen und die vielen, schweren Vorhangfalten beiseite schieben müssen. »Ich wollte gerade heute nacht nicht riskieren, mir einen schönen Hexenschuß zuzulegen. Wann erwartest du Tonys Anruf? Glaubst du, er hat uns was Neues zu berichten?«
»Ich weiß es nicht.« Er schob sämtliche Spekulationen und aufkeimenden Hoffnungen im Hinblick auf dieses Thema beiseite und prophezeite: »Eines Tages bricht sich noch jemand in der Wanne den Hals.«
»Aber es ist ein wunderschöner Blick. Man kann dasitzen und sich so richtig freuen an . . .«
»Bulldozern und Bauprojekten?«
Das hatte Solange bestimmt nicht beabsichtigt. Dorothea mußte lachen. »Arme Solange«, sagte sie.
»Armer Maurice. Wie hält er es bloß aus, mit ihren ständigen überkandidelten Ideen?« Es ist schön, dieses weiche Lachen wieder zu hören, dachte Tom; sie ist entspannt, sie friert nicht mehr, und sie wird heute nacht sogar schlafen, wenn Tony angerufen hat und wir beruhigt hinaufgehen können. (Kein Telefon in einem Schlafzimmer – das war auch einer von Solanges Grundsätzen.)
»Aber es macht sich wirklich sehr hübsch, Tom«, behauptete Dorothea, um Solange zu verteidigen.
»Ich halte es lieber mit der Bequemlich . . .« Tom unterbrach sich und fuhr hoch. »Was war das?«
Dorothea spürte einen kalten Luftzug an ihren nackten Knöcheln. »Das«, antwortete sie mit leiser Stimme, »könnte meine Omelettpfanne gewesen sein. Ich habe sie in den Spülstein gestellt, und irgend jemand ist gerade reingetreten.«
»Durchs Fenster geklettert?«

»Es ist offen. Ich fühle die Zugluft . . .«
Tom legte ihr einen Finger auf die Lippen, stellte sein Cognacglas hin und zog sie lautlos von der Couch hoch. Dann griff er sich einen Feuerhaken. »Geh durch die Terrassentür hinaus, lauf zur Gärtnerei runter und weck Auguste. Sag ihm, er soll die Polizei anrufen.«
»Nicht Tony?«
»Ich weiß seine Nummer nicht. Rasch!« Er lauschte aufmerksam, während er sprach. Ja, ein zweites Geräusch, gedämpft, aber eindeutig ein Stolpern, kam aus der Küche. Er schob sie auf die Fenstertür zu.
»Und du?«
»Hol die Polizei!« drängte er.
Sie teilte die langen Vorhänge gerade so weit, daß sie einen Türflügel öffnen und hindurchschlüpfen konnte. Eine Hand kam aus der Dunkelheit, packte sie an der Schulter und stieß sie über die Schwelle zurück. Sie stolperte, gewann das Gleichgewicht wieder und floh dann, als der Mann ihr ins Zimmer folgte, zu Tom. Der Mann sagte: »Keine Gewalt, Monsieur. Eine Bewegung von Ihnen, und meine Männer werden Sie beide erschießen.«
Und Tom, der mit erhobenem Feuerhaken zum Fenster wollte, erstarrte, als er sich umblickte und an der Zimmertür zwei weitere Männer sah, mit gezogenen Pistolen. Dorothea erreichte ihn, blieb dicht neben ihm stehen. Er hörte, wie sie die Luft anhielt, während sie voller Entsetzen die zwei Männer betrachtete, die auf sie zukamen. Schwarze Skimasken über Kopf und Gesicht gezogen, weiße Ränder um Augen und Mund; schwarze Overalls über schlanken Körpern; schwarze Handschuhe und Schuhe mit Gummisohlen: vollkommen unkenntlich und daher um so bedrohlicher. Er nahm ihre Hand, drückte sie beruhigend, dachte hundert wahnsinnige Gedanken und empfand die Verzweiflung absoluter Hilflosigkeit.

## Einundzwanzigstes Kapitel

Eine endlose Minute lang rührte sich niemand. Die beiden schwarzen Gestalten in den grotesken Masken waren stehengeblieben und achteten weder auf Dorothea noch auf Tom. Die weißen Augenschlitze waren auf den Mann gerichtet, der durch die Terrassentür hereingekommen war. Er hielt sich im Schatten, riskierte auch nicht einen Schritt weiter in den Lichtschein der Tischlampe neben der Couch, obwohl er sich mit einem undefinierbaren dunklen Mantel, einem schwarzen Seidenschal über Kinn und Mund und einem weit in die Stirn gezogenen Hut getarnt hatte. Ungefähr meine Größe, fast ein Meter achtzig, stellte Tom fest; nur schwerer gebaut, mit mächtigen Schultern. Selbst die durch den Schal verzerrte Stimme wird schwer wiederzuerkennen sein. Aber er ist der Chef, daran besteht kein Zweifel. Die beiden anderen warten auf seine Befehle. Er wird die Entscheidung treffen.
Und das tat er. »Anfangen!« sagte er auf französisch. »Du oben.« Er nickte dem größeren seiner beiden Untergebenen zu. Dem anderen befahl er: »Du – dieses Stockwerk!« Er zog einen Revolver aus der Manteltasche, verschränkte die Arme und richtete den Lauf auf Tom und Dorothea.
»Chucks Koffer?« fragte Dorothea ihren Mann leise und wandte dabei den Kopf von dem sie beobachtenden Mann ab.
»Ja. Und tu, als verständest du kein Französisch.«
»Das ist leicht«, murmelte sie.
»Nicht sprechen!« kommandierte der Mann auf französisch. »Werfen Sie den Feuerhaken hin. Hinwerfen! Sofort! Haben Sie nicht gehört?«
Tom umklammerte den Griff fester und sagte zu Dorothea: »Sie werden offener reden, wenn sie meinen, wir verstehen nicht, was sie ...«
»Ruhe!« Wieder auf französisch. »Oder muß ich erst mit einer Kugel nachhelfen?«
Tom beachtete ihn nicht. »Das machst du großartig, Darling«, lobte er sie.
Und das stimmte. Ihre Hand, die anfänglich gezittert hatte, war jetzt ruhig. Zwar mochten Panik und Angst noch nicht verschwunden sein, ihre Miene aber verriet nichts davon. Sie starrte den Mann verständnislos an.
Er wechselte ins Englische. »Nicht sprechen! Werfen Sie den Feuerhaken hin! Sofort!«

Tom gehorchte und nahm Dorothea in die Arme. »Dagegen werden Sie doch wohl nichts haben, wie?« fragte er, um ihn von dem Feuerhaken abzulenken, den er so nahe an seinen Füßen wie möglich fallen gelassen hatte. »Meine Frau fühlt sich nicht . . .«
»Ruhe!«
»Darf sie sich setzen?« Dadurch wäre Thea aus dem Schußbereich.
»Bleibt, wo ihr seid! Beide!«
Also blieben sie. Oben huschten leichte Schritte durch die Schlafzimmer. Im Erdgeschoß huschten leichte Schritte durch Arbeits- und Eßzimmer. Schubladen und Türen wurden geöffnet und wieder geschlossen. Was aber, wenn sie gefunden hatten, was sie suchten? Dann ist ihnen klar, daß ich zuviel weiß, dachte er. Verdammt, warum habe ich nicht einfach alles im Koffer gelassen? Dann sähe es so aus, als wüßten wir von nichts; dann würde man uns am Leben lassen. Wie werden sie unseren Tod erklären? Auf jeden Fall so, daß er als Unfall akzeptiert wird, als tragisches Geschehen. Aber wie?
Die maskierte Gestalt, die das obere Stockwerk durchsucht hatte, kehrte als erste zurück. Niemand und nichts, berichtete der Mann. Nur ein Schlafzimmer benutzt, daneben ein Badezimmer – fensterlos. Die anderen Räume im oberen Stock unbewohnt, Schuhladen und Schränke leer. Kein Gepäck. Keine Gäste. Keine Hausangestellten. Die beiden wohnten hier ganz allein.
»Also auch keine Störungen.« Der Mann am Fenster löste die Arme und schob den Revolver in seine Tasche zurück. »Du fängst jetzt hier drinnen an zu suchen. Hinter der Täfelung könnten sich Geheimtüren verbergen.«
Das Telefon läutete.
»Läuten lassen!« schrie er laut, damit auch der Mann, der immer noch im Arbeitszimmer suchte, seinen Befehl verstand. »Nicht die Leitung durchschneiden. Das Haus ist bewohnt. Verstanden?« Dann schwieg er, schien aufmerksam zu lauschen. »Oben ist kein Telefon?« erkundigte er sich, als das Läuten aufhörte.
»Nein.«
»Na schön. Los, fang endlich an zu suchen.« Er schob den Mantelärmel zurück, verglich die Zeit mit der Uhr auf dem Kaminsims. »Los, beeil dich! Und was ist das?« fragte er seinen zweiten Helfer, der gerade mit einem Stoß Papiere aus dem Arbeitszimmer herübergekommen war.
»Dein Manuskript, Tom!« sagte Dorothea, die Stimme voller Empörung erhoben. »Was wollen die denn mit . . .«
Tom beruhigte sie mit einem Kuß auf die Wange und flüsterte ihr ins Ohr: »Zeig ihnen den Koffer. Geh in den Flur. Und dann schnell die Treppe hinauf . . .«

Sie sah ihn fragend an.
»Schließ dich im Badezimmer ein und . . .«
Wieder läutete das Telefon. Und hörte nicht auf zu läuten, so daß sein Geflüster nicht mehr zu hören war. Ob sie ihn verstanden habe?
Dorothea drückte Toms Arm. Dann hob sie die Stimme, um sich bei dem unaufhörlichen Telefonläuten verständlich zu machen.
»Dieses Manuskript ist für Sie nicht von Interesse. Doch wenn Sie etwas Bestimmtes suchen, dann sagen Sie mir, was es ist. Ich werde Ihnen zeigen, wo Sie es finden.« Sie trat einige Schritte von Tom fort.
»Wir werden's schon finden«, erwiderte der Mann am Fenster, der in Toms Manuskript blätterte. »Zurück! Dahin, wo Sie vorher waren!«
Doch Dorothea trat nicht zurück. »Haben Sie denn so viel Zeit, daß Sie alle verborgenen Winkel dieses alten Hauses durchsuchen können? Dazu brauchen Sie doch Stunden.«
Das ist meine Thea, dachte Tom, viel klüger als ich. Ich hätte das Wort ›Koffer‹ rausgeschossen, und dann wäre klar gewesen, daß wir mehr wissen, als gut für uns ist. Doch da steht Thea, unschuldig und mit großen Augen, und zwingt sie dazu, den ersten Zug zu machen. Aber beeil dich, Thea, um Gottes willen, beeil dich! Dieser Kerl in der Skimaske, der die Täfelung abklopft, wird gleich den Kamin erreichen. Und hinter der verdammten Uhr wird er alles finden, wonach sie suchen.
Das Telefon verstummte nach dem zwanzigsten Läuten.
»Stunden!« wiederholte Dorothea betont.
Und tatsächlich — der Mann zögerte. Ein wenig tastend sagte er: »Wir suchen Wertsachen, die in einem Koffer aufbewahrt waren.« — »In einem Koffer?«
Thea, mein Liebes, wir dürfen keine Zeit verschwenden. Tom beobachtete den Maskierten, der nur noch zwei Meter vom Kamin entfernt war.
»Ach so«, sagte Thea, scheinbar begreifend, »Sie meinen diesen Koffer hier!« Und schon ging sie mit raschen Schritten zum Flur.
»Halt!« Das Manuskript wurde hingeworfen, die Seiten überall auf dem Boden verstreut. »Sagen Sie uns, wo er ist.«
»Das muß ich Ihnen selber zeigen.« Thea ging unbeirrt weiter.
»Der Schrank ist sehr schwer zu finden. Der Besitzer dieses Hauses haßt nämlich Türen, die wie Türen aussehen.« Jetzt war sie im Flur. Die beiden Maskierten liefen ihr nach, packten sie an den Armen. »Wie kann ich Ihnen den Schrank zeigen . . .«, begann sie wütend und wehrte sich heftig.
»Laßt sie los!« befahl die Stimme des Herrn und Meisters. Die beiden Untergebenen gehorchten. »Holt den Koffer.«

Dorothea deutete auf ein *trompe-l'œil* in der Täfelung. Diese Dummköpfe, dachte sie. Mindestens zweimal sind sie an dem Schrank vorbeigekommen und haben nicht einmal den barocken Symbolismus der Federhüte, Capes und Silberknaufstöcke erkannt. »Sie müssen die Hand auf diese Stelle legen ... Mein Gott, wie dumm! Da, wo die Fettflecken sind! Verdammt noch mal, warum sprecht ihr nicht Englisch?« Sie legte die Hand auf die Täfelung, die lautlos beiseite glitt, und trat zurück, um den Männern Platz zu machen. Direkt hinter ihr lag die Treppe. Sie machte auf dem Absatz kehrt und lief hinauf.
Aus dem Wohnzimmer kam ein Ruf. Einer der Männer verließ den Wandschrank und jagte ihr nach. Doch sie war bereits am Schlafzimmer und schlug ihm die Tür vor der Nase zu, während sie weitereilte zum Badezimmer. Der Mann hatte sie noch nicht ganz erreicht, als sie die Tür – schwer, dick, aus solider Eiche – bereits verschlossen und verriegelt hatte.
Sie warf ein Handtuch in die Wanne, um sicheren Halt zu haben, vergaß auch nicht, die Wasserhähne des Waschbeckens voll aufzudrehen, um das Geräusch der Vorhangringe zu übertönen, und teilte die schwere Seide gerade so weit, daß sie die Schiebefenster öffnen konnte. Die kalte Nachtluft drang herein, und sie stand da und starrte hinüber in den Wipfel einer Akazie, deren Blüten vom Mondlicht mit Silber übergossen wurden. Das Hämmern an der Tür hinter ihr drängte sie jedoch zur Eile.
Ich kann's nicht, dachte sie. Ich bring's nicht fertig. Trotzdem setzte sie sich auf die Fensterbank, schwang ein Bein hinaus und umkrampfte den Fensterrahmen. Kurze Pause. Dann tastete sie vorsichtig nach der Glyzinie, bis ihre Finger eine der kräftigen Ranken fanden. Sie schloß die Hand um den Strang und zog. Er gab zwar ein wenig nach, hielt aber durchaus. Wenn eine Glyzinie ein Dach sprengen kann, dann kann sie dich bestimmt auch tragen, sagte sie sich. Und wenn nicht – schnell zur Akazie hinüberspringen.
Sie rutschte die letzten Zentimeter auf der Fensterbank entlang, die Hand fest an der Glyzinie. Jetzt die andere Hand – schnell! Sekundenlang schwang sie frei, mit baumelnden Beinen und schmerzhaft verrenkten Schultern. In ihrer Kehle steckte ein Angstschrei. Verzweifelt suchte sie mit dem Fuß nach einem Halt an dem knorrigen Stamm, fand ihn und verlagerte einen Teil ihres Gewichtes dorthin. Hand über Hand, mit den Füßen blind jede Verästelung des Klettergewächses ausnützend, ließ sie sich durch den Wald der zarten Blätter und der hängenden Laternen gleichenden malvenfarbenen Blüten hinab.
Sie fiel erst das letzte Stück, etwa einen Meter hoch, als ihre Arme keine Kraft mehr hatten. Mit einem Stoß traf sie auf dem Bo-

den auf. Tut mir leid, entschuldigte sie sich bei der Glyzinie und ihren zerfetzten Blüten, als sie sich wieder aufrappelte. Sie versuchte tief Luft zu holen, um wieder ruhiger zu werden, und setzte sich in Trab. Doch ihre Beine waren zu schwach, die Füße unsicher. Aus dem Trab wurde ein Dahinstolpern.
Hat sie's geschafft? fragte sich Tom. Ist Thea entkommen? Er ignorierte den Koffer, der triumphierend hereingetragen wurde, und beobachtete nur den Flur und die untersten Treppenstufen, die von hier aus zu sehen waren. Er lauschte, hörte aber nur das ferne Hämmern gegen kräftiges Holz. Dann hörte es auf. Aber es kam kein Schrei, nur das Geräusch leichter Schritte auf der Treppe. Der Mann versuchte sich lässig zu geben. »Sie hat sich im Badezimmer eingeschlossen. Am besten lassen wir sie da.«
»Keine Fenster?«
»Nein. Das habe ich doch schon gesagt. Für den Fall, daß sie wieder herauskommt, habe ich die Schlafzimmertür abgeschlossen.« Er hielt den Schlüssel empor.
»Und die Schlafzimmerfenster?«
»Viel zu hoch. Da geht es zwei Stockwerke weit senkrecht auf eine Steinterrasse hinunter.« Lachend steckte er den Schlüssel ein. »Eine richtige Hexe. Hätte ich eigentlich gar nicht gedacht.«
»Macht weiter! Los, an die Arbeit! Durchsucht dieses Zimmer!« Denn außer den beiden Umschlägen hatten sie in dem Koffer nichts gefunden. Die allerdings studierten sie äußerst gründlich, Chucks Paß, seine Flugtickets, seine Hotelreservierung, einen Fahrplan und einen Brief von einem Mädchen in Gstaad. Jedes Fetzchen Papier war interessant, alles, was beschrieben war, alles, was zwischen den Seiten versteckt werden konnte. Zwei Taschenbücher wurden ausgeschüttelt und durchsucht; ebenso zwei Journale. Die Minuten vergingen; die Zeit wurde knapp.
Und nun, dachte Tom, der den aufsteigenden Zorn des Chefs spürte, wird es wahrscheinlich übel werden. Sobald der Koffer leer ist, werden sie sich über mich hermachen. Der einzige Fluchtweg, durch die Fenstertür auf die Terrasse, war immer noch blockiert: Dort befanden sich zwei der Männer; der eine, der auf dem Boden kniete, zerrte Kleidungsstücke aus dem Koffer, wühlte in den Taschen, suchte sogar das Futter ab. Der dritte, der mit der langsamen, methodischen Durchsuchung des Zimmers fortfuhr, war jetzt an dem kleinen Tisch neben dem Kamin angelangt. Der war kurz davor, es zu finden. Die Küchentür war verschlossen. Ebenso die Vordertür, selten benutzt, doppelt verriegelt. Außerdem hätte er in jedem Fall schon eine Kugel im Rücken gehabt, noch ehe er in den Flur gelangt wäre. Der Feuerhaken – keine Chance gegen drei Pistolen.
Und dann dachte er, warum nicht die direkte Schockmethode

anwenden? Und dieses Schwein gründlich aus dem Gleichgewicht bringen?
»Wenn Sie einen Terminkalender suchen, den finden Sie auf dem Kaminsims«, sagte Tom. »Außerdem gibt es da noch einen Brief, der Sie wahrscheinlich interessieren wird.«
Der Mann hob den Blick von dem Koffer zu seinen Füßen und starrte Tom fassungslos an.
»Es handelt sich um eine Kopie«, fuhr Tom fort. »Vier weitere Kopien befinden sich in verschiedenen Händen. Hat Rick Nealey wirklich geglaubt, er könnte sich mit diesem Raubüberfall aus der Sache rauswinden? Dann ist er ein Tor. Und Sie ebenfalls. Er ist gebrandmarkt. Er steht seit drei Monaten unter Beobachtung.«
Der Mann am Fenster hatte sich nicht gerührt, kein Wort gesagt. Und dann rief die magere, schwarze Gestalt, die auf dem Kaminsims herumsuchte: »Hier ist was!« Die behandschuhten Hände hielten ein kleines Buch und ein gefaltetes Stück Papier empor. Jetzt kam Leben in den Mann am Fenster; mit ausgestreckten Armen, den Blick auf den Brief gerichtet, trat er vor.
Blitzschnell bückte sich Tom nach dem Feuerhaken, ließ ihn krachend gegen die Schienbeine des Mannes sausen, schleuderte ihn auf den Maskierten, der noch neben dem Koffer kniete, riß die Fenstertür auf und trat mit einem raschen Schritt auf die Terrasse. Eine Kugel pfiff an ihm vorbei. Er rannte auf die Zitronenbäume zu. Gerade als er mit einem Sprung in ihrem Schatten landete, kamen zwei Männer mit gezogenem Revolver aus dem Haus gestürzt. Gleichzeitig gab es einen lauten Knall. Das, dachte Tom, war kein Pistolenschuß.
Er wartete nicht auf die Wirkung, die dieser Schuß auf die drei Gestalten auf der Terrasse ausübte, sondern nutzte den Überraschungseffekt, lief auf den nächsten Olivenbaum zu, duckte sich dahinter und wartete darauf, daß eine weitere Kugel über ihn hinwegpfiff.
Aber es kamen keine Schüsse mehr.
Er hörte hastige Schritte, Schuhe, die über Kies und Erde rutschten. Dann waren sie an der Einfahrt und nahmen Richtung auf die Straße und die Gärtnerei.
Und Thea?
Tom verließ den Schutz des Olivenbaums und rannte los.

## Zweiundzwanzigstes Kapitel

Tony Lawton raste im Auto durch die schlafende Stadt. Als er Menton hinter sich ließ und durch den tieferliegenden Teil Roquebrunes kam, schätzte er die Zeit, die er von Georges' Versteck bis hierher gebraucht hatte. Nein, schneller hätte er es wirklich nicht schaffen können: drei halsbrecherische Minuten die Steintreppe hinab, drei weitere bis zum Wagen mitsamt der kurzen Fahrt am *quai* entlang; knapp eine Minute durch den leeren Tunnel, drei weitere für die nächsten vier Kilometer durch verlassene Nebenstraßen und schweigende Avenuen. Insgesamt also zehn, bisher. Plus zwei Minuten mit Vollgas diesen kleinen Berg hinauf, und er würde um etwa elf bis zwölf Minuten nach Mitternacht die Einfahrt zum Haus der Michels erreichen. Gar nicht schlecht, aber die Entfernungen in diesem Teil der Welt waren ja auch gering. Trotzdem nicht machbar, wenn auf der Straße Verkehr geherrscht hätte. Gott segne all diese lieben, freundlichen Menschen, die schon vor Mitternacht zu Bett gingen. Einige Bedenken hatte er natürlich doch. Vielleicht hatten die Kelsos die Hoffnung, daß er sie noch so spät anrufen würde, aufgegeben und lagen schon längst im Bett. Im oberen Stockwerk gab es kein Telefon, wie er wußte, und das alte Haus hatte sehr dicke Wände und schwere Türen. Doch, es war möglich, daß er lediglich auf einen wilden Verdacht hin hier heraufgejagt war. Und dennoch – jedesmal, wenn er nicht auf die Alarmglocke in seinem Unterbewußtsein hörte, hatte er es bisher bereut. Und die Alarmglocke hatte heute besonders laut angeschlagen. Töricht oder nicht, jetzt bin ich ja, dachte er und verringerte seine Geschwindigkeit für die scharfe Richtungsänderung nach links in die Einfahrt der Gärtnerei, die jetzt unmittelbar vor ihm lag. Er setzte zum Abbiegen an, sah jedoch unter den Mimosen einen anderen Wagen stehen, eine große, dunkle Masse. Er schwenkte sofort zurück, fuhr hundert Meter weiter die Straße hinauf und bog nach links in das Grundstück von Auguste ein, auf dem am separaten Eingang zur Gärtnerei drei kleinere Häuser standen. Er brachte den Renault direkt unter Augustes Schlafzimmerfenster zum Stehen.

Er konnte es nicht riskieren, zu hupen, das leichte Quietschen der Bremsen jedoch, als er dem Lastwagen und dem kleinen Lieferwagen auswich, die auf einer Seite des Hofes standen, mußte doch irgend jemanden hier geweckt haben! Und tatsächlich: Ein Hund bellte, wurde zum Schweigen gebracht. Um sicherzustel-

len, daß sich Auguste nicht einfach im Bett umdrehte und wieder einschlief, stieg Tony aus, nahm eine Handvoll Kies, den er ans Fenster warf, klopfte an die Haustür und rüttelte an der Klinke. Der Hund bellte abermals. Und wurde abermals zum Schweigen gebracht. Oben teilten sich die Schlafzimmervorhänge. Ein Gesicht blickte heraus. Tony trat zurück, damit ihn Auguste im Mondschein deutlich erkennen konnte. Das Gesicht starrte zu ihm herunter. Tony schwenkte die Arme. Das Gesicht verschwand. Nach einer kurzen Pause wurde die Haustür geöffnet, und er blickte in den Doppellauf einer Schrotflinte.
»He, alter Freund — erkennen Sie mich nicht?«
Auguste starrte ihn an. Dann ließ er den Arm sinken. Es war drei Jahre her, daß Tony ihn hier zu besuchen, mit ihm auf der Bank unter den Bäumen zu sitzen und Augustes Geschichten aus der Résistance zuzuhören pflegte. Er lehnte die Flinte an die Tür und rief ein paar Worte ins Haus zurück, während er selber auf den Hof hinaustrat, das Flanellhemd halb in die Hose gesteckt, mit hängenden Hosenträgern und ungeschnürten Stiefeln. Ein breites Lächeln schrieb Falten in seine wettergegerbten Wangen. Ein fester Händedruck, ein herzlicher Willkommensschlag auf Tonys Rücken. Das schlaue Gesicht jedoch zeigte, daß er scharf nachdachte. Tony verschwendete keine Zeit auf lange Erklärungen. »In der Einfahrt der Michels steht ein Wagen. Im Licht meiner Scheinwerfer konnte ich sehen, daß nur ein Mann am Steuer sitzt. Es handelt sich also nicht um ein Liebespärchen, das . . .«
»Gib mir die Flinte, Lucien«, befahl Auguste dem jungen Mann, der inzwischen aufgetaucht und an der Tür stehengeblieben war. »Und sag deiner Mutter, daß sie die Polizei anrufen soll.« Jetzt wandte er sich wieder an Tony. »Es hat in letzter Zeit hier viele Diebstähle gegeben. Jawohl, sogar hier ist es jetzt soweit. Sie kommen bei Nacht und laden auf. Sie nehmen Pflanzen und . . .«
»Nein, nein! Ich glaube, sie sind oben im Haus der Michels.«
»Da oben?« fragte Auguste, aufmerksam wie ein Falke, die scharfe Nase weit vorspringend, die dunklen Augen zusammengezogen, als suchten sie nach einer Beute. »Einbrecher?«
»Das werde ich jetzt mal gleich feststellen.«
»Aber nicht allein!« Augustes Sohn hatte sofort reagiert. Jetzt kam er auf den Hof mit einem Pullover über dem Hemd und einer warmen Jacke für seinen Vater. Auguste schlüpfte hinein, zog den Reißverschluß hoch und sagte: »Und jetzt werden wir zusammen gehn, eh?«
»Ich könnte ein bißchen Hilfe gebrauchen«, gab Tony zu. »Aber zuerst müssen wir die Einfahrt der Michels blockieren.«
»Womit denn?«

»Mit dem Lastwagen.«
Auguste erwog diesen Vorschlag und fand ihn nicht gut. Sein Lastwagen war wertvoll.
»Ich fahre ihn rüber«, erbot sich inzwischen der Junge eifrig. Lucien mußte jetzt ungefähr sechzehn sein, doch er war mager und hoch aufgeschossen. Einer von Augustes älteren Söhnen, der kräftiger war, wäre geeigneter. »Weck lieber einen von deinen Brüdern . . .«
»Ach die!« entgegnete Lucien verächtlich. »Die verschlafen doch sogar ein Erdbeben.« Jung verheiratet, alle beide, erinnerte sich Tony. Lucien nahm ihm jedoch die Entscheidung ab. Er war bereits auf halbem Weg zum Lastwagen.
Tony, der den nächstliegenden Weg einschlug, rief ihm nach: »Sowie du ihn abgestellt hast, steigst du sofort aus. Und wartest hier auf die Polizei.« Lucien machte ein enttäuschtes Gesicht, winkte aber bestätigend und kletterte auf den Fahrersitz.
»Er wird es schon schaffen«, meinte Auguste, immer noch unzufrieden, als er Tony einholte und einen raschen Trab anschlug.
»Dem Lastwagen wird nichts passieren«, versicherte Tony.
»Und wenn doch, werde ich ihn bezahlen«, ergänzte er grinsend. Er deutete schräg über die Gärtnerei hinweg zur hintersten Ecke, wo die Blumenbeete endeten und der unebene Boden des Berghangs begann. »Da hinauf.« Dicht genug an der Einfahrt und − hoffentlich − nicht zu sehen. Ein unbemerktes Anschleichen an das Haus konnte den halben Sieg bedeuten.
»Hier entlang.« Auguste ergriff Tonys Arm und führte ihn zwischen den Blumenbeeten und den plastiküberdachten Treibhäusern hindurch. Es war ein regelrechter Zickzackkurs, und Tony hätte sich bestimmt verlaufen, wenn Auguste ihn nicht geführt hätte. Das Mondlicht war jetzt nicht mehr so zuverlässig: Vom Meer her zogen Wolken herüber. In einer halben Stunde würde der ganze Hang in tiefem Schatten liegen.
Und was war mit Lucien? Tony machte sich Sorgen. Der Lastwagen hatte den Hof verlassen und mußte jetzt bergab fahren, doch er bewegte sich so leise, daß man überhaupt nichts hörte. Hatte Lucien, der junge Dummkopf, etwa den Leerlauf eingelegt? Dann würden sie gleich einen großen Krach hören, wenn er gegen die Steinmauer unten an der Einfahrt prallte, und ihr Vorhaben aufgeben müssen, um die Trümmer einzusammeln: einen Lastwagen mit verbeulten Kotflügeln und den hinter dem Lenkrad eingeklemmten Lucien. Doch als sie das Ende der Gärtnerei erreichten, hörte er das laute, aber normale Geräusch von Bremsen. Dann Totenstille. »Er hat es geschafft«, sagte Tony. »Lucien hat es tatsächlich geschafft!«
Auguste nickte nur; er schien keineswegs erstaunt zu sein. Den

Hang über sich musternd, blieb er stehen. »Da ist jemand.« Er beobachtete die vereinzelten Wolkenschatten auf dem offenen Gelände. Verstreute Steinbrocken und Büsche behinderten die Sicht. Nur das Michel-Haus, eine dunkle Silhouette, war deutlich zu erkennen. Ruhig und still lag es da. Auguste duckte sich, zog Tony neben sich herunter und lauschte gespannt. »Ein Mann. Er läuft.«
»Er stolpert«, gab Tony flüsternd zurück. »Es fällt ihm schwer.« Dann sahen sie ihn rutschend den festeren Boden der Einfahrt erreichen und langsam, blindlings, zu sehr auf seine Schritte konzentriert, um sie oder den Wagen unten am Tor zu sehen, weiterzulaufen. Rasch warf Tony einen Blick hinunter. Der Fahrer war ausgestiegen und starrte verwundert auf den Lastwagen, der die Ausfahrt blockierte. Jetzt fuhr er herum und sah der näher kommenden Gestalt entgegen.
»Eine Frau!« Tony erhob sich, um sie aufzuhalten.
Dorothea . . . Er rannte, aber sie machte einen letzten, verzweifelten Versuch, die Akazien zu erreichen. Und dann machte sie plötzlich halt, weil sie den Wagen und seinen Fahrer entdeckt hatte. Die beiden starrten einander an, dann machte sie kehrt und kam stolpernd den Hang wieder heraufgelaufen, direkt in Tonys ausgestreckte Arme.
Vor Angst schrie sie auf, schlug ihn, wehrte sich, hämmerte mit ihren Fäusten schwächlich auf sein Gesicht ein. Er packte ihre Handgelenke, zog sie herunter und sagte: »Ich bin's, Dorothea. Tony. Ich bin's nur – Tony!« Unvermittelt sank ihr vorher verkrampfter Körper in sich zusammen und fiel hilflos gegen ihn. Er hielt sie fest in den Armen, spürte aber, wie sie vor Schmerz zusammenzuckte, als er ihre Schulter berührte.
Auguste war zu ihnen getreten. »Was wird mit dem da?« Mit der Flinte deutete er auf den Wagen.
Dorothea sagte keuchend: »Die Polizei . . . Ruft die Polizei!«
»Schon geschehen«, antwortete Tony. »Wie viele sind im Haus?«
»Drei. Alle bewaffnet. Tom hat nur einen . . .«
Die Nachtstille wurde von einem Pistolenschuß zerrissen. Er kam vom Haus.
»Tom!« schrie Dorothea auf. »Tom . . .«
»Nein, nein«, suchte Tony sie zu beruhigen. »Das muß nicht sein.« Aber auch ihm wurde das Herz schwer.
»Um den da werde ich mich kümmern«, erklärte Auguste mit grimmiger Miene und rückte gegen den Wagen vor. Der Fahrer hatte nach dem Schuß nur einen Sekundenbruchteil gezögert. Jetzt rannte er bergab durch die Olivenbäume und sprang mit weiten Sätzen von einer Terrasse zur anderen. Auguste fluchte,

richtete die Flinte blindlings ins Dunkel und feuerte. »Na, den hab' ich wenigstens verjagt. Soll ich hinter ihm herlaufen?«
»Nein, wir gehen weiter zum Haus.« Tony schob Dorothea auf die Akazien zu. Von dort aus führte ein direkter Weg durch die Gärtnerei. »Sie gehen zu Albertine. Die Polizei wird bald kommen. Erzählen Sie ihnen von den Einbrechern.«
»Einbrecher?« — »Was denn sonst?«
Sie nickte, nur zum Teil verstehend. »Aber ich möchte mit euch . . .«
»Nein! Sie müssen weg von diesem Hang!« rief Tony, der bereits ein Stück fort war, hinter ihr her. Er lief jetzt sehr schnell, hielt sich auf die Einfahrt, um sein Tempo steigern zu können. Hinter ihm versuchte Auguste mit schweren Schritten aufzuholen.
Dorothea zögerte, wollte ihnen folgen, gab aber nach den ersten, mühsamen Schritten auf. Sie drehte sich um und ging auf die Akazien und den verlassenen Wagen zu. Rick Nealey . . . Es war Nealey gewesen, dem sie in diesem einen, entsetzlichen Moment, als sie dachte, nun doch noch in der Falle zu sitzen, ins Gesicht gesehen hatte. Jetzt aber war er verschwunden. Nur der dunkelgrüne Wagen stand da, die Tür noch offen, und dahinter — seltsam — quer vor der Einfahrt ein Lastwagen. Von der Straße nach Roquebrune her kam das Heulen einer Sirene, das sich sehr schnell näherte. Sie kommen alle zu spät, dachte sie und brach in Tränen aus. Heiß rollten sie ihr über die Wangen, verfingen sich in den Kratzern, brannten, erinnerten sie an die Glyzinie. Der Schmerz in ihrer Schulter wurde auf einmal unerträglich. Und zum erstenmal merkte sie jetzt, daß sie eine Prellung an der Hüfte hatte. Es war ein dumpfer, gleichmäßiger Schmerz, der sie zum Humpeln zwang, als sie die Gärtnerei durchquerte. Sie kommen zu spät, dachte sie. Viel zu spät.

Noch vierzig Meter, schätzte Tony, während er Georges' hübsche, kleine Beretta aus dem Gürtel zog, dann sind wir bei den Zitronenbäumen; ich nehme die Terrassentür, Auguste den Hintereingang. In diesem Moment hörte er Augustes Warnruf.
Vor ihm tauchten plötzlich drei dunkle Gestalten auf. Sie machten ebenso unvermittelt halt wie er selbst. Der Schreck dauerte nur einen kurzen, gespannten Augenblick. Dann warf sich Tony in das Gras neben der Einfahrt, schoß drauflos und daneben. Die drei waren bereits auseinandergelaufen, zwei von ihnen den Hang hinauf; denen war Auguste auf den Fersen. Der dritte war in den Olivenbäumen rechts untergetaucht.
Tony rappelte sich auf, um ihm zu folgen, und warf sich sofort abermals hin, weil hinter einem der Bäume ein Schuß fiel. Nur ein Schuß. Vielleicht hatte der Mann im Laufen geschossen und

wollte durch wiederholtes Schießen nicht seine Fluchtrichtung verraten. Aber er würde mit Sicherheit einen Kreis schlagen, um zum Wagen zurückzukommen, sagte sich Tony. Er stand auf und musterte rasch die dunklen Terrassen, die sich Reihe um Reihe bis nach Cap Martin hinabzogen. Der Mond ließ ihn im Stich: Er versteckte sich hinter Wolken und vereitelte damit für mindestens ein paar Minuten die Chance, den Flüchtenden zu entdecken. Der Wagen, sagte sich Tony warnend: der bietet die schnellste Möglichkeit zum Entkommen. Er lief darauf zu.
Weiter oben auf dem Hang hörte er den Knall einer Flinte. Lächelnd lief Tony weiter. Unten, an der Straße nach Roquebrune, waren jetzt Lichter. Und Stimmen. Der Lastwagen stand immer noch da. Und der Personenwagen, mit weit offener Fahrertür. Als er ihn sah, blieb er stehen und suchte mit zornigem Blick die Terrassen mit den Olivenbäumen ab, die sich in das tiefdunkle, breite Band des dichten Waldes hinabsenkten, der sich am Fuß des Hügels entlangzog. »Himmeldonnerwetter noch mal!« fluchte Tony laut. Hinter sich auf der Einfahrt hörte er ein Rutschen und Stolpern. Er wirbelte herum.
»He, nicht schießen!« schrie jemand.
»Tom?«
»Tom.«
Gott sei Dank! Tony sah wieder zu den Olivenbäumen hinüber.
»Thea?« fragte Tom, als er neben Tony stehenblieb.
»Okay.«
»Okay?«
»In Sicherheit.« Tony hörte keine Sekunde auf, die Terrassen weiter unten abzusuchen. »Einer von ihnen ist da unten. Die anderen sind den Hang hinaufgeflohen. Auguste ist hinter ihnen her.« — »Die beiden mit den Skimasken?«
»Also deswegen hatten sie wie schwarze Skelette gewirkt.«
»Ja.«
»Dann ist das der Mann, den wir wirklich brauchen.« Tom deutete hinunter. »Er hatte den Befehl, leitete das Unternehmen, wußte genau, was er wollte.«
»Geh zum Tor«, sagte Tony rasch. »Bitte die Polizei, Alarm zu geben, den Wald zu durchsuchen, die Wege nach Cap Martin zu kontrollieren. Zwei Mann sind in die Richtung geflohen.«
»Zwei?«
»Der Fahrer des Wagens . . . davongelaufen . . . desertiert . . . ich möchte nicht in seiner . . .« Plötzlich schöpfte Tony Hoffnung. Dann tiefe Enttäuschung. Nein, das war nur eine Wolke gewesen, die über den Mond zog, ein paar Zweige, von der frühen Morgenbrise bewegt. »Lauf los, Tom!«
Es ist sinnlos, das wurde ihm klar, als Tom davontrabte. Da

draußen waren doch nur Schatten – Schatten und knorrige Bäume, die wie geduckte Männer wirkten. Man könnte es Glück nennen – er dachte an die Flucht des Bewaffneten –, aber er ist ein Mann, der sein Glück zwingt: schnell entschlossen, niemals zögernd. Ich muß eine einladende Zielscheibe gewesen sein, als ich hier auf der Einfahrt gestanden habe; aber er widerstand dem Impuls zu schießen, um mir nicht seine Fluchtrichtung zu verraten, und hat sich unbemerkt davongemacht. Was den anderen Mann betrifft – den Fahrer –, in dessen Schuhen möchte ich immer weniger stecken. Statt einfach davonzulaufen, hätte er sich in den Wagen setzen, zum Haus hochfahren und die anderen warnen können. Dann hätten sie sich alle getrennt, und weder Auguste noch ich hätten sie auch nur von weitem gesehen. Und Tom wäre tot gewesen; er hat sie bei der Arbeit gesehen, er weiß, was sie suchten. Ja, Tom wäre zum Schweigen gebracht worden wie Chuck. Wie, zum Teufel, ist er denen überhaupt entwischt? Und Thea? Diese Amateure! Tony schüttelte verwundert den Kopf. Er blieb stehen, wo er war, und beobachtete weiterhin das ausgedehnte Terrassengelände. Der Fahrer mußte bereits vor einiger Zeit den Wald erreicht haben; aber es war immerhin möglich, daß der Bewaffnete, der Leiter dieser kleinen Expedition, sich noch hinter einem Baumstamm versteckt hielt und abwarten wollte, bis sich alles wieder beruhigt hatte, ehe er den nächsten Schritt wagte. Tony hörte, wie unten am Tor der Lastwagen davongefahren wurde, dann vernahm er erregte Stimmen. Ein schneller Blick verschaffte ihm Beruhigung: Zwei Polizisten waren eingetroffen, von denen einer Auguste zuhörte, während der andere, der offenbar mit Tom gesprochen hatte, zu seinem Citroën lief, vermutlich, um Verstärkung anzufordern, ganz sicher aber, um Alarm auszulösen. Wenigstens wird jetzt etwas unternommen, dachte Tony und konzentrierte sich wieder auf diese verdammten Olivenbäume. Tom kam mit der hinkenden Dorothea zu ihm, den Arm fest um ihre Taille gelegt. Gerade noch rechtzeitig schob Tony die Beretta in seinen Gürtel.

»Die Meldung ist rausgegangen«, berichtete Tom. »Außerdem sind zwei weitere Polizisten gekommen, die jetzt unten den Wald durchsuchen. Der junge Lucien ist bei ihnen, um ihnen die Abkürzungen zu zeigen. Und Auguste hat einen von den Maskierten erwischt – am Bein. Hinter dem anderen sind Augustes ältere Söhne her. Also beruhige dich, Tony – du kannst dich entspannen.« Dann überstürzten sich Toms Worte vor Aufregung. »Der Wagen da unten, das ist ein grüner Opel mit demselben Nummernschild wie der, den ich vorhin in der Stadt gesehen habe. Ich bin jetzt beinahe überzeugt, daß der Mann, der hier die Befehle gab, derselbe ist, der heute abend den Wagen gefahren

hat. Gleiche Größe, gleiche Statur. Doch, das wäre durchaus möglich.«
Tony starrte ihn verblüfft an. Oberst Boris Gorsky?
Dorothea sagte: »Aber heute hat er den Wagen nicht gefahren. Das hat Rick Nealey getan. Ich habe ihn ganz deutlich gesehen, kurz ehe er weggelaufen ist.«
Tony lächelte. Die beste Nachricht, die ich heute bekommen habe, dachte er. Und fragte liebevoll: »Wie ist es Ihnen gelungen, aus dem Haus zu entkommen?«
»Über die Glyzinie.« Sie wollte lachen, schaffte es nicht.
»Und du?« wandte er sich an Tom.
»Ich . . . Ach, ich hab' ihn ein bißchen aus dem Gleichgewicht gebracht.« — »Gorsky? Wie denn?«
»Zuerst, indem ich ihm gesagt habe, wo Chucks Brief war — er wußte nicht mal, daß es einen gab.«
Ich auch nicht, dachte Tony. Aber jetzt ist keine Zeit für lange Erklärungen.
»Wurde Nealey darin erwähnt?«
»Chuck hat ihn restlos bloßgestellt. Dann sagte ich, es gäbe vier Kopien dieses Briefes, die sich in anderen Händen befänden, und Nealey sei . . .« Tom hielt inne. »Ich hab's ihm gesteckt, Tony. Tut mir leid, aber es ging nicht anders. Es mußte sein.«
»Was hast du ihm gesteckt?«
»Daß Nealey seit ungefähr drei Monaten beobachtet wird. Das war natürlich leicht übertrieben, genau wie die Sache mit den vier Kopien. Aber es hat gewirkt. Und dann hab' ich ihm den Feuerhaken vors Schienbein geknallt und bin losgerannt.«
Tonys Lächeln wurde breiter. »Du hast ihn aus dem Gleichgewicht gebracht, sagst du? Mann, du hast ihm den Boden unter den Füßen weggezogen! Und Nealeys Schicksal besiegelt. Ihr beide!« Er küßte Dorothea und schlug Tom freundschaftlich auf die Schulter. Sie wirkten ratlos, aber alles erklären konnte er später, an einem anderen Tag, an einem anderen Ort. Er nickte zu dem Polizeiwagen hinüber, der die Einfahrt heraufkam. »Die werden eine Führung durchs Haus und eine Menge Erklärungen von euch verlangen. Aber ich werde doch sicher nicht mehr gebraucht, wie? Bis später also — nachdem wir alle ein bißchen geschlafen haben.«
Dorothea hatte seinen schnellen zweiten Blick auf den sich nähernden Wagen bemerkt. »Auguste hat ihnen alles über Sie erzählt.« — »Alles?«
»Daß Sie zufällig vorbeikamen, einen verdächtigen Opel in der Einfahrt stehen sahen, Auguste weckten und mit ihm auf Einbrecherjagd gingen.«
»Einbrecher?« fragte Tom belustigt.

»Ja, warum nicht? Jedermann weiß, daß alle Amerikaner Millionäre sind. Denk doch bloß mal an all den Schmuck, den ich im Haus versteckt habe, Darling.«
Sie hat sich erholt, dachte Tony. Er küßte sie noch einmal und ging dem Polizeiwagen entgegen.
»He, was soll das – zweimal hintereinander?« fragte Tom mit fröhlichem Lachen. Der alte Tony war heute ziemlich gefühlvoll. Tom zog seine Frau fester an sich. »Du glaubst auch daran, daß Nealey und seine Freunde gefaßt werden?«
Der Maskierte möglicherweise. Aber Gorsky? Unwahrscheinlich. »Um Nealey werden sich andere kümmern«, rief Tony über die Schulter zurück. Davon war er fest überzeugt. Als er den Polizeiwagen erreichte, lächelte er immer noch. »Guten Morgen, meine Herren«, begann er frisch und sah verblüfft, daß Auguste, der eine ausführliche Beschreibung des nächtlichen Abenteuers gegeben hatte, gerade aussteigen wollte.
»Das ist alles«, sagte Auguste abschließend. »Monsieur Lawton kann nichts mehr hinzufügen.«
Einer der Polizisten war davon offenbar nicht überzeugt. »Wie ich glaube, fielen zwei Schüsse. Waren es zwei Pistolenschüsse, Monsieur?«
»Ja«, antwortete Tony und konnte nur hoffen, daß die kleine Beretta unter seiner Jacke nicht zu sehen war. »Und zwar zwei Fehlschüsse.«
»Auf Sie?« – »Das nahm ich an.«
Auguste mischte sich ein. »Statt sich auf den Boden zu werfen, um ein paar lächerlichen Kugeln zu entgehen, hätten Sie mir lieber folgen sollen. Ich hab' einen von ihnen erwischt, der andere ist entkommen. Gemeinsam hätten wir sie beide gefaßt. Und jetzt gehen wir. Ich werde Ihnen den Rückweg durch die Gärtnerei zeigen. Hab' keine Lust, mir noch mal meine Freesien zertrampeln zu lassen.« Mit schiefgelegtem Kopf sah er beide Polizisten an.
Beide Beamten lächelten. Sie schienen Auguste gut zu kennen. Tony nutzte die gelöste Stimmung und sagte: »Wenn Sie mich brauchen, meine Herren – ich wohne im ›Alexandre‹.«
»Ihr Paß?« fragte der jüngere Polizist.
»Den hat der Portier. Ich bin erst heute morgen angekommen.«
»Wie lange werden Sie bleiben?«
»Zwei bis drei Tage. Ich habe Urlaub und mache einen Segeltörn die Côte d'Azur entlang.«
»Dann benachrichtigen Sie uns bitte, wenn Sie abreisen. Möglicherweise brauchen wir Sie noch, um Personen zu identifizieren, die wir festnehmen. Würden Sie den Mann wiedererkennen, der auf Sie geschossen hat?«

»Nach Größe und Figur, mehr nicht. Aber auch da bin ich mir nicht allzu sicher. Der Mond ist immer wieder hinter den Wolken verschwunden; nur hie und da war es mal heller.«
Auguste sagte ungeduldig: »Das habe ich dir doch alles schon erklärt, Louis.«
Louis hatte noch eine Frage. »Besitzen Sie einen Revolver, Monsieur Lawton?«
»Ja.«
»Darf ich ihn sehen?«
»Er ist in London, in meiner Schreibtischschublade.«
»Da hat er Ihnen heute nacht aber ungeheuer genützt«, warf Auguste ein. Er grinste Louis zu. »Und du weiß ja, wo du mich findest, falls du noch weitere Informationen brauchst.«
Das löste ein freundliches Lachen aus. Die beiden Polizisten salutierten höflich und fuhren weiter.
Hoffentlich sagt Tom nichts davon, daß er mich mit einer Waffe in der Hand angetroffen hat, dachte Tony. Aber er ist zweifellos vernünftig genug, um nicht noch weitere Komplikationen heraufzubeschwören. »Ein sehr gescheiter junger Mann«, wandte er sich an Auguste.
»Die beiden sind prächtige Kerle. Ich kenne sie gut. Aber warum hat er Sie nach der Pistole gefragt?«
»Er hat aus der Ferne wahrscheinlich zwei Schüsse gehört. Und der eine hat wahrscheinlich lauter, schwerer geklungen als der andere.«
»Und war das der Fall?«
»Ja.« Tony knöpfte seine Jacke auf, zeigte ihm kurz die kleine Beretta. »Sie gehört meinem Freund, dem Besitzer des Renaults, den ich fahre.«
»Und Sie haben die Waffe zufällig im Handschuhfach gefunden? Dann wären Sie töricht gewesen, sie dort liegenzulassen, wo Sie auf Einbrecherjagd gehen wollten. Aber das hätten Sie Louis doch ruhig erzählen können . . .«
»Damit wertvolle Zeit verschwendet wird? Damit fängt man keine Einbrecher, Auguste.«
»Haben Sie wirklich eine Waffe in London?«
»Selbstverständlich. Ich habe mich strikt an die Wahrheit gehalten. Das mache ich immer, bei der Polizei. Und bei meinen Freunden.«
Sie waren jetzt in der Gärtnerei und schritten langsam über die nun dunklen Wege, umgeben vom weichen Duft und den gedämpften Farben der Blumenbeete. »Zwei Schüsse verschiedenen Kalibers«, sinnierte Auguste lächelnd. »Ja, dieser Louis, der ist schlau. Sein Vater war ebenfalls Polizist und hat in der Résistance mit mir gegen die Nazis gekämpft. Es war in einer Nacht

wie dieser, ungefähr zur selben Jahreszeit. Wir führten eine kleine Gruppe Amerikaner und Kanadier — Special Forces, die vor Tassignys fünf Divisionen gelandet waren — durch die Berge hinter Menton. Wir benutzten natürlich nicht die Straße, sondern hielten uns an das unwegsame Gelände, den ganzen Weg bis nach Castellar. Also, das war eine richtige Schlacht. Die Deutschen waren mitten in den Bergen, eine nach allen Seiten befestigte Stellung. Aber wir nahmen sie. Jawohl, eine richtiggehende Schlacht. Zwanzig amerikanische und kanadische Gräber gab es dann oben bei Castellar, und auch von uns eine ganze Menge.«
Auguste warf Tony einen raschen Blick zu. »Und wenn ich jetzt meinen Söhnen davon erzähle, denken die nur an die Menschenleben, die das gekostet hat. Warum wir nicht gewartet hätten, bis die Truppen mit Panzern und Artillerie kamen? So was fragen die mich!« Auguste schüttelte mit einer Mischung aus Zorn und Trauer den Kopf. »Aber sie sind nicht umsonst gestorben. Viele von uns fielen, die übrigen waren alle verwundet, aber wir haben die deutschen Kanonen zum Schweigen gebracht. Sie konnten die Truppen weder bei der Landung vernichten noch als sie über den Paß kamen. Jawohl, wir haben diese Schlacht gewonnen.«
»Ihr habt den Krieg gewonnen.«
Auguste sprach nicht weiter. Als sie dann den Hof betraten, war sein Schritt nicht weniger energisch als sein verabschiedender Händedruck. »Wenn Sie uns das nächstemal besuchen, kommen Sie lieber bei Tageslicht.« Ein kurzes Nicken, und er kehrte zum Haus zurück.
»Das werde ich«, versicherte Tony. »Und sagen Sie Lucien, er hat seine Sache sehr gut gemacht.«
Dabei fiel Auguste noch etwas ein. »Wenn Sie ihn unten an der Straße sehen«, rief er Tony von der Haustür her zu, »schicken Sie ihn sofort herauf. Er hat morgen eine Menge zu tun.«
Die Tür fiel ins Schloß, und Tony stieg in den Renault. Einen Moment ruhte sein Blick auf dem Handschuhfach. Es war möglich, daß der Alarm noch nicht wieder abgeblasen war, also kontrollierte die Polizei vielleicht sämtliche Wagen und ihre Fahrer in dieser Gegend. Er öffnete das Handschuhfach und legte Georges' Beretta hinein. Alles schön brav und legal für diese Rückfahrt nach Menton.
Ruhig startete er den Wagen, fuhr zum Hof hinaus und dann über die Straße von Roquebrune in die Altstadt zurück.

## Dreiundzwanzigstes Kapitel

Die lange Nachtwache endete um fünf, als die abschließende Nachricht aus Brüssel kam.
»Alles fertig«, berichtete Geoges, der an das Bett trat, auf dem Tony eines seiner kurzen Nickerchen gehalten hatte.
Tony war sofort hellwach und sprang auf. »Sie sind einverstanden?«
»Mehr oder weniger. Ein paar gute Ratschläge, natürlich. Und eine Änderung.«
»Welche?« stieß Tony ärgerlich hervor.
»Der Kajütkreuzer, den die haben, gehört zur Vierzehnmeter . . .«
»Beinahe sechsundvierzig Fuß? Donnerwetter! Und wieviel Knoten?«
»Über dreißig.«
»Das sind ungefähr fünfunddreißig Meilen die Stunde, über dreimal so schnell wie die ›Sea Breeze‹«, sagte Tony. »Und weshalb gibt es eine Änderung der Pläne?«
»Wegen Länge und Größe der ›Aurora‹.«
»Der Name gefällt mir.« Aber Tony begann die Problematik zu erkennen.
»Sie hat reichlich Platz für unsere Gruppe und ihre drei Mann Besatzung, wird aber wegen ihrer Größe innerhalb des Ankerplatzes schwierig zu manövrieren sein. Das Auslaufen könnte sich sehr verzögern.«
Tony nickte. Der Hafen war klein und voller Boote. »Was haben sie also vorgeschlagen?«
»Daß wir dort an Bord der ›Aurora‹ gehen, wo sie jetzt liegt — im *port privé* am anderen Ende der Bucht von Garavan. Er ist groß, dreimal so groß wie der Hafen hier. Mit Platz für achthundert Boote auf dem privaten Ankerplatz und für weitere zweihundert im öffentlichen Teil. Im Grunde ist es so viel bequemer für uns, viel schneller von Bills Haus aus zu erreichen.«
Tony fragte ein wenig scharf: »Und wie sollen wir Parracini überreden, daß er diese Änderung akzeptiert?« Der ganze Plan wird platzen, noch ehe er richtig anläuft, wenn Parracinis Mißtrauen erst einmal geweckt ist, dachte er.
Georges lachte. »Das, meinten sie, sei deine Sache.«
»Sehr witzig.« Zum erstenmal versagte Tonys Sinn für Humor. »Und was ist mit unserer Eskorte?« Er war auf weitere Komplikationen gefaßt.

»Genehmigt.«
»Wir kriegen sie?« Tonys Überraschung verwandelte sich in Freude. Der gute alte Jimmy Hartwell hatte wohl wirklich einiges in Gang gesetzt. »Wir haben tatsächlich . . .«
»Ja, Tony. Du bekommst, was du verlangst.«
Die beiden Männer sahen sich an. »Dann wollen wir mal überlegen, was wir damit anfangen können«, entschied Tony. Zufrieden lächelnd setzten sie sich an den Tisch.

Die nun folgende halbe Stunde war ein organisiertes Durcheinander von großen und kleinen, aber überaus wichtigen Dingen, die erledigt werden mußten. Während Georges seine Ausrüstung abbaute und in unverdächtige Geräte zurückverwandelte, verbrannte Tony alle Notizen und Merkzettel in einer Metallschale, nachdem er sich ein paar letzte Einzelheiten eingeprägt hatte: die genaue Position der ›Aurora‹ im *port privé;* den Namen von Vincent, ihrem Hauptkontaktmann in der Crew; die Erkennungssignale für den Funkkontakt. Kaffee wurde gekocht und getrunken, während sie den Zeitplan für den Vormittag ausarbeiteten. Dann wuschen und rasierten sie sich, leerten die Kaffeekanne und gingen abermals den Zeitplan durch.
Draußen war es immer noch dunkel; lediglich weit hinten im Osten war eine Andeutung diffusen Lichtes wahrnehmbar.
»Zeit für ein Gespräch mit Emile«, sagte Tony. »Wir werden ihm ein Bad im Morgengrauen verordnen.«
»Ist es dir denn tatsächlich ernst mit dieser . . .«
»Lieber dumm aussehen als dumm sein.« Tony zog den Sender-Empfänger aus der Tasche und rief die ›Sea Breeze‹. Emile war wach. Eine ruhige Nacht; niemand hatte sich dem Boot genähert. Zwei Männer hatten auf der Mole patrouilliert. Ganz offen, ohne den Versuch, sich vor der ›Sea Breeze‹ zu verstecken. Zwei von unseren?
»Ja, kann sein. Möglicherweise Bills Männer, um dich zu beruhigen. Und du hast überhaupt nichts gehört? Nicht mal das Wellenschlagen von *la mer?«*
Emile, alles andere als literaturkundig, klang verdutzt, aber sehr sicher. »Nichts.«
»Na schön. Gehen wir auf Nummer Sicher. Zieh dir deinen Taucheranzug an und geh ins Wasser. Kontrolliere den Bootsrumpf, den Kiel, das Ruder, alles, was unter der Wasserlinie liegt. Bis wann kannst du das geschafft haben? Zwanzig Minuten? Weniger? Gut. Fang an, bevor es heller wird. Und ruf uns zurück.«
Tony schaltete ab; er sah, daß Georges ihn belustigt musterte.
»Brauchst du was zu tun? Dann hör dir den Wetterbericht an.«
Er selbst wanderte ruhelos im Zimmer umher und trat dann auf

den kleinen Balkon hinaus, um ein paar tiefe Züge voll kühler, feuchter Seeluft zu nehmen. Der Himmel färbte sich langsam zu einem ausgeblichenen Schwarz mit einem grauen Streifen am Horizont. Die letzten Reste der Nacht hingen über dem beleuchteten Hafen. Dort lag die ›Sea Breeze‹ gemütlich zwischen den anderen Booten, alles ruhig, alles friedlich. Während er hinunterblickte und nach einem Zeichen von Emile Ausschau hielt – nichts zu sehen, Emile war ein guter Taucher, wendig wie ein Aal –, arbeitete Tony in Gedanken bereits an seinem eigenen Problem: Parracinis allzeit bereites Mißtrauen.
Als das Grau des Horizonts sich behutsam, aber stetig über den Himmel verbreitete, kehrte Tony ins Zimmer zurück. »Scheint alles ruhig da draußen zu sein. Ein paar Wolken, aber nichts Bedrohliches. Wie sieht der Wetterbericht aus?«
»Kühl und sonnig. Am Nachmittag kräftige Winde aus Südost. Aber bis dahin werden wir längst in Nizza sein.«
»Wenn wir Glück haben.« Tony nahm den Telefonhörer und wählte Bills Nummer – nicht seine Geheimnummer, sondern die normale, den Apparat an seinem Bett, der ihn aus dem Schlaf reißen würde. Sobald Bill richtig wach war, faßte Tony sich sehr kurz. »Ich komme gleich mal zu euch rüber. In einer halben Stunde? Nein, nichts ist los, alles in bester Ordnung. Ich möchte nur noch einmal euren Zeitplan durchgehen, um sicherzustellen, daß er sich mit unserem deckt. Hol mich unten am Tor ab, ja? Ein Spaziergang im Garten ist genau das, was ich jetzt brauche, um mir Appetit fürs Frühstück zu holen. Ja, unten am Tor. Bis gleich.«
»Wieder so vieldeutig«, bemerkte Georges. »Genau wie dein Gespräch mit ihm gestern abend.«
»Das mußte sein.«
»Warum? Glaubst du, seine Telefone sind angezapft? Aber Bill ist doch kein Dummkopf. Er überprüft sie regelmäßig – reine Routinesache.«
»Und was sonst noch?«
»Das ganze Haus ist gründlich kontrolliert worden, bevor Bill und Nicole dort eingezogen sind. Also, hör mal, Tony! Parracini muß doch von Bills regelmäßigen Überprüfungen wissen; er würde es gar nicht wagen, ein Telefon anzuzapfen.«
»Und was ist, wenn ein winziges Abhörgerät in Bills Kalender auf dem Schreibtisch steckt oder im Löscher? Oder wenn er in der Nähe eines jeden Telefons eine Glühbirne mit besonders empfindlichen Drähten hat?«
»Das sind hochspezialisierte Instrumente. Wo sollte Parracini die . . . Ach so, verstehe.« Georges bemerkte Tonys hochgezogene Augenbrauen. »Von seinen lieben Freunden in Menton?

Aber trotzdem . . . Kennt Parracini sich so gut mit diesen Dingern aus? Das gehörte nicht zu seinen Aufgaben.«
»Man braucht nicht besonders geschickt zu sein, um eine Glühbirne einzuschrauben.«
»Nein, aber man muß ständig abhören. Parracini kann gar nicht den ganzen Tag in seinem Zimmer sitzen und lauschen . . .«
»Vielleicht sitzt jemand in einem benachbarten Haus in Garavan und hört mit.«
Das war ein beunruhigender Gedanke. Georges schwieg.
»Hör zu«, sagte Tony. »Die müssen Parracini so gut wie nur eben möglich bewachen. Er ist zu wichtig. Und sie hatten ausreichend Zeit für die notwendigen Vorsichtsmaßnahmen.«
Georges nickte. »Eines begreife ich trotzdem nicht. Er hat doch sicher Funkkontakt mit Gorsky; warum mußte er sich also mit ihm treffen? Und warum mußte er sich gestern vormittag mit Nealey auf dem Markt treffen?«
»Darüber habe ich auch nachgedacht. Für diese beiden Kontaktaufnahmen kann es je einen guten Grund geben. Für die mit Nealey, weil Nealey ihm etwas Massiveres als nur eine Nachricht überbracht hat – möglicherweise eins von deinen hochspezialisierten Lauschgeräten. Für die mit Gorsky, weil Parracini aus seinem gemütlichen Schlupfwinkel über der Garage in ein Zimmer neben Bernard und Brigitte umquartiert wurde. Möglicherweise konnte er höchstens eine ganz kurze Nachricht über den Sender-Empfänger riskieren und nur schnell Zeit und Ort für eine Kontaktaufnahme und wichtige Befehle nennen. Klingt das plausibel?«
»Absolut plausibel.« Und Georges fügte lächelnd hinzu: »Er muß ganz schön auf Bill geflucht haben, als der ihn rüber ins Haupthaus holte. Heutzutage hat man auch nirgends mehr seine Ruhe.«
Und dann wurde ihren Spekulationen durch Emiles Signal ein Ende gesetzt. Tony meldete sich.
Emiles sonst so gelassene Stimme klang beunruhigt und hektisch. Tony hörte ihm schweigend zu. »Setz sie wieder zusammen, ja? Genau wie sie war. Verstau sie irgendwo an Deck, wo sie nicht auffällt, aber leicht zu erreichen ist. Keine Angst, die ›Sea Breeze‹ ist in Sicherheit, solange sie im Hafen liegt. Es besteht keinerlei Gefahr. Ich werde gegen elf Uhr kommen. Sieh zu, daß du bis dahin fertig zum Auslaufen bist, Emile. Ja, du und ich – wir werden doch mit ihr fertig werden, nicht wahr?« Ein Lachen, das echt klang, ein fröhliches ›Auf Wiedersehen‹, und das Gespräch war beendet.
Georges fragte langsam: »Hat er etwas gefunden?«
Tony nickte. »Eine Haftladung auf der Steuerbordseite, dicht

neben den Maschinen. Er hat sie abgenommen und untersucht. Kein Zeitmechanismus, sondern Fernzündung.«
»Und du hast ihm befohlen, das verdammte Ding wieder zusammenzusetzen . . .«
»Wir können es jederzeit über Bord werfen, sobald wir weit genug von der Küste entfernt sind.«
»Also, Tony . . .«, begann Georges warnend.
»Wir dürfen Bill nicht warten lassen.« Tony sah auf die Uhr und ging zur Tür. »Alles klar hier?« Gemeinsam kontrollierten sie noch einmal ganz kurz das Zimmer.
»Alles klar.« Georges schloß die Tür hinter sich ab, und dann stiegen sie die Treppe hinunter auf die schmale, enge Straße.

Der Renault kletterte die Kurven und Kehren des Hügels oberhalb der Bucht von Garavan empor. Hier war das Gelände dicht bewaldet, Häuser und Gärten lagen versteckt hinter Mauern und hohen Bäumen, dunkel, still, geheimnisvoll in dem grauen Licht zwischen Nacht und Tag. Bills Villa war genauso verborgen wir die anderen Häuser an der schmalen Straße, aber er würde am Tor warten, damit Tony das Haus nicht verfehlte.
»Also«, sagte Tony, als sie um die letzte scharfe Kurve bogen und weiter vorn Bill stehen sahen, »einer von uns muß bei Gerard und seinen Begleitern bleiben. Wir wissen, was hier vorgefallen ist; wir kennen die Pläne. Sie nicht. Deshalb *mußt* du bei ihnen bleiben, Georges – ständig. Bis nach Brüssel. In Wahrheit hast du den Oberbefehl, aber laß Gerard das nicht merken.«
Der Renault hielt. Tony öffnete die Tür. »Alles Gute, alter Freund. Bis nächste Woche.« Dann stand er draußen, schüttelte Bill die Hand und ging mit einem letzten Winken zum Wagen auf das Tor zu.
Georges fuhr weiter den Berg hinauf, bis er die Höhenstraße von Garavan erreichte. Tony hatte natürlich recht: Gerard würde eine Menge Einzelheiten wissen wollen, ehe er bereit sein würde, Tonys Plan zu akzeptieren, ohne ein paar eigene Varianten hinzuzufügen. Am besten erwähne ich gar nicht, daß es Tonys Plan ist, beschloß Georges, jedenfalls nicht, bevor wir in Brüssel sind. Am besten lasse ich ihn in dem Glauben, daß wir von Anfang an nur Commander James Hartwells Instruktionen befolgt haben. Also dann auf zum Flughafen von Nizza. Und zu einem überaus anstrengenden Kreuzverhör durch drei Männer mit einem nach dem ersten Schock messerscharf arbeitenden Verstand. Mit Tonys Worten: heikel, äußerst heikel.
Er schob den Gedanken an Tony beiseite und konzentrierte sich auf die Frage, was er sagen und wie er es am besten formulieren sollte.

»Hab' ich mit meinem Anruf das ganze Haus geweckt?« erkundigte sich Tony, als Bill das Tor hinter ihnen schloß.
»Die schlafen alle tief und fest. Wer war das da bei dir im Wagen – Georges? Warum ist er nicht ausgestiegen und hat mir guten Tag gesagt?«
»Er muß zum Flughafen nach Nizza.«
»Bißchen früh dran, nicht wahr?«
»Er will ganz sichergehen, daß er rechtzeitig da ist.«
»Kluger Junge. Angenehm, mit ihm zu arbeiten.«
»Ja, das stimmt«, bestätigte Tony. Während er Bills angenehmes, ehrliches Gesicht betrachtete – oh, gewiß, er konnte genauso listig sein wie die anderen, im Grunde seines Wesens aber war Bill ein offener, gerader Typ –, dachte er wieder an Georges' Bemerkung. Über Parracini und hochentwickelte Abhörgeräte, die man anbringen konnte, ohne allzu viel von ihrer Technik zu verstehen. Trotzdem, womit belauschte er Bills Gespräche? Denn nicht jede Unterhaltung wurde per Telefon geführt. Von den Wanzen an festen Plätzen wie dem Schreib- oder dem Nachttisch abgesehen – womit, zum Teufel, belauschte Parracini Bill, wenn dieser ein privates Wort mit Nicole auf der Terrasse sprach, oder mit Bernard in dem großen Garten? Oder sogar bei Gesprächen wie diesem, bei dem Bill Tony jetzt vorschlug, in die Küche zu gehen und sich ein schönes Frühstück zu machen?
»Klingt verlockend«, antwortete Tony. Das Haus war ungefähr hundert Meter entfernt. Nicht weit genug, dachte er bedrückt. »Aber zuerst laß uns ein bißchen spazierengehen. Ich brauche frische Luft. Hab' fast die ganze Nacht gearbeitet. Ihr habt ja einen Riesengarten! Wie groß ist er insgesamt?«
»Etwa fünf Morgen. Wir haben ein paar Blumenbeete vor der Terrasse und am Pool, aber all das andere« – Bill deutete auf Hecken und Bäume, die kunstvolle Gartenanlagen umgaben – »lassen wir einfach wachsen. Viel zuviel Arbeit für Bernard.«
Und als Tony den nächsten Gartenweg einschlug, der von der Villa fortführte, fragte Bill: »Du hast mich doch sicher nicht aus dem Bett geholt, um mit mir über Gartenbau zu plaudern. Was hast du also für Probleme?«
In diesem Moment, dachte Tony, dich. Mein Verdacht ist der, daß Parracini dein Telefon läuten gehört hat und inzwischen auf ist und jedes Wort mithört, das wir sprechen. »Zweierlei«, antwortete er. »Der Maschinenschaden der ›Sea Breeze‹ und das Wetter.«
»Ich dachte, der Schaden wäre behoben.«
»Wir arbeiten noch dran. Gewiß, für gutes Wetter reicht die Maschine aus. Aber die letzten Wetterberichte melden einen eventuellen Südoster für heute nachmittag. Und das ist keine ange-

nehme Aussicht, Bill, mit einer Maschine, auf die man sich nicht verlassen kann.«
»Dann ist der Bootsplan also gestrichen.«
»Nein. Dafür ist er als Sicherheitsmaßnahme zu perfekt. Falls die Wetterfrösche recht haben, müssen wir den Törn eben nur abkürzen. Sobald der Wind zu sehr auffrischt, können wir dann bequem in den nächsten Hafen einlaufen, ehe jemandem allzu schlecht wird. Wir wollen doch nicht, daß Gerard seekrank wird, oder?«
»Gerard kommt auch?«
»So hieß es jedenfalls heute morgen. Er hat Neuigkeiten für Parracini. Ein Job bei der NATO. Hast du schon davon gehört?«
»Nein.«
»Ich auch nicht, bis Georges es mir erzählte.«
»Weiß Parracini darüber Bescheid? Und, wenn ja, warum hat er es mir nicht gesagt?«
»Nun ja, es war noch nicht entschieden, bis Gerard ein paar Verbindungen spielen ließ und seine Überredungskunst einsetzte. Aber jetzt ist alles klar. Nur eines, Bill: Laß Gerard die gute Nachricht selbst überbringen. Parracini ist Gerards Lieblingsprojekt, das weißt du. Er würde wirklich aus der Haut fahren, wenn wir ihm zuvorkämen.«
»Dieser Job für Parracini bei der NATO . . .«
»Ist furchtbar geheim, furchtbar wichtig. Mehr weiß ich auch nicht.« — »Ist das nicht ein bißchen früh?«
»Gerard meint, nein. Das hängt natürlich von den Gesprächen auf unserer kleinen Kreuzfahrt ab. Aber ich bin überzeugt, daß Parracini die noch ausstehenden Fragen klären kann.«
»Was für Fragen? Worüber?«
»Über wen, mußt du fragen. Heinrich Nealey. Er wird seit drei Monaten überwacht. Wir wissen, daß er seit neun Jahren als Alexis in Amerika arbeitet; und einer seiner letzten Kontaktleute war ein Mann namens Oleg.« *Hörst du zu, Parracini? Hörst du zu?*
»Parracini kann möglicherweise unsere Unterlagen über Alexis ergänzen. Und über Oleg, der eigentlich Gorsky heißt. Boris Gorsky.«
»Ich glaube kaum, daß Parracini seine bisherigen Aussagen noch ergänzen kann.«
»Das Gedächtnis spielt einem häufig seltsame Streiche. Es vergißt kleine Tatsachen, die nicht wichtig zu sein scheinen, und holt sie später bei neuen Ideenassoziationen wieder hervor.«
»Wo ist Gorsky jetzt?«
»Keine Ahnung.« Und das stimmte in gewisser Hinsicht. Gorsky mochte sich auf Cap Martin befinden, in einem Haus oben in Garavan oder sechs Meilen entfernt in Monte Carlo.

»Könnte er wieder Kontakt mit Nealey aufgenommen haben?«
»Wenn ja, dann werden wir ihn erwischen.«
»Durch Nealey?«
»Ja. Und einige von den kleinen Fischen werden wir ebenfalls schnappen – eine hübsche rothaarige Sekretärin, die in der Shandon-Villa für Maclehose arbeitet, und mindestens noch drei andere da draußen. Außerdem haben sie bestimmt einen Ring von Außenverbindungen hergestellt. Es könnte ein ganz hübscher Fang werden.«
»Außenverbindungen . . .«, sagte Bill langsam. Seine grauen Augen blickten finster, seine freundlichen Züge wurden grimmig, sein gewohntes Lächeln – schneeweiße Zähne in dem sonnenbraunen Gesicht – war verschwunden. Er glättete sich das ziemlich lange, sonnengebleichte Haar, das der Wind durcheinanderblies, und schlug den Kragen seiner Wildlederjacke hoch, als sei ihm plötzlich kalt geworden. »Glaubst du, Nealey ist uns auf der Spur?«
Tony antwortete nicht. Er hatte Bill eingehend betrachtet. Zwanglose Kleidung heute morgen – ohne Manschettenknöpfe; und auch keine Krawatte, in der man irgendeinen Clip hätte anbringen können. Die Wildlederjacke trug er zweifellos nur selten, so daß man die Frage, ob sich in den Knöpfen Wanzen befanden, verneinen konnte. Keine Ringe. Eine Gürtelschnalle, ja. Und natürlich die Armbanduhr, ein heißgeliebtes Stück, das Bill seit vielen Jahren trug. Oder hatte er sie heute nicht um? Als Bill den Arm hob, um seine Haare glattzustreichen und seinen Kragen hochzuschlagen, war die Uhr deutlich zu sehen.
Bills Besorgnis wuchs immer mehr. »Glaubst du, daß unser Haus überwacht wird?« Mit diesen Verbindungen mußte Nealey eine ganze Menge Informationen über Vermietungen, über Fremde, die Langzeitmietverträge abschlossen, bekommen haben – größtenteils zu seiner eigenen Sicherheit.
»Ich bin überzeugt, daß sie sich alle Neuankömmlinge, die sich hier in den letzten beiden Monaten niedergelassen haben, ganz genau angesehen haben. Darum werdet ihr beide, du und Parracini, auch anderswo mit den NATO-Geheimdienstlern zusammenkommen, statt sie hier oben bei euch zu empfangen. Sie werden bei uns sein und auf euch warten, ohne offen in Erscheinung zu treten. Ihr beiden müßt nur dafür sorgen, daß ihr möglichst schnell und unbemerkt aufs Boot kommt. Und verspätet euch bitte nicht.«
»Wann laufen wir aus?«
»Habe ich dir das nicht gesagt? Um elf. Seid also eine halbe Stunde vorher am Hafen und kommt spätestens um zehn Uhr fünfunddreißig an Bord. Wird das gehen?«

»Warum laufen wir nicht aus, sobald wir auf der ›Sea Breeze‹ sind?«
»Weil wir uns vergewissern wollen, daß sich niemand im Hafen allzu sehr für sie – und für euch – interessiert. Könntest du mir deine beiden Männer ausborgen, damit sie mir aufpassen helfen?«
»Gern. Du machst dir aber ziemlich viel Mühe mit Parracini. Oder tust du das für die NATO-Leute?«
»Du durchschaust mich doch immer wieder! Ich bin für die NATO-Leute verantwortlich. Es sind zwei von unseren Spitzenmännern. Nealey würde einen Arm und ein Bein hergeben, um ihre Gesichter zu sehen und ihre Namen zu erfahren.«
»Ein Gespräch auf höchster Ebene also.« Das wenigstens behagte Bill.
»Ja. Und darum werden wir jetzt alles bis in die letzten Einzelheiten durchsprechen, Uhren vergleichen und . . . He, Bill, deine Uhr geht zehn Minuten nach!«
»Unmöglich. Die hab' ich gestern erst bekommen.« Bill betrachtete das mit allen Schikanen ausgestattete Zifferblatt. »Die kann alles, nur sprechen tut sie nicht«, erklärte er. »Und die Zeit zeigt sie auch nicht richtig an. Diese verdammten . . .« Verblüfft hielt er inne, als Tony ihm seine Hand hinhielt, um ihm die eigene Uhr zu zeigen. Die beiden Chronometer waren nur eine Sekunde auseinander. »Was soll denn das . . .«
Rasch legte Tony einen Finger auf die Lippen, deutete auf Bills Uhr, zeigte mit dem Daumen in Richtung Haus und tippte sich ans Ohr. Bill starrte ihn verständnislos an. »Muß mal aufgezogen werden«, sagte Tony. »Oder ist sie ganz stehengeblieben?« Tony löste das Armband und nahm die Uhr von Bills Handgelenk.
»Was, zum Teufel . . .«
»Wirklich ärgerlich«, sagte Tony. »Du solltest lieber deine alte nehmen.« Er wog die neue Uhr abschätzend auf der Handfläche. Das Gewicht wirkte eigentlich ganz normal.
»Geht nicht«, antwortete Bill. »Ist am Sonntag kaputtgegangen.«
»Wie hast du denn das geschafft?«
»Nicht ich. Das waren Parracini und Nicole. Sie haben am Swimming-pool rumgespielt, ich hatte meine Uhr neben den Stuhl gelegt und war schwimmen gegangen. Die beiden haben den Stuhl umgeworfen, und Parracini ist aus Versehen auf die Uhr getreten.«
»Wieviel hast du für die hier bezahlt?«
»Sie ist ein Geschenk. Nicole hat sich mit einem Betrag beteiligt, und Parracini hat sie gestern vormittag gekauft.«
»Also das ist genau das, was ich meine, wenn ich behaupte, er

geht ein zu großes Risiko ein, wenn er so in der Stadt rumläuft.«
Tony hatte sein Allzweckmesser gezogen, widerstand aber der Versuchung, die Uhr zu öffnen – sie würde ohnehin fest verschlossen sein –, und bearbeitete statt dessen das Rädchen zum Aufziehen. Ich muß irgendwas tun, damit Bill einen Grund hat, sie nicht mehr zu tragen. »Vorsicht, Bill!« warnte er. »Du brichst gleich das Rädchen ab, wenn du . . . Verdammt, jetzt hast du's abgebrochen!« Während er sprach, brach Tony selbst das Rädchen ab und warf die Uhr in ein Gebüsch mit leuchtendroten Blüten. »Komm, laß uns einen größeren Abstand zwischen uns und die Uhr bringen«, sagte er leise und zog Bill weiter den Weg entlang. Endlich war er mit der Entfernung zufrieden und blieb in einem ehemaligen Rosengarten stehen. »Jetzt können wir zur Sache kommen.«
»Glaubst du, da war eine Wanze in der Uhr?« fragte Bill halb ärgerlich, halb verwirrt. »Wer, zum Teufel, könnte denn . . .«
»Parracini. Ich werde mit ihm beginnen und dann zu den Einzelheiten unseres Planes übergehen. Mach dich auf einen Schock gefaßt, Bill. Aber hör bitte nur zu, stell keine Fragen, dazu bleibt uns keine Zeit mehr.« Und Tony stürzte sich in den Bericht über Parracini.
»Eines muß ich dir wirklich lassen, Bill«, schloß er. »Du hast dich wesentlich besser in der Hand als ich gestern abend. Ich habe eine halbe Stunde gebraucht, um mich zu beruhigen.«
»Ich werde mich gehenlassen, sobald er in Brüssel in der Falle sitzt«, sagte Bill durch die zusammengebissenen Zähne. »Was ist jetzt mit unseren Plänen?«
»Folgendes.« Tony erklärte ihm den Zeitplan, beschrieb ihm die ›Aurora‹ und ihre Lage im Jachthafen am Fuß dieses Hügels. »Alles klar?«
Bill nickte. »Wir werden pünktlich um zehn Uhr fünfundzwanzig dort sein. Keine Sekunde später.«
»Und lauft um zehn Uhr dreißig aus. Aber warte, bis Parracini im Wagen sitzt und ihr auf dem Weg zum *porte privé* seid, ehe du von der ›Aurora‹ sprichst. Du wirst deine ganze Diplomatie einsetzen müssen.«
»Ich werd's schon schaffen. Ich kann ihm ja sagen, ich hätte gerade Nachricht von dir bekommen, daß die Maschine der ›Sea Breeze‹ wieder aufmuckt. Und was das Wetter angeht – diesen Teil hast du ja bereits erledigt. Falls Parracini mitgehört hat, gibt es einiges für ihn zu verkraften.«
»Und jetzt sitzt er in eurem Badezimmer, weit genug entfernt von Bernard, Brigitte und Nicole, und versucht Gorsky per Sender-Empfänger die Neuigkeiten zu übermitteln. Über Heinrich Nealey, *requiescat in pace*. Und über seinen, Parracinis,

Triumph: die Aufnahme in die NATO. Nein, ich glaube nicht, daß er vor dem Umsteigen von der ›Sea Breeze‹ auf die ›Aurora‹ zurückschrecken wird.«

»Du hast einen guten Köder ausgelegt«, bestätigte Bill, als sie den Rosengarten verließen und über die Wege und Stufen wieder bergab schritten. Aber er krauste die Stirn über einem neuen Problem. »Nicole — wann soll ich es ihr mitteilen?«

»Überhaupt nicht. Sie hängt zu sehr an Parracini.«

»An Palladin, meinst du wohl. Sie hat ihn bewundert. Er hat niemals Geld genommen, er arbeitete für den Westen, weil er an uns glaubte — so, wie wir sind.« Bill verstummte.

»Um den alten Winston zu zitieren: Die Demokratie mag zwar nicht perfekt sein, aber sie ist verdammt viel besser als alles andere, was es gibt.«

»Nicole . . .« Bill machte sich ihretwegen immer noch Sorgen.

»Laß sie in ihrer glücklichen Unkenntnis der Lage. Ich werde es ihr heute abend erklären, sobald ich von euch aus Brüssel höre.«

»Sie will mitkommen, auf das Boot.«

»Unmöglich!« Tony war aufrichtig entsetzt. »Halt sie da raus, Bill! Sie bleibt hier. Bei Brigitte. Übrigens, was ist mit Bernard?«

»Er wollte mit uns zum Hafen kommen, damit er den Mercedes zurückfahren kann.«

»Kann ich ihn mir ausborgen — und deinen Wagen? Nur ganz kurz. Ich werde ihm selbst sagen, was er tun soll. Und wo erreiche ich deine beiden Männer per Telefon?«

»Ich werde sie anrufen und ihnen deine Anweisungen durchgeben.« Als Tony jedoch die Brauen hob, berichtigte Bill: »Nein, lieber nicht. Diese verdammten Wanzen! Wahrscheinlich werde ich sie dort lassen müssen, wo sie sind, damit Parracini keinen Verdacht schöpfen kann.« Also gab er Tony die Telefonnummer und die Namen zusammen mit dem Erkennenungswort.

»Gott segne dein liebes, verständnisvolles Herz! Das werde ich dir nie vergessen«, sagte Tony und meinte es ernst.

»Okay, okay. Irgendwelche anderen Tips, die du mir zu geben hast? Nein? Wie wär's denn jetzt mit einem Frühstück?«

»Es ist besser, wenn Parracini mich nicht sieht. Möglicherweise hat er mich gestern abend unter den Zuschauern im Casino bemerkt. Wenn er mich hier mit dir zusammen sieht . . .« Tony schüttelte den Kopf. »Wie kommst du in die Stadt zurück?«

»Ich werde die Straße entlanggehen. Du schickst Bernard in seinem alten Klapperkasten hinter mir her; er kann mich dann in der Nähe meines Hotels absetzen.«

Der Busch mit den leuchtendroten Blüten kam in Sicht. »Ich werde diese verdammte Uhr rausholen und sie in meinen Schreibtisch legen«, sagte Bill.

»Hast du eine andere?«
»Ich werde mir Brigittes Uhr ausleihen. Die ist sicher nicht verwanzt.« Als sie den Busch erreicht hatten, zog Bill sein Taschentuch heraus und machte sich auf die Suche nach der Uhr. Wie ein verschlagener Golfball, dachte er, und genauso schwer zu finden. Endlich hatte er sie entdeckt, legte sie in sein Taschentuch und wickelte sie fest in den Stoff ein. Dann umklammerte er sie mit der Faust, schob die Hand in die Jackentasche und ließ sie dort. Während sie schweigend und, um das Geräusch ihrer Schritte auf dem gepflasterten Weg zu vermeiden, lautlos auf dem taufeuchten Gras am Wegrand dahingingen, lächelte er. Aber er mußte den Witz für sich behalten, bis er Tony demnächst wiedersah: Die verdammte Uhr war tatsächlich stehengeblieben.
Tony näherte sich dem Tor auf Umwegen, benutzte eine Reihe hoher, schmaler Zypressen als Deckung vor neugierigen Augen im Haus. Haben wir etwas vergessen? Irgend etwas noch nicht besprochen, fragte er sich, als er die Straße bis zur nächsten Kurve entlangschritt. Dort setzte er sich auf eine niedrige Mauer, wartete auf Bernards Wagen und betrachtete die Aussicht. Tief unter ihm erstreckte sich die Bucht von Gavaran, von ihrer östlichen Begrenzung, den rostroten Klippen, die hoch über den *port privé* aufragten, bis an den westlichen Hafen im Schutz der Altstadt. Das Morgenrot, Unglücksbote der Seeleute, verblaßte zu einem beruhigenden, mit kleinen weißen Wolken getupften Blau, berührte noch kurz die hohen Felsen und verwandelte sie in eine Feuerwand. Das Mittelmeer funkelte in einem klaren Licht, das die Landratten für die Ankündigung eines herrlichen Tages hielten.
»Guten Morgen!« rief ihm Bernard zu und öffnete einladend die Wagentür.
Ja, hoffentlich wird es ein guter Morgen, dachte Tony. Er stieg ein, und sie begannen die kurvenreiche Fahrt ins Tal.

## Vierundzwanzigstes Kapitel

Rick Nealeys Quartier in der Shandon-Villa bestand aus einem hübsch mit Couch und Sesseln möblierten Büro, in dem er seine Arbeiten erledigen oder auch wichtige Gäste empfangen konnte, und einem anschließenden, ausschließlich privaten Wohn-Schlafzimmer. Dort hatte er einen der Wandschränke mit der für die Verbindung mit seiner eigenen geheimen Welt notwendigen Ausrüstung versehen. Diese Einrichtung erregte und befriedigte ihn, verlieh ihm ein gesteigertes Statusgefühl, das Empfinden, seine Macht erweitert zu haben. Bis gestern. Bis dahin war alles glatt und gut verlaufen. Jetzt aber . . .
Er befreite sich von der verdrehten Wolldecke und stand auf. Der Morgen dämmerte. Er hatte nicht schlafen können, zum Teil, weil er die Nacht auf der Couch in seinem Büro verbracht hatte, zum Teil, weil sich Gorsky in seinem Wohn-Schlafzimmer befand. Es war der einzige Ausweg aus der Notlage gewesen, die sich so unerwartet aus diesem katastrophalen Besuch in Kelsos Haus entwickelt hatte. Die Shandon-Villa war die naheliegendste Zuflucht gewesen. Sie konnten, wie Gorsky behauptete, unmöglich an der Küste entlang bis zu seinem gemieteten Häuschen laufen, auch wenn es bis dahin nicht mehr als zwei Kilometer nach Westen waren. Und sie konnten, wie Gorsky ebenfalls behauptete, unmöglich einen Fußmarsch riskieren. Die Polizei sei gerufen worden, sie habe Alarm gegeben, alles werde durchsucht. Deshalb war Gorsky in der Shandon-Villa untergeschlüpft, und Nealey hatte ihn sicher an den beiden Tölpeln vorbeigeschleust, die die Villa vor Juwelendieben beschützen sollten.
Er *muß* anerkennen, daß ich auf der Straße unterhalb der Olivenbäume auf ihn gewartet habe. Ich habe gesehen, wie er über die Terrassen herunterkletterte, habe seine Richtung abgeschätzt und war bereits zur Stelle, als er unten ankam. Was hätte er ohne mich gemacht? (Ich hätte ja nicht auf ihn zu warten brauchen; im Notfall heißt es, jeder für sich.) Ob Gorsky das zugeben wird? Nein, dachte Nealey, er wird mich für das ganze Fiasko heute nacht verantwortlich machen. Aber er war es doch, der da oben im Haus war — nicht ich. Wird er mich auch dafür verantwortlich machen?
In Morgenmantel und Hausschuhen stieg Nealey leise die Treppe hinab. Es war noch früh, die Köchin und ihre Mädchen wür-

den noch nicht in der Küche sein. Etwas zu essen und heißer Kaffee würden Gorsky vielleicht milde stimmen, bevor er aufbrechen mußte – bald schon, innerhalb der nächsten Stunde, solange das Küchenpersonal und die Familie Maclehose noch schliefen.
Als er mit dem beladenen Tablett wieder hinaufging, erinnerte er sich an früher, als er sich in seiner gemütlichen Wohnung in Georgetown, ebenfalls in Morgenmantel und Hausschuhen, morgens sein Frühstück selbst gemacht hatte. Ein einfaches Leben, verglichen mit dem jetzigen. Unvermittelt sehnte er sich nach den Jahren, da er noch Alexis war und allein gearbeitet hatte. Natürlich nicht ganz allein, aber er hatte sich gewissermaßen unabhängig gefühlt: Lieferung von Berichten an Agenten, die anonym blieben; Anrufe, Stimmen ohne Gesichter; Kontaktaufnahmen, die arrangiert und mit beruhigender Geheimhaltung durchgeführt wurden. Ja, es war ein nützliches Leben gewesen – und ein bequemes. Hier jedoch war er viel tiefer hineingezogen worden. Er hatte mehr erfahren, mehr Informationen erhalten. Gestern hatte ihn dieser Gedanke noch erregt, befriedigt. Heute löste er eine seltsame Unruhe in ihm aus.
Er betrat sein Büro und stellte das Tablett auf den Tisch. Nebenan hörte er Gorskys barsche, aber gedämpfte Stimme, wie er sie während der Nacht immer wieder gehört hatte, während er Verbindung mit jemandem hier am Ort aufnahm. Doch diesmal hatte dieser Jemand ebenso viel zu sagen wie Gorsky.
Ich werde nie erfahren, um was es hier eigentlich geht, dachte Nealey; von nun an wird Gorsky mir kaum noch etwas mitteilen. Ich bin degradiert worden. Und warum? Es war diese Kelso-Sache, die die Veränderung in Gorskys Verhalten mir gegenüber bewirkt hat. Es ist nie ein freundschaftliches Verhältnis gewesen, aber – auf Parracinis Befehl – auch nie ein feindseliges. Bis heute nacht. Von zwei einzelnen Worten abgesehen (eines davon, ›unmöglich‹, zweimal ausgesprochen, das andere, ›Idiotie‹, in rasender Wut hervorgestoßen), hatte Gorsky lediglich den Mund aufgemacht, um zu fragen: »Von wo aus senden Sie?« Nicht ein einziges Wort des Lobes über den sauber eingerichteten Wandschrank und das trickreiche Kombinationsschloß, an dem sich mehr als ein neugieriges Zimmermädchen vergebens versuchen würde. Kein Wort auch über das Kelso-Haus. Was ist eigentlich da oben passiert? fragte sich Nealey wieder einmal. Vermutlich würde er es nie erfahren. Gorsky war nicht der Mensch, der seine Fehler eingestand. Gorsky ... Oleg. Der Mann, von dem er in Washington gehofft hatte, daß er ihn nie wiederzusehen brauchte. Und jetzt, dachte Nealey, sitzt er mir im Nacken. Ich spüre, wie er mir die Zähne in den Hals schlägt.

Im Schlafzimmer herrschte jetzt absolute Stille. Nealey zögerte, dann klopfte er an und wartete. Endlich wurde die Tür geöffnet, und Gorsky kam heraus, völlig angezogen, bereit zum Aufbruch. Seine Miene war gelassen, sein Blick kalt. Er musterte das Frühstückstablett und schenkte sich eine Tasse Kaffee ein. Nealey, der sich Brot, Butter und Honig nahm, merkte plötzlich, daß er eingehend gemustert wurde, und verlor den Appetit. Das Schweigen machte ihn nervös. Er trank nicht einmal seinen Kaffee. Statt dessen platzte er heraus: »Es gab keine andere Möglichkeit. Der Alte hat auf mich geschossen. Ich mußte fliehen.«
»Ehe er auf Sie schoß«, stellte Gorsky fest, ohne seine Verachtung zu kaschieren.
»Hinterher.«
»Und er soll danebengeschossen haben? Er konnte ausgezeichnet zielen. Er hat Gomez verwundet und ihn der Polizei übergeben.«
»Und Feliks?«
»Der ist entkommen – gerade noch. Er ist in unserem Haus. Ich habe ihn angewiesen, es sofort zu verlassen, mitzunehmen, was er kann, alles andere zu vernichten.«
»Aber Gomez wird nicht die geringste Information geben über . . .«
»Das Haus war nicht mehr tragbar. Sie haben dafür gesorgt.«
»Ich? Aber Sie können mich doch nicht für Gomez' Verhaftung verantwortlich . . .«
»Wären Sie mit Charles Kelso geschickter umgegangen, hätte sich der Besuch bei seinem Bruder erübrigt. Wir hätten uns auf unsere eigentliche Aufgabe hier konzentrieren können, statt auf eine Nebensächlichkeit, die sich überhaupt nicht hätte ergeben dürfen.«
»Was hätte ich denn sonst mit Chuck anfangen sollen? Er hat mich bedroht, und ich habe ihn überredet, vorerst noch einmal abzuwarten. Dadurch gewann ich Zeit, um . . .«
»Nicht Zeit genug, um seinen Koffer zu durchsuchen, ehe man seine Leiche entdeckte! Sie hätten gestern nachmittag hier bleiben und seine Sachen durchsuchen sollen, während wir uns mit ihm beschäftigten. Aber nein, Sie mußten losrennen, nach Eze, um einen Vorwand dafür zu haben, sich nicht an seinem Tod zu beteiligen. Sie hätten sogar Wache stehen können, wie Gomez. Jawohl, Gomez. Der sich jetzt in der Hand der Polizei befindet. Wenn die in ihm einen der Elektriker erkennen, die gestern hier auf dem Grundstück gearbeitet haben . . .« Gorsky preßte die Lippen zusammen und starrte Nealey an, der mit gesenktem Kopf, die Kaffeetasse beiseite geschoben und vergessen, vorn auf dem Rand seines Stuhles saß.

Gorsky fuhr fort mit der Aufzählung von Nealeys Fehlern. »Sie haben mir gesagt, Kelso habe Sie bedroht, er habe Ihnen den Entwurf für einen Brief gezeigt, den er schreiben wollte, falls Sie nicht freiwillig zurückträten. Warum haben Sie mir nicht gesagt, daß der Brief bereits geschrieben war?«
»Der Brief existierte nur im Entwurf.«
»So? Nun, hier ist eine Kopie.«
Gorsky legte sie vor Nealey hin. »Außerdem soll es noch vier weitere geben. Ohne Original keine Kopie. Und das Original kann jederzeit abgeschickt werden. Hat er Ihnen gesagt, wem er es zum Aufbewahren gegeben hat?«
»Er hat mir lediglich gesagt, daß er einen Brief entworfen habe«, wiederholte Nealey.
»Und Sie haben das geglaubt?« Gorsky lachte verächtlich auf.
»Er hat den Brief vermutlich in seiner Wohnung versteckt«, meinte Nealey rasch.
Gorskys Verachtung wuchs. »Die habe ich gestern gründlich durchsuchen lassen, nachdem Sie mir von Kelsos Entwurf erzählt hatten. Und diese Durchsuchung wäre nicht möglich gewesen, wenn es nicht zwischen hier und New York eine Zeitverschiebung gäbe. Aber da hat Sie Ihr Glück im Stich gelassen, Nealey. Wir haben nichts gefunden. Überhaupt nichts!«
»Dann hat er vielleicht geblufft, und es hat gar keinen Entwurf gegeben . . .«
»Und daher auch keinen Brief, der absendefertig ist? Was für ein tröstlicher Gedanke. Idiot! Lesen Sie das Postscriptum an seinen Bruder. Es *gibt* einen Brief, und zwar in den Händen einer Person, der er vertraut, einer Person, die auf Kelsos Anweisung wartet, das Schreiben entweder abzuschicken oder zu vernichten. Sobald diese Person von Kelsos Tod Wind bekommt, wird sie den Brief entweder aufgeben oder öffnen. In jedem Fall wird sich das jedoch für Sie katastrophal auswirken. Sie können unmöglich hierbleiben. Sie werden heute kündigen und morgen früh abreisen. Ich werde Ihnen zwei Männer mitgeben, um sicherzustellen, daß Ihre Reise nach Moskau ohne Zwischenfall verläuft.«
Moskau? Rückruf? Weswegen? Nealey sagte: »Ich kann nicht kündigen. Ich habe die Leitung hier. Das erste Seminar beginnt nächste Woche. Wollen Sie wirklich meine ganze Arbeit hier opfern, das ganze Projekt? Damit wäre Parracini niemals einverstanden.«
»Parracini hat ein viel größeres Projekt in Aussicht als die Shandon-Villa. Wenn es zur Wahl zwischen den beiden kommt, wird er sich ausschließlich auf den Erfolg seines eigenen Vorhabens konzentrieren.«

»Und was ist das Wichtigste?« gab Nealey zurück. »Es wäre Wahnsinn, unsere Position in der Shandon-Villa aufzugeben! Und einen von seinen Agenten als Ersatz für mich hier einzuschleusen kann Parracini auch nicht. Dazu ist keine Zeit mehr. Der Job wird auf meinen Hauptassistenten übergehen, wenn er sich bewährt, vielleicht sogar endgültig. Und Sie wissen, daß ich ihn mir ausgesucht habe, weil er mir eine unerhört gute Tarnung liefert: politisch ein Liberaler der Mitte, der gegen jegliche Extreme ist, ob sie von rechts oder von links kommen. Was glauben Sie, wie weit Sie bei dem kommen würden?«
Nealey hatte ein stichhaltiges Argument vorgebracht, das mußte Gorsky zugeben. »Wann fängt er hier an?«
»Morgen oder Montag. Er trifft heute in Menton ein.«
Gorsky schwieg fast zwei Minuten. »Dann werden wir es anders machen. Sie kündigen nicht, sondern bitten um bezahlten Urlaub für ungefähr eine Woche. So lang kann Ihr Assistent die Arbeit übernehmen. Und wir haben Zeit, einen anderen Kandidaten für Ihre Position startklar zu machen, jemanden, der besser qualifiziert ist als Ihr Assistent. Wir werden den nötigen Nachdruck hinter ihn setzen, genau wie bei Ihnen, unseren ganzen Einfluß spielen lassen, jeden Kontakt, den wir in Washington haben, ausnutzen. Und wenn wir ihn so weit haben, daß wir ihn an Ihren Platz in der Shandon-Villa schleusen können, werden Sie Ihren bezahlten Urlaub mit der endgültigen Kündigung beenden.«
»Aber ich *kann* nicht um bezahlten Urlaub bitten – ausgerechnet jetzt, wo das erste Seminar . . .«
»Sie sind überarbeitet, Sie haben sich überanstrengt. Der Tod Ihres Freundes Charles Kelso hat Ihnen großen Kummer bereitet . . . Sie brauchen unbedingt zwei Wochen Ruhe, um Ihre Gesundheit wiederherzustellen.«
»Zwei Wochen?« Nealeys Ton klang verächtlich. »Sie werden es niemals schaffen, jemanden in zwei Wochen . . .«
»Zwei Wochen.« Gorsky blieb hart. »Und falls es Verzögerungen in unserem Plan gibt, brauchen Sie nur um Verlängerung Ihres Urlaubs zu bitten.« Gorskys Zorn, der bisher nur schwelte, erreichte jetzt bald den Siedepunkt. »Sie werden sich irgend etwas ausdenken, Sie Dummkopf, um zu verhindern, daß jemand anders Ihren Job übernimmt. Sie sorgen dafür, daß Maclehose jederzeit mit Ihrer Rückkehr rechnet. Sind Sie denn nicht mal dazu in der Lage?«
Nealey befeuchtete seine trockenen Lippen. »Was ist mit Anne-Marie? Und mit den anderen?«
»Die werden anderswo hingeschickt.«
»Aber warum?«

»Wegen des NATO-Geheimdienstes.«
»*Was?*«
Gorsky gab keine Erklärung ab. Er beschäftigte sich weiter mit dem Problem Anne-Marie. »Sie werden sie heute vormittag wegen Unfähigkeit tadeln. Machen Sie ihr eine Szene. Sie wird wütend davonlaufen. Und anschließend bitten Sie Maclehose um Erholungsurlaub. Eine überaus verständliche Bitte nach dem Theater, das Sie vorher gemacht haben.«
»Ziehen Sie uns denn alle aus Shandon ab?«
Nealey konnte es nicht fassen. »Unsere ganze Arbeit . . .«
»Wir werden den Verlust hinnehmen und warten und dann noch mal von vorn anfangen. Aber vorsichtig. Die NATO-Agenten werden die Shandon-Villa zweifellos monatelang eingehend im Auge behalten.«
»Das mit dem NATO-Geheimdienst könnte auch falscher Alarm sein.«
»Die Agenten sind hier in Menton. Drei kamen gestern mit der ›Sea Breeze‹. Einer von ihnen, Emile Baehren, ist identifiziert worden; er hütet das Boot. Von den anderen beiden kann nur Georges Despinard definitiv mit der ›Sea Breeze‹ in Zusammenhang gebracht werden.«
»Ja«, erinnerte Nealey Gorsky rasch, »ich habe bei der Polizei seinen Namen und die ›Sea Breeze‹-Adresse in Erfahrung gebracht. Und der dritte Agent ist Lawton, der im ›Alexandre‹ wohnt, nicht wahr? Er muß es sein. Sie waren gestern nachmittag zusammen in der Shandon-Villa.«
»Das steht nicht fest. Ein Agent wie Despinard könnte Lawton dazu benutzt haben, diesen Besuch in der Shandon-Villa für ihn zu arrangieren.« Es war Despinard gewesen, der im Garten rumgeschlichen war, nicht Lawton. »Alles, was wir über Lawton definitiv wissen, ist die Tatsache, daß er mit Thomas Kelso befreundet ist. Er ist mit vielen Journalisten befreundet, auch mit Despinard.«
»Aber Sie haben einen bestimmten Verdacht?«
»Den habe ich seit vielen Monaten.« Gorsky ließ sich nicht näher darüber aus.
»Haben Sie denn nicht entsprechende Maßnahmen ergriffen? Ihn beschatten, seine Zimmer durchsuchen lassen?«
»Wenn wir irgend etwas entdeckt hätten«, antwortete Gorsky, als spräche er mit einem Kind, »glauben Sie wirklich, daß ich dann nur einen Verdacht hätte?«
»Ich habe noch nie erlebt, daß Mangel an Beweisen Sie am Zugreifen gehindert hätte«, gab Nealey beißend zurück. Und das war, wie er an Gorskys Miene sah, ein unverzeihlicher Fehler.

Hastig redete er weiter: »Dann haben wir also drei rangniedrige Agenten in Menton, die von der NATO mit der undankbaren Aufgabe betraut worden sind, Parracini zu beschützen.«
»Und mindestens zwei sehr ranghohe Beamte werden heute noch eintreffen. Aber der ranghöchste von allen war bereits gestern hier. Laut einem unserer besten Informanten gab er eine kurze Nachricht nach Paris durch, erbat Doppelreparatur für die ›Sea Breeze‹ – das sind natürlich zwei weitere Agenten – und identifizierte sich mit einem seiner Decknamen, Onkel Arthur.«
Und das, dachte er, als er sah, daß Nealey seine Überheblichkeit verlor und sich wieder angemessen beeindruckt zeigte, stellt das richtige Verhältnis zwischen uns wieder her. Sinnlos, die Wirkung zunichte zu machen, indem er eingestand, daß man Onkel Arthurs richtigen Namen niemals erfahren hatte; den kannten nur vier NATO-Beamte in Brüssel, und die schwiegen. Während seine Kollegen nichts von seinem Rang und seiner Bedeutung ahnten, sondern ihn als ihresgleichen akzeptierten. Das war, wie sich bisher erwiesen hatte, die bestmögliche Tarnung. Bisher . . . Aber jetzt befand er sich hier in Menton. Und dieser Lawton war ebenfalls hier in Menton – und zwar ebenso schwer festzunageln wie eh und je. Doch diese beiden waren früher schon am selben Ort aufgetaucht. Zufällig? Es hatte nie einen Beweis dafür gegeben, daß Lawton und Onkel Arthur ein und derselbe waren. Aber dennoch . . . »Wenn zwei Verdachtsmomente zu einem werden«, erklärte Gorsky, der lächelnd Nealeys verwunderte Miene sah, »dann packe ich zu.«
»Aber wenn Lawton NATO-Agent ist, wieso sollte er sich dann für Shandon interessieren? Wir haben unsere Spuren gründlich verwischt, wir haben . . .«
»Die NATO interessiert sich für Shandon. Ihretwegen. Laut Kelso sind Sie während der letzten drei Monate beschattet worden.«
»Tom Kelso? Was weiß denn der? Der hat nur geblufft.«
»Vor einer halben Stunde erst habe ich die Bestätigung dafür erhalten – von Parracini. Er versuchte Sie hier zu erreichen, Ihnen Befehl zum Verschwinden zu geben. Ich habe die Nachricht entgegengenommen. Und gebe seinen Befehl hiermit an Sie weiter.«
»Irgend etwas stimmt da nicht«, protestierte Nealey. »Ich bin von niemandem beschattet worden. Weder drei Monate lang noch drei Wochen oder drei Tage.«
»Wollen Sie Parracinis Urteilsvermögen in Zweifel ziehen? Und meines?«
»Nein, nein! Aber warum hat sich die NATO nicht sofort auf mich gestürzt, als ich in Europa ankam?«

»Haben Sie vergessen, daß man einen vermutlichen Agenten beobachtet, um seine Kontaktleute festzustellen, daß man das Netz erst dann zuzieht, wenn ein großer Fischzug gesichert ist?«
»Das weiß ich«, antwortete Nealey, ohne seinen Ärger zu verbergen. Er war ganz sicher, daß er nicht beschattet worden war, weder in Washington noch hier in Menton. »Die Sache ist aber doch so . . .«
»Die Sache ist so, daß Sie am Montag spätestens von hier verschwinden. Nach Aix-en-Provence. Eine völlig natürliche Wahl für einen Mann, der Ruhe und ärztliche Behandlung braucht. Dort gibt es Thermalbäder und viele Ärzte. Und – für Sie noch wichtiger – viele Menschen und ein wirres Durcheinander von Straßen. Feliks wird sich mit Ihnen dort ohne weiteres treffen können. Außerdem ist es von Menton aus leicht zu erreichen – zwei Stunden Fahrt mit dem Auto –, und es liegt nahe am Mittelmeer.«
Zehn Meilen von Marseille. »Wollen Sie mich auf einem Frachter heimschicken?« Nealey war bemüht, seinen Zorn zu verbergen.
»Wenn es nötig ist, ja.« Gorsky bemerkte Nealeys verkniffenes Lächeln. »Aber«, setzte er hinzu, »wir können Ihnen ein bequemeres Quartier bieten. Wir haben einen Kajütkreuzer zur Verfügung.« Sein Ton hatte die Härte verloren, wurde jetzt beinahe freundlich.
Nealey überlegte. Ja, wenn es Zeit wurde, daß er aus Aix-en-Provence verschwand, würde es nicht schwierig sein, die zehn Meilen bis zur Küste zurückzulegen und sich in einem der zahllosen kleinen Häfen abholen zu lasssen. Die NATO-Agenten würden sich auf den Hafen von Marseille konzentrieren, den naheliegendsten für einen Mann auf der Flucht. Ein Kajütkreuer? »Na schön. Soll ich meine Bitte um Erholungsurlaub jetzt sofort tippen? Damit Sie sicher sind, daß der Brief Ihrem . . . Ihrem Szenario entspricht?« – »Schreiben Sie ihn mit der Hand.«
Gehorsam setzte sich Nealey an den Schreibtisch, suchte Füllhalter und Papier heraus. Ist dies vielleicht eine Falle? Oder ist die Falle in Aix-en-Provence? Wenn ich hier unter Verdacht stehe, kann die französische Polizei mich dort auf Verlangen der NATO festsetzen. »Wie lange wird es dauern, bis Sie einen Ersatz für mich haben?« erkundigte er sich, während er das Schreiben an Maclehose datierte. »Jede Verzögerung könnte gefährlich werden. Sobald die Amerikaner Chuck Kelsos Brief erhalten, kann ich sogar ausgeliefert werden. Oder haben Sie vergessen, daß ich angeblich amerikanischer Staatsbürger bin?«
»Sie werden nicht lange zu warten brauchen, bis Ihr Ersatzmann eintrifft. Eine Woche vielleicht – höchstens.«

»Eine Woche?« Er lügt, dachte Nealey. Er will meinen absoluten Gehorsam durch Versprechung erzwingen. Glaubt er etwa, ich laufe über? Diesmal jedoch unterdrückte Nealey seinen Zorn. Er begann zu schreiben, führte diese und jene Gründe an, genau wie Gorsky es ihm befohlen hatte. Er unterzeichnete den Brief und reichte ihn Gorsky zum Lesen.
Gorsky nickte zustimmend und sah zu, wie Nealey den Umschlag verschloß und adressierte. »Eine Woche«, wiederholte er betont, als halte er dies zur Beruhigung Nealeys für notwendig.
»Ich fange langsam an zu glauben, daß mein Ersatzmann bereits feststeht.«
Gorsky unterdrückte ein Grinsen. »Jeder wichtige Schauspieler muß eine Zweitbesetzung haben.«
»Soll das heißen, daß da ständig ein Ersatzmann war, der nur darauf wartete, daß . . .«
»Selbstverständlich. Sie hätten ja einen Unfall haben können oder sich plötzlich einer schweren Operation unterziehen müssen. So was kommt vor.«
Ja, dachte Nealey, der Gorsky fassungslos anstarrte, Unfälle kommen vor. Zum Glück hatte Parracini hier den Befehl. Wenn der nicht wäre und diesen Mann bremste . . . Wieder einmal empfand Nealey die gleiche eiskalte Angst, die ihn schon in Washington gequält hatte.
»Ziehen Sie sich an«, verlangte Gorsky. »Sie werden mich nach Menton fahren und mich an der Markthalle absetzen. Aber trödeln Sie nicht. Ich gebe Ihnen zwei Minuten.« Er machte das Licht aus, öffnete die Fensterläden und kontrollierte mit raschem Blick Terrasse und Garten. Als Nealey Hemd, Hose und Pullover angezogen hatte und mit bloßen Füßen in ein Paar Mokassins schlüpfte, stand er bereits, den Hut in der Hand, den Mantel überm Arm, ungeduldig wartend an der Bürotür. Nicht mal ganz zwei Minuten, dachte Nealey. Aber Gorsky sagte nichts. Er konzentrierte Augen und Ohren auf das stille Haus, als sie die Treppe hinabeilten und die im ersten Morgenlicht geisterhaft wirkende Halle durchquerten.
Er schwieg auch noch, als sie unbemerkt die Garage erreicht hatten − niemand im Garten, niemand an den Fenstern − und in den Wagen stiegen. Erst als sie Shandons großes Tor hinter sich gelassen hatten, befahl Gorsky: »Beeilen Sie sich! Fahren Sie so schnell Sie können.« Mantel und Hut warf er auf den Rücksitz. »Lassen Sie das Zeug verschwinden«, lautete seine letzte Anweisung. Dann sank er ganz in sich zusammen, hielt den Kopf gesenkt und blickte mit gerunzelter Stirn auf seine Armbanduhr. Nealey schien er vollkommen vergessen zu haben.
Dann gab Nealey einen letzten Beweis seines Urteilsvermögens.

Er bremste den Citroën etwa zwei Blocks von der Markthalle entfernt. »Zu viele Lastwagen, die hier ankommen, zu viele Bauern, die ihren Stand fertigmachen«, sagte er knapp. »Ich habe keine Lust, in einem Verkehrschaos steckenzubleiben. Sie steigen hier aus.« Gorsky hatte keine Wahl: Mit dem Wagen stehenzubleiben, während sie diskutierten, würde nur noch mehr Aufmerksamkeit erregen. Er stieg aus.
Nealey hatte ein Abschiedswort für ihn. »Sie sollten sich ohnehin nicht mit mir sehen lassen. Oder haben Sie vergessen, daß ich beschattet werde?« Lächelnd fuhr er davon, bog von der Küste zur Innenstadt ab. Beschattet! dachte er verächtlich; das ist doch bloß wieder eine von Gorskys Lügen, mit denen er mich bei Fuß halten will. Mir ist wirklich niemand gefolgt. Das hätte ich gespürt. Und um zu beweisen, daß er recht hatte, fuhr Nealey einige Minuten, immer den Rückspiegel im Auge, kreuz und quer durch die Straßen und Avenuen. Wie erwartet, folgte ihm niemand.
Was mich betrifft, so gibt es nur eine wirkliche Gefahr, dachte er. Chuck Kelsos Brief. Wie lange wird eine Auslieferung dauern? Und wenn ich damit konfrontiert werde, ehe Feliks in Aix-en-Provence eintrifft, um mich – wie würde es Gorsky ausdrücken? Ach ja – sicher zu diesem Kajütkreuzer zu bringen (eine weitere bequeme Lüge, um mein Vertrauen zu Gorsky zu erhalten?), was mache ich dann? Was soll ich tun? Spontan verließ er die Stadtmitte und fuhr durch den Tunnel zur Bucht von Garavan. Dort mußte irgendwo das Hotel ›Alexandre‹ liegen.
Wie leicht wäre es, dachte er, ins ›Alexandre‹ zu gehen, nach Lawton zu fragen und ihm eine hübsche, kleine Rede zu halten: Ich bin gar nicht der amerikanische Staatsbürger Heinrich Nealey, geboren 1941 in Brooklyn. Ich bin Simas Poska, geboren 1940 in Wilnjus oder Wilna. Als ausgebildeter KGB-Agent nahm ich, als ich 1963 aus der Deutschen Demokratischen Republik ›floh‹, die Identität Heinrich Nealeys an. Seit August 1965 erfülle ich meine Pflicht als sowjetischer Geheimagent in Washington. Im Januar dieses Jahres kam ich nach Menton, um hier meine Arbeit fortzusetzen. Ich habe nichts mit dem Tod Charles Kelsos zu tun. Mord ist nicht meine Kragenweite, mein lieber Lawton. Und darum werde ich überlaufen, wenn Sie mir dies und das garantieren, und so weiter und so fort.
Jawohl, wie leicht! Aber Überlaufen ist auch nicht meine Kragenweite. Trotz des Genossen Oberst Boris Jewgenovitsch Gorsky, von seinen Freunden – den beiden, die er hat, falls nicht auch das schon übertrieben ist – liebevoll Oleg genannt, bin ich immer noch ein fähiger, intelligenter und loyaler KGB-Agent.
Nealey erreichte das ›Alexandre‹ und wendete rasch auf die

Westseite der Straße hinüber, damit er am Hoteleingang vorbeikam. Er verlangsamte sein Tempo. So einfach, dachte er abermals und lachte. Warum nicht Gorskys Hut und Mantel, die unerwünschten Relikte der letzten Nacht, mitten in den Hotelgarten werfen? Mit breitem Grinsen beschleunigte er wieder und fuhr durch den Tunnel unter der Altstadt zurück.

Wie verabredet, hatte Gorsky sich mit Feliks getroffen, der in einem schäbigen Lieferwagen bei den Blumenständen draußen vor der Markthalle wartete. »Zum Hafen«, sagte er zu Feliks. »Ich will sehen, ob die ›Monique‹ eingetroffen ist.«
»Ist sie.« Feliks sprach heute nicht Französisch. Das hatte zu seiner Tarnung für den Kelso-Auftrag gestern nacht gehört, genau wie die schwarzen Overalls und die Skimasken. Sein mageres Gesicht wirkte eingefallen, seine Stimme klang deprimiert. Die Festnahme von Gomez war ein echter Schock für ihn. Sie waren ein so gutes Gespann gewesen. Nahezu acht Jahre lang. Wer würde bei dem heutigen Auftrag sein Partner sein? Wahrscheinlich ein Neuer von der ›Monique‹, der wollte, daß alles nach seinem Kopf ging, oder dem man alles zweimal erklären mußte. Es wäre viel besser, wenn ich allein arbeiten könnte, dachte Feliks. Jawohl, es war ein herber Rückschlag gewesen.
»Dann möchte ich mir ihren genauen Standort einprägen.« Es hatte einer großzügigen Geldspende und einiger hastiger Arrangements bedurft, um ein Fischerboot zum Aufbruch noch vor Morgengrauen zu bewegen, damit die ›Monique‹ seinen Platz einnehmen konnte.
»Ich nehme den Tunnel«, erklärte Feliks. »Das ist der schnellste Weg.«
Als sie auf die Küstenstraße kamen, musterte Gorsky eingehend jeden Fußgänger, jedes Auto. »Der schwarze Citroën da, direkt vor uns«, sagte er rasch. »Nealey. Was macht der denn hier?« Die breite Avenue entlang der Bucht von Garavan führte bestimmt nicht nach Cap Martin.
»Soll ich ihm folgen?« — »Ja.«
In einiger Entfernung vor ihnen wendete Nealey und setzte, als er sich dem ›Alexandre‹ näherte, seine Geschwindigkeit herab.
Feliks war aus dem bedrückten Vor-sich-hin-Brüten erwacht. »Wirklich, was *macht* der eigentlich?« Auch er wendete und bremste am Rand der nach Westen führenden Fahrbahn, als müsse er etwas anliefern. Seine Züge wirkten jetzt scharf und aufmerksam wie die eines Frettchens.
Voll bitterem Hohn sagte Gorsky zu ihm: »Der Mann, der immer ganz genau weiß, wann er beschattet wird. Sieh ihn dir an, Feliks. Er bemerkt uns überhaupt nicht.«

Das würde ihm auch schwerfallen, dachte Feliks, hier in diesem Lieferwagen mit der Aufschrift ALIMENTATIONS. Butter und Eier, etwas anderes vermutet man nicht dahinter. Immerhin, Nealeys Gedanken waren zweifellos nicht bei seinem eigentlichen Auftrag.
»Er hält an!« Doch als Feliks das sagte, beschleunigte der schwarze Citroën schon wieder und fuhr endlich in Richtung Cap Martin davon.
»Laß ihn fahren«, sagte Gorsky. Ja, dachte er, Nealey läuft immer davon. Im Central Park bei Mischa oder letzte Nacht im Haus der Kelsos – er läuft davon. Rettet sich. Immer. Und jetzt will er überlaufen. Ich kenne die Anzeichen. Ich kann sie wittern. »Hast du unsere Funkausrüstung aus dem Haus retten können?« erkundigte er sich plötzlich mit einer Handbewegung zur geschlossenen Ladefläche des Lieferwagens. »Waffen, Munition?«
»Alles. Sauber in Kartons verpackt, bereit zum Aufstellen oder zum Verstauen auf dem Boot. Außerdem habe ich für uns beide Kleider zum Wechseln mitgebracht.«
Gorsky nickte anerkennend. »Zur ›Monique‹«, befahl er Feliks. Dann hüllte er sich in Schweigen, seine Gedanken waren wieder mit Nealey beschäftigt.

*Fünfundzwanzigstes Kapitel*

Das ›Alexandre‹, eines der neuen Hotels an der Bucht von Garavan, war in einem Stil erbaut, der von Siamesischen Zwillingen abgeleitet schien: an einer Seite, scheinbar unabhängig, jedoch durch ein gemeinsames Restaurant mit dem Haupthaus verbunden, gab es ein Apartmenthotel für Dauergäste. So war es für jeden, der das Hotel unbemerkt betreten wollte, ein leichtes, hineinzugelangen, vorausgesetzt natürlich, er hatte vorher alles ausgekundschaftet und die verschiedenen Möglichkeiten entdeckt. Tony Lawton hatte das getan, sobald er am Vortag hier eingezogen war. Reine Vorsorge. Die sich jetzt bezahlt machte. Nachdem ihn Bernard gute hundert Meter vom Eingang des ›Alexandre‹ und dem diensthabenden KGB-Agenten (ein ganz kleines Licht, dachte Tony, immerhin aber lästig) entfernt abgesetzt hatte, ging er energischen Schrittes auf das Apartmenthotel zu und betrat die Halle. Außer ihm waren noch einige andere Frühaufsteher unterwegs, entweder um einen Morgenspaziergang zu machen, oder um die Morgenzeitung zu holen. Gorskys Mann, am Hoteleingang klebend, schenkte keinem von ihnen Beachtung.
Von der Halle des Apartmenthotels aus — eine ältere Dame in Lockenwicklern wurde von ihrem kleinen weißen Pudel auf den Gehsteig hinausgezerrt — betrat Tony das Restaurant. (Keine Gäste: Croissants und Kaffee, das Standardfrühstück, wurde per Tablett aufs Zimmer serviert.) An der Küchentür vorbei ging er zwischen den Tischreihen hindurch und betrat die kleine Halle des ›Alexandre‹. Leer, jetzt um sieben Uhr früh am Morgen; nur der Nachtportier, der immer noch Dienst hatte, saß da, war aber höchstens halb wach. Tony näherte sich weder dem Empfang noch dem Selbstbedienungslift. Er nahm die Treppe, teppichbelegt, lautlos, nur drei Etagen, bis zu seinem Stockwerk. Sein Zimmerschlüssel, hinter einem Mezzotinto an der Wand neben seiner Tür, zwischen Bilderrahmen und Schnur geschoben, war noch an Ort und Stelle. Tonys Zimmer war modern: klein, alles eingebaut wie an Bord eines Schiffes, mit Schiebefenstern, die auf einen Balkon mit Blick auf die Bucht hinausführten. Er widerstand beidem und warf sich auf eines der schmalen Betten. »Herrlich!« sagte er, spürte, wie seine Wirbelsäule sich streckte, seine Rückenmuskeln sich entspannten. Aber noch nicht, mahnte er sich, noch nicht!
Zuerst der Anruf bei Bills tüchtigen Burschen. Und tüchtig muß-

ten sie wirklich sein, bei dem Erkennungsritual, das sie gewählt hatten. Für sie gab es kein albernes Wettergeplauder. Er hatte lediglich zu fragen: »Ist Jeff da?« Dann würde die Antwort lauten: »Nein, er sucht Mutt.« Ja, dachte Tony, der Stil gefällt mir. Ihre Namen waren Saul und Walt – Kanadier, Briten, Amerikaner? Das hatte Bill ihm nicht gesagt – nur daß es keine Sprachschwierigkeiten geben würde. Gott sei Dank! Tonys Anweisungen würden also sofort verstanden werden. Und dann hatte er, zum Zeichen, daß seine Nachricht authentisch war, mit Bills üblichem Schlußwort zu enden: »Keine Muffins mehr zum Tee; ich nehme Doughnuts.« Glückliche Toren, alle drei; doch dieser Anflug von Leichtsinn war genau das, was er brauchte, um die Nervenspannung dieses Morgens zu lösen. Zusammen mit dem Körper entspannte sich nun auch Tonys Geist. Er hörte auf, über die Schwierigkeiten und Gefahren eines offenen Telefongesprächs mit zwei unbekannten Agenten nachzudenken, stand auf und wählte die entsprechende Nummer.
»Ein weiterer Besuch auf dem Schauplatz von gestern abend«, begann er, nachdem die Formalitäten mit Mutt und Jeff erledigt waren. »Kommen Sie diesmal als VIPs, zu einem offiziellen Besuch. Als unsere Gäste. Bei der Ankunft sollte das Verhalten würdig, die Kleidung gedeckt sein. Etwa ein dunkler Regenmantel über etwas alltäglicheren Anzügen? Das, was man in dieser Gegend trägt. Ist das möglich? Auch ein Aktenkoffer würde sich gut machen. Punkt zehn Uhr. Die See ist glatt. Leichte Brise. Verstanden?«
»Verstanden«, antwortete Saul – oder Walt. »Sonst noch etwas?«
Tony antwortete prompt mit Bills Doughnuts-Formel. Sie wurde mit einem knappen »Okay« bestätigt
Das war also erledigt. Nun ein Kontrollanruf auf der ›Aurora‹. Vincent, der Kontaktmann dort, war sofort da. Erkennungszeichen war eine Reihe von Zahlen. Tonys Nachricht war ebenfalls kurz: Georges komme um zehn in Gesellschaft von drei Herren, alle vier mit Ausweisen; zwei Herren, Georges beide bekannt, würden um zehn Uhr fünfundzwanzig den Hafen erreichen, kämen um zehn Uhr achtundzwanzig an Bord. Auslaufen um zehn Uhr dreißig.
»*D'accord*«, sagte Vincent. »Werde Auslauftermin an Eskorte melden. *Bonne chance!*«
Das ist also auch erledigt, dachte Tony, als er seinen Sender-Empfänger beiseite legte. Irgendwelche Lücken? Die gab es natürlich immer; dann mußte man rasch improvisieren und das Beste hoffen. Zu schade, daß er nicht unten im Jachthafen sein konnte, um sich zu vergewissern, daß Georges mit seinen Beglei-

tern dort angekommen war und daß Bill tatsächlich mit Parracini an Bord der ›Aurora‹ ging, und daß er nicht dort unten warten konnte, bis alle heil und sicher draußen auf See waren. Aber eben einfach unmöglich bei dem Zeitplan, der eingehalten werden mußte, wenn sie verhindern wollten, daß Parracini mit ein paar sehr kritischen Fragen kam. Fragen wie: »Warum gehen wir so früh aus dem Haus? Wir wollen doch erst um zehn Uhr dreißig im Hafen sein; um zehn Uhr fünfunddreißig gehen wir an Bord der ›Sea Breeze‹. War es nicht so verabredet?« Bill würde es auch ohne zusätzliche Fragen schwerhaben, Parracini in den Wagen zu bugsieren, ohne etwas von der ›Aurora‹ sagen zu müssen. Sonst würde Parracini auf der Stelle noch mal ins Badezimmer gehen – großartige Ausrede –, mit Gorsky Kontakt aufnehmen und ihm mitteilen, die ›Sea Breeze‹ sei gestrichen, dafür gebe es jetzt die ›Aurora‹. ›Aurora‹, sucht die ›Aurora‹. Und Gorsky würde . . . Ja, die ursprüngliche Abfahrtszeit aus dem Haus in Garavan mußte unbedingt eingehalten werden. Und deswegen, sagte Tony sich, darfst du der ›Aurora‹ nicht nachwinken. Niemand kann an zwei Plätzen zugleich sein.
Er bestellte sich den üblichen *café complet,* legte sich die entsprechenden Kleidungsstücke zurecht, duschte und rasierte sich. Das Frühstück war noch nicht gekommen. Zum Teufel damit, dachte er und ging zu Bett. Er stellte den Wecker auf neun Uhr. Dann konnte er anderthalb Stunden schlafen – das würde für den vor ihm liegenden Tag genügen. Aber soviel brauchte er mindestens. Fünfzehn Minuten später jedoch öffnete der Kellner die Tür und brachte triumphierend ein in Schulterhöhe getragenes Tablett herein. Tony fuhr hoch, als sich der Schlüssel im Schloß drehte. »*Scusi*«, sagte der junge Italiener mit seinem schönsten Gutenmorgenlächeln, das plötzlich starr wurde, als ein nackter Mann, beide Hände im Karatestil erhoben, aus dem Bett sprang. »*Scusi, signore!*« Das Tablett, beinahe fallen gelassen, wurde hastig auf den Tisch gestellt.
»Nur ein Alptraum, *un incubo*«, erklärte Tony, der sich schnell ein Laken umlegte. Zwei Francs Trinkgeld, und die Nerven des Jungen waren beruhigt. Wenigstens schaffte er es, zu verschwinden und die Tür behutsam hinter sich ins Schloß zu ziehen.
Der Kaffee war auf das Papierdeckchen des Tabletts übergeschwappt. Eine halbe Tasse war noch trinkbar, Croissant und Brioche nur noch mit dem Löffel zu essen. Er ließ das unappetitliche Zeug stehen, trank den Kaffee mit zwei großen Schlucken und warf sich abermals ins Bett. Gerade als er sich austreckte und wieder einschlafen wollte, begann der Sender-Empfänger auf dem Nachttisch eindringlich zu summen. Er nahm ihn herunter und schaltete ein.

Es war Emile, von der ›Sea Breeze‹. »Hier hat sich in den frühen Morgenstunden etwas Neues ergeben. Muß zwischen vier und fünf passiert sein, als ich gerade ein bißchen die Augen zugemacht hatte. In unserer Nähe liegt jetzt ein Kajütkreuzer, die ›Monique‹. Sie liegt auf dem Platz eines der Fischerboote . . .«
»Deine Freunde . . . Die haben sie reingelassen . . .«, begann Tony beunruhigt. Großer Gott, dachte er, was für Biersäufer hat Emile da letzte Nacht an Bord gehabt?
»Nein, nein, es war eins von den anderen Fischerbooten. Meine Freunde sind noch da und arbeiten fleißig. Zwei von ihnen sind zum Frühstück rübergekommen. Ich konnte dich erst anrufen, als sie wieder fort waren. Jetzt ist alles ruhig. Aber . . .« Emile zögerte. »Aber die ›Monique‹ schien sich zu sehr für uns zu interessieren. Du solltest sie dir mal ansehen. Wann kann ich dich erwarten?«
»Sofort. In zwanzig Minuten.«
»Du brauchst dich nicht zu beeilen. Wie gesagt, es ist alles ruhig.«
»Zwanzig Minuten.« Mit grimmigem Gesicht schaltete Tony aus. Die ›Monique‹ — Gorskys Boot? Schon möglich. Ein Kajütkreuzer . . . Und mitten im Hafen, statt draußen in der Bucht zu warten, bis die ›Sea Breeze‹ auslief. Das bedeutete, daß die ›Monique‹ alle Maßnahmen beobachten würde, die Tony geplant hatte, statt sich ausschließlich auf im Hafen stationierte Beobachter zu verlassen, die per Funk die genaue Anzahl der Männer übermittelte, die eintrafen, und dazu die genaue Zeit. Und falls Gorsky sich an Bord der ›Monique‹ befand, würde er zweifellos seinen Feldstecher auf die ›Sea Breeze‹ gerichtet haben und trotz der Tatsache, daß er Bill nie zu Gesicht bekommen hatte, sofort den Unterschied zwischen Parracini und Bernard erkennen. Wie aber, fragte sich Tony immer wieder, während er sich ein Taxi bestellte, das ihn in zehn Minuten vor dem Eingang des Apartmenthotels nebenan erwarten sollte, wie, zum Teufel, hat es Gorsky geschafft, diesen verdammten Kajütkreuzer in einen Ankerplatz zu schmuggeln, der schon bis obenhin gefüllt war? Geld, Einfluß oder schlicht und einfach Glück?
Eilig zog er sich an: Blue jeans, dicken Seemannspullover, eine alte Windjacke, die, umgekehrt getragen, zu einer karierten Eisenhowerjacke wurde, Schuhe mit Gummisohlen, Strickmütze, die das Haar bedeckte und nur eine widerspenstige Tolle freiließ, die er sich in die Stirn gekämmt hatte, Brille mit Fensterglas und ein angeklebter Schnurrbart. Im Spiegel wirkte die Aufmachung gut: ein Seemann in Arbeitskleidung, beide Hände in den Taschen, hochgezogene Schultern, leicht wiegender Gang.
Aus dem doppelten Boden seines Koffers holte er zwei Perük-

ken, eine dunkelbraun, die andere blond, dazu einen dunklen Schnurrbart, und steckte alles in die Innentasche seiner Jacke. Sender-Empfänger, Gauloises, eine Schachtel Streichhölzer, und er war fertig zum Aufbruch. Wieder wurde der Zimmerschlüssel hinter dem Mezzotinto versteckt; wieder benutzte er die Treppe, mied die Hotelhalle und ging statt dessen durchs Restaurant. Als er den Eingang des Apartmenthotels erreichte, fuhr gerade das Taxi vor. Er saß im Fond, bevor der verblüffte Fahrer aussteigen und ihm den Schlag aufhalten konnte.
»Zum *Petit Port* und das doppelte Fahrgeld, wenn Sie mich in fünf Minuten hinbringen«, sagte Tony und bückte sich, um sich die Schnürsenkel zu binden, als sie am Eingang des ›Alexandre‹ vorbeikamen. Gorskys Mann stand immer noch da, lehnte bequem am Kotflügel eines Wagens. Entweder hatte Gorsky zuviel Agenten – aber das bezweifelte Tony –, oder er interessierte sich plötzlich viel zu sehr für Lawton.
Er ließ das Taxi in der Nähe der Hafentreppe halten, zahlte den doppelten Tarif und fügte noch ein gutes Trinkgeld hinzu. »Holen Sie mich hier um Viertel nach zehn wieder ab«, sagte er. »Kann ich mich darauf verlassen? Es wird nur eine kurze Fahrt werden, aber ich zahle gut.«
Der Chauffeur, selbst ebenfalls der Typ des alten Seemanns, betrachtete das Geld, das er bereits in der Hand hielt. Viertel nach zehn, bestätigte er. Hundertprozentig.
Und nun, dachte Tony, der seinen Gang jetzt seiner äußeren Erscheinung anpaßte, werden wir uns die Gegenseite ansehen.

»Siehst du sie?« erkundigte sich Emile. Inzwischen hatte er sich von seiner Überraschung erholt: Er hatte weder erwartet, daß Tony so früh kam, noch hatte er ihn zunächst erkannt, als er inmitten einer kleinen Gruppe Segelbegeisterter und Fischer näher kam, die sich zu den üblichen Gesprächen oder einem Morgenspaziergang am Hafen zusammengefunden hatte. Erst als er sich beim Passieren der ›Sea Breeze‹ von drei anderen Seemannstypen löste, erkannte Emile in dem Mann Tony.
»Die ist kaum zu übersehen.« Die ›Monique‹ war eine ranke, rassige Dame mit herrlichen Linien und vielversprechendem Körper. Sie war kleiner, als Tony erwartet hatte, und das erklärte, warum sie so mühelos in diesen Hafen hatte einlaufen können. Sie lag nur vier Türen weiter, wie eine Landratte es ausgedrückt hätte, Seite an Seite mit einem Fischerboot, das repariert wurde. (Emiles Freunde hatten jetzt Schwierigkeiten mit einem Segel.) Tony hatte an ihr vorbeikommen müssen, um die ›Sea Breeze‹ zu erreichen: ein böser Augenblick, als er zusammen mit den drei Seeleuten, denen er sich für den Weg über die Mole an-

geschlossen hatte, stehenblieb, um den schlanken, blanken Kajütkreuzer zu bewundern. »Sie wird gerade beladen«, sagte Tony und nahm einen Becher Kaffee von Emile entgegen.
»Damit haben sie erst vor ungefähr zwanzig Minuten angefangen, kurz nachdem ich dich angerufen hatte. Der Große hat laufend Kartons auf die Mole heruntergetragen. Jedesmal, wenn er neue holte, hat er einen von der Besatzung Wache bei den übrigen stehen lassen. Wollte verhindern, daß ihnen jemand zu nahe kam — ist das zu glauben?« Emiles gutmütiges Gesicht, rund, mit etwas schweren Zügen, war heute morgen müde und abgespannt, zusammen mit Tony war jedoch seine gewohnt gute Laune zurückgekehrt. Grinsend schüttelte er den Kopf. »Ich weiß nicht, worüber ich mehr lachen soll — über diesen Mann, der die Kartons einzeln und ganz allein heranschleppt, oder über deinen Aufzug.« Er sah, daß der Kaffeebecher bereits leer war. »Möchtest du Frühstück?«
»Ja, und ob!« antwortete Tony und dachte weiter über das Beladen der ›Monique‹ nach. Mindestens acht Kartons (besonders wertvoll; Inhalt empfindlich?), vier Koffer, drei hastig mit Lebensmitteln vollgepackte Körbe. Zwei Mann waren drüben am Werk: einer von ihnen, schwerfällig und langsam, verrichtete jetzt die Schwerarbeit, hob und trug alles über eine improvisierte Gangway; der andere, der immer noch die kostbaren Kartons auf der Mole bewachte, hatte sich dicht daneben aufgebaut und gab Anweisungen. Einmal hatte er innegehalten, um Tonys kleine Gruppe mit einem sehr scharfen Blick zu mustern. Nur die übliche Belästigung, schien er zu denken, neugierige Einheimische, die nichts zu tun hatten. Sein böser Blick dämpfte ihre Neugier jedoch so sehr, daß sie sofort weiterschlenderten. Ungeduldig hatte er sich wieder den Kartons zugewandt, ohne Tony zu beachten. Tony jedoch hatte ihn erkannt. Das hagere Gesicht, das blonde Haar, die ärgerlich funkelnden Froschaugen — es war eindeutig der Elektriker, der mit Gorsky zusammen aus dem Garten der Shandon-Villa hinaufgeeilt war.
»Wo ist diese Haftladung, die du gefunden hast?« fragte Tony unvermittelt.
Emile stellte das Feuer unter dem Schinkenspeck kleiner. »In einer Seilrolle versteckt. Willst du sie sehen?« Er ging hinaus und kehrte Sekunden darauf mit einem wasserdichten Beutel zurück. »Plastiksprengstoff und Zündkapsel. Was machen wir damit? Versenken, sobald wir aus dem Hafen heraus sind? Je eher wir diese Wundertüte loswerden, desto wohler ist mir. Wer hat uns dieses hübsche Präsent überhaupt gemacht?«
Tony nahm den tödlichen kleinen Beutel, kaum größer als die Innenfläche seiner Hand, und betrachtete ihn nachdenklich,

während er den Draht, mit dem er verschlossen war, noch fester drehte. Die Zeit verging; möglicherweise war es schon zu spät.
»Komme gleich wieder«, sagte er, indem er aufstand.
Emile starrte hinter ihm her. Doch Tony war bereits aus der Kabine und trat auf die Mole hinaus. Er ging an den drei dazwischenliegenden Booten vorbei – einem Segelboot, einem Motorkutter und dem Fischerboot, auf dem sich Emiles Freunde mit rauher Stimme Anweisungen zuriefen –, ließ den Blick aber nicht von dem Platz vor der ›Monique‹. Der große Dünne ging eben mit dem letzten Koffer an Bord. Nur die drei Körbe standen noch draußen, da sie, geräumig und fast überquellend von Lebensmitteln, eindeutig weniger wichtig waren. Sie konnten warten, bis die beiden Männer die Kartons sicher verstaut hatten.
Tony blieb stehen, steckte sich eine Gauloise an und klemmte sie sich in den Mundwinkel. Die beiden Männer trugen jetzt einen dieser interessanten Kartons (elektronische Geräte?) zur Kabinentür. Sie verschwanden. Und Tony handelte.
Er ignorierte die beiden Körbe mit dem leichtverderblichen Inhalt – Brot, Gemüse, Obst, Käse – und nahm Kurs auf den dritten, der mit Dosen und Büchsen vollgestopft war, Lebensmittel, die nicht sofort ausgepackt werden mußten. Er stolperte über den Korb und versetzte ihm im Fallen mit dem Knie einen Stoß. Der Korb kippte um, so daß sich mindestens die Hälfte des Inhalts auf die Mole ergoß. Er griff nach dem Korb und ließ, als er ihn wieder aufrichtete, verstohlen den kleinen wasserdichten Beutel zwischen die untersten Dosen fallen.
»*Mon Dieu!*« rief eine Frau hinter ihm. »Haben Sie sich weh getan?«
Ein Mann sagte: »Die sollten ihren Kram nicht überall rumstehen lassen. Sie hätten sich ja den Hals brechen können.«
Drei kleine Jungen fingen laut lachend an, Dosen und Büchsen einzusammeln, und warfen sie bunt durcheinander in den Korb. Ein herrlicher Spaß. Um Tony hatte sich eine kleine Menschengruppe gebildet, angelockt von dem Krachen und Klappern, das er verursacht hatte. Und auf der ›Monique‹ war der dünne, blonde Mann mit den Froschaugen nach vorn gekommen. Er kontrollierte die Kartons; atmete erleichtert auf; schrie die Jungen böse an.
Dies war der gegebene Moment zum Rückzug. Tony schritt zur ›Sea Breeze‹ hinüber und verließ die Szene, auf der sich eindeutig ein Streit entspann. Der Mann, der gesagt hatte, er hätte sich den Hals brechen können, ließ sich von so einem Typ von einem Luxus-Kajütkreuzer nicht einfach übers Maul fahren. Froschauge kehrte zu seinen Kartons zurück – nur kein Aufsehen erre-

gen – und überließ es seinem schwerfälligen Genossen, seinen mächtigen Körper an Land zu hieven und die restlichen Dosen und Büchsen einzusammeln.
»Na, weh getan?« fragte Emile, als Tony die Kabine betrat und dabei leicht hinkte. Dann wandte er sich wieder der Pfanne zu und konzentrierte sich darauf, neben dem sich rollenden Schinkenspeck zwei Eier zu brutzeln.
»Ist gleich vorbei.« Tony rieb sich das Knie, damit das Blut wieder richtig zirkulierte, und war froh, daß er – bisher – noch kein Anwärter aufs Zipperlein war.
»Was war denn das für ein Krach da draußen?« Emile drehte sich fragend um. Tony zog sich die Strickmütze vom Kopf, strich sich mit den Fingern die Haartolle aus der Stirn, legte Jacke und Brille ab. Dann setzte er sich mit unschuldiger Miene an den Tisch. Von dem wasserdichten Beutel war nichts zu sehen.
»Wo ist unsere Wundertüte?«
»Ach, weißt du, ich dachte, ich gebe sie ihrem ursprünglichen Besitzer zurück.«
»Bist du sicher, daß es der richtige ist?«
»Ja. Er wird auf der ›Monique‹ auftauchen, bevor sie ausläuft.« Und als Emile ihm einen eindringlichen, beunruhigten Blick zuwarf, ergänzte er: »Es kann nicht anders sein. Wer sonst sollte entscheiden, ob das kleine Knöpfchen gedrückt und die arme, alte ›Sea Breeze‹ in die Luft gejagt werden soll? Er wird an Bord kommen, das steht fest. Sein Hauptassistent ist bereits da: dieser magere Blonde mit den Froschaugen. Die beiden haben gestern einen Toten im Pool von Shandon schwimmen lassen.«
»Einen von uns?«
»Nein, er gehörte zu niemandem. Er war einfach eine Gefahr für ihre Sicherheit. Deshalb haben sie ihn zum Schweigen gebracht.«
»Ziemlich drastisch.«
»Ja, drastisch sind sie, die vom Sondereinsatzkommando der Abteilung V.«
»Das kann man wohl sagen«, antwortete Emile. Das gab ein völlig neues Bild. Er servierte Eier und Schinkenspeck, füllte zwei Becher mit Kaffee und legte eine halbe Stange knuspriges Weißbrot auf den Tisch.
»Frisch«, stellte Tony fest, als er sich eine dicke Scheibe abschnitt. »Hast du gebacken?«
»Ich habe das Boot nicht verlassen«, beteuerte Emile grinsend. »Das haben mir meine Fischerfreunde mitgebracht, als kleinen Beitrag zu unserem Frühstück. Außerdem haben sie mir ein paar Informationen gebracht. Hafenklatsch natürlich. Aber sie mögen ihren neuen Nachbarn nicht. Dieser dicke Kerl, der beim Be-

laden geholfen hat – der ist der einzige, den man zu sehen kriegt –, hat ihnen gesagt, sie sollen aufhören zu hämmern. Die Leute wollten schlafen.«
»Leute?«
»Drei Mann Besatzung. Außerdem ein Mann, der sich die ›Monique‹ genau ansah. Dann ging er weiter, hier vorbei, und besah sich die ›Sea Breeze‹ ebenfalls eingehend. Ist nicht stehengeblieben, einfach weitergegangen, hat dann wieder kehrt gemacht und ist zur ›Monique‹ zurück. Dort ist er an Bord gegangen. Und ist wahrscheinlich immer noch da. Ich hab' ihn seitdem nicht mehr gesehen. Und die übrigen zwei Mann von der Besatzung auch nicht.«
»Vielleicht die Unterwasserexperten«, meinte Tony. »Nun, die hatten viel zu tun, heute nacht. Jetzt müssen sie sich von ihren Anstrengungen ausruhen und Kräfte für den heutigen Tag sammeln.« Er bemerkte Emiles Ausdruck. »Keine Gewissensbisse mehr wegen der Rückgabe unerwünschter Präsente?«
»Nein«, antwortete Emile überzeugt.
»Schließlich«, argumentierte Tony, »liegt es ja ausschließlich an dem, der das Knöpfchen drückt, nicht wahr?« Ein Fall, bei dem ein Mann im wahrsten Sinne des Wortes sein Schicksal in der Hand hält, dachte er. »Wie sah dieser Kerl denn aus, der so tat, als interessiere er sich nicht für die ›Sea Breeze‹?«
»Ungefähr meine Größe, dunkel, gut aussehend. Und kräftig. Gute Schultern. Straffe Haltung.«
»Wie war er gekleidet?«
»Dunkler Anzug, schwarzer Rollkragenpullover.«
»Dann hat er also keine Zeit mehr gehabt, sich umzuziehen, und hat nur Mantel und Hut verschwinden lassen. Ja, anscheinend hatten wir alle heute nacht viel zu tun.«
Emile sah ihn mit seinen blauen Augen fragend an.
»Ich weiß«, sagte Tony. »Ich muß dir noch sehr viel erzählen. Und das werde ich. Aber beschäftigen wir uns zuerst noch mit der ›Monique‹. Irgendwelche weiteren Einzelheiten?«
»Neunmeterklasse, aber das täuscht. Sie hat 'ne Menge Kraft für ihre Größe: dreißig Knoten. Heute am frühen Morgen ist sie aus Monte Carlo ausgelaufen. Nicht mit ihrer üblichen Besatzung, aber mit Erlaubnis des Besitzers. Alles in Ordnung. Die Besitzerin ist eine Ölerbin vom Jet-set.«
»Eine aus der liberalen Schickeria? Aber ein bißchen zu liberal, diesmal.«
»Nicht allzu sehr. Die ›Monique‹ ist nur ihr zweitbestes Boot.«
»Und woher hast du all diese Informationen? Ist das nur Klatsch oder wenigstens zum Teil zuverlässig?«
»Tja, also – ich habe mit Paul, einem von meinen Fischerfreun-

den, gewettet, daß die ›Monique‹ nicht mehr als zwanzig Knoten macht. Mindestens fünfundzwanzig, behauptete er. Also ging er zum Büro des Hafenmeisters, wo sein Vetter arbeitet, und hat nachgesehen. Und ich mußte bezahlen.«
Tonys Augen funkelten. »Glaubst du, daß du ihn für eine weitere Wette interessieren könntest? Wie lange er zum Beispiel braucht, um Segel zu setzen? Das würde der ›Monique‹ sehr wirksam die Aussicht auf uns versperren. Gegen halb elf, würde ich sagen. Oder falls dir etwas Besseres einfällt – alles, was die Aufmerksamkeit ablenkt.«
»Ablenkt – wovon?«
Mein Gott, dachte Tony, er weiß ja wirklich praktisch nichts; er hat die letzten vierundzwanzig Stunden hier auf dem Boot festgesessen, während Georges und ich in der Gegend rumgejagt sind. Alles, was er von uns gehört hat, war eine geheimnisvolle Warnung und der Befehl zu einer recht unangenehmen Tauchaktion.
»Dann wollen wir mal die Fakten auspacken«, schlug er vor. »Stell das Radio an, Emile, dann können wir reden.«
Emile lächelte. »Die Kabine ist nicht verwanzt, Tony. Ich habe nachgesehen. Und letzte Nacht war ich nur ein einziges Mal nicht an Bord – um meine Freunde auf ein Glas Bier rüberzubitten.«
»Zweimal«, korrigierte Tony freundlich. »Du hast getaucht, um die Haftladung zu suchen. Aber du hast deine Sache großartig gemacht«, ergänzte er rasch. Emile war mit seinen sechsundzwanzig Jahren immer noch sehr empfindlich. »Einfach großartig.«
»Na ja, wenigstens hatte ich was zu tun.« Emile stellte seinen Kaffeebecher hin und stand auf, um rasch und methodisch die Kabine zu untersuchen. Sie war nur klein: drei konnten hier schlafen, sechs sitzen, acht stehen. Ja, dachte Tony, Gerard hätte eine Besprechung mit Parracini hier bestimmt keinen Spaß gemacht; auf der ›Aurora‹ ist es für alle weitaus bequemer. Er sah auf die Uhr. Fünf nach neun. Ihm blieben ungefähr fünfzig Minuten, um Emile ins Bild zu setzen, ihn über die wichtigsten Punkte aufzuklären: Parracini; den ursprünglichen Plan mit der ›Sea Breeze‹; die Umdisposition auf die ›Aurora‹; das Täuschungsmanöver mit der ›Sea Breeze‹, das um zehn Uhr beginnen sollte; den Zeitplan. Fünfzig Minuten waren mehr als genug. Entspannt schenkte sich Tony noch einen Kaffee ein.
»Nichts«, berichtete Emile mit Erleichterung, nachdem er seine selbstgestellte Aufgabe beendet hatte. »Alles sauber.«
»Tut mir leid, daß ich dich bemühen mußte, aber ich habe schon ein paar recht gerissene Beispiele elektronischer Hexerei erlebt. Bills ganzes Haus ist eine einzige, große Falle. Und die Shandon-Villa wird auch eine werden. Weißt du was? Die Konkurrenz hat

Bill sogar persönlich eine Wanze angehängt – eine Armbanduhr, die er nur beim Schwimmen ablegt. Ist das nicht reizend?«
Plötzlich erlosch Tonys belustigtes Lächeln. »Großer Gott...«
Er starrte Emile an. »Hat Parracini auch so eine Uhr?«
Sehr lange blieb Tony ganz still, ganz stumm am Tisch sitzen.
»Ich glaube, ich habe alles verpatzt«, sagte er dann leise. Sein Ton wurde schärfer. »Es *gab* eine Lücke, verdammt noch mal, und ich habe sie nicht erkannt.« Sein Gesicht war schneeweiß geworden, seine Miene gespannt. In Gedanken hörte er Bills gelassene Stimme, wie er Parracini im Wagen von der Notwendigkeit unterrichtete, statt der ›Sea Breeze‹ die ›Aurora‹ zu nehmen, vielleicht sogar die Auslaufzeit nannte. Und jedes Wort würde über Parracinis Armbanduhr hinausgehen, irgendwo in der Nähe aufgefangen und an Gorsky unten im Hafen weitergegeben werden. »O Gott!« stöhnte er und schloß die Augen.
Um was es hier auch immer geht, dachte Emile, es muß sehr schlimm sein. »Was machen wir?«
Bill kann ich nicht erreichen, um ihn zu warnen. Das Risiko mit diesen teuflischen Wanzen in jedem Telefon kann ich nicht eingehen. Hier kann ich aber auch nicht weg, ich muß Emile sofort informieren, damit er weiß, was er zu erwarten hat. »Machen?« fragte Tony bedrückt. »Nun, aufgeben werden wir nicht. Auf gar keinen Fall.« Und, schwor er sich insgeheim, wenn ich sehe, daß die ›Monique‹ plötzlich um halb elf zum Auslaufen klar macht, werde ich sie mitten im Hafen rammen. »Also gut«, sagte er. »Fangen wir an.«
Emile nickte. Er beschloß, trotz allem das Radio anzustellen; dann setzte er sich hin und hörte zu.

*Sechsundzwanzigstes Kapitel*

Pünktlich um zehn kamen zwei Männer die Mole entlang. Sie gingen mit stetem, gelassenem Schritt, bahnten sich höflich, aber energisch einen Weg durch Menschengruppen, schenkten niemandem und nichts Beachtung, konzentrierten sich ganz auf ihr eigenes, offenbar sehr ernstes Gespräch. Sie trugen dunkelblaue Regenmäntel. Ihre Schuhe waren blank poliert, ihre Haare sauber geschnitten und ordentlich frisiert, Hemden und Krawatten gedeckt und untadelig. Einer von ihnen trug einen Aktenkoffer.
Emile, der am Bug der ›Sea Breeze‹ lehnte, entdeckte sie als erster. Er zog sein Zigarettenetui heraus, kehrte der ›Monique‹ den Rücken und sprach zwei Worte hinein. »Wirkt gut«, berichtete er Tony, der sich immer noch in der Kajüte verbarg. Er steckte sich eine Zigarette an, rauchte ein paar Züge und schien die beiden Besucher erst dann zu sehen. Seine Gelassenheit war verflogen. Er schnippte die Zigarette über Bord, ging ihnen entgegen und sprang mit einem – scheinbaren – Willkommenslächeln auf die Mole. In Wirklichkeit war es das Mutt-und-Jeff-Erkennungsritual, rasch und leise gemurmelt, das Emile belustigte. Er grüßte knapp und sagte mit normaler Stimme: »Hoffentlich wird die Reise angenehm. Hier entlang, meine Herren.«
Er stützte sie sogar hilfreich am Ellbogen, als sie auf das Deck traten.
»Sie übertreiben, Freundchen«, sagte der größere der beiden. »So hinfällig sind wir nicht.« Er wirkte ungefähr sechzig Jahre alt, war grauhaarig, ging leicht gebeugt und hatte die fahle Hautfarbe der Menschen, die ständig im Haus hocken.
»Nur die übliche VIP-Behandlung«, versicherte ihm Emile.
»Wir werden beobachtet.« Der andere schwieg, schürzte nur die blassen Lippen. Er war mittelgroß, ein bißchen füllig wie sein Freund, das rötliche Haar schütter. Auch er wirkte, als verbrächte er die meiste Zeit am Schreibtisch.
Mein Gott, was für lahme Enten, dachte Emile; wo hat Bill die bloß aufgetrieben? Und das sollen die Männer sein, die letzte Nacht die Mole auf- und abpatrouilliert sind, um zu gewährleisten, daß niemand sich an Bord der ›Sea Breeze‹ schleicht! Wenn was passiert wäre, hätten die bestimmt mehr Hilfe gebraucht als ich. Mit breitem Grinsen führte Emile sie in die Kajüte.
»Hallo!« sagte der Grauhaarige. »Ich bin Saul.«
»Walt«, stellte sich der andere vor. »Tony? Emile?«
Sie schüttelten Tony und Emile die Hände, sahen sich in der klei-

nen Kajüte um, bemerkten die fest zugezogenen Vorhänge.
»Wer beobachtet uns?« erkundigte sich Saul.
»Der Kajütkreuzer, an dem Sie vorbeigekommen sind. Die ›Monique‹.«
»Wir sahen sie einlaufen, als wir letzte Nacht gerade den Dienst beendeten. Sauberes Schiff. Das ist also unser Objekt.«
»Eigentlich«, entgegnete Tony, »sind wir eher ihr Objekt.« Er beendete die Musterung der beiden. »Ausgezeichnet«, lobte er. »Eine ganz hervorragende Tarnung. Aber jetzt können Sie die Maske ablegen.«
»Wie bitte?« fragte Walt. »Keine VIP-Behandlung mehr? Und ich hatte mich grade daran gewöhnt.« Ohne jedoch eine Sekunde zu zögern, warfen sie die Regenmäntel ab, lösten die Krawatten, zogen die Hemden und die ordentlich gebügelten Hosen aus und standen nun da, in hautengen Jeans und grob gestrickten Pullovern (Sauls Pullover war dunkelblau, Walts Pullover schmutzig-weiß). Als nächstes verschwanden die Perücken und ließen nunmehr erkennen, daß Sauls Haare hellbraun, ein wenig lang und am Ansatz sonnengebleicht waren, mit einer Locke, die ihm in die Stirn fiel. Walt dagegen hatte schwarzes Haar, dicht und voll, das sich in Locken eng um den Kopf legte. Aus dem Aktenkoffer wurden ein paar verblichene Espadrillos, ein Paar alte Turnschuhe, ein kleiner Topf Coldcream, Papiertücher und ein Spiegel geholt. Mit blitzartiger Geschwindigkeit schminkten sich die beiden ab. Die graue Stubenfarbe verschwand, die gesunde Sonnenbräune kam wieder hervor. Und als die blankpolierten Schuhe mit den Espadrillos und Turnschuhen vertauscht waren, war die Verwandlung vollständig: zwei junge Männer, kaum älter als Emile, ebenso schlank und durchtrainiert wie er.
Emiles bewundernde Ausrufe wurden von Tony unterbrochen. »Du solltest deine Fischerfreunde jetzt zu dieser Wette herausfordern«, sagte er. Emilie ging sofort hinaus.
Tony musterte die beiden Verwandlungskünstler. »Ich gratuliere«, sagte er. Drei Minuten hatten sie gebraucht, keine Sekunde mehr. »Was nun?« erkundigte sich Saul.
»Sobald an Bord des Fischerbootes die Segel gesetzt werden und wir nicht beobachtet werden können, dürfen Sie rausschlüpfen und die Mole entlang zurückgehen.«
»Ist das alles?« Saul verbarg seine Enttäuschung nicht.
»Das ist sehr viel. Wußten Sie, daß Sie fotografiert wurden?«
Ich wünschte nur, dachte Tony, sie wären zu dritt gewesen; immerhin würde Gorsky, wenn er nur zwei Männer sah, daraus schließen, daß Gerard den Platz des einen der beiden Beamten einnahm, die mit Parracini sprechen sollten. Habe ich Bill gegenüber, als er diese verdammte Armbanduhr trug, von drei Män-

nern gesprochen? Oder war ich vernünftig genug, den Mund zu halten und nur von Gerard zu sprechen? Aber jetzt ist keine Zeit, über die Szene im Garten nachzudenken ... Und hör endlich auf, dir Sorgen zu machen, du kannst doch nichts mehr ändern. »Sie werden ein paar Leute in Moskau zum Wahnsinn treiben, wenn die versuchen, Ihre Gesichter zu identifizieren.«
»Wer dirigiert denn die Show hier?«
»Gorsky.« — »Wer ist Gorsky?« fragte Walt.
»Ein harter Gegner. Er hat die letzte Nacht von seinen Froschmännern eine Haftladung an der ›Sea Breeze‹ anbringen lassen. Emile hat sie gefunden.« Die beiden schienen genau zu wissen, wie schwierig so etwas war, denn sie wirkten sehr beeindruckt und revidierten zweifellos ihre Meinung von Emile. »Aber eines können Sie noch tun«, fuhr Tony fort. »Gewiß, es ist ziemlich riskant; Sie werden vermutlich wieder fotografiert. Was ich mir vorstelle ...« Gerade eben kam Emile zurück. »Eine Wette war nicht nötig«, meldete er Tony. »Die haben am Hauptsegel gearbeitet und es halb hochgezogen. Jetzt sitzt es fest. Schnell!« drängte er Saul und Walt. »Jetzt ist es gerade günstig.«
Walt rührte sich nicht. »Was hatten Sie sich vorgestellt?« »Warten Sie um Punkt halb elf am Kopf der Mole. Ich werde mit einem älteren Mann mit dunklem Haar, Schnurrbart und dunklem Anzug kommen und das hier« — Tony hob seine Windjacke hoch und zeigte ihnen das karierte Futter — »tragen. Wenn wir an der ›Monique‹ vorbeikommen, geben Sie uns Deckung. Geht das?«
Sie waren schon auf dem Weg hinaus. »Halb elf«, sagte Saul noch, als er und Walt auf das Deck hinaustraten. Rasch gingen sie an Emile vorbei, der an der Reling lehnte und belustigt den Männern auf dem Fischerboot zusah. Noch steckte das Segel fest und schützte den Bug der ›Sea Breeze‹ vor neugierigen Augen an Bord der ›Monique‹. Emile stieß einen erleichterten Seufzer aus: Die beiden Männer waren jetzt auf der Mole, ohne daß ein Zusammenhang zwischen ihnen und der ›Sea Breeze‹ zu ahnen gewesen wäre. Hinter ihm sagte Tonys Stimme: »Ich muß in drei Minuten bei meinem Taxi sein. Bis später.« Und dann ging auch Tony, beinahe unmittelbar nach Saul und Walt. Er trug wieder die Windjacke, die Strickmütze und die Brille; er zog los — Emile riskierte einen schnellen Blick zur Mole — mit einem energischen Seemannsgang. Bald hatte er Saul und Walt eingeholt, ging an ihnen vorbei und verschwand in der dichter werdenden Menge. Ja, sie wurde tatsächlich dichter. Der Hafen war zum Leben erwacht. Es herrschte ständige Bewegung auf der Mole und dem langen Pier darüber. Im Hafenbecken waren schon einige Boote unterwegs zu einer Kreuzfahrt, in Erwartung, daß sich das Wetter halten würde; andere, mit weniger optimistischen Besitzern,

wurden wegen des für den Nachmittag angekündigten Sturms festgezurrt. Es war das übliche Samstagsgedränge von Wochenendseglern, die umherschlenderten, wenn sie nicht gerade an Bord waren, sich für alles Neue und Andersartige interessierten. Auch Touristen waren gekommen, genossen die Luft und fütterten die Möwen, während sie ihre Fotos schossen. Und die alten Seebären, die, zu zweit oder dritt zusammenstehend, diese Verschwendung guten Brotes an Vögel beobachteten, die sehr gut für sich selbst sorgen konnten, waren überzeugter denn je, daß alle Fremden verrückt sein mußten. Emile verließ seinen Platz an der Reling. Es war zehn Uhr fünfzehn geworden. Ich muß die Kajüte aufräumen, dachte er. Und was machen wir mit den Kleidungsstücken, die Saul und Walt haben rumliegen lassen? Na schön, verstauen wir sie inzwischen in einem Schrank; aber wie und wo geben wir sie ihnen zurück? Er ging hinein und schüttelte den Kopf über die Unordnung, die er dort vorfand.

Das Taxi wartete, genau wie verabredet. Dankbar stieg Tony ein: Dies wenigstens hatte nach Wunsch geklappt. Er gab dem Chauffeur genaue Anweisungen für die Fahrt, die höchstens vier bis fünf Minuten dauern und ihn auf der Küstenstraße etwa halbwegs die Bucht entlangführen würde. Dort, an derselben roten Ampel, wo Georges letzte Nacht gehalten hatte – großer Gott, war das wirklich erst letzte Nacht? –, wendete das Taxi und fuhr auf der nach Westen führenden Seite weiter.

»Genau hier«, sagte Tony, als der Wagen hielt. Das Fahrgeld hielt er abgezählt in der Hand.

Er wartete, bis das Taxi in Richtung Altstadt davonfuhr, dann ging er auf eine Ladenreihe zu, so neu, daß einige Geschäfte, genau wie die Wohnungen darüber, noch leer standen. Hier, vor dem ›Tea Room‹, wollte er sich mit Bernard treffen.

Als sie am frühen Morgen gemeinsam zum ›Alexandre‹ hinuntergefahren waren, hatte er es Bernard überlassen, den Treffpunkt zu wählen, um diesem stillen, bescheidenen Mann einen Beweis des Vertrauens zu geben. Bernard war zwar Bills treuer Bediensteter, gleichzeitig aber auch der letzte, den sich Tony freiwillig für die bevorstehende Aufgabe ausgesucht hätte; nur war ihm leider nichts anderes übriggeblieben. Der ›Tea Room‹ mit den ausgestellten Kuchen, hatte Bernard spontan gesagt. Er sei oft mit Brigitte dort; Brigitte liebe Napoléons, die hier statt mit Pudding mit Sahne gefüllt seien. Das Café habe limonengrüne Vorhänge und Ziertöpfe mit Alpenveilchen. Man könne es überhaupt nicht verfehlen. »Also gut«, hatte Tony zugestimmt. »Sobald Sie Bill und Parracini am Boot abgesetzt haben, um zehn Uhr fünfundzwanzig also, fahren Sie auf Teufel komm raus los. Und holen mich bei Ihrem ›Tea Room‹ ab.«

»Nicht am Hotel?«
»Nein. Beim ›Tea Room‹. Und beeilen Sie sich, Bernard. Diese Sache ist ziemlich dringend. Und bleibt bitte ganz unter uns.«
Das hatte Bernard zwar verwirrt, aber auch zutiefst beeindruckt.
»Sagen Sie weder Brigitte noch Parracini oder Nicole etwas. Bill weiß, daß ich etwas mit Ihnen verabreden will; mit ihm brauchen Sie also auch nicht darüber zu sprechen.«
Und Bernard, immer noch verblüfft, aber stets zuvorkommend, hatte Tony gesagt, er könne sich auf ihn verlassen. Er werde so schnell wie möglich zum ›Tea Room‹ kommen. Er werde auch Bills Spazierstock nicht vergessen. Er werde, wie von Tony verlangt, einen dunklen Anzug tragen. Und bei niemandem ein Wort davon erwähnen.
So, dachte Tony, als er die grünen Vorhänge und die Alpenveilchen gefunden hatte, jetzt stehe ich also hier und warte auf Bernard. Weit genug vom Hafen entfernt, wo Gorsky zweifellos einen Mann stationiert hat, der ihm die Ankunft von Bills Mercedes melden soll; weit genug entfernt vom ›Alexandre‹ und seinem reichlich müden Wachhund dort. Dem Taxi ist niemand gefolgt. Und es mag tatsächlich möglich sein, daß mich ausnahmsweise niemand beobachtet, bis auf das junge Mädchen hinter der Theke, die ihre Windbeutel arrangierte.
Er ging weiter an der Ladenreihe entlang, suchte sich einen Platz, wo er unauffälliger warten konnte – ein Schaufenster mit Fotos von Immobilien, herrlichen Grundstücken, die zum Verkauf standen –, ließ aber nie die Straße aus den Augen, die vom Jachthafen heraufführte. Bernard kam nicht zu spät. Sondern Tony war, aus Angst vor Verkehrsstau und in Anbetracht der Entfernungen, die zurückgelegt werden mußten – er vergaß immer wieder, wie kurz diese Entfernungen hier in Menton waren –, ganze fünf Minuten zu früh gekommen.
Aber auch Bernard kam zu früh.
Erstaunt entdeckte Tony den Mercedes, der direkt auf ihn zugejagt kam. Es blieb ihm kaum Zeit genug, sich den Schnurrbart abzureißen, ohne daß ein paar Zentimeter Haut mitkamen, da hatte Bernard ihn schon fast erreicht. Und wollte an ihm vorbei, ohne ihn zu erkennen. Tony riß sich Brille und Mütze herunter, winkte und brachte dadurch den Mercedes mit einem Ruck zum Stehen.
»Gut gemacht«, lobte er Bernard. Aber, dachte er bei sich, ich muß froh sein, daß keiner meiner Freunde diese leichtsinnige Kontaktaufnahme gesehen hat. Amateurabend im Palladium. Die würden mir das ewig unter die Nase reiben. Und dann fragte er sich flüchtig, als Bernard seiner Anweisung gemäß an dem ›Tea Room‹ mit seiner neugierigen Kellnerin vorbeifuhr, ob

Bernard es tatsächlich schaffen würde, das zu tun, was man von ihm erwartete, ohne den ganzen Plan auffliegen zu lassen.
»Wie ist's gelaufen?«
Bernard stürzte sich in eine hastige, aufgeregte Schilderung. Bill hatte dafür gesorgt, daß sie das Haus frühzeitig verließen, hatte darauf bestanden, selbst zu fahren, da sie möglicherweise beschattet würden, hatte ständig den Rückspiegel im Auge behalten und die engen Kurven der schmalen Straße in einem wahnsinnigen Tempo genommen. Einmal dann, nach einer besonders scharfen Biegung, hatte Bill plötzlich angehalten. Und es war ihnen tatsächlich ein Wagen gefolgt. Er war um die Kurve gekommen, hatte den Mercedes stehen sehen, war ihm ausgewichen, gegen die Mauer am Rand der . . .
Tony packte Bernard am Arm, um den Wortstrom zu unterbrechen. »Hier halten wir.« Er zog die Windjacke aus und holte eine dunkelbraune Perücke mit passendem Schnurrbart aus der Tasche. »Wir ziehen uns um, bevor wir, wie erwartet, den Hafen erreichen. So«, sagte er zu Bernard und drückte ihm den Schnurrbart auf die Lippe, »jetzt gut festhalten. Legen Sie die Finger hierhin. Ja, so ist's richtig. Und nun die Perücke. Ziehen Sie sie fest herunter. Sie muß Ihr eigenes Haar vollständig bedecken.«
Nach dem ersten verdutzten Staunen machte sich Bernard rasch ans Werk. Sein dünnes, rötliches Haar verschwand. Er studierte seine Verwandlung im Rückspiegel, holte einen Kamm hervor, um die dichten, dunklen Haarwellen zurechtzufrisieren, fingerte noch einmal an dem Schnurrbart herum und nickte zufrieden.
»So was verändert einen wirklich«, sagte er lächelnd.
Tony hatte auch eine Perücke hervorgeholt und bedeckte sein eigenes, mittelkurz geschnittenes, mittelbraunes Haar mit ziemlich langen blonden Locken. »Wir haben eine sehr ernste Unterredung vor uns«, warnte er. »Jetzt bitte nicht mehr lächeln, Bernard. Wir werden wahrscheinlich auf Schritt und Tritt beobachtet, vom Mercedes bis zur ›Sea Breeze‹. Also dann los.«
Und sie begannen die letzte Etappe des Weges zum Hafen. »Was hat Bill gemacht?« erkundigte sich Tony, damit Bernard seinen Bericht fortsetzte. »Ist er weitergefahren?«
Ja, er war weitergefahren. Und zwar wie ein Wahnsinniger. Er hatte das Radio eingeschaltet und dabei gesprochen – über eine Änderung der Pläne.
»Und Parracini? Wie hat er es aufgenommen?«
»Zuerst war er wütend. Wollte, daß Bill umdreht, erklärte, er werde nach Hause zurückkehren. Doch Bill antwortete: ›Aber ich dachte, Sie wollten mit Gerard sprechen. Denn zum Haus hinauf kommt er auf keinen Fall. Dort sind wir nicht mehr sicher. Sie haben doch eben den Wagen gesehen; der wußte genau, wo

er die Verfolgung aufnehmen mußte. Was wollen Sie also? Umkehren? Oder wie verabredet weiterfahren?‹ Also kehrten wir doch nicht um.« — »Und Parracini?«
»War ebenso erleichtert wie ich, als wir den Jachthafen erreichten. Ganze sechs Minuten zu früh.« Bernard schüttelte sich, als er daran dachte, in welchem Tempo sie die kurvenreiche Hangstrecke hinter sich gebracht hatten. »Wir haben Glück gehabt, wenn Sie mich fragen. Aber Bill ist wirklich ein guter Fahrer; das muß man ihm lassen.« Er deutete nach vorn. »Da kann ich parken. In Ordnung?« Tony nickte. Ja, dachte er, Bill ist gut. Wenn er nicht an Parracinis Uhr gedacht hätte . . . Na schön, er hat dran gedacht. Ich dagegen nicht.
Der Mercedes hielt. Doch Bernard nahm die Hände nicht vom Lenkrad, sondern umklammerte es so fest, daß die Fingerknöchel weiß wurden.
Lampenfieber, dachte Tony; und jetzt im Moment habe ich sogar selbst den Text nicht mehr ganz sicher im Kopf. »Also, wir brauchen jetzt nur die Mole entlangzugehen«, erklärte er beruhigend. »Niemanden ansehen, Bernard. Niemanden. Sie dürfen sich immer nur mit mir unterhalten.«
»Soll ich denn Parracini darstellen?« Bernards Bedenken wuchsen. »Das werden wir niemals schaffen, wenn . . .«
»Sie haben seine Größe, und das ist die Hauptsache.«
»Aber wenn Sie Bill sein sollen, dann . . .«
»Ich weiß. Ich bin sieben Zentimeter kleiner als er, aber man hat ihn nie in der Stadt gesehen, nicht wahr? Ich habe seine Haarfarbe, ich hinke wie er und gehe am Stock. Wir werden es bestimmt schaffen. Schultern zurück, Bernard; denken Sie an den Gang von Parracini. Und halten Sie sich links von mir, das Gesicht mir zu- und von den Booten abgewandt. Fertig? Also los.« Er angelte den Spazierstock vom Rücksitz und nahm ihn in die rechte Hand. Dann stieg er aus. Bernard hatte keine Wahl: Er stieg ebenfalls aus dem Wagen. »Links von mir, Bernard, links! Sie sehen großartig aus!« Als sie die Avenue am Hafen überquerten, erkundigte sich Bernard: »Machen wir das wegen Parracini?«
»Ja.«
»Um das KGB von ihm abzulenken?« Bernards Miene war grimmig.
»Ja«, antwortete Tony abermals und mußte ein Lächeln unterdrücken. »Nichts weiter als eine ganz kleine Ablenkung.« Und ein sehr großer Bluff. »Reden wir lieber von was anderem. Was halten Sie denn von dem Fußballspiel Mailand gegen Turin letzte Woche? Das soll ja fast einen Aufstand gegeben haben.«
Und Bernard, der im Fernsehen jedes Fußballspiel verfolgte, hatte damit ein Thema, das ihm über diesen nervenzerreißenden

Weg bis zur ›Sea Breeze‹ hinweghalf. Einmal, als sie gerade die ›Monique‹ erreichten, machte er eine Pause in seinem Monolog, um böse zwei junge Männer zu mustern, die sie überholen wollten und dann, als sie auf gleicher Höhe waren, unvermittelt ihr Tempo verringerten, um laut über eine Meldung in der Zeitung zu streiten, die der eine von ihnen öffnete.

»Sehen Sie hierher!« brachte Tony gerade noch rechtzeitig heraus. »Sehen Sie mich an!« Da fiel es Bernard wieder ein. Er wandte den Kopf von den beiden Männern zu seiner Linken ab, ignorierte die Zeitung, die raschelnd umgeblättert und dann wieder ausgebreitet wurde, um erneut eine erregte Diskussion auszulösen, und unterhielt sich weiter mit Tony.

Die ›Monique‹ lag hinter ihnen. Tony unterdrückte einen erleichterten Seufzer, hielt aber die gleiche, stete Geschwindigkeit ein. Glänzend, dachte er, das mit der Zeitung; Saul und Walt kannten tatsächlich alle Tricks der Branche. Sie hatten es perfekt geschafft, der ›Monique‹ den Blick auf Bernard und Tony genau im kritischen Moment zu versperren; und sie hatten ebenso geschickt dafür gesorgt, daß ihre eigenen Gesichter nicht deutlich aufs Bild kamen. Zwei über die Zeitung gebeugte Köpfe, gestikulierende Arme, flatternde Zeitungsseiten: mehr würde Gorsky nicht erkennen können. Jawohl, glänzend. Und unerhört wichtig. Denn das Hauptsegel des Fischerbootes bot ihnen jetzt keinen Schutz mehr: Es war niedergeholt und zusammengerollt worden.

Tony musterte Bernard. Er hatte die Schultern gestrafft, hielt sich aufrecht und schien jetzt, da die Störung durch die beiden jungen Männer, die sich an ihm hatten vorbeidrängen wollen, vorüber war, sogar Spaß an der Sache zu haben. »Vorsicht«, warnte ihn Tony rasch. »Wir haben noch zehn Schritte vor uns.«

Sie erreichten die ›Sea Breeze‹ und betraten die inzwischen aufgeräumte Kajüte. Emile saß am Funkgerät und unterhielt sich mit dem Hafenmeister. Er unterbrach sich, sagte: »Das ist vor fünf Minuten gekommen« und reichte Tony einen Funkspruch. Er stammte von der ›Aurora‹. Der Text lautete: ›Ladung voll gestaut. Auslaufen wie vorgesehen.‹

Typisch Vincent: alles schön nach Marineart. Bill und Parracini mochten sechs Minuten zu früh gekommen sein, die ›Aurora‹ jedoch lief, wie vorgesehen, um Punkt zehn Uhr dreißig aus.

Tony trat an eines der Steuerbordfenster und teilte behutsam die schweren Vorhänge. Hinter dem Fischerboot lag vollkommen ruhig die ›Monique‹. Kein Zeichen von Aufbruch. Er beobachtete sie weiter, wartete auf einen plötzlichen Ausbruch von Aktivität. Er blieb am Fenster, beobachtete und wartete. Endlich ließ er den höchstens einen Zentimeter geöffneten Vorhang fallen.

Er lächelte breit. »Jetzt können sie die ›Aurora‹ nicht mehr einholen. Sie ist inzwischen zu weit fort.«
»Wir haben's geschafft!« Emile und Bernard strahlten.
»Ruhe, Ruhe, nur mit der Ruhe!« warnte Tony, der sein Lachen ebenfalls unterdrückte. »Vergeßt nicht, daß wir vier sehr ernste Herren sind, die sich in diesem Moment hier in der Kajüte zu einer sehr wichtigen Konferenz zusammensetzen. Und Sie sind einer von diesen vieren«, wandte er sich an Bernard. »Seht also bitte nicht aus dem Fenster. Macht nicht die Tür auf. Laßt die Vorhänge geschlossen.« Er nahm die blonde Perücke ab und zog seine Jacke wieder mit der karierten Seite nach innen an. Die Mütze würde er noch brauchen; Brille und Schnurrbart waren entbehrlich. »Ziehen Sie den dunklen Anzug aus«, drängte er Bernard. »Machen Sie es sich bequem.«
Bernard entledigte sich der Perücke und des Schnurrbarts. »Wohin fahren wir?«
»Auf eine Vergnügungskreuzfahrt.«
»Und ich soll hier untätig rumsitzen? Hier drinnen bleiben? Was machen Sie denn?«
»Wir sind die Besatzung«, erwiderte Emile ungeduldig. »Und wir werden an Deck zu tun haben, bis wir aus dem Hafen sind. Um Punkt elf werfen wir los.« Er wandte sich an Tony. »Ich habe das mit dem Hafenmeister geklärt. Keine Verzögerung, hat er verlangt; um zehn Minuten nach elf soll ein anderes Boot auslaufen.« Emile grinste. »Rate mal, wer?«
Gorsky ließ ihnen also zehn Minuten Vorsprung. Mächtig großzügig von ihm, wo die ›Monique‹ nahezu fünfunddreißig Meilen die Stunde machte, während die ›Sea Breeze‹ bei Volldampf höchstens elfeinhalb schaffte. Ihre dreißig Knoten gegen unsere zehn, dachte Tony; er wird uns sofort auf den Fersen sein und uns nicht mehr aus den Fängen lassen.
»Außerdem«, fuhr Emile fort, »habe ich dem Hafenmeister gesagt, daß wir heute abend wahrscheinlich nicht wieder einlaufen. Daß wir vermutlich erst morgen zurück sind.«
»Ach nein – das hast du ihm gesagt?« fragte Tony erstaunt. Bernard unterbrach sie beide. »Ich muß heute nachmittag zurück sein. Brigitte weiß nicht, wo ich bin. Sie erwartet mich zum . . .«
»Soll sie warten«, erklärte Emile kurz. Und sagte zu Tony: »Ich hielt das für eine gute Idee. Die ›Monique‹ hörte zweifellos jedes Gespräch zwischen uns und der Küste ab.« Er hielt inne, suchte den Grund für Tonys Schweigen zu erraten. »Nizza habe ich selbstverständlich nicht erwähnt. Hältst du mich wirklich für so dumm, daß ich sie in *die* Richtung dirigiere?«
Tony war beruhigt. Wir sind alle viel zu nervös, dachte er. »Dann war die Idee wirklich gut.« Sie würde Gorsky jedenfalls einiger-

maßen aus dem Gleis werfen: Was für eine Nachtfahrt hatte die ›Sea Breeze‹ vor und wohin? Das war nicht planmäßig. Und warum funktionierte Parracinis Armbanduhr nicht? Warum wurde jetzt nichts aus der Kajüte der ›Sea Breeze‹ empfangen? Jawohl, antwortete ihm Tony in Gedanken, die Uhr funktioniert, aber sie ist zu weit entfernt, um etwas senden zu können. Sehr weit entfernt, Gorsky, und sie entfernt sich mit jeder Minute weiter.
»Eines ist sicher«, mußmaßte Tony. »Gorsky wird uns nicht aus den Augen lassen.«
»Und dann?« erkundigte sich Emile leise.
»Das hängt ausschließlich von Gorsky ab, nicht wahr?«
»Er könnte versuchen, uns zu entern. Vergiß nicht, daß die da drüben zu fünft sind. Oder vielleicht rammt er uns.«
»Ach, hör auf, Emile! Beruhige dich. Besorgt zu sein ist meine Sache, nicht deine.«
Bernard starrte ihn fragend an. »Besteht denn immer noch Gefahr?«
»Die geht jetzt erst so richtig los«, antwortete Emile.
»Oh!« sagte Bernard. Er strahlte. Brigitte und den Sahnekuchen zum Tee hatte er völlig vergessen. »Also, ich werde auf keinen Fall hier unten bleiben und Daumen drehen. Was kann ich tun?«
»Hier unten bleiben«, bestimmte Tony. »Nicht hinaussehen. Sich nicht blicken lassen. Das ist im Augenblick die Hauptsache.«
»Und später?«
»Später werden wir Sie zu Hilfe holen. Falls es sich als nötig erweisen sollte.« Tony kontrollierte zum drittenmal seine Uhr und ging an Deck. Rasch trat er auf die Backbordseite des Bootes, wo ihn die Kajüte vor dem Gesehenwerden von der ›Monique‹ aus schützte. Hier konnte er die nächsten zwei Minuten, bis es Zeit zum Loswerfen wurde, in Ruhe abwarten. Dann würde er natürlich zu sehen sein, das war leider nicht zu vermeiden. Doch mit hochgeschlagenem Kragen, die Strickmütze tief in die Stirn gezogen, den Kopf gesenkt, das Gesicht abgewandt, konnte er möglicherweise die Identifizierung bis zum richtigen Moment hinauszögern. Und der war nicht hier, auf der Mole, drei Sekunden vor elf Uhr.
»Okay«, rief er laut, damit Emile es hörte, und begab sich an die Taue. »Leinen los!«

## Siebenundzwanzigstes Kapitel

Blauer Himmel, weiße Wolken, stete Brise und kräuselnde Wellen – es war ein idealer Samstag für Segler. Die Bucht von Garavan war von Booten gesprenkelt, die vom Ruderboot mit Außenborder bis zu leichten Segeljachten reichten. Die ›Sea Breeze‹ nahm Kurs Ost, als sei Italien ihr Ziel. Sie ließ sich Zeit, fuhr nur unter halber Kraft und war daher erst eine halbe Meile vom Hafen entfernt, als die ›Monique‹ auftauchte.
»Da ist sie«, verkündete Emile. »Sie hat uns gesehen.«
»Gut«, antwortete Tony.
Die ›Monique‹ schlug einen Bogen um die Boote in der Bucht und wurde erst schneller, als die ›Sea Breeze‹ um die hohen Klippen bog, die das Ende der Bucht kennzeichneten, und außer Sicht kam. Vorübergehend. Die ›Monique‹, unter Volldampf, erreichte die Klippen und rauschte eilig um sie herum bis in die italienischen Gewässer. Und wäre beinahe der ›Sea Breeze‹ vor den Bug gefahren, die gewendet hatte und nunmehr mit voller Kraft wieder Kurs auf die Bucht von Garavan nahm.
Dort reduzierte die ›Sea Breeze‹ ihre Geschwindigkeit und fuhr weiter, am Hafen sowie an der Westbucht von Menton vorbei, bis sie hinter Cap Martin verschwand.
Abermals jagte die ›Monique‹ hinterher, hatte binnen kurzem Cap Martin erreicht, nur um abermals fast mit der ›Sea Breeze‹ zu kollidieren, die jetzt wieder gen Osten fuhr.
So ging es die folgenden zwanzig Minuten weiter. Die ›Monique‹, verwirrt und wütend, zog sich auf eine weniger lächerliche Position zwei Meilen weiter draußen zurück, wo sie beidrehen und die ›Sea Breeze‹ aus der Ferne beobachten konnte.
»Das hätte sie nur gleich tun sollen«, meinte Emile. »Derjenige, der da die Befehle gibt, kann kein großer Seemann sein. Der ist weit eher daran gewöhnt, seinem Opfer in den Straßen einer Stadt zu folgen.« Bernard, in einem dicken, aber ihm nicht passenden Pullover aus Emiles Spind, klammerte sich an die Reling. »Wenn er kein großer Seemann ist, dann fühlt er sich jetzt genauso wie ich«, sagte er, war aber trotz seiner Blässe auffallend munter. Er wandte die Augen von den Wellen ab, die, wie es ihm schien, immer größer wurden. Außerdem wurde es erheblich kühler. »Gehen Sie nach unten«, riet ihm Emile. Die Wolken trieben am Himmel dahin, die Brise hatte sich zu einem kräftigen Wind aus Südost gesteigert. Noch war der Wind nicht allzu stark, aber er nahm langsam zu.

Bernard schüttelte den Kopf, ohne die Reling loszulassen. Helle Sonne und blauer Himmel konnten doch wirklich nur bedeuten, daß keine Gefahr im Verzuge war. »Es gefällt mir hier.« Sie waren weit draußen in der Bucht von Garavan. Von hier aus sah er ganz Menton.
Emiles Anfall von Nervosität vorhin im Hafen war inzwischen auch vorüber. Es war das Warten, das ihn so reizbar gemacht hatte – das und der unnötige Ballast, den sie in Gestalt Bernards mitschleppen mußten. Jetzt schlug er Bernard freundschaftlich auf die Schulter, ehe er in die Kajüte ans Funkgerät ging. Die Nachricht von der ›Aurora‹ mußte jetzt jede Minute eintreffen.
Tony stand am Ruder und genoß die Situation ungeheuer. Er hatte einen Zickzackkurs quer über beide Buchten gesteuert, manchmal so weit hinaus auf See, daß es schien, als hielten sie tatsächlich auf die ›Monique‹ zu. Dann jedoch, kurz ehe er ihr allzu nahe kam, hatte er in weitem Bogen wieder auf das Land zugehalten. In der anfangs leichten Brise war das einfach genug gewesen, jetzt aber, wo der Wind zunahm . . . Na ja, dachte Tony, es ist bestimmt nicht allzu angenehm für die da draußen; sie müssen mehr Gas geben, um ruhig zu bleiben und die ›Monique‹ nicht aus dem Ruder laufen zu lassen.
Emile rief ihm zu: »Immer noch damit beschäftigt, Gorsky eine Nase zu drehen? Inzwischen muß er es doch kapiert haben.«
»Aber wir haben unseren Vorteil verloren«, erinnerte ihn Tony. Hinten im Hafen, und selbst während der ersten fünf Minuten dieser wilden, ziellosen Fahrt, hatte die ›Monique‹ keine Ahnung gehabt, daß die ›Sea Breeze‹ alles wußte. Da war die ›Monique‹ der Beobachter gewesen, der Berechnende, der Jäger. Hatte keine Ahnung gehabt, daß sie selber beobachtet, daß ihre Reaktionen berechnet und sie zu einer völlig sinnlosen Jagd verlockt wurde. Jetzt aber wußte Gorsky Bescheid. Die ›Sea Breeze‹ hatte gar kein Ziel.
»Tja, wir haben ihm ein paar schöne Rätsel aufgegeben. Ist eine wichtige Persönlichkeit bei uns an Bord? Oder ist er in jeder Hinsicht hereingelegt worden?«
»Und«, fügte Tony noch hinzu, »wie sehr ist ihre eigene Sicherheit gefährdet? Diese Frage tut wirklich weh.«
»Einen Moment!« Emile preßte die linke Hand auf seinen Ohrhörer und notierte beim Zuhören die Nachricht. »Verstanden. Ende und aus.« Er brachte Tony den beschriebenen Zettel. »Na, was sagst du dazu?« fragte er mit breitem, glücklichem Lächeln.
Der Funkspruch der ›Aurora‹ war kurz und bündig. *Ladung gelöscht. Transfer komplikationslos. Bereits gestartet. Eskorte hat Anweisung erhalten, mit voller Kraft nach Menton zu fahren. Geschätzte Ankunftszeit zwölf Uhr mittags. Wird Ihre Position decken.*

»Eine Eskorte?« fragte Emile. »Die könnten wir verdammt gut gebrauchen.«
»Falls sie pünktlich hier eintrifft. Ich glaube, wir werden jetzt gleich zuschlagen. In zwanzig Minuten wird die See rauh gehen. Und was hältst du davon, Emile?« Tony deutete auf eine Motorbarkasse, die mit voller Kraft, Gischt verspritzend, über die Wellen hüpfte und flog. »Sie hat den Hafen vor acht Minuten verlassen und uns ständig in weitem Bogen umkreist.«
Emile griff zu seinem Feldstecher. »Meiner Meinung nach was Amtliches. Hafenpolizei? Vielleicht gefällt es ihnen nicht, wie du dein Boot behandelst.«
»Ich bezweifle, daß die Hafenpolizei so rücksichtslos dahinjagen würde.«
»Die müssen verrückt sein«, bestätigte Emile. »Aber Spaß muß das sicher auch machen. Ich gehe an Deck, damit ich besser sehen kann.«
»Nein. Nimm du das Ruder. Kurs immer geradeaus.« Tony zog sämtliche Vorhänge auf, gewährte vollen Einblick in die verglaste Kajüte. Die Konferenz ist aus, dachte er lächelnd.
»Auf die ›Monique‹ zu?«
»Ganz recht. Bis auf Rufweite.«
»Viel zu gefährlich.«
»Na schön. Dann bis auf klare Sichtweite. Mehr braucht Gorsky nicht. Sein Feldstecher ist nicht schlechter als unserer.«
»Das ist immer noch die Schußweite einer Pistole.«
»Bei diesem Wellengang? Da würden die nicht mal einen Elefanten treffen.«
»Wahrscheinlich haben sie Gewehre«, warnte Emile. Doch Tony trat an Deck, den Feldstecher bereit für einen raschen Blick auf die Barkasse.
Bernard hatte sich zum Mast zurückgezogen und hielt sich mit einem Arm daran fest. Das Haar wehte ihm wild über die Augen. Doch er begrüßte Tony trotzdem mit einem kleinen, aber entschlossenen Lächeln. »Nein, ich gehe nicht hinein«, erklärte Bernard. »Es ist mir lieber, wenn mir hier draußen schlecht wird.«
»Mir auch«, versicherte ihm Tony. »Übrigens, ein guter Tip: Entspannen Sie sich. Halten Sie die Knie leicht gebeugt. Und passen Sie sich den Bewegungen des Bootes an.«
»Was ist das für ein Schiff? Ich glaube, das folgt uns schon die ganze Zeit.«
»Das braune da! Eine Barkasse. Und ich glaube, Sie haben recht.«
»Es wirkt wie ein Schäferhund, so wie es dauernd im Kreis herumfährt.«

Sind wir die Schafe, die er hütet? Tony hob das Glas an die Augen. Die Barkasse zeigte keine Flagge. Zwei Gestalten, die sich vor dem Wind duckten. Aber nicht deutlich zu erkennen bei der Gischt, die ihnen um die Köpfe flog. War das eine Verstärkung, die Gorsky angefordert hatte? Oder . . . »Ich glaube fast, auch darin haben Sie recht«, sagte Tony. »Das ist unser Schäferhund.« Aber wer? Die zwei Verrückten? Immer wieder blickte er zur Barkasse hinüber. Die schützenden Kreise wurden enger. Jawohl, schützend, dachte Tony, das ist genau das richtige Wort. Sie geben uns Schutz. Er schwenkte beide Arme.
Emile drehte die ›Sea Breeze‹ bei. Und dort, durch einen Streifen unruhigen Wassers von ihnen getrennt, lag die ›Monique‹. Bequeme Sichtweite, dachte Tony; unsere leere Kajüte ist deutlich zu sehen – Gorsky hat seinen Feldstecher darauf gerichtet. Er zog sich die Mütze vom Kopf und sagte zu Bernard: »Nehmen Sie, das hält Ihnen die Ohren warm. Und bleiben Sie hinter dem Mast.« Dann trat er vor, dicht an die Reling.
Er stellte sich dem Wind entgegen, der ihm das Haar aus der Stirn blies und sein Gesicht, das er der ›Monique‹ zuwandte, offen darbot. Er spürte fast, wie Gorskys Feldstecher sich in ihn hineinbohrte. Aus mit der Tarnung, dachte er; meine Identität steht fest. Aber es wird keine Gewalttätigkeiten geben, keine Kugel mitten in meine Stirn. Immerhin verlockend, in diesem Moment, wo ich eine so bequeme Zielscheibe biete. Wird Gorsky es riskieren, während die Motorbarkasse zusieht? Wohl kaum. Gorsky macht alles viel lieber sauber und vollkommen natürlich, ohne irgendwelche Beweise zu hinterlassen.
Plötzlich setzte die ›Monique‹ sich in Bewegung. Also doch Gewalttätigkeit, dachte Tony; sie wird uns am Bug rammen, mit oder ohne Zeugen. »Festhalten!« schrie er Bernard zu.
Innerhalb von Sekunden jedoch war die ›Monique‹ an ihnen vorbei, bockte und schaukelte die ›Sea Breeze‹ in den Querwellen ihres Kielwassers. Tony rappelte sich, eine Leine ergreifend, von den Decksplanken auf. Er war bis auf die Haut durchnäßt. Bernard ebenfalls, aber er stand noch immer da wie zuvor, beide Arme um den Mast geschlungen.

In der Motorbarkasse sagte Saul zu Walt: »Hast du das gesehen?« Er starrte hinter der ›Monique‹ her. »So ein Schwein! Der hätte ihnen den Bug wegrasieren können.«
»Ein Abschiedsgruß?« meinte Walt. »Na schön, fahren wir zum Hafen zurück. Dieser Sturm wird allmählich ungemütlich.«
Die ›Sea Breeze‹ hatte die gleiche Absicht. »Sie wird's schon schaffen«, sagte Walt. »So eine alte Badewanne schafft's immer.«

»Alte Badewanne? Ich fand sie doch recht seetüchtig.«
»Aber sie hat eine Stumpfnase.«
»Und das war ihr Glück.«
Sie verstummten, zum Teil wegen der unruhigen See. Die ›Monique‹ war noch in Sicht, lief mit voller Kraft auf westlichem Kurs, aber immer in reichlichem Abstand vom Land.
»Die wird es auch schaffen«, stellte Walt fest, als sie in die Bucht von Garavan kamen. »Schade, daß dieser Wind sie nicht nimmt und mit dem Bug schön tief in . . .« Er brach ab, starrte verblüfft hinüber, wischte sich die Gischt aus den Augen.
Denn in diesem Moment war die ›Monique‹ in die Luft gegangen. »Mein Gott!« sagte Walt erschüttert.
Dann eine zweite Explosion, stärker, lauter, mit einem richtigen Feuerball.
»Mein Gott«, echote Saul. »Sie hat Munition an Bord gehabt.«
Er blickte zur ›Sea Breeze‹ zurück. Doch die pflügte weiterhin stur ihren Kurs zum Hafen von Menton vor sich hin.

## Achtundzwanzigstes Kapitel

Am Sonntag morgen hatte sich der Sturm ausgetobt, der scharfe Wind und die eiskalte Luft waren ebenso schnell verschwunden, wie sie gekommen waren. Die Promenade war nicht länger ein leerer Streifen mit von Gischt gepeitschten, schwankenden Palmen oder die Zielscheibe für die von den wütenden Wogen am Strand aufgenommenen und hochgeschleuderten Steinchen. Die Menschen gingen dort wieder plaudernd spazieren oder saßen an den im Freien aufgestellten Tischen der Cafés. Alles war wieder normal.
Bis auf Nicole. Sie stand immer noch ein wenig unter der Wirkung des Schocks, wie Tony feststellte, als er unter die gelbgestreifte Markise trat und sie an ihrem gewohnten Fenstertisch sitzen sah. Ihr dunkles Haar war so glatt und glänzend wie immer, ihre Kleidung flott wie eh und je. Ihr blasses Gesicht jedoch, perfekt geformt, war noch bleicher geworden, ihre großen, braunen Augen noch größer. Um ihre Lippen spielte kein Lächeln. Die Morgenzeitung hatte sie beiseite gelegt, der Kaffee stand unberührt da, im Aschenbecher lagen drei halbgerauchte Zigaretten.
»Bis du zu früh dran, oder komme ich zu spät?« fragte Tony, als er den Stuhl ihr gegenüber nahm.
»Ich konnte nicht schlafen, konnte nicht im Haus bleiben. Ich bin rumgefahren.« Sie wollte lächeln, schaffte es nicht. »Aber danke, daß du gekommen bist, Tony. Wir können uns hier jetzt doch völlig gefahrlos treffen, nicht wahr?«
»Nun«, antwortete er, »die Reihen der Konkurrenz sind ein wenig in Unordnung geraten. Vorerst. Aber sprechen wir doch leiser, Nicole – wenigstens, bis mein Kaffee kommt.« Er legte seine Hand auf die ihre und drückte sie. »Alles fertig gepackt? Abfahrbereit? In der Garage wartet mein Wagen . . .«
»Zuerst«, sagte sie und entzog ihm ihre Hand, »zuerst muß ich dir etwas sagen.« Sie verstummte, mied seinen Blick, bis die Kellnerin ihm den Kaffee gebracht hatte und wieder verschwunden war. Dann sah sie ihn an und sagte mit leiser, aber entschlossener Stimme: »Ich gehe fort, Tony. Endgültig. Ich werde meine Kündigung einreichen.«
»Das ist nicht nötig«, antwortete er ruhig.
»Ich will aber raus.«
»Warum?«
»Weil ich das Selbstvertrauen verloren habe. Ich war dir über-

haupt keine Hilfe. Fast hätte ich sogar alles gefährdet und . . .«
»Im Gegenteil, du hast uns sehr geholfen.«
»Ach, Tony, ich will keine Ausreden, und ich wünsche kein Mitleid. Ich habe versagt. Ich habe dir und allen anderen gegenüber versagt.«
Er sah sich im Café um: Leer, bis auf die Kellner und den Mann an der Theke, die sich jetzt, in der Flaute vor dem Mittagessen, angeregt unterhielten. »Du hast uns geholfen«, wiederholte er nachdrücklich. »Du hast es ihm in dem Haus auf dem Hügel von Garavan angenehm und gemütlich gemacht.«
Ja, dachte sie verzweifelt, Parracini hat tatsächlich alles sehr angenehm gefunden, weit einfacher, als er es erwartet hatte. »Und dadurch wurde er zu selbstsicher, wie?« fragte sie bitter. »Er hielt mich für eine einfältige Idiotin und Bill für einen gutmütigen Amerikaner, und Bernard und Brigitte gehörten für ihn ganz einfach zur Einrichtung.«
»Nun, jetzt weiß er, wie sehr er sich darin getäuscht hat.«
»In Bill – ja.«
»Es hat alles vorzüglich geklappt«, sagte Tony.
»Ohne meine Hilfe.«
»Du bist wirklich fest entschlossen, mir den Tag zu verderben, nicht wahr?« fragte Tony, halb im Scherz.
»Verzeih. Du solltest feiern, statt . . . Verzeih, Tony. Du hast wenigstens genug Schlaf bekommen, wie ich sehe.« Er wirkte wie ein anderer Mensch, in seinem gut geschnittenen Jackett, dem teuren Hemd, der eleganten Krawatte; nichts erinnerte mehr an den Mann, der gestern mit Bernard in die Villa heraufgekommen war, zwei völlig zerzauste Gestalten in geborgten Kleidungsstücken, die überhaupt nicht zu dem Mercedes paßten. Er war nur eben lange genug geblieben, um ihr alles über Parracini zu erzählen.
»Zwölf herrliche Stunden.«
»Im ›Alexandre‹?«
Er schüttelte lächelnd den Kopf. Er dachte an den Kellner, den er so furchtbar erschreckt hatte. Nein, die einfachste Lösung schien zu sein, daß Saul seine Rechnung bezahlte und seine Sachen aus dem Hotel holte.
»Siehst du?« Sie seufzte bedrückt.
»Was soll ich sehen?«
»Du traust mir nicht.«
Er antwortete nicht darauf. Was steckt dahinter? fragte er sich.
»Du hättest mir mehr sagen können, als wir uns hier am Freitag trafen. Du hättest mich aktiv in den Plan einbeziehen können. Früher hast du das immer getan. Wir haben doch mal zusammengearbeitet.«

»Ich konnte dir am Freitag nichts sagen.«
Sie starrte ihn ungläubig an. »Soll das heißen, daß du nichts wußtest, von . . . von seiner wirklichen Identität?«
»Soviel oder sowenig wie wir alle, du eingeschlossen.«
»Warum bist du dann aber nach Menton gekommen?«
»Eine reine Inspektionstour. Mehr nicht.«
»Aber du hast etwas geahnt, nicht wahr?«
Wieder schwieg er.
»Du fandest, daß ich ihn zu sehr mochte. Du dachtest . . .«
»Sagen wir, du warst ihm gegenüber zu unkritisch.« Tonys Zorn flammte so plötzlich auf, daß es ihn selbst überraschte. Dann gewann er seine Ruhe zurück. »Ihr habt ihn nicht im Zaum gehalten. Aber was mich am Freitag vormittag am meisten beunruhigte, war die Tatsache, daß er sich selbst in Gefahr brachte.« Tony schüttelte den Kopf über soviel Dummheit. »Wir haben uns alle täuschen lassen, wenigstens eine Zeitlang. Also halt endlich den Mund, ja, Darling? Du bist nicht die einzige, die ein etwas wundes Ego unter dem festlichen Gewand verbirgt.«
»Nur«, gab sie langsam und leise zurück, »daß ich mir nicht mal ein festliches Gewand verdient habe. Diesmal nicht. Und deshalb will ich raus. Wenn so etwas einmal passieren konnte, kann es immer wieder passieren.«
»Ach was, du brauchst jetzt Ruhe und Erholung. Ich fahre nach Paris, schön langsam, mit regelmäßigen Mahlzeiten, ohne das nasse Meer, ohne Telefone. Kommst du mit?« Seine Frage klang beiläufig, die Einladung war es nicht.
Sie lächelte, schüttelte aber entschlossen den Kopf. »Du hast so viele Mädchen, Tony. Du wirst auf jeder Station deiner schönen, langsamen Autofahrt eine finden.« Ihr Lächeln verschwand, sie wandte den Blick von ihm ab, ihre Stimme klang erstickt. »Ich hatte ihn gern, Tony.« Jetzt sah sie ihn wieder an. »Ich hatte ihn aufrichtig gern.«
Das ist es also, dachte Tony. Sie hat sich in Parracini verliebt. »Und du bist immer noch verliebt in . . .«, begann er, hielt aber mit zusammengepreßten Lippen inne.
Nicole sah, wie seine Miene sich verschloß. Sie nahm ihre Tasche und ging so schnell davon, daß er erst halb auf den Beinen war, als sie seine Hand berührte und verschwand.
»Nicole . . .«
Sie war bereits draußen auf dem Gehsteig, eilte mit sicheren Schritten davon, daß der Saum ihres losen weißen Mantels um die roten Lederstiefel schwang.
Sie hat ihre Wahl getroffen, dachte er, als er sich wieder setzte. Der Kaffee schmeckte bitter. Um nicht mehr an Nicole denken zu müssen, griff er nach der vergessenen Zeitung.

Die Schlagzeile der ersten Seite beschäftigte sich mit den beiden Explosionen gestern an Bord eines Luxus-Kajütkreuzers, und der Text erging sich in wilden Spekulationen. Als einzige Tatsache wurde berichtet, daß ein Patrouillenboot der Marine, das kurz nach der Detonation der ›Monique‹ auf dem Plan erschienen sei, nach Überlebenden gesucht habe, bei der zu jenem Zeitpunkt herrschenden schweren See allerdings eine unmögliche Aufgabe. Es sei nicht einer gefunden worden.
Auf einer Innenseite jedoch, versteckt am unteren Ende einer Kolumne, stand eine kurze Meldung über einen Selbstmord in der Shandon-Villa. Tony stand auf, ging zum Telefon, suchte in seiner Tasche nach ein paar *jetons* und wählte die Nummer des Kelso-Hauses.
Dorothea meldete sich. »Tony! Wir haben uns schon gefragt, wo Sie stecken! Warum haben Sie gestern nicht angerufen?«
»Ich hatte ziemlich viel zu tun. Aber wie wär's denn mit Lunch heute?«
»Ach, Tony – leider ist das einfach unmöglich. Ich stecke mitten im Packen. Wir reisen morgen ab. Tom ist gerade in Menton, um alles Notwendige zu erledigen. Wegen Chuck. Er . . . er kommt auch mit uns nach Hause.«
»Haben Sie gesehen, daß Shandon heute in der Zeitung steht?«
»Ach das! Das ist doch wenig aufschlußreich. Aber ich kenne die ganze Geschichte.«
»Von wem?«
»Erinnern Sie sich an den netten, jungen Polizisten, der am Freitag in der Nacht zu uns ins Haus kam, um unsere Aussage über den Einbruch aufzunehmen?«
»Louis?«
»Ja. Gestern war er noch einmal da und stellte uns eine Menge Fragen.«
Das war Louis. Eindeutig.
»Er war unten in der Shandon-Villa . . .«
»Wann?« fragte Tony. Sein Interesse wuchs.
»So um die Frühstückszeit. Kurz nachdem Rick Nealey sich erschossen hatte. Unfaßbar, nicht wahr?«
Das einzige, was Tony in Erstaunen versetzte, war die Unmittelbarkeit, mit der es geschehen war. Er hatte Nealey drei bis vier Tage länger gegeben, vielleicht sogar eine Woche. Was war passiert, daß Gorsky so schnell zugeschlagen hatte?
»Es war wirklich Selbstmord, Tony«, sagte Dorothea. »Man fand ihn in seinem Schlafzimmer, in der einen Hand die Waffe, in der anderen einen Brief.«
»Getippt?«
»Nein. In Nealeys eigener Handschrift.« Lachend fügte sie hin-